BASTEI
LÜBBE

Von Claire Rayner erschien bei BASTEI LÜBBE:

14177 Roter Fingerhut
14281 Höhere Gewalt
14425 Blutige Spuren

Claire Rayner

HÖHERE GEWALT

Thriller

Aus dem Englischen
von Barbara Först

BASTEI
LÜBBE

BASTEI LÜBBE TASCHENBUCH
Band 14281

1. Auflage: Januar 2000
2. Auflage: Oktober 2000

Vollständige Taschenbuchausgabe

Bastei Lübbe Taschenbücher ist ein Imprint
der Verlagsgruppe Lübbe

Deutsche Erstveröffentlichung
Titel der englischen Originalausgabe:
SECOND OPINION

Umschlaggestaltung: CCG, Köln
Titelillustration: ZEFA Bilderdienst
Satz: hanseatenSatz-bremen, Bremen
Druck und Verarbeitung: Elsnerdruck, Berlin
Printed in Germany
ISBN 3-404-14281-0

Sie finden uns im Internet unter
http://www.luebbe.de

Der Preis dieses Bandes versteht sich einschließlich
der gesetzlichen Mehrwertsteuer.

Für Pat Gordon Smith,
auch eine sehr streitbare Frau,
(und die beste Schwiegertochter der Welt!)

Die Autorin dankt Dr. Trevor Betteridge, Pathologe am Yeovil District Hospital; Detective Chief Inspector Jackie Malton von der Metropolitan Police; Dr. Rufus Crompton, Pathologe am St. George's Hospital in Tooting; Dr. Hilary Howells, Narkoseärztin, und der British Airport Authority für Rat und Unterstützung.

1

Das erste Baby starb am Morgen des 14. Juli. Stationsschwester Lichfield schrieb mit der für sie typischen peinlichen Genauigkeit in ihren Bericht, man habe es tot in seinem Kinderbett gefunden. Der kleine Körper war kalt, aber noch nicht steif, und die Augen standen halboffen. Schwester Lichfield sagte, man solle dem Pathologen die Feststellung der genauen Todeszeit überlassen, und beeilte sich, die Leiche der Pathologie im Tiefgeschoß des Krankenhauses zu überstellen und, so gut es ging, der Mutter Trost zuzusprechen.

»Obwohl ich nicht drauf schwören würde, daß es ihr das Herz bricht«, vertraute sie Audrey Burke an, ihrer dienstältesten Hebamme, bevor sie sich in das Vierbettzimmer begab, in dem man die Mutter in Frieden hatte schlafen lassen; das Baby war über Nacht ziemlich unruhig und quengelig gewesen, so daß man es ins Neugeborenenzimmer gebracht hatte. »Sie sah nicht gerade überglücklich aus, stimmt's?«

Audrey, die Barbara Lennon entbunden hatte, mußte ihr beipflichten. »Konnte man bei dem armen Ding aber auch nicht unbedingt erwarten. Hat seit März auf der Straße gelebt, soweit ich informiert bin, und wußte nicht genau, wer der Vater ist. Ich bin fast sicher, sie hätte das Baby sowieso zur Adoption freigegeben. Trotzdem, glaub' ich, es trifft sie bestimmt ebeno schlimm wie jede andere Mutter.« Audrey war eine sehr gefühlsbetonte Frau, die von allen Menschen stets nur das Beste glaubte. »Obwohl ich zugeben muß, daß sie es nicht in den Arm nehmen wollte, als wir es ihr zeigten. Hat es nicht einmal richtig angeschaut.«

Stationsschwester Lichfield sollte recht behalten: Barbara Lennon starrte sie mit leerem Blick an, nachdem sie von der Tragödie erfahren hatte, schüttelte verwundert den Kopf und sagte lediglich: »Oh. Dieser ganze Aufwand, und nun so was. Da sieht man's mal wieder, nicht?«

Schwester Lichfields Reaktion darauf beschränkte sich auf ein freundliches Lächeln. Sie ordnete an, daß der Krankenhaus-Pfarrer die Mutter besuche, und kümmerte sich auch um eine Trauerbegleitung. Tüchtig, wie sie war, vergaß sie niemals, alles zum Wohlergehen ihrer Patienten zu tun; nun, da sie es getan hatte, verschwendete sie keinen weiteren Gedanken auf die Angelegenheit und wandte ihre Aufmerksamkeit wichtigeren Dingen zu.

Damit wäre der Vorfall erledigt gewesen, doch Ende Oktober ereignete sich ein weiterer Krippentod. Die Neuigkeit verbreitete sich wie ein Lauffeuer und versetzte die gesamte Station in Aufregung. Viele Mütter brachen vor Mitgefühl in Tränen aus, natürlich wurden auch die Babys unruhig und schrien den ganzen Morgen über, während Schwester Lichfield, die an diesem Tag, trotz ihrer Erschütterung, noch adretter wirkte als sonst, die Gemüter zu beruhigen versuchte und sich um die Eltern des verstorbenen Babys kümmerte.

Verständlicherweise waren sie vor Trauer außer sich: Viv und Angela Chowdary hatten lange auf ihr erstes Kind gewartet. Angela war erst schwanger geworden, nachdem sie ein halbes Dutzend Ärzte konsultiert hatten, vertraute sie Schwester Lichfield am Abend ihrer Aufnahme ins Krankenhaus an, als die Wehen schon in Abständen von zwanzig Minuten einsetzten. Es war also ein sehr kostbares Baby.

»Natürlich ist jedes Baby kostbar –«, fügte sie hastig hinzu, zuckte leicht zusammen, als Schwester Lichfield die Kopfschwartenelektrode einführte, und lächelte dennoch tapfer, »– aber ich bin nun mal über das Haltbarkeitsdatum hinaus, und so viele Chancen haben wir nicht mehr, oder? Auch wenn mich Dr. Arundel von der Fertilitätsklinik noch mal nehmen würde. Deshalb ist dieses Baby unser Ein und Alles, ein Mädchen, wissen Sie. Wir haben sämtliche Untersuchungen machen lassen, Amniozentese und so weiter – Viv war zuerst ein bißchen enttäuscht, als sich herausstellte, daß es nur eins ist – ich meine, schließlich bin ich schon neununddreißig und – ohh!« Sie schnappte nach Luft und schaute leicht verblüfft drein. »Die hatte es aber in sich.«

»Eine sehr gute Wehe«, meinte Schwester Lichfield beifällig. »Und jetzt vergessen Sie bitte nicht, genauso zu atmen, so wie Sie es geübt haben, ja? Soll ich Ihnen jetzt Ihren Mann reinschicken? Er wird doch dabeisein, nicht wahr?«

»O ja!« sagte Angela und strahlte sie an. Die Wehe war vorüber, und sie wirkte wieder entspannt, gleichzeitig aber sehr aufgeregt und glücklich. »Er möchte bestimmt keinen einzigen Augenblick verpassen.«

Es war keine leichte Geburt gewesen. Angela hatte schon bald alles, was ihr im Vorbereitungskurs beigebracht worden war, vergessen, Vivs wiederholte

Ermahnungen, die Atmung betreffend, keineswegs befolgt und – zu Schwester Lichfields Mißfallen – auch ziemlich viel gebrüllt. Diese hielt sich als Hebamme für ebenso modern und allem Neuen aufgeschlossen wie jede ihrer Kolleginnen, meinte jedoch insgeheim , daß die Mütter bei dieser ganzen Diskussion um geplante oder natürliche Geburten und die ungemein wichtige Entscheidung, ob sie nun im Geburtsstuhl oder unter Wasser gebären sollten, die Tugend der altmodischen Würde vergaßen. Schwester Lichfields Lehrjahre waren in jene Zeit gefallen, als man von einer Frau in den Wehen noch erwartet hatte, daß sie die Zähne zusammenbiß und kein großes Getue machte und schon gar keinen Streit vom Zaun brach, wenn man ihr endlich Schmerzmittel angeboten hatte, um sie von ihrem Leiden zu erlösen. Eine Schwangerschaft, so flößte sie ihren Schülerinnen immer wieder ein, sei schließlich nur eine Schwangerschaft. Man brauche sie nicht zur Lebensaufgabe zu erheben.

Allerdings hätte sie es ihren Kolleginnen nie eingestanden, noch ihre Patientinnen jemals spüren lassen, wie sehr sie den alten Tagen nachtrauerte, in denen noch die Geburt in den Händen der Hebamme lag und die Mütter nicht ein solches Theater veranstalteten. Sie war eine exzellente Schwester, die häufig Überstunden machte, um eine Entbindung zu beenden. Da sie wußte, daß es bei Angela Chowdary noch einige Zeit bis zur Niederkunft dauern würde, kam sie erst am nächsten Morgen eine Stunde vor Schichtbeginn wieder, um nach ihrer Patientin zu sehen. Und traf gerade rechtzeitig ein, um dem Baby auf die Welt zu helfen, das ein wenig blau angelaufen und wirr ausschaute, aber offenkundig in Ordnung war – eine Diagnose, die der Kinderarzt dahingehend bestätigte, daß sein Zustand ausgezeichnet war.

Die Ähnlichkeit des Babys mit seinem Vater, fand Schwester Lichfield verblüffend – sie hatte mittlerweile herausgefunden, daß Viv Chowdarys Vater Inder und seine Mutter Schottin war, – denn es hatte dunkle Augen und einen dichten schwarzen Haarschopf. Es schmeichelte ihr ungemein, als sie von der überglücklichen Angela erfuhr, daß das Baby mit drittem Namen Celia heißen sollte, nach Schwester Lichfield. Sie lächelte und nahm die Ehrung, die ihr schon viele Male zuteil geworden war, dankend an; in diesem Teil Ostlondons gab es eine beträchtliche Anzahl fünfzehnjähriger oder jüngerer Mädchen mit diesem Namen.

Zum Schlafen hatte man das Baby ins Neugeborenenzimmer verlegt, obwohl Angela, die ihre Tochter nun bei sich haben wollte, zuerst entschieden dagegen gewesen war. Doch als auch Viv darauf bestanden hatte, sie müsse sich nach der anstrengenden Geburt ausruhen, hatte sie endlich eingewilligt, und in dem Einzelzimmer war ihr dies nicht besonders schwer gefallen. Viv war unterdessen nach Hause gefahren, um mit seinen überglücklichen Eltern und einigen Brüdern und Schwestern und sonstigen Verwandten die Geburt zu feiern. Schwester Lichfield hatte in der Fertilitätsklinik angerufen und berichtet, daß ein weiterer Posten auf das Erfolgskonto zu verbuchen sei. Dr. Arundel habe das Haus bereits verlassen und werde auch nicht mehr zurückerwartet, teilte man ihr mit, am nächsten Morgen aber als erstes die dankbare Patientin besuchen. Und auf der Entbindungsstation kehrte der Alltag ein – der an diesem Tag besonders lebhaft und hektisch war – und niemand kümmerte sich weiter um Angela Chowdary und ihr Baby.

Bis zum späten Nachmittag. Schwester Lichfield, die aufgrund der Ereignisse am Morgen rechtschaffen müde war, wollte gerade ihre Schicht beenden, als die für Angela verantwortliche Hebammenschülerin – ein äußerst ängstliches Mädchen namens Nuala Kennedy – angewiesen wurde, das Baby zum ersten Trinkversuch an der Mutterbrust zu holen. Sie war es, die das Baby tot in seinem Bettchen fand. Mit weit aufgerissenen Augen stürzte sie aus dem Neugeborenenzimmer. Ihr panisches Gekreische trieb Schwester Lichfield, die sich bereits ihrer Tracht entledigt hatte und im Begriff war, den Heimweg anzutreten, sowie einige andere Schwestern und Hebammen auf den Flur.

»Da ist was passiert!« rief die Hebammenschülerin, der das blanke Entsetzen im Gesicht stand.

Schwester Lichfield zuckte es in den Händen, dem Mädchen die althergebrachte Medizin gegen Hysterie zu verpassen, aber dann begnügte sie sich damit, es an der Schulter zu packen und zurück ins Säuglingszimmer zu bugsieren, dessen Tür sie energisch hinter sich schloß. »Herrgott, Mädchen, willst du die ganze Entbindungsstation verrückt machen? Wann werdet ihr Mädels endlich begreifen, daß ihr auf die Mütter Rücksicht nehmen müßt? Der kleinste Anlaß genügt doch, und schon heult die ganze Station. Was ist denn nur los?«

»Das Chowdary-Baby, Schwester«, stammelte Nuala. Sie schluckte schwer, als ihr plötzlich Tränen in die Augen stiegen. »Ich glaub', es ist tot – ich wollte es aufheben, und es fühlte sich irgendwie so schlapp an und ...« Plötzlich überlief sie ein Zittern. »Ich hab' nicht gedacht, daß so was passieren könnte. Nicht hier, auf der Entbindung. Es tut mir leid, daß ich so –«

Aber die Schwester hörte schon gar nicht mehr zu. Sie beugte sich über das Bettchen und schaute das Baby an. Das dunkle Haar fiel nach wie vor in seine Stirn. Doch die Haut, zuvor rosiger, schimmerte nun bläulich, und die Augen, die am Morgen nach der Geburt so klar und offen geblickt hatten, starrten nun leer zwischen halboffenen Lidern hervor. Es gab keinen Zweifel, daß es tot war. Schwester Lichfield spürte einen so schmerzlichen Stich des Bedauerns, daß sie wie die junge Schülerin in Tränen hätte ausbrechen können. Aber sie richtete sich zu ihrer vollen Größe auf und fragte mit harter Stimme: »Wer ist heute noch hier drin gewesen?«

Die Schülerin schüttelte betrübt den Kopf. »Ich weiß es nicht, Schwester. Im Moment ist das das einzige Neugeborene, und man hat mir gesagt, ich solle es schlafen lassen und ...« Wieder schluckte sie, worauf die Stationsschwester sie nur kurz ansah. Ihr Mißtrauen über das unbeherrschte Verhalten der Schülerin war so deutlich, daß diese zusammenzuckte. Schwester Lichfield nickte mit dem Kinn zu Audrey, die zusammen mit einigen anderen Schwestern durch die Glastür spähte, und Audrey reagierte sofort und kam herein.

»Geht wieder an eure Arbeit«, befahl Schwester Lichfield knapp und wandte sich an Nuala. »Du auch – und hol dir einen Kaffee. Und halte dich von Mrs. Chowdary, fern, was immer du auch in ihrer Nähe zu tun hast. Überlaß das uns! Also, Audrey ...«

»O Gott«, stieß Audrey hervor, während sie die

traurige kleine Gestalt in dem Bettchen betrachtete. »Schon wieder eins? Wir haben hier seit ... ich weiß nicht wie langer Zeit kein Baby mehr verloren. Und jetzt zwei so kurz hintereinander. Das wird oben aber einen Aufruhr geben.«

»Das ist noch meine geringste Sorge«, murmelte Schwester Lichfield. »Diese armen Leute. Sie haben sich dieses Kind so sehr gewünscht ... Ach, Scheiße!«

Audrey blickte zu ihr hinüber und sofort wieder weg, beinahe verlegen. Sollte sich Schwester Lichfield eben der Gossensprache befleißigt haben? »Ja«, stimmte sie zu. »Wirst du es ihnen sagen?«

»Das muß ich doch. Ach, zur Hölle damit.« Zu fluchen schien Schwester Lichfield neue Kraft zu geben, und sie straffte ihre Schultern. »Ich zieh' mir wieder meine Uniform an. Hör mal, sorg dafür, daß die anderen dichthalten. Es wird unweigerlich die Runde machen, aber wenn wir's nur eine kleine Weile hinauszögern könnten, wär uns schon gedient ...«

Natürlich hatten das gesamte Stationspersonal sowie die meisten Patientinnen bereits von dem Todesfall erfahren, so daß große Aufregung herrschte. Mütter weinten, wollten wissen, ob das Baby an einer ansteckenden Krankheit gestorben sei, und verlangten die sofortige Untersuchung ihrer eigenen Babys. Audrey machte sich daran, die aufgebrachten Frauen zu beruhigen, während Celia Lichfield sich darauf vorbereitete, Angela Chowdary gegenüberzutreten.

Wenigstens, so dachte Schwester Lichfield, hatte sie einen Ehemann an ihrer Seite und war in dem Einzelzimmer von der übrigen Station getrennt. Doch das half nicht viel. Beide starrten sie nur verständnislos an, nachdem sie ihnen die furchtbare Nachricht überbracht hatte.

»Ich glaube, es war ein Krippentod«, fuhr Schwester Lichfield zögerlich fort – und verstieß damit gegen ihren Grundsatz, niemals eine Diagnose mitzuteilen, bevor sie nicht hundertprozentig sicher war, doch sie mußte diesen beiden, die sie immer noch fassungslos anstarrten, etwas Tröstliches sagen. »So etwas passiert leider manchmal. Es tut mir so leid. Ich kann Ihnen nicht sagen, wie leid es mir tut. Es ist so schrecklich, daß das passieren mußte ...«

Viv sprach zuerst. »Das ist doch nicht möglich!« stammelte er mit rauher Stimme. »Ich habe sie doch heute morgen noch im Arm gehalten. Sie war hellwach und hat mich angesehen. Sie kannte mich schon. Es ist einfach nicht möglich!«

»Es tut mir sehr leid, Mr. Chowdary«, wiederholte die Schwester mit Nachdruck. Sie fühlte sich zunehmend unbehaglicher. Was für eine scheußliche Situation! »Ich fürchte, daß es doch möglich ist. Ich – äh – « Sie überlegte blitzschnell, in welchem Zustand sie das Baby vorgefunden hatte. Erträglich, fand sie. »Möchten Sie vielleicht zu ihr? Ich fürchte leider, daß kein Zweifel besteht, und sie sieht natürlich etwas anders aus als heute morgen, als sie zur Welt kam, aber –«

Angela regte sich zum ersten Mal. Sie öffnete den Mund und stieß einen durchdringenden, qualvollen Schrei aus. Schwester Lichfield spürte, wie sich ihre Nackenhaare sträubten. Sie sagte, schärfer als beabsichtigt: »Also bitte, meine Liebe –«

»Was haben Sie mit meiner Tochter gemacht?« brüllte Viv sie an. Er hielt die nach wie vor kreischende Angela eng an sich gedrückt und starrte über ihren Kopf hinweg Schwester Lichfield an, so daß man über der Iris die weißen Ränder seiner Augäpfel erkennen konnte. »Um Himmels willen, was habt ihr mit ihr gemacht?«

Von da an wurde es nur noch schlimmer. Die Eltern waren untröstlich, lehnten jeden Beistand ab, schrien und weinten gemeinsam, bis Angela ein Beruhigungsmittel verabreicht wurde und sie in totale Lethargie verfiel. Viv nahm von Didier St Cloud, dem Stationsarzt der Geburtshilfe (den Audrey zu Hilfe gerufen hatte, um die aufgeregten Mütter zu beruhigen) einen Brandy entgegen, trank und versank ebenfalls in bedrücktes Schweigen. Endlich konnten Schwester Lichfield und ihre Helfer allen anderen Müttern versichern, daß dieser seltene und ungewöhnliche Todesfall keinerlei Auswirkungen auf ihre Kinder habe, und Didier St Cloud bekam Gelegenheit, die Leiche des Babys zu begutachten und die kleine Chowdary für tot zu erklären.

»Obduktion zum frühestmöglichen Termin«, ordnete er an. »Ich erledige den Papierkram, ja? Sie haben schon genug mit den Müttern zu tun.« Schwester Lichfield schaute ihn kurz an und nickte. Sie und St Cloud gerieten oft aneinander, da er für ihre Begriffe zu viele überspannte Ansichten über die Frauenheilkunde vertrat, die er absolut nicht untermauern konnte – und sie war in seinen Augen eine verkalkte Schachtel, die man schon vor Jahren an die Luft hätte setzen sollen; doch in einer derartigen Situation war sich jeder der Wertschätzung des anderen bewußt und für dessen Unterstützung dankbar.

»Wenn Sie so freundlich sein würden, gern«, erwiderte die Schwester daher. »Es dürfte Ärger ohne Ende geben, weil ich weder Sie noch Fay Buckland hinzugezogen habe. Aber ich hielt es nicht für notwendig. Trotzdem habe ich das Baby von einem Kinderärzte-Team durchchecken lassen. Und vielleicht –«

»Das ist schon in Ordnung«, erwiderte Didier St Cloud und griff nach den Papieren, die er ins Büro der Stationsärzte mitnehmen wollte, um seine letzte Beurteilung der Untersuchung zu schreiben. »Niemand kann Sie für irgend etwas verantwortlich machen. Solche Dinge passieren nun mal. Ob es eine schwere Geburt ist oder eine ganz normale, spielt gar keine Rolle. Wenn die Kleinen an SIDS sterben sollen, dann tun sie's auch.«

»Ich schätze auch, daß dies die Ursache ist«, stimmte Schwester Lichfield ein wenig verdrossen zu. »Es kann doch eigentlich nichts anderes sein, oder?«

»Genau«, meinte Didier und machte sich auf den Weg. »Es kann gar nichts anderes sein.«

Und zu Schwester Lichfields großer Erleichterung war auch der Coroner dieser Auffassung.

Schwester Lichfield gab sich große Mühe, die Chowdarys zu vergessen, obwohl es nicht einfach war. Angela, die am Morgen der Geburt so vergnügt und glücklich gewesen war, schien nun, eine Woche später, um Jahre gealtert und geradezu geschrumpft zu sein, während Viv eisige, entrückte Distanz ausstrahlte. Als sie das Krankenhaus nach der Abschlußuntersuchung, die kaum mehr als eine Formalität gewesen war, verließen, murmelte Audrey Celia Lichfield zu: »Ich wär' nicht überrascht, wenn er ihr den Laufpaß gibt und sich an 'ne andere ranmacht.«

Celia blickte sie stirnrunzelnd an. »Sei nicht so melodramatisch!«

»Bin ich diesmal gar nicht. Hast du das Gesicht

von dem Mann nach der Geburt der Kleinen gesehen? Es war, als hätte jemand ein Freudenfeuer in ihm angezündet. Und guck ihn jetzt an. Er ist genauso alt wie sie, also hat er jede Menge Zeit, noch mal von vorn anzufangen, sich 'ne andere zu suchen und neue Kinder in die Welt zu setzen. Sie hat ziemlich schlechte Karten. Die arme Frau.«

Und dem konnte Schwester Lichfield nichts entgegenhalten. Sie hatte selbst ähnliche Geschichten erlebt. Sie wußte besser als die meisten, daß Kinderkriegen nicht nur aus langen Wehenperioden und schmerzhaften Dammnähten bestand. Über die Dinge, die sie in ihrer Geburtshilfeabteilung erlebte, könnte man glatt ein Buch schreiben, wie sie manchmal Bekannten zu erzählen pflegte.

Aber sie schrieb das Buch nicht. Sie ging wieder ihren gewohnten Tätigkeiten nach, und eine Weile lief alles so glatt, wie man es sich nur wünschen konnte. Die Abteilung nutzte ihre Einrichtungen so effektiv, daß die Patienten das Krankenhaus rasch wieder verlassen konnten und der Durchsatz gesteigert wurde (»Was für ein schreckliches Wort!« sagte Schwester Lichfield zu Fay Buckland, der Chefärztin. »Hört sich so an wie diese Dinger, mit denen man Gewehre reinigt.« »Pssst!« machte Fay Buckland. »Du verwechselst das mit Durchzügen. Laß dich bloß nicht von den Marketingstrategen erwischen, wenn du weiter so redest.« Die Finanzabteilung des Krankenhauses stellte Gelder zur Verfügung, damit einige Stationen auf den neuesten Stand gebracht werden konnten. »Wir müssen unsere Geburtshilfeabteilung aggressiver vermarkten, Schwester«, mahnte Margaret Cotton, die Leiterin der Finanzabteilung des National Health Service-Trusts, dem das

Old East seit vergangenen April unterstellt war. »Denn wenn wir's nicht tun, wird die Krankenhausoberaufsicht uns den Laden dichtmachen. Und das wollen wir doch nicht, oder?«

Schwester Lichfield bestätigte mit saurer Miene, daß daran wirklich keinem gelegen sei, und strengte sich mehr denn je an; nicht nur, indem sie Überstunden auf der Entbindungsstation machte, sich um die praktische Ausbildung der Schülerinnen kümmerte und ihr weniger erfahrenes Personal zu größeren Leistungen antrieb, sondern auch, indem sie viele Stunden auf Meetings verbrachte (verschwendete, wie sie es nannte) und sich mit dem Vorsitzenden des Rates für Familienpolitik traf – einer Institution, der sowohl die Geburtshilfe, die Gynäkologie und die Kinderklinik als auch die Abteilungen für Familienplanung und Reproduktionsmedizin, die Fertilitätsklinik, unterstanden. Gemeinsam versuchten sie, die Finanzen in Ordnung zu bringen und sich alles Mögliche einfallen zu lassen, wie man Schwangere von den attraktiveren Krankenhäusern in der Nähe des Old East abziehen konnte. Sie hatte mehr als genug zu tun, um nicht mehr an die traurigen Chowdarys und ihr totes Baby denken zu müssen.

Bis es an einem Winterabend, am ersten Dezember, erneut geschah. Diesmal handelte es sich um einen großen kräftigen Jungen, der nach nur siebenstündigen, sehr ruhigen Wehen zur Welt gekommen war und ihnen nicht den geringsten Anlaß zur Sorge gegeben hatte.

Die Mutter, Helen Popodopoulos, eine sehr entspannte und erfahrene Drittgebärende, hatte sich für eine ambulante Geburt mit anschließender Hausbetreuung entschieden und ihre eigene Hebamme, die für ihren Bezirk zuständige Ann Powell, mitgebracht. Schwester Lichfield kannte Ann Powell gut, sie war vor vielen Jahren eine ihrer eigenen Schülerinnen gewesen, und das Krankenhaus (repräsentiert durch Schwester Lichfield) und der Bezirk (vertreten durch Ann Powell) hatten schon seit langer Zeit vorzüglich zusammengearbeitet. Die Mutter befand sich in guten Händen und sollte am Morgen nach der Entbindung das Krankenhaus wieder verlassen.

Doch dazu kam es nicht. Als die Nachtschwester am nächsten Morgen um sechs Uhr das Baby zu seiner Mutter bringen wollte – man hatte alle Babys von Helens Vierbettzimmer ins Neugeborenenzimmer verlegt, weil zwei Mütter nach besonders schweren Geburten übermüdet gewesen waren und die anderen beiden gegen eine ruhige Nacht ohne das Geschrei ihrer neugeborenen Kinder absolut nichts einzuwenden hatten – war der kleine Popodopoulos tot.

Und dieses Mal lagen die Dinge anders, denn George Postern Barnabas, die nach dem Tod des ersten Babys Urlaub hatte und wegen einer entzündeten Wunde an ihrer linken Hand krankgeschrieben war, als man das nächste tote Baby in der Pathologie eingeliefert hatte, stand nun wieder auf ihrem Posten. Und sie hatte keinesfalls vor, drei Krippentode innerhalb von fünf Monaten als bloßen Zufall zu akzeptieren. George wußte es besser. Und sie machte sich wirklich große Sorgen.

2

»Schrecklich, nicht wahr«, sagte Sheila mit einer Stimme, die vor Mitleid triefte. »Es ist einfach schrecklich, wenn Babys sterben. So eine furchtbare Verschwendung, und dann die Mutter, die mit leeren Armen dasitzt ...«

George schnitt eine Grimasse. Mehr als sonst ärgerte sie Sheilas sentimentales Geschwätz, doch sie war sich sehr wohl bewußt, daß sie an diesem Morgen an allem und jedem etwas auszusetzen hatte.

Zum Beispiel am Wetter; die Luft war nicht kalt und frisch – damit kam sie gut klar – sondern feucht, und vom Fluß wehte eine zermürbende Kälte herauf, die einen Gestank nach Öl und Schlamm und Moder mit sich führte. Seit sie in ihrer lauten kleinen Wohnung in Bermondsey auf der anderen Seite des Flusses aus dem Bett gekrochen war, schien alles, was sie anfaßte, vor Feuchtigkeit schleimig und klebrig zu sein – der Himmel mochte wissen, welche Form von Umweltverschmutzung dafür verantwortlich war. Ihre Hand fühlte sich schwer und taub an und wollte ihr nicht so recht gehorchen, als sie an der kleinen Leiche arbeitete, obwohl die Verletzung jetzt ofiziell geheilt war. Zum Glück war es die Linke, in die sie während der Obduktion eines Stadtstreichers mit dem Skalpell hineingestochen hatte. Schon der Gedanke an diese Ungeschicklichkeit machte sie immer noch wütend und ließ sie vor Scham erröten.

Wenigstens war an ihrem ersten Arbeitstag keiner der Polizisten vom Revier an der Ratcliffe Street anwesend, stellte sie erleichtert fest. Scheußlich, wenn Rupert Dudley mit seiner üblichen sardonischen Miene da rumgestanden hätte oder einer der jüngeren – Michael Urquhart zum Beispiel, der freundlich und einsichtig sein konnte, was in gewisser Weise aber noch schlimmer war als Ruperts verächtlicher Blick. An Gus Hathaway wollte sie keinen einzigen Gedanken verschwenden. Ein dummer Vorsatz, wie sie nur zu gut wußte, und das machte sie noch wütender.

Und dann das Chaos, daß sie bei ihrer Rückkehr im Labor vorgefunden hatte. Sicher, sie war einen Monat krank gewesen, aber das rechtfertigte noch lange nicht all den Schmutz und die Papierberge auf ihrem Schreibtisch. Sie hatte etwas in diesem Sinne zu Sheila gesagt, die als dienstälteste MTA auch für eine effektive Arbeit in der Pathologie verantwortlich war. Sheila hatte zuerst entrüstet dreingeschaut, ihr dann aber zugestimmt – die Dinge waren wirklich aus dem Lot geraten. Aber was konnte sie, Sheila, denn tun, wenn die Leitung es ablehnte, für Barbara Pratt, der MTA aus der Hämatologie, oder die Praktikantin Tracy, die beide im Sommer aufgehört hatten, Ersatz zu suchen? Und wenn es Georges Vertreter nicht im geringsten interessierte, wie die Arbeit erledigt wurde? Sie gab ihr Bestes, aber wie konnte man von ihr, Sheila, erwarten, daß sie mit allem allein fertig wurde? Sie konnte auch nicht zaubern, sie war bloß ein bescheidenes Rädchen im Getriebe.

Und, so fuhr sie fort (allmählich erwärmte sie sich für ihr Thema),es gab ja nicht nur in der Pathologie große Personalprobleme; bedrohten die Veränderungen, die der neue Aufsichtsrat nun, da sie einem Trust unterstanden, vorschrieb, nicht das gesamte Old East? »Die dämlichen Büroklammern zählen«, sagte sie bitter. »Das ist alles, was wir noch dürfen. An allen Ecken und Enden wird gekürzt und beschnitten. Tod durch tausend Messerstiche, das ist es.« Es klang so stolz, als habe sie die leere Phrase soeben selbst erfunden. »Und dann noch diese verdammten Gewerkschaftsdemos! Ob man raus oder rein will, jedesmal stolpert man über diese Typen mit ihren Transparenten – und um dem Ganzen die Krone aufzusetzen, kommen Sie dann an und machen mir die Hölle heiß, wo ich doch getan habe, das schwör' ich Ihnen, was ein Mensch nur leisten kann, um die Dinge am Laufen zu halten –«

George hatte nur einmal tief Luft geholt und gar nicht mehr zugehört. Sie biß sich auf die Lippen, unterdrückte ihre Mutmaßung, wieviel Zeit Sheila tratschend am Telefon verbracht haben mochte – ihre schlimmste Unsitte – und kündigte lediglich an, demnächst mit Professor Hunnisett darüber zu sprechen. Der Mann, der eigentlich die Kontrolle über die Besetzung der Stationen hatte, war natürlich der Oberste Verwaltungsleiter, Matthew Herne. Er würde ihr nur eine schroffe Absage erteilen, denn sein ausschließliches Interesse galt seinen Zahlenkolonnen. Der einzige Mensch, an den sie sich in dieser Angelegenheit vertrauensvoll wenden konnte, war Professor Hunnisett in seiner Eigenschaft als Ärztlicher Direktor der Klinik – die Tatsache, daß alle neue Titel führten, seit das Old East dem NHS-Trust angehörte, trug sehr zu Georges Ärger bei –, der allerdings keine große Hilfe sein dürfte.

Sie schaffte sich Sheila vom Hals, die ihrer Bitte um eine Tasse Kaffee nur widerwillig nachkam. Grollend stapfte sie durch das Hauptlabor und beklagte sich bei Jerry und Jane und Peter und jedem, der es hören wollte, daß sie schließlich kein Dienstmädchen sei und die Frau sich ihren verdammten Kaffee gefälligst selber kochen könne, – ehe sie in der Teeküche Wasser aufsetzte. George ließ sich hinter ihrem Schreibtisch nieder.

Der Papierkram mußte warten, der Autopsiebericht hatte absolute Priorität. Er war noch nicht getippt, deshalb legte sie die Kassette, auf die sie ihn diktiert hatte, in ihren Walkman ein, um sich noch einmal ins Gedächtnis zu rufen, was sie an dem Leichnam gesehen und untersucht hatte.

Sie schloß die Augen, massierte sich die taube Hand und hörte stirnrunzelnd zu.

Alles sprach für einen Krippentod. Eine andere Todesursache konnte definitiv ausgeschlossen werden: Sie hatte trotz ihrer Zweifel an dieser Möglichkeit intensiv nach Einstichen gesucht, Gewebeproben entnommen und diese von Jerry, ihrem fähigsten MTA, auf Insulin untersuchen lassen. Seit dem Skandal um die Krankenschwester aus Lincolnshire, die am Münchhausen-Syndrom gelitten und vor einem Jahr Kinder mit der Spritze ermordet hatte, legte sie – wie jeder andere Pathologe – darauf gesteigerten Wert. Da sie keinerlei Anzeichen auf Gewalteinwirkung gefunden hatte, konnte sie im Bericht für den Coroner nur den Plötzlichen Kindstod, das Sudden Infant Death Syndrome, als Todesursache angeben. George öffnete die Augen und spulte das Band zurück. Diese wenig befriedigende Diagnose erinnerte sie an die alten Kirchenregister, laut denen die Leute an ›Unstillbarem Ausfluß‹ oder ›Unheilbarer Melancholie‹ gestorben waren. Ebenso ungenau!

Sie lehnte sich zurück und rieb sich die Stirn. Ihre linke Hand schien immer schwerer zu werden, doch war das verwunderlich, wenn sie ständig an sie dachte? Sie versuchte, sich abzulenken, und verlagerte ihre seelische Anspannung in die Arbeit. Hätte sie an jenem Tag, an dem sie die Obduktion an der schon etwas verwesten Leiche des Stadtstreichers vornahm (sie hatte schon eine ganze Woche mitten im Müll gelegen, weil dieser nach Privatisierung der Straßenreinigung in diesem Bezirk – so der Polizist, der die Leiche eingeliefert hatte, irgendwie in der ganzen Gegend verteilt war), nicht an ihre Mutter denken müssen, wäre ihr das Mißgeschick mit dem Skalpell nicht passiert; sie hätte sich keine Infektion zugezogen, ihre Hand wäre nicht überproportional anschwollen, und sie hätte nicht extrem hohes Fieber bekommen. Und wenn das nicht geschehen wäre, hätte man sie nicht fast einen Monat auf der Isolierstation festgehalten, um das auslösende Virus zu ermitteln und die Infektion zum Stillstand zu bringen. Dort hatte sie Zeit gehabt, über ihre Mutter nachzudenken ...

Sie griff nach einigen Akten und versuchte, sich zu konzentrieren, aber es hatte keinen Zweck. Sie mußte sich jetzt klarwerden, was sie tun wollte, denn es war schon über einen Monat her, seit sie Tante Bridgets Brief erhalten hatte, und je eher sie es hinter sich brachte, desto früher konnte sie sich wieder ihren eigentlichen Aufgaben widmen.

Ein paar Minuten später schob sie die Akten beiseite und nahm ein Blatt Papier aus ihrer Schreibtischschublade. Sie würde das Problem, wie immer, schrittweise lösen. Sie zog eine saubere Mittellinie über das ganze Blatt und notierte als Überschrift: ›Möglichkeiten‹ und darunter ›Erstens‹. Dann hielt sie inne und kaute an ihrem Kugelschreiber. Nach einer Weile schrieb sie entschlossen: ›T.B.s Brief ignorieren, weil er Unsinn ist.‹ Dann hielt sie erneut inne.

Die Frau, die sie seit ihrer Kindheit Tante Bridget nannte, obwohl sie nur eine Freundin ihrer Mutter war, hätte niemals unnötigerweise großen Wirbel veranstaltet. Deshalb war sie ja auch die beste Freundin ihrer Mutter. George mochte sie sehr gern. Und wenn sie sich nun Sorgen um Vanny – Georges Mutter – machte, dann mußte sie einen triftigen Grund dafür haben. Es konnte sich nicht um eine Kleinigkeit handeln.

»Sie kommt nicht mehr so gut zurecht, wie sie glaubt«, hatte Bridget in ihrer großen, nach links geneigten Schrift geschrieben, die George so vertraut war.

Ich kann mich jetzt nicht mit Einzelheiten aufhalten, und ich weiß auch nicht, ob ich das überhaupt will. Ich möchte einfach nur, daß Du nach Hause kommst und sie siehst. Das ist alles. Ich habe mit Deinem Onkel Nathaniel geredet, aber Du weißt ja, was für ein alter Scheißkerl er ist – ich bin sicher, daß Du mir dieses Wort verzeihst, denn ist es nicht die reine Wahrheit? Er sagte lediglich, es gehe ihn nichts an. Obwohl ich zugeben muß, daß ihr der alte Teufel auch kaum helfen könnte, selbst wenn er wollte. Er ist fast sieben Jahre älter als Deine Ma, und sie wird ja nächsten Januar auch schon siebzig, woran ich Dich nicht extra zu erinnern brauche. Also, wie steht's? Könntest du nicht rüberkommen und eine Weile bei ihr bleiben? Für sie wäre es einfach schön, und ich könnte mich leichter entscheiden, was als nächstes zu tun ist ...

Es folgte irrelevanter Tratsch über Georges Cousins und Cousinen, die weitverstreut irgendwo in den Neuenglandstaaten lebten, fernab von Buffalo im Norden des Staates New York, wo Bridget und Vanny schon seit vierzig Jahren als zufriedene Nachbarinnen und Freundinnen wohnten. Bridget hatte Vanny mit keinem weiteren Wort erwähnt und war bei Georges Rückruf, die sich über diese Auslassungen Gedanken gemacht hatte, auch nicht offener gewesen.

»Komm und sieh selbst«, war alles, was sie gesagt hatte. »Ich bin kein Arzt, George. Aber du. Sie ist zwar nicht richtig krank, das nicht. Es ist nur – also, komm einfach und sieh selbst.« Mehr hatte George aus ihr nicht herausbekommen, und – in Erinnerung an Bridges Sturheit – jeden weiteren Versuch unterlassen.

Nein, sie konnte Tante Bridgets Brief nicht einfach ignorieren. Sie blickte wieder auf das leere Blatt und schrieb: ›Nach Hause fliegen.‹

Sie lehnte sich im Stuhl zurück und erwog diese Möglichkeit. Dann schüttelte sie den Kopf. Es war einfach nicht machbar. Sie konnte ihrem Arbeitsplatz nicht für einen Monat oder noch länger fernbleiben, nicht nach einem so ausgedehnten Krankenurlaub, und es hätte ja wohl keinen Sinn, weniger Zeit bei ihrer Mutter zu verbringen, oder? Auch wenn sie sich dies finanziell erlauben könnte – was mehr als fraglich war.

Ihre kleine Wohnung in Bermondsey hatte sie ein Vermögen gekostet: Da die Yuppisierung schon fast die ganzen Docklands durchdrungen hatte, war ihr Versuch, seinerzeit eine einigermaßen erschwingliche Wohnung in einer der bürgerlichen Wohngegenden zu finden, gescheitert. Die Mieter, zum Teil Angestellte der Stadt, hatten Wohnrecht auf Lebenszeit, und die Warteliste der Stadtverwaltung war so lang gewesen, daß ... Letztendlich hatte George eine Eigentumswohnung in einer der saturierten Straßen nehmen müssen. Die Alteinwohner bedachten die Kutscherlampen aus Messing und die blendendweißen Fassaden der Häuser mit verächtlichen Blicken, und die Ladenbesitzer nutzten jede Gelegenheit, um den Zugezogenen überhöhte Preise aufzudrücken. George hatte für den Kauf dieser Wohnung ihre letzten Spargroschen zusammengekratzt, und der Himmel mochte wissen, wann ihre Schulden für die Möbel abbezahlt waren.

Sie hatte also kein Geld, und das war der Kern ihres Dilemmas. Sie konnte Ma nicht besuchen, weil sie es nicht wagte, unbezahlten Urlaub zu nehmen, und ein Flugticket konnte sie sich ohnehin nicht leisten.

›Ma dazu bringen, mich zu besuchen‹, hielt sie als nächsten Punkt fest, legte den Kugelschreiber weg und stützte das Kinn in die Hand.

George liebte ihre Mutter sehr – solange sie weit entfernt war. Seinerzeit hatte ihr Vater in seiner Rolle als Puffer die beiden weiblichen Wesen davon abgehalten, sich ständig zu streiten: er liebte seine Frau, hatte er George mit aller Bestimmtheit erklärt, und werde nicht zulassen, daß die ungestüme junge George sie in den Wahnsinn treibe. Seiner Frau hingegen hatte er versichert, daß er seine Tochter liebe und ihrer willensstarken Mutter nicht erlaube, sich über Gebühr in deren Leben einzumischen. Und die beiden hatten seine Ratschläge beherzigt und die meiste Zeit friedlich miteinander gelebt. Aber nachdem er gestorben war – oh, je. Da konnte es keinen Frieden mehr geben, solange sie zusammenwohnten.

Sieh den Tatsachen ins Gesicht, Mädchen, ermahnte sich George. Du befürchtest nicht, keinen passenden Job in Buffalo zu finden, du willst nicht dorthin zurück, weil du nicht mehr mit ihr zusammenleben kannst, so daß sie hier zu haben genauso schlimm wäre.

»Ich muß Bridget fragen«, sagte sie unvermittelt laut und grinste vor Erleichterung. Natürlich. Sie listete auch diesen Entschluß auf, knüllte das Blatt anschließend zusammen und warf es in den Papierkorb. Wieder einmal hatte es gewirkt, einem Problem schriftlich auf den Grund zu gehen, sofort fühlte sie sich etwas besser. Sie spürte, daß sie sich selbst und ihre Privatangelegenheiten im Griff hatte.

Jetzt war sie in der Lage, sich auf berufliche Dinge zu konzentrieren. Sie schnappte sich den Papierkram und begann, ihn mit flinken Fingern auf Stapel zu sortieren – ›Dringend‹, ›Nicht-so-dringend‹ und ›Muß-jemand-anders-erledigen‹, auf den sie das meiste häufte. (Wer sollte das sein? Sheila? Höchstwahrscheinlich. Sie hat's verdient, dachte sie hämisch.) Für sich selbst ließ sie einige wenige Unterlagen, die sie mit Leichtigkeit bis zum Feierabend bearbeiten konnte. Bereits nach einer halben Stunde konnte sie sich erneut dem unerklärlichen Ableben des kleinen Popodopoulos widmen.

Noch einmal las sie die an die Formblätter für die Obduktion geheftete Notiz. »Das ist der dritte Kindstod, den wir seit dem Sommer auf der Entbindung haben. ??? Besteht da eine Verbindung???« Sie war mit der Maschine geschrieben und nicht unterzeichnet, aber George nahm an, daß sie von dem Arzt stammte, der den Todesschein ausgestellt hatte, und sie blätterte die Seiten durch, um nach seinem Namen zu suchen. Ach ja, dachte sie dann. Didier St Cloud. Ein stämmiger junger Mann mit dichten, wirren blonden Haaren, dessen Englisch nicht den leisesten französischen Akzent aufwies, wenngleich er in Lyon geboren und aufgewachsen war. George entsann sich, ihn einmal in der Kantine gesehen zu haben. Damals hatte er gelacht und war in einer überaus angeregten Unterhaltung mit einer der hübschesten jungen Schwestern vertieft gewesen. Hattie Clements, Georges beste Freundin unter den Krankenschwestern, die dem Klatsch ebenso frönte wie sie selbst, hatte ihr einiges über den jungen Mann erzählt.

»Ganz schön intelligent, der Junge, das behauptet jedenfalls Audrey Burke. Sie findet ihn unheimlich toll, glaub' ich. Und ist verdammt eifersüchtig, weil er offensichtlich eine Schwäche für Alison Gurney hat – das ist die, mit der er gerade spricht – und sie weiß, daß Celia Lichfield ihn nicht leiden kann, und das macht ihn in ihren Augen noch interessanter. Sie kann die Lichfield nicht ausstehn, obwohl sie nach außen hin gut mit ihr klarkommt. Aber Audrey meint, man muß es eben versuchen, wenn man schon auf einer Station zusammensteckt.«

Natürlich ist nichts davon wichtig, ermahnte sich George. Es geht einzig und allein darum: Wenn er recht hat und es tatsächlich drei dieser Kindstode auf der Entbindung gab, dann müssen wir uns wirklich Sorgen machen. Ich muß ihn fragen, ob die Notiz von ihm ist und warum er sie nicht unterschrieben hat – denn wenn er das nicht zugeben will und an der Sache wirklich was faul ist, könnte das etwas bedeuten.

Unversehens hatte sich ihre Laune gebessert. Sie ertappte sich dabei, daß sie leise durch die Zähne pfiff, als sie ihr kleines Büro verließ, um eine Runde durch die Labors zu drehen. Es war gar nicht so schlecht, wieder hier zu sein, auch wenn das Wetter so beschissen war. Sie könnte Ma einen dieser Sonderflüge besorgen, bei denen man zu einem vorher festgelegten Termin zurückfliegen mußte; und wenn sie während ihres Besuches in Streit gerieten (es würde höllisch eng werden; George hatte nur ein Schlafzimmer, das sie sich mit Ma und Bridget teilen mußte, was ohne Zweifel Anlaß zu Reibereien gab), konnte sie sich damit trösten, daß sie nur ein paar Wochen bleiben würden. Zudem konnte sie sich auf einen vielversprechenden Fall stürzen. In letzter Zeit hatte es kaum einen gegeben, für den sich irgend jemand interessiert hätte.

George blieb vor der Tür zum Hauptlabor stehen und grinste ironisch. Du meinst, es gab keinen Fall, der Gus interessiert hätte, sagte sie zu sich selbst, und aus diesem Grund hast du ihn lange nicht mehr gesehen und vermißt ihn jetzt. Komm schon, sei ehrlich! Du vermißt ihn.

»Ich vermisse das Lachen«, sagte sie laut. Dann schüttelte sie den Kopf. Das natürlich auch, aber nicht nur! Gus verhielt sich seit neuestem wirklich etwas seltsam, und das allein war schon ein Rätsel, das sie gern gelöst hätte. Vor nicht allzu langer Zeit noch hatte er sie ständig angerufen, war unter den fadenscheinigsten Vorwänden in der Pathologie aufgetaucht und hatte sich im großen und ganzen wie ein glühender Verehrer benommen, was ihr ausnehmend gut gefallen hatte. Natürlich wäre sie um nichts in der Welt bereit gewesen, dies zuzugeben. Der Mann war schon eingebildet genug, und außerdem hatte sie ihm sein Verhalten damals, als sie noch mit Toby Bellamy befreundet gewesen war, immer noch nicht verziehen: Gus hatte schlichtweg gelogen, hatte behauptet, sie müßten unbedingt im Oxfordfall ermitteln, nur um sie davon abzuhalten, sich weiterhin mit Toby zu treffen. Und bis vor zwei Monaten, solange Toby noch im Old East gewesen war, und lange nachdem sich ihre Beziehung zu ihm bereits abgekühlt hatte, war Gus immer noch der aufmerksame Verehrer gewesen.

Aber nachdem Toby das Krankenhaus verlassen und George sich daran gewöhnt hatte, Gus zu sehen, wann immer ihr danach gewesen war, hatte Gus aufgehört, sie einzuladen. Sein Verhalten war immer interessanter und immer merkwürdiger geworden, und nun mußte sie sich eingestehen, daß sie ihn vermißte. Sein Lachen vermißte. Die Fish-und-Chips Dinner in seinem Restaurant vermißte, dessen Personal ihn wie den Lieben Gott höchstpersönlich behandelte, was er sichtlich genoß. Und sie vermißte es, mit ihm über interessante Fälle diskutieren zu können.

Aber die Fälle, in denen sie in den letzten Monaten zusammengearbeitet hatten, waren eher Routinesachen gewesen: Selbstmörder, die man aus der Themse gefischt hatte; prügelnde Ehegatten (in einem Fall hatte eine Ehefrau ihren tyrannischen Mann umgebracht, ein Tatbestand, der George frohlocken, Gus jedoch hartnäckig darauf bestehen ließ, daß er Leute verurteile, die Männer und Frauen nach zweierlei Maß mäßen. Nachdem er auch noch ihren Sinn für Gerechtigkeit angemahnt hatte, war es zu einem ausgewachsenen Streit gekommen, aus dem George, wie sie selbst meinte, siegreich hervorgegangen war, was Gus jedoch strikt verneint hatte), sowie die üblichen Messerstechereien, Faustkämpfe und allgemeinen Zwistigkeiten unter den Jugendlichen von Shadwell und Umgebung.

Daher mußte ihn die seltsame Geschichte mit drei toten Babys um so mehr interessieren. Natürlich mußte sie ihn interessieren. Ihr ging es ja genauso. Sie konnte auf eigene Faust im Krankenhaus herumschnüffeln und Gus eventuell Neuigkeiten präsentieren. Wie auch immer – eines stand fest: Sie war ganz und gar nicht damit einverstanden, den Tod dieses Kindes schlichtweg als weiteren Krippentod abzutun. Drei identische Todesfälle in fünf Monaten hielt sie für mehr als unwahrscheinlich. Wenn sie erst das Labor wieder auf Vordermann gebracht hatte, würde sie sich selbst ein bißchen in Umlauf bringen ... Sie verzog das Gesicht, als ihr klar wurde, daß sie eben eine von Gus' bevorzugten Redensarten gebraucht hatte. Dieser verdammte Mann, dachte sie, ich werd's ihm zeigen! Und fühlte eine absurde Hochstimmung.

Ihre gute Laune hielt, bis sie um neun Uhr abends nach dem Telefon griff, um ihre Mutter anzurufen, die um vier Uhr nachmittags eigentlich zu Hause sein mußte. Oder betrug der Zeitunterschied jetzt sechs Stunden? George konnte sich das nie merken.

Während sie die vierzehnstellige Nummer wählte, die sie mit ihrem früheren Heim verband, dachte sie an ihre Mutter. Wie mochte es ihr gehen? Sie saß reglos da und starrte auf die frischgestrichenen Wände ihrer neuen Wohnung, horchte auf das Freizeichen und sah vor ihrem geistigen Auge das große alte Wohnzimmer mit den weichen Chesterfieldsofas und den Sesseln und Pas Rollsekretär, auf dem das Telefon stand. Sah ihre Mutter vor sich, wie sie aus der Küche durch die Schwingtür eilte. Und als der Hörer schließlich abgenommen wurde, sagte sie, so fröhlich sie konnte: »Ma? Was gibt's Neues, Honey? Hier ist George. Wie läuft's?« Und richtete sich auf ein langes Gespräch ein.

3

Welche Notiz?« fragte Didier St Cloud und runzelte die Stirn. Er trug seinen grünen OP-Kittel, und über seinen Nasenrücken zog sich immer noch der Abdruck der Gesichtsmaske, die zu fest gebunden worden war. »Ich weiß nicht, was Sie meinen.«

»Sie war an das Formblatt für die Autopsie geheftet«, erklärte George geduldig. »Die des Popodopoulos-Babys.«

»Das war ja eine scheußliche Geschichte. Die arme Mutter war in einer schrecklichen Verfassung. Die ganze Familie hatte – also, es war einfach schlimm. Aber ich hab' zu dem Fall keine besonderen Notizen gemacht – nur die Routinesachen.«

»Hier, ich zeig' es Ihnen«, sagte George und blätterte die Akte durch. »Wenn ich sie nicht im Labor vergessen habe – Ach nein, hier ist sie. Sehen Sie selbst.« Sie warf den Obduktionsbericht auf Schwester Lichfields Schreibtisch, und er beugte sich darüber.

»Das ist der dritte Kindstod, den wir seit dem Sommer auf der Entbindung haben. ??? Besteht da eine Verbindung???« las er vor. Verblüfft schüttelte er den Kopf. »Wie könnte ich das geschrieben haben? Ist doch getippt.«

George schaute sich in dem vollgestopften Büro um. »Na ja, da steht schließlich eine Schreibmaschine.« Sie wies mit dem Kinn auf ein ziemlich ramponiertes Modell, auf einem kleinen Tisch an der Wand. »Manche Leute tippen alles, und ehrlich gestanden, ich bin froh darüber. Ist verdammt leichter zu lesen als Handschrift, das darf ich Ihnen versichern.«

»Tja, ich kann mir schon vorstellen, daß Sie mit meinem Gekritzel Ihre Schwierigkeiten haben«, sagte Didier vergnügt. »Aber ich bin ein Idiot, was Technik betrifft. Ich kann so wenig mit dem Ding da umgehen, wie ich fliegen könnte. Das ist nun mal Elektronik, Herrgott im Himmel, also hab' ich damit nichts am Hut!« Er schnipste die Notiz zwischen Daumen und Zeigefinger und schob sie George zu.

»Aber es ist doch komisch, nicht?« George ließ nicht locker und legte den Zettel wieder in die Akte. »Finden Sie nicht? Daß jemand so was schreibt ...«

Didier zuckte die Achseln. »Also mich überrascht das überhaupt nicht. Ich meine, wir hatten immerhin drei Krippentode seit – wann war das noch? – Juli. Ich schätze, jemand wollte Sie einfach darauf hinweisen. Wenn Sie nicht krank gewesen wären, hätten Sie doch davon gewußt, nicht wahr? Ich würde sagen, irgendein kluger Mensch hat diese Notiz getippt, damit Sie informiert sind. Womit ich wieder mal aus dem Rennen wäre. Ich bin nicht so klug.« Er grinste sie entwaffnend an und streckte sich. »Es ist dieser alte Krankenhaus-Aberglaube, meinen Sie nicht auch? Man sagt, die Dinge passieren immer dreimal. Und irgendwie stimmt das tatsächlich. Ich hab' eben meine dritten Zwillinge in diesem Monat entbunden. Gar nicht schlecht, was?«

»Gar nicht schlecht, wenn es Ihre eigenen Zwillinge wären«, gab George zurück. Sie erhob sich und ging auf die Tür zu. »Also gut, wahrscheinlich haben Sie recht. Es ist nicht so wichtig, wer mir die Notiz geschickt hat. Wichtig ist, daß ich dem Coroner mitteilen muß, daß ich nicht zufrieden bin.«

Didier St Cloud hatte sich ebenfalls erhoben. »Echt? Ist denn was faul an der Sache?«

»Wenn drei hintereinander wegsterben?« hielt George dagegen. »Wieviel fauler soll es denn noch werden?«

»Der Coroner wird bestimmt anderer Meinung sein«, sagte Didier. »Aber Sie wissen das ja besser als ich, aber ich glaube nur, selbst Coroner können sich vorstellen, daß solche Dinge manchmal passieren. Wie bei meinen Zwillingen. Wie bei den Zwillingen der Eltern, meine ich. Nein, was ich fragen wollte – hat die Obduktion irgendwas Verdächtiges ergeben? Was hat Sie ergeben?«

»Ein totes Baby«, antwortete George ein wenig schroff, »und mehr nicht, verdammt! Es ist so schwierig zu sagen, woran es wirklich gestorben ist. Ja sogar, wann es gestorben ist. Natürlich sind diese Dinge bei Babys schwerer festzustellen als bei Erwachsenen. Es sieht aus wie ein Krippentod, weil man keine andere Ursache findet, aber –«

»Dann ist es doch auf jeden Fall ein Krippentod, oder nicht?« folgerte Didier. »Warum wollen Sie dann so ein Riesengetue mit dem Coroner veranstalten?«

George funkelte ihn an. »Wollen Sie etwa vorschlagen, ich soll es so durchgehen lassen?«

»Warum denn nicht?«

»Weil Plötzlicher Kindstod keine Diagnose einer Todesursache ist. Man gibt damit bloß zu, daß man den wahren Grund nicht benennen kann. Außerdem würde ich gern wissen, warum Sie wollen, daß ich es durchgehen lasse? Welches Interesse haben Sie an der Sache?«

»Persönlich gar keines«, antwortete Didier. Er kam hinter dem Tisch hervor, öffnete die Tür und geleitete George hinaus. »Ich dachte nur an die Eltern. Es ist schon schlimm genug, daß ihr Kind gestorben ist – warum soll man es ihnen noch schwerer machen, indem man den Coroner bestellt und damit die Beerdigung verzögert? Erfahrungsgemäß regt es sie nur noch zusätzlich auf.«

George wollte ihm gerade erklären, daß sie sich genauso viele Sorgen um die Eltern mache wie er, als über einem der Kreißsäle ein Licht aufflackerte und aus aus einem Lautsprecher über ihren Köpfen das Notrufsignal ertönte. St Cloud hob die Hände in einer Geste, die bedeuten sollte, daß er gegen die Tretmühle nichts ausrichten könne, und zog sich die Gesichtsmaske wieder über Mund und Nase. »Ich muß los. Ein ungeduldiger Uterus kann nicht warten. Also, was immer Sie auch tun wollen, die ganze Geschichte ist einfach eine Schande. Was mich betrifft, ich mag tote Babys nicht.« Er war bereits verschwunden, als George ins Leere schimpfte: »Ich ja wohl auch nicht ...«

Unentschlossen stand sie noch eine oder zwei Sekunden da. Um sie herum herrschte der hier übliche Betrieb. Aus sämtlichen Zimmern hörte man Babys brüllen, und ein paar Türen weiter gab eine Gebärende unüberhörbar zu verstehen, daß sie im Verlauf der immer stärker werdenden Wehen entschieden habe, die ganze verdammte Mutterschaft sei doch nicht das Richtige für sie. In der Stationsküche vollführte ein übelgelaunter Pfleger eine Kakophonie mit Töpfen und warf verächtliche Blicke auf die übrige Welt.

George seufzte und verließ die Station. Sie war froh, sowohl deren Gerüchen als auch deren Geräuschen entfliehen zu können. Die leblose Kargheit ihres Labors sagte ihr erheblich mehr zu als die Übelkeit erregende Duftmischung aus parfümiertem Puder und Desinfektionsmitteln, Wäsche und Milch, die hier förmlich in der Luft waberte. Wie man in einer derart hektischen Atmosphäre Tag für Tag arbeiten konnte, lag außerhalb ihres Begriffsvermögens. Sie machte sich auf den Weg zu der unterirdischen Passage, die vom Roten zum Grünen Block führte, in dem auch die Kinderambulanz untergebracht war, denn sie konnte sich nicht entschließen, den Totenschein für den kleinen Popodopoulos auszustellen, ehe sie mit einem der dortigen Ärzte gesprochen hatte.

Daß es seit kurzem eine neue Kinderstation gab, fiel ihr erst ein, nachdem sie die Physiologie und die Beschäftigungstherapie bereits hinter sich gelassen hatte. Leise fluchend kehrte sie um und nahm die Passage unter dem Blauen Block, die man für die Besucher der Klinik angelegt hatte.

Dies war ein Gebäudetrakt, der sich vom Rest des Krankenhauses erheblich unterschied. Das Old East war seit mehreren Jahrzehnten »wie eine Art Warzenbefall« gewuchert, wie Toby Bellamy es einmal ausgedrückt hatte (der Gedanke an ihn machte ihr bewußt, wie einsam sie sich fühlte; sie hatte viel Spaß mit ihm gehabt). Mittlerweile erstreckte es sich über einen beträchtlichen Teil von Shadwell und besaß architektonische Besonderheiten aus der viktorianischen Zeit, die, hinter einer Unzahl von Nissenhütten und anderen behelfsmäßigen Anbauten verborgen, seit Jahrzehnten den schönen Bau verschandelten.

Die Kinderklinik, Station Barrie, die ganz bewußt, in der vagen Hoffnung, irgendwann mal ein Stück aus dem Nachlaß des Mannes zu besitzen, nach dem Schöpfer von Peter Pan benannt worden war (eine vergebliche Hoffnung, da alles Geld aus jener Quelle in das Great Ormond Street Children's Hospital geflossen war), hatte man so übertrieben fröhlich ausstaffiert, daß es George ein wenig schwindelig wurde. Die Verbindungsflure zur Unfallstation im Blauen Block und zum Haupteingang hatte man in grellem Sonnengelb gestrichen, von dem man allerdings nicht viel sah, da buchstäblich jeder Quadratzentimeter Wand mit derart süßlichen Bildern beklebt war, daß sich George, in ihrem Ekel davor, wie der Kinderhasser persönlich vorkam.

»Aber ich kann doch nicht ›Disneyscheiß‹ brüllen, auch wenn mir danach ist«, hatte sie zu Hattie Clements gesagt, als sie zum ersten Mal mit ihr diesen Flur entlanggegangen war. »All diese Bambies und Thumpers und Dumbos! Da fallen einem vor lauter Zucker bald die Zähne aus!«

Als sie nun an den großen toten Augen der Comic-Tiere vorübereilte, fragte sie sich, wie diese Ausstattung zu toten Babys paßte, von denen jetzt eines in einer Kühlzelle der Leichenhalle lag, und wie verängstigte Eltern darauf reagierten, wenn sie ihr sterbendes Kind besuchten ... Dann schalt sie sich selbst für ihre bissigen Gedanken. Den Kindern gefiel es vermutlich sehr gut, und schließlich war diese Station für sie gemacht, nicht für eine zynische Pathologin.

Der Geräuschpegel der Station Barrie ließ George kurz zurückschrecken. Hier schrien die Kinder, noch lauter und durchdringender als die Babys auf der Entbindung, aus dem Spielzimmer drang noch weitaus mehr Lärm, an einem Ende des Hauptkorridors dröhnte der Fernseher und am anderen Ende schrille Popmusik aus einer Musikanlage. Auf der Suche nach jemandem, mit dem sie reden konnte, erspähte George einen jungen Mann von ungefähr zweiundzwanzig Jahren in abgetragenen Jeans und einem bekritzelten T-Shirt, den sie mittels seines Namensschildes als Pfleger Philip Goss identifizierte. Er saß inmitten einer Kinderschar auf dem Boden und erhob sich rasch, als sie auf ihn zukam. Die Kinder brüllten empört über seine Abtrünnigkeit, und eines zerrte an seinem T-Shirt, so daß der junge Mann es hochnahm und auf seine Hüfte setzte. Zerstreut klopfte er ihm den Rücken, während er George mit fragend erhobenen Brauen ansah. »Morgen! Kann ich etwas für Sie tun?«

George war, nicht zum ersten Mal, baß erstaunt über die liebevolle Art und Weise, in der männliche Pfleger mit den Kindern umgehen konnten – ein Charakterzug, den sie mit nicht allzu vielen Männern gemeinsam hatten, dachte sie und lächelte ihn an. Er grinste freundlich zurück.

»Das ist schon möglich. Ich will mit demjenigen sprechen, der am – Sekunde ...«, sie blätterte in ihrer Akte, »... der Mittwochnacht die Neugeborenen auf der Entbindung untersucht hat. Können Sie mir sagen, wer das war?«

»Über die Dienstpläne der Ärzte weiß ich leider nicht Bescheid Da müssen Sie eine der Ärztinnen fragen – drüben am Empfang finden Sie Dr. Kydd.

Tut mir leid, daß ich Ihnen nicht helfen konnte ...« Er drückte den kleinen Jungen auf seiner Hüfte, der nun mit aller Kraft an seinen Locken zog, und befreite sich aus dem Griff der kleinen Finger, indem er das Kind kitzelte und ihm ein glucksendes Lachen entlockte. George eilte weiter und dachte dabei verwirrt an das dreijährige Kind, das sie letzten Monat obduziert hatte, nachdem es von seinem Vater zu Tode geprügelt worden war. Irgendwo im Hinterkopf erwog sie, eines Tages eine Abhandlung über die gesellschaftlichen Bedingungen zu schreiben, die einen Mann zum Kindesmörder und den anderen zu einem Kinderpfleger voller Geschick und Geduld machten. Nur – Abhandlungen mußten wissenschaftlichen Anforderungen genügen, sollten sie jemals veröffentlicht werden. Konnte sie zur Untermauerung ihrer These, daß die Fähigkeit eines Menschen Kinder aufzuziehen, weitaus komplexere Zusammenhänge bestimmten als seine Geschlechtszugehörigkeit, stichhaltige Beweise anführen? Keine!

Susan Kydd warf ihr einen scharfen Blick zu, als sie zum Empfang trat, und verscheuchte Georges Gedanken an eine publizistische Tätigkeit endgültig. Dr. Kydd stand im Ruf, besonders streng zu sein, und obwohl George nie eine Meinungsverschiedenheit mit ihr gehabt hatte, wußte sie, daß die meisten, die sich darauf einließen, alsbald das Feld zugunsten der kampferprobten Susan Kydd räumen mußten. Niemand legte sich mit ihr an, ohne einen triftigen Grund zu haben. George erkannte, daß sie im Begriff war, einige Fragen zu stellen, die durchaus als Kritik an Dr. Kydds Leuten aufgefaßt werden konnten. Hier hieß es diplomatisch sein.

»Guten Morgen«, grüßte sie fröhlich. »Tut mir leid, daß ich so reinplatze. Muß nur mit jemandem reden.«

»Ach? Mit wem denn?« wollte Susan Kydd wissen.

»Keine Ahnung«, erwiderte George und lächelte, so entwaffnend sie konnte. »Mit dem, der die Routineuntersuchungen an den Neugeborenen letzten Mittwochabend auf der Entbindung durchgeführt hat.«

»Mittwoch?« Susan beugte sich über den Tisch und stieß die Schwester an, die in die Krankenakten vertieft war. »Patricia? Erinnern Sie sich zufällig, wer am Mittwoch drüben in der Entbindung war?«

»Ich schau' nach«, antwortete die Schwester, sah George an und nickte. »Morgen, Dr. Barnabas. Freut mich, daß Sie wieder gesund sind. Alles soweit in Ordnung?«

»Mir geht's gut, danke«, erwiderte George und bewegte automatisch die linke Hand. »Nach wie vor 'n bißchen taub, aber das wird schon wieder. Ein Nerv ist verletzt worden, aber gottlob nur leicht. Und natürlich ist es die linke Hand.«

»Wie ist das denn passiert?« Susan Kydd hatte sich wieder ihren Aufzeichnungen zugewandt, doch nun blickte sie interessiert auf. »Haben Sie sich mit einer Nadel gestochen?«

»Mit einem Skalpell«, gestand George und wurde rot. »Ich komme mir so verdammt blöd vor, aber solche Sachen passieren manchmal. Es war eine anaerobe Infektion.«

»Böse Sache«, meinte Susan. »Das hätte ja –«

»Ja, sicher«, unterbrach George, die keine Lust hatte, über irgendwelche Eventualitäten zu brüten – sie wußte selber ganz genau, daß sie trotz allem Glück gehabt hatte. »Aber jetzt geht's mir ja wieder gut, und ich bin froh, daß ich wieder arbeiten kann.«

»Und die Scherben kitten – das ist schon traurig, was?« meinte Susan grinsend, und George grinste erleichtert zurück. Die Frau hatte offensichtlich gute Laune, und sie würde keine Schwierigkeiten mit ihren Fragen haben. »Ich erinnere mich noch gut an die Unordnung hier, als ich aus Bukarest zurückkam. Ich war nur einen Monat weg, aber Sie können sich nicht vorstellen, wie's hier aussah.«

Patricia Collinsons Miene wurde hölzern, und sie sagte, den Kopf über den Dienstplänen, mit lauter Stimme: »Am letzten Mittwochabend, Dr. Barnabas? Vorgestern.« Sie hob das Kinn und lächelte etwas maliziös. »Das waren Sie, Dr. Kydd.«

»Ach ja?« Susan nickte. »Wenn Sie es sagen. Es ist zur Zeit so hektisch hier, daß ich schon nicht mehr weiß, was ich heute morgen getan habe, geschweige denn vor zwei Tagen. Gibt's denn ein Problem?« Sie sah George an.

»Eines der Babys, die Sie an dem Abend untersuchten, ist am Krippentod gestorben – es wurde gestern morgen gefunden. Ich habe die Autopsie durchgeführt und –«

»Krippentod?« Susan verzog das Gesicht, so daß die Falten um Mund und Nase ihr die Züge eines Nußknackers verliehen. »Wie war das noch mal. Drei kamen am frühen Abend und vier etwas später. Also – da waren schwächliche Zwillinge, die mir gar nicht gefielen; ich schickte sie auf die Frühchenstation. Mittlerweile geht es ihnen gut. Hab' mich heute morgen selbst davon überzeugt. Gedeihen prächtig. Ach ja, und ein reichlich untergewichtiges Baby. Die Mutter könnte kokainabhängig gewesen sein – man weiß es nicht genau, aber die Stationsschwester hält es für möglich und –«

»Dieses Kind meine ich nicht«, unterbrach George. »Ich meine ein gut entwickeltes und sehr gesundes Kind – zumindest sah die Leiche danach aus. Es war schwer, hatte fast sechs Kilo.«

»Elf Pfund?« fragte Patricia neugierig. »War die Mutter Diabetikerin?«

George schüttelte den Kopf. »Nein, daran hatten wir auch schon gedacht, das können Sie mir glauben.« Patricia war immerhin so anständig zu erröten. »Nach Insulin schaue ich immer als erstes, besonders, wenn es ein sehr schweres Kind ist. Aber nichts in der Krankengeschichte der Mutter oder der Schwangerschaft deutet darauf hin – im Gegenteil. Es war eine ambulante Geburt, also rechnete keiner damit, daß etwas passieren könnte. Und doch ist dieses Baby gestorben – und ich muß zugeben, daß ich die Ursache nicht finden kann.« Sie stand einen Augenblick still da, runzelte die Stirn, dann schloß sie mit einer gewissen Schärfe: »Ich hasse diese Bezeichnung: ›Krippentod‹. Sie ist so verdammt unbefriedigend!«

»Da muß ich Ihnen recht geben«, sagte Susan, und ihre Züge verloren etwas von ihrer Strenge. »Es ist nicht so schlimm, wenn man die Ursachen findet.«

»Genau. Und deshalb wollte ich mit jemandem sprechen –«

»Um herauszubekommen, ob ich bei der Untersuchung etwas übersehen habe?« Susan klang nicht gerade bissig, aber George spürte, wie sie aufs neue errötete.

»Überhaupt nicht«, entgegnete sie schnell. »Es war

wegen dieser Notiz.« Wieder einmal zog sie das Autopsieformular aus ihrer Akte und zeigte es Susan.

Die Ärztin starrte auf den Zettel und schüttelte den Kopf. »Damit hab' ich nichts zu tun«, erklärte sie. »Wie denn auch, nicht wahr? Das Kind war auf der Entbindung, nicht hier auf meiner Station. Ich wußte noch nicht mal, daß es gestorben war.«

»Klar. Es ist ja auch nur eine Vermutung, aber ...« George biß sich auf die Unterlippe. »Dieser Arzt, kennen Sie ihn? Didier St Cloud.«

»St Cloud ... Ach ja, der, der ausschaut wie ein Mop.«

George mußte grinsen. Ihrer Meinung nach hatte Susans extrem kurz geschnittenes Haar durchaus eine gewisse Ähnlichkeit mit einer Klobürste. Es war schon ulkig, wenn die sonst so sachliche Chefärztin der Pädiatrie einen derartigen Kommentar über das äußere Erscheinungsbild eines Kollegen abgab. »Ja. Genau der. Er hat diese Notiz nicht getippt, und da dachte ich ... Nun ja« – sie zuckte die Achseln – »ich weiß nicht genau, was ich dachte, wenn ich ehrlich sein soll. Ich dachte mir, ich komme zu Ihnen und prüfe es einfach nach. Aber wahrscheinlich sollte ich lieber mal die Schwestern und Hebammen drüben auf der Entbindung fragen. So was ist doch einfach seltsam, nicht?« fügte sie hinzu und schüttelte erneut den Kopf.

»Was? Drei Krippentode seit dem Sommer? Das würd' ich auch behaupten«, sagte Susan Kydd.

»Eigentlich meinte ich diese Notiz«, stellte George richtig. »Betrachten wir's doch mal so: bei einer Belegung wie in unserem Krankenhaus ist es laut Statistik ziemlich wahrscheinlich, daß von Zeit zu Zeit ein Krippentod auftritt. Nein, ich finde es seltsam, daß jemand es für nötig hielt, diese Notiz zu schreiben.«

»Tja, ich fürchte, darüber weiß ich gar nichts«, erklärte Susan kurz angebunden. »Und jetzt muß ich wieder an die Arbeit. Es ist schon elf, und ich hab' so gut wie nichts geschafft. War sonst noch etwas?«

»Nein, nichts, danke«, sagte George und trat beiseite, um die Ärztin vorbeizulassen, sah sie durch den breiten Hauptkorridor auf eine Tür mit der Aufschrift ›Frühgeborenenstation‹ zueilen. Patricia Collinson hinter ihrem Schreibtisch schneuzte sich laut und ausgiebig.

»Wenn sie sich noch mal darüber beschwert, wie schlimm es hier aussah, als sie aus Bukarest rüberkam, bring' ich sie um, das schwör' ich!« knurrte sie. »Ehrlich, wir hatten die neue Station erst ein paar Wochen auf, da muß sie sich abseilen, und dann wird Petra Samson krank, und Schwestern haben wir sowieso nicht genug – was erwartet sie denn bloß? Und hat sie etwa Verständnis dafür! Einen Dreck hat sie! Kann nichts anderes als motzen –«

»Tja, sie setzt die Latte eben hoch an«, gab George zurück. Es war ihr unangenehm, Klatsch über eine andere Ärztin hören zu müssen. »Sie kümmert sich bestimmt sehr gut um die Kinder.«

»Das bestreitet ja auch niemand! Deshalb hat sie ja einen Monat unbezahlten Urlaub genommen und ist nach Rumänien geflogen. Ich möcht' ja nur, daß sie sich nicht dauernd über die kleinsten Kleinigkeiten derart aufregt.«

»Was hat sie denn in Bukarest gemacht?« George wollte nicht das Gespräch in eine andere Richtung lenken, sondern war wie immer absolut unfähig, ihre Neugier zu unterdrücken. Und man konnte sie kaum beschuldigen, mit den Schwestern über Chefärzte zu tratschen, wenn dies aus rein sachlichem Interesse geschah.

»Es ging um Babys mit AIDS«, erklärte Patricia und schnitt eine Grimasse. »Wir haben uns doch alle dieses Video angeschaut, wissen Sie noch? Irgend jemand hatte es aus Fernsehberichten zusammengeschnitten. Jetzt, wo die Station Barrie fertig ist, hat das Komitee, das das Geld auftrieb, nach einer neuen Aufgabe gesucht, und da brachte jemand dieses Video mit, und Susan hat es gesehen. Sie ist losgeschossen wie 'ne Rakete, hat sich um ein paar dieser armen Würmer gekümmert, bevor sie wieder zurückmußte. Aber sie fliegt jetzt oft dahin. Es ist nicht mehr so schlimm wie vor Jahren, aber immer noch schlimm genug.« Schwester Collinson wirkte bedrückt. »Wie ich sie kenne, wird sie demnächst nach Bosnien fliegen und sich dort um die Kinder kümmern und uns die Hölle heißmachen, wenn sie wiederkommt, weil wir die Formulare für die Hämatologie nicht richtig aufbewahren oder weiß der Himmel was noch.«

»Sie sollten stolz auf sie sein«, sagte George in leicht vorwurfsvollem Tonfall. »Das ist eine sehr schwere Arbeit.« Auch sie hatte die Berichte über die rumänischen Kinder gesehen und dabei geweint. »Ich weiß nicht, ob ich das könnte.«

»Ach, zum Teufel, natürlich sind wir stolz auf sie! Meinen Sie, ich würd' mich sonst so beklagen? Aber daß sie derart pingelig sein muß! Alles hat genau so zu sein, wie sie sagt, und an manchen Tagen könnt' ich echt verzweifeln. Ich bin nun mal nicht die Ordentlichste!« Patricia grinste. »Vergessen Sie's, bitte, Dr. Barnabas. Es war ein beschissener Morgen. Dieser Dr. Choopani hat uns auf der Pelle gesessen und –«

»Dr. wer?«

»'n Praktischer Arzt hier aus der Gegend. Diljeet Choopani. Hat immer was zu meckern. In Sachen Gründlichkeit schlägt er Dr. Kydd glatt um Längen. Er versucht schon den ganzen Morgen, ein Kind mit Gastroenteritis bei uns unterzubringen, und wir sagen ihm immer wieder, daß wir keine Isolierstation haben und daß es in diesem Jahrhundert nicht mehr passieren wird, sie in ein Mehrbettzimmer zu verfrachten – aber er ruft immer wieder an und heult uns was vor.« Wie auf ein Stichwort läutete das Telefon, und Patricia knurrte: »Ich wette um alles, was Sie haben, gegen einen Penny, daß es wieder dieser alte Scheißkerl ist.«

Sie hob den Hörer ab und flötete: »Station Barrie, Schwester Collinson«, und zog eine schreckliche Grimasse, um George zu bedeuten, daß sie recht gehabt hatte. »Nein, Dr. Choopani. Ich fürchte, sie ist jetzt gerade nicht da. Was?« Sie lauschte eine Zeitlang, das Gesicht starr vor Staunen. »Oh! Vielen Dank, daß Sie uns Bescheid gegeben haben.« Sie legte auf. Und fluchte laut.

»Er hat sie im Kings untergebracht, ob Sie's glauben oder nicht! Selbstgefällig ist dieser Mensch! Ich kann ihn nicht *ausstehen*, wirklich nicht –«

»Tja, ich muß jetzt los«, sagte George hastig. Sie hatte genug von Patricia Collinsons Gejammer. Der Schwester machte es zuviel Spaß. Sie nahm ihre Akte an sich und trat den Rückzug an. »Vielen Dank für Ihre Mühe .«

»Tut mir leid, daß wir nicht mehr tun konnten«, erwiderte Patricia und widmete sich erneut ihren Formularen. »Vielleicht wissen die Schwestern auf der Entbindung ja irgendwas, das Ihnen weiterhilft.«

»Vielleicht«, stimmte George zu. »Falls ich eine von ihnen erwische. Wahrscheinlich hat es auch gar nicht viel zu bedeuten. Ich war einfach nur – neugierig.« Sie blickte auf ihre Armbanduhr. »Und ich sollte jetzt lieber mal den Coroner anrufen, ehe ich ihn noch verpasse.«

George war froh, dem Tumult der Station zu entrinnen. Die Kinder hatten vor Aufregung zu schreien begonnen, als die Wagen mit dem Mittagessen aufgetaucht waren. Manchmal grämte sich George darüber, daß sie schon sechsunddreißig war und keine Kinder hatte, von einem Ehemann ganz zu schweigen – aber im Moment war sie mit ihrem Los durchaus zufrieden.

Ein Gedanke, der sie zwangsläufig an das Gespräch mit ihrer Mutter am Vorabend erinnerte. Morgen würde sie ankommen, mit Tante Bridget im Schlepptau, denn sie hatte sofort, nachdem George mit ihr telefoniert hatte, einen Flug gebucht. Falls auch dies nicht reichte, um sie von jeglicher Sehnsucht nach einem Familienleben zu kurieren, was denn dann? fragte sie sich bedrückt.

4

Sie hatte jedoch keine Zeit mehr, über ihre Mutter oder die Notiz in der Popodopoulos-Akte nachzudenken. Sie fand das Labor in hellem Aufruhr vor. Eine wildäugige Sheila – die sich beim geringsten Anlaß aufregte – begrüßte George mit unheilschwangerer Miene und teilte ihr mit, noch bevor sie die Bürotür öffnen konnte, daß »die Leichenhalle fast aus den Nähten platze, ein scheußliches VU-Opfer drüben an der Leman Street gefunden worden sei und es vor Polizei nur so *wimmele* und –«

George seufzte, legte ihre Akte ab und griff nach dem Schlüssel zu ihrer Umkleidekabine. »Ich bin ja schon unterwegs, Sheila«, sagte sie gereizt. »Wer hat die Autopsieformulare und die anderen Papiere?«

»Mr. Constant ist da und der nette junge Polizist. Sie wissen schon, dieser Schotte und –«

»Schön, dann will ich mal«, unterbrach sie – sehr zu Sheilas Mißfallen – und wandte sich ab. Sie schlüpfte hastig in den grünen OP-Kittel und band das Haar fest unter einer Haube zusammen. Es war schrecklich, wie der Geruch in ihrem Haar haftete, wenn sie nicht achtgab. Flüchtig fiel ihr ein, daß sie noch vor kurzem den Geruch ihres Arbeitsplatzes dem der Entbindungsstation vorgezogen hatte, und sie gestattete sich ein sardonisches Grinsen über ihre Einfalt.

Im Sektionsraum herrschte tatsächlich das reinste

Chaos. Alle drei Tische waren besetzt, und Danny, der Leichenträger, entfernte unter den wachsamen Blicken von Detective Constable Michael Urquhart vom Polizeirevier Ratcliffe Street die Kleider von den Leichen, während sich Harold Constant, der Beamte des Coroners, angeregt mit jemandem unterhielt, den George nicht sehen konnte, weil der stämmige Constant seinen Gesprächspartner verdeckte. Der junge uniformierte Polizist am anderen Ende des Raumes war blaß und wirkte ängstlich. George seufzte. Das letzte, was sie gebrauchen konnte, war so ein großer Kerl, der bewußtlos zu Boden ging und allen im Weg liegen würde. Sie eilte auf ihn zu, grüßte fröhlich und blickte ihm forschend ins Gesicht.

Er verdrehte die Augen, ehe er sie anschaute. Sie bemerkte die feinen Schweißperlen auf seiner Oberlippe und lächelte mild. »Guten Morgen!« gab der junge Polizist ihren Gruß zurück. Er klang heiser.

»Ich bin Dr. Barnabas«, stellte sie sich vor. »Und ich glaube, es wäre besser, wenn Sie draußen warten. Sie scheinen sich nicht besonders gut zu fühlen. Stinkt 'n bißchen hier drin, wie?«

Der junge Mann wurde noch bleicher und schloß für einen Moment die Augen. »Ruhig!« befahl George in scharfem Ton. »Lehnen Sie sich da an die Wand, und wenn Sie sich etwas erholt haben, gehn Sie raus –«

»Heh, Dr. B., mußt du schon wieder meine Leute rumschubsen? Hast du nich' genug eigene Leute dafür?«

»Ich schubse keine Leute rum!« sagte sie entrüstet, während sie sich umdrehte und endlich sah, mit wem Harold Constant gesprochen hatte. »Und das weißt du ganz genau, Gus! Ich hab' diesem armen

Kerl nur ein wenig Verständnis gezeigt, was mehr ist, als einer von euch getan hat. Schau ihn doch an! Er ist grün und schwitzt wie 'n alter Käse. Halt ihn um Himmels willen nicht hier fest!«

»Wenn er grün ist und schwitzt, ist es um so wichtiger, daß er hierbleibt!« gab Detective Chief Inspector Hathaway zurück und spähte forschend in das Gesicht des jungen Polizisten. »Sind Sie grün und verschwitzt, Chester? Schämen Sie sich was! Sie sollten's besser packen. Reißen Sie sich zusammen!«

»Ja, Sir!« erwiderte der junge Polizist und starrte angestrengt über Hathaways Kopf hinweg. George schnalzte ärgerlich und wandte sich den Leichen zu.

»OK. Er gehört zu deinen Leuten. Ihn kannst du rumschubsen, solange es dir paßt. Aber wenn er hier schlapp macht, brauchst du von meinen Leuten nicht zu erwarten, daß sie ihn aufheben. Kannst du dann selber tun.«

»Er würde es nicht wagen«, erklärte Gus liebenswürdig. »Nicht wahr, Chester? Nein. Er kippt nicht aus den Latschen, wenn ich da bin. Ich würd' ihn killen.«

»Und ich würd' mit dem größten Vergnügen beim Prozeß gegen dich aussagen und zugucken, wie du festgenagelt wirst«, schnappte George. Der junge Polizist sah mittlerweile ein bißchen besser aus – offenbar gefiel ihm, daß Chefinspektor Hathaway auch mal sein Fett abbekam, wie er später seinen Kumpels in der Kantine der Ratcliffe Street erzählen würde. Doch Hathaway kicherte bloß, zwinkerte Chester zu und widmete sich erneut dem Gespräch mit Harold Constant, der alles andere als erfreut wirkte.

»Drei an einem Nachmittag!« knurrte er George zu, die sich über die erste Leiche beugte. »Tut mir leid, daß es heute so dicke kommt. Einer von ihnen dürfte schon vor dem Unfall einen Herzanfall gehabt haben. Einer könnte ein Typ sein, den wir wegen so 'n paar kleinen Autogeschichten suchen. Darum bin ich hier. Würd' mich ja sonst kaum um 'nen ordinären VU kümmern, oder? Jedenfalls müssen wir's so bald wie möglich wissen, weil's da noch 'n rechtliches Problem gibt: mit der Versicherung, ob Sie's glauben oder nicht, und außerdem will jemand einen von denen hier verklagen –«

»Welchen denn?« fragte George, während sie die Handschuhe überstreifte und ihre linke Hand streckte, die sich immer noch schwer und taub anfühlte. Dies war seit ihrer Rückkehr die erste Autopsie an einem Erwachsenen, und der Körper eines solchen war etwas ganz anderes als der eines kleinen Kindes, besonders wenn, wie bei diesen Leichen, bereits die Totenstarre eingetreten war. Schwerstarbeit, dachte sie im stillen! Ach, hol's der Teufel, das schaffst du schon, ermunterte sie sich. Wie dieser junge Bulle, der eine Obduktion auch ohne Schwächeanfall durchsteht. Sie schaute hoch und fing Gus' Blick auf – er zwinkerte ihr freundschaftlich zu. Unwillkürlich lächelte sie zurück. Verdammt, es ist so schön, den Scheißkerl wiederzusehen! Hab' das Lachen wirklich vermißt.

Der Nachmittag zog sich hin, während sie geduldig die drei Leichen untersuchte, doch schließlich konnte sie eindeutige Ergebnisse vorlegen, so daß Harold Constant zufriedener ging , als er gekommen war.

»Ich werde sie also informieren: Der Mann im Rover hatte einen Herzanfall. Aus dem Grund hat er die Kontrolle über sein Fahrzeug verloren und ist frontal auf den Nissan geprallt. Damit sind schon mal die meisten Fragen beantwortet. Die Beifahrerin im Nissan wollte den Überlebenden aus dem Rover schon wegen rücksichtslosen Fahrens verklagen, aber sie wird wohl kaum dazu in der Lage sein, die Arme. Liegt jetzt oben auf der Intensivstation. Dankeschön, Dr. Barnabas. Sind doch unheimlich hilfreich. So schnelle und klare Ergebnisse.«

»Gern geschehen«, erwiderte George, bereits auf dem Weg in ihre Dusche. Gus hielt sie zurück, während der Raum sich leerte und Danny die Leichen verstaute, damit der Bestattungsunternehmer sie abholen konnte.

»Hör mal, warte doch ein bißchen!« rief Gus. »Hab' dich 'n ganzen Monat nicht zu Gesicht gekriegt, und jetzt willst du dich gleich wieder verdrücken, als wär' ich gar nicht da! Tu mir doch den Gefallen!«

»Stimmt doch gar nicht!« widersprach sie. »Du hast mich doch auf der Station Dagmar besucht.«

»Ach das.« Er tat es mit einer Handbewegung ab. »Das kannst du doch nicht mitzählen. Du hast da in diesem blöden Glaskasten gestanden, und ich mußte durch dieses verdammte Fenster brüllen. Was soll denn das für 'n Besuch gewesen sein, he?«

»Der einzig mögliche, wenn der Patient eine Infektion hat, die gefährlich werden könnte«, erklärte George. Obwohl sie dies keinesfalls zugegeben hätte, war auch sie der Meinung, daß durch eine Doppelglasscheibe keine allzu befriedigende Form der Kommunikation zustande kommen konnte.

»Na ja, Schwamm drüber. Bin froh, dich wieder so munter zu sehen. Bist echt wieder obenauf, was?« Er schaute sie forschend an. Seine Stimme hatte ein wenig rauh geklungen, und George war gerührt. Er machte sich echte Sorgen um sie. Sie lächelte zufrieden.

»Mir geht's gut, Gus. Wirklich. Und dir?«

»Och, wie 'ner Maus, die in die Speisekammer eingebrochen ist. Vollbepackt mit Arbeit und die halbe Belegschaft wegen eingewachsener Zehennägel krankgeschrieben –«

»Eingewachsener –«

»Ach, sie haben natürlich ihre verdammten Ärzte, die's Grippe nennen, aber ich kenne meine Pappenheimer!«

»Dich möcht' ich mal erleben mit dieser Grippe, die zur Zeit grassiert!« hielt George dagegen. »Du würdest auch stöhnen und wehklagen wie ein – wie ein –«

»Tja, ich hab' sie aber nicht, also kannst du's auch nicht nachprüfen. Außerdem liegst du ganz falsch: Auch wenn's mir schlecht geht, glaub mir, bin ich immer noch Gold wert. Brauchst mir bloß 'ne Flasche Scotch und die Zeitung zu geben, und ich bin wieder gesund, bevor du auch nur ›piep‹ sagen kannst. Also, was gibt's Neues in dem Laden?«

»Neues?« George lachte. »Ich bin doch erst seit ungefähr einem Tag wieder im Dienst! Hatte noch keine Gelegenheit, alles zu hören. Und wenn es soweit ist, bist du der letzte, der's erfährt, das versprech' ich dir.«

»Dumme Nuß«, sagte er liebenswürdig. »Klatsch is' einfach lebenswichtig für 'n Bullen, aber sie will mir nicht helfen.«

»Werde ich schon, wenn's nötig ist! So, jetzt würde ich mir gern was anderes anziehen!«

»Was willst du denn anziehn? Deinen Fummel von der Fee Fanny?«

»Sehr witzig. Ach, Scheiße!« Sie hielt beide Hände hoch und ballte sie zu Fäusten. »Ich wollte doch noch mit Constant sprechen. Ich wette, er ist schon weg.«

»Wart mal, vielleicht erwisch' ich ihn noch«, erbot sich Gus sofort und eilte mit wehendem Mantel davon. Sein lockiges Haar hüpfte bei jedem seiner schnellen Schritte. George folgte etwas langsamer. Es war ziemlich unwahrscheinlich, daß er Constant noch einholte, er brauchte sich also nicht so zu beeilen – doch Gus' Bereitwilligkeit, ihr einen Gefallen zu erweisen, schmeichelte ihr. Es *war* schön, ihn wiederzusehen, und vielleicht nicht nur des Lachens wegen.

Als sie die Tür ihrer Umkleidekabine erreichte, tauchte Gus am anderen Ende des Korridors auf und zog Constant hinter sich her. Der Dicke keuchte ein wenig, und George dachte amüsiert, daß der stämmige Gus, gut zehn Zentimeter kleiner als der andere, wie ein äußerst gewichtiger Schlepper wirkte, der einen besonders schweren Dampfer in den Hafen zu ziehen hatte. Unwillkürlich mußte sie grinsen.

»Wozu die Eile?« Constant war sichtlich gekränkt. »Sie wissen doch, daß ich die Ergebnisse schnellstens im Büro abliefern muß.«

»Und deshalb haben Sie da vorne mit Madam Sheila rumgeschäkert?« neckte Gus. Constant warf ihm einen mörderischen Blick zu. »Es wird nicht lang dauern, stimmt's, Dr. B.?«

Nun sah George ihn vernichtend an. »Es ist vertraulich«, sagte sie kurz angebunden. Gus lachte nur.

»Tu doch nicht so, Liebling! Seit wann führst du denn vertrauliche Gespräche mit dem alten Harold? Verleite mich nicht zu irgendwelchen voreiligen Schlüssen, die ich ganz bestimmt ziehen werde, wenn du vorhast, ihm süße Nichtigkeiten ins Ohr zu flüstern.«

George wandte ihm den Rücken zu. Ihre Erfahrung sagte ihr, wann sie einen Streit mit ihm abbrechen mußte. Sie schaute zu Constant, dem deutlich anzumerken war, daß er keine Sekunde länger bleiben wollte. »Nur 'ne Kleinigkeit, Harold«, beruhigte sie ihn. »Es handelt sich um das Popodopoulos-Baby – die Geschichte beschäftigt mich nach wie vor. Ich glaube nicht, daß ich den Schein ausstellen kann, wissen Sie. Können Sie das Dr. Porteus ausrichten und –«

»Ach, das ist schon in Ordnung.« Harolds Miene hatte sich bei ihren letzten Worten aufgehellt. »Die Sache hat sich bereits erledigt.«

»Was?« George runzelte die Stirn. »Aber ich hab' den Schein doch nicht unterschrieben! Das war doch nur ein vorläufiger Bericht, den ich –«

»Genau. Krippentod, nicht? Daraufhin hat Dr. Porteus alles mit den Eltern abgeklärt. Ihnen war daran gelegen, das Baby umgehend zu begraben, offenbar wird es in ihrer Kirche so gehandhabt. Sie wollten es eben hinter sich bringen, und weil Dr. Porteus so ein freundlicher Mensch ist« – Harold grinste süffisant – »war er damit einverstanden. Also ist alles klar. Dürfte ich jetzt gehen? Ich muß wirklich ins Büro zurück.«

»Aber, verdammt noch mal, ich hab' doch nicht unterschrieben –«, begann George von neuem, aber Harold schüttelte nur den Kopf.

»Ihre Unterschrift ist hier ohne Belang, das ist Ihnen doch bekannt, Dr. Barnabas. Die Entscheidung obliegt dem Coroner. Und mit Ihrem Bericht als Grundlage stimmte er dem Begräbnis zu. Oder gibt es etwas Neues?« Er blickte sie scharf an. »Das hätte selbstverständlich Konsequenzen. Es wäre schon eine schöne Schweinerei, wenn wir das Begräbnis absagen müßten, aber wenn Sie etwas Neues gefunden haben ...«

»Nein«, gestand George etwas unwillig. »Meinem Bericht hab' ich nichts mehr hinzuzufügen. Ich hab' nur so ein merkwürdiges Gefühl –«

»Na schön.« Harold Constant war sichtlich erleichtert. »Wenn das alles war, sehe ich keine Probleme. Muß jetzt los. Vielen Dank für Ihre schnelle Hilfe, Dr. Barnabas.« Und schon stampfte er den Korridor entlang und keuchte die Treppe zum Ausgang hinauf.

»Und du meintest, daß sich nichts Interessantes getan hat!« sagte Gus vorwurfsvoll. »Was sollte dann dieser Auftritt eben bedeuten?«

»Wie ich bereits sagte, nichts«, murmelte George ärgerlich. »Jedenfalls nichts, was dich angeht. Bye, Gus, bis irgendwann mal.« Sie verschwand in der Kabine und schloß energisch die Tür hinter sich. Es war schon schlimm genug, daß der Coroner ihre Zweifel als unwichtig abgetan hatte – mit Gus würde ihr das nicht auch noch passieren.

Aber als sie, frischgeduscht und eingekremt, das Haar noch feucht von der Wäsche – denn sie haßte nichts mehr, als wenn trotz aller Vorsichtsmaßnahmen noch ein Geruch der Arbeit daran haftete –, in ihr Büro kam, hockte er schon auf einer Ecke des Schreibtisches und las ganz offen in den Akten.

Sie riß ihm die Papiere aus der Hand, ging um den Schreibtisch herum und setzte sich. »Hast du keinen Job, wo du hinmußt?« schnappte sie und funkelte ihn zornig an.

»Ist einfach klasse«, stellte er bewundernd fest,

»wie schnell du lernst. Noch 'n Jahr oder zwei mit mir, und du sprichst perfektes Englisch, genau wie ich das tu'. Ja, ich *hab'* einen Job, wo ich hinmuß. Bin ja auch schon da gewesen. Wie war das mit dem Baby, dem du keinen Totenschein ausstellen würdest, das nach Ansicht des Coroners aber eines natürlichen Todes gestorben ist?«

»Das geht dich nichts –«, begann sie, aber er unterbrach sie sofort.

»Jetzt reicht's aber, Dr. B., so wirst du mich nicht abfertigen. Du hast mir bei dem Fall Oxford beigebracht, daß ich auf deine Vorschläge hören soll. Ich sagte, es sei ein natürlicher Tod gewesen, und du warst anderer Auffassung. Ich hatte mich geirrt, du hattest recht. Jetzt sagst du, dir kommt an diesem Krippentod was verdächtig vor, und dem Coroner offenbar nicht –«

George schüttelte mehrmals den Kopf. »Das ist nicht dasselbe, Gus, ehrlich. Damals war – nun ja, eben damals. Diesmal handelt es sich um – ein Baby, das tot auf der Entbindungsstation gefunden wurde. Und was mich gestört hat, war bloß die Tatsache, daß jemand eine Notiz an das Autopsieformular geheftet hat, auf der stand, daß dies der dritte Kindstod innerhalb von fünf Monaten sei. Von den anderen beiden Fällen wußte ich nichts, weil ich während der Zeit krank war, und ich hab' 'ne richtige Niete gezogen, als ich herausfinden wollte, wer diese Notiz geschrieben hatte. Niemand scheint etwas zu wissen. Natürlich hab' ich nicht jeden gefragt – irgendwann wird mir wohl jemand was erzählen können, und am Ende stellt sich raus, daß an der ganzen Sache nichts dran ist. Und das ist wirklich alles, was ich dir darüber sagen kann.«

Sie schwieg und überlegte eine Weile. Dann fuhr sie ein wenig unwillig fort: »Es ist nur so, daß ich mit dieser Diagnose nicht klarkomme – Krippentod! Ich meine, das ist doch überhaupt keine Diagnose. Bloß eine Beschreibung von etwas, das passiert ist, aber ohne die dazugehörige Begründung. Und du kennst mich ja, ich kann Rätsel nicht ertragen ...«

»Is' nicht wahr!« höhnte Gus. »Wie ich schon sagte, ich kann mich noch gut an das letzte Mal erinnern. Hör mal, Puppe, jetzt mal im Klartext: Ist das nun 'ne riskante Geschichte oder nicht? Denn wenn es so ist, muß ich mich damit befassen, obwohl ich diese Art Fälle hasse. Man muß die Eltern befragen, und die haben sowieso verteufelt viel zu leiden.«

George blickte ihn forschend an und lächelte dann. Er war im Grunde eine gute alte Seele, dachte sie und bediente sich dabei seines eigenen Ausdrucks. Er meinte es immer gut.

»Ich hab' keine Ahnung«, bekannte sie freimütig. »Ich sehe vielleicht Gespenster, wo keine sind, aber – die Geschichte quält mich einfach.«

»Dann verschaff dir Linderung«, riet er, plötzlich ernst geworden. »Was kannst du denn in der Sache noch unternehmen?«

»Ich weiß es nicht genau«, gestand sie. »Ich kann die Obduktion nicht wiederholen, um festzustellen, ob ich irgend etwas übersehen habe, aber, um ehrlich zu sein, glaube ich das auch nicht. Es war meine erste, seit ich wieder im Dienst bin, und deshalb war ich – na ja, ein bißchen wacher als sonst, verstehst du? Ich arbeite immer sorgfältig, aber diesmal war ich so vorsichtig, als ginge ich sozusagen auf Eiern. Auch wenn ich die Leiche noch mal untersuchte – was ja sowieso unmöglich ist, weil sie schon zur Bestattung freigegeben ist –, würde ich wohl kaum auf etwas Neues stoßen.«

»Also ist das jetzt ein Gelehrtengespräch?« fragte er. »Nur um darüber zu reden?«

»Ich könnte vielleicht die Berichte über die beiden anderen ausgraben«, schlug George vor, seine Spitze ignorierend.

»Über die beiden Babys, die in der Notiz erwähnt wurden?« Seine Stimme klang nun schärfer. »In dieser geheimnisvollen Notiz?«

»Ja, genau.«

»Hmmm! Das wird bestimmt nicht einfach sein.«

»Kann ich nicht beurteilen, bevor ich's nicht versucht habe.«

»Wirst du's versuchen?«

»Noch bin ich mir nicht sicher ...« Sie wußte, daß sie Ausflüchte machte. Er wußte es auch.

»Nun hör schon auf damit. Du wirst es tun. Und wenn du was gefunden hast, läßt du's mich wissen, ja?«

»Nur, wenn es wichtig ist«, entgegnete sie, und er schüttelte verzweifelt den Kopf.

»Warum denn? Sind wir nicht ein Team, zum Teufel noch mal?«

»Wenn es dir in den Kram paßt, ja. Ansonsten läßt du mich lieber außen vor. Nimm zum Beispiel den Fall letztes Frühjahr mit dieser Frau, die von oben bis unten in Strümpfe gewickelt war. Oder den Mann mit den Knöchelreifen, oder den –«

»Das war was anderes«, erklärte er leichthin. »Da brauchte ich keine medizinische Hilfe. Aber wenn du rausbekommst, daß am Tod dieser Babys was faul ist, also dann –«

»Dann werde ich entscheiden, was zu tun ist.«

George stand auf. »Ich hab' noch einiges zu erledigen, Gus. Wie steht's bei dir?«

»Ich mag Kartoffelchips, Mondschein und Motorradtrips, wie steht's bei dir?« sang Gus, doch er stand gleichfalls auf. »Tja, ich sollte wohl gehen. Den ganzen Papierkram von diesem VU bearbeiten. Ich hätt' ja eigentlich gar nichts damit zu tun – kein Fall für die Kripo – aber die Verkehrspolizei macht sich ins Hemd wegen dieser Versicherungsgeschichte, wie du siehst. Und meine eigene Arbeit türmt sich haushoch, wie der –«

»– Mann im Mietstall immer sagte«, schloß sie mit ihm im Chor. »Ja, das weiß ich doch. Wird allmählich Zeit, daß du den Gag mal durch einen neueren, sagen wir so aus den fünfziger Jahren, ersetzt. Ist aus der gleichen Mottenkiste wie die Arbeit vom Mann im Mietstall. Goodbye.« Sie schritt zur Tür und hielt sie auf.

»Ich bin ja schon weg. Aber hör mal, mit heut' abend ...«

»Was ist mit heut' abend?« George wartete, den Kopf zur Seite geneigt, während Gus ein wenig zögerte, was gar nicht seine Art war.

»Der Laden auf der Leman Street ist piekfein geworden – genauer ausgedrückt, er sieht jetzt aus wie der Traum von 'nem Ladenmädchen – aber die Fressalien sind so gut wie früher, und wir könnten da heute abend in aller Ruhe Heilbutt futtern. Vielleicht probierst du ja auch diesmal unsern Aal in Aspik. Ist der beste in ganz London und –«

»Nichts in dieser Welt oder in der nächsten Welt kann mich dazu bringen, Aal in Aspik zu essen«, stellte George klar, und Gus grinste.

»OK. Dann gibt's einfach wieder Fish und Chips.

Du hast eigentlich einen guten Geschmack, Mädchen, auch wenn du in der Küchenabteilung ein bißchen mutiger sein solltest. Aber ich werde noch einen Feinschmecker aus dir machen. Ist dir halb acht recht? Wir genehmigen uns ein Gläschen im Crown and Anchor, bevor wir mal wieder so richtig schlemmen. Herrlich!«

»Noch hab' ich nicht zugesag« protestierte sie. Nun lachte er laut heraus.

»Doch, hast du, Süße.« Er schnippte den Zeigefinger gegen seine Stirn, als berühre er einen imaginären Hutrand, und ging. George blieb eher erfreut als ärgerlich zurück – und das war an sich schon ärgerlich genug.

5

Es war eine frostige Nacht. Vom Fluß wehte ein so beißender Gestank herauf, daß man die Autoabgase kaum noch roch. George war froh, daß sie zur Feier des Abends zunächst eine gemütliche halbe Stunde im Crown and Anchor verbrachten. Sie bestellte Gin und Tonic –, einen englischen Drink, den sie mittlerweile den New York Martinis früherer Zeiten in New York vorzog –, und Gus kippte einige Halbe besten Bitters, während sie beiläufig über die Nachrichten plauderten, die der Fernseher am anderen Ende der Bar ausspuckte, und sich freundschaftlich über die Vorzüge von CNN und der englischen Sender stritten. Die Kälte des Tages wich aus ihren Knochen, und sie begann, sich wohl zu fühlen. Als sie »Die tolle Scholle« erreichten, fühlte sie sich noch besser und hatte größte Lust, ihm dies auch zu zeigen.

»Echt toll, Gus« bemerkte sie daher, als sie das vollbesetzte Restaurant betraten. Die riesigen hellerleuchteten Fenster waren in der Art alter englischer Schänke mit Gravuren versehen, allerdings nur an den Rändern, so daß die Passanten von draußen eine lange Reihe blitzender verchromter Öfen sowie die eifrigen Kellnerinnen in ihren schmucken blauweißen Kostümen bewundern konnten. Die Tische waren mit blauweißen Gingham-Tischtüchern und blauweiß gestreiftem Porzellan eingedeckt; in einem riesigen Aquarium an der Wand gegenüber tummelten sich grellbunte exotische Fische, völlig unbeeindruckt vom Schicksal ihrer bescheideneren Vettern, die in knusprigen Teighüllen serviert wurden. Alles wirkte im höchsten Grade einladend aus, und George freute sich, ihm das sagen zu können. »Du kannst richtig stolz darauf sein.«

»Bin ich auch«, gab Gus zurück und strahlte, als eine der Kellnerinnen auf sie zueilte, um sie an einen Tisch in der Mitte zu führen. »Hey, Kitty. Dir gefallen die neuen Uniformen, was?«

»Irre gut, Chef«, erwiderte das Mädchen. »Allerdings 'n bißchen eng«, und sie wackelte leicht mit den Hüften, während sie den engen Rock über ihren runden Hintern herunterzog.

Gus grinste anzüglich. »Ich bin doch nicht blöd, Mädchen. Sie soll'n so eng sein, damit ihr mir nicht meinen Laden verfreßt. Und die Kunden finden sie doch auch nett, oder nicht?«

»Isser nich' so 'n richtiger Chauvi, Dr. B.?« fragte das Mädchen, ohne boshaft zu klingen. »Sie sollten ihm mal bess'ren Benimm beibringen.«

»Hab' ich ja versucht«, beteuerte George, als sie sich setzte. »Ich dachte, Sie seien im Restaurant drüben in der Watney Street, Kitty.«

»War ich ja auch. Aber er hat mich hier zur Geschäftsführerin gemacht.« Sie zeigte auf Gus. »Endlich is' er mal vernünftig gewor'n, nich! Also, Chef, was soll's sein? Der Heilbutt is' super, un' Dave meinte, er hat 'n besonders schönes Stück Steinbutt da, wenn wer Besonderes kommt. Ich schätze, daß sind Sie ja wohl, also wenn Sie gern –«

»Laß den Steinbutt für die Buchmacher. Die ha'm das Geld dafür. Wir woll'n Heilbutt, was, Dr. B.?«

»Mann, was für ein Geizhals!« protestierte Kitty und beugte sich vor, um die perfekt ausgerichteten Bestecke noch einmal zu ordnen und das makellose Tischtuch mit ihrer Serviette abzustauben. »Sag'n Sie ihm, daß Sie Steinbutt nehmen, Dr. B.«

»Gute Idee«, antwortete George.

Das Mädchen grinste sie an, während Gus scheinbar verzweifelt die Augen verdrehte. »Und eine Portion Aal in Aspik«, bestellte er dann. »Die großen von Tubby's. Dr. B. soll sie mal probieren –«

»Ich werd' sie nicht essen«, erklärte George und schnitt eine Grimasse.

»– und eine Platte mit Krabben, falls ich sie nicht überreden kann. Ach ja, und eine Flasche Sancerre.«

Kitty ging, und Gus schaute ihr wohlgefällig nach. George schüttelte in halb gespielter Verzweiflung den Kopf. »Du bist wirklich ein hoffnungsloser –«, begann sie, aber er hob abwehrend beide Hände.

»Ich bin alles, was du behauptest oder jemals von 'nem Mann gehalten hast, Süße, also laß uns keine Zeit mit der Aufzählung meiner Fehler verschwenden. Gefällt dir der Laden, so wie er jetzt aussieht?«

»Hab' ich dir doch schon gesagt.«

»Dann werd' ich den nächsten genauso aufziehen.«

George zog verblüfft die Augenbrauen hoch. »Den nächsten? Willst du sie alle so aufmotzen?«

»Nicht alle. Die in Bethnal Green auf der Cambridge Heath Road und der Roman Road laß ich so, wie sie sind. Die Leute, die da wohnen, haben es lieber, wenn alles beim alten bleibt. Aber vielleicht mach' ich einen neuen Laden drüben an der Bow auf. Da steht was zum Verkauf, grad hinter der Mile End Station an der Bow Road, das einen ganz netten Profit abwerfen könnte. Auf der anderen Straßenseite ist 'n Döner-Schuppen, aber das ist auch die einzige Konkurrenz.«

»Wie viele Restaurants hast du denn jetzt schon, Gus?«

Er mied ihren Blick. Hätte sie ihn nicht besser gekannt, würde sie geglaubt haben, daß er einen plötzlichen Anfall von Schüchternheit erlitt.

»Ähh – neun«, antwortete er.

»Neun! Da hat dir dein Vater wirklich ein nettes Erbe hinterlassen!«

»Oh, *alle* hat er mir nicht hinterlassen!« stellte Gus richtig und ließ die Maske der Schüchternheit fallen. »Es waren sechs. Die anderen hab' *ich* aufgemacht.«

George legte den Kopf zur Seite und sah ihn mit unverhohlener Neugier an. »Eins begreif' ich nach wie vor nicht: Warum bist du immer noch bei der Kripo? Diese Läden müssen doch ein kleines Vermögen wert sein.«

»Wenn mich morgen ein Bösewicht erwischt, bin ich über 'ne halbe Million wert«, gestand er und grinste breit vor Stolz.

»Warum gibst du dich dann nicht damit zufrieden? Warum arbeitest du dich dumm und dämlich für wenig Lohn, wenn du statt dessen ein erfolgreicher Geschäftsmann sein könntest? Denn der bist du ja wohl, wenn du drei neue Läden eröffnet hast seit – wie lange ist das mittlerweile her?«

»Vier Jahre.«

»Genau. Vier Jahre. Also warum mußt du dann –«

»Ach, Dr. B., hör doch auf, Blödsinn zu reden!« entgegnete Gus. »Ich könnte genausogut fragen, warum du als gerichtsmedizinische Pathologin hier in Shadwell schuftest, wenn du mit deinem Aussehen und deinen Fähigkeiten eine Privatpraxis in der Harley Street aufmachen könntest und dabei nicht halb so viel Kopfschmerzen hättest.«

»Aber es gibt keine Pathologen auf der Harley Street«, wandte George ein. »Jedenfalls keine von meinem Schlag.«

»Du weichst aus – und zwar absichtlich, denn ich kenne dich. Du könntest ja irgend 'ne Spezialistin für irgendwas werden, oder? Wenn du wolltest! So eine, die sich 'ne goldene Nase verdient. Aber das Problem ist: Du willst ja gar nicht. Du liebst deinen Job, hab' ich recht?«

Sie überlegte kurz, bevor sie antwortete: »Ich schätze schon. Es ist weiß Gott nicht einfach, und jetzt, nachdem wir die neuen NHS-Vorschriften beachten müssen, besonders was die Finanzen betrifft, hab' ich manchmal das Gefühl, mit hohen Hacken über ein frischgepflügtes Feld zu laufen. Aber ich nehme an, es ist das, was ich will.«

»Na, verstehst du jetzt. Mir geht's nicht anders. Ich liebe meine Arbeit. Ich kann nur Bulle sein oder gar nichts. Nachdem der alte Knabe den Löffel abgegeben hatte, dachte ich erst, ich verkauf' einfach die ganze Chose und genieße das Leben – aber er hat genauso an seinen Fish und Chips gehangen wie ich an meiner Kripo, und so konnte ich ihm das einfach nicht antun. Er wär' mir glatt als Geist erschienen, hätt' ich's getan. Also fahr' ich zweigleisig – und so schwer ist das auch nicht. Wenn man so tüchtige Mädels hat wie Kitty.« Und er schenkte der Kellnerin, die gerade mit Aal in Aspik und einer Platte Krabben an den Tisch getreten war, ein anzügliches Grinsen.

»Je, nun, jeder wie er mag«, sagte sie liebenswürdig. »Dr. B., Sie müssen endlich mal von dem Aal versuchen. Ich hab' ihn aus 'm Gelee genommen und auf 'n Gemüsebett gelegt, wegen der Optik. Nu kosten Sie mal! Bloß 'n kleines Tröpfchen Essig drauf, und dann werden Sie staunen, wie lecker der schmeckt; 's wird Ihnen noch leid tun, daß sie den nich' schon früher probiert haben.«

»Vergiß es, Kitty«, sagte Gus, während er nach der Essigflasche griff und ein beträchtliches Quantum über den blassen Glibber auf seinem Teller schüttete. George wandte den Blick ab. »Die macht keine Experimente, die Frau. Ich will's ihr schon seit ewigen Zeiten beibringen. Vergebene Liebesmüh!«

»Aber gar nicht«, widersprach Kitty. »Sie ha'm sie wohl angeschrien, könnt' ich mir vorstellen. Aber für mich wird sie 'n Versuch wagen. Bitteschön, Dr. B!« Mit diesen Worten stellte sie eine kleine Portion vor George, die kleinen silbrigen Fischstückchen, fand sie, hatten durchaus Ähnlichkeit mit eingelegtem Hering, den sie sehr gern mochte. Möglicherweise war das Zeug gar nicht so furchtbar – aber es wäre schon komisch, Kitty nachzugeben, nachdem sie Gus' Überredungskünsten so lange widerstanden hatte.

Sie nahm die Gabel zur Hand, ließ sich keine Zeit zum Überlegen, spießte ein Stück Fisch auf und steckte es in den Mund. Sie war darauf gefaßt, es nicht schlucken zu können, wollte Gus jedoch beweisen, wie sehr er sich in ihr geirrt hatte. Und tatsächlich – schmeckte es ganz gut. Sie zwinkerte Kitty zu und verzehrte das nächste Stückchen mit Appetit.

»Passen Sie auf die Gräten auf!« riet Kitty. »Sin' verdammt spitz, die Dinger. Sie könn' sie auch ausspucken – das tut jeder hier. Und guten Hunger für den Rest. Werd' mal den Heilbutt hol'n – und Ihren Steinbutt, genau.« Sie lachte Gus an und entfernte sich.

Die weitere Mahlzeit verlief friedlich. Gus hielt ihr vor, Kitty zuliebe den Aal probiert zu haben, und dann machten sie sich über Bratfisch und Pommes Frites her. Als sie beim Brotauflauf angelangt waren (auf dem Gus bestand; George, die überzeugt war, keinen Bissen mehr runterzubringen, strafte sich selbst Lügen, indem sie noch einen halben Teller schaffte), fühlten sie sich so wohl miteinander, als würden sie sich schon jahrelang kennen, und nicht erst seit – George rechnete nach – elf Monaten, in denen sie oft genug wegen beruflicher Probleme aneinandergeraten waren.

Zu ihrer eigenen Überraschung sprach sie es laut aus: »Es kommt mir vor, als wäre ich schon verdammt lange hier in Shadwell. Dabei ist es noch nicht mal ein Jahr.«

»Schön«, meinte er. »Das heißt ja wohl, daß es dir hier gefällt. Und daß du uns magst.«

»Nicht unbedingt.« Sie konnte nicht anders – sie mußte ihn necken. »Es könnte auch heißen, daß sich die Tage wie eine Ewigkeit hinziehen und die Leute mich in den Wahnsinn treiben.«

»Und – tun sie das?«

George entspannte sich und nippte an dem Irish Coffee, den er für sie bestellt hatte. Er war ausgezeichnet, wenn auch zu stark. »Ich schätze nicht.«

»Also, wie ich schon sagte: schön.«

Sie schwiegen eine Weile, bis er sich aprupt vorbeugte. Er wirkte verschämt. »Dr. B ...«, begann er und hielt unvermittelt inne.

»Hmmm?« Nach den Drinks im Pub und dem

Wein zum Fisch hatte der Kaffee sie nun angenehm schläfrig gemacht.

»Ich wollte dich fragen ...« Wieder hielt er inne. Sie riß sich zusammen und sah ihn forschend an.

»Was ist los, Gus? Ärgerst du dich über irgendwas?«

»Könnte man fast sagen. Ich hab' mich nur gefragt ...«

»Was? Nun spuck's schon aus.«

»Ich mag dich«, sagte er unverblümt. »Hörst du mir überhaupt zu?«

»Solange du keinen Stuß erzählst, ja. Volkommen widerwärtig kann dir meine Gesellschaft ja nicht sein. Schließlich hast du mich ja heute abend eingeladen.«

»Ach, das mein' ich doch nicht! Und außerdem – die-Kleine-Mädchen-Tour zieht bei mir nicht. Weißt du? Was ich an dir so mag, ist doch grade, daß du sagst, was du denkst und so. Auch wenn du manchmal zu weit gehst.«

»Ach ja?« Sie wurde allmählich zornig. »Inwiefern?«

»Tja, weißt du – wohlerzogene englische Damen reden nicht so, wie du's manchmal tust. Zum Beispiel ›Stuß‹ sagen, oder –«

Nun war sie wieder hellwach. »Ich glaub' nicht, daß du jemals Damen – Herrgott, was für ein Wort: ›Damen‹! – ich glaub' nicht, daß du jemals zugehört hast, wie ganz normale Frauen hier in diesem Land sprechen. Das solltest du mal tun, anstatt voreilige Schlüsse über Frauen zu ziehen. Könnte 'ne kleine Überraschung für dich werden.«

»Hab' ich's nicht gedacht?« Gus klang angewidert. »Ich will nichts weiter als ernst und verständig mit dir reden, und was kommt dabei raus? Daß du wieder darüber meckern mußt, wie Männer Frauen behandeln. Also, eins kann ich dir versichern: Niemand respektiert die Frauen mehr als ich! Und das ist die reine Wahrheit«

»Oh, Gus, du bist so ein – so ein –« George war so aufgebracht, daß ihr die Worte in der Kehle steckenblieben und sie husten mußte. Er reichte ihr das Wasserglas über den Tisch, beugte sich noch weiter vor und klopfte ihr den Rücken.

»Ja, schon klar, ein Chauvinistenschwein. Ich schwöre dir, George, meistens weiß ich wirklich nicht, was ihr Frauen eigentlich wollt. Ich versuche, mich ganz vernünftig über etwas Wichtiges mit dir zu unterhalten, und bevor ich auch nur zwei Sätze losgeworden bin, fährst du mir über den Mund und schimpfst über die Männer. Ich versteh's einfach nicht. Suchst du nach Beleidigungen?«

»Die sind auch leicht zu finden!« entgegnete George. »Wenn du über Frauen sprichst, als wären wir alle gleich, bloß – bloß Titten und Hintern auf Beinen, die du in engen Röcken zur Schau stellst, damit du sie angaffen kannst, dann hast du nichts kapiert –«

»Sag mir doch, was ich falsch gemacht hab'!« Er hörte sich beinahe flehend an.

»Gern. Du behauptest, daß du Frauen respektierst – als wären wir alle gleich, Hunde oder so was. Du behauptest, daß wohlerzogene ›Damen‹ nicht so reden wie ich, und das ist wirklich ein starkes Stück! Du behauptest, daß du nicht weißt, was die Frauen eigentlich wollen, und das –«

Er schüttelte entmutigt den Kopf. »Ich weiß es anscheinend wirklich nicht. Was hätte ich denn sagen sollen? Nein, ehrlich. Sag's mir doch, ich will es lernen. Ich muß es doch mal lernen. Wenn du so weitermachst, werden wir nirgendwo landen, du und ich.«

Das brachte sie zum Schweigen, und sie blinzelte ihn ungläubig an. »Was hast du da gesagt?«

»Hmmm?«

»Was hast du –«

»Ach so. Ich sagte, wir werden nirgendwo landen, du und ich. Aber gerade das wünsche ich mir.«

»Daß wir irgendwo landen – und wo?«

»Oh – irgendwo, wo's gemütlich ist.« Plötzlich verzog er die Lippen zu einem breiten, blitzenden Grinsen voller Bosheit. »Schön ruhig, ohne Zeitdruck, um jede Menge Spaß zu haben.« Er wurde ernst, als er ihren Blick bemerkte. »Hab' ich schon wieder was Falsches gesagt? Ist es denn ein Verbrechen, einer Da – einer Frau, die man mag, einen Antrag zu machen? Ich meine, das ist doch ... Oh, Scheiße!«

George konnte es nicht verhindern – gegen ihren Willen brach sie in Lachen aus, und nachdem Gus sie einen Moment verständnislos angestarrt hatte, wurde ihm bewußt, was er soeben von sich gegeben hatte, und er lachte auch. Sie lachten, bis ihnen die Tränen über die Wangen liefen und die Puste ausging. Kitty, die gerade an ihren Tisch trat, um zu sehen, ob sie noch etwas für ihren Chef tun konnte, und um ihm zu demonstrieren, welch eine gute Wahl er mit ihr als Geschäftsführerin getroffen hatte, schaute die beiden nur nachsichtig an und zog sich wieder zurück. Ein paar Leute an den Nebentischen beobachteten sie und wurden von dem Lachen angesteckt.

»Es tut mir leid«, gestand er schließlich. Zog ein riesiges Taschentuch hervor, wischte sein Gesicht ab und schneuzte sich geräuschvoll. »Ich wollte nicht, daß es sich so anhört. Aber 's ist 'ne verzwickte Sache, George, das kannst du nicht bestreiten. Da hab' ich versucht, dich anzumachen, damit du weißt, wie's um mich steht – oder wie würdest du's ausdrücken? Damit du jedenfalls weißt, wo's herkommt – und alles, was dir dazu einfällt, ist, *mich* anzumachen wegen der Art, wie ich über Frauen rede. Ich bin nun mal so – dafür kann ich doch nichts! Nicht anders als die meisten Männer, die ich kenne. 'n bißchen rauhe Schale, aber der Kern ist weich. Wenn ich dir verspreche, nie wieder Unsinn zu quatschen, und mich nie wieder beschwere, wenn du's tust, würdest du dann mit mir ausgehen? Ich meine, regelmäßig?«

Ihr verschlug es die Sprache, so erschrocken war sie. Sie wußte, daß er sie gern mochte. Das hatte er ihr immer sehr deutlich gezeigt, seit sie ihm vor elf Monaten, kurz nach ihrer Einstellung im Old East, zum ersten Mal begegnet war. Aber sie hatte seine Vorliebe für sie stets nur als eine Art besitzergreifender Freundschaft gedeutet. Avancen, wie zum Beispiel Toby Bellamy, hatte er ihr allerdings nie gemacht ...

Er war ganz schön eifersüchtig auf Bellamy, erinnerte sie sich jetzt; aber das war vorübergegangen, und sie hatten ihre lockere Beziehung wiederaufgenommen, viel gelacht und diskutiert und sich meistens ganz wohl miteinander gefühlt. Und nun saß er ihr gegenüber und wollte ... Was wollte er eigentlich?

»Was willst du von mir, Gus?« fragte George. »Ich weiß nicht genau, was du mit unter ›regelmäßig ausgehen‹ verstehst. Wenn du's mir ein bißchen genauer erklärtest, könnte ich vielleicht –«

In diesem Moment vernahm sie ein Glasklirren

hinter sich. Sie wäre vor Schreck beinahe vom Stuhl gesprungen. Sie fuhr herum und starrte auf die Straße. Vor den Fischgrills, an denen die Kunden zuvor Schlange gestanden hatten, um eine Portion Fish und Chips zu ergattern, hatte sich eine aufgebrachte Menschenmenge versammelt

Gus war schon auf den Beinen und rannte zum Ausgang. George folgte ihm, nicht sicher, was sie nun tun sollte. Auf der freien Fläche vor den Fischgrills lag ein Scherbenhaufen, und sie hätte heulen können, als sie feststellte, daß eines der wundervollen Fenster zu Bruch gegangen war. Doch es blieb keine Zeit, den Verlust einer schönen alten Handwerksarbeit zu betrauern; mitten in dem Scherbenhaufen wälzten sich einige Männer und schlugen wild aufeinander ein.

In den nächsten Minuten erreichte der Tumult seinen Höhepunkt: Gäste stürzten aus dem Restaurant, um zu sehen, was los war; die Frauen unter ihnen schrien mit den Kellnerinnen um die Wette, und die Männer sprangen ins Getümmel, um die Kämpfenden zu trennen. George, die etwas abseits vom Trubel stand, sah einen Mann heftig aus einer Wunde am Arm bluten; und sofort drängte ihr Helferinstinkt sie zum Handeln. Sekunden später steckte sie mitten im Gewühle, hatte den Arm des Mannes umfaßt und band, ihre Serviette – die sie in der Eile mitgenommen hatte – zu einer Aderpresse und legte sie über die Wunde an seinem Handgelenk.

»Ruhig!« herrschte sie den Mann an, als er sich losreißen wollte. Seinen anderen Arm hielt einer der Straßenverkäufer mit eisernem Griff, so daß ihm keine Möglichkeit des Entkommens blieb. George schob die Aderpresse an die richtige Stelle und hob dann den verletzten Arm hoch, daß es fast wie die Siegergeste eines Boxers aussah.

»Halten Sie den Arm hoch, bis der Krankenwagen eintrifft!« befahl sie. »Das muß sorgfältig genäht werden. Ist hier noch jemand verletzt?« Die Schaulustigen hatten sich zerstreut.

Der Kampf war bereits abgeebbt. Gus hatte einen stämmigen Blonden mit kurzen Stoppelhaaren in Gewahrsam genommen. Zwei der Fischgriller saßen auf einem jungen Burschen, der diesem zum Verwechseln ähnlich sah. Ihre Kleidung, Jeans und nietenbeschlagenes schwarzes Leder, erinnerte George an eine Uniform. Sie wandte sich ab, und ihr Blick fiel auf einen dritten Burschen in gleicher Aufmachung, der sich gerade in Richtung Tür davonschlich.

»Haltet ihn auf!« schrie sie. Sofort reagierten einige Männer und rasten dem Flüchtigen hinterher. Man hörte mehrere unterdrückte Rufe und sehr lautes Fluchen, als der junge Mann, der George beim Festhalten des Verletzten geholfen hatte, ebenfalls die Verfolgung aufnahm.

Sie hatten den jungen Burschen bereits erwischt, aber es gelang ihm zu entkommen – und im gleichen Augenblick fuhr der Streifenwagen, den jemand über die 999 gerufen hatte, mit Blaulicht und heulenden Sirenen vor.

Nun war es nur noch eine Angelegenheit von Minuten, bis zwei uniformierte Polizisten den Mann dingfest gemacht hatten. Unmittelbar danach traf der Krankenwagen ein. Die Sanitäter eilten auf den Verletzten zu, der nach wie vor eine Hand in die Höhe streckte und mit der anderen ein Taschentuch gegen die blutende Nase preßte. Er war ein hochgewachsener, gutgebauter Mann, und George, die ihn nun etwas genauer in Augenschein nahm, dachte, er müsse Inder oder Pakistani sein. Er war lässig, aber gut gekleidet, wirkte jedoch reichlich verwirrt – erst als er vor dem Krankenwagen stand, schien er zu begreifen, was geschehen war.

Er wirbelte herum und befreite sich aus dem Griff der Sanitäter. »Kriegt ihre Namen raus!« brüllte er. »Macht sie ausfindig – und alle Zeugen, die ihr auftreiben könnt! Ich werde sie fertigmachen, das schwöre ich, ich werde sie vor jedes Gericht in diesem Land stellen. Ein heimtückischer Angriff war das, ekelhaft. Durch nichts gerechtfertigt ... Sehen Sie zu, daß Sie ihre Namen kriegen –«

»Ist ja gut, Sir«, besänftigte ihn einer der beiden Polizisten. »Wir werden alles tun, was in unserer Macht steht, da können Sie sicher sein. Wir sehen Sie dann im Krankenhaus. Dort können Sie Ihre Aussage machen. Gehn Sie jetzt bitte, die da drin werden Sie schon mal verarzten, Mister –?«

»Doktor!« knurrte der Mann durch sein Taschentuch. Dann nahm er es beiseite, um deutlicher sprechen zu können, und George bemerkte, daß ihm ein Zahn fehlte. War ihm dieser eben erst ausgeschlagen worden? Wahrscheinlich. Sie blickte suchend zu Boden, als könne sie ihn dort irgendwo entdecken. Was für eine alberne Idee! Wenn irgendwo zwischen Glas, Blut sowie Fisch- und Chipsresten ein Zahn lag, so konnte er gewiß nicht mehr gerettet werden.

»Na gut, Doktor«, sagte der Polizist, noch einen Tick sanfter. »Wir sehen Sie ja dann im Krankenhaus, Dr. –?« Er wartete höflich.

»Choopani. Diljeet Choopani«, ergänzte der Mann und kletterte endlich in den Krankenwagen. Erleichtert kehrte der Polizist zu den Leuten zurück, die sich jetzt vor dem Eingang des Restaurants drängten.

Gus hatte dem Festgenommenen inzwischen Handschellen angelegt, und ein Polizist bugsierte den anderen Verdächtigen zum Heck des Streifenwagens. Immer noch drehte sich das Blaulicht auf dessen Verdeck und tauchte die Szenerie in farbiges Disco-Licht – der Schein der nackten Straßenampeln verstärkte das Bild trügerischer Buntheit. George spürte, wie ihre Knie zu zittern begannen, während sie den Abschluß der Aktion verfolgte: Die beiden Verdächtigen waren bereits sicher im Wagen untergebracht. Nun fuhr ein weiterer Streifenwagen vor und spie noch mehr Uniformierte aus, die die Gäste aufforderten, umgehend ihre Plätze aufzusuchen, um mit den Zeugenaussagen beginnen zu können.

Gus schien bemerkt zu haben, wie ihr zumute war, denn plötzlich stand er neben ihr und hielt ihren Ellbogen fest.

»Toll, Süße. Du hast gute Arbeit geleistet. Der Kerl hätte uns glatt abnippeln können, so wie der geblutet hat.«

»Wohl kaum«, widersprach sie ein wenig süffisant, nachdem sie ihre Fassung wiedergewonnen hatte. »Dazu muß es schon ein bißchen schlimmer sein. Ich hab' ihm bloß Erste Hilfe geleistet. Was zum Teufel war denn nur hier los?«

»Gute Frage«, antwortete er grimmig. »Wir sind gerade dabei, es rauszufinden. Schaut aber ganz nach 'nem Angriff von Rassisten aus. Der Typ, auf den sie losgegangen sind, ist ziemlich bekannt: 'n praktischer Arzt aus der Gegend hier.«

»Natürlich«, fiel es George ein. »Sein Name kam mir irgenswie bekannt vor.«

»Wir haben zwei von den Typen geschnappt. Dann sind hier noch ein oder zwei Zeugen, die zu wissen meinen, wer der dritte Mann ist. Sie entkommen uns also nicht. Mann, wie ich diese Rassistenscheiße hasse. Haben wir in letzter Zeit verdammt oft zu sehen gekriegt. Ich glaub' –«

»Ich glaub', der Abend ist gelaufen, Gus«, unterbrach ihn George. »Du bleibst hier und stürzt dich in die Arbeit. Du brennst ja richtig drauf, und da will ich dich nicht stören. Ich find' schon allein nach Haus'. Bis bald.«

»Ja, bis bald«, antwortete er und hörte schon nicht mehr zu. Sie kannte das. Seine ganze Aufmerksamkeit war jetzt auf ›Den Job‹ gerichtet. Sie holte, vorsichtig über Glasscherben balancierend, ihre Tasche aus dem Restaurant und eilte davon.

Auf dem Weg zur Bushaltestelle fragte sie sich, warum Dr. Choopani derart wütend gewesen war. Weshalb hatten die Attentäter einen so öffentlichen Ort für ihre Attacke gewählt? Sie konnten sich doch ausrechnen, daß sie geschnappt würden? Hatte der Arzt sie vielleicht möglicherweise provoziert? Doch das gab ihnen nicht das Recht zu Tätlichkeiten, was immer er gesagt oder getan haben mochte – und dennoch wäre interessant zu wissen, ob er in irgendeiner Weise zur Eskalation der Situation beigetragen hatte.

Kurz vor der Haltestelle blieb sie stehen und erwog ihre Möglichkeiten: Es war schon spät, aber noch nicht zu spät. Nach einer Weile machte sie kehrt und marschierte entschlossen in Richtung Krankenhaus. Sie würde in der Notaufnahme nach Dr. Choopani suchen und vielleicht etwas über die Hintergründe des Angriffs herausfinden. Außerdem konnte es nicht schaden, mehr über ihn selbst zu erfahren, nachdem die Schwester der Kinderstation heute morgen so abfällig über ihn gesprochen hatte.

Im übrigen war es natürlich erheblich einfacher, über Dr. Choopani nachzudenken als über das, was Gus gesagt hatte.

6

Es war erstaunlich ruhig in der NFA. Selbst wenn man die meisten, die an der Schlägerei vor Gus' Restaurant beteiligt gewesen waren, aufs Revier gefahren hatte, war George erstaunt, in der NFA nur einen Patienten vorzufinden. Dr. Choopani, der dabei die schlimmsten Verletzungen davongetragen hatte, saß kerzengerade auf der Liege in einer der Kabinen. Ein junger Assistenzarzt beugte sich über sein Handgelenk.

»Prüfen Sie ja genau nach, ob das Ligamentum radio carpale palmare verletzt und die Nervenversorgung unterbrochen ist. Der Medianus zu den Thenamuskeln verläuft genau hier«, erklärte Dr. Choopani gerade. »Und ich will einen Oberarzt für meine Behandlung – keinen jungen Assistenten! Oh!« Er blickte auf, als George den Vorhang beiseiteschob. »Sind Sie die Oberärztin? Haben Sie heute Dienst? Ich möchte lieber von einem Mann behandelt werden, wenn Sie nichts dagegen haben.«

George zog die Brauen zusammen. »Ich bin nicht die Oberärztin dieser Station«, sagte sie so sanft, wie ihr Ärger es zuließ. »Ich bin Pathologin hier am Old East. Ich war diejenige, die sich heute abend im Restaurant um Sie gekümmert hat. Und ich bin nur hergekommen, um zu sehen, wie's Ihnen geht. Hätte mir aber gar keine Gedanken zu machen brauchen. Sie sind nämlich in den besten Händen.«

Der Assistenzarzt, der die Wunde an Dr. Choopanis Handgelenk überaus sorgfältig untersucht hatte, schaute dankbar zu George auf, und sie lächelte ihn freundlich an. Er bemühte sich nach Kräften, auszusehen wie der fähige Chirurg, als den sie ihn beschrieben hatte, und nicht wie der unsichere junge Arzt, der er in Wirklichkeit war. »Guten Abend, Dr. Barnabas«, grüßte er.

George warf einen Blick auf sein Namensschild, froh über die neue Vorschrift, nach der das gesamte Personal des Krankenhauses jetzt ein solches tragen mußte. Sie hatte natürlich nicht die leiseste Ahnung, wer der Mann sein mochte – es war schier unmöglich, sich die Namen aller jungen Ärzte zu merken. »Guten Abend, Adam«, sagte sie so bestimmt, als kenne sie ihn schon seit Beginn seiner Laufbahn, ehe sie sich erneut an Dr. Choopani wandte. »Wie ich schon sagte, Adam Parotsky ist einer unserer fähigsten Chirurgen. Aber sollten Sie immer noch besorgt sein, wird er gewiß nichts dagegen haben, ein zweites Gutachten einzuholen – obwohl ich mich mit Adam zufrieden gäbe, besonders weil er jetzt *hier* ist und der Oberarzt meilenweit entfernt wohnt und erst geholt werden müßte. Das dürfte aber kaum mehr als ein oder zwei Stunden dauern. Kümmern Sie sich doch bitte darum, Adam.« Sie schaute wieder den jungen Mann an, der erleichtert grinste. »Ich leiste Dr. Choopani Gesellschaft, während Sie Maggy Hill-Sykes anrufen.«

»Wen?« fragte Dr. Choopani schroff.

»Maggy Hill-Sykes, Dr. Choopani«, wiederholte George katzensanft. »Die Oberärztin der Notaufnahme. Ich nahm an, Sie kennen uns alle hier mit Namen! Als praktischer Arzt aus der Gegend ...«

Er sah zuerst George , dann Adam Parotsky finster an. »Können Sie das nähen?«

Adam warf einen raschen Blick auf George, die unbeschwert lachte. »Lieber Dr. Choopani, Adam versorgt am Tag ein Dutzend solcher Wunden, stimmt's, Adam?«

»Äh – ja«, brachte Adam heraus.

»Dann fangen Sie jetzt an!« schnappte Dr. Choopani. »Ich habe keine Lust, die ganze Nacht hier zu verbringen und auf irgend so eine Frau – irgend so einen Oberarzt zu warten. Und denken Sie auch daran, daß der Schädel geröntgt werden muß.« Er berührte vorsichtig sein linkes Auge. »An der Augenhöhle könnte eine Fraktur entstanden sein.«

George beugte sich vor und klopfte vorsichtig den Knochenrand der Augenhöhle ab. Sie schüttelte den Kopf. »Ich glaube es zwar nicht, aber wenn Sie auf einer Röntgenaufnahme des Schädels bestehen, bin ich überzeugt, daß sich Adam auch darum kümmern wird. Nicht wahr, Adam?«

Der junge Mann strahlte plötzlich vor Eifer. »Selbstverständlich habe ich die Röntgenabteilung bereits verständigt«, erwiderte er. »Das ist doch Routine bei einer solchen Geschichte.«

»Sehen Sie?« sagte George mit einem Nicken zu dem Mann auf der Liege. »Ich sagte Ihnen ja, Sie seien in den besten Händen.«

»Na schön, na schön!« knurrte Choopani. »Bringen wir's hinter uns.«

Adam verschwand hinter dem Vorhang, um eine Schwester zur Assistenz und seine Instrumente zu suchen, während George sich ans Ende der Liege setzte. »'ne schlimme Geschichte«, begann sie behutsam.

Choopani funkelte sie mit seinem gesunden Auge wütend an. Das andere war fast zugeschwollen. »Eine äußerst überflüssige Bemerkung, wenn ich das sagen darf. Eine *nette* Geschichte war es sicher nicht.«

»Davon bin ich überzeugt.« George triefte geradezu vor Mitleid. »Irgendeine Idee, *warum man* Sie angegriffen hat?«

Der Mann schwieg. George begriff, daß er nicht geruhen würde, ihr darauf zu antworten, und seufzte. Ein schwieriger Mensch! Natürlich hatte man ihm übel mitgespielt, aber er war auch nicht gerade ein umgänglicher Mensch. Sie beschloß, ohne Umschweife zum Kern der Sache vorzustoßen. Dieser Mann würde keinesfalls auf eine vorsichtige Anfrage reagieren.

»Rassisten«, sagte sie laut. »Wollten die Ihnen was wegen Ihrer Hautfarbe?«

Der Arzt schaute zu ihr auf, und nun blitzte der blanke Zorn aus seinem gesunden Auge. »Was glauben Sie denn? Sie leben hier in einem Land, das seine Bürger wie Abfall behandelt, und da müssen Sie mir so eine dumme Frage stellen? Natürlich waren das Rassisten! Was denn sonst? Diese Tiere, dieser hirnlose Mob, den man anständigen Bürgern aus dem Weg räumen sollte, darf ungehindert die Straßen unsicher machen und seinen Schmutz hinausschreien, und wenn diese Leute dann zuschlagen und Menschen verletzen, wer schert sich darum? Niemand!«

Sie schrak zurück. Der Haß, der ihr aus seinen Worten entgegenschlug, ließ sie nach Luft schnappen. »Gott, das muß ja die Hölle für Sie sein!« sagte sie automatisch. Er spähte zu ihr hoch.

»Die Hölle? Ja, so könnte man es nennen. Aber es

ist noch viel schlimmer als die Hölle. Und besonders schlimm ist es, wenn Menschen, denen man eine gewisse Intelligenz zutraut – Sie als Oberärztin müssen ja etwas im Kopf haben –, idiotische Fragen stellen.«

»Autsch«, gab George zurück. »Sehen Sie, Dr. Choopani – ich verstehe ja, daß Sie wütend sind, aber deshalb brauchen Sie nicht gleich wie ein Wilder um sich zu schlagen. Ich bin nämlich auf Ihrer Seite. Wenn's nach mir ginge, würde man die Leute, die über Sie hergefallen sind, einsperren und ihnen das Leben so zur Hölle machen, wie sie's bei anderen tun. Also versuchen Sie nicht, *mich* fertigzumachen.«

Er blickte sie lange an – aus dem einen Auge sprühte Wut – doch dann schloß er es mit einem tiefen Seufzer und ließ sich in die Kissen zurücksinken.

Sie schwiegen lange, ehe George einen zweiten Vorstoß wagte. »Gab es heute abend denn einen besonderen Grund? Oder geschah es einfach nur, weil Sie dort waren – als zufälliges Opfer?«

George studierte sein gutgeschnittenes Gesicht, die hohen Wangenknochen, die schöngezeichneten Lippen und die Adlernase. Er strahlte Eiseskälte aus. Die Haut war eher dunkel, wie Kaffee mit wenig Milch. Sie ertappte sich bei dem Gedanken, daß er ein gutaussehender Mann sein mußte, wenn er lächelte. *Wenn* er sich einmal dazu herabließ.

»Es ist so grotesk«, begann er nun, ohne die Augen zu öffnen. »Ich stamme aus einer Familie, in der man jene Menschen, die von Fast Food leben, als niedrigste Klasse betrachtet. Wir beschäftigten immer Diener und Köche, wir hatten Geld, genossen Ansehen ... und dennoch bin ich hierhergezogen, in diesen Slum, um hier zu arbeiten, weil ich keinen besseren Job finden konnte – keine angesehene Privatpraxis wollte mich einstellen – und bemühe mich, mich einzufügen, ich bemühe mich wirklich, hier zurechtzukommen. Ich gehe nach einem späten Hausbesuch sogar zu einem solchen Straßenverkauf. Ich muß leben, wie es meine Patienten tun, sage ich mir. Und was geschieht? Sie haben ja selbst gesehen, was dann geschieht.«

George biß sich auf die Lippen. Hatte er womöglich in der Schlange gestanden und seine Verachtung gezeigt, mit jeder Bewegung deutlich gemacht, wie tief er seiner Meinung nach gesunken war? Das hätte gereicht, um die Jugendlichen zu provozieren, die jederzeit bereit waren, Ausländer zu attackieren. Selbstverständlich waren diese Angriffe nicht gerechtfertigt. Aber wenn er ihnen zu verstehen gegeben hatte, daß ...

»Während ich dort wartete, habe ich natürlich nicht an solche Dinge gedacht«, fuhr er fast träumerisch fort. »Ich war sehr müde, und ich fand, das Essen roch gut; deshalb wollte ich schnell etwas mitnehmen und nach Hause, um mich auszuruhen. Und da springen sie mich an.«

Sein gesundes Auge klappte auf, und er blitzte sie zornig an. »Glauben Sie mir, ich habe sie nicht provoziert. Das tue ich nie. Ich weiß, wie kleingeistig diese Menschen denken. Ich weiß, daß sie handeln, ohne zu überlegen. Da werde ich mich doch hüten, eine Miene aufzusetzen, die als feindlich interpretiert werden kann. Und nun sehen Sie, was mir passiert ist! Wir können tun, was wir wollen – als Fremde in diesem Land werden wir immer nur verachtet.«

George schwieg. Sie schaute ihn nur an. Und plötzlich erhellte ein breites Lächeln seine Züge; seine Zähne waren weiß und sehr ebenmäßig. »Und glauben Sie nicht, daß Sie sich davon distanzieren können, weil Sie Amerikanerin sind. Ihr Land ist genauso schlimm, wenn nicht schlimmer.«

»Das weiß ich«, gab George zurück. »Glauben Sie etwa, ich wüßte das nicht? Aber ich lasse mich vom Verhalten einiger Idioten nicht im Umgang mit meinen Mitmenschen beeinflussen. Wenn Sie alle Leute hier behandeln wie den jungen Adam Parotsky, werden Sie sich verdammt viele Feinde schaffen. Und von der Sorte haben Sie doch schon genug. Es könnte nicht schaden, wenn Sie ein wenig – liebenswürdiger wären, meinen Sie nicht auch?«

Er öffnete erneut das gesunde Auge und sah sie verblüfft an. »In welcher Weise war ich denn unliebenswürdig zu diesem – wie hieß er noch – Parotsky?«

»Sie waren sehr unhöflich zu ihm. Und zu mir auch. Darauf zu bestehen, daß Sie von einem Mann untersucht werden, du meine Güte!«

Choopani schien ernsthaft darüber nachzudenken. »Ich mache ab und zu Fehler«, verkündete er dann. »Ich stamme aus einer Familie, in der man es nicht gewohnt ist, daß Frauen arbeiten. Bitte verstehen Sie das, und vergeben Sie mir.«

George brach in Lachen aus. »Sie sind schon ein harter Brocken, ist Ihnen das klar? Sogar wenn Sie sich entschuldigen, klingt es wie eine – hmmm – hört es sich ziemlich unfreundlich an!«

»Das ist ein Problem, an dem ich arbeite«, erklärte Dr. Choopani ihr in aller Ruhe. »Nun, dieser junge Arzt, den Sie mir ständig empfehlen, braucht aber lange.«

»Sie sind nicht der einzige, um den er sich kümmern muß, wissen Sie?« Geräusche hinter dem Vorhang deuteten auf weitere Patienten in der Wartezone hin. »Er könnte zu einem noch dringenderen Notfall gerufen worden sein.«

»Zweifellos«, gab Choopani zurück und schien einzunicken. George zögerte einen Moment, doch da öffnete er schon wieder das Auge. »Keine Minute lang habe ich geglaubt, daß er ein erfahrener Arzt ist. Ich erkenne einen Anfänger auf den ersten Blick. Aber natürlich hatte ich meine Wunde vorher schon selbst begutachtet. Sie ist sauber, und glücklicherweise wurden weder Nerven noch Knochen in Mitleidenschaft gezogen. Dieser junge Arzt dürfte nun besonders genau sein, möchte ich vermuten. Wenn ich nicht zufrieden bin, muß ich allerdings darauf bestehen, daß jemand anders hinzugezogen wird. Ich sage Ihnen dies nur, damit sie mich nicht für einen Dummkopf halten, Dr. – äh –«

»Barnabas«, ergänzte George. »Nein, Dr. Choopani, ich halte Sie durchaus nicht für einen Dummkopf. Und ich meine trotz allem, daß Sie nicht so unfreundlich sind, wie Sie die Leute mit Ihrem Auftreten glauben machen.«

»Unfreundlich? Ich bin niemals unfreundlich! Ich sage nur, was ich denke, bin aber nicht unfreundlich.«

»Reden Sie sich nichts ein«, entgegnete George bestimmt. »Sie können wirklich äußerst unfreundlich sein. Heute morgen zum Beispiel haben Sie sich mit Mitarbeitern unserer Kinderstation herumgestritten.«

Choopani runzelte die Stirn, eine Bewegung, die ihn vor Schmerz leicht zusammenzucken ließ. »Kinderstation?«

»Ich war dort. Sie wollten ein Kind mit Gastroenteritis einweisen. Ich habe das –«

»Die sind völlig unfähig!« unterbrach er sie hitzig. »Ich brauche ein Bett für ein krankes Kind, aber die behaupten, sie können das Mädchen nicht aufnehmen, weil sie kein Isolierbett haben! Was für ein Unsinn! Wissen Krankenschwestern heutzutage nicht mehr, wie man die Ausbreitung einer Infektion verhindert? Sind sie nicht mehr in der Lage ohne Spezialstationen ihren erlernten Beruf auszuüben? Ja, ich habe mich darüber beschwert, aber ich bin auch fair – ich bin fair! Nachdem ich woanders ein Bett bekommen hatte, informierte ich sie sofort, damit sie sich nicht weiter bemühten. Und erntete für meine Mühe wahrlich keinen Dank!«

George schüttelte langsam den Kopf. »Sie haben tatsächlich ein Verständigungsproblem, stimmt's? Das Telefonat, in dem Sie mitteilten, daß Sie das Kind im Kings unterbringen konnten, habe ich mitgehört. Die Schwester, die am Apparat war, meinte, sie wollten sich nur damit großtun.«

Nun verlor er die Fassung. Er setzte sich kerzengerade auf und starrte George an. »Großtun? Würde ich dafür meine Zeit mit irgendwelchen Anrufen vergeuden? Wofür halten Sie mich? Habe ich nichts Besseres zu tun? Ich wollte denen nur Arbeit ersparen! Ich verstehe diese Leute einfach nicht!«

»So scheint es.« George stand auf, als sich der Vorhang teilte und eine Schwester einen Wagen mit chirurgischen Instrumenten in die Kabine schob. Adam Parotsky folgte ihr. »Ich sollte jetzt lieber gehen. Wenn ich Ihnen noch irgendwie behilflich sein kann, lassen Sie's mich wissen.« Sie blieb kurz am Vorhang stehen. »Und nehmen Sie meinen Rat an: Glauben

Sie nicht, daß alle verstehen, was Sie meinen. Sie tun's nämlich nicht.«

Er gab einen halb zischenden, halb bellenden Laut von sich, der George lebhaft an die alten Schwarzweißfilme mit den abgrundtiefen Bösewichten und den unglaublichen Heldinnen erinnerte. Sie warf ihm ein freundliches Lächeln zu, daß er zu Ihrer Überraschung zu erwidern versuchte.

»Ich muß mich bei Ihnen bedanken«, sagte er. Es kostete ihn sichtlich große Mühe. »Sie waren sehr behende und haben mir einen großen Blutverlust erspart. Ich wäre zwar nicht daran gestorben, doch die Heilung hätte länger gedauert. Ich bin Ihnen wirklich dankbar.«

»Keine Ursache«, meinte George. Und machte sich davon.

Es war erst halb zwölf, als sie zu Hause eintraf. Sie war erstaunt; ihr kam es vor, als sei sehr viel mehr Zeit vergangen, seit sie mit Gus im Restaurant vor den Resten des Brotauflaufs gesessen und er ihr gesagt hatte – was gesagt hatte? Lieber gar nicht darüber nachdenken.

Er könnte immer noch dort sein, überlegte sie, rollte sich auf dem Sofa zusammen und streckte die Hand nach dem Telefon aus. Es war immerhin einen Versuch wert. Vielleicht erfuhr sie von ihm ein wenig mehr über diesen seltsamen Dr. Choopani, den sie nun, wie sie sich eingestehen mußte, netter fand als am Anfang ihres Gespräches. Er mochte zwar arrogant und stolz sein, aber bösartig war er nicht. Es lag an seiner Erziehung, sie hatte ihn geformt, und er ahnte nicht im geringsten, wie er auf andere Menschen wirkte. Es konnte nicht schaden, Gus davon zu erzählen. Und wenn es nur ein Vorwand war.

Die Telefonistin teilte ihr mit, Gus befinde sich immer noch auf dem Polizeirevier, man werde ihn suchen, und bat sie zu warten. Es dauerte endlos lange, ehe Gus sich meldete, müde und zerstreut.

»Hmmm?« war seine Antwort auf ihre Frage. »Oh ja, wir haben sie erwischt. Keiner ernsthaft verletzt. Den einen, der entkommen konnte, haben wir vor 'ner halben Stunde geschnappt. Sie ham's wegen ihm getan, behaupten sie.«

»Wie meinst du das? Wegen ihm?«

»Er hat 'ne Freundin, die wohnt drüben im Watney Road Estate. Wie's aussieht, geht er ihr aus dem Weg, seit sie das Baby hat, aber er ist natürlich stolz wie Oskar, verstehst du? Und dieses Baby ist wohl vor 'n paar Wochen gestorben.«

»Gestorben«, wiederholte George und wußte sofort und erschreckend genau, was nun kommen würde. »Woran?«

»Ähm – Krippentod, wie unsere Verbindungsfrau von der Gemeinde sagt«, teilte Gus ihr mit. »Ja, ich weiß schon. Hat mich auch irgendwie stutzig gemacht.«

»Tja, hier scheint wohl eine Art Epidemie ausgebrochen zu sein. Dieses Baby wurde zur Obduktion nicht zufällig ins Old East geschickt?«

»Nein, nach – laß mich nachschaun ...« Sie hörte Papier rascheln. »Ähm, nach St. Chad's. Aber ehrlich, Dr. B., das hat doch nichts mit der Geschichte von heute abend zu tun. Oder wenigstens nur zum Teil ...«

»Nur zum Teil? Was willst du damit sagen?«

»Es könnte damit zu tun haben, aber nur ganz am

Rande. Die Sache ist die: Der Vater, dieser Supervater, der sich keinen Deut um sein Kind geschert hat, als es noch am Leben war, regt sich furchtbar auf, als es stirbt, und macht den Arzt dafür verantwortlich. Die Mutter hat ihm wohl irgendwelchen Mist erzählt – der Arzt hätte angedeutet, sie sei schuld am Tod –, du weißt ja, wie tolpatschig diese Ärzte manchmal sind –«

»Ich weiß, wie tolpatschig *dieser* Arzt sein kann«, sagte George mitfühlend. »Deine Jungs allerdings auch.«

»Diesmal nicht«, widersprach er schnell. »Meine Leute sind jetzt bestens darauf vorbereitet, wie man in solchen Fällen mit den Eltern umgeht, also paß du mal lieber auf –«

»Tu' ich ja, tu' ich ja«, bemerkte George. »Und das ist die ganze Geschichte? Der trauernde Vater trommelt seine Kumpels zusammen und fällt über den Arzt her, weil er 'nen Sündenbock braucht?«

»So ungefähr. Sie sind ihm von der Praxis aus gefolgt – einer von denen hat gesungen wie ein Vögelchen, so einer ist immer dabei – und haben sich von draußen auf ihn gestürzt.« Er holte tief Luft. »Aber, Hut ab vor den Arschlöchern – es waren verteufelt dicke Tafelglasscheiben, und die springen da einfach so durch, ob du's glaubst oder nicht! Die *springen* glatt da durch! Hätten sich umbringen können – hätten sie's doch getan! Ich darf gar nicht daran denken, was mich das neue Glas kostet –, trotz Versicherung! Die Prämien, die die in Zukunft von mir verlangen werden – ich frag' dich, wer reißt sich schon drum, Geschäftsmann zu sein?«

»Ich kenn' da einen ganz bestimmten Bullen«, gab George zur Antwort.

»Je, nun, der alte Zauber wirkt nicht mehr so. Hör mal, George, bist du OK? Wär' ich nicht so erschrokken gewesen – ehrlich, ich geb's zu – hätt' ich dich selbst nach Hause gebracht. Ich schäme mich, daß ich dich einfach alleine losgeschickt habe. Außerdem hatten wir ja unser Gespräch noch nicht beendet.«

»Für den Augenblick schon, Gus«, sagte George mit fester Stimme. »Und ich muß jetzt Schluß machen.«

»Soll'n wir's nicht morgen fortsetzen?« hakte er nach. »Hm? Wie wär's? Diesmal woanders. Wir könnten in die ›Saftige Seezunge‹ unten am St. Katherine's Dock gehen. Was hältst du davon? Ist zwar nicht so piekfein wie ›Die tolle Scholle‹, aber wenigstens sitzen da noch die ganzen verdammten Fenster in ihren Rahmen.«

»Morgen abend? Ausgeschlossen, Gus«, erwiderte sie und war ehrlich betrübt – zumindest glaubte sie das. Wenn er wieder so redete wie heute abend, wäre das – na ja, Schwamm drüber. Nimm die Dinge einfach, wie sie sind. »Meine Ma kommt mit ihrer Freundin aus Buffalo rübergeflogen. Sie wollen Weihnachten bei mir verbringen. Ich muß die beiden morgen in aller Herrgottsfrühe in Heathrow abholen.«

»Dann bring sie doch mit«, schlug Gus nach kurzem Schweigen vor. »Wäre toll, deine Mum kennenzulernen. Vielleicht kann sie mir ja helfen, dich endlich zu begreifen.«

George ignorierte diese Bemerkung. »Sie haben bestimmt 'nen Jetlag. Verschieben wir's auf später, Gus.«

»Na, schön. Wenn du unbedingt so 'n Trauerkloß sein willst. Wie wär's denn mit Sonntagabend?«

»Gus, ich laß dich wissen, wann ich's einrichten kann«, sagte sie bestimmt und wollte einhängen. Dann riß sie den Hörer wieder ans Ohr. »Gus?«

»Ja?«

»Gib mir bitte alle interessanten Informationen über diesen Krippentod durch, ja? Zum Beispiel den Obduktionsbericht. Kannst du das für mich tun?«

Er schwieg kurz. »Ich könnte schon. Für eine kleine Gegenleistung.«

»Was für eine Gegenleistung?«

Er kicherte; es klang anzüglich. »Laß ich dich wissen.« Und legte als erster auf.

7

Wie immer befiel sie auf dem Flughafen Heathrow ein Gefühl der Unruhe. Alle Menschen in diesem Gewühl waren mit sich selbst beschäftigt, alle waren aufgeregt, entweder, weil sie gleich abflogen oder weil sie soeben gelandet waren. Sie verbreiteten eine knisternde Atmosphäre, der sich George nicht entziehen konnte.

Sie fragte sich nicht zum ersten Mal, ob man bei einer Untersuchung des Pheromonspiegels von Menschen in Flughäfen eher Furcht- oder Sexualpheromone finden würde? Wenn man beobachtete, wie die Menschen einander begrüßten oder voneinander Abschied nahmen, sah es eher nach hochgradiger sexueller Spannung aus, dachte sie jetzt und bahnte sich ihren Weg durch die Menge – vorbei an Süßwarenläden, Strumpf- und Dessous- sowie Bücherständen, in denen unzählige Menschen nach irgend etwas suchten, für das sie ihr Geld ausgeben konnten und das ihre Unruhe ein wenig bezwang. George begab sich an den Flugsteig, an dem Passagiere des Nachtflugs vom Kennedy Airport in New York erwartet wurden.

Bitte laß das Flugzeug pünktlich landen, betete sie stumm zu einer Gottheit, an die sie nicht glaubte, bitte laß sie möglichst ausgeruht und gutgelaunt sein, bitte hilf mir, meine Zunge im Zaum zu halten, wenn Ma wieder irgend etwas sagt, das mich rasend macht ...

Die Maschine hatte nur eine Viertelstunde Verspätung, und wie durch ein Wunder dauerte es nur eine halbe Stunde, bis die Passagiere aus der Zollabfertigung stürmten. »Die werden heute aber schnell durchgeschaufelt«, bemerkte der Taxifahrer neben George, auf dessen Tafel in großen Buchstaben »Mr. Jabolski, Vereinigte Dienstleistungen GmbH« stand. »Bin immer froh, wenn ich Leute von diesem Flug habe. Man muß dann nie lange warten, aber heute geht's noch mal so fix.«

Er hatte recht. George erblickte die beiden wenige Minuten später: zwei weißhaarige Frauen in gepflegter Kleidung und mit vernünftigem Schuhwerk, an das George sich noch so gut erinnern konnte, die benommen und tatkräftig ihren Gepäckwagen schoben. Sie drängte sich heftig winkend vorwärts, und Tante Bridget strahlte übers ganze Gesicht, während ihre Mutter etwas unsicher dreinschaute, als George auf sie zueilte.

Die nächste halbe Stunde plauderten sie aufgeregt miteinander, umarmten einander sich immer wieder und schwitzten, während sie das Gepäck – ziemlich viel, wie George mit leichtem Unmut feststellte – zum Parkplatz schafften. Sie hatte am Morgen Hattie Clements Wagen geliehen und mußte diesen Umstand nun, als sie ihn auf die Zubringerstraße manövrierte, ihrer Tante erklären.

»Du hast kein eigenes Auto?« fragte Bridget, aufs äußerste schockiert. »Wie kannst du denn bloß hier zurechtkommen, Liebes? Wie kannst du –?«

»Ich brauche wirklich keines«, erwiderte George, die Mühe hatte, die ungewohnte Knüppelschaltung zu bedienen. »Das U-Bahnnetz und das Busnetz sind wirklich gut ausgebaut; außerdem ist es in London höllisch schwer, 'nen Parkplatz zu finden. Dagegen benutzt Hattie – die Frau, der der Wagen hier gehört – ihn auch kaum. Und zur Arbeit kann ich ohnehin zu Fuß gehen. Hör mal, Ma, wie fühlst du dich, geht's dir gut da hinten? Sitzt du bequem?«

»Prima, danke, Kleines«, antwortete Vanny und lächelte George im Rückspiegel an. »Bin bloß 'n bißchen müde, glaub' ich. Es war irgendwie ziemlich laut im Flugzeug, mit den ganzen Babys und so.«

»Da sagst du was!« fiel Bridget hitzig ein. »Jesus, wie dieses Balg gebrüllt hat! Ich dachte schon, es würde nie mehr aufhören. Ich meinte zur Mutter, ich hätt' 'n paar Valium dabei, und eine halbe würde wohl kaum schaden und dem armen kleinen Wurm 'n bißchen Ruhe verschaffen – uns ebenfalls, aber das hab' ich natürlich nicht gesagt – und da geht die auf mich los, als hätt' ich ihren Schreihals vergiften wollen! Aber Kinder können 'ne kleinere Dosis wirklich gut vertragen. Meine Nichte Mary muß öfters mit ihren dreien nach Hawaii fliegen, und da gibt sie ihnen immer was. So erspart sie sich das ganze Theater, und die Kleinen sind nicht so durch 'n Wind.«

»Das Essen im Flugzeug war nicht gut«, verkündete Vanny plötzlich. »Ich muß dir gestehen, George, ich bin am Verhungern. Und furchtbar müde. Könnten wir nicht mal anhalten und frühstücken, bitte?«

Sie befanden sich mittlerweile auf der Autobahn, im üblichen Gewühl der morgendlichen Rush Hour, und George fluchte leise vor sich hin.

»Ich wünschte, du hättest das noch am Flughafen gesagt. Dort wäre es kein Problem gewesen, dir was zu besorgen. Jetzt sieht's schlecht aus. Wir haben noch 'ne ganz hübsche Strecke vor uns, und hier in der Gegend gibt es kein anständiges Restaurant.« Sie schaute finster auf den dichten Verkehr und schüttelte den Kopf. »Und ins Krankenhaus muß ich heute auch noch mal, also kann ich ... hab noch etwas Geduld; ich bring' uns so schnell wie möglich nach Hause. Dann mach' ich euch was Leckeres zu essen, und ihr habt Zeit, euch einzurichten, bevor ich zur Arbeit muß.«

»So dringend ist es auch wieder nicht«, sagte Vanny friedfertig. »Hab' nur gedacht ... klar doch, ich kann warten.«

Nun machte sich George Vorwürfe. Sie hätte daran denken müssen, daß die beiden vielleicht hungrig waren, und sie am Flughafen zum Frühstück einladen sollen, auch wenn sie dadurch unter Umständen zu spät ins Labor gekommen wäre – aber sie hatte es vergessen. Und deshalb, sagte sie sich trübsinnig, fühle ich mich schuldig und bin deshalb wütend auf Ma. Es war und wird immer so sein.

Die beiden verreisten leidenschaftlich gerne: Mit entzückten Ausrufen nahmen sie die süßen kleinen Häuschen zur Kenntnis, stellten fest, wie seltsam es sei, auf der falschen Straßenseite zu fahren, und wie sehr dieser Ort doch einem in den Staaten gleiche – abgesehen natürlich von den Reklametafeln und den Ladenfronten, und, natürlich, den süßen kleinen Häuschen ... George unterstützte ihre Begeisterung und erzählte ihnen alles, was sie über die Stadt wußte, auch wenn sie sich manchmal der Fakten nicht absolut sicher war. Nachdem sie Westminster Bridge überquert hatten, entschied sich George für die Straße südlich der Themse, um den beiden einige bekannte Sehenswürdigkeiten zeigen zu können. Die alten Damen schnurrten zufrieden beim Anblick von Big Ben und der Houses of Parliament und schienen wirklich aufzuleben.

Georges Wohnung war dann allerdings wieder eine Enttäuschung, obwohl sie George versicherten, es sei wundervoll, so nahe der Tower Bridge zu wohnen und sie durch das Küchenfenster sehen zu können. Sie versicherten ihr auch, es sei überhaupt nicht schlimm, sich ein Zimmer zu teilen, um Himmels willen nein, aber George ließ sich nicht täuschen. Während die beiden auspackten, bereitete sie ihnen ein spätes Frühstück zu, und dabei erkannte sie, daß es ihnen nicht leicht fallen würde, in den kommenden Tagen in solch drangvoller Enge zu leben, wo sie doch ihre eigenen großen Häuser gewohnt waren. Vielleicht bleiben sie ja nicht über Weihnachten, dachte sie auf einmal hoffnungsvoll. Wie konnte sie nur so furchtbar ungastlich sein, nachdem die beiden eine so weite Reise auf sich genommen hatten?

Um ihre erneuten Schuldgefühle zu kompensieren, übertrieb sie ihre Gastgeberpflichten und machte ein kleines Drama daraus, ihnen Orangen für den Saft auszupressen (und dabei vergaß, daß sie das zu Hause jeden Tag taten) und den Unterschied zwischen den New Yorker und den eindeutig besser schmeckenden englischen Bagels zu beschreiben. Während sie unablässig schnatterte, saßen die beiden bedrückt da und schauten sie über ihre Kaffeetassen hinweg an.

»Hör mal, Liebes«, begann Bridget endlich. »Ich weiß, es mag jetzt komisch klingen, aber ich für mein Teil muß dir sagen, daß es mir überhaupt nichts ausmacht, daß wir in ein Hotel oder so ziehen, wenn du das möchtest. Es ist doch ziemlich anstrengend für dich – die Arbeit im Krankenhaus und dann noch uns am Hals ...«

George erschrak. Sie ließ sich auf ihren Stuhl fallen und starrte Bridget an. »Oh, aber Bridget, ich will doch nicht – nicht ungastlich sein. Ich dachte –«

»Du bist überhaupt nicht ungastlich«, widersprach Bridget und lächelte, bis ihre Augen fast in Schlitzen verschwanden und ihre Hamsterbäckchen hervortraten. Sie war George auf eine Art vertraut, die sie beinahe vergessen hatte – und sie fühlte sich sofort etwas besser. »Deine Ma und ich, wir kennen dich doch, und irgendwie ha'm wir uns gedacht, daß du vielleicht gar nicht so glücklich bist über unsern Besuch. Ich weiß, wir ha'm dich ja mehr oder weniger überfahren, aber du kennst mich ja – ich muß alles auf die schnelle machen.«

»Ma?« George schaute ihrer Mutter nun zum ersten Mal in die Augen. Bis jetzt war sie herumgewirbelt, um den Blickkontakt zu vermeiden. »Ma, denkst du auch –«

»Oh, ich denke, Bridget hat's schon ganz gut hingekriegt«, sagte Georges Mutter und lächelte leise, wie es typisch für sie war. »Sie fängt Stimmungen auf, die mir vielleicht entgehen. Sie ist jetzt meine starke rechte Hand. Und mein Bein.« Vanny streckte die Hand aus, berührte die Hand ihrer Freundin mit einem gichtigen, aber wunderbar gepflegten Finger und zwinkerte dabei. »Wenn sie glaubt, daß es dir zuviel ist, uns hier zu haben, suchen wir ein nettes Hotel, wo wir's bestimmt auch gemütlich haben werden. So lange ich nur in derselben Stadt bin wie du, George, bin ich schon zufrieden. Du siehst gut aus – ein bißchen angeschlagen vielleicht, aber deine

Augen sind klar, also schätze ich, daß es dir gut geht.«

»Mir geht's sehr gut, Ma«, bestätigte George. Sie streckte nun gleichfalls ihre Hand aus, die Vanny ergriff und sie vorsichtig tätschelte. »Und ich möchte, daß ihr hierbleibt. Ich kann nicht so tun, als hätte ich nicht gemerkt, wie eng wir's hier haben werden, aber wenn ihr zurechtkommt, dann –«

Bridget war aufgestanden und hinausgegangen, und George hatte es kaum registriert. Sie schaute ihre Mutter erneut an, sah die feinen Linien um den Mund mit den rosa Lippenstiftspuren, sah den trüben Rand um die Iris der Augen. O Gott, dachte sie. Der Greisenbogen. Mutter wird alt. Also werde auch ich alt; und plötzlich durchströmte sie eine Welle der Verzweiflung. Sie beugte sich aprupt vor und schloß ihre Ma fest in die Arme. Vanny sagte nichts, ließ es zu, daß George sich an sie drückte. Dann, als George sich wieder von ihr löste, hob Vanny beide Hände, die leicht zitterten, und brachte ihre Frisur in Ordnung.

»Ma, ich will nichts mehr von Hotels hören«, stellte George klar. Ihre Stimme klang nun ziemlich heiser. »Ihr bleibt hier, auch wenn's eng wird. Wir schaffen das schon.«

Bridget kam aus dem kleinen Zimmer zurück, das sie mit Vanny teilen sollte. Sie grinste über das ganze Gesicht. »So ist's besser«, lobte sie, als spreche sie zu einem geistig zurückgebliebenen Kind. »Jetzt paß mal auf, Liebes. Du läßt uns einfach machen. Du gehst zur Arbeit, und Vanny und ich halten ein kleines Nickerchen, und wenn du dann heute abend nach Hause kommst –«

»Koch' ich uns ein tolles Essen, und wir erzählen

endlich in Ruhe!« ergänzte George und stand auf. »Also, braucht ihr noch was? Handtücher sind im Bad und –«

»Wir finden uns schon zurecht«, betonte Bridget. »Du solltest besser aufbrechen. Nein, laß die Teller stehen. Wir räumen ab. Nun beeile dich! Wir brauchen auch mal 'n bißchen Platz, weißt du?«

George lachte und ging. Mehr konnte sie im Moment nicht tun. Die nächsten Wochen dürften nicht einfach sein, aber irgendwie würde es schon klappen. Und vielleicht zeigte es sich ja auch, daß Bridget nur viel Lärm um nichts gemacht hatte und mit Mutter alles in Ordnung war. Natürlich hatte Vanny heute morgen müde gewirkt, aber mit gutem Grund: Sie war noch nie zuvor in Europa gewesen, und ein langer Flug zwischen verschiedenen Zeitzonen konnte auch einem jungen und gesunden Menschen arg zusetzen. So sprach George sich selbst Mut zu, während sie rannte, um den Bus zum Krankenhaus noch zu erwischen. Es ist alles in Ordnung. Ich bin sicher, es muß alles in Ordnung sein.

Ihr blieb kaum Zeit, über ihre persönlichen Probleme nachzudenken. Sie hatte den großen Umweg über den Hintereingang in Kauf genommen, um den Protestlern am Haupteingang zu entgehen, die immer noch ihre inzwischen abgenutzten Transparente mit den Aufschriften ›NHS für die Menschen, nicht für den Markt‹ und ›Nieder mit dem Trust – Keine Privatisierung‹ trugen, obwohl sich von maßgebender Stelle keiner mehr um ihre Anwesenheit kümmerte. Es war schon kurz vor Mittag, als George an ihrem Arbeitsplatz eintraf und auf die Kinderstation gerufen wurde. Sie blickte ungeduldig auf ihren vollen Schreibtisch, zuckte mit den Schultern und verließ das Büro wieder. Man hätte nicht nach ihr geschickt, wenn es nicht dringend wäre.

Doch als sie auf der Kinderstation erfuhr, daß es um ein Baby ging, das Prudence Jennings, die Stationsärztin, soeben aufgenommen hatte, wurde sie wirklich ärgerlich. »Sie möchte, daß ein paar spezielle Bluttests durchgeführt werden«, sagte die Schwester an der Anmeldung zu George. »Sie ist da hinten in der letzten Kabine.«

»Bluttests?« George runzelte die Stirn. »Hättet ihr mir das Blut nicht einfach schicken können?«

Die Schwester zuckte die Achseln. »Das hab' ich ja auch gesagt, aber sie hat darauf bestanden, daß Sie selbst die Proben nehmen.« Plötzlich rümpfte sie die Nase und ließ ihrem Unmut freien Lauf. »Ich hab' schon viel jüngeren Babys Blut abgezapft und nie was falsch gemacht dabei. Ich hätt's ganz leicht selbst erledigen können. Ich kann mir nicht vorstellen, warum sie Sie herzitieren mußte. Mir brauchen Sie keine Schuld zu geben – *ich* hätt' Sie nicht damit belästigt.«

George suchte Dr. Jennings in der hintersten Kabine auf. Sie saß neben einem Bettchen, in dem ein Baby lag, das den Kopf unablässig von einer Seite zur anderen drehte. Dr. Jennings schautee mit zusammengezogenen Augenbrauen auf das Kind.

»Oh, Dr. Barnabas, das ist nett von Ihnen, daß Sie rübergekommen sind«, sagte sie mit einem kurzen prüfenden Blick zu George. »Ich hab' hier einen schwierigen Fall.«

»Ach?« machte George und sah von dem Baby zur Instrumentenschale für die Blutabnahme, die in einer offenen Schublade neben dem Bettchen lag. »Sie wollten einen Bluttest veranlassen? Warum haben Sie mir die Proben dann nicht einfach geschickt?«

»Das stimmt.« Prudence schaute immer noch auf das Kind und schien George gar nicht gehört zu haben. »Ich wollte nur sichergehen, daß alles bereitsteht. Hören Sie, Dr. Barnabas, wie alt, glauben Sie, ist dieses Kind?«

»Wie?« George, die wirklich gern gewußt hätte, warum sie gerufen worden war, obwohl eine der Schwestern die Blutabnahme ebensogut hätte erledigen können, war nun völlig verblüfft. »Wie alt? Kann ich nicht sagen. Steht das nicht in der Akte?«

Prudence schüttelte den Kopf. »Nein, deswegen hab' ich auch gefragt! Ich wollte wissen, wie alt *Sie* dieses Kind schätzen.«

George blickte vom Baby zur Ärztin: Prudence Jennings war ungefähr in ihrem Alter, hatte rotes Haar, wirkte zwar ein wenig schlampig, war aber bestimmt gut in ihrem Job. Sonst hätte sie niemals unter Susan Kydds Fuchtel bestanden. Susan führte ein strenges Regiment und hatte viele junge Ärzte vertrieben, die vor ihr gezittert hatten. Doch gemessen an ihren offenkundigen Fähigkeiten war ihre Frage schlicht und ergreifend banal.

Sie schien Georges Gedankengängen gefolgt zu sein und rang sich ein gequältes Lächeln ab. »Tun Sie mir doch den Gefallen«, bat sie. »Ich werd' es Ihnen auch erklären.«

George hob die Schultern und sah sich das Kind genauer an. Es war klein und zartgliedrig – zu dünn, fand sie – und seine fieberigen Augen lagen tief in den Höhlen. Die Haut war auch etwas zu faltig, was auf Austrocknung hinwies. Sie sagte etwas in diesem Sinne.

»Nein, das ist es nicht – wenigstens nicht nur. Er hat weder erbrochen noch Durchfall gehabt«, erklärte Prudence, zog die Decke weg und befreite das Baby von seinem Hemdchen. Sein Bauch war rund und deutlich angeschwollen. Prudence setzte einen Finger auf und drückte sanft. Das kleine Gesicht zuckte, und das Kind begann leise zu weinen. Prudence pfiff leise durch die Zähne und deckte es wieder zu. Der Laut schien es zu beruhigen, denn es hörte auf zu weinen und schloß die Augen.

»Weiter«, drängte sie. »Wie alt schätzen Sie ihn?«

»Ich bin diesbezüglich kein Experte«, meinte George und biß sich auf die Lippen, während sie versuchte, sich an das wenige zu erinnern, das sie in der Kinderheilkunde gelernt hatte. Sie war in der Lage, das Alter *toter* Kinder festzustellen – und zwar anhand der Entwicklung der Epiphyse sowie der Öffnungen im Schädelknochen. Babys mit großen Fontanellen an Stirn und Rückseite des Schädels waren noch sehr jung.

Sie wollte den Kopf des Babys berühren, doch Prudence hielt ihre Hand fest. »Nur, was Sie sehen«, sagte sie. »Bitte!«

George warf ihr einen verärgerten Blick zu und hob erneut die Schultern. »Na schön, von mir aus«, gab sie irritiert nach. »Noch kein Jahr, zehn Monate vielleicht. Und es geht ihm gar nicht gut.«

»Versuchen Sie's mal mit achtzehn Monaten«, schlug Prudence vor. Ungläubig schüttelte sie den Kopf. »Ich hab' die Fontanellen abgetastet, die Knochen gemessen und die Maße berechnet. Wenn dieser Junge jünger als achtzehn Monate ist, bin ich ein

Schimpanse. Und doch behauptet die Mutter, er sei erst *acht* Monate alt! Das ergibt doch keinen Sinn!«

George hatte ihren Ärger inzwischen vergessen und war nur noch fasziniert. »Das ist wirklich verrückt!«

»Das können Sie laut sagen. Ich frag' mich nur ...« Kopfschüttelnd fuhr sie fort: »Es existiert keine Familien-Anamnese: Die Mutter schwört, daß sie ihn bis vor ein paar Wochen noch gestillt hat. Wäre das Bild nicht klarer –, also, ja, ich hab' an HIV gedacht. Wenn sie positiv ist und ihn gestillt hat, könnte er dann nicht AIDS haben? Krank genug sieht er ja aus.«

»Das nehme ich an«, sagte George langsam. »Was für eine Geschichte haben denn die Eltern erzählt?«

»Eine sehr seltsame. Für meine Begriffe völlig unglaubwürdig. Im Ausland geboren, kein Hinweis auf vorzeitige Schließung der Fontanellen. Ich hab' sie ganz schön in die Mangel genommen. Es sei eine ganz normale Geburt gewesen, ohne Komplikationen, haben sie mir immer wieder beteuert. Ich sagte ihnen, ich müsse ein paar Tests durchführen und sie könnten ihn päter abholen – hätte ich die Blutabnahmen auch nur mit einem Wort erwähnt, wären sie bestimmt sofort wieder gegangen, dachte ich. Letztlich überredete sie ihr Mann, den Kleinen bis zum Abschluß der Tests dazulassen. Was soll man nur davon halten? Jetzt wissen Sie, warum ich nicht wollte, daß jemand anders das Blut abnimmt. Ich hätte die Proben beschriften müssen, und bei dem Klatsch hier im Haus hätten wir im Handumdrehen einen Riesenskandal am Hals gehabt. AIDS-Baby im Old East – können Sie sich die Schlagzeilen vorstellen?«

»Ja«, sagte George kurz und ging zum Waschbekken in der Ecke, um sich die Hände zu waschen. »Jetzt verstehe ich. OK, könnten Sie mir bitte helfen? Obwohl ich nicht glaube, daß sich der arme kleine Kerl sonderlich wehren wird. Er sieht viel zu krank aus.«

»Ja, der Arme«, murmelte Prudence, hob das Kind, das nur schwach zappelte, hoch und hielt es mit geübten Händen, während George die Spritze ansetzte.

Sie arbeiteten schweigend; das Baby wimmerte von Zeit zu Zeit, und wieder pfiff Prudence leise durch die Zähne, um es zu beruhigen. Als sie fertig waren, straffte George ihren Rücken, beschriftete die Proben sorgfältig und steckte sie in ihre Kitteltasche. »Wir machen hier lieber selber sauber«, schlug sie vor. »Nur für den Fall.«

Prudence nickte. »Das können Sie mir überlassen. Ich werde sehr gründlich sein. Ähm – könnten Sie mir den Bericht so schnell wie möglich schicken? Ich möchte ihn noch – nun, gerne noch heute vor Dienstschluß ablegen.«

George schüttelte den Kopf. »Das klappt nicht. Für einige Tests auf HIV brauche ich mehrere Tage.«

»Alle aber nicht, oder?«

»Nein, alle nicht. Ich kann Ihnen schon heute abend ein paar Ergebnisse durchgeben.« Plötzlich begriff sie, warum Prudence so nervös war, und sie mußte lachen. »Mir ist es gerade erst klar geworden – Sie wollen Ergebnisse, bevor Dr. Kydd zurückkommt. Wo ist sie eigentlich?«

Prudence verzog das Gesicht. »Hält irgendwo Vorlesungen. Vielleicht ist sie morgen wieder da, bestimmt aber übermorgen. Und ich muß sagen, daß –

nun ja. Sie haben ja selbst miterlebt, wie sie einen fertigmacht, wenn man eine Fehldiagnose stellt. Und wenn ich mich in diesem Fall irre, möchte ich nicht, daß Susan es erfährt. Wenn ich recht habe, ist es natürlich etwas anderes.«

»Sie wird Ihren kleinen Kopf tätscheln, und Sie werden wachsen, wachsen, wachsen, wie eine Blume«, frotzelte George auf dem Weg zur Tür, und Prudence lachte.

»Irgend so was. Vielen Dank für die Hilfe, Dr. Barnabas.«

»Um Gottes willen, nennen Sie mich doch George«, sagte George und eilte an der Anmeldung vorbei, bevor die Schwester ihr unangenehme Fragen stellen konnte. George eilte weiter in ihr Labor. Wie sie Prudence gesagt hatte, würde es ein paar Tage dauern, bis alle Ergebnisse vorlagen, aber je früher sie mit den Tests anfing, desto besser.

Nachdem sie die dafür nötigen Vorbereitungen getroffen und die liegengebliebene Arbeit vom Morgen erledigt hatte, war es bereits nach halb acht. Sie streckte sich und griff nach dem Telefonhörer. Erneut meldete sich ihr schlechtes Gewissen. Mutter und Bridget mußten mittlerweile zu Tode gelangweilt sein, wenn sie die ganze Zeit gewartet hatten. Sie wählte ihre eigene Nummer, doch es läutete viele Male, ehe sie schließlich auflegte und eine kleine Sorgenfalte zwischen ihren Brauen erschien. Wo zum Teufel konnten die beiden stecken? Sie mußte schnellstens nach Hause, sich vergewissern, ob alles in Ordnung war. Während sie hastig den Mantel überstreifte, wurde ihr wieder schmerzlich bewußt, welche Einschränkungen es brachte, die beiden als Hausgäste bei sich zu beherbergen. »O Gott«, sagte sie zu dem gelblichen Lichtschein am Nachthimmel über dem Fluß. »Laß den Januar kommen. Für mich kann Weihnachten gar nicht schnell genug vorbei sein!«

8

Die beiden waren ausgegangen und hatten eine Nachricht in Bridgets vertrauter, nach links geneigter Handschrift hinterlassen. »Sind bald zurück, Liebes, wollten uns nur ’n bißchen in der Nachbarschaft umschaun. Hoffe, du hattest einen guten Tag. Wir haben geschlafen wie die Kinder, fühlen uns jetzt viel besser. B.«

So hatte George Zeit, die Wohnung blitzblank zu putzen, und als sie schließlich das Ergebnis ihrer Bemühungen betrachtete – die hellen Flickenteppiche auf dem tiefroten Untergrund des Teppichbodens, die farbigen Sofakissen auf der neuen Ledercouch, auf der sie selbst nun nächtigen mußte, und die falschen Flammen in dem Gaskamin, den sie sich geleistet hatte – und versuchte, es mit den Augen ihrer Gäste zu sehen, war sie sehr zufrieden. Eine kleine Wohnung in einer überfüllten Großstadt konnte mit den weitläufigen Häusern, die die beiden gewohnt waren, nun mal nicht konkurrieren, war jedoch kein Grund, sich zu schämen. Als die beiden mit rotgefrorenen Nasenspitzen und Ohrläppchen zurückkehrten, hatte sie das Abendessen fertig: eine ordentliche Portion Fleisch und viel Gemüse, mit einem großzügigen Schuß Rotwein geschmacklich verfeinert. Sie hoffte, das Rezept würde ihre Gäste beeindrucken.

Das tat es nicht; die beiden aßen nur wenig, lobten

zwar die Zubereitung, beteuerten jedoch, es sei zuviel für sie. George kippte die Reste in eine Plastikschüssel: Sollte sie sie jetzt gleich in den Müll werfen oder aber erst, nachdem sie eine Woche lang im Kühlschrank gestanden hatten? Wieder wich das Schuldgefühl dem Ärger. Verdammt, dachte sie, während sie Kaffee kochte, das wird ja ein trauriges Weihnachtsfest.

Eine Zeitlang saßen sie vor dem Fernseher. Die beiden alten Damen waren von der BBC sichtlich beeindruckt, und George sonnte sich ein wenig in dem Glanz, der dadurch auf sie selbst fiel – so, als habe sie persönlich zur Qualität des Fernsehprogramms ihrer Wahlheimat beigetragen. Bridget warf ihr einen listigen Seitenblick zu und lachte.

»Bist schon 'ne halbe Engländerin; steht dir gut«, bemerkte sie. »Du redest schon genauso wie diese Insulaner, aber es hört sich niedlich an.«

»Niedlich?« entfuhr es George entsetzt. »Ich und niedlich? Bloß nicht! Und außerdem merkt hier jeder sofort, daß ich Amerikanerin bin. Ich rede überhaupt nicht wie die Leute hier.«

»Und ob du das tust«, entgegnete Bridget. Sie gähnte und streckte sich. »Könnte ich wohl mal ins Bad, Liebes? Mir ist jetzt so richtig nach einem langen heißen Bad zumute. Aber ich will dir keine Umstände machen.«

»Machst du nicht«, entgegnete George und spähte zu ihrer Mutter hinüber. »Ist's dir auch recht, Ma?«

»Natürlich«, erwiederte Vanny gelassen. Bridget zwinkerte George bedeutungsvoll zu und begab sich mit einer erstaunlichen Batterie von Crèmes, Puder, Seifen und Lotionen ins Bad. Mutter und Tochter blieben schweigend im Wohnzimmer zurück.

Nach einer Weile regte George sich und fragte: »Ma?«

Ihre Mutter blickte sie lächelnd an. »Ja, Liebes?«

»Findest du die Sendung gut?«

»Ich denke schon«, erwiderte Vanny und schaute wieder auf den Bildschirm. »Es scheint doch sehr amüsant zu sein.«

»Was gefällt dir denn am meisten?« hakte George nach und beobachtete sie scharf. Es hatte keinen Sinn, die Angelegenheit noch länger totzuschweigen. Bridget wußte das: deshalb hatte sie sich zurückgezogen. Sie war mit Vanny aus einem bestimmten Grund nach London gekommen, und zwar damit ihre Tochter sehen konnte, daß – daß was? George hatte keine Ahnung – oder vielmehr versuchte sie sich das einzureden ...

Vanny blickte sie ruhig an. »Nun, so genau kann ich es noch nicht sagen«, begann sie. »Du weißt ja, wie das ist. Man guckt sich diese Fernsehspiele an und weiß erst am Ende, ob sie einem gefallen haben oder nicht.«

George runzelte die Stirn. Im Fernsehen lief kein Spielfilm, sondern eine Dokumentation, wie sie typisch war für Kanal Vier: Geschichten von Frauen des 20. Jahrhunderts, die in leicht verdrießlichem Tonfall über ihr Leben berichteten, das nicht besonders glücklich gewesen war. Glaubte ihre Mutter tatsächlich, ein Fernsehspiel zu verfolgen, oder achtete sie gar nicht auf das, was auf der Mattscheibe geschah? Sie mußte doch noch sehr müde sein, auch wenn sie den ganzen Tag geschlafen hatte. Ein Jetlag konnte die Leute wirklich mitnehmen.

»Wenn es dich nicht weiter interessiert, können wir die Kiste ja ausmachen und einfach reden«, schlug George vor, und wieder zeigte Vanny ihr gleichmütiges Lächeln.

»Wie du es am liebsten magst.« Sie sah zu, wie George nach der Fernbedienung griff und den Fernseher ausschaltete. Stille senkte sich über den Raum, nur unterbrochen vom gelegentlichen Zischen der Gasflammen im Kamin und fernen Verkehrsgeräuschen, die durch die Fenstervorhänge drangen.

»Wie geht's Onkel Nat, Ma?« fragte George nach einer Weile, worauf ihre Mutter sie verblüfft anschaute.

»Onkel Nat?« murmelte sie zerstreut. »Ach so, Onkel Nat.« Dann schmunzelte sie.

Erneut dehnte sich die Stille aus, bis George sagte: »Wie geht's ihm, Ma?«

»Wem, George?«

»Onkel Nat.«

»Ach ja, der gute alte Onkel Nat.« Vanny sah aus, als denke sie angestrengt nach. »Ist der auch hier?«

George spürte, wie ihr kalt wurde. »Nein, Liebes, natürlich nicht. Wir sind in London. Wie könnte Onkel Nat hier sein?«

»Er wohnt in Boston«, erklärte Vanny nun – wieder mit diesem gleichmütigen Lächeln.

Plötzlich wurde George wütend. Der Blick ihrer Mutter war so leer, daß sie sie fast anschrie: »Ma, was ist denn mit dir los? Natürlich wohnt er in Boston. Er hat doch nie woanders gewohnt!«

»Das stimmt«, bestätigte Vanny. »Er hat immer dort gewohnt. Er wird alt, schätz' ich. Ich übrigens auch. Ich werde bald siebzig, George, ist das nicht furchtbar? Tief im Innern fühl' ich mich nämlich wie siebzehn. Trotzdem geht's mir nicht so schlecht wie Nat. Er wird bald siebenundsiebzig.« Sie lachte, und dieses Mal war es wie in alten Zeiten, wenn Vanny kleine, boshafte Spitzen auf ihren spießigen Schwager abschoß und alle zum Lachen gebracht hatte.

George beruhigte sich ein wenig; es ist nur der Jetlag, redete sie sich ein. Oder doch nicht? Steckt mehr dahinter? Sie konnte die Ungewißheit nicht länger ertragen und beschloß, direkt zum Kern der Sache vorzustoßen.

»Ma, Bridget hat mir geschrieben, daß es dir nicht so gut geht. Daß sie sich Sorgen um dich macht. Was hat sie denn damit gemeint?«

Die Mutter schwieg und starrte in die Flammen, dann riß sie sich zusammen und schaute George mit klaren Augen an. »Ach, sie veranstaltet ein Riesentheater wegen nichts. Du kennst doch Bridget – tut so, als wäre die Welt am Ende, bloß weil 'ne Fliege in der Buttermilch schwimmt.«

»Nein, so ist sie nicht«, entgegnete George. Sie beugte sich vor und legte ihre Hand auf die der Mutter. Sie fühlte sich kühl und trocken an, und George streichelte sie sanft. »Was du an Bridget wirklich magst, ist, daß sie gerade das nicht tut. Ihr könntet gar nicht so lange befreundet sein, wenn sie so ein Mensch wäre.«

Vanny hob das Kinn und sah George kurz in die Augen. Dann zuckte sie die Achseln. »Tja, das kann ich nur unterschreiben.« Jetzt klang sie ein wenig verdrießlich.

»Und ob du das kannst!« betonte George. Wieder erfaßte sie eine kalte Welle der Furcht. »Was ist es denn, Ma? Hast du irgendwelche Symptome? Bist du irgendwie – krank?«

Vanny lachte – es hörte sich geradezu übermütig an. Sie entzog George ihre Hand, um in die andere zu klatschen. »Heh, heh, holt meine Tochter, die Ärztin!« höhnte sie. »Ist sie nicht toll?«

George wurde rot und protestierte, dann fiel sie in das Lachen ein. »Ach, zur Hölle damit, Ma. Ich will dich doch nicht verarzten! Ich bin's, George, und du bist meine Ma, und ich will wissen, warum Bridget sich so aufregt. Denn daß sie das tut, weißt du. Du solltest es mir lieber sagen – ich werd' dich nicht in Ruhe lassen, bis du's mir erzählt hast.«

»Ich könnte Bridget erwürgen«, meinte Vanny, doch es klang nicht boshaft. Eher zerstreut. Sie seufzte tief, dann schaute sie ihre Tochter hoffnungsvoll an. »Ich glaube, sie denkt, ich bin nicht mehr ganz richtig im Oberstübchen?«

»Wie meinst du das?« fragte George schneidend.

»Ich vergesse Dinge.«

»Was für Dinge?«

»Oh, welchen Tag wir haben und was ich zum Abendessen kochen wollte – so was.«

George zog die Augenbrauen hoch. »Das tun wir doch alle manchmal.«

»Und den Heimweg vom Laden an der Ecke.« Vanny wich ihrem Blick aus. »Den ich seit über zwanzig Jahren gehe.«

Diesmal schwieg George eine Weile. Dann fragte sie leise: »Wie oft ist das denn schon passiert?«

Vanny sah sie an; in ihren Augen glomm ein Funken ihrer alten Lebhaftigkeit. »Reicht dir einmal nicht?«

»Ich glaub' schon«, gab George zu. »Hör mal, Ma, war es – ich meine, warst du wegen irgend etwas beunruhigt? Hast du über irgend etwas nachgedacht und dann den falschen Weg genommen?«

»Ich wünschte es«, erwiderte Vanny. »Es wäre

leichter, wenn ich diese Entschuldigung hätte. Nein, ich bin schlicht und ergreifend in die falsche Straße eingebogen und wußte weder, wo ich war, noch wohin ich wollte, bis Bridget mich gefunden hat. Ich war im Park, unten am Busbahnhof. Saß da auf einer Bank.«

»Oh, Gott«, flüsterte George und merkte gar nicht, daß sie etwas gesagt hatte, bis sie Vannys Blick spürte.

»Ja«, flüsterte sie. »Unheimlich, nicht? 'n bißchen schon.«

»Überhaupt nicht.« George bemühte sich um einen munteren Tonfall, riß sich selbst aus der Mutlosigkeit, die sie übermannt hatte. »Ich meine, es war doch nur ein Ausfall. Das heißt noch nicht, daß du –«

»Ich glaube doch. Schon seit Jahren merke ich, daß ich nicht mehr ganz ich selber bin. Wenn ich sogar die Namen von Menschen vergesse, die ich mein ganzes Leben lang gekannt habe! Wenn ich den Anfang eines Buches vergesse, bevor ich es zu Ende gelesen habe, und immer und immer wieder zurückblättern muß. Ich lese auch kaum noch. Es lohnt sich nicht. Und jetzt auch noch das!«

»Ich werde für dich einen Termin bei einem guten Arzt vereinbaren«, versprach George.

»Den Teufel wirst du tun!« protestierte Vanny mit ihrem liebenswürdigsten Lächeln. »Was soll er denn tun, außer Geld von mir zu kassieren? 's gibt nun mal keine Pillen gegen Alzheimer.«

»Oh, Ma, du hast doch nicht –«

»Laß uns doch wie erwachsene Menschen miteinander reden, ja? Ich hab' gesehen, wie deine Großmutter daran gestorben ist. Mir kann keiner was erzählen.«

George war sprachlos. Sie saß schweigend da und

schaute ihre Mutter an. Ihre Augen brannten und lagen schmerzend in den Höhlen, aber zu ihrer Überraschung kamen keine Tränen. Vanny hob den Blick von den Flammen im Kamin und lachte.

»Oh, mach nicht so ein Gesicht. So schlimm ist es auch wieder nicht, Liebling!«

»Genau das hab' ich auch gedacht«, pflichtete George ihr bei, und ihre Stimme hörte sich seltsam gedämpft an – sie hatte einen Kloß im Hals. »Ich meine, ich kann mich noch gut an Grandma erinnern. Sie war wirklich –«

»Übergeschnappt«, half Vanny, als George zögerte, ihre Wahrnehmung zu benennen. »Hirnverbrannt. 'ne verrückte alte Schachtel.«

»Sie war krank!« betonte George. »Du wirkst ganz anders. Und außerdem war sie doch erst –«

Vanny nickte heftig. »Das hab' ich mir auch immer gesagt: Sie war jünger als ich, als sie starb. Und bei ihr fing es schon an, als sie – ach, so um die Sechzig war. Wenn mir erst jetzt einige Tassen im Schrank fehlen, dann werd' ich mir, wenn die letzte ausgeräumt ist, die Radieschen schon lange von unten begucken. Darauf hoffe ich todsicher.«

George fehlten die Worte.

Es hilft doch, Klarheit zu haben, erkannte George am Montagmorgen, als sie die Brücke zum Krankenhaus überquerte. Ich schätze, das war es, was Bridget gemeint hat – warum sonst hätte ich mich so dagegen gewehrt, Ma zu sehen? Ich kann mich noch gut an Grandma erinnern, und Alzheimer kann erblich sein – also schauen wir der Gefahr ruhig ins Gesicht.

Sie hielt an und lehnte sich über das Geländer. Der

Wind, der von der Themsemündung heraufwehte, biß ihr in die Ohren. Sie schlug den Kragen hoch und blickte durch den Nebel auf den Tower, von dem nur noch die Spitze auszumachen war, während sie versuchte, etwas Ordnung in ihre Gedanken zu bringen. Gestern hatte sie keine Zeit dazu gehabt – der ganze Tag war einer Sightseeing-Tour der Sehenswürdigkeiten gewidmet gewesen –, doch nun konnte sie den bohrenden Fragen nicht länger ausweichen.

Mit einem hatte Ma recht gehabt: Wenn es Alzheimer war – und ihre Gedächtnislücken sprachen für diese furchtbare Krankheit –, dann befand sie sich noch im Frühstadium. George konnte sie zu einem Neurologen schleppen, aber das dürfte wenig Sinn haben, wenn Vanny nicht in London blieb. Und von ihrem Entschluß, bald wieder zurückzufliegen, war sie nicht abzubringen.

»Ich bin Amerikanerin durch und durch, George. Viel zu alt, um mich noch verpflanzen zu lassen. Ich mag Buffalo, und 'n besseres Zuhause kann ich mir gar nicht vorstellen, hm? Nein, ich werd' wieder heimfliegen und mit Bridget leben, die sowieso bei mir einziehen will. Sie wird gut auf mich aufpassen; außerdem hab' ich genug Geld, um später eine Pflegerin zu bezahlen. Es müßte reichen, bis ich achtzig bin.«

In diesem Moment war George in bittere Tränen ausgebrochen. Für eine Weile hatte sie sich in ihre Kindheit zurückversetzt gefühlt, wenn Vater unnahbar, jeder in der Schule gegen sie und der Schmerz zu groß gewesen war, um in ihren Körper zu passen – in diesen Zeiten hatte sie nur bei Ma Trost gefunden. Eigentlich, sagte sie sich, während sie die öligen Wellen betrachtete, die, von einem Schleppdampfer aufgewühlt, gegen die Brückenpfeiler schlugen; war es gut, daß ich weinen konnte: meine Tränen haben die Fremdheit zwischen uns vertrieben. Als Bridget in einer Dampf- und Duftwolke wieder aus dem Bad aufgetaucht war, hatten Mutter und Tochter so angeregt geschwatzt, als seien sie nie voneinander getrennt gewesen. Zusammen hatten sie noch ein Programm für die kommenden Wochen aufgestellt, planten den Weihnachtsfeiertag (»Geht auf mich«, erklärte Bridget energisch. »Was anderes will ich gar nicht hören. Ich möcht' in so 'n richtig schniekes Lokal. Du sollst hier nicht am Herd stehn und schwitzen. Macht viel mehr Spaß, sich in Schale zu werfen und ganz groß auszugehn.«) Sowie diverse Theaterbesuche geplant, überlegt, wann und wo sie einkaufen wollten (»Bis wir umfallen«, meinte Bridget fröhlich) und das vorherige Gespräch mit keinem Wort mehr erwähnt.

Doch als George schon fast eingeschlafen war, hatte sich Bridget, unter dem Vorwand, sich ein Glas Wasser zu holen, noch einmal ins Wohnzimmer geschlichen und George nahe gelegt, sich nicht zu viele Sorgen zu machen.

»Ich werde mich schon um sie kümmern«, versprach sie. »Sie ist meine beste Freundin. Ich wollte nur, daß du siehst, wie's um sie bestellt ist, verstehst du? Es wär' einfach nicht recht, wenn du nicht Bescheid wüßtest. Besuch sie, so oft du kannst, das wird ihr guttun. Und laß dir nicht einfallen, deine Karriere hier aufzugeben, Liebes. Anfangs meinte ich ja auch, das wär' das beste, aber jetzt ist mir klar, daß es doch nicht so wichtig ist. Hätte gar keinen Sinn.«

George hegte ihre Zweifel. Sie mußte noch einmal gründlich über alles nachdenken. Wenn sie nach Buffalo zurückging, um dort zu arbeiten und ... Aber nein. Bridget hatte ihr gesagt, sie solle *nicht* darüber grübeln. Es war ein weiser Rat. Sie wollte ihn auch befolgen. Und sie straffte ihre Schultern, seufzte und setzte ihren Weg zum Krankenhaus fort.

Mit hochgezogenen Brauen studierte George die vorläufigen Ergebnisse über das kranke Kind und entschied, sofort Prudence Jennings aufzusuchen. Sie hatte ein Recht zu erfahren, wie richtig ihre Diagnose war. Die Befunde schloß sie im Safe ihres Büros ein; es war noch zu früh, ein Risiko einzugehen.

Auf der Kinderstation eilte sie direkt zur letzten Untersuchungskabine, mußte aber feststellen, daß Prudence nicht da war. Das kranke Kind auch nicht. Stirnrunzelnd schaute sie sich in der engen Kabine um. Aus dem Bettchen hatte man nicht nur die Wäsche, sondern auch die Matratze entfernt – die Sachen lagen säuberlich aufgestapelt in einer Ecke. George machte sich auf die Suche nach jemandem, der ihr Auskunft geben konnte.

Stationsschwester Collinson saß – wie üblich – hinter der Anmeldung (würde sie jemals auch nur eine hilfreiche Hand rühren?) und zog eine Grimasse, als sie Georges Frage vernahm.

»Dr. Rajabani hat sich damit befaßt. War wohl 'ne scheußliche Gastroenteritis, soweit ich informiert bin. Ich hab' ja mit dem Kind gar nichts zu tun gehabt, und von den Schwestern auch nur eine. Prue hat den Fall Harry – Dr. Rajabani – übergeben, weil sie nicht wollte, daß sich eine der Schwestern da einmischt, sagte er mir zumindest. Also scheiß drauf, denk' ich mir, und geb' die entsprechende Anweisung. Prue ist wohl so um Mitternacht gegangen. Harry war die ganze Nacht da, und am Morgen kamen dann die Eltern und nahmen es mit, und Harry meinte, der Raum müßte ausgeräuchert werden. Braucht ja sowieso 'nen neuen Anstrich. Das hab' ich dann irgendwie aus dem Budget gekratzt. Harry? Weiß der Himmel, wo der steckt. Versuchen Sie's mal in der Kantine. Nachdem er sich fast die ganze Nacht mit dem Kind um die Ohren geschlagen hat, wird er sich wohl jetzt was zwischen die Kiemen schießen.«

George entdeckte ihn an einem Ecktisch. Er war ein großer attraktiver Inder mit sehr dunkler Haut und einem erfrischend offenen Lächeln. Sie hatte ihn erst wenige Male zuvor gesehen; er war wohl erst seit kurzem im Haus. Jetzt beugte er sich über einen Teller mit unberührten, ziemlich lederig aussehenden Spiegeleiern. George nahm mit der Kaffeetasse in der Hand neben ihm Platz.

»Harry Rajabani? Ich bin George Barnabas von der Pathologie. Ich hab' ein paar Blutproben von dem Baby untersucht, um das Sie sich letzte Nacht gekümmert haben. Wie konnte es denn nur verschwinden? Es ist nämlich sehr krank, wissen Sie!«

»Natürlich weiß ich das!« rief Harry Rajabani aus. »Ich hab' ihnen gesagt, sie sollen es nicht mitnehmen, aber sie waren nicht davon abzubringen. Dann hab' ich Prue angerufen, aber die war gerade weg. Da wußte ich nicht, was ich tun sollte. Die Eltern haben es schlankweg abgelehnt zu warten, bis ich alles geklärt hatte. Waren wirklich unausstehlich.«

»Unausstehlich??« George riß die Augen auf. »Warum?«

»Fragen Sie – fragen Sie doch den verdammten Pförtner oder wen Sie wollen! Er weiß genausoviel wie ich. Die – die Eltern tauchen einfach hier auf, wollen auf nichts hören, weder auf mich noch auf jemand anderen. Ich sage ihnen, wir würden bald ein paar Testergebnisse haben, aber nicht mal die wollten sie sehen. Entschuldigen sich für die Mühe, die sie verursacht hätten. Und dann gehn sie einfach mit dem Kind! Ohne ein weiteres Wort!«

George runzelte nachdenklich die Stirn. »Ich würde mich gern mit ihnen unterhalten«, sagte sie. »Die Tests haben nämlich etwas gezeigt, das –«

»Ich wünschte, ich könnte Ihnen deutlich machen, wie dringend *ich* mit den Leuten reden muß«, unterbrach Harry sie bitter. »Ich muß es Prue erklären – und auch Miss Kydd, Gott steh' mir bei, das gefällt mir wirklich nicht – aber wenn sie noch nicht mal die richtige Adresse und Telefonnummer angeben ...«

»Was?« George blinzelte irritiert.

»Ich weiß. Das klingt sehr seltsam, nicht wahr? Aber nachdem ich Prue nicht erreichen konnte und die beiden im Begriff waren, mit dem Kind zu gehen, hab' ich im Aufnahmebogen nachgesehen und versucht, den Hausarzt anzurufen, den sie angegeben hatten – doch es stellt sich raus, daß es einen Arzt mit diesem Namen gar nicht gibt! Daraufhin hab' ich bei der Auskunft nachgefragt – verstehen Sie, ich wollte logisch vorgehen – um an die Nummer ranzukommen. Sozusagen als Rückversicherung. Und sie stehn überhaupt nicht im Buch! Die Adresse scheint gar nicht zu existieren, und die Nummer erwies sich als gesperrt. Nachdem ich all das glücklich rausgefunden hatte, waren sie mit dem Kind bereits verschwunden. Und jetzt kann ich nur auf Prue und Susan Kydd warten und hoffen, daß sie mich nicht umbringen.«

»Es ist doch nicht Ihre Schuld. Wenn Sie möchten, sag' ich es den beiden.«

»O ja, bitte«, rief Harry aus. »Das wäre sehr nett. Miss Kydd kann mich sowieso nicht besonders gut leiden, glaub' ich. Ich wurde nicht von ihr, sondern in ihrer Abwesenheit vom Ärztlichen Direktor eingestellt, also bin ich nicht ihre erste Wahl.« Sein junges glattes Gesicht zog sich in Falten. »Ich möchte nicht behaupten, daß sie mich wegen meiner Hautfarbe – aber wenn Sie mir beistehen wollen, wäre ich Ihnen sehr dankbar.«

»Darauf können Sie sich verlassen!« bekräftigte George. »Was für eine verfahrene Geschichte!« Sie seufzte und erhob sich. »Ich befürchte, ich kann es ebensogut gleich vergessen. Aber ich bin nun mal neugierig, was da passiert ist. Wenn Sie was hören, rufen Sie mich dann an?«

»O ja, selbstverständlich!« erbot sich Harry eifrig. »Ich sollte jetzt mal besser was essen, obwohl dieses Zeug hier nicht besonders appetitlich aussieht, aber ehe ich wegen Unterzuckerung noch umkippe.«

»Tun Sie das«, stimmte George zu. »*Bon appétit*.«

Sie kehrte in ihr Labor zurück. Da sie in der Sache kaum noch etwas unternehmen konnte, wollte sie keine Zeit mehr darauf verschwenden und beschloß, nicht mehr an das Baby mit AIDS zu denken.

Bis seine Leiche eine Woche später auf einem unbebauten Grundstück in der Nähe des Watney Street Market gefunden und George zur Obduktion gebracht wurde.

Sie erkannte das Kind sofort – und erkannte auch sofort und zweifelsfrei, daß es nicht an seiner Krankheit gestorben war. Man hatte ihm eine kleine Plastiktüte über den Kopf gezogen und es erstickt. Das

Gesicht zeigte keine verräterischen Spuren, und sie fand weder in den Lungen noch sonstwo irgendwelche Anzeichen auf einen gewaltsamen Tod. Hätte der Täter die Plastiktüte entfernt, würde niemand Mord vermutet haben.

So kam es, daß Gus wieder in der Leichenhalle auftauchte.

9

Fein, fein«, stellte Gus genüßlich fest. »Das ist ja 'ne schöne Bescherung!«

»Es schickt sich nicht, darüber Witze zu reißen«, mahnte George erbost. Gus brüllte vor Lachen.

»Es schickt sich nicht? Jesus, wo hast du denn diese hochgestochene Sprache her? Und warum schickt es sich nicht?«

»Tote Babys sind nicht lustig«, erwiderte sie und beugte sich wieder über die Leiche. Auch wenn sie bislang zu keinen Ergebnissen gekommen war, die sie nicht erwartet hätte, mußte sie die restliche Obduktion peinlich genau durchführen. Intuitiv wußte George, daß sich dieser Fall als äußerst kompliziert erweisen würde.

»Wer hat denn behauptet, daß ich's lustig finde? Ich meinte interessant. Und hör bloß auf mit der sensiblen Tour. Ich hab' dir oft genug bei der Arbeit zugesehn, Mädchen – auch du vergißt, daß es Menschen sind! Du bist so eifrig dabei, wenn du nach Fakten suchst, daß du ebensogut 'nen Marsmenschen aufschnippeln könntest.«

George konnte es nicht leugnen, arbeitete indes schweigend weiter, während Gus ihr mit leuchtenden Augen über die Schulter schaute. Dann richtete George sich auf, beendete ihr Diktat in das Mikrophon, das über dem Tisch hing – eine teure Einrichtung ihrer Abteilung – und bedeutete Danny mit einem Nicken, daß er die Schließung des Körpers vornehmen konnte.

»Nun?« fragte Gus. »Was liegt hier vor?«

»Was du gesehen hast«, erwiderte sie knapp. »Ein Baby, das mittels einer Plastiktüte über dem Kopf erstickt worden ist.«

»Und das reicht? Ich meine – war die Tüte nicht am Hals zugebunden oder sonst irgendwie befestigt?«

George schüttelte den Kopf. »Das ist gar nicht nötig. Durch den Atem saugt sich das Plastik an Mund und Nase fest. Danach ist es nur noch eine Sache von Minuten – wenn überhaupt.«

»Und auf andere Anzeichen und Symptome bist du nicht gestoßen?«

»Symptome kann es hier nicht geben. Symptome sind das, was Patienten, die noch leben, dem Arzt mitteilen, Anzeichen hingegen das, was der Mediziner sieht.«

»Erspar mir deine Belehrungen! Es gibt also keine Anzeichen außer dem Ersticken.«

»Nicht mal *dafür gab es welche*. Sie sind ja nicht sichtbar, wie ich dir eben erklärte. Ohne die Plastiktüte wäre niemand auf Mord gekommen.«

»Oh«, machte Gus nur. »Scheint ja so, als hätte es der Kerl furchtbar eilig gehabt und sich nicht mal Zeit genommen, das Beweisstück zu entfernen.«

»Oder es hat ihn gar nicht gekümmert, weil er sicher war, daß man ihn nie erwischt«, hielt George dagegen.

»Könnte so gewesen sein – nicht sehr wahrscheinlich, aber möglich.« Verwirrt schüttelte er den Kopf. »Aber ganz sicher kann man nie sein. Und genauso –«, fügte er mit einem plötzlichen Geistesblitz hinzu, »kann es vielleicht auch kein Er, sondern eine Sie gewesen sein.«

»Oder zwei«, meinte George. »Diese Leute waren wohl sehr – seltsam ...«

Er runzelte die Stirn. »Du weißt mehr, als du mir erzählst.« Es klang vorwurfsvoll, und George seufzte.

»Warum kann ich nur nicht lügen, o Herr. Ich bin wie der andere George, der Washington. Ich hab' den Kirschbaum gefällt ...«

»Schluß mit dem Quatsch und spuck's schon aus.«

»Dieses Kind – ich hab' es gesehen, als es noch lebte.«

Er riß die Augen weit auf. »Ach ja, wirklich? Ich bin ganz Ohr!«

»Wie ich bereits sagte, es ist eine seltsame Geschichte.« Und sie erzählte, was sie wußte. Gus lauschte mit angestrengter Miene.

»Laß mich mal rekapitulieren, ob ich auch alles mitgekriegt habe. Diese Ärztin – wie heißt sie noch? – Dr. Jennings, hat dich gebeten, dir das Kind anzuschauen. Die Eltern – die du nicht gesehen hast – sagten ihr, das Kind sei acht Monate alt. Sie schätzte es aber auf älter als achtzehn Monate, nur daß es sehr zart und unterentwickelt war.«

»Darin habe ich ihr zugestimmt«, erklärte George. »Und jetzt habe ich den Beweis. Ich konnte den Schädel eingehend begutachten und die Epiphysen –«

»Epi-was?«

»Die Stellen in den Röhrenknochen, in denen sich das Wachstum vollzieht. Bei Kindern sind sie sehr ausgeprägt, bei Erwachsenen vollkommen verschwunden. Dieses Kind war meiner Meinung nach fast zwei Jahre alt, hatte aber das Körpergewicht eines weniger als halb so alten Kindes. Es ist sein ganzes Leben lang unterernährt gewesen.«

»OK. Wir haben also ein geheimnisvolles Kind. Die Eltern machen 'ne völlig verdrehte Angabe über sein Alter und werden überredet, es für ein paar Tests hierzulassen. Soweit richtig?«

»Prudence zufolge ja. Sie waren strikt dagegen – die Mutter, um korrekt zu sein. Der Vater hat schließlich eingewilligt.«

»OK. Und dann entdeckst du, mit Hilfe dieses anderen Arztes – wie ist sein Name noch gleich?«

»Harry Rajabani.«

»Genau. Der stellt fest, daß ihre Angaben falsch sind. Aber als er das rausgefunden hat, sind sie mit ihrem Kind verschwunden. Und das ist das Ende der Geschichte, bis wir seine Leiche auf dem Trümmergrundstück finden, unter einem Haufen alter Ziegel.« Er legte die Stirn in Falten. »Du hättest mal Old Potato Head sehen sollen. Das ist ein Pennbruder, der sich dort rumtreibt; sammelt allen Schrott und verhökert ihn, um Geld für seinen Schnaps aufzutreiben. Vor 'n paar Tagen hat er Steine gemopst, sie auf das Grundstück geschleppt und 'nen Käufer gesucht. Als er wiederkommt, findet er dieses arme kleine Ding. Hat ihn echt umgehauen.«

»Es muß schon achtundvierzig Stunden dort gelegen haben«, erklärte George.

Gus nickte. »Das paßt zu den Aussagen des alten Knaben. Er hatte die Steine zu einem Haufen mit 'nem Hohlraum innen aufgeschichtet. Das macht er so, damit er sie später leichter wegschaffen kann. Der Mörder hat den Steinhaufen gesehn und sich gedacht, was für ein prima Versteck er für so eine kleine Leiche ist, und sie kurzerhand dort abgeladen. Genau!« Aufgeräumt rieb er seine Hände und wandte sich zum Gehen. »Jetzt aber an die Arbeit. Wo finde ich diese Prudence? Und Harry Dingsbums?«

»Auf der Kinderstation«, antwortete George. »Und – äh – Gus?«

Er blieb vor der Tür stehen. »Ja?«

»Erzähl mir, was du so hörst, ja? Der Fall interessiert mich sehr.«

Er grinste sie vielsagend an. »Wann bist du denn nicht an 'nem Fall interessiert? OK, aber was springt für mich dabei raus?«

»Das wirst du noch früh genug erfahren«, gab sie zur Antwort. »Eine Überraschung. Und jetzt, fort mit dir! Ich muß noch was tun. Hab' noch einen Kunden.«

»Was, noch einen für mich?« Er grinste fröhlich. »Ach, Dr. B., Dr. B., woll'n wir uns nicht zusammentun?«

»Ganz und gar nicht. Der hier ist in seinem Bett gestorben und erst Tage später gefunden worden. Das ist kein Fall. Er war neunundachtzig und hatte es mit dem Herzen, wie man mir sagte. Nun mach dich aber auf, Gus! Und komm später wieder ...« Er grinste, schnippte mit Daumen und Zeigefinger gegen seine Stirn, als sei sie ein Hutrand, und verschwand.

Es war bereits später Nachmittag. George hatte ihren Papierkram erledigt, eine Katastrophe wegen verschwundener Prothrombin-Präparate in der Hämatologie verhindert, eine Schulungsstunde für ihre jungen Histologie-MTAs organisiert und drei Tassen von Sheilas kollapsverdächtigem Tee hinuntergestürzt, als Gus endlich erschien. George funkelte ihn wütend an. »Was hat dich denn so lange aufgehalten? Ich sitz' hier auf heißen Kohlen und –«

»Sie sehnt sich danach, meinen Schritt auf dem Flur zu hören!« intonierte er, faltete die Hände vor der Brust und warf einen seelenvollen Blick gen Himmel. »Sei ruhig, du unruhiges Herz! Sie liebt mich, o Gott, sie liebt –«

»Sie platzt gleich, wenn sie nicht erfährt, was mit dem Kind ist!« unterbrach George ihn und zog einen Stuhl für ihn heran. »Möchtest du einen Tee? Er schmeckt allerdings, als hätten russische Ringkämpfer ihre Bandagen drin gewaschen.«

»Oh, toll«, meinte er. »Sheilas Supergift? Führ mich zu der Quelle, ich bin regelrecht am Verdursten!«

George wußte mittlerweile, daß er nur langsamer und umständlicher wurde, wenn sie ihn drängte. Geduld war der einzige Trick, der bei ihm half.

Heute sollte es wirken. »Schön«, begann er fröhlich, während er die Tasse klirrend auf die Untertasse zurückstellte. »Was haben wir also? Ich sag' dir, was wir haben – einen richtigen Krimi haben wir hier. Ist das nicht Klasse?«

»Superklasse. Es handelt sich um die Identität der Eltern, stimmt's?«

»Nicht nur – ich hab' noch mehr. Da ist einmal diese Prudence – sie hat Bereitschaftsdienst und kriegt 'nen verzwickten Fall eingeliefert. Sie muß auch höllisch aufpassen, weil ihre Chefin, wie ich hörte, eine wahre Schreckmamsell –«

»Schreckschraube«, murmelte George.

»Ich nehm' alles zurück. Von mir aus auch eine

Chefin, die ranzig wird wie alte Butter, wenn sie sauer ist. Da muß man doch davon ausgehen, daß diese Prudence besonders vorsichtig ist, oder? Aber nein – sie verdrückt sich und überläßt den verzwickten Fall einem sehr jungen und etwas meschuggen Assistenzarzt.«

»Wer behauptet, daß er meschugge ist?« fragte George schneidend. Instinktiv ergriff sie Partei für einen anderen Arzt.

»Die Schwestern. Die sollten's ja wohl wissen. Es heißt, daß er manchmal Sachen vergißt. Und wenn's ein Fettnäpfchen gibt, findet er's bestimmt. Ein Irrtum der Natur, wie man so sagt – hab' auch einen oder zwei von der Sorte auf 'm Revier.«

»Mir erschien er ganz fähig«, widersprach George. »Hat alles drangesetzt, um an die Identität der Eltern ranzukommen. War so helle, den Hausarzt anzurufen.«

»Ja, das ist wirklich interessant, was? Da stellt sich raus, daß es nicht nur keine Person dieses Namens gibt, sondern auch keine Adresse. Die Anschrift in den Docklands, die die Eltern angegeben haben, ist einer dieser Neubaublocks, die nie fertiggebaut wurden. Reichlich seltsam, das Ganze. Also schön, der junge Harry ist nicht so blöde, wie er mir beschrieben wurde. Aber die gute Prue gibt mir doch ganz nette Rätsel auf.«

»Hatte sie denn die ganze Nacht Dienst?« erkundigte sich George. »Ist es das, was du meinst? Daß sie einfach die Station verließ, obwohl sie hätte bleiben sollen?«

Gus nickte. »Laut Schwestern muß sich der Bereitschaftsarzt dort gar nicht aufhalten, aber für den Notfall immer erreichbar sein.«

George war verblüfft. »Natürlich. So wird es gehandhabt. Wo liegt nun das Problem?«

»Prue hat es nicht so gehandhabt: Packt um Mitternacht ihre Klamotten zusammen, sagt diesem grünen Jungen Harry, er soll die Stellung halten, falls es Schwierigkeiten gibt – er läßt sich brav auf'm Stuhl im Schwesternzimmer nieder – und verschwindet auf Nimmerwiedersehen. Sie war nicht in ihrem Wohnheim, und sie hat keine Nummer hinterlassen, unter der sie zu erreichen wäre. 'n bißchen haarig, die Geschichte, wenn man bedenkt, wie sehr die schreckliche Chefin Madame Prudences Karriere schaden kann, wenn sie von ihrem Auslandstrip zurück ist. Auch das nach Aussage der Schwestern.«

George furchte die Stirn. »Es ist schon ein bißchen ungewöhnlich, wenn der Bereitschaftsarzt sich davonmacht und keine Nummer hinterläßt. Was ist denn mit ihrem Piepser? Haben sie versucht, sie darüber zu erreichen?«

»Ist der Papst katholisch?« konterte Gus. George schnitt eine Grimasse.

»Was für 'ne dumme Frage! Entschuldige.« Sie schwieg eine Weile, ehe sie fortfuhr: »Kannst du denn nicht auf anderen Wegen etwas über das Kind erfahren?«

»Glaubst du etwa, wir hätten nicht alles mögliche unternommen? Nichts ist dabei rumgekommen. Normalerweise überprüfen wir nach dem Fund einer Babyleiche sowohl alle Entbindungsstationen als auch alle freien Hebammen und die Geburtsregister in den Krankenhäusern, aber in diesem Fall ist es schwierig. Ich meine, du sagtest ja, das Kind sei fast schon zwei Jahre alt ...«

»Stimmt.«

»Auch wenn die Mutter behauptete, es sei erst acht Monate.«

Erneut schwieg George. »Welchen Namen haben sie denn bei der Aufnahme angegeben?« fragte sie dann.

»Hmm?«

»Klar, es ist ein falscher Name, aber du weißt ja, wie Menschen sind. Wenn sie sich zum eigenen Nutzen Namen ausdenken, hinterlassen sie meist eindeutige Spuren. Zum Beispiel die gleichen Initialen oder so was.«

Gus griff in die Brusttasche und holte sein speckiges Notizbuch heraus – ein Gummiband hielt die Unzahl kleiner Zettel, die kreuz und quer hineingesteckt waren, zusammen. Er verteilte die Zettel auf Georges Schreibtisch und betrachtete sie aufmerksam.

»Es war ein ziemlich bekloppter Name«, sagte er. »Ah! Da ist er ja. Teddy Oberlander. Sei mal ehrlich! Wenn du dir einen Namen ausdenken solltest, würdest du dann so einen ausgefallenen nehmen? John Smith könnte vielleicht 'n bißchen zu offensichtlich sein, aber da ist doch 'n kleiner Unterschied zwischen so einem Allerweltsnamen und Teddy Oberlander, findest du nicht?«

»Hört sich wirklich ein bißchen überkandidelt an«, gab George zu. »Dann werdet ihr also die Oberlanders im Telefonbuch suchen?«

»Schon dabei«, antwortete er düster. »Aber davon erwarte ich mir nichts. Wir hatten 'ne falsche Anschrift, 'nen falschen Hausarzt, warum zum Teufel sollten wir dann 'nen richtigen Namen kriegen?«

»Weil Menschen manchmal seltsame Dinge tun.

Nun ja – das ist also der Krimi. Und was passiert jetzt?«

»Wir suchen weiter«, erklärte Gus und erhob sich. »So kommt man am Ende zu Ergebnissen. Und wenn du, Süße, in der Zwischenzeit etwas erfährst, das uns nützlich sein könnte, würden wir uns sehr freuen.«

»Was könnte ich denn schon –?« Sie blickte zu ihm auf und stellte fest, daß er sie fröhlich angrinste.

»Du schaust richtig wild aus«, meinte er. »Dein Haar ist völlig zerzaust.«

»Na, danke schön!« gab sie zurück und unterdrückte den Impuls, es glatt zu streichen. Da der Fön defekt gewesen war, hatte sie es nach der Dusche an der Luft trocknen lassen müssen. Das Ergebnis ähnelte, wie sie sehr wohl wußte, einem Staubwedel mit Pudellocken und sah nicht besonders seriös aus. »Lenk bloß nicht ab!«

»Tu' ich doch gar nicht! Ich liebe meine Arbeit. *Und* ich liebe es, etwas Schönes anzuschauen. Zum Beispiel dich, wenn du so zerzaust bist. Sehr hübsch. Wo war ich stehen geblieben?«

»Gleich fliegst du raus!« drohte sie und erhob sich gleichfalls. »Los, Meister – verschwinde!«

»Ach, ehe ich's vergesse – ich wollte dich noch was fragen.« Er wich nicht von der Stelle. »Nämlich nach diesen anderen Krippentoden, die du untersucht hast.«

»Die anderen –?« Sie setzte sich wieder hin. »Ach ja.«

»Was ist mit denen? Irgendwas faul daran?«

»Nur diese Notiz«, erwiderte sie. »Laut der es eine Verbindung zwischen den drei Fällen gibt. Ich weiß zwar immer noch nicht, wer sie geschrieben hat, aber ich kann mir nicht vorstellen, daß die Babys mit dem vorliegenden Fall irgend etwas zu tun haben sollten – das ist doch was ganz anderes.«

»Nicht ganz«, sagte er abwägend. »Es sind alles Babys.«

»Wenn du auf so 'ner Grundlage alle Sterbefälle im Krankenhaus in Zusammenhang bringen und sie Verbrechen nennen willst, nur weil es sich um Menschen handelt, wirst du aber weit kommen!« hielt sie dagegen. »Das ist doch verrückt!«

»Vielleicht. Aber bei so 'nem verrückten Fall – und du wirst doch nicht bestreiten, daß es immerhin ein bißchen verrückt ist, wenn jemand einen Namen wie Teddy Oberlander als Pseudonym für 'n Baby benutzt – könnte sich sogar der verrückteste Einfall am Ende als nützlich erweisen.«

»Also, ich kann zwar nicht nachvollziehen – aber, na gut. Ich verstehe, was du meinst. Ich wollte mich sowieso darum kümmern. Ich kann nicht leugnen, daß ich die Geschichte irgendwie verdrängt habe, weil ich – nun ja, an anderes zu denken hatte.«

Sie öffnete ihre Schreibtischschublade und wühlte in den Papieren. Ihr Ablagesystem war äußerst simpel: Alles, was nicht besonders eilig war, landete dort, bis sie Zeit hatte, es zu bearbeiten. Manchmal, dachte sie schuldbewußt, während sie den dicken Stapel hervorzog, wird es wirklich ein bißchen viel. Ich sollte es am besten gleich morgen erledigen.

»Da sind sie ja«, sagte sie nach langem Suchen. »Ich hab' mir die Berichte über die anderen Krippentode beschafft. Sobald ich kann, gehe ich sie durch und sehe nach, ob etwas Interessantes für dich dabei ist.« Sie blickte auf, bemerkte seinen ungläubigen Blick und wurde ein bißchen rot. »Ganz bestimmt.«

»Mußt wohl wieder mal 'n bißchen Privatschnüffelei betreiben, was? Du weißt ja, daß ich das nich' leiden kann.«

»Ist dir doch ganz egal, solange es dir nur weiterhilft«, gab sie zurück. »Bei dem –«

Gus seufzte. »OK, OK. Der Fall Oxford. Du warst nicht schlecht, das geb' ich zu, nur hätt'st du dich leider fast umbringen und mich zusammenschlagen lassen. Versprich mir wenigstens dieses eine Mal, daß du vorsichtig bist.«

»Na schön«, sagte George etwas ungnädig. Dann hellte sich ihre Miene auf. »Unter einer Bedingung.«

»Hab' ich doch geahnt. Ich wußte es. Die Frau ist schamlos.«

»Du besorgst mir Hintergrundinformationen über das Baby, dessentwegen Dr. Choopani angegriffen wurde. Die hattest du mir versprochen. Schon vergessen?«

»Ach, komm schon! Wo soll's denn da 'ne Verbindung zu diesem Fall geben?«

»Weil es Babys sind, ist doch klar. Hast du eben selbst behauptet.«

»Ich?« Er schaute absichtlich verständnislos drein.

»Und warum sollte eine Verbindung zu diesen Krippentoden bestehen?« Sie klopfte auf die Berichte. »Andersrum wird auch ein Schuh draus, Kumpel.«

»OK, OK.« Gus gab nach. »Fair is' fair, schätz' ich. Muß diese Berichte aber durch alle Instanzen verfolgen. Die Typen, die Choopani aufs Dach gestiegen sind, waren schon vor Gericht, und ich weiß nicht, ob der Papierkram schon wieder zurück ist. Ich laß es dich wissen, und vielleicht können wir uns ja mal gemütlich zusammensetzen und alles in Ruhe bequatschen. Wie wär's, hm? Du wolltest auch mal deine

Ma und ihre Freundin zum Essen mitbringen. Wir hatten 'ne Verabredung, erinnerst du dich? Und du bist nicht erschienen.«

George verzog das Gesicht. »Tut mir leid. Ich hab' dir doch 'ne Nachricht geschickt, oder nicht? Die beiden waren einfach zu kaputt. Und außerdem ...« Sie hielt inne.

»Du wolltest nicht, daß sie sehen, mit was für 'nem Kerl du dich abgibst, was?«

»Gib dir keine Mühe, noch dümmer zu sein als du mußt!« riet sie. »Nein, es ist nicht deinetwegen – und es hat auch nicht mit den beiden zu tun, falls du das denkst. Es ist bloß – also, Ma ist nicht ganz gesund.«

»Muß sie aber sein, wenn sie aus den Staaten hergeflogen ist«, widersprach Gus.

»Nein, es ist nicht unbedingt so, daß sie nicht ausgehen kann ... Ach, verdammt! Laß mich mit den beiden reden, OK? Dann ruf' ich dich an und wir machen 'nen termin.«

»Wie du willst. Ich schicke die Trawler aus, damit sie den besten Fisch in der Nordsee für dich fangen. Und ich weise die Köche an, sofort die Aale in Aspik zu legen.«

George mußte grinsen. »Nun hör auf zu prahlen, ja? Du hattest recht, und ich nicht. – Aal in Aspik ist doch eine Speise für menschliche Wesen. Übrigens, Gus, mußt du nicht allmählich los? Ich hab' noch genug zu tun – zum Beispiel muß meinen Besuch versorgen.«

Gus schien alle Zeit der Welt zu haben. »Bleiben sie über Weihnachten?«

»Ja«, sagte George ein wenig unwillig. »Es wird ganz schön eng werden.«

Gus nickte. »Dann hab' ich was für euch. Nein,

nicht heute. Ich stell' mir einen Abend vor, der deine alten Damen aus den Pantinen haut. Ich kümmer' mich um alles, und wir besprechen es dann. Freitagabend würd' ich euch gern zum Essen einladen. Ruf mich an, ja? Und früh genug – es muß schon um sechs sein. Aber das ist es auch wert.« Nach dem vertrauten Schnippen mit Daumen und Zeigefinger ließ er sie endlich allein. Aber sie konnte nicht bestreiten, daß sie sich nach dem Gespräch mit ihm erheblich besser fühlte. Er hellt diese triste Umgebung auf, redete sie sich ein. Mehr ist da nicht. Es wäre nett, Vanny und Bridget mit Fish und Chips nach Art des Hauses Gus bekanntzumachen, dachte George und wurde ganz aufgeregt.

10

George nahm die Berichte über die Krippentode mit nach Hause. – Eine weise Entscheidung, wie sich herausstellte. Bridget hatte Vanny auf eine Einkaufstour durch das West End, Knightsbridge und Kensington geschleppt, und nun waren beide nicht nur in finanzieller Hinsicht ausgepumpt. Nach dem Essen saßen sie erschöpft vor dem Fernseher, der leise vor sich hin murmelte, und drohten einzuschlafen, noch bevor sie ihren Kaffee getrunken hatten. George war dankbar, daß sie etwas zu tun hatte, womit sie die beiden nicht störte.

Doch fast wäre ihr dasselbe passiert, denn nichts in den Berichten konnte ihr weiterhelfen. Sie hatte vor Dienstschluß die Stationsberichte im Sekretariat angefordert und Sheila eilends losgeschickt, sie zu holen. Der Chowdary-Bericht war zwar nur eine Zusammenfassung – die eigentliche Akte lagerte immer noch auf der Entbindungsstation –, enthielt aber genug Material, mit dem sie arbeiten konnte. George las die Aufzeichnungen der Hebammen und staunte, mit welcher Genauigkeit diese über ihre Tätigkeit Zeugnis abgelegt hatten. Das Abhören der Herztöne, jede einzelne Behandlung während der langen Schwangerschaftsmonate, der stundenlangen Wehen und Geburten waren akribisch festgehalten – eine wahrhaft ermüdende Lektüre.

Das traf auch auf die Berichte über die beiden Obduktionen zu, die sie nicht selbst durchgeführt hatte: Sie waren klar und deutlich, was die Todesursache betraf, allerdings nicht zufriedenstellender als ihr eigener Bericht über den kleinen Popodopoulos. Sie stieß einen Seufzer aus, während sie die Papiere wieder ordnete und überlegte, in welche Richtung sie nun weitere Nachforschungen anstellen sollte.

Gab es irgend etwas Besonderes an diesen Babys? Sie blickte auf die spärlichen Notizen, die sie sich beim Durchlesen der umfangreichen Berichte gemacht hatte. Die beiden ersten Babys waren bei der Geburt circa drei Kilo schwer gewesen, das dritte hatte deutlich mehr gewogen. Die beiden ersten waren ungefähr 50 Zentimeter lang gewesen, – fünf Zentimeter länger als das dritte. Sie hielt inne und verglich die Zahlen mit denen ihrer eigenen Aufzeichnungen über das Popodopoulos-Baby. *Sie* hatte 59 Zentimeter gemessen – Einen Moment lang hoffte sie, nun etwas gefunden zu haben, das sich als nützlich erweisen würde. Doch dann schüttelte sie nur den Kopf. Der Körper, den sie gemessen hatte, war ausgestreckt und schlaff gewesen. Die Hebammen aber hatten ein Neugeborenes mit normaler Muskelspannung gemessen. Es war kaum wahrscheinlich, daß man in beiden Fällen auf das gleiche Ergebnis kam, und außerdem hatte es keine Bedeutung: nichts in der Länge der Babykörper deutete auf die Todesursache hin.

Na schön, überlegte dachte sie weiter, was ist mit ihrer Herkunft?Aber die Babys waren von völlig unterschiedlicher Abstammung, daß daraus keine Verbindung herzustellen war. Die Mutter des ersten hatte Alkohol- sowie, das vermuteten zumindest die Hebammen, Drogenmißbrauch betrieben, von der

Hand in den Mund und auf der Straße gelebt und keine einzige Vorsorgeuntersuchung wahrgenommen. Ihr Baby war – statistisch gesehen – prädestiniert dazu gewesen, im Säuglingsalter zu sterben.

Das Baby der Chowdarys hingegen war das Ergebnis einer langmonatigen Behandlung in der Fertilitätsklinik des Old East und daher ein ganz besonderes Kind gewesen, während es sich bei dem kleinen Popodopoulos um das dritte Kind einer völlig gesunden Mutter gehandelt hatte. Sie war bei der staatlich unterstützten Vorsorge gewesen, und nichts an ihrer Krankheitsgeschichte konnte zum Tod des Kindes beigetragen haben.

»Ich sollte mit den Leuten von der Fertilität reden«, murmelte George laut vor sich hin, »und villeicht können sie noch irgendwas zu der Krankengeschichte der Chowdarys beisteuern.« Dann regte sich Bridget im Sessel, und George raffte ihre Papiere zusammen. Die alten Damen mußten geweckt, mit ihrem Malzmilchnachttrunk versorgt und ins Bett geschickt werden – George kam sich beinahe wie eine der Schwestern im Krankenhaus vor. Zum ersten Mal wurde ihr bewußt, welche Vorteile es hatte, allein zu leben und das zu tun, wozu man gerade Lust hatte, ohne auf jemanden Rücksicht nehmen zu müssen. Ach, die Freuden des Egoismus, dachte sie, bevor sie sich vor ihre Mutter kniete, um sie sanft zu wecken. Ich werde mich nie mehr beklagen, daß ich allein bin ...

Je länger sie über den Fall nachdachte, desto seltsamer erschien ihr die ganze Angelegenheit – andererseits lenkte es sie davon ab, über ihre Mutter und deren Gesundheit und die Folgen für die Zukunft zu grübeln.

Dennoch schaffte sie es nicht vor Donnerstag, die heiße Spur zu verfolgen. Am Morgen, noch bevor sie sich in ihre Arbeit vergraben konnte und wieder unabkömmlich sein würde, suchte sie die Fertilitätsklinik auf. Diese war in einigen Räumen hinter der Geburtshilflichen Station untergebracht; nicht besonders taktvoll, wie George fand. Die Patienten mußten über einen Hauptkorridor, der die beiden Stationen miteinander verband, und konnten so deutlich die schreienden Babys und manchmal sogar stöhnende Frauen in den Wehen hören. George konnte gut nachvollziehen, wie schrecklich das für Menschen sein mußte, die sich vergeblich danach sehnten, Eltern zu werden, und dabei versagten.

Sie sagte etwas in diesem Sinne zu Dr. Julia Arundel, der Chefärztin, die sie im Büro fand. Julia verzog das Gesicht.

»Das weiß ich doch selbst, George! Ich hab' mich um eine eigene Station bemüht, bis ich schwarz wurde, aber im Moment besteht verdammt noch mal keine Hoffnung – sollte es überhaupt jemals so weit kommen. Sie haben mir zwei Leute vom Personal wegrationalisiert, und wenn ich um Unterstützung bitte, krieg' ich bloß einen Vortrag über das defizitäre Budget gehalten, daß die Praktischen Ärzte nicht genug Patienten einweisen, und darüber hinaus Drohungen, mir die Station ganz zu schließen. Ich hab' sogar schon daran gedacht, mit den Demonstranten draußen am Haupteingang und vor der Notaufnahme zu reden, um mal zu sehen, ob sie wissen, was der Verlust meiner Abteilung für alle bedeuten könnte – und irgendwann muß ich es tun, falls ich nicht irgendwo Gelder auftreibe, die nicht dem NHS unterliegen. Ich hab'

Sponsoren bekniet, noch und nöcher, aber heutzutage ist ja alles nur noch 'ne Geldfrage, und die Leute kümmern sich überhaupt nicht mehr um die Sorgen anderer. Es gibt kaum Leute, die sich vorstellen können, wie sehr eine Station wie meine gebraucht wird.«

George biß sich auf die Lippen. Am liebsten hätte sie ihr gesagt, daß sie zwar großes Mitgefühl mit den Leuten empfand, die selbst keine Kinder haben konnten, jedoch durchaus verstand, daß nicht jeder in einer überbevölkerten Welt und einem derart schlecht gestellten Krankenhaus wie dem Old East ihre Meinung teilte. Doch das wäre nicht sehr diplomatisch gewesen. So begnügte sie sich damit, etwas über die Großzügigkeit der Geldgeber zu murmeln, die den Bau der neuen Kinderstation ermöglicht hatten. Julia schnaubte bloß verächtlich und schüttelte den Kopf.

»Und wo wollen sie ihre zukünftigen Patienten hernehmen, wenn meine Abteilung wegen ein paar fehlender Pfund geschlossen wird?« verlangte sie zu wissen.

George mußte blinzeln. »Na ja, die Geburtenrate liegt doch bei Leuten, die keine Probleme mit der Fruchtbarkeit haben, nach wie vor hoch – auf der Entbindung haben sie derzeit ganz hübsch zu tun.«

Wieder zeigte Julia deutlich ihre Verachtung. »Die Entbindung? Die könnten ihren Durchlauf verdoppeln, wenn sie sich mal anstrengten und alles 'n bißchen straffer organisierten, damit ich ein paar Zimmer mehr abbekomme – aber würden die sich die Umstände machen? Die doch nicht! Nein, ich muß weiter mit der Spendenbüchse rumgehen, um meine Abteilung durchzubringen. Ich werde es auf der nächsten Ausschußsitzung ansprechen. Ich brauche alle Hilfe, die ich kriegen kann – und ich hoffe, *Sie* werden mich unterstützen.«

»Ich bin kein Mitglied«, erklärte George hastig. »Ich muß natürlich mein eigenes Budget verwalten, aber weil ich die einzige Oberärztin meiner Abteilung bin, wurde beschlossen, die Vorsitzende des Forschungsrates aus der Radiologie zu besetzen. Also ist Dora Hebden das für mich zuständige Mitglied – Sie müßten sich an sie wenden.«

»Die wär' mir ja 'ne schöne Hilfe!« gab Julia mit leichtem Hohn zurück. »Hat drei Kinder und alle drei so leicht zur Welt gebracht, wie man Erbsen pult, wenn ich mich recht erinnere. *Sie* würde ganz bestimmt nicht einsehen – oder begreifen – können, daß künstliche Befruchtung wichtig ist. Verstehen Sie, was ich meine? Es ist höllisch schwer, für diese Abteilung irgendeine Unterstützung zu bekommen.«

George sah keine andere Möglichkeit, sie vom Thema abzulenken, als geradewegs zum Kern vorzustoßen. »Ich wollte mit Ihnen über ein Baby sprechen, das durch Ihre Mithilfe entstanden ist. Ein trauriger Fall – es ist kurz nach der Geburt gestorben. Auf der Entbindungsstation. Krippentod.«

Julia schaute sie einen Moment verständnislos an, dann sagte sie: »Sie sprechen bestimmt von der kleinen Chowdary. Ja, das ist traurig. Die Mutter war bei mir in Behandlung seit – Sekunde ...« Sie suchte in ihrem Schreibtisch nach den Unterlagen, hielt dann plötzlich inne und schaute George forschend an. »Warum fragen Sie nach ihr?«

»In letzter Zeit sind einige dieser Krippentode aufgetreten«, erwiderte George. »Ich hab' mich nur gefragt, ob es da irgendeine Verbindung geben könnte.«

Julia wirkte überrascht. »Eine Verbindung? Warum denn?«

»Keine Ahnung«, gab George offen zu. »Wäre an den Obduktionsantrag für den letzten Fall nicht eine Notiz geheftet gewesen, daß es sich bereits um den dritten Krippentod handelte – was ich nicht wissen konnte, weil ich krank gewesen bin –, hätte ich vielleicht nicht weiter darüber nachgedacht.«

»Eine Notiz?«

George erklärte die Umstände. Julia hörte aufmerksam zu und nickte zustimmend. »O ja, dann sollten Sie wirklich Nachforschungen anstellen. Also ...« Sie blätterte in ihrem Notizbuch. »Da ist es ja. Die Chowdarys. Sie ist neununddreißig. Er zweiundvierzig. Beweglichkeit der Spermien war ein Problem, ebenso die Anzahl. Und sie hatte Ovozytenmangel. Es ist uns gelungen, eine Superovulation hervorzurufen, nahmen eine konzentrierte Dosis seiner Spermien und brachten mit zwei Ova eine hervorragende In Vitro-Fertilisation zustande. Einen Fötus hat ihr Körper absorbiert, aber der zweite entwickelte sich prächtig. Ein sehr rasches und zufriedenstellendes Ergebnis. Und dann muß das Kind am Ende sterben.« Sie klappte das Notizbuch zu und seufzte. »Das ist alles sehr traurig, wie ich schon sagte – ich hab' das Kind nicht einmal zu Gesicht bekommen, wissen Sie.« Sie klang etwas gekränkt.

»Ach?«

»Nein. Und das macht mir wirklich zu schaffen. Ich fotografiere alle meine Kinder und hänge sie in meiner Galerie auf.« Sie wies auf die zahlreichen Fotos von Babys an der Wand über ihrem Schreibtisch, unter ihnen viele Zwillinge und auch einige Drillinge. George hatte die Bilder natürlich längst gesehen – sie sprangen einem förmlich ins Auge. »Aber an dem Tag, als es zur Welt kam, war ich auf einer Tagung in Wolverhampton. Wir müssen auf dem neuesten Stand der Wissenschaft bleiben – und das bedeutet für mich, an vielen Fortbildungsmaßnahmen teilzunehmen. Und da kein Anlaß zur Sorge bestand, hat niemand hier daran gedacht, ein Foto von ihm zu machen.« Sie schien eine Weile darüber zu brüten, dann fuhr sie fort: »Als ich nach meiner Rückkehr am nächsten Tag von seinem Tod erfuhr, war ich wie betäubt. Es ging mir furchtbar nahe. Aber was konnten wir schon tun? Nichts.«

Sie warf George einen schnellen Blick aus ihren tiefliegenden braunen Augen zu, die von einem dichten Pony ihres leicht grausträhnigen dunklen Haares beschattet wurden. Es war ein scheuer Blick, der sie fast wie einen kleinen traurigen Hund aussehen ließ. »Obschon ich ihr geschrieben habe, daß wir es noch mal versuchen können. Normalerweise ist es so, daß wir Frauen nach einer erfolgreichen Schwangerschaft und Geburt nicht ein zweites Mal annehmen können, sondern an Privatkliniken verweisen müssen. Wir sind eben nicht voll staatlich, verstehen Sie? Und das können wir verdammt noch mal auch nicht sein, so wie die Dinge zur Zeit liegen. Aber in ihrem Fall hab' ich – nun ja, vorgeschlagen, wir könnten's ein zweites Mal versuchen.«

»Und will sie?«

»Will sie was?«

»Sich noch mal dieser Prozedur unterziehen? Ich meine, ich kann mir vorstellen, daß sie nie mehr an solche Dinge wie Schwangerschaft und Geburt denken will. So würde es mir gehen, glaube ich.«

Julia starrte sie ehrlich überrascht an. »Warum sollte sie so reagieren? Wir klären all unsere Patienten über die möglichen Gefahren auf. Sie wissen, daß es keine Erfolgsgarantie gibt – und vergessen Sie nicht, daß sie es schon mal geschafft hat. Sie sollte stolz auf sich sein. Ich habe nur angeregt, die Behandlung zu wiederholen, weil es so ein Unglück war, daß sie das Kind verloren hat. Aber Sie dürfen meine Patienten nicht unterschätzen – sie sind unheimlich vernünftig und tapfer und beklagen sich nie ...«

George war baß erstaunt. Sie wußte, daß einige ihrer Kollegen von ihrer Fachrichtung geradezu besessen waren, hatte aber Julia Arundel nie dazu gezählt. Julia kümmerte sich zwar kaum um Belange des Krankenhauses, die nicht ihre eigene Abteilung betrafen, war aber stets sehr umgänglich, wenn George sie in der Kantine oder auf den Pflichtpartys von Professor Hunnisett traf. Jetzt aber wirkte sie äußerst kriegerisch und verteidigte ihre Patientin wie eine Tigerin.

George lächelte versöhnlich. »Na gut, Julia. Ich wollte mich ja nur erkundigen, ob es irgend etwas in ihrer Krankengeschichte gibt, daß Ihrer Meinung nach zum Tod des Kindes beigetragen haben könnte.«

Julia schüttelte den Kopf. »Sobald sie einmal schwanger sind, ist es Sache der Entbindungsstation, denn bei fast allen verläuft die Schwangerschaft ganz normal. Ich bleib' natürlich am Ball, weil es mich interessiert und ich mein Foto haben möchte.« Zärtlich blickte sie auf die Bilder an der Wand. »Die meisten kommen auch beinahe jedes Mal, wenn sie zu den

Nachuntersuchungen müssen, hier vorbei und bringen natürlich die Babys mit. Aber sonst hab' ich mit der nachgeburtlichen Versorgung nichts zu schaffen. Ich hab' auch nicht gehört, daß mit der kleinen Chowdary etwas nicht in Ordnung gewesen wäre. Haben Sie auf der Entbindung nachgefragt?«

»Ja – sicher.«

Julia zuckte die Achseln. »Dann ist es eben einer dieser tragischen Unglücksfälle. So was passiert nun mal, nicht wahr?«

»Ja, so was passiert nun mal. Und wie gesagt, ohne diese kleine Notiz hätte ich mich vielleicht nicht weiter damit befaßt.«

»Ja, diese Notiz ... Mir ist klar, wie Sie darüber denken, aber ich kann Ihnen nicht helfen. Wie ich schon sagte – wenn die Empfängnis geklappt hat, bin ich aus dem Rennen. Können Sie mir trotzdem Bescheid geben, wenn es irgendwelche Neuigkeiten gibt? Die arme Angela Chowdary, sie hat wirklich Pech gehabt. Aber sie weiß, daß wir das Wunder einmal zustande gebracht haben, und wir können mit gutem Grund annehmen, daß uns das ein zweites Mal gelingt. Soll ich Sie informieren, wenn es soweit ist?«

»Äh – ja. Ja, bitte«, sagte George, die sich wohl bewußt war, daß sie sich für Angela Chowdarys nächstes Kind nicht so brennend interessierte wie für das letzte. Julia stand flott auf und ging zur Tür.

»Dann werde ich das auch tun. Jetzt muß ich aber los und die Ova prüfen, die wir gestern entnommen haben. Wir könnten sie für eine Leihmutter brauchen, wissen Sie. Es ist ein bemerkenswerter Fall: Eine Sekretärin, die Ova für ihren Chef spenden will, weil sie gern für ihn arbeitet. Sehr großzügig. Wenn

Sie möchten, könnte ich Ihnen zeigen, woran wir gerade arbeiten ...«

»Vielen Dank«, wehrte George ab, »vielleicht ein andermal«, und entfloh, während sie sich fragte, ob sie jemals so eine Ärztin wie Julia werden könnte. Es muß schön sein, dachte sie ein wenig wehmütig, wenn man in seinem Fachgebiet derartig aufgehen konnte – obwohl, war sie nicht ebenso gefangen in ihren eigenen Fällen wie Julia? Warum sonst sollte sie im ganzen Krankenhaus herumschnüffeln, um die Todesursache eines Babys herauszufinden? Sie lachte und schüttelte den Kopf über sich selbst.

Sie wollte gerade den Hof Richtung Pathologie überqueren, als sie – einer plötzlichen Eingebung folgend – umkehrte, um zur neuen Kinderstation zu gehen. Sie wußte nicht genau, was es noch über dieses Baby namens Oberlander zu erfahren gab (was für ein lächerliches Pseudonym, dachte sie wieder), doch es konnte nicht schaden, noch einmal mit Prudence Jennings zu reden. Auf ihrem eigenen Schreibtisch wartete lediglich ein Stapel Etatabrechnungen, die sie durchsehen mußte, um zu entscheiden, ob sie noch einige Kürzungen vornehmen konnte – eine Arbeit, die sie nicht im geringsten reizte. Die Tatsache, daß Dora Hebden ihr heftig auf die Zehen treten würde, wenn sie ihr nicht bald vorlagen, ließ sie kalt; darum würde sie sich zu gegebener Zeit kümmern. Im Moment hatte sie zu tun – sie mußte Gus' Job erledigen, aber wer würde das schon mitbekommen?

Als sie den Flur mit den farbenfrohen Disney-Bildern erreichte, hörte sie aus dem Spielzimmer einen Schrei und gleich darauf laute, aufgebrachte Stimmen von Erwachsenen. Sie beschleunigte ihre Schritte. Was immer dort vor sich ging, es war nicht das übliche Spiel der Kinder. George runzelte die Stirn, als ihr eine Frau durch die große Schwingtür entgegenkam und dabei einen Blick über die Schulter zurückwarf.

»Was ist denn nur passiert?« erkundigte sich George. Die Frau zuckte erschrocken über die plötzliche Anrede zusammen und nahm ihre schwere Einkaufstasche in die andere Hand. Sie war sichtlich nervös.

»Fragen Sie mich nicht, Frau Doktor«, erwiderte die Frau, in Anbetracht des weißen Kittels. »War gerade bei meinem Neffen – er hat sich auf'm Spielplatz das Bein gebrochen. Ich bin oft hier, es gibt einfach nich' genug Aufsicht hier ... un' nu' platzt dann dieser Mann rein und fängt an, einen von den Ärzten anzuschrein – den Schwarzen, wissen Sie? Zeigt ihm die Zähne, so zornig is' der Kerl, und schimpft ihn mit allen Flüchen, wo er nur kennt. Ich für mein Teil find', der Doktor is' schwer in Ordnung, für 'n Paki, mein' ich – 'n echt netter Kerl. Unser Wayne kann ihn gut leiden.«

Der Lärm hinter der Schwingtür schwoll nun an; und hinter George kam einer der uniformierten Sicherheitsbeamten den Flur entlanggerannt. George nickte der Frau mit der Einkaufstüte freundlich zu und eilte an ihr vorbei auf die Station. Der Beamte folgte ihr.

Harry Rajabani stand mitten im Raum, umgeben von einem Haufen Spielzeug und Bilderbüchern. Ein untersetzter Mann mit Bartstoppeln und schäbiger Kleidung brüllte ihn aus vollen Lungen an und wurde dabei von dem kraushaarigen jungen Pfleger, mit dem George bei ihrem letzten Besuch auf der Station gesprochen hatte (sie kramte in ihrem Gedächtnis nach seinem Namen: Philip Goss) mit eisernem Griff festgehalten. Harrys Gesicht wirkte wie aus Holz geschnitzt; es verriet mit keiner Miene, ob ihn die Anwürfe des Mannes erschütterten, stellte George erstaunt fest – doch dann bemerkte sie, wie sein Unterkiefer hervortrat, und wußte, daß es ihn äußerste Anstrengung kostete, nicht die Beherrschung zu verlieren.

»Du dreckiger schwarzer Bastard hast mein' Jungen getötet, mit deinen Niggerideen, mach dich bloß vom Acker un' auf die Bäume, wo du hingehörst, du Bastard! Wenn ich gewußt hätt', daß du deine dreckigen schwarzen Pfoten auf mein' Jungen legst, wär' ich hergekomm'n un' hätt' dich mit 'm Messer erstochen, hörs' du? Aber 'n Messer is' überhaupt zu gut für dich – du sollt'st aufgeknüpft wern un' so leiden, wie mein Junge leiden mußte, du stinkender Nigger –«

»Das reicht jetzt!« schrie Philip Goss und schüttelte ihn kräftig. »Wir wissen, wie Ihnen zumute ist, Mr. Richard, aber das gibt Ihnen nicht das Recht, so über Dr. Rajabani herzufallen. Keiner hat Schuld an Kevins Tod. Es tut uns allen sehr leid. Bitte kommen Sie jetzt mit und –«

Aber der Mann war nicht zu beruhigen. Seine blutunterlaufenen Augen traten fast aus ihren Höhlen. Sein Haar war zerzaust. Er mußte sich die letzten Tage nicht rasiert haben und sah verhärmt und grau aus. Sein Mund stand blöde offen und schleuderte Harry unablässig Beleidigungen entgegen. Am anderen Ende des Raumes hatten sich einige Schwestern, unter ihnen Stationsschwester Collinson, mit bleichen Gesichtern hinter der Sicherheitsschranke des Empfangs verschanzt. Durch die nächste gläserne Schwingtür, die auf die eigentliche Station führte, spähten noch mehr Schwestern, Kinder schrien, manche der Kleinen brüllten gellend vor Angst.

Der Sicherheitsbeamte drängte sich nun unauffällig an George vorbei, packte den rasenden Mann bei den Schultern, wirbelte ihn herum und drehte ihm die Arme auf den Rücken.

»Kommen Sie jetzt, Sir!« keuchte er, während zwei weitere Sicherheitsleute auftauchten. »Wir klären das jetzt, kommen Sie bitte mit ...« Mit sanfter Gewalt führten sie ihn über den Flur mit den albernen Mickeymäusen und Donald-Enten. Philip Goss rief ihnen nach: »Er kann nichts dafür – sein Sohn ist heute gestorben!« Harry Rajabani verharrte stocksteif mitten im Spielzimmer.

Ruhe breitete sich aus. Die Schwestern hinter der Schwingtür gaben ihren Beobachtungsposten auf und brachten die Kinder in ihre Zimmer. Schwester Collinson scheuchte ihre Kolleginnen aus dem Empfang und schickte sie auf die Station, damit sie ihnen halfen, die Kinder zu beruhigen. George war zuerst an Harrys Seite und ergriff seinen Arm. »Sie sollten schreien, dann geht's Ihnen besser«, riet sie ihm, als sie spürte, wie verkrampft er war.

Harry schüttelte den Kopf. Allmählich entspannten sich seine Armmuskeln, seine Schultern sanken herab, doch dann konnte er sich nicht länger auf den Beinen halten. Philip Goss schaffte es gerade noch, einen Stuhl hinter seine Knie zu schieben, bevor er zusammenklappte.

»Das war einfach gräßlich«, meinte Philip. »Aber Sie dürfen das nicht persönlich nehmen, Harry. Er hat sich von Anfang an so aufgeführt – seit der Kleine eingeliefert wurde, das wissen Sie ja selbst. Der Mann hat sich weder mit der Leukämiediagnose abfinden können, noch ist er mit sich selbst und seinen Schuldgefühlen klar gekommen. Einmal hat er mitgekriegt, wie Kevin Ihnen erzählte, daß er – na ja, das hat eben alles dazu beigetragen. Er meinte es nicht wirklich böse. Es war nur die Trauer und seine Gewissensqual – und weil Sie sich um den Jungen gekümmert haben und seine Geschichte kannten, haben Sie auch das meiste abgekriegt. Wir hätten damit rechnen müssen, daß er so ausrastet ...«

»Ist nicht Ihre Schuld, Philip«, sagte Harry mit erstickter Stimme. »Ganz bestimmt nicht Ihre Schuld, aber verdammt noch mal, es macht einen echt fertig, wenn sie einen so sehr hassen!« Er rieb sich mit der zitternden Hand übers Gesicht, das nun vor Schweiß glänzte. »An die üblichen Sticheleien hab' ich mich ja mittlerweile gewöhnt, aber dieser Haß ... Mein Gott!«

»Sie sollten sich lieber ausruhen«, empfahl George. »Sie haben einen Schock. Schwester Collinson, wo ist denn Dr. Kydd? Sie möchte bestimmt auch, daß er jetzt –«

Harry blickte zu ihr auf. »Wollten Sie jetzt schon mit mir sprechen? Ein Anruf hätte es auch getan. Ich bin mir nicht mal ganz sicher –« Und dann traten plötzlich Tränen aus seinen Augen – was ihm sichtlich überaus peinlich war –, und hinterließen glitzernde Spuren auf seinen Wangen.

»Kommen Sie«, sagte Philip und half ihm auf die Beine. »Ich bringe Sie in Ihr Zimmer. Schwester?«

Schwester Collinson nickte. »Ich sorge schon dafür, daß Dr. Kydd Bescheid weiß. Sie ist in der letzten Kabine bei dem kleinen Kennedy und erneuert seinen Oberschenkelverband. Und sie wird ganz bestimmt nicht auftauchen, bevor sie nicht damit fertig ist. Schwester Coulter?« Sie wandte sich an eine der Krankenschwestern, die sich nach wie vor vor dem Schwesternzimmer herumdrückten. »Gehen Sie und sagen Sie ihr, daß Dr. Rajabani krank geworden ist und ich in einer Minute bei ihr bin. Und Harry –« Sie drehte sich noch einmal zu dem jungen Arzt um, während Philip ihn, einen Arm schützend um ihn gelegt, bereits in Richtung Schwingtür führte. »Ich werde mit den Sicherheitsleuten über die notwendigen Maßnahmen reden, worauf Sie sich verlassen können.«

Damit rauschte sie geschäftig hinter den Empfang. George konnte nur noch an ihren eigenen Arbeitsplatz zurückzukehren. Das tat sie auch – mit dem Gefühl, daß die Ereignisse ihr mehr zusetzten, als sie zunächst geglaubt hatte.

11

Im Sektionsraum wartete ein dringender Fall auf George. Schuldbewußt stellte sie fest, daß sie vergessen hatte, am Morgen ihren Piepser einzuschalten. Sheilas Laune war folglich besonders übel.

»Wenn ich nicht weiß, wo Sie stecken, kann ich ja auch nicht gut lügen, oder?« begann sie. »Danny von der Leichenhalle hat dauernd was gewollt, und das Telefon hat den ganzen Morgen über geklingelt, und ich konnte immer bloß sagen, daß ich Ihnen Bescheid geben werde. Das geht so nicht, Dr. B., echt nicht.«

»Es tut mir leid, es tut mir leid«, beteuerte George und ließ sich auf ihren Stuhl fallen. »Wer hat denn angerufen?«

»Ach, die Kardiologie – wegen dem Diagramm, das Sie für die Prothrombine gezeichnet haben –«

»Aber das war doch in Ordnung! Sie können sich doch nicht darüber beschwert haben, verdammt nochmal!«

»Haben sie ja auch nicht. Sie wollten sich bei Ihnen bedanken. Mr. Agnew Byford höchstpersönlich war am Apparat.« Sheila warf sich in die Brust. »Hat statt dessen 'n bißchen mit mir geplaudert.«

»Tja, schön für Sie.« George fühlte sich etwas besser, nun, da sie saß. Der Angriff auf Harry hatte sie doch sehr mitgenommen. »Wollte mich sonst noch jemand sprechen?«

»Ja – eine Frau von der Fertilität. Sie haben anscheinend Ihr Notizbuch auf einem Schreibtisch dort vergessen. Ich sagte, Ich würd' es Ihnen ausrichten, aber dann sagte jemand zu ihr – ich hab's durchs Telefon mitgekriegt – daß er Sie auf dem Weg zur Kinderstation gesehen hat und Sie dort benachrichtigen würde. Und – hat er's getan?«

»Hat wer was getan?«

»Ich weiß ja auch nicht – irgend jemand von der Fertilität. Wer, hat sie mir nicht gesagt.«

»Nein.« George wirkte verblüfft. »Niemand von der Fertilität hat mich benachrichtigt, während ich auf der Station Barrie war. Ach verdammt!« Sie wühlte in ihrer Tasche. »Wenn da nicht dieser Aufruhr auf der Kinderstation gewesen wäre, hätte ich es gemerkt und selbst abgeholt. Könnten Sie einen der Assistenten danach schicken? Ich möchte nicht, daß es irgendwo herumliegt – stehen ziemlich wichtige Dinge drin.«

»Dann hätten Sie besser darauf achten sollen!« gab Sheila überheblich zurück. Doch dann gewann ihre Neugier die Oberhand. »Was ist denn auf der Station passiert? Was für ein Aufruhr?«

George erzählte es ihr – vielleicht, weil sie sich immer noch nicht beruhigt hatte und es jemandem mitteilen mußte –, obgleich Sheila Keen dafür bekannt war, daß sie jede noch so unwichtige Information innerhalb von Minuten im ganzen Krankenhaus in Umlauf brachte. Sie schien Klatschen zu brauchen wie andere Menschen die Luft zum Atmen. Aber der Vorfall würde ohnehin kein Geheimnis bleiben; viel zu viele Leute hatten die Szene miterlebt und würden sich ganz sicher die Mäuler darüber zerreißen.

»Ein Mann auf der Kinderstation hat Dr. Rajabani üble rassistische Schimpfwörter an den Kopf geworfen«, erklärte sie. »Ist sogar handgreiflich geworden.«

Sheila runzelte die Stirn. »Dr. Rajabani?« fragte sie und griff in ihre Kitteltasche. »Oh. Der hat Sie am Telefon verlangt.«

»Tja, nun hab' ich ihn ja getroffen«, sagte George. »Armer Kerl.« Dann erzählte sie Sheila die ganze Geschichte. Sheila bekam vor Aufregung große Augen. Nachdem George geendet hatte, schüttelte sie nur den Kopf.

»Es ist schrecklich, wie die Leute sich aufführen – nicht nur diese Streikposten. Bei denen sind auch so 'n paar Rassisten drunter. Brüllen überall rum, oder auf dem Markt, wo ich immer Gemüse kaufe. Grad neulich warn da noch 'n paar eklige Typen mit Haarschnitten wie Klobürsten, die so fürchterliche Sachen geschrien –«

»Ich weiß«, stimmte George grimmig zu und erinnerte sich an die Schlägerei vor Gus' Restaurant. »Hab' ich auch mitbekommen. Ich hab' nur nie gedacht, daß so was einmal im Old East passieren könnte.«

»Warum denn nicht?« hielt Sheila dagegen. »Schließlich sind es die Menschen, die unsere Patienten sind.«

»Wird schon so sein. Auf jeden Fall war's gräßlich.«

»Das glaub' ich Ihnen gern.« Immerhin zeigte Sheila nun etwas Mitgefühl. »Ich bringe Ihnen einen Tee.« Diesmal war George froh darüber, auch wenn sie ihn, wie immer, zu stark fand.

Als sie sie in Ruhe ihre Tasse leerte, nahm sie sehr wohl das Glühen des kleinen roten Lämpchens an ihrem Telefon wahr – ein sicheres Zeichen dafür, daß

Sheila nun begonnen hatte, den gräßlichen Zwischenfall auf der Station Barrie zu verbreiten. Man sollte ihr befehlen, damit aufzuhören und sich wieder ihren eigenen Aufgaben zu widmen, doch dies hätte weder die Qualität ihrer Arbeit verbessert noch ihre Reizbarkeit vermindert, und eine mürrische Sheila konnte George für den Rest des Tages nicht mehr ertragen. Sheila schien den Klatsch einfach zu brauchen wie andere Menschen die Luft zum Atmen.

George griff nach ihrem eigenen Hörer, schaltete auf ihre Leitung um und wählte Gus' Nummer und wartete. Viel hatte sie zwar nicht herausgefunden, aber es würde ihr ein Trost sein, wieder einmal seinen rauhen Cockney-Akzent zu hören ... Nachdem sie endlich eine Verbindung mit dem Revier in der Ratcliffe Street hatte, teilte man ihr mit, der Detective Chief Inspector sei nicht im Haus.

»Ich versuche es später noch mal«, antwortete sie auf die Frage, ob sie eine Nachricht hinterlassen wolle.

Sie erschrak über ihre Enttäuschung, hängte ein, stützte die Ellbogen auf den Tisch, ließ ihr Kinn auf die Hände sinken und dachte nach.

Warum hatte ihr der Angriff auf Harry so zugesetzt? Es war doch nicht ungewöhnlich, daß Personal des Old East von unerfreulichen Zeitgenossen beschimpft und bespuckt wurde. Ihr selbst war es zwar nur selten passiert, aber in der Notaufnahme gab es öfter Auseinandersetzungen mit Alkohol- und Drogenabhängigen; doch war dabei jemals ein derart starker Haß, wie ihn der unglückliche Harry zu spüren bekommen hatte, im Spiel gewesen? George zweifelte daran und beschloß: Ich werde mit Hattie drüber reden, um mir Klarheit zu verschaffen.

Doch als sie auf der NFA anrief, erfuhr sie, daß Hattie in dieser Woche eine andere Schicht übernommen hatte. »Ich werde es ihr ausrichten«, versprach die ferne Stimme, aber George bat sie, sich keine Umstände zu machen. Sie würde sich wieder melden.

Anschließend begab sie sich nach unten in den Sektionsraum, um endlich die Obduktion vorzunehmen. Viel mehr konnte sie nicht tun. Eine Leiche zu öffnen würde wenigstens ihre Gedanken beschäftigen.

Sie beendete die Obduktion kurz vor der Mittagspause und diktierte unverzüglich den Bericht, da das Büro des Coroners ihn so schnell wie möglich brauchte, dann trottete sie wieder nach oben. Der Vorfall am Morgen war so unangenehm gewesen, daß sie sich nach wie vor völlig kraftlos fühlte – angeekelt, nicht wie ihr übliches fröhliches Selbst.

Bis sie ihr Büro betrat und Gus auf ihrem Schreibtischstuhl vorfand, der gefährlich weit hinten kippelte und auf zwei Beinen balancierte. Auf dem Schreibtisch hatte er das reinste Picknick ausgebreitet.

»Da biste ja!« grüßte er und kam mit einem Plumps wieder auf alle vier Stuhlbeine zu stehen, so daß George um ihr Sitzutensil fürchtete. »Ich finde, wir müssen mal eine Konferenz abhalten.«

»Ach ja?« George ging zu ihrem Schreibtisch und machte eine auffordernde Bewegung mit dem Kinn. Er schnitt eine Grimasse, erhob sich und ließ sich auf den Stuhl gegenüber fallen. »Worüber denn?«

»Über unsern Fall natürlich. Und ich hab' gedacht, ich lade dich heute mal richtig im New York-Stil ein: Hier sind Bloom's schönste Bagels und geräucherter

Lachs und 'n bißchen Frischkäse. Ach ja, und 'ne schöne milde Zwiebel, frisch vom Markt. Mußte beim Schneiden aber trotzdem heulen. Eigentlich 'n bißchen wie du – man nimmt an, sie is' mild und süß, und dann treibt sie einem die Tränen in die Augen.« George reagierte nicht darauf. Gus grinste sie an und fuhr fort. »Und in der Thermosflasche da ist Kaffee – hatte heute keine Lust auf Sheilas Gebräu. Wird uns guttun. Hab' sogar noch 'n bißchen Käsekuchen als Nachtisch. Na, was hältst du davon?«

George betrachtete all die Köstlichkeiten und zog die Augenbrauen hoch. »Willst du mich füllen wie 'nen Weihnachtstruthahn? Das reicht ja für 'ne ganze Armee.«

»Genau – für dich un' für mich. Nu' hau schon rein!« Er schnitt eines der Brötchen in der Mitte durch und schob es ihr zusammen mit dem Frischkäse hin. George gab sich geschlagen. Verglichen mit dem Kantinenessen war dies hier ein lukullisches Mahl.

»Noch weiß ich nicht, über welchen Fall wir sprechen müssen.« Sie strich sich eine dicke Käseschicht aufs Brötchen, legte eine Lachsscheibe darauf und garnierte das Ganze mit einem Zwiebelring. Der Geruch ließ ihr das Wasser im Mund zusammenlaufen.

»Tote Babys, Süße. Es wird allmählich zu 'nem Fall, meinst du nicht? Ich behaupte nicht, wir hätten Beweise, daß an allen was faul ist, aber an einem bestimmt: An dem Oberlander-Fall – wir wolln ihn mal so nennen, weil wir keinen besseren Namen dafür haben. Und die andern hängen ungefähr so dran wie Kinder an 'nem Eiswagen.«

»Kein sehr netter Vergleich«, bemerkte George und biß in ihren Bagel, der so gut schmeckte, wie sie erwartet hatte. Sie leckte sich ein wenig Frischkäse von der Oberlippe. »Es ist schon schlimm genug, wenn Erwachsene getötet werden. Bei Babys ist es noch schlimmer.«

»Das ist Sentimentalität der dümmsten Sorte«, widersprach Gus und sah einen Moment lang richtig grimmig aus. »Mir ist es egal, ob es um ein Kind von neun Monaten oder ein altes Mädchen von Neunzig geht – ein Leben ist ein Leben. Und niemand hat das Recht, irgendeinem Menschen dieses Leben zu nehmen. Ich werde das in meinem Bezirk nicht dulden. Und ich werde es nicht zulassen, daß irgend jemand glaubt, ich zöge einen Fall dem anderen vor, aus welchen Gründen auch immer.«

George wurde rot. Dann nickte sie. »Na gut. Ich entschuldige mich.«

»Is' ja wohl das mindeste«, sagte er fröhlich. »Jetzt laß dich aber nicht abhalten – da wartet noch 'n Bagel auf dich.«

»Du kannst ihn zum Abendessen haben. Ich hab' mit einem genug. Gibt's was Neues für mich?«

Er wies mit dem Kinn auf die Briefablage rechts auf dem Schreibtisch. »Obendrauf. Ich hab' den Bericht über das Kind mitgebracht, wegen dem Dr. Choopani angegriffen wurde.«

»Ach?« Sie griff eilfertig danach und begann zu lesen, wobei sie ihn mit einer Hand hochhielt, damit keine Krümel darauf fielen. Gus beugte sich vor und schenkte Kaffee ein.

»Tja«, meinte sie, nachdem sie den Bericht wieder weggelegt hatte. »Da ist ja nicht gerade viel, an dem wir uns festbeißen können.«

»Genau – 'ne ganz klare Sache.«

George nickte. »Mit dieser Herzanomalie wäre das

Kind früher oder später eines natürlichen Todes gestorben. Eine kleine Bronchitis hätte bereits genügt. Schlimm ist nur, daß sie nicht früher diagnostiziert wurde – als das Kind noch lebte.«

»Ich hab' ihn danach gefragt«, erzählte Gus. »Offensichtlich hat sich die Mutter geweigert, mit dem Kind zu den Vorsorgeuntersuchungen zu gehen. Es ist irgendwo außerhalb des Bezirks geboren. Wo genau wollte sie Dr. Choopani nicht sagen. Sie hatte ihn nur deshalb aufgesucht, weil sie irgendeinen Schein für die Sozialhilfe brauchte. Sonst hätte er das Kind wohl nie zu Gesicht bekommen, glaubt er. Hat 'n paar häßliche Dinge über sie gesagt, aber ich muß zugeben, daß sie mir gerechtfertigt erschienen.«

»Was für häßliche Dinge?«

»Daß sie das Kind vernachlässigt hat, daß es dauernd von Rauchern umgeben war und vermutlich so gut wie nie frische Luft geatmet hat. Er glaubt auch, daß sie es geschlagen hat. Das reicht zwar nicht für 'ne Anklage, wie du wohl weißt, könnte aber zu einem frühen Tod des Kindes beigetragen haben.«

»Hat er es noch jemand anderem erzählt?« fragte George, und Gus blickte sie scharf an.

»Hast es auch begriffen, was? Natürlich. Hat mit der Krankenkassenbeauftragten gesprochen, die die Mutter besuchte und für ihre Mühe nur 'ne Schimpfkanonade kassierte, und mit jedem anderen, der ihm zuhörte. Hat sich heftig über die Mutter beschwert – 's war überall bekannt, daß er nicht viel von ihr hielt – also könnte ich mir vorstellen, daß er nicht ohne Grund von dem Vater des Kindes angegriffen worden ist –«

»Klingt schlüssig. Er hat ein ganz nettes Mundwerk, dieser Dr. Choopani.« Traurig schüttelte George den

Kopf. »Ich hätt' ihm wirklich eine kleben können, aber irgendwo gefiel mir der Mensch auch. Immer geradeheraus – aber eben deswegen kommt er mit den meisten nicht klar.«

»So ähnlich ging's mir auch – irgendwie mochte ich ihn. Er wurde richtig fuchtig, als er sich darüber ausließ, wie wir solche Leute unter die Fußmatte kehren und sie zur Unterklasse rechnen und wie ihre Kinder dann dafür bezahlen müssen.« Gus hörte sich ungewöhnlich ernst an. »Wäre nicht schlecht, wenn's hier noch ein paar mehr von der Sorte gäbe, auch wenn er so viele Leute zur Weißglut bringt.«

»Wen denn im besonderen?«

»Och, ein paar von den Hiesigen. Die immer dabei sind, wenn's auf 'nen Farbigen geht. Du kennst sie doch. Seit 'n paar Monaten machen sie den ausländischen Ärzten hier das Leben schwer. Da hat sich eine neue Rechtsextremistengruppe gebildet. Wir sind ihnen auf den Fersen und tun, was wir können, aber es ist, nun ja, unerfreulich.«

»Erzähl mir davon!« bat George interessiert. Sie nahm den letzten Happen ihres Bagels und rieb sich die Finger mit einer Papierserviette ab. Gus hatte nichts vergessen, was man zu einem Picknick auf dem Schreibtisch braucht. »Dieser Morgen war wirklich unerfreulich.«

»Was?« Seine Stimme klang schneidend.

George faßte sich so knapp wie möglich. Er hörte schweigend zu, dann verzog er das Gesicht. »Ach, zur Hölle damit! Jetzt habt ihr auch damit zu tun. Dieses Kind, das gestorben ist – war es hier aus der Gegend? Oder wurde es von anderswo überwiesen? Das ist doch nicht ungewöhnlich bei diesen leukämiekranken Kindern, oder?«

»Ich weiß nicht«, erwiderte sie. »Aber gleich, warte mal!«

Sie griff zum Telefon und wählte die Nummer der Station Barrie. Schwester Collinson meldete sich.

»Sekunde«, sagte sie auf Georges Frage und legte den Hörer ab. Es dauerte geraume Zeit, bis sie erneut am Apparat war.

»Tut mir leid, daß Sie warten mußten, aber der Bericht wurde eben erst im Schreibbüro getippt. Es wohnte im Lansbury Estate. Kaum zehn Minuten von hier.«

»Und wer«, fuhr George fort, der plötzlich etwas eingefallen war, »ist der Hausarzt? Ich meine, wer hat das Kind überhaupt ins Old East überwiesen?«

Sie vernahm das Umblättern von Seiten, und dann sagte Schwester Collinson mit matter Stimme: »Oh. Er.«

»Wie bitte?«

»Der Arzt, der schon die ganze Zeit soviel Wind macht. Dr. Choopani.«

George, die sich daran erinnerte, was Dr. Choopani ihr vergangene Nacht auf der Unfallstation über seine Unterhaltung mit Schwester Collinson berichtet hatte, wollte schon protestieren, besann sich aber eines Besseren; bedankte sich lediglich und legte wieder auf.

»Wie ich bereits sagte, ein Kommunikationsproblem«, bemerkte sie, nachdem sie Gus den Inhalt des Telefonats mitgeteilt hatte. »Sogar Schwester Collinson schwärzt ihn an, bloß, weil sie sich nicht verstehen. Aber das hilft uns jetzt auch nicht weiter.«

»Nein«, bestätigte er grimmig. »Gewiß nicht. Wir müssen absolut vorsichtig sein, sonst haben wir einen ausgewachsenen Rassenkrawall am Hals und den bezahlten Mob noch dazu und – ach, Scheiße, ich sollte lieber mal mit Dr. Choopani reden.«

»Seine Schuld ist es aber nicht.« George stand auf. »Warum willst du denn mit ihm reden?«

»Ich will ihn warnen«, erwiderte Gus. »Wenn bekannt wird, daß der Vater des Kindes einen anderen indischen Arzt für dessen Tod verantwortlich macht und daß es Choopani war, der das Kind hierhin überwiesen hat – kannst du dir die Folgen nicht ausrechnen?«

»Ich schätze schon«, antwortete George. »Ach, verdammt noch mal. Warum müssen die Leute hier die schlimmsten Dinge aus Amerika übernehmen? Rassenunruhen, mein Gott!«

»Ja. Also, ich seh' dich dann morgen. OK?«

Sie starrte ihn verdutzt an. »Morgen?«

Er zuckte mit den Achseln, während er seinen Mantel anzog. »Hab's dir doch schon gesagt. Deine alten Damen und du und ich – wir gehn essen. Um sechs, das is' hübsch früh; so haben wir noch Zeit für eine besondere Überraschung. Ich hol' euch mit dem Auto um halb ab. Dann müßt ihr fertig sein!«

Und er ließ sie mit einem Berg Räucherlachs, Frischkäse und Bagels zurück – ganz zu schweigen von dem Käsekuchen, den sie nun mit ihren Mitarbeitern teilen konnte (zur großen Freude Jerry Swanns, der sich darauf stürzte, als hätte er vorher weder eine ordentliche Portion Leber mit Zwiebeln noch Pudding mit Vanillesoße in der Kantine verdrückt). Sowie dem undeutlichen Gefühl für die Gefahr, in der sowohl Dr. Choopani als auch Dr. Rajabani schweben mochten.

George ging wieder in ihr Büro, um den unvermeidlichen Schreibkram des Tages zu erledigen, doch ihre Gedanken schweiften ständig ab. Irgend etwas störte sie, und sie rutschte auf ihrem Stuhl herum, als sei die Ursache auf der Sitzunterlage zu suchen. Letztendlich kam sie zu dem Schluß, daß es an der Beklommenheit lag, die sie seit dem Vorfall am Morgen verspürte. Sie versuchte, sich zu konzentrieren.

Das Tageslicht schwand und machte dem dunklen Dezemberabend Platz. George streckte den Rücken und betrachtete trübsinnig den Aktenstapel auf ihrem Schreibtisch. Es schien, als habe sie erst die Hälfte des Pensums geschafft, und sie ärgerte sich über die eigene Langsamkeit. Warum ließ sie es zu, daß ihr diese Sache derart unter die Haut ging? Schließlich waren Anfeindungen von seiten der Patienten leider nicht selten. Es konnte sich nur um eine Überreaktion handeln.

Im nächsten Moment verwarf sie diese Möglichkeit. Es geht um etwas anderes, etwas, das ich vergessen habe, erkannte sie. Etwas, das ich hätte tun müssen. Das macht mich so verrückt. Es ist, als ob man 'ne Prüfungsarbeit schreibt und einem die Antwort, von der man *weiß*, daß sie die ganze Frage löst, nicht einfallen will. Man sucht in seinem Gedächtnis, und es will einfach nicht klicken ...

Wütend funkelte sie ihren Schreibtisch an. Es war fast halb sechs, und sie sollte bald Feierabend machen. Bridget und Mutter hatten heute Madame Tussaud's besucht (trotz Georges vorsichtig formulierter Warnungen, daß die Schlangen endlos seien und man bezweifeln müsse, ob die ausgestellten Objekte nach der langen Wartezeit wirklich ein Genuß seien), und sie sollte zu Hause sein, wenn die beiden eintrafen. Außerdem mußte sie Weihnachtskarten schreiben – sie hatte nur noch eine Woche Zeit und spürte den immer stärker werdenden Druck. Geschenke mußten besorgt und ein Weihnachtsessen geplant werden, denn trotz Bridgets Vorschlag, sie zum Dinner ins Hotel auszuführen, wollten sie nun doch zu Hause bleiben. Vanny hatte es entschieden.

George überlegte erneut, was sie so störte wie Sand im Schuh, aber die Erinnerung wollte sich immer noch nicht einstellen. Leicht verärgert und ein wenig geistesabwesend verließ sie kurz darauf das Büro, und ihr Ärger wuchs, als sie auf dem Anrufbeantworter die Nachricht vorfand, daß ihre beiden Gäste beschlossen hatten, in der Stadt zu essen und danach ins Theater zu gehen. »Laß den Schlüssel einfach unter der Matte, Liebes!« sang Bridget fröhlich. »Wir schließen uns selbst auf.« George wußte, daß sie Rücksicht nehmen, ihr die eigene Wohnung gönnen wollten, aber sie hatte die beiden nun einmal erwartet und ihre Ansichten über die Wachsfiguren erfahren wollen. Jetzt kam sie sich fast verraten vor.

Sie ließ die Forelle, die sie gekauft hatte, einsam im Kühlschrank liegen und begnügte sich mit Toast und Käse und heißem Tee; mehr brauchte sie ja nicht, redete sie sich ein, doch im Innersten wußte sie ganz genau, daß sie nur zu faul war, sich ein richtiges Essen zu kochen. Dann kümmerte sie sich um ihre Weihnachtskarten.

Und als sie die Namen der Leute, die sie am Krankenhaus kannte, durchging und überlegte, wem sie eine Karte schicken mußte, fiel es ihr plötzlich wie Schuppen von den Augen. Es war schon grotesk: Die Erinnerung stieg wie Blasen in ihr hoch und explodierte wie ein kleines Feuerwerk. Sie schnappte nach Luft.

Harry hatte mit ihr reden wollen. Sie konnte seine

Stimme so deutlich hören, als sitze er hier bei ihr vor dem Kamin.

›Wollten Sie jetzt schon mit mir sprechen? Ein Anruf hätte es auch getan. Ich bin mir nicht mal ganz sicher –‹

Und dann fiel ihr noch etwas anderes ein. Laut Sheila war er einer derjenigen gewesen, die sie während ihrer Abwesenheit in der Pathologie am Telefon verlangt hatten. George war nicht näher darauf eingegangen – hatte gesagt, sie sei ihm ja schon begegnet. Aber sie hatte doch gar nicht mit ihm gesprochen. Vielmehr – er hatte nicht mit ihr gesprochen.

Sie lehnte sich im Sessel zurück und räkelte sich. Nun, da sie ihre Erinnerung wiedergefunden hatte, fühlte sie sich besser und vermerkte in ihrem Notizbuch, daß sie Harry als erstes morgen früh anrufen mußte. Dann wandte sie sich wieder den Weihnachtskarten zu und schrieb eine besonders hübsche an Harry. Sie wußte zwar nicht, ob er Weihnachten überhaupt feierte und führte ihn nicht auf ihrer Glückwunschliste, die sie normalerweise auf ihre Kollegen unter den Oberärzten beschränkte, aber nachdem er solche Prügel bezogen hatte, schien es das mindeste, was man für den armen Kerl tun konnte. Außerdem, so glaubte sie, würde ihm die Reproduktion eines viktorianischen Bildes gefallen, auf dem hüpfende Kinder zu sehen waren. Es würde ihm dabei helfen, sich auf seine Patienten zu konzentrieren, egal, was deren Eltern sagten oder taten.

12

Als sie in die feuchte Kälte hinaustraten, erblickten sie bunte Lichterketten an einigen kleinen Bäumen, die in den winzigen Vorgärten der Häuser gegenüber standen. Durch die meisten ebenerdigen Fenster konnte sie hübsche Christbäume ausmachen, deren bonbonbunter Schmuck in der Dunkelheit prangte. Vanny, die neben George herlief, zitterte vor freudiger Erwartung. »Ich bin wirklich ganz aufgeregt!« sagte sie. Sie klang wie ein Kind in den Ferien. »So ein Spaß, wenn man irgendwohin geht und nicht weiß, wo man landet.«

»Es wird eine wunderschöne Überraschung, Mrs. Barnabas, Sie werden schon sehen«, versprach Gus und eilte mit ihr zum Wagen. »So, Sie nehmen hier Platz, und Mrs. Connors werden wir auf der anderen Seite unterbringen.«

»Jetzt seien Sie doch nicht so förmlich, Gus!« kicherte Bridget und trottete um das Auto herum. »Nennen Sie uns einfach Vanny und Bridget, sonst werden wir noch böse. Wir sind zwar alt, aber Sie brauchen uns nicht zu behandeln wie antike Möbel!«

»Es würde mir nicht einmal im Traum einfallen, Sie böse zu machen!« rief Gus. »Ich wollte doch nicht förmlich sein, sondern nur höflich! Aber wenn Sie gute Freunde sein möchten, ja, dann bin ich Ihr Mann. Also, Vanny, sitzen Sie bequem? Da hinten liegt auch eine Wolldecke, falls Sie eine brauchen.«

»Oh«, kicherte Vanny. »Das ist ja genauso wie damals, wenn ich als junges Mädchen ausgegangen bin. Eine Decke, um Himmels willen! Haben Sie denn keine Heizung im Wagen?«

»Selbstverständlich aber, wie ich schon sagte – Sie sollen es so bequem wie möglich haben. Also keine Decke? Gut. Komm schon, George, worauf wartest du noch?« Er machte eine ruckartige Kopfbewegung zu der Tür, die er für sie aufhielt, worauf George ihn strafend anfunkelte und sich mit aller Würde, derer sie fähig war, auf den Beifahrersitz gleiten ließ.

Seine Art, mit ihren Gästen zu flirten, fand sie geradezu schamlos. Er war mit einer Flasche eisgekühltem Sekt angekommen und hatte darauf bestanden, großzügig einzuschenken (ihm selbst war es gelungen, so gut wie gar nichts davon zu trinken, was George mit widerwilligem Einverständnis zur Kenntnis genommen hatte – immerhin mußte er ja fahren), und innerhalb weniger Minuten waren Vanny und Bridget wie besonders dumme Schulmädchen in Kichern ausgebrochen und hatten ihm praktisch aus der Hand gefressen.

Erst nach einem vergnügten Frage-und-Antwort-Spiel, das für Erstklässler zu langweilig gewesen wäre, hatte er ihnen den weiteren Ablauf des Abends verraten. Er würde ihnen etwas absolut Einmaliges und all ihre Vorstellungen Übertreffendes zeigen. Daraufhin war Bridget völlig aus dem Häuschen geraten und hatte vermutet, es könne sich nur um eine Striptease-Show handeln, eine Ausschweifung, für die sie erheblich zu alt sei. Gus hatte ihr ernsthaft versichert, daß er ihr Alter berücksichtigt und eine Abendunterhaltung ausgewählt habe, die auch nicht die leiseste Röte auf ihre jungfräulichen Wangen bringen sollte. Es war alles in allem eine kindische Vorstellung gewesen, und George hatte ihm kurz vor ihrem Aufbruch etwas in diesem Sinne zugeflüstert. Sie sei doch nur eifersüchtig, hatte er ihr vorgeworfen und gelacht, worauf sie noch ärgerlicher geworden war. Auf der Fahrt gab Gus einige wirklich humorvolle und ein wenig erwachsenere Witze zum besten, über die auch George lachen konnte. Während sie Vannys und Bridgets Gelächter lauschte, sonnte sie sich in dem Gefühl, daß die beiden von ganzem Herzen mit ihrem Freund einverstanden waren. Seine anfänglichen Konversationsversuche hielt sie zwar für kindisch und etwas dämlich – nun ja, die konnte sie ihm verzeihen. Schließlich mußte er erst herausfinden, wie er mit Ausländern umgehen sollte. Als sie an einem Tisch in der ›Tollen Scholle‹ Patz nahmen, war ihre gute Laune zurückgekehrt.

»Die Reparatur ging aber schnell!« staunte sie, denn das riesige Fenster sah aus, als sei es nie eingeschlagen worden, selbst die kunstvolle Gravur mit dem Namen des Restaurants fehlte nicht. »Wie hast du das bloß geschafft?«

»Polizisten sitzen eben am längeren Hebel, wenn sie's mit Ganoven zu tun haben« erklärte Gus selbstgefällig. »Und für mich sind sämtliche Bauunternehmer irgendwie Ganoven, auch wenn sie bloß bei der Mehrwertsteuer 'n bißchen mogeln. Sie wissen, daß ich's weiß, ich weiß, daß sie wissen, daß ich's weiß, also kriegen sie jede Arbeit, die ich schnell und schick besorgt haben will, damit sie mich bei guter Laune halten un' aus den Füßen haben. Du verstehst, was ich meine? Und jetzt, Vanny, Bridget, lassen Sie sich in die Geheimnisse eines echten englischen Fish und Chips-Menus einweihen.«

Mühelos überredete er sie zu Aal in Aspik, der ihnen ausgezeichnet mundete. Der anschließend servierte Steinbutt ließ sie wie wohlgenährte Katzen schnurren. Er wies Kitty an, Pommes frites auf ihre Teller zu häufen, bis sie protestierten, nun hätten sie für den Rest des Jahres genug – aber weiter zulangten. Er bestellte Wein und Kaffee und zartschmelzenden Apfelkuchen, und um halb acht waren sie seine erklärten Sklavinnen.

George beobachtete ihre Mutter aufmerksam. Vanny strahlte fröhlich; sie war seit ihrer Ankunft noch nicht mitteilsamer gewesen – ihre Augen leuchteten interessiert, ihre Äußerungen waren gewandt und folgerichtig, ohne Anzeichen von Gedächtnislücken, die George bereits als ständige Begleiter ihrer Mutter gesehen hatte. Als Vanny im Gespräch mit Gus gerade einmal besonders brillierte, fing sie Bridgets Blick auf und bemerkte Tränen in ihren Augen, so glücklich war sie, ihre Freundin wieder als ihr altes Selbst zu erleben. George schämte sich für ihre vorherige Gereiztheit und war Gus unendlich dankber. Sie mußte sich mit aller Macht zwingen, so zu tun, als esse sie Apfelkuchen – denn auch für sie war es zuviel gewesen – um nicht aufzuspringen und ihn zu umarmen.

Um Viertel vor acht drängte Gus zum Aufbruch. Nach einem Zeichen ihres Chefs brachte Kitty ihre Mäntel und geleitete sie eilends hinaus, wobei sie Gus zuzwinkerte. »Alles in Ordnung, hab' alles mit dem Parkplatz und so klargemacht. Sie freun sich auf Sie. Trotzdem sollten Sie jetzt man besser los.«

Die Aufregung auf der Rückbank des Wagens steigerte sich beträchtlich. Wollten sie in ein Kabarett? Ein Musical? Ein Theaterstück? Gus lachte nur und beantwortete alle ihre Fragen gleichermaßen mit »Ja!«, womit sie sich zufriedengeben mußten.

Über einige Umwege erreichten sie Charing Cross und die Villiers Street, eine Straße, die am Fluß entlang führte. Kurz vor der Brücke, über die Güterzüge auf die andere Seite der Themse fuhren, hielt er an. Ein junger Mann eilte zum Wagen und nahm die Autoschlüssel entgegen.

»Ich find' schon ein Plätzchen«, versicherte er Gus. »Kein Problem, Chef. Beeilen Sie sich. Sie sind spät dran.«

»The Player's Theatre« las Vanny aufgeregt von einem riesigen Plakat ab, als Gus sie durch das überfüllte kleine Foyer führte (er verhielt sich, dachte George amüsiert, eher wie ein Schäferhund als ein Gastgeber). »Dann ist es also ein Stück, Gus?«

»Gleich werdet ihr's wissen«, erwiderte er geheimnisvoll. »Die Mäntel. Hier, Norah, kümmern Sie sich um die Garderobe, ja? Wir wollen doch nichts verpassen.«

George war verzaubert. Sie befanden sich in einem kleinen, in lebhaften Rottönen gehaltenen Etablissement im *Fin-de-siècle-Stil* mit Darstellungen viktorianischer und edwardianischer Lustbarkeiten an den Wänden. Sie konnte sich gar nicht satt sehen – Vanny und Bridget ging es nicht anders. Aber Gus ließ ihnen keine Zeit.

»Später, später!« rief er. »Wir dürfen nicht zu spät kommen!« und scheuchte sie weiter in das Theater. George nahm warmes Licht wahr, roten Plüsch, eine Unzahl Vergoldungen und bemalte Putten, kleine Tische und normale Theatersitze, ein Piano, von Kerzenlicht angestrahlt, auf dem ein sehr junger Mann in Frack und mit weißer Fliege meisterlich spielte, und eine lärmende Zuschauermenge. Gus drängte sie zu ihren Plätzen unmittelbar vor der Bühne und griff nach der Flasche Champagner in einem Eiskübel auf dem Tisch zwischen ihren Stühlen.

»Hab' alles schon im voraus bestellt!« schrie er fröhlich gegen das Stimmengewirr an. »Hier sind die Liedertexte. Macht euch keine Sorgen, ihr kriegt schon mit, wann ihr sie braucht. Ihr müßt euch nur vorstellen, daß wir nicht 1990, sondern 1890 haben, und 's wird die Show eures Lebens!«

Von da an war es der reinste Genuß – ein schwungvolles viktorianisches Varieté mit Darbietungen, die den Originalen der damaligen Zeit nachgestellt waren: Ein rundlicher, trunksüchtiger Chairman beschimpfte die lauten, unverschämten Gäste – die ausgelassen mit Zwischenrufen fortfuhren, und lieferte sich eine Menge frecher Wortgefechte mit anderen Künstlern. Die Akteure sangen mit dem Publikum, das nicht nur sämtliche Lieder, sondern auch jede einzelne der schlagfertigen Antworten des Chairman auswendig kannte. Komiker traten auf – und Sänger, die einige zu Herzen gehende Songs im Duett präsentierten. George bemerkte Tränen in den Augen ihrer Mutter, während diese einem ausdrucksvollen Lied über Zigeuner lauschte.

Bridget war voller Bewunderung. »Das ist die tollste Show, die ich je gesehen habe, ich schwör's!« sagte sie zu Gus in der Pause. »Ich hab' selten so gelacht. Wenn wir so etwas nur zu Hause hätten – man würde ja jeden Abend die Türen einrennen. Einfach großartig. Wieso haben wir so was Außergewöhnliches bloß nicht in den Staaten?«

Gus grinste. »Hier wirkt es gut, aber es wird völlig anders, wenn man es aus seiner gewohnten Umgebung rausnimmt«, erklärte er. »Obwohl ich glaube, daß einige de Nummern für euren Präsidenten bei Botschaftsempfängen gespielt worden sind. Noch ein Gläschen Champagner? Ist noch jede Menge da.«

»Nur ein Tröpfchen«, meinte Bridget aufgekratzt und hielt ihm ihr Glas hin. Vanny ebenfalls.

»Oh, George«, begann sie. »Ich hab' dieses Lied schon ewig nicht mehr gehört. Wir hatten einen Englischlehrer aus Yorkshire, der hat es uns beigebracht, als ich noch so eine kleine Göre war. ›Und sie ging mit den lumpigen Zigeunern‹, oh ...«, trällerte sie süß, wenn auch ein wenig falsch.

»Ich kann mich nicht entsinnen, daß ich das jemals von dir gehört habe«, meinte George. »Aber es ist hübsch.«

»Es ist ja auch Geschichte«, warf Gus ein. »Wußten Sie das, Vanny? Über etwas, wovor die Leute damals wirklich Angst hatten – nämlich, daß die Zigeuner ihnen ihre Kinder stahlen. Besonders, wenn's so hübsche Mädels waren wie in diesem Lied. Allerdings glaube ich, daß sie ein ungezogenes Mädchen war. Dachte vielleicht, die Zigeunermänner sind aufregender als all diese Milchgesichter, die in ihrem Dorf lebten.«

»Sie verwechseln das,« meinte Vanny vorwurfsvoll. »Sie sprechen von dem anderen Zigeunerlied«, und wieder begann sie zu singen: »Die Mutter sagt, Horch auf, mein Kind, Im Walde die Zigeuner sind, Wenn ich dich dort im Spiele find, So bist ein ungezog'nes Kind ...«

Gus grinste. »Nur weiter so, Süße, dann denken die da oben, Sie proben, und holen Sie auf die Bühne. Sollte nicht 'ne Schauspielerin an Ihnen verlorengegangen sein?«

Vanny kicherte und tat entrüstet und kicherte von neuem; dann plauderten sie wieder angeregt miteinander. George lehnte sich entspannt zurück und träumte vor sich hin. Gus gab sich wirklich große Mühe – er unterhielt sie aufs beste, sagte sie sich etwas schläfrig, weil das prickelnde Getränk so angenehm müde machte. Er muß es ja nicht. Und sie erinnerte sich an ihren letzten gemeinsamen Abend in der »Tollen Scholle«. Da hatte er gesagt ... ja, was hatte er eigentlich gesagt? Daß er mit ihr zusammensein wollte, irgendwo, wo es gemütlich und ruhig war und wo man Spaß miteinander haben konnte? Und wie hatte sie darauf reagiert? Eine ihrer verdammten feministischen Schmähreden vom Stapel gelassen, die ihr allzeit nur zu schnell über die Lippen flossen. Natürlich gab es Männer, bei denen es angebracht war: Männer, die einen gönnerhaft behandelten und nichts wahrnahmen außer Titten und Hintern, mußten erzogen werden; Männer, die Frauen als – ja als eine Art bewegliche Habe betrachteten, auf der man herumtrampeln konnte. Aber Gus war nicht so ein Mann. Er war viel komplizierter. Er redete zwar so, als gehöre er zu der anderen Kategorie, gebrauchte Worte, die die meisten Leute heutzutage widerlich fanden, und warf sogar mit lüsternden Blicken um sich, aber er *verhielt* sich nicht wie ein typischer Chauvinist. Er vermittelte ihr nie das Gefühl, unterlegen zu sein, und sie wußte, daß er ihre Intelligenz und Persönlichkeit respektierte. Er hatte, wenn auch auf eine sehr altmodische Weise versucht, ihr zu zeigen, daß er sie mochte. Sie mußte zugeben, daß es ihr gefiel, allein daran zu denken verursachte ihr eine angenehme leichte Gänsehaut. Sie warf ihm unter den Wimpern einen Seitenblick zu und versuchte, sich ein Leben mit ihm an einem behaglichen, ruhigen Ort vorzustellen, an dem sie ›Spaß haben‹ konnten.

Er fing ihren Blick auf und lachte. »Du siehst aus, als hättest du schmutzige Phantasien«, sagte er halblaut, während Bridget und Vanny angeregt miteinander schwatzten. »Du weißt schon, dieser Blick wie von 'ner zufriedenen Katze.«

Sie war sich bewußt, daß ihre Wangen glühten, und hoffte, daß es bei der schummrigen Beleuchtung keiner merkte »Also bist du jetzt Hellseher geworden!« gab sie zurück. »Und kannst Gedanken lesen. Tja, dann wird's demnächst erheblich friedlicher in diesem Land. Kannst die Leute bei ihren Gedanken fassen, bevor sie überhaupt ein Verbrechen begehen.«

»Bei Verbrechen funktioniert das nicht. Nur bei den geheimen Gedanken von Damen – 'tschuldigung, Frauen – die ich mag«, erklärte er, ließ seine Hand unter den Tisch gleiten und umfaßte ihr Knie. »Na los – sag mir schon, daß ich dich sexuell belästige.«

Sie schaute auf seine Hand und überlegte kurz. »Nein – das werd' ich nicht.«

»Oh? Warum denn nicht? Ist es nach deiner feministischen Bibel nicht absolut daneben, wenn ein Mann 'ne Frau begrapscht?«

»Für mich zählt die Absicht, weiter nichts. Eine Hand auf meinem Knie mitten in einem überfüllten Theater am Ende der Pause eröffnet wohl kaum weitere Möglichkeiten als das bißchen Knie-Drücken. Mach nur weiter, wenn du's amüsant findest.«

»Oh, um Himmels willen!« Er zog seine Hand zurück. »Du kannst echt keinen Spaß vertragen.« Mit einem Zwinkern nahm er seinen Worten den Stachel und wandte sich Vanny und Bridget zu, als der Chairman wieder auf der Bühne erschien.

»Legt die Sicherheitsgurte an, Mädels! In den nächsten Minuten geht's richtig ab!«

Der Chairman trat an den vorderen Rand der Bühne, und nach ein paar offensichtlich sorgfältig einstudierten Stegreifnummern, an denen sich das Stammpublikum mit hämischer Freude beteiligte, fragte er mit lauter Stimme, wer die Besucher aus dem Ausland seien. In Sekundenschnelle hatte Gus Bridget und Vanny auf die Füße gestellt, und sie nahmen den reizenden Willkommensgruß des Chairman entgegen, der sie als »diese Bürger aus den rebellischen Kolonien« bezeichnete und ihnen erklärte, daß »es leider nur an diesem dummen Mißverständnis im Bostoner Hafen liegt, sonst würde ihnen alles hier gehören« – ein weiterer wohlbekannter Satz, in den die meisten Zuschauer begeistert einfielen. Danach behaupteten einige Leute, sie hätten heute Geburtstag, und erhielten ein Ständchen (nachdem sich ältliche Drillinge in der letzten Reihe gemeldet hatten, sprang einer der Betrunkenen vorne auf und rief: ›Sie sind Drillinge, Sir, weil ihr Vater stotterte!‹ – was Vanny und Bridget vor Lachen die Tränen in die Augen trieb). Anschließend gab es erneut Gesang und Klamauk von der Bühne. Vanny und Bridget saßen selig und zufrieden da, Gus beugte sich zu George hinüber, ergriff ihre Hand und hielt sie fest.

»Jetzt, wo ich weiß, daß es keine Belästigung ist, kann ich wenigstens *das* genießen«, flüsterte er. Und lehnte sich behaglich zurück, um die restlichen Stükke zu verfolgen.

Als das ganze Publikum wieder einmal in den Gesang eingestimmt war, hörte George ein Piepsen, worauf Gus leise vor sich hin fluchte. George sah, wie er einen Pager aus seiner Brusttasche zog, und spähte über seine Schulter, während er den Knopf drückte, um ihn abzustellten.

›Ruf sobald wie möglich an‹, konnte sie auf dem Display lesen. ›Großer Brocken.‹

Die Show mußte gleich zu Ende sein. Gus blickte erneut auf den Pager, dann auf seine Uhr und traf offenbar eine Entscheidung. Doch vorerst saß er noch reglos da.

Erst nachdem sich die Zuschauer erhoben hatten und Richtung Ausgang drängten, murmelte er George ins Ohr: »Es gibt ein Problem.«

»Was?«

»Ich muß mich melden, wahrscheinlich handelt es sich um 'ne Leiche. Auf dem Pager stand ›großer Brocken‹. Das ist Roops Code für 'ne Leiche, mit der's Schwierigkeiten gibt. Also könnte es auch dich betreffen. Wir haben keine Zeit, die alten Damen nach Hause zu bringen. Macht es dir was aus, wenn wir ihnen ein Taxi bestellen?«

Bridget, die dicht hinter Gus stand, beugte sich vor und sagte bestimmt: »Ich hab's mitgehört. Was ist? Soll'n wir getrennt heimfahren, ja?«

»Tut mir leid, Liebes, das läßt sich leider nicht vermeiden.« Gus war plötzlich ganz geschäftsmäßig geworden. »Laßt uns zum Wagen gehn, damit ich zurückrufen kann. Wenn wir gebraucht werden, nehmen George und ich meinen Wagen, nachdem wir euch 'n Taxi besorgt haben. Habt ihr 'n Hausschlüssel?«

»Klar doch«, erwiderte Bridget aufgeräumt. »Jesus, das ist 'ne Geschichte, was? Wir machen uns 'nen tollen, englischen Abend mit dem nettesten Cop, der mir je begegnet ist, und ich hab' zu meiner Zeit schon einige gekannt« – sie zwinkerte Gus zu – »Sie verstehen. Und gerade jetzt müßt ihr los und an die Arbeit. Ich sag' euch, es ist einfach toll! Was uns jetzt noch fehlt, ist so 'n typischer Londoner Nebel und der Klang von Pferdehufen. Zieh nicht so 'n Gesicht, Honey, zeig uns einfach den nächsten Taxistand, und mach dir keine Sorgen um uns! Wir hatten einen wunderbaren Abend und sind froh, wenn wir zu Haus sind. Wir sind nicht mehr so fit wie früher.« Sie stieß einen theatralischen Seufzer aus. »So schade das auch ist!«

Die Menge hatte sich rasch zerstreut, viele Zuschauer standen noch an der Bar herum, so daß sie schnell vorankamen. Kurz bevor sie Gus' Wagen erreichten – den Schlüssel und die Information, wo er geparkt war, hatte Gus in der Pause bekommen – bog ein freies Taxi am Ende der Straße ab. Gus setzte sich sofort in Trab, wobei er aus vollem Halse »Taxi, Taxi!« brüllte.

Bridget hakte sich bei Georges unter und gluckste fröhlich: »Das ist wirklich mal 'n netter Mann, George. Halt ihn fest, Honey!«

»Sei nicht albern, Bridget!« verwies George. »Er ist bloß ein Freund. Freunde hält man nicht fest. Sie bleiben an einem kleben.«

»Unsinn! Für ihn bist du die wunderbarste Frau auf der Welt. Man sieht es in allem, was er tut. Wenn du ihn gehn läßt, bist du tatsächlich verrückt. Stimmt's, Vanny?«

Vanny hörte nicht zu. Sie trottete, an Bridgets Arm, die Straße entlang und starrte selig ins Nichts. Dabei summte sie vor sich hin: »Und ich ging mit den lumpigen Zigeunern, oh!« Sie klang erschöpft. Bridget lachte leise.

»Sie hat sich glänzend amüsiert. Ich auch. Jetzt will ich nur noch ins Bett und sie auch. Jetzt guck dir doch mal diesen Mann an! Hat das Taxi tatsächlich noch erwischt! Er ist wirklich der Beste.«

Sie waren beim Taxi eingetroffen; Gus hielt ihnen die Wagentür auf und schaute gleichzeitig auf seine Uhr. Bridget drängte Vanny vorwärts und schob sie auf die Rückbank.

»Nun beeilt euch, ihr zwei! Ich wünschte, ich könnt' euch begleiten. Und daß ihr mir ja morgen alles erzählt. Versprochen?« rief sie, als Gus die Tür zuschlug.

»Die Fahrt ist bezahlt!« schrie er, während der Fahrer den Gang einlegte. »Also braucht ihr euch um nichts zu kümmern, OK? Ich seh' euch dann. Gute Nacht, meine Lieben.«

»Gute Nacht!« rief Bridget. Sie winkte, das Taxi wendete und brauste davon. George starrte ihm nach, starrte ihrer Mutter nach, die zufrieden neben Bridget saß. Sie sang nach wie vor und bestimmt immer noch die gleichen Worte. George war den Tränen nahe; sie hatte geglaubt, ihre Mutter sei an diesem Abend wie früher gewesen, doch das war ein Irrtum. Es hatte sich nur um eine vorübergehende Besserung gehandelt. Nun war sie ihr wieder fern, nicht zugänglich ...

»Ist schon in Ordnung, George«, murmelte Gus. »Sie ist doch glücklich im Moment. Und vergiß nicht, daß sie müde ist und außerdem ziemlich viel Champagner getrunken hat. Morgen geht's ihr wieder besser.«

George drehte sich um und starrte ihn an. Durch

die vielen Läden und Cafés war die Villiers Street hellerleuchtet. Passanten streiften sie, aber sie achtete nicht darauf.

»Was? Weißt du denn –?«

»Ja, ich weiß es«, erwiderte er. »Erinnert mich an meine Mum, weißt du. Sie hatte es auch. Und sie war deiner Ma sehr ähnlich. Sie macht noch nicht allzu viele Fehler, aber ich hab' sie bemerkt, diese Vergeßlichkeit, verstehst du. Es ist so – ach, lassen wir's in Frieden ruhn. Mum ist nicht mehr da. Besser für sie, wenn du mich fragst.« Er hakte sich bei ihr unter und drückte ihren Arm. »Ist schon gut, Liebes. Du wirst damit fertig. Das müssen wir doch alle, wenn's ernst wird. Aber noch ist es nicht soweit, also denk nicht mehr dran. Überlaß deine Ma Bridget und komm mit! Wollen doch mal sehen, was für einen Brocken die auf dem Revier für uns haben.«

13

Als sie aus der Parklücke auf der John Adam Street ausscherten, wurde über Funk gemeldet, daß der ›große Brocken‹, wie Gus vermutet hatte, tatsächlich eine Leiche war, – und wahrscheinlich ein Mordopfer.

»Auf dem Parkplatz vom ›Lumpen und Buddel‹, Chef.« George erkannte die Stimme von Sergeant Rupert Dudley, obwohl sie über Funk verzerrt klang. »Unten beim Krankenhaus, es is' 'n Inder. Den Ermittlungdienst haben wir schon da, der kann's aber nicht so genau sagen. Wir brauchen 'nen Gerichtsmediziner. Soll ich diese Ärztin anrufen, oder machen Sie das?« George wurde rot. Sogar über Funk hörte sie Ruperts Verachtung. Er konnte sie nicht ausstehen.

»Geht schon in Ordnung, Roop«, erwiderte Gus. »Bin auf dem Weg. Gesch. Ank. am Tatort – laß mich mal sehn ...« An der Abzweigung des *Strand*, spähte er zu dem Rechtsabbieger-Verbotsschild hoch, grinste George an und schlug rechts ein. Mit kreischenden Reifen nahm er einigen Wagen die Vorfahrt ab. »Gesch.Ank., je nach Verkehrslage, maximal fünfzehn Minuten, Ende der Durchsage, Roger over und so weiter und so fort.«

»Es gibt einfach keine Gerechtigkeit«, beschwerte sich George. »Wenn ich das täte, würdet ihr mich piesacken wie –«

»Wenn du das tät'st, wärst du 'n verdammtes Wundertier, wo du doch nicht mal 'n Auto hast«, stellte Gus klar. »Und wenn nicht mal ich 'n bißchen gegen die Verkehrsregeln verstoßen darf, wer dann? Hast du dein Werkzeug dabei? Oder müssen wir noch zum Krankenhaus oder jemanden hinschicken, der deine Notausrüstung holt?«

»Nein, müssen wir nicht«, erwiderte George und klopfte auf ihre große lederne Schultertasche. »Ich hatte es satt, diesen Riesenkoffer mit mir rumzuschleppen oder nachtragen zu lassen, also hab' ich mir eine kleinere Version zusammengestellt, mit der ich am Tatort arbeiten kann und die ich immer bei mir habe.«

»Wie ein Schminktäschchen«, Gus nickte zustimmend. »Ich mag eine Dame, die wirklich 'ne Dame ist – das Haus nie ohne das Notwendige verläßt.«

»Rupert war ja nicht gerade mitteilsam«, bemerkte George, als Gus mit gefährlichem Schwung auf die innere Spur wechselte, um auf den Aldwych abzubiegen. »Fängt an zu erzählen, was seiner Auffassung nach passiert ist, und bricht dann aprupt ab.«

»Das will ich hoffen«, erklärte Gus. »Über Funk wird eh zuviel gequatscht. Ich sag' den Jungs immer wieder, sie sollen professioneller sein.«

George mußte lachen. »Ach, jetzt verstehe ich – deshalb Ende der Durchsage und Roger und all den Kram. Das ist aber wirklich professionell.«

»Ich bin der Boß«, sagte Gus mit selbstgefälliger Miene. »Ich kann machen, was ich will. Die *Jungs* müssen aufpassen. Ich will nun mal nicht, daß wichtige Fakten über den Äther kommen, so daß jeder Verbrecher sie aufschnappt. Und was Roop gesagt hat, bedeutet, daß es 'ne echt schlimme Sache ist.

Kein Unfall. Vielleicht sogar Mord. Warum hätte er sonst die Spurensicherung rufen sollen? Ist doch nicht nötig, wenn kein Verbrechen vorliegt, oder? Das heißt nicht, daß Roop sich weiter vorwagen würde, auch wenn ich ihn über Funk schwatzen ließe wie 'n Schulmädel. Es braucht mehr als seine Meinung, um zu entscheiden, ob es hier um Mord geht. Bis wir beide dort sind, ist *keiner* wirklich qualifiziert zu beurteilen, was passiert ist. Richtig?«

George war angenehm berührt, daß er sie zum Adel der Ermittlerriege zählte, und lächelte ihn im flackernden Licht der Laternen an, während sie über die Essex Street auf das Embankment zuhielten. Noch ein paar Minuten rasanter Fahrt, und sie hatten den Tower of London erreicht. Er brach sämtliche Verkehrsregeln, doch er behielt die völlige Kontrolle über den Wagen, der auf die leiseste Bewegung reagierte, als sei er ein denkendes Wesen.

»Danke, daß du so nett zu meinen lieben Alten warst«, sagte sie, worauf er vorwurfsvoll schnaubte.

»Liebe Alte, meiner Treu! Was für ein scheußliches Wort! Sie sind zwei absolut umwerfende Da- Frauen. Du solltest dich schämen, so ein – *Senioren-Rassist* zu sein.« Und er grinste sie anzüglich von der Seite an, bevor er seine Aufmerksamkeit erneut der Straße widmete.

»Ach verdammt, sie war'n schon uralt, noch bevor ich in die Schule mußte!« verteidigte sich George. »Ist ganz schön schwer, sie nicht als antike Möbel zu betrachten.«

»Wie alt ist deine Mutter?«

»Hmm – fast siebzig. Hat mich spät gekriegt.«

»Dann war sie also dreiunddreißig oder vierunddreißig, als du auf die Welt kamst. Stimmt, oder? Und du bist jetzt sechsunddreißig.«

Zu ihrer eigenen Überraschung wurmte sie das ein wenig. »Woher weißt du das?«

»Ich finde eben alles raus über die Leute, an denen ich interessiert bin. Es stimmt doch, oder?«

»Ja, sicher. Und was willst du damit sagen?«

»Gar nichts. Nur, daß deine Mum bei deiner Geburt jünger war als du jetzt – und du behauptest, sie sei schon alt gewesen, als du noch klein warst. Denk mal drüber nach!«

»Oh, danke sehr. Vielen Dank! Genau das hab' ich jetzt gebraucht!«

»Geschieht dir recht, weil du deine Mum als alt bezeichnet hast. Sie ist schon alt, OK, aber nicht *so* alt, verstehst du, was ich meine?«

»Können wir nicht über was anderes reden?« fragte sie. »Ich wollte mich lediglich bedanken, weil du so nett gewesen bist und einen tollen Abend für die beiden organisiert hast. Hätte ich meine große Klappe gehalten, würde ich mich jetzt nicht so fühlen, als hätte ich meine besten Jahre hinter mir.«

»Wer sagt, du hättest deine besten Jahre hinter dir?« meinte er. »Ich finde, du bist jetzt im besten Alter – wie Camembert, wenn er anfängt zu laufen. Köstlich ... Mensch, mach, daß du fortkommst, du blödes Arschloch!« Er riß das Lenkrad herum und trat das Gaspedal durch, um einen altersschwachen Mini zu überholen, der gemütlich auf der mittleren Spur dahinschlich. Nachdem dieser gehupt hatte (ein Klang wie eine Herde aufgescheuchter Gänse) und Gus sein Fenster runtergekurbelt hatte, um dem mittlerweile weit zurückliegenden Kleinwagen eine unziemliche Geste zu zeigen, war es viel zu spät, noch eine passende Antwort darauf zu geben. Es wäre George auch nicht leicht gefallen – zu erfahren, daß man köstlich sei, war ja ganz nett, aber köstlich wie ein Käse? Sie hielt es für besser, nicht weiter darüber nachzudenken.

»Fast sind wir da«, verkündete Gus nun, als er den Wagen auf die Hauptstraße nach Shadwell lenkte »›Der Lumpen und die Buddel‹. Das ist der hiesige Name für ›Die Flagge und die Flasche‹, weißt du, und –«

»Genau. Und Christoph Kolumbus hat Amerika entdeckt!« beendete George. »Meine Güte, Gus, es waren nicht die Leute aus der Gegend, die der Kaschemme den Spitznamen verpaßten – es waren die Leute aus dem Krankenhaus! Früher betäubte man die Patienten mit 'nem äthergetränkten Tuch, das ihnen über Mund und Nase gehalten wurde, und das nannte man dann Lumpen-und-Buddel-Betäubung.«

»Du wirst es ja am besten wissen«, meinte er, während er mit leicht quietschenden Bremsen neben den Streifenwagen stoppte, die mit eingeschalteten Blaulichtern vor dem Pub standen. »Los jetzt. Unsere Arbeit wartet.«

Sergeant Dudley löste sich aus der Menschenmenge, die sich dort gebildet hatte, und eilte mit großen Schritten auf sie zu. »'n Abend, Chef. Das is' ja 'ne schöne Bescherung. Hier ums Haus rum, auf dem Parkplatz – Oh. Guten Abend, Frau Doktor.«

»'n Abend, Roop«, erwiderte George, die wußte, wie sehr er seinen abgekürzten Namen haßte. Um so lieber benutzte sie ihn. Außerdem hatte er sie nur gegrüßt, weil es ihr gelungen war, sich hinter Gus zu schieben und ihn über dessen Schulter herausfordernd anzustarren. Wütend starrte er zurück – dann drehte er sich um und führte sie zu einem großen kiesbestreuten Parkplatz hinter dem Pub am Ende einer gewundenen, holprigen Privatstraße, an der die Polizei helleuchtende Paraffinlaternen aufgestellt hatte.

Rupert bahnte sich mit den Schultern seinen Weg durch die Menge, die sich auch dort gebildet hatte; die Leute traten zurück, um Gus und George durchzulassen. In der Mitte lag der ausgestreckte Körper.

Zunächst konnte George nur die Kleidung erkennen: dunkle, kaum getragene Blue Jeans – ein Bein war abgeknickt – wahrscheinlich gebrochen; weiße Sportschuhe, die schick, aber billig waren. George erinnerte sich an die Kisten voll ähnlicher Treter mit dem Schild ›preisreduziert‹, die auf dem Watney Street Market angeboten wurden. Einen neu aussehenden, dunkelroten Anorak, er bedeckte den oberen Teil des Torsos – die Leiche lag mit dem Gesicht zum Boden; sowie eine für Rastafans typische Wollmütze auf dem Hinterkopf. Nur dieses Kleidungsstück war alt und speckig und voller Flecken.

»Ist also nicht seine eigene Mütze«, meinte Gus, der keinerlei Anstalten machte, den Toten anzufassen. »Was noch?«

»Er ist ja auch kein Rasta. Zwar dunkel, aber kein Jamaikaner. Kommen Sie hierher und schauen Sie ihn genauer an. Ich würd' sagen, es is' 'n Inder.«

Gus ging auf die andere Seite und beugte sich über den Leichnam. Sein mächtiger Oberkörper versperrte George, die ihm gefolgt war, die Sicht. Sie stellte sich neben ihn und spähte über seine Schulter.

Und hörte sich selbst »O Gott!« sagen, als sie das Gesicht des Toten im Licht sah.

Gus wirbelte herum. »Was ist los?« Er packte sie am Arm. »Geht's dir nicht gut?«

»Ich –« Sie schluckte schwer und schüttelte den Kopf. »Ich kenne ihn.«

Jetzt wurde auch Rupert aufmerksam. Die Menschen ringsum reckten die Hälse, als der Sergeant in scharfem Ton sagte: »Ja, das hilft uns weiter. Wir konnten ihn bisher nicht identifizieren. Hatte überhaupt nichts bei sich. Wer ist er?«

George starrte in das Gesicht des Leichnams. Es war vom Kies zerkratzt; ein paar Steinchen hatten sogar die glänzende dunkle Haut durchbohrt und erweckten den Eindruck, als leide der Mann an einer unbekannten Hautkrankheit. Die Augen standen halboffen, die Lippen waren schlaff und ließen makellose Zähne erkennen. Sie hatte nicht den geringsten Zweifel, um wen es sich handelte.

»Es ist einer der Ärzte vom Krankenhaus«, antwortete sie, so ruhig sie konnte. »Vielmehr, er war Arzt dort. Er heißt Harilal Rajabani – die meisten von uns nannten ihn Harry.«

Nachdem George die Erstuntersuchung beendet und die Leiche zur Obduktion freigegeben hatte, war es schon weit nach Mitternacht. Sie saß auf dem niedrigen Mäuerchen, das den Parkplatz umgab, und packte ihre Ausrüstung zusammen. Obwohl sie nicht müde war, ertappte sie sich unversehens beim Gähnen. Zuviel Streß!

So gut hatte sie Harry doch gar nicht gekannt, redete sie sich ein, während sie versuchte, über ihre Gefühle Klarheit zu gewinnen. Er war nur einer der vielen jungen Ärzte, die wie eine Plage über das Old

East hereingebrochen waren; aber der Vorfall auf der Station Barrie hatte sie auf ihn aufmerksam werden lassen. Sie seufzte und schöpfte tief Atem, während sie sich erinnerte.

Sie hatte schreckliche Schuldgefühle, darum ging es: Dr. Rajabani war von dem Mann auf das übelste beschimpft worden, und niemand hatte ihn aufgehalten. Alle waren vor Schreck so erstarrt gewesen, als habe das Gift, das er spie, sie persönlich berührt und damit zur Untätigkeit verurteilt. Und nachdem George klar geworden war, daß der Mann aus Trauer gehandelt hatte, war es nur noch schlimmer gewesen: Sein Verlust rechtfertigte zwar sein Verhalten in keiner Weise, aber er machte es auch geradezu unmöglich, vernünftig mit ihm zu reden. Wie sollte man einen Mann, dessen kleiner Sohn soeben gestorben war, wegen Rassismus ins Gebet nehmen? Durfte man das tun? George war sich nicht sicher. Sie starrte in die Dunkelheit und suchte nach einer Antwort.

Gus hatte seine Männer weggeschickt, die Absperrungen überprüft und die Abdeckung des Fundortes mit einer Persenning überwacht; nun kam er zu ihr herübergeschlendert. »Bist du OK, Süße? War ja 'ne böse Sache. Tut mir leid, daß du's tun mußtest, wo er ja 'n Freund von dir war.«

»Ich hab's dir doch schon mal gesagt, Gus«, entgegnete sie müde, klappte ihr Köfferchen zu und schob es in die Schultertasche. »Er war kein Freund. Er war ein – also, ich kann ihn noch nicht mal als Kollegen bezeichnen.«

»Aber du kanntest ihn.«

»Wie hätte ich ihn sonst identifizieren können? Ach Gott, mir fällt gerade ein. Die Verwandten. Für die endgültige Identifizierung.«

»Darum können wir uns morgen kümmern.« Er hakte sich bei ihr ein und zerrte sie förmlich Richtung Hauptstraße, wobei er einen weiten Bogen um die Persenning beschrieb. Sie schlüpften unter den gelben Plastikbändern mit der Aufschrift ›Nicht betreten. Kriminalpolizei‹ hindurch, und gingen zu seinem Wagen. »Hör zu, Süße, das ist jetzt nicht der richtige Zeitpunkt. Du mußt ja – also, ich bin wirklich fertig! Aber wenn dir morgen irgendwas Wichtiges einfällt –«

»Sag mir doch erst mal, was hier passiert ist«, unterbrach ihn George. Vielleicht wurde sie etwas ruhiger, wenn sie ein paar Fakten erfuhr.

Gus schaute sie skeptisch an und öffnete schon den Mund, um etwas zu sagen – doch dann überlegte er noch einmal und setzte von neuem an.

»Tja, wenn du drauf bestehst, obwohl ich ja reif fürs Bett bin ... OK. Wir glauben, daß im Pub 'ne Schlägerei stattgefunden hat – na ja, keine richtige Schlägerei, eher so 'n verbaler Schlagabtausch mit Beleidigungen, wie sie hier im Haus üblich sind. Sie hatten's auf diesen Harry abgesehn. Er fing an, Kontra zu geben, aber dann hat ihn jemand zurückgehalten, und er ist fuchsteufelswild abgehauen. Laut Barmann sind die Typen hinter ihm her – nur weiß er leider nicht, wieviel Zeit dazwischen vergangen ist. Wir nehmen an, es war ziemlich kurz darauf, weil sie ihn schon hier abgefangen haben. Zum Parkplatz hin gibt es eine Toilette und im Haus auch, die zum Tatzeitpunkt anscheinend voller kotzender Leute war. Harry muß durch den Hinterausgang zu seinem Auto gegangen sein. Als wir hier eintrafen, standen nämlich vorne nur die Wagen vom Personal, das hast du ja gesehn.«

»Wie soll ich das wissen«, fragte George.

»Kannst uns ruhig glauben. Gäste hatten hier keine geparkt. OK, diese Rowdys folgen ihm nach draußen, mischen ihn auf und – also, wir glauben, sie waren ziemlich schnell mit ihm fertig, und dann hat ihn einer überfahren.«

George biß sich auf die Lippen; sie konnte sich die Szene genau vorstellen. »Mehr als einmal, würd' ich sagen, den Verletzungen nach.«

»Ja, das hast du schon gesagt. Zweimal vorwärts, und einmal rückwärts, richtig?«

»Mmm. So dürfte es gewesen sein, wenn man bedenkt, in welcher Richtung die Kieselsteine in die Haut eingedrungen sind. Ich muß mir das natürlich morgen noch einmal in besserem Licht anschauen, aber hier draußen hat's so ausgesehen.«

»Und dann sind sie losgefahren. Sie können irgendwer sein, irgendwo.« Er klang sehr bedrückt. »Wird nicht gerade leicht sein, ihnen auf die Spur zu kommen.«

»Wußte denn keiner im Pub, wer sie waren?«

»Scheint so. Morgen werden wir noch mal genauer nachfragen. Wenigstens haben meine Jungs daran gedacht, sich sämtliche Namen und Adressen geben zu lassen, nicht nur die von den Leuten an der Bar. Ein paar von den Gästen haben sie natürlich gekannt – wär' auch 'n schwaches Bild, wenn's nicht so wäre. Ich hätt' dann gern den Grund gewußt. Genau darum geht's ja, wenn du dich in deinem Bezirk auskennst. Aber ein paar von den Gästen waren noch nie da gewesen, und die müssen wir jetzt kriegen. Das ist natürlich nicht einfach – die Leute hier in der Gegend halten ganz schön zusammen.«

»Auch, wenn sich ein Mörder unter ihnen befinden?« fragte George bitter. »Das ist also die nette warmherzige Cockney-Art, von der du mir immer vorschwärmst!«

»Diese Typen sind nicht von meiner Art – wag es ja nicht, so etwas zu behaupten!« fuhr er sie an, und der Griff um ihren Arm wurde fester. »Als ich von den Leuten hier sprach, meinte ich nicht die gewöhnlichen netten Typen, sondern diese verdammten Reps. Die wissen schon, auf welcher Seite ihr Bier schäumt. Aber warte nur bis morgen – ich finde schon heraus, wer dahinter steckt.«

»Ich muß dir noch was erzählen«, begann George langsam. Gus spähte sie forschend an.

»Jetzt?«

»Ja – dann wird's mir besser gehen.«

»Dann leg los.« Erneut wurde sein Griff fester, aber nun fühlte es sich warm und beschützend an.

»Ich fürchte, es ist wichtig – also hör zu.« Sie berichtete ihm so kurz wie möglich von dem Vorfall auf der Station Barrie, nachdem Kevin Ritchard gestorben war, und was ihr Harry Rajabani am Nachmittag noch gesagt hatte.

»Ich habe nicht weiter darüber nachgedacht – es schien wirklich nichts zu bedeuten. Aber später erfuhr ich, daß er zweimal vergeblich versucht hat, mich telefonisch zu erreichen, als ich nicht im Büro war. Ich wollte ihn wirklich zurückrufen. Heute morgen, aber irgendwie ist es mir entfallen und –« Sie biß sich wieder auf die Lippen, spürte, wie sich ihr Hals vor Anspannung zuschnürte, und wußte, daß ihre Stimme erstickt und den Tränen nahe klang. »Seine Worte gehen mir einfach nicht aus dem Kopf, und ich frag' mich – ob er mir irgend etwas sagen wollte, daß mit der Sache heute abend zu tun hatte?«

Gus überlegte, dann schüttelte er bestimmt den Kopf. Zu ihrer Erleichterung pflichtete er ihr nicht bei. »Sieh mal, das können wir einfach nicht wissen, klar? Nach unserem Kenntnisstand kann es nur 'ne typische Diskriminierungsgeschichte sein. Wenn dieser Typ – Ritchard? – wenn Ritchard aus dem Old East kommt und seinen Kumpels erzählt, daß dieser Dr. Harry sein Kind auf 'm Gewissen hat – na schön.« Er pfiff leise vor sich hin, während er langsam Luft holte. »Verstehst du, was ich meine? Sie saufen sich die Hucke voll, schwafeln gefühlsduselig über arme kleine Kinder, die von lausigen schwarzen Ärzten zu Tode kuriert werden – ich meine, es ist doch sonnenklar, oder? Dann ziehn sie los, um ihn zu suchen, und machen ihn dann fertig. Das macht doch mehr Sinn, als anzunehmen, daß er wegen irgend etwas, das er dir mitteilen, aber jemand anders verhindern wollte, getötet wurde. Was sollte das auch sein?«

George nickte. »Ich weiß. Das ist mir auch klar. Ich hab' mir das auch gesagt, seit ich ihn hier liegen sah. Aber diese Idee schwirrt mir nun einmal im Kopf herum – und ich kann sie nicht loswerden.«

»Ich sag' dir was«, meinte er. »Wenn's dir hilft, begleit mich doch morgen? Kannst du aus dem Krankenhaus weg?«

Verblüfft starrte sie ihn an. »Was heißt das – dich begleiten? Wenn du Ermittlungen anstellst, meinst du?«

»Wenn dir das hilft. Dann kannst du dir diese Typen mit eigenen Augen anschauen. Es kann haarig werden – du solltest diese Rowdys mal erleben, wenn sie sich in die Ecke gedrängt fühlen – aber du bist ja ein tapferes Mädchen. Und außerdem bin ich ja dabei. Wie wär's? So kannst du dich überzeugen, daß, was immer der Mann dir sagen wollte, nichts mit seinem Tod zu tun hatte. Vielleicht ging's ja nur um irgend 'ne medizinische Sache. Ihr müßt euch doch über Patienten miteinander unterhalten?«

»Natürlich«, erwiderte George ein wenig zerstreut – sie dachte über seinen Vorschlag nach. »Ich weiß nicht genau –«

»Es wird überhaupt nicht gefährlich«, beruhigte er sie. »Wie ich schon sagte, ich bin ja dabei. Und du bist schließlich kein ehrenamtlicher Bulle, sondern eine Gerichtsbeamtin.«

»Ach, zum Teufel, als wenn's mir darum ginge!« schnappte sie. »Und man muß mich auch nicht beschützen. Ich war mir nur nicht sicher, ob ich es zeitlich einrichten kann. Aber warum eigentlich nicht? Erst muß ich aber die Obduktion an Harry vornehmen. Die hat absoluten Vorrang.«

»Klar. Wann soll ich dich also abholen?«

»So gegen elf«, antwortete sie. »Und – Gus?«

Er war ums Auto herumgegangen, um aufzuschließen. »Ja?« Er blickte sie über das Wagendach an. Die Haut um seine Augen war leicht aufgedunsen, und sein lockiges Haar mußte dringend gebürstet werden. Auf einer Wange saß ein Matschfleck. Noch nie, dachte sie, hatte er so nett ausgesehen.

»Danke«, sagte sie. »Ehrlich. Vielen Dank.«

14

Nachdem am nächsten Morgen Harrys Tod in den Sieben-Uhr-Nachrichten bekanntgegeben worden war, fanden sich erstaunlich viele Leute in der Pathologie ein. Sheila drehte fast durch, was Jerry, den dienstältesten MTA und ihren Stellvertreter, zu der zynischen Bemerkung veranlaßte, so nahe werde sie einer sexuellen Erfahrung in diesem Jahr nicht noch einmal kommen. Der Rest des Personals im Labor war gleichermaßen aufgeregt. »Daß einer von deinen Ärzten bei 'ner Kneipenschlägerei gekillt wird«, sagte Sheila, »ist etwas, das du nicht mal im Old East erwarten würdest.«

George entzog sich dem Aufruhr, indem sie kurz nach ihrem Eintreffen in der Leichenhalle verschwand und für niemanden zu sprechen war, auch nicht für Professor Hunnisett, der ›im Vorbeigehen‹ eben mal reingeschaut hatte – was Jerry für äußerst unglaubwürdig hielt, da die Pathologie in einer abgelegenen Ecke des Krankenhauses untergebracht war, an der niemand ›vorbeiging‹, es sei denn, er hatte es unbedingt vor. Diesen Kommentar fand Sheila wiederum ›zum Schreien‹, und sie warf sich kichernd aufs Telefon, um George zum Professor zu zitieren. Aber George behauptete, sie habe bereits mit einer Obduktion begonnen (was nicht der Wahrheit entsprach), konnte der Professor nicht mit ihr am Telefon reden? Hunnisett nahm den Hörer entgegen und brabbelte etwas Unwichtiges über eine Vortragsreihe, die er im Krankenhaus anbieten wolle – er müsse einige Details mit ihr abklären –, bevor er sich dazu durchrang, das Thema anzuschneiden, dessentwegen er in die Pathologie herabgestiegen war.

»Das ist ja eine schreckliche Geschichte«, empörte er sich und hustete so laut, daß George beinahe den Hörer fallen ließ. »Einer unserer Assistenzärzte – es ist einfach gräßlich! Wirklich gräßlich.«

»Ja«, bestätigte George neutral und wartete.

»Das gibt jetzt Ärger in unserem Bezirk, was Ihnen bewiß bekannt sein dürfte.«

»Tatsächlich?« fragte George. Wieder wartete sie. Professor Hunnisett atmete heftig.

»Ein paar Leute haben da anscheinend etwas falsch verstanden!« platzte er heraus. »Ich meine, verdammt noch mal, wir haben doch diese Demonstranten vor der Tür! Ich bitte Sie! Als ob wir schuld daran hätten, daß er verletzt worden ist.«

»Er ist nicht nur verletzt«, berichtigte George. »Er ist tot.«

Professor Hunnisett ignorierte ihren Einwurf. »Das ist das Verrückteste, was ich je gesehen habe. Die Hälfte dieser Leute trägt Transparente gegen den Trust und für die Sicherheit der Patienten und furchtbar viele andere unwichtige Dinge ... aber da sind noch andere, die England für die Engländer wollen, obwohl ich eigentlich nicht genau weiß, was das damit zu tun hat ...«

George war fast am Ende ihrer Geduld. »Das sind die, die sich über Harrys Tod freuen!« sagte sie lauter als nötig und hoffte, es würde ihn genauso in den Ohren schmerzen wie sie zuvor sein Husten. »Daß Harry durch ihren verdammten Rassismus zu Tode gekommen ist, hält sie nicht davon ab, weiter zu demonstrieren. Es würde mich auch nicht wundern, wenn sie Sie dafür verantwortlich machen, weil Sie ihn eingestellt haben.«

»Ach Gott«, meinte Professor Hunnisett. »Wirklich? Dann sollte man vielleicht doch einmal die Richtlinien für die Neueinstellungen überprüfen. Jetzt, wo wir ein Trust sind und mehr in Eigenverantwortung arbeiten und die öffentliche Meinung berücksichtigen müssen ...«

»Oh, Gott«, seufzte George und schloß die Augen. »Wenn Sie mich entschuldigen wollen, ich habe eine dringende Obduktion. Bis dann, Professor.« Sie legte auf und stand zitternd da. Mußte sie jetzt mit ihrer Entlassung rechnen? War es ein Kündigungsgrund, wenn sie ein Telefonat mit dem Ärztlichen Direktor des Krankenhauses einfach abbrach? Sie hatte keine Ahnung, und im Grunde kümmerte es sie auch nicht. Wichtig war im Augenblick nur, was mit Harry geschehen war. Irgendwie wirkte die Leiche, die nun im Sektionsraum auf sie wartete, mitleiderregend; Harry war schlank, gutgebaut, jung gewesen – erst fünfundzwanzig, hatte sie in seiner Personalakte gelesen; ein frischgebackener Arzt in seiner ersten Anstellung – und so verletzlich. Er hatte Hilfe gebraucht, und niemand war bereit gewesen, sie ihm zu geben ...

George starrte das Telefon an. Ich hab ihn' im Stich gelassen, dachte sie. Er wollte mir etwas sagen – vielleicht über das Kind, das AIDS hatte? Wer weiß? Alles, was ich jetzt weiß, ist, daß er vielleicht nicht gestorben wäre, wenn ich nicht in der Gegend herumgeschnüffelt und dumme Fragen gestellt hätte.

Sie schüttelte den Kopf und machte sich auf die Suche nach ihrem grünen Kittel und den Gummihandschuhen. Entscheide dich endlich, forderte sie sich auf. Entweder wurde Harry von ein paar Rassisten umgebracht, wie Gus glaubt, oder – na, was? Du scheinst zu glauben, daß hier am Old East irgend etwas im Gange war, das er zufällig herausgefunden hatte und dir erzählen wollte. Aber warum gerade dir? Er hätte es doch auch anderen mitteilen können: seiner eigenen Chefin zum Beispiel oder Prudence Jennings? Das wäre logischer. Du hattest mit seiner Arbeit doch gar nichts zu tun.

Außer mit dem kleinen Kind, das nicht Oberlander hieß. George rieb sich mit dem Handrücken über die Nase – eine kindliche Geste, die sie immer dann machte, wenn sie verwirrt war und versuchte, einen klaren Kopf zu bekommen. Dieses ganze Drehen und Wenden von Eventualitäten führte doch zu nichts! Sie sollte sich jetzt lieber auf die Obduktion konzentrieren und nach Fakten suchen. Später würde sie Gelegenheit genug haben, mit Gus nach Gründen und Schuldzuweisungen zu suchen.

Danny erwartete sie mit grimmiger Miene. Auch sein Bedarf an Schaulustigen war gedeckt.

»Macht ein' krank, was? Als hätt'n sie nie von dem arm'n Kerl gehört, bis er draufgeht, und schon komm'n sie angerannt. Is' so wie diese Leichenfresser, wo neb'm Unfall stehn un' rumgaffen. Einfach widerlich.« Und er schlug das Tuch von Harrys Leiche zurück und reichte George mit einer schwungvollen Geste das Skalpell, ohne sich im geringsten bewußt zu sein, daß auch seine Auffassung des Jobs, den er sichtlich genoß, einer gewissen makaberen Schaulust nicht entbehrte.

Diese Beobachtung heiterte George seltsamerweise auf. Nun war sie in der Lage, sich ohne allzu viele Skrupel an die Arbeit zu machen, und vergaß sehr schnell, daß sie Harry Rajabani unterm Messer hatte. Er wurde zu einer Leiche, die untersucht werden mußte und Geheimnisse barg; diese Sorte war ihr am liebsten.

Wie gewöhnlich war Harold Constant als Beobachter anwesend – ebenso Michael Urquhart, einer der Detective Constables aus Gus' Mannschaft. George nickte ihm freundlich zu. Sie mochte Michael, seit ihrer Zusammenarbeit in einem Fall, in dem er die Beweise beigebracht hatte, aufgrund derer es ihr gelungen war, Gus davon zu überzeugen, daß es tatsächlich ein Fall war. Michael grinste zurück; er hatte sich inzwischen an die Leichenhalle und den Sektionsraum gewöhnt und wechselte nicht mehr die Gesichtsfarbe – wie es ihm passiert war – wenn George ihr Messer knapp unter dem Brustbein am Schnittpunkt der Rippen ansetzte, um es dann mit einem einzigen Schnitt bis zum Schambein zu führen, so daß die Bauchhöhle in voller Länge aufklaffte. Jetzt war er nur noch interessiert.

Aber der Inhalt der Bauchhöhle interessierte heute morgen nicht so sehr – es waren die äußeren Verletzungen, die am deutlichsten verrieten, was Harry geschehen war. Deshalb nahm sich George zuerst die Oberfläche vor und untersuchte die Haut so gründlich wie möglich.

»Abschürfungen durch Kies an allen offenliegenden Hautpartien«, diktierte sie. »Hände, Unterarme, besonders an den Innenseiten, Gesicht, vor allem der rechten Wange. Quer über dem Rücken und an den Schultern Punktblutungen sowie mehrere größere

Blutergüsse – drei davon stark ausgeprägt. Daraus folgt, daß an drei Stellen extrem großer Druck auf den Körper ausgeübt wurde, wie es geschehen könnte, wenn ein Fahrzeug ihn dreimal überfährt. Neben den äußerlichen Verletzungen Frakturen der Rippen, des Beckens, der Wirbelsäule. Lunge fühlt sich weich an, Verdacht auf Nierenverletzung. Zur Überprüfung Abdomen geöffnet. Rechte Niere zerquetscht, von Teilen gebrochener Wirbelsäule durchbohrt.«

An Hinterkopf und Hals war so gut wie nichts zu sehen; das dichte glatte Haar hatte den Kopf geschützt, und außerdem gab es keinerlei Hinweise darauf, daß das Fahrzeug auch den Kopf getroffen hatte. In Höhe des ersten Halswirbels entdeckte sie allerdings einen kleinen Bluterguß und merkte sich die Stelle. Dann öffnete sie den Schädel.

Die halbherzige Unterhaltung zwischen Michael und Harold erstarb, als das Summen der elektrischen Säge den Raum erfüllte, und die beiden warteten darauf, daß George ihr Diktat fortsetzte.

»Stimmt was nicht?« Michael Urquhart paßte auf wie ein Luchs. Harold Constant schien fast zu schlafen, ihm war gar nicht aufgefallen, daß George angespannt die Stirn in Falten gelegt hatte.

»Nun ja, irgendwie schon«, antwortete sie langsam, schüttelte dann aber den Kopf. »Wie hört sich das an? Irgend jemand verpaßt ihm einen Schlag auf den Kopf, nicht zu hart, der ihn für ein paar Momente außer Gefech setzt – wie die minimale Gehirnerschütterung hier zeigt – so daß er brav und still daliegt, während ihn ein großer Wagen überfährt.«

»Wenn Sie's sagen, Frau Doktor«, meinte Michael Urquhart. »Und was hat das zu bedeuten?«

»Nun, vielleicht schätze ich den rassistischen Mob

völlig falsch ein, aber ich hab' immer gedacht, eine Prügelei bereitet diesen Typen das größte Vergnügen. Ich meine, sie hassen ihr Opfer doch wirklich, oder? Sie sind nicht daran interessiert, ihm etwas anzutun, das Spuren hinterläßt. Es würde ihnen keinen Kick geben, jemanden anzugreifen, der's gar nicht merkt, und ihm eins über den Schädel zu ziehen, so daß er aus den Latschen kippt und gar nicht mitkriegt, wer ihn ausgeknockt hat. Und es würde ihnen keinen Spaß machen, ihn mit 'nem schweren Wagen zu überrollen, um ihn zu töten. Da fließt kein Blut, niemand brüllt vor Schmerzen – gar nichts, was sie anturnt.«

Michael blickte sie mit zur Seite geneigtem Kopf an, wie ein kluger, hungriger Vogel. »Und genau das, meinen Sie, hat sich dort abgespielt?«

»Das meine ich«, erwiderte George. »Sehen Sie – dieser Bluterguß hier beweist es. Und das Ödem im Gehirn. Dies alles läßt auf eine Gehirnerschütterung vor dem Tode schließen, die vermutlich zur Bewußtlosigkeit geführt hatte. Die Arme sind nicht verletzt bis auf die Abschürfungen, die dadurch entstanden, daß er gegen den Kiesboden gedrückt wurde. Es gibt keinerlei Anzeichen dafür, daß er versucht hat, sich gegen seine Angreifer zu wehren. Das Auto hat ihn dreimal überfahren, zweimal vorwärts – sehen Sie die Umrisse der Blutergüsse, die an dieser Seite größer sind – und einmal rückwärts. Da, sehen Sie! Und er hat einfach *dagelegen*! Er kann nicht registriert haben, was passiert ist. Und das kann für meine Begriffe nicht die Aktion von Rassisten gewesen sein. Was glauben Sie?«

»Jetzt verstehe ich, was Sie meinen«, antwortete Michael. »Sind das jetzt alle Beweise?«

»Öffnen wir doch mal den Bauch und schauen wir nach«, sagte George und nahm das große Skalpell aus Dannys Hand entgegen. Wieder erfüllte die Stille den Raum, bis sie mit klarer, fester Stimme erneut zu diktieren begann.

»Herz durch wuchtigen Riß des Aortenbogens und daraus resultierendem Flüssigkeitsverlust aus den Gefäßen verschoben. Lungen komprimiert, rechter Lungenflügel von gebrochener vierter Rippe durchbohrt. Milz zerquetscht. Leber zerquetscht und Kapsel schwer verletzt durch verschobene siebte Rippe, gebrochen.«

Sie zählte die restlichen Verletzungen auf, während die beiden Männer von einem Fuß auf den anderen traten.

Danach blickte sie Michael an.

»Schätze, eines ist jetzt klar, oder nicht? Der Tathergang war ein völlig anderer, als wir uns zuerst vorgestellt haben.«

»Dann schreiben Sie es in Ihrem Bericht«, beeilte sich Michael zu sagen. »Es ist nicht gut, wenn ich so was behaupte – es muß von Ihnen kommen. Und ich muß jetzt schnellstens nach« – er griff in die Tasche nach seinem Notizbuch, klappte es auf – »neunundneunzig Laura House im Lansbury Estate. In die Wohnung eines gewissen Dave Ritchard. Wenn Sie mir den Bericht mitgeben könnten ...«

»Ich weiß noch etwas Besseres«, entgegnete George. »Ich nehme ihn selber mit. Ihr Chef bot mir an, bei den Ermittlungen dabeizusein. Ich sollte ihn anrufen, wenn ich hier fertig bin, jemand würde mich abholen. Da kann ich ja direkt mit Ihnen fahren. Gus – der Chef wird doch da sein?«

»Das hatte er zumindest vor.«

»Na schön. Ich bin gleich soweit.« Sie sah ihn über die Schulter an. »Sagen Sie Sheila, sie soll den Schreibkräften Dampf machen, ja? Ich möchte, daß dieses Protokoll getippt ist, bevor ich aus der Dusche komme. Es hat absolute Priorität, alles andere kann warten. Sagen Sie ihr, sie soll es Marie geben – sie ist die Beste, die wir haben.«

Sie beendete das Diktat und schickte Danny eiligst mit dem Band los; so daß sie auch die Schließung des Körpers selbst vornehmen mußte.

Sie war nun sehr wütend. Die Verwirrung vom frühen Morgen hatte einer eisigen Entschlossenheit Platz gemacht, herauszufinden, wer Harry umgebracht hatte, und ihn so festzunageln, daß er sich nicht mehr aus der Zange erdrückender Beweise herauswinden konnte. Sie hatte nie zu den Anhängern der Todesstrafe gehört; es war ihr immer als brutalste Maßnahme erschienen, Mördern das anzutun, was sie selbst getan hatten; das war nicht Gerechtigkeit, sondern Rache. Aber dieses Mal wünschte sie, der Mörder möge hängen. Nicht weil Harry mehr gelitten hatte als andere Opfer, sondern weil sie Harrys Aufopferung für seine Patienten gesehen hatte. Der Mann war ein Arzt gewesen, der seine ganze Energie darauf verwendet hatte, Kranke zu heilen, verdammt! Er war wegen einer Sache getötet worden, die mit seinem Beruf zu tun hatte, daran zweifelte sie nicht länger. Einen solchen Menschen zu töten erschien ihr schlimmer als – sie fing sich gerade noch rechtzeitig, bevor ihre Gedanken mit ihr durchgehen konnten. Ich hör' mich ja schon an wie ein Polizist, dessen Kumpel umgebracht worden ist. Gilt meine größte Anteilnahme etwa auch meinen eigenen Kollegen? Das war eine unangenehme Vorstellung, und sie holte tief Luft, um ihre Gefühle wieder unter Kontrolle zu bekommen. Es wirkte. Als sie den Raum verließ, ging es ihr schon wieder besser. Sie war sicher, etwas sehr Wichtiges über diesen Mord herausgefunden zu haben, etwas, das Gus helfen würde, Harrys Mörder so schnell wie möglich zu fassen. Er mußte nicht in der Rassistenszene auf Jagd gehen. Er mußte hierher kommen, ins Krankenhaus, denn nur im Old East waren die Antworten zu finden.

15

Als George ins Labor eilte, um den Obduktionsbericht abzuholen, geriet sie mitten in eine Auseinandersetzung wegen einiger Blutzuckerpräparate, die Jane getestet und Jerry überprüft hatte. Der Diabetesfacharzt, Dr. Maurice Carvalho persönlich war erschienen und behauptete steif und fest, daß sie fehlerhaft seien.

Dr. Carvalho war ein kleiner, wichtigtuerischer Mann mit einem gewaltigen Bauch, dessen Vorträge über Abmagerung und eine maßvolle Lebensweise seine Patienten zur Weißglut trieben. Er hatte einen Ton am Leibe, der garantiert jeden in Harnisch bringen mußte. Jane war kurz davor, in Tränen auszubrechen, Jerry rasend vor Wut und Sheila weiß vor Ärger.

George blickte die drei kurz an, dann schickte sie die junge MTA sofort ins Büro, um Michael Urquhart, der dort wartete, mitzuteilen, daß er ohne sie fahren müsse; sie werde auf dem Revier anrufen, sobald sie hier fertig sei, und man könne sie später über ihr Handy erreichen. Anschließend versuchte sie, den Streit zu schlichten.

Bis sie herausgefunden hatte, was passiert war – ein junger Pfleger, der erst seit kurzem in der Diabetesklinik arbeitete, hatte die falschen Daten an die Präparate geheftet, weil er zufällig die Nummern der Präparate im Computer rückwärts eingegeben und vergessen hatte, sie auf die Namen der Patienten zu überprüfen – hatte sie reichlich viel Energie verschwendet und viele ihrer Mitarbeiter in die Diskussion einbezogen. Als endlich Klarheit herrschte, Dr. Carvalho nach einer widerwillig vorgebrachten Entschuldigung an die Leute der Pathologie verschwunden war und George ihre Mitarbeiter beruhigt hatte, war es Mittag geworden.

Sie zögerte noch, schaute auf die Aktenstapel, die sich nicht so hoch stapelten wie befürchtet, und machte dann einen Gang durch die einzelnen Labors, um sicherzustellen, daß ihre Anwesenheit am Nachmittag nicht erforderlich war. Es mußte nicht unbedingt alles zusammenbrechen!. Danach teilte sie Sheila mit, daß sie wegen einer dringenden Angelegenheit das Haus verlassen müsse, rief das Polizeirevier Ratcliffe Street an, um Gus ausrichten zu lassen, daß sie nun zu ihm stoßen werde, wo immer er sich gerade aufhalte.

Fünf Minuten später klingelte ihr Handy. »Er sagte, er fährt zum ›Lumpen und Buddel‹«, teilte ihr der junge Konstabler mit. »Und Sie möchten bitte den Obduktionsbericht mitbringen.«

»Hach!« schimpfte George, obwohl sich der Bericht bereits in ihrer Tasche befand. »Wann will er denn sein nächstes Wunder? Vor dem Abendessen oder reicht's auch danach?«

Der junge Konstabler kicherte. »Tja, Doktor, Sie kennen ihn so gut wie wir. Viel Spaß noch.« Verstimmt stellte George das Handy ab. Sie hatte Gus mit dem fertigen Bericht beeindrucken wollen; daß er ihn nun als selbstverständlich voraussetzte, fand sie doch etwas unverschämt.

Sie lief zum Pub – ein zehnminütiger Fußmarsch

durch die Gassen. Sie schritt schnell voran, die Hände in den Taschen vergraben und die Schultern frierend hochgezogen. Es roch nach Weihnachten, aber nicht nach Tannennadeln und frischgeschnittenem Ilex, ein Duft, der George aus ihrer Kindheit vertraut war, sondern nach heißen Kastanien und Kartoffeln, die auf alten Anthrazitbrennern geröstet wurden, sowie nach Hefe aus einer nahegelegenen Großbäckerei. Ich muß wirklich bald entscheiden, was mit Weihnachten wird, dachte sie. Ist ja schon in ein paar Tagen ...

Auch im Pub roch es, aber nicht weihnachtlich, obwohl die Bar mit langen Lamettagirlanden in aufreizendem Giftgrün, Blutrot und Elektrischblau geschmückt war. Hier stank es nach kaltem Rauch und schalem Bier, vermischt mit Schweiß und Urin und Erbrochenem. George biß die Zähne zusammen und sah sich angewidert um.

»Wenn Sie zum Hüter des Gesetzes möchten, schauen Sie mal dort drüben rein.« Der Wirt stand mit saurer Miene hinter der Bar. George nickte ihm zu und schlüpfte dankbar wieder ins Freie; sie konnte sich nie daran gewöhnen, daß manche englische Pubs so gemütlich und andere derart ekelhaft waren. Sie suchte die Straße nach Gus ab und sah seinen großen blitzenden 70er Austin Vanden Plas, den er in aller Unverfrorenheit im Parkverbot vor der Pizzeria gegenüber abgestellt hatte.

Gus breitete begeistert die Arme aus, als sie eintraf, und rief dem Mann hinter der Theke zu: »Du kannst jetzt servieren, Giovanni!« und grinste sie an, während sie sich zwischen den vollbesetzten Tischen einen Weg zu ihm bahnte und spürte, wie alle Anwesenden sie mit unverhohlenem Interesse musterten.

»Ich hab's Ihnen schon einmal gesagt.« Der Kellner knallte die Teller auf Gus' Tisch. »Ich heiße verdammt noch mal Gary, also hör'n Sie auf, so scheißwitzig zu sein.«

»Werd's ihm ausrichten«, erwiderte Gus und zwinkerte George zu. »Ich hab' auch was für dich bestellt.«

Sie blickte auf die heiße knusprige Pizza. Es war die klassische Sorte, mit Oliven und Anchovis und besonders viel Käse belegt. Sie schlüpfte aus dem Mantel und ließ sich am Tisch nieder.

»Es wird immer schlimmer mit dir«, beschwerte sie sich. »Dauernd mußt du alles in die Hand nehmen. Vielleicht hätte ich ja etwas anderes gewollt«, sagte sie, nur um ihn zu ärgern, denn sie fühlte sich geschmeichelt, daß er sich erinnert hatte, welche Pizza sie am liebsten mochte.

»Du hätt'st aber *irgendwas* gewollt«, erwiderte er vernünftig. »Und so mußt du nich' warten.«

»Ja«, sagte sie nur. »Ja, aber –« Doch dann fiel ihr nichts mehr ein. Wie schaffte dieser verflixte Mann es nur, sie ständig auf dem falschen Fuß zu erwischen? »Also danke. Ich schätze, sie ist – na ja – OK.« Das war sehr undankbar, aber mehr brachte sie nicht heraus. Sie griff nach dem Besteck.

Die Pizza war vorzüglich. Er beobachtete, wie sie sie mit großem Genuß aß, und fing an zu lachen. »Du bist echt witzig, altes Mädchen. Du versuchst immer so krampfhaft, förmlich zu sein, daß es schon blöd wirkt. Ich geb' kein' Pfifferling auf Förmlichkeit. Klugheit dagegen, die kann mich beeindrucken. Da wird's mir ganz heiß unterm Kragen un' noch ganz woanders, wenn die Leute richtig gescheit sind. Du bist gescheit –«

»Ich wollte mit dir über den Fall sprechen«, sagte sie mit vollem Mund. »Laß uns dabei bleiben, ja? Ich kann mich heute nachmittag nicht mit komplizierten Dingen beschäftigen.«

»Ich wollte doch nur taktvoll sein«, verteidigte er sich. »Wollte nicht über so grausliche Dinge reden, solange du beim Essen bist. Ich wär' ganz schön geschockt, wenn ich mir dabei was über Obduktionen anhören müßte oder den Mist, den dieser Scheißer Ritchard heute morgen von sich gegeben hat, aber wenn es dich nicht stört ...«

»Erzähl es mir, wenn es unbedingt sein muß«, erwiderte George. »Danach erzähl' ich dir von meinem Bericht. Nicht, weil's mir den Appetit verderben würde, sondern weil ich dazu beide Hände frei haben muß.« Sie spießte ein weiteres Stück Pizza auf. »Obwohl – eigentlich ist es nicht mehr so wichtig, was Ritchard gesagt hat,«

»Ach ja?« Er war voller Ironie. »Also weißt du im voraus, was er zu sagen hatte?«

»Das denke ich schon.« Sie kaute eifrig, ohne ihn aus den Augen zu lassen. »Ich werde dir sogar zuvorkommen und dir erzählen, was er ausgesagt hat: Er weiß von nichts, war nicht am Tatort, fühlt sich ungerechterweise verdächtigt und –«

Gus hob die Augenbrauen. »Meinst du? Na schön. Dann woll'n wir mal sehn.« Er fischte sein Notizbuch aus seiner Brusttasche. »Verhör mit David Richard Ritchard. Seine Mum und sein Dad müssen gedacht ha'm, sie hätten Humor oder so was. David Richard Ritchard, wohnhaft – na ja, das interessiert uns ja jetzt nicht. Wo sind denn die saftigen Sachen? Ach ja – hab' sie schon.«

Er verfiel in den etwas weinerlichen, quengelnden

Tonfall, den George von so vielen Patienten aus dem Old East kannte. Fasziniert verfolgte sie, wie seine Gesichtszüge herabsackten und er immer mehr Ähnlichkeit mit dem Mann annahm, der Harry an jenem Morgen beschimpft hatte. An Gus war ein Schauspieler verloren gegangen, dachte sie. Er hat wirklich Talent. Und irgendwie auch das Äußere. Er erinnerte sie an einen Filmstar, den sie als Kind in vielen Fernsehfilmen gesehen hatte. Edward G. Robinson. Sie schürzte die Lippen.

»Wie wür'n Sie sich fühl'n, wenn Sie das passiert?« fuhr Gus fort. »Ich leb' so, ich un' Kev allein, un' er war so 'n richtiger kleiner Lausejunge, kam nach seiner Alten; auf je'en Fall sin' wir beide allein un' dann wird er krank und kommt ins Krankenhaus un' das nächste, was ich hör', is' daß er so 'n Krebs hat, und dann is' er tot, 'dammich. Wür'n Sie nich' verrückt, wenn Sie rauskrieg'n, daß da so 'n schwarzer Scheißkerl Arzt spielt an mei'm Jungen un' der verdammten knauserigen Krankenkasse 'n paar Scheine spart? Wär'n Sie nich' auch verrückt, wenn's Ihr Kind is', wo sterb'n muß? Jau, ich hab 'n beschimpft un' hätt' noch mehr gemacht un' is' mir egal, wer's weiß. Ich hab's 'n paar Kumpels von mir erzählt un' die sachten auch alle, der brauch mal 'ne Abreibung, der feine Doktor, un' wir hätten's auch besorgt, wenn uns da nich' einer zuvorgekommen wär'. Aber ich war's nich'. Jau, klar war ich im ›Lumpen und Buddel‹, is' doch meine Stammkneipe oder was? Aber ich sach Ihnen, das war nich' ich un' keiner nich' von mein' Kumpels, wo den Doktor vorgenomm' ha'm. Das war'n annerer Kerl un' ich würd' em gern mal die Hand schütteln.«

»Hast du das alles mitgeschrieben?« fragte George ungläubig.

»Das meiste schon. Nicht die Einzelheiten natürlich, du weißt ja, daß ich gern aus dem Gedächtnis zitiere. Wenn ich diese Aussage vor Gericht wiederholen müßte, würd' sie sich schon 'n bißchen anders anhören. Aber das Wichtigste weißt du jetzt.« Er grinste sie an. »Du hast also nicht recht, wie du siehst – unser Freund Ritchard war sehr wohl in die Sache verwickelt.«

»Nein, war er nicht.« George schob ihren leeren Teller zur Seite, ehe sie fortfuhr. »Er hat seine Absicht geäußert, Harry etwas anzutun. Das heißt aber nicht, daß er sie auch umgesetzt hat.«

»Du bist ja echt rührend, weißt du das? Glaubst sogar die Märchen, die die Ritchards dieser Welt erzählen.«

»Wenn es erhärtende Beweise für das Gegenteil gibt, ja. Das hat nichts mit Leichtgläubigkeit, sondern mit gesundem Menschenverstand zu tun. Jetzt hör mir mal zu!«

Sie griff nach den Notizen in ihrer Tasche und breitete sie glättend auf dem Tisch aus, während Gus einen Finger krumm machte und bei Gary zwei Kaffee bestellte. »Ich denke, ich weiß besser Bescheid als du, was da gelaufen ist. Du glaubst, er wurde vom Pöbel angegriffen, richtig?«

»So was in der Art«, gab Gus zu und blickte sie fragend an. »Willst du mir tatsächlich weismachen, daß du stichfeste Beweise fürs Gegenteil hast?«

»Ich hab' etwas, das sich in eine ganz bestimmte Richtung deuten läßt«, antwortete George. Sie erklärte ihm, daß der Wagen die Leiche zweifelsfrei dreimal überrollt hatte und seine Fahrtrichtung aus den Druckstellen am Körper abgelesen werden konnte.

»Eine Gruppe hätte ihn übler zugerichtet. Ich meine, natürlich, er hat schlimme Verletzungen davongetragen, aber sie wurden ihm nicht mit Händen oder Gegenständen beigebracht. Nur dadurch, daß man ihn mit Gewalt auf den Boden gepreßt hat.«

Nun lehnte Gus sich gespannt vor. »Bist du dir ganz sicher?«

»So sicher, wie ich mir beim jetzigen Stand der Untersuchung sein kann. Ich meine, ich kann keinesfalls beweisen, ob er zum Todeszeitpunkt bei Bewußtsein war oder nicht, aber logisch erscheint mir letzteres. Niemand dürfte sich von einem großen, schweren Wagen überrollen lassen, solange er seiner Sinne noch mächtig ist, oder?«

»Ich muß dir einfach recht geben, George«, antwortete Gus. »Das macht einen gewaltigen Unterschied. Es klingt wirklich so, als sei Ritchard damit aus dem Schneider. Und doch ...«

»Hattest du den Eindruck, er sei ein so – so berechnender Mensch, daß er jemanden bewußtlos schlägt und dann so hinlegt, daß er ihn überfahren kann, danach in sein Auto springt und –«

»Ich verstehe ja, was du meinst. Aber du kannst ihn noch nicht ganz aus dem Spiel lassen. Hmmm.« Er faltete seine Hände auf dem Tisch vor sich und betrachtete sie mit großem Ernst. »Jetzt muß ich mal ganz scharf nachdenken. Laß mich in Ruh' und trink dein' Kaffee.«

George beobachtete ihn aufmerksam. Nach ein paar Minuten nickte er entschlossen, griff nach seiner Tasse, leerte sie in einem Zug und erhob sich.

»Fertig?«

»Fertig wofür?« Sie stellte ihre leere Tasse ab.

»Dafür, ein richtiger Ermittler zu sein statt ein Messer-und-Gabel-Kriminaler. Komm schon!«

»Messer und Gabel?« fragte sie, während er ihr in den Mantel half und sie zur Eile antrieb.

»Ja. Du stocherst in deinem Metzgerladen mit deinen Werkzeugen nach Fakten, während ich rausgehen und Fragen stellen muß. Das tut ein richtiger Ermittler.«

»Ich bin nicht weniger ein Ermittler als du!«

»Na sicher. Würd' ich dich denn runtermachen, wenn ich nicht so neidisch wär'?« Er grinste sie an. »OK. Und jetzt zum ›Lumpen und Buddel‹.«

Im Pub roch es nach wie vor abscheulich, doch mittlerweile war es voller geworden; einige Arbeiter verbrachten ihre Mittagspause hier. Die Spielautomaten klingelten und summten wie verrücktgewordene Insekten, und die Juke Box gab ein unmelodisches, rhythmisches Stampfen von sich. George schaute sich unbehaglich um, während sie zur Bar gingen. Der Pub kam ihr bedrohlich vor, und sie wunderte sich, wie die jungen Ärzte aus dem Old East hier verkehren konnten – doch dann erinnerte sie sich an den zweiten, weniger verkommenen Schankraum – sie konnte ihn durch die Glasscheibe hinter der Theke sehen. Dort steckten einige Leute aus den Büros der Umgebung über ihren Drinks – vermutlich Gin Tonics – die Köpfe zusammen. George fragte sich nicht zum ersten Mal, wie die Leute es schafften, danach noch vernünftige Arbeit zu leisten.

»Ich hab' Ihnen alles gesagt, was ich weiß, wo Sie heut' morgen da war'n«, gab der Wirt, ein hochgewachsener Mann, trotzig zu verstehen. George betrachtete die kahlen Stellen in seinem dunklen Haar und dachte unwillkürlich, ob er wohl jemals deswegen den Dermatologen im Old East konsultiert hatte

– dann riß sie sich zusammen und konzentrierte sich auf die Aufgabe die sie hierher geführt hatte.

»Ich weiß«, sagte Gus gerade. »Ich wollt's nur noch mal hören. Soll'n wir's hier oder auf der Wache hinter uns bringen?«

»Ach, tun Sie mir einen Gefallen! Kommen Sie mir nicht auf die plumpe Tour, Kumpel.« Der Wirt schaute Gus von der Seite an wie ein nervöses Pferd.

»Dann hörn Sie auf, sich wie 'n Tölpel zu benehmen«, riet Gus, »und beantworten Sie meine Fragen. Ich kann Ihnen die Sache auch erleichtern. War der Typ gestern abend hier?« Er zeigte dem Mann ein Foto, das den klebrigen Stellen auf der Rückseite zufolge aus einem Fotoalbum stammen dürfte. Hatte Gus es von David Ritchard bekommen oder sich selbst bedient? George vermutete letzteres – Gus konnte sich äußerst unorthodoxe Mittel zunutze machen, wenn er sie für nötig hielt. Der Wirt linste auf das Foto, und seine Miene hellte sich auf.

»Aber sicher! Das kann ich Ihnen guten Gewissens erzählen. Der is' schon in Ordnung, der alte Dave. Armer Teufel! Sein Junge is' gestorben, wissen Sie. Leukämie. Hat sich's echt zu Herzen genommen. Nicht, daß der Junge besonders lieb gewesen wär', hat dem alten Dave das Leben zur Hölle gemacht. War so 'n richtiger Satansbraten, einfach nicht zu halten, seit seine Mum mit Daves Bruder nach Neuseeland abgehaun is'. Sie sollt'n ihn mal hörn, wenn er drüber schimpft.«

»Zweifellos. Er war gestern abend also hier, sagen Sie?«

Der Wirt nickte. »Mit seinen Kumpels. Ha'm ihm ein' ausgegeben. Wollten ihn trösten – hat aber nich' viel geholfen. Er war nach drei Scotch in Tränen aufgelöst und nach dem vierten nich' mehr zu gebrauchen. Konnte sein' Suff eigentlich immer gut bei sich behalten, der alte Dave, aber gestern ... das hat ihm den Rest gegeben.«

George empfand ein wenig Mitleid für Dave Ritchard. Natürlich fand sie es schrecklich, mit welcher Brutalität er über Harry hergefallen war, aber konnte er sich in seiner Trauer und bei diesem beschränkten Leben in dieser armseligen Gegend, in der jeder die gleichen Ansichten und Feindseligkeiten gegenüber Ausländern hegte, besonders jenen gegenüber, die anhand ihrer Hautfarbe leicht zu identifizieren waren – konnte er sich überhaupt anders verhalten? Vielleicht verlangte sie zuviel. Dennoch – etwas Zurückhaltung wäre angebracht gewesen; immerhin hatte er Harry massiv bedroht. Ihre Überzeugung, daß er nichts mit dessen Tod zu tun hatte, geriet ins Schwanken.

»Haben Sie ihn gehen sehn?« fragte Gus gerade.

Der Wirt verzog vor Anstrengung, sich zu erinnern, das Gesicht. »War verdammt viel los gestern abend. Viel mehr als –«

»Haben Sie mir schon mal erzählt. Hörn Sie zu! Ich werd' Ihnen helfen. Machen Sie die Augen zu.«

»Häh?« Der Wirt sah aus wie der personifizierte Argwohn.

»Stell'n Sie sich nicht blöder, als Sie sind!« befahl Gus ungeduldig. »Tun Sie, was ich sage. Also, Augen zu! OK. Es ist kurz vor zehn – Nein, Augen zulassen! Sie sollen nur nach innen schauen, sich erinnern. Es ist jetzt gestern abend, und Sie schauen, was da vor sich geht. Sehen Sie die Uhr?«

Der Wirt ähnelte auf lächerliche Weise einem eingeschüchterten, aber etwas zu alten Chorknaben –

ein Anblick, der einige seiner Gäste zu schamloser Fröhlichkeit animierte. »Ja, ich seh' sie«, rief er verblüfft aus

»OK. Jetzt schauen Sie an der Theke entlang. Wer sitzt da. Zählen Sie die Leute auf.«

Der Wirt runzelte die Stirn. »Schön. Ja. Also, da ist Chalky mit sei'm Hund. Hab' ihm schon mal gesagt, das nächste Mal, wo der Hund getreten wird und ein' Aufstand macht, kommt er mir nich' mehr rein. Chalky, ja. Un' dann is' da der Tisch mit den Schnepfen vom Wettbüro. Diese Dawn hat Geburtstag. Wie die aussehn! Röcke bis zu ihr'n Du-weißt-schon-was un' nich' mehr Scham am Leibe als Old Mother Rileys Kater. Quatschen mit 'n paar Kerlen, die noch nie hier warn. Die kenn' die Mädels noch gut genuch, bevor die Nacht rum is'. Is' doch klar, worauf die aus sind. Äh ...«

»Sie machen das sehr gut«, ermutigte ihn Gus. »Weiter.«

»Da is' Dave Ritchard, un' er hat diese Garnetts dabei.«

»Brüder?« wollte Gus wissen.

»Nein, die sin' Vettern, die beiden. Kommn aus Plaistow. Alte Kumpels von Eric Phillips un' Les Lincoln. Die sin' auch da.«

»Ah«, machte Gus leise. »Die kenn' ich.«

»Dave is' schon fast hinüber. Muß ihn bald nach Haus schicken. Aber Eric kümmert sich um ihn. Dann is' da noch dieser Paki, völlig aufgetakelt un' ziemlich daneben.«

»Paki?«

Der Wirt öffnete kurz die Augen. »Der, wo's abgekriegt hat«, erwiderte er und schloß sie schnell wieder, bevor Gus ihn zurechtweisen konnte.

»Er redet mit ei'm«, fuhr der Wirt fort. Gus hörte aufmerksam zu. »Ich kann's nich' genau erkennen ...«

»Sie haben vorher nicht gesagt, daß Harry mit jemand geredet hat«, bemerkte Gus.

»Sie ha'm nich' gefragt. Außerdem hab' ich mich auch grad erst erinnert. Irgendwie. Is' jetzt so, als säh' ich ihn wirklich ... genau. Er ist am Reden. Wedelt mit den Händen.« Plötzlich strafften sich seine Gesichtszüge, er riß die Augen auf und starrte Gus an. »Hey, warten Sie mal! Dieser Kerl – er is' gegangen. Ich mein', er ging raus mit diesem andern, wo er mit gequatscht hat. Er ging raus, als letzter, und da sitzt Dave!« Wieder schloß er schnell die Augen und überließ sich seiner Erinnerung. »Ja, genauso is' es! Ich kann's echt sehn! Dave Ritchard sitzt da so besoffen, wie einer nur sein kann, un' kann kein' Schritt mehr gehn, das schwör' ich, und euer Kerl is' abgehaun.«

Endlich öffnete er die Augen wieder. »Also, wenn Sie glauben, daß Dave dem Kerl nach is', dann stimmt das nich', denn Dave saß immer noch da, nachdem der Kerl weg war. Un' ich schätz' mal, er war immer noch da, als diese Tussi, wo den Paki gefunden hat, hier reingerannt kam un' geschrien hat wie am Spieß. Ich mein', selbs' wenn er ihm zum Parkplatz hätt'nachgehen können, er wär' nich' mal bis zur Tür gekommen, glauben Sie mir. Also, da haben Sie's. Is' ja irre, an was man sich erinnern kann, wenn man muß, nich'?« Und er blickte Gus voller Selbstzufriedenheit an.

16

Eins zu null für dich«, sagte Gus. »Dave Ritchard hat nichts mit der Sache zu tun. Aber der Typ ist gefährlich, so wie der redet. Ich werd' dafür sorgen, daß die Anti-Rassismus-Gruppe ein Auge auf ihn hat.«

Er streckte sich und gähnte, dann lehnte er sich gemütlich in seinem Schreibtischstuhl zurück. George beobachtete ihn von ihrem Platz auf dem ramponierten Sessel in einer Ecke seines Büros. Sie horchte auf die Geräusche, die aus der belebten Polizeiwache hinter der Glastür drangen, und seltsamerweise fühlte sie sich glücklich. Ein verzwickter Fall, das nahende Weihnachtsfest und Ma zu Besuch in London (und trotz aller Ärgernisse und Probleme *war* sie ihre liebe alte Ma) – George versuchte, den letzten und doch wichtigsten Grund für ihr Wohlbefinden nicht einzubeziehen: Die Tatsache, daß sie nun bei Gus saß, der ihr immer wichtiger wurde. Sie sah darin eine neue Verwicklung ihres Lebens, über die sie nicht zuviel nachdenken mochte.

»Können wir mal rekapitulieren?« fragte sie. »Durchgehen, was wir wissen – und welche Schlüsse wir daraus ziehen können?«

»Wenn du willst.«

»Zuerst die Fragen, natürlich. Gibt's was Neues über den kleinen Oberlander?«

»Kein bißchen.« Er wirkte irgendwie bockig und

schob die Unterlippe vor wie ein schmollendes Kind. »Verdammt noch mal, es müßte doch ganz leicht rauszufinden sein, welches Baby wo verschwindet, meinst du nicht auch? Die Nachbarn sind doch immer furchtbar neugierig, wenn's um Kinder geht, und kriegen so was sofort mit. An alle Polizeireviere im Land hab' ich'ne Suchmeldung rausgegeben, aber nirgendwo wird so 'n Kind vermißt. Natürlich sind Kinder verschwunden, aber nicht so kleine. Und ganz bestimmt keine kranken, die viel jünger aussehen, als sie wirklich sind.«

»Das war noch nicht alles«, sagte George. »Der kleine Oberlander hatte AIDS.«

Er starrte sie nur an. »Das hast du mir ja noch gar nicht erzählt.«

»Ich war mir auch nicht sicher – Prudence Jennings hatte so etwas vermutet –, denn die letzten Befunde liegen erst seit kurzem vor. Er war HIV-positiv und zeigte außerdem alle Symptome einer opportunistischen Infektion, also mußte die Diagnose auf AIDS lauten. Verdammt!« Sie biß sich auf die Lippen. »Ich fühl' mich wirklich ein bißchen schuldig. Hätte Prudence Jennings informieren sollen.«

»Ach?« Gus war verblüfft.

»Sie hatte mich doch gebeten, die Tests durchzuführen. Als ich nach der ersten Testreihe wieder auf die Station kam, um ihr die Ergebnisse mitzuteilen, war das Kind bereits verschwunden, und Prudence konnte ich auch nicht finden. Und nachdem das Kind gestorben war und ich die Obduktion vorgenommen hatte, war der Fall abgeschlossen – irgendwie – und ich bin nicht mehr zu ihr gegangen, hab' auch nicht versucht, sie zu erreichen. Sie sollte es aber trotzdem erfahren.«

»Warum?« fragte er, ehrlich interessiert.

»Tja, weißt du, weil ich es für richtig halte. Kollegen sollten einander helfen. Und wie ich schon sagte, war sie es, die als erste an eine HIV-Infektion gedacht hat.«

»Ich verstehe.« Gus schien ein Licht aufgegangen zu sein. »Ich glaube, ich hab' auch mal ein Wörtchen mit ihr zu reden.«

»Ach?«

»Na ja, es geht darum, daß sie nicht auf der Station ist und dem jungen Harry alles überläßt, wenn sie eigentlich Bereitschaft hat. Möglicherweise gibt's da eine Verbindung.«

»Mit Harrys Tod?«

»Tja, möglicherweise. Laß uns den Tatsachen ins Auge blicken, Süße. Wir haben bewiesen, daß er nicht von ein paar Rassistenrowdys gekillt wurde, stimmt's? Das hast du bei der Obduktion und ich bei den Befragungen ermittelt. Also muß ihn jemand anders um die Ecke gebracht haben. Aber wer? Da er ja nur wenige oder gar keine Bekannten außerhalb des Krankenhauses hatte, wie ich hörte, muß es jemand aus dem Haus selbst gewesen sein. Warum also nicht deine Prudence? Vielleicht hatten sie ja was miteinander. Vielleicht hat sie ihn ja in den ›Lumpen und Buddel‹ gelockt und jemanden angeheuert, der ihn überfahren sollte. Vielleicht hat sie's auch selbst getan.«

George schüttelte den Kopf. »Wohl kaum. Harry hat mit einem Mann gesprochen. Das behauptet zumindest der Wirt.«

»Hat er?« fragte Gus. »Bist du sicher?«

George mußte blinzeln. »Was meinst du damit? Hat er das etwa nicht ausgesagt?«

Gus klappte sein Notizbuch auf. »Laß mich mal sehn. Da steht's ja. Hm – ›Er redet mit ei'm. Wedelt mit den Händen.‹ Nein, warte mal, es kommt erst später. Ah, da. ›Er is' gegangen. Ich mein', er ging raus mit diesem andern, wo er mit gequatscht hat. Er ging raus, als letzter ...‹« Gus klappte das Notizbuch zu und steckte es wieder in seine Tasche. »Na, was sagst du jetzt. Hätte doch ebensogut Prudence sein können.«

»Solltest du nicht eine Beschreibung von dem geheimnisvollen Mann bekommen. Hast du sie?«

»Haben wir. Aber die bringt uns allerdings auch nicht weiter. Ich kann mich erinnern – sie stand in Urquharts Notizbuch, weil er die Befragung durchführte. Ich hab' bloß zugehört und ihm über die Schulter gelinst.« Er machte die Augen zu, wartete einen Moment und begann: »Jeans. Blauer Anorak. Turnschuhe. Wollmützekappe mit grünen und orangen Streifen, über die Ohren gezogen. Mittlere Größe und Statur. Nicht sehr auffällig, echt.« Er öffnete die Augen und grinste sie an. »Verstehst du, was ich meine? Hätt auch verdammt gut 'ne Frau sein können. Zur Not.«

George starrte ihn fasziniert an. »Du hast ja auch 'n eidetisches Gedächtnis«, sagte sie fast vorwurfsvoll. »Hast du mir nie erzählt!«

»Ach ja? Du bist eben nicht die einzige! Ich wette, es gibt 'ne Menge Leute, die das können.«

»Die Augen zumachen und alles vor dem inneren Auge sehen? So, wie ich das tue. So, wie ich das tat, als wir diesen Fall Oxford zu lösen hatten.«

»So, wie ich den Wirt dazu gebracht habe. So schwer ist das ja gar nicht! Ich muß zugeben, daß ich ganz schön beeindruckt war von dir, doch dann dachte ich, ich probier's einfach mal selber aus. Und ich konnte es auch! Wie hast du's noch mal genannt? Eidetisch? Ich weiß nur, daß ich geübt hab', wie ich Bilder aus meiner Erinnerung heraufbeschwören und irgendwie ablesen kann, und das hab' ich jetzt auch ein paar anderen Leuten gezeigt.«

George grinste, sie war plötzlich guter Laune. »Es ist toll, nicht? Ich hab' die meisten meiner Prüfungen so bestanden. Hab' mir einfach meine Hefte vorgestellt und die Antworten von den Seiten abgelesen. Wie 'n Spickzettel.«

»So gut wie du bin ich nicht. Ich weiß noch genau, wie baff ich war, als du dich an alles erinnern konntest, was in dem Badezimmerschrank von dem Typen war. Wirklich großartig. Ich möchte das auch können.«

George lachte. »OK. Hast du noch mehr Fakten, die uns bei unserer Zusammenfassung helfen könnten?«

»Aha! Zurück zum Geschäft, was? Na schön. Also, an Fakten haben wir: »Drei Babys, die im Old East am Krippentod gestorben sind.«

George zog die Stirn kraus. »Hör mal, ich will ja in dieser Frühphase der Ermittlungen nicht groß rumstreiten, aber was haben die denn mit diesen beiden Morden zu tun? Es waren doch bloß Krippentode.«

»Ich hab' keine Ahnung«, grübelte Gus. »Doch ich mach' mir auch Gedanken wegen dieser Notiz, die an das Formblatt geheftet war – und noch mehr Sorgen, weil du nicht rausfinden kannst, wer sie geschrieben hat. Also waren diese Krippentode unter Umständen auch Morde. Du hast selbst gesagt, daß man bei Babys nur schwer feststellen kann, woran sie gestorben sind. Ersticken hinterläßt keine Spuren, und –«

»Manchmal schon!«

»Ja, allerdings nicht immer. Da haben wir schon einen richtigen Krimi, richtig? Ihr Tod könnte absichtlich herbeigeführt worden sein.«

»Vorstellbar«, erwiderte sie langsam. »Aber ich hab' das starke Gefühl, daß diese Babys doch irgendwie eines natürlichen Todes gestorben sind, selbst wenn es drei hintereinander waren – obwohl die Sache mit der Notiz natürlich ein Rätsel bleibt.«

»OK. Beginnen wir unsere Liste mit den Babys – nicht weil sie am wichtigsten sind, sondern weil sie zuerst starben. Dann haben wir ein Kind mit AIDS, das unter geheimnisvollen Umständen ins Old East gebracht wird, kurz darauf verschwindet und schließlich erstickt mit einer Plastiktüte über dem Kopf auf einem leeren Grundstück gefunden wird. Ich glaube, diesen Tod können wir mit Fug und Recht als sehr absonderlich bezeichnen.«

»Ja«, bestätigte George ernst. »In diesem letzten Fall würd' ich dir auch nicht widersprechen, obwohl wir ja erst nach der Obduktion mit Sicherheit wußten, daß es AIDS hatte.«

»Sei nicht so kleinlich. Also, wo war ich stehen geblieben?«

»Du hast den kleinen Oberlander auf unsere Liste gesetzt.«

»Genau. Dann haben wir noch den Mord an Harry Rajabani. Der ist tatsächlich etwas verzwickt. Ich muß immer noch an rassistische Motive denken. Nicht, weil ich davon besessen wäre«, fügte er hastig hinzu, nachdem er ihren Gesichtsausdruck bemerkt hatte. »Aber wegen der, wenn auch dünnen Verbindung zwischen den Kerlen, die Choopani drankriegen wollten und dabei mein Fenster zerdepperten, und Harry.«

»Was denn für eine Verbindung?« wollte sie wissen. »Weil die beiden keine Weißen sind?«

»Die Kerle, die Choopani ans Leder wollten, sind Dave Ritchards Kumpel. 'n paar von ihnen waren gestern abend mit ihm im Pub, und der Wirt behauptet steif und fest, sie hätten, solange Harry dort war, niemals rausgehen können. Aber sie *waren* im Pub. Und es gibt noch ein oder zwei andere mögliche Verbindungen. Choopani war der Arzt, der Kevin Ritchard ins Old East eingewiesen hat. Übrigens, was Dave, trotz seiner Ansichten, veranlaßt hat, einen asiatischen Arzt auszusuchen, weiß Gott allein!«

»Die hiesigen Ärzte haben eine Art Telefonbereitschaft eingerichtet«, erklärte George. »Das ist billiger, als Vertreter zu besorgen. Jeder ist mal an der Reihe, für alle anderen die Anrufe entgegenzunehmen. Vielleicht hat Choopani Kevin dadurch zum ersten Mal gesehen und etwas entdeckt, was seinem eigenen Arzt nicht aufgefallen war.«

»Sehr schön. Demnach gibt es, durch Kevin, noch eine weitere Verbindung zwischen Harry und Choopani, und zwischen seinen Angreifern und Dave.«

»Aber keine zum Fall Oberlander und zu meinen Krippentoden erst recht nicht.«

»Das kann ich nicht bestreiten«, räumte er großzügig ein und seufzte.

Sie schwiegen eine Weile, dann begann George: »Ich glaube, ich werde mal mit Prue reden. Nachhören, was mit ihr los war in jener Nacht – warum sie Harry alleinließ, obwohl sie Bereitschaft hatte.«

Gus überlegte kurz, dann nickte er. »Das ist eine gute Idee. Wir werden sie noch befragen, wenn du allerdings schon vorher was aus ihr rauskriegen kannst, unter Kollegen sozusagen, wäre das ungemein praktisch.«

George verzog das Gesicht. So gern sie ansonsten Spuren verfolgte und Rätsel löste – fühlte sie sich doch unbehaglich, denn ihr wurde klar, daß sie bei ihren Ermittlungen die Freundschaft unter Kollegen mißbrauchen könnte. Gus fing ihren Blick auf und schien ihre Gedanken zu lesen.

»Es ist hart, Süße, doch es läßt sich nun mal nicht ändern. Ein Mörder bleibt ein Mörder, auch wenn sich herausstellt, daß er dein bester, teuerster Freund ist. Wenn dir das also zuviel ist ...«

»Nein«, unterbrach sie ihn mit fester Stimme und schob ihre Bedenken beiseite. »Das wäre ja dumm. Es kann Prue ja auch gar nicht schaden, wenn sie nichts Falsches getan hat. Und wenn doch – dann ist es besser, wir sind darüber informiert. Hör mal, kannst du nicht noch ein *bißchen* mehr für den kleinen Oberlander tun?«

»Wir sind nach wie vor dran, wie ich schon sagte, aber ich muß dir gestehen, es ist 'ne kalte Spur. Solange kein Baby als vermißt gemeldet wird und wir keinen Beweis für das Gegenteil haben, ist es so gut wie unmöglich, den Täter zu ermitteln – von seinem Motiv ganz zu schweigen.«

»Apropos Motiv«, hakte George ein. »Könnte es AIDS gewesen sein, frag' ich mich?«

Er schaute sie verblüfft an. »Ist das etwa ein Grund, ein Kind umzubringen?«

»Laß uns das doch einfach mal durchspielen. Du bist ein Vater und hast ein krankes Kind. Und du bist positiv. Du weißt es, aber du willst nicht, daß irgendwer sonst davon erfährt. Und wenn das Baby Symptome zeigt ...«

»Dann ist das der Beweis dafür, daß du die Krankheit hast, denn irgendwoher muß es sie ja haben ...«

»Logisch.« George beugte sich eifrig vor. »Und ich sag' dir noch was: Kinder infizieren sich nicht bei ihren Vätern.«

»Niemals?« fragte Gus. »Ich glaub', ich weiß die Antwort schon, aber –«

»Du weißt, warum. Die Erreger werden durch Körperflüssigkeiten übertragen. Nach dem Geburtsvorgang liegt der wahrscheinlichste Übertragungsweg für einen Säugling darin, daß er von einer infizierten Mutter gestillt wird.«

»Oder durch eine Transfusion.«

»Genau. Aber in diesem Fall hätten die Eltern doch wieder den Arzt aufgesucht,von dem sie vorgenommen wurde. Oder sie hätten es Prue wenigstens gesagt, als sie das Kind auf die Station brachten. Und außerdem sind Transfusionen im Vereinigten Königreich inzwischen sicher. Folglich scheint es mir doch auf die Eltern hinzudeuten – zumindest auf die Mutter. Sie muß HIV-positiv gewesen sein und den Virus weitergegeben haben. Ich meine, überleg doch nur, wie sie vorgegangen sind. Sie lassen ihr – sehr krankes – Kind unter falschem Namen hier und verschwinden in Panik mit ihm, nachdem Prudence von irgendwelchen Tests – vielleicht sogar von HIV –gesprochen hatte. Ich muß sie das unbedingt fragen. Und dann der Tod des Kindes. Möglicherweise sahen die Eltern darin die einfachste Lösung, da es sowieso früher oder später gestorben wäre – eher früher, wenn ich an die Obduktion des armen kleinen

Kerls denke. Vielleicht haben sie bloß, na ja, die Verluste begrenzt?«

»Und das Geheimnis der Mutter über ihre Krankheit bleibt gewahrt.« Gus schüttelte den Kopf. »Das erinnert mich doch an was. Warte mal ...« Er legte die Stirn in Falten und starrte sie an, die Augen blank vor Konzentration. »Es hat irgendwie mit Filmstars zu tun; warte mal. Was war das nur ...?«

George starrte zurück und wurde plötzlich trübsinnig.

»Ich weiß, was du meinst. Eine Mutter, die sich lange vor der Geburt ihres Kindes bei einer Transfusion infiziert hatte, bevor das Baby geboren wurde –«

»Bevor man das Blut ständig überprüft hat ... und jetzt ist es mir auch wieder eingefallen. Es war die Frau dieses Hollywood-Schauspielers, stimmt's? Eine scheußliche Geschichte. Erinnerst du dich?«

George nickte eifrig. »Sehr gut sogar. Aber wenn sich diese Mutter auf die gleiche Weise angesteckt hätte, wäre diese ganze Geheimniskrämerei doch unnötig gewesen, oder? Keiner hätte mit dem Finger auf sie gezeigt und ihr ein wildes Sexleben unterstellt.« In plötzlicher Wut schüttelte sie den Kopf. »Für diese Krankheit sollte sich ohnehin keiner schämen. Sie ist eine Tragödie, die manchen Menschen widerfährt, und hat mit Moral nicht mehr zu tun als beispielsweise ein – ein Herzfehler. Aber die Unwissenheit ist ja noch sehr groß, und vielleicht hat diese Mutter –«

»Vielleicht hatte diese Mutter gar kein fremdes Blut bekommen und das Kind getötet, damit ihr Mann nichts von ihrer Infektion erfahren konnte?« Gus hielt ärgerlich inne. »Das sind mir zu viele ›Vielleichts‹. Hör mal, ich werd' meinen Jungs Dampf machen. Wir brauchen Fakten, keine Vermutungen. Wir überprüfen Kliniken, die Geschlechtskrankheiten behandeln, und reden mit HIV-Fachärzten. Versuchen auf diesem Wege eine Mutter zu finden, die in das Schema passen könnte. In der Zwischenzeit ...«

»In der Zwischenzeit spreche ich mit Prue.« George stand auf und streckte sich. »Ich sollte mich jetzt endlich um meine Gäste kümmern. Ähm – auf bald dann.«

Gus schien zerstreut. Er griff bereits nach dem Telefon, und George dachte ein wenig geknickt: Es ist ihm ganz egal, ob ich gehe oder bleibe.

»Mmm. Mach das, Süße! Und klar, auf bald. Ruf mich an, wenn du was Neues hast, was immer es auch ist. Ich bin bis in die Nacht hier, und die nächsten Tage wahrscheinlich auch. Gibt immer 'n Haufen Routinesachen bei diesen Mordfällen zu erledigen: zum Beispiel das Auto finden, das Harry überfahren hat. Nacht, Dr. B.«

»Nacht«, erwiderte sie und verließ sein Büro. Ihre Stimmung war auf dem Nullpunkt.

Zu Hause machten sich ihre Mutter und Bridget eifrig in der Küche zu schaffen.

»Das Abendessen ist gleich fertig, Darling!« rief Vanny ihr entgegen. »Wir haben viele tolle Sachen von diesem Bauernmarkt mitgebracht. Es gibt dein Lieblingsessen von früher.«

Bei dem Gedanken an den Markt von Shadwell lächelte George und steckte den Kopf durch die Tür. Zweifel befielen sie; der allzu vertraute Geruch, der ihr entgegenströmte, stimmte sie ein wenig traurig.

»Ma! Bitte keine kandierten Süßkartoffeln!«

»Warum denn nicht? Die hast du doch immer so gern gemocht, besonders wenn ich sie mit Marshmallows überbacken habe. Es gibt auch gebackenen Schinken und – nein keinen Kohl – Spinat, aber der tut's auch.«

»Ist wohl eher was für 'nen Südstaatler als für 'nen Yankee«, bemerkte George, die wußte, wann man sie auf den Arm nahm. Der Süßkartoffelauflauf mit den Marshmallows war schon im Ofen; durch die Glastür sah sie die weichen Bonbons bereits Blasen werfen und braun werden. »Ihr müßt auf dem Watney Street Markt gewesen sein. Mit den vielen afrokaribischen Ständen. Die bieten Süßkartoffeln und Yams an.«

»Sind wir ja auch.« Bridget hob das erhitzte Gesicht, und nun sah George, daß sie damit beschäftigt war, auf dem winzigen Küchentisch einen Kürbis-Pie zu verzieren. »Nachdem ich die Kürbisse entdeckt hatte, sagte ich zu Vanny, wir geben für George mal ein Thanksgiving Dinner, wie sie es noch nie hatte. Damit sie sich wegen Weihnachten keine Sorgen mehr macht. Überlaß alles uns, ja, Honey? Ist er nicht super geworden?« Sie hielt den Pie mit einer Hand hoch, wobei sie aus den Fingern eine Art fünfbeinigen Ständer formte. »Genauso wie der, den Schneewittchen für die Sieben Zwerge gebacken hat!«

»Ist schon lange her, daß ich bei Disney war, Bridget«, meinte George. »Und was Weihnachten betrifft, braucht ihr euch doch nicht –«

»Ist schon alles vorbereitet«, unterbrach sie Bridget ernst. »Wir haben beim Metzger auf diesem Markt einen hübschen kleinen Puter bestellt; und um das Gemüse und alle anderen Zutaten haben wir uns auch schon gekümmert – .sogar um die Preiselbeeren. Ein Geschäft hatte sie in Dosen, genau wie bei uns. Es wird bestimmt ganz toll. Auf jeden Fall besser als im Hotel.«

»Da bin ich sicher«, stimmte George zu, weil sie wußte, daß es nur Zeitverschwendung wäre, darüber zu streiten. »Ich hoffe nur, ihr habt nicht zuviel bestellt. Schließlich sind wir nur drei.«

»Nicht drei, Darling«, trällerte Bridget. »Vier!«

»Wie?« George hob den Kopf von dem kleinen Stapel Post, über den sie sich gebeugt hatte. »Wie kommst du denn auf vier?«

»Nun, er war so nett zu uns – hat uns ausgeführt und so – daß ich mich irgendwie erkenntlich zeigen wollte. Ich hab' überlegt, ob wir mit ihm in irgendein Lokal gehen sollen, aber Vanny meinte, das wäre vielleicht ein bißchen – na ja übertrieben, weißt du? Und weil er keine Familie hat und allein ist – Vanny hatte ihn nach seinen Leuten gefragt –, nun ja, deshalb hab' ich Gus eine Einladung für den Weihnachtstag geschrieben!«

»Bridget, wie konntest du nur!«, rief George fassungslos aus.

»Tja, ich hab' sie auf dem Polizeirevier abgegeben – die Adresse steht ja im Telefonbuch – er wird sie bestimmt noch rechtzeitig kriegen. Wenn nicht, können wir ihn ja anrufen. Du hast doch seine Nummer? Ich hoffe ja, daß er kommt – bin mir aber eigentlich fast sicher.«

»Weißt du was, Bridget?« begann George nach einer Weile, ohne entschieden zu haben, was sie davon halten sollte. »Ich bin mir auch fast sicher.«

Die Süßkartoffeln mit der Marshmallow-Kruste schmeckten besser, als sie erwartet hatte. Vielleicht wurde Weihnachten doch ganz nett.

17

Am nächsten Montag zwischen zehn und eins mußte sich George vor sich selbst eingestehen, daß es ziemlich aufreibend sein kann, polizeiliche Ermittlungen anzustellen und gleichzeitig ein vielbeschäftigtes Pathologielabor zu leiten.

Den ganzen Morgen war sie pausenlos beschäftigt gewesen, hatte Routineaufgaben erledigt, einige schwierige Telefonate mit Harold Constant vom Büro des Coroners über einen Fall geführt, in dem sie nach den Feiertagen vor Gericht aussagen mußte; eine Autopsie an einem alten Mann durchgeführt, der mitten auf der Leman Street tot zusammengebrochen war; und dabei an nichts anderes gedacht, als bei der nächsten Gelegenheit die Station Barrie aufzusuchen. Natürlich hätte sie Prudence Jennings anrufen können, aber sie wollte deren Reaktion mit eigenen Augen sehen, um festzustellen, ob sie etwas zu verbergen hatte.

Je später es wurde, um so leichter ging ihr die Arbeit von der Hand. Sheila war ungewöhnlich kooperativ, Jerry und die übrigen Angestellten zogen fleißig mit.

»Es ist Weihnachten«, erklärte Jerry tugendhaft, als George ihnen zu verstehen gab, wie sehr sie die Freundlichkeit aller an diesem Morgen überraschte. »Die Zeit des guten Willens – und all der andere Quatsch für alle Menschen.« Er kicherte in sich hinein. »Und die Zeit für kleine Geschenke. Ich erwarte ja was echt Tolles von Ihnen, Dr. B., nachdem ich das ganze Jahr so schwer geschuftet habe. Wenn Sie mich enttäuschen, wer weiß, ob ich dann im neuen Jahr auch noch so gut drauf bin?«

»Sie haben wirklich großes Glück«, entgegnete George. »Wann soll ich denn Zeit zum Einkaufen finden?«

»Versuchen Sie's mal im Schnapsladen«, schlug Sheila beißend vor. »Eine oder zwei Flaschen Whisky, und er läuft Ihnen nach wie 'n Hündchen.«

George, die bereits beschlossen hatte, ihre Mitarbeiter mit gutem Portwein und kleinen Stilton-Käsen von Marks und Sparks zu bedenken, ignorierte Sheilas letzte Bemerkung und nutzte ihre Chance.

»Nun, da Sie heute alle so super drauf sind, kommen Sie gewiß eine Weile ohne mich zurecht. Ich muß noch einiges erledigen, und wenn ich mich beeile, kann ich um drei pünktlich zur Obduktion wieder hier sein. Sollte ich mich verspäten, halten Sie bitte die Leute vom Büro des Coroners hin, ja, Sheila? Ich habe Danny gebeten, daß er ihnen Tee und Gebäck anbietet.«

»Bah!« machte Sheila. »Wie jemand da unten zwischen all den Leichen rumhocken und Tee trinken kann, werd' ich ja nie kapiern. OK, Dr. B., Sie können sich auf uns verlassen!« Und sie setzte ihre altbekannte Leidensmiene auf, als George durch die Tür verschwand.

George ging im Kopf ihre Fragen an Prudence Jennings durch, während sie über den Korridor der Kinderstation hastete. Ständig mußte sie Müttern und Kindern ausweichen, die in großen Gruppen herumstanden. Heute morgen war Ambulanzsprechstunde, und sie hoffte, daß Prue nicht allzu eingespannt war und etwas Zeit für sie erübrigen konnte.

In der Spielhalle, in einem Wirrwarr aus Spielzeug und Bodenkissen, debattierte Schwester Collinson lautstark mit einer kleinen dürren Frau, die von vier kleinen Kindern, das älteste bestmmt keine sechs Jahre alt, umringt war. Die beiden Frauen standen fast Nase an Nase und fauchten sich an. Die Kinder schauten mit großen Augen zu –, ebenso auch einige Mütter, die sich über den Streit offensichtlich amüsierten.

Philip Goss, der einen Stapel Notizen unter dem Arm, die beiden aus einiger Entfernung beobachtete, war es, der die Auseinandersetzung schließlich beendete. Gewandt schlängelte er sich an Schwester Collinson vorbei und sagte etwas zu der Mutter, worauf diese den Kopf herumriß, erst ihn und dann eines ihrer Kinder entsetzt anstarrte.

Es war das jüngste, ein frecher Rotzbengel von etwa zwei Jahren, der sich beide Hände vor den Mund hielt und hingebungsvoll auf etwas herumkaute. Die Mutter stürzte sich auf den Kleinen und entriß ihm den Gegenstand; sofort fing er an, aus vollem Halse zu brüllen. Die Mutter kreischte und warf das Ding – eine große Plastikspritze – nach Schwester Collinson, traf sie am Auge, raffte den Kleinen an sich, versetzte ihm einen derben Klaps und schimpfte ihn einen dreckigen kleinen Lausbuben, der selber aufpassen könnte. Der Kleine schrie wie am Spieß, und Schwester Collinson entfloh, um ihr Auge zu versorgen. Philip Goss sagte wieder etwas zu der Mutter, die, nun völlig verwirrt, mit ihren anderen drei Kindern im Schlepptau zur Tür rannte, George zur Seite schubste und verschwand.

Da es nichts mehr zu sehen gab, leerte sich der Raum rasch von Müttern und Kindern. George war froh, daß sie nicht vor Ende der Sprechstunde gekommen war – es wäre reine Zeitverschwendung gewesen.

Philip Goss deponierte seine Papiere auf den Schreibtisch, stopfte Spielzeuge in Kisten, stapelte Comic-Hefte und zog Teppiche gerade, so daß der große Raum innerhalb weniger Augenblicke wieder aufgeräumt war.

George trat ein paar Schritte vor und schüttelte verwundert den Kopf. »Geht es hier immer so zu? Wie können Sie das bloß aushalten?«

»O, guten Morgen, Dr. Barnabas! Ach, das ist Gewöhnungssache. Wenn die Ärzte nicht so viel Aufhebens machen, schaffen wir es, die Leute ziemlich schnell durchzuschleusen. Und solange Schwester Collinson nicht meint, sich ins Zeug legen zu müssen.« Er seufzte und schüttelte das letzte Bodenkissen aus, bevor er es ordentlich zu den anderen legte. »Sie wird's nie lernen, Mrs. Proudie in Ruhe zu lassen. Diese Frau regt sich immer fürchterlich auf und verlangt, daß wir Himmel und Hölle in Bewegung setzen, aber zum Glück ist sie auch ganz leicht abzulenken.« Und er lächelte, indem er nur ein wenig die Mundwinkel hochzog, und sah sehr zufrieden aus.

George neigte den Kopf zur Seite und schaute ihn streng an. »Sie hätten dem Kind die Spritze auch selbst wegnehmen können, ohne es zu dem Streit mit der Mutter kommen zu lassen, stimmt's?«

Philip Goss lachte. »Haben Sie das bemerkt? Nun, irgendwie mußte ich sie ja auseinanderbringen, nicht wahr? Das war es doch wert – auch wenn der arme kleine Wayne von seiner Mum Prügel bezogen hat –, damit sie endlich aufhörte, die Schwester anzubrüllen. Hat man Mrs. P. erst einmal abgelenkt, vergißt sie meistens, weswegen sie sich ursprünglich geärgert hat.« Er schüttelte den Kopf. »Daß die Schwester das Ding ins Auge gekriegt hat, ist natürlich schlimm. Aber jetzt hat sie was, worüber sie sich den ganzen Nachmittag lang bei allen beklagen kann. Das wird sie aufheitern.«

»Sie scheinen ganz schön durchtrieben zu sein, Philip Goss.« Die erfrischende Art des jungen Mannes begann George zu gefallen. »Sie mögen es, ihren Willen zu bekommen.«

»Will das nicht jeder? Ist auch nicht schwer, wissen Sie. Ein kleiner Kniff hier, ein Wort da. – Schon erstaunlich, was man damit erreichen kann. Kann ich jetzt etwas für Sie tun?« Er blickte sie mit erhobenen Augenbrauen an.

»Hmm«, machte George. »Jetzt muß ich auch so reagieren, wie Sie's wünschen, was? OK. Ich möchte mit Dr. Jennings sprechen. Ist sie da?«

»Sie war da. Sollte bis eins im Dienst bleiben. Wir halten zwischen neun und eins Sprechstunde ohne Anmeldung für die unter Vierzehnjährigen ab. Aber Dr. Jennings hat Alan Prior gebeten, daß er ihren Dienst übernimmt.«

»Wen?« George runzelte die Stirn. Im ganzen Old East kannte sie niemand mit diesem Namen.

»Ein Vertreter«, erklärte Philip. »Als Ersatz für – also, wegen der Geschichte mit Dr. Rajabani.«

George verzog das Gesicht. »Ja, sicher, wie dumm von mir, wie konnte ich nur vergessen, daß ... Nun, weiß *er* denn, wo ich sie finden kann? Ich muß dringend mit ihr reden.«

»Fragen Sie ihn doch selbst.« Philip schaute über die Schulter auf die breite Doppeltür, die in den Hauptteil der Station führte. »Alan, das ist Dr. Barnabas – sie möchte mit Dr. Jennings sprechen.«

Alan war – auf eine altmodische Weise – der schönste Mann, den George je gesehen hatte. Groß, blond, mit einer Tolle, die über seine hohe Stirn und seine sehr blauen Augen fiel. Er hatte ein tiefes Grübchen am Kinn und ein noch tieferes Grübchen in jeder Wange, wenn er lächelte. Genau der Typ, der die Hälfte der Frauenherzen in der Klinik im Sturm erobern wird, stellte George fest und seufzte. Männer, die aussahen wie Werbemodels der fünfziger Jahre für Coca Cola oder Kaugummi, waren ihrer Erfahrung nach absolut uninteressant, und sie bedauerte, daß so viele junge Mädchen ihre Meinung nicht teilten ... doch sie begrüßte ihn so freundlich wie möglich.

»Prue? Sie hat ein bißchen früher Mittagspause gemacht, mußte noch zur Bank. Vielleicht kann ich Ihnen ja helfen? Auch wenn ich noch nicht genau Bescheid weiß, wie der Hase hier läuft. Wenn es sich um etwas wirklich Wichtiges handelt, müssen Sie allerdings Phil fragen – er ist derjenige, der im Grunde diese Station leitet.«

Philip kicherte und wandte sich der Empfangstheke zu, um jede Menge Unterlagen der morgendlichen Ambulanzsprechstunde zu versorgen. Im Vorbeigehen strich seine Hand über den kurzen Ärmel von Alans weißem Kittel, worauf dieser eine Hand hob und Philips dichtbehaarten nackten Unterarm berührte. Hatten sie miteinander geflüstert? Die Mädels würden außer Rand und Band geraten, aber davon hätten sie nichts – dachte George und ärgerte sich sofort, überrascht gewesen zu sein. Schwule waren in Krankenhäusern nicht häufiger oder seltener anzutreffen als anderswo.

»Wann wollte Prue zurück sein?« erkundigte sie sich, als Philip hinter dem Schreibtisch Platz nahm. Alan schüttelte den Kopf.

»Ich hab' sie nicht gefragt. Aber um drei ist Stationsbesprechung. Dr. Kydd wird auch dabei sein und –«

»Verdammt!« entfuhr es George. »Um drei hab' ich eine Autopsie. Na schön, richten Sie ihr aus, daß ich mit ihr reden muß, ja? Vielleicht kann ich später noch einmal vorbeischauen – so um sechs, wenn sie dann noch hier ist.«

»Ich sage ihr, sie soll Sie anrufen!« rief Philip hinter der Anmeldung. George bedankte sich bei ihm und verschwand durch die Schwingtür. Nachdem diese hinter ihr zugeschlagen war, drehte sie sich noch einmal um und spähte durch die mittlere Scheibe.

Alan Prior hatte sich über den Schreibtisch gebeugt. Sein Kopf war nahe neben dem Philips, und beide lachten in jener vertrauten Art, die für Liebende typisch ist. George nickte befriedigt, daß sich ihre Diagnose als richtig erwiesen hatte, und eilte davon. Prudence mußte bis heute abend warten. Nun würde sie woanders Fragen stellen.

George wollte zuerst in die Kantine, wo sich zu dieser Tageszeit die meisten Angestellten aufhielten, entschied sich dann aber doch für die Entbindungsstation. Es war zwar schon mehr als zwei Wochen her, seit jemand diese Notiz geschrieben und an die

Obduktionsformblätter des kleinen Popodopoulos geheftet hatte, aber es bestand immerhin die Möglichkeit, daß er sich daran erinnerte.

Im Zentralkorridor der Station standen eine Reihe von Essenswägelchen; die auf und abschlendernden Mütter wirkten in ihren gesteppten Morgenmänteln wie Tanker auf See. George nickte freundlich auf jedes »Guten Tag, Frau Doktor!«, das der weiße Kittel ihr auf dem Weg zum Schwesternzimmer einbrachte.

Nicht zum ersten Mal stellte sie fest, daß auf der Entbindung eine völlig andere Stimmung als auf den übrigen Stationen herrschte. Die Patienten hier waren nicht wirklich krank; sie reagierten zwar häufig übernervös oder waren niedergedrückt, und manche hatten auch starke Schmerzen, aber trotz und alledem: Den Frauen hier ging es gut – den meisten Babys ebenso. Deshalb fehlten hier auch jene Untertöne von Furcht und Düsterkeit, die auf anderen Stationen spürbar waren, wenn die Menschen gegen Krankheiten kämpften, die die Qualität ihres Lebens einschränkten oder dieses – im schlimmsten Fall – bedrohten. George genoß diese Atmosphäre und entspannte sich ein wenig.

Im Schwesternzimmer war niemand. Sie eilte den Korridor entlang und hielt durch die Tür des Kreißsaals nach jemandem Ausschau, mit dem sie reden konnte, doch dort herrschte rege Geschäftigkeit; die Aufmerksamkeit aller galt einer Patientin, die offenbar kurz vor der Entbindung stand. Enttäuscht wandte sich George ab. Sie hatte einen ungünstigen Zeitpunkt gewählt, um nach einer Notiz zu fragen, die vermutlich längst vergessen war. Ihr Ausflug von der eigenen Abteilung hatte sich als reine Zeitverschwendung erwiesen – sie konnte Gus absolut nichts Neues berichten. In Zukunft, nahm sie sich vor, sollte sie sich ihrer angestammten Tätigkeit widmen und Gus seine Arbeit selber tun lassen.

Etwas mutlos machte sie kehrt. Vor dem Schwesternzimmer blieb sie automatisch stehen und warf einen Blick durch die Tür, und diesmal saß eine junge Frau im Zimmer. Sie war groß und schlank, das mit einer von der Brennschere gewellte blonde Haar reichte ihr bis zu den Schultern; sie trug einen engen, figurbetonenden Pullover sowie einen äußerst kurzen Rock über langen schwarzen Leggings und beugte sich gerade über den Aktenschrank in der Ecke. »Hallo!« sagte George leise.

Beim Klang ihrer Stimme fuhr die junge Frau zusammen, als hätte sie etwas gebissen, und schrie auf. George schaute in ein erschrockenes Gesicht – ein Gesicht, das trotz des großzügig aufgetragenen Make-ups unglücklich wirkte. Die ziemlich lange, leicht krumme Nase stach rosa aus der beigefarbenen Puderschicht auf den Wangen hervor, und die Augen waren sowohl von roten Ringen durch unlängst vergossene Tränen als auch von dicken schwarzen Kajalstrichen umgeben. Die junge Frau stand stocksteif da und starrte George an; ihre Hände zitterten; George ging auf sie zu und faßte sie am Ellenbogen.

»O, Honey, ich wollte Sie nicht so erschrecken. Entschuldigen Sie, wenn ich Ihnen Angst eingejagt habe.«

Die junge Frau schüttelte traurig den Kopf, ohne den Blick von George abzuwenden. »Es tut mir leid, daß ich so – ich mein', normalerweise bin ich nich' – es ist bloß, daß alles so – Oh, es tut mir leid. Ist schon in Ordnung, echt ...« Sie schniefte ausgiebig und fuhr mit einer Hand unter ihren Pulli, um zwischen ihren prächtigen Brüsten ein schäbiges Taschentuch hervorzuziehen, mit dem sie sich die Nase putzte und die überpuderten Augen abtupfte. Sogar in ihrem Schmerz achtete sie darauf, ihr Make-up nicht zu verwischen.

»Was ist denn nur los, Kleines?« George war nun vollends gerührt und ergriff den Arm der jungen Frau. Ohne sich zu wehren, ließ sich diese zu einem Stuhl neben dem unaufgeräumten Schreibtisch in der Ecke führen, auf dem sie in sich zusammensackte. George schob die Schreibmaschine zurück, die an der Vorderkante des Tisches stand, um Platz für ihre eigene Sitzfläche zu schaffen, und lehnte sich gegen die Tischkante, so daß sie die junge Frau im Auge hatte. Sie weinte nun lauthals und schneuzte sich mehrmals.

»Sie sollten es mir lieber erzählen«, meinte George nach einer Weile. Die junge Frau hob den Kopf und schaute sie mit einer derart jammervollen Miene an, die schon fast lächerlich wirkte, aber ihr Schmerz war zweifellos real. George streckte eine Hand aus und berührte sie leicht an der Schulter, worauf die Tränen nur um so drängender hervorquollen.

»Versuchen Sie, nicht zu weinen«, riet George hastig. »Oder wenigstens nicht jetzt. Sagen Sie mir doch lieber, worum es geht. Wenn ich helfen kann ...«

Die junge Frau schüttelte den Kopf. »Ich krieg' es einfach nicht gepackt«, erwiderte sie. Ihre Stimme klang belegt und heiser. »Ich mein', es sollte auch nich' für 'ne Ewigkeit sein, wissen Sie, was ich mein'? War ja bloß für 'nen Monat, wenn überhaupt, aber er war so süß, so nett und – obwohl meine Mutter es gar nich' gut fand und ich das auch nich' mei'm

Dad erzählen wollte, wo er doch so gegen die Farbigen is' – aber, wie meine Schwester sagte, wenigstens is' er Arzt. Aber darum geht's auch nich'. Es is' bloß, daß – ach, das is' alles so ...« Und wieder schüttelte sie traurig den Kopf und schluchzte noch heftiger.

»Ich bin nicht sicher, ob ich Sie verstehe«, begann George vorsichtig, wenngleich sie glaubte, einen Bruchteil ihrer Geschichte erfaßt zu haben. »Können Sie mir das nicht ein bißchen genauer erklären?«

»War ja nich'so, als ob's nich' ernst gewesen wär'«, jammerte die junge Frau. »Auch, wenn's bloß 'n paar Wochen war. Er sagte, er mag mich mehr als irgend 'n anderes Mädchen, das er vorher gekannt hat – un' wie ich schon sagte, es war das erste Mal, daß ich mit jemand zusammen – ich mein', Gary, der beim Elektriker arbeitet – aber er, er war eben *anders*.«

»Wer war anders, Honey?« hakte George nach. »Über wen sprechen wir eigentlich?«

Das Mädchen schniefte, hickste und schluckte. »Über mein' Freund, Harry. Der, den sie umgebracht haben. Er war mein Freund, un' ich hätt' nie geglaubt, daß ich mich mal über irgendwas so aufregen würde. Ach Gott ...« Und sie rollte sich zusammen, so daß ihre Arme auf den Knien lagen, begrub ihren Kopf dazwischen und ließ ihren Tränen freien Lauf.

18

George nahm die junge Frau in die Arme und wiegte sie, bis sie still und in sich zusammengesunken dasaß und nur noch leise vor sich hin schniefte. George drückte sie noch einmal und stupste dann aufmunternd gegen ihre Schulter, bis sie sich wieder aufrichtete.

»Es war einfach gräßlich«, begann George. »Und ich weiß, wie Ihnen zumute ist, ehrlich. Ich will – ähm – herausfinden, wie es passiert ist, und warum.«

»Die Leute hörn nicht auf, sich die Mäuler zu zerreißen«, sagte das Mädchen trübsinnig. »Manche meinen, er is' von diesen Rassisten getötet worden, andere, er hat gedealt wie dieser eine Typ vor zwei Jahren – dieser Pfleger, den sie mit Morphium am Markt gekascht haben – und deswegen dran glauben müssen. So was hat er aber nie gemacht, ich weiß das. Und ich konnte doch nix sagen, weil ich ihm versprechen mußte, daß ich nix über uns verrate, weil –« Wieder verzog sie schmerzlich das Gesicht. »Er wollte es erst seiner Schwester erzählen. Sie lebt in Holland, und ich hab' ihm versprochen, daß ich nichts – und dann hab' ich gedacht, jetzt, wo er tot ist, kann ich doch mein Versprechen nich' brechen, oder?«

»Nein«, bestätigte George sanft. »Nein, Sie hatten recht damit, Ihr Wort zu halten. Wie heißen Sie eigentlich? Wir können uns doch gar nicht vernünftig unterhalten, wenn ich Ihren Namen nicht kenne, nicht wahr?«

»Cherry.« Die junge Frau schniefte heftig. »Cherry Lucas.«

»Und Sie arbeiten hier auf der Entbindung?«

Cherry schüttelte den Kopf. »Nicht ganz. Ich bin die Sekretärin von der Fertilitätsklinik. Die gehört ja irgendwie zur Entbindung und irgendwie auch wieder nicht, verstehen Sie? Die von hier wollen ewig unsere Räume belegen, und Dr. Arundel, die kämpft immer wie 'ne Wilde dagegen. Sie denken vielleicht, daß unsre Abteilung nutzlos ist, aber das ist nicht richtig – wir machen viele Leute glücklich und – na ja.« Sie hielt plötzlich inne. »Jedenfalls arbeite ich da.«

»Und es ist eine sehr wichtige Arbeit«, stimmte George zu. »Cherry, würde es Sie zu sehr aufregen, wenn ich Ihnen jetzt ein paar Fragen über Harry stelle?«

Die junge Frau schaute sie traurig an. »Nein«, gab sie zur Antwort. »Ich glaube, dann wird's eher leichter. Das Schlimmste war, daß ich mit niemand drüber reden konnte. Das ist so, als hätt' ich gar nich' existiert, als wär' ich überhaupt nich' mit ihm zusammen gewesen, verstehn Sie? Meinen Eltern kann ich es nicht erklären, weil Mum bloß sagen wird, ein Glück, daß du ihn los bist, und Dad hat's ja sowieso nie gewußt, und meine Schwester, die wohnt in 'nem ganz anderen Teil von London – ich seh' sie nicht besonders oft und – also, es wär' gut, wenn ich über ihn reden könnte.«

»OK«, sagte George und drückte die warme feuchte Hand, die in Cherrys Schoß lag. »Vielleicht hilft es uns dabei herauszufinden, was ihm zugestoßen ist.«

»Wurde er etwa ermordet?« Plötzlich bemerkte George Mißtrauen in Cherrys verquollenen blauen Augen. Die Kleine ist erheblich intelligenter, als sie auf den ersten Blick erscheint, dachte George. »Ich hab's erst mal gar nicht geglaubt, als alle es erzählten und es in der Zeitung war und im Fernsehn. Ich meinte, es wär' einfach nur wieder diese schreckliche Gewalt gewesen, aber dann hab' ich mich gefragt, ob es vielleicht Absicht war, ob ihm jemand was wollte oder so?«

»Ja«, sagte George nach kurzem Zögern. »Das glaube ich schon. Aber wir wissen nicht, warum, und genau darüber wollte ich mit Ihnen sprechen. Haben Sie einen Verdacht, wen Harry – nun ja, ich muß wohl sagen, zum Feind hatte, obwohl sich das so furchtbar dramatisch anhört, nicht?«

Cherry nickte. »Das hab' ich mir auch überlegt. Aber wissen Sie – Harry war so *nett*. So witzig und – einfach nett. Ich fand ihn absolut toll, wie diesen Schauspieler aus *LA Law*, wissen Sie, wen ich meine? Das is' so 'n dunkler Typ, er sieht super aus und hat 'ne weiße Freundin und – Na ja, als ich zum ersten Mal Harry gesehn hab' da –, Mann ... hätt' es nie für möglich gehalten, daß er mit mir ausgehn würde. Aber dann hat er mich gefragt, und ich bin echt ausgeflippt.« Cherry blickte George verträumt an und brachte ein Lächeln zustande. »Er sah wirklich gut aus, was?«

»Sehr gut sogar«, bekräftigte George. »Und er hatte tatsächlich Ähnlichkeit mit diesem Schauspieler. War er ihm auch in anderer Weise ähnlich? Charakterlich, meine ich – hat er sich um andere Menschen gekümmert?«

Cherry schien wieder aufzuleben. »O ja! Ich hab'

meiner Schwester davon erzählt, und sie nannte mich nur ein romantisches Gänschen. Die ist nämlich immer so praktisch, meine Schwester, aber sie meinte, es wär' nicht schlecht, daß ich mir 'n Arzt geangelt hab', aber nicht wegen seinem Äußeren, sondern weil er nie ohne Arbeit dastehn wird, so wie ihr Freund. Der ist nämlich Drucker, und Sie wissen ja, wie die zur Zeit zu kämpfen haben. Sie spart immer ganz schrecklich und sie – also, sie is' ganz anders als ich. Aber er war wie dieser Anwalt, bloß noch besser. Hat sich dauernd Sorgen um die kranken Kinder gemacht. Seine Mum und sein Dad müssen unheimlich liebe Leute gewesen sein – sie sind gestorben, als er noch klein war, und seine Schwester hat ihn aufgezogen – und er meinte, er könnt' nicht zusehen, wie manche Eltern ihre Kinder behandeln. Wie dieser Mann, der ihn da auf der Station angegriffen hat. Für Harry war er einer der schlimmsten; das Kind von dem Mann hat ihm – also Harry – erzählt, daß es von seinem Dad mißbraucht worden ist. Mein Gott, was sind das bloß für Menschen! Und dann hat dieser schreckliche Mann Harry bedroht und – ach, es ist alles so gräßlich!«

»Ja«, sagte George. »Gräßlich. Hatte Harry denn Angst vor Dave Ritchard? So hieß dieser Mann. Wissen Sie, ob er Harry vorher schon bedroht hat?«

Cherry schüttelte den Kopf. »Nein, er hatte auch keine Angst vor dem Mann. Als es passierte, muß es wohl schlimm gewesen sein, aber am Abend war er schon darüber weg. Dann hab' ich ihn am Freitag in der Kantine wiedergesehn. Um sechs. Er sagte, er würd' mich so ungefähr um neun abholen und daß wir was trinken gehn. Und dann ist er nicht gekommen.« Erneut begann sie zu weinen.

»Um neun?« fragte George. »War das nicht ziemlich spät?«

»Genau das hab' ich ihn auch gefragt.« Ein Hauch von Entrüstung schwang nun in Cherrys Stimme mit. »Aber er mußte jemand treffen, weil ... nun ja, wegen einer faulen Sache. Er meinte, es könnte was wirklich Wichtiges sein; er müßte erst mal die Fakten klarkriegen, und er würd' mir alles am Abend erzählen. Aber dann ist er nicht gekommen. Bis halb zehn stand ich vor der medizinischen Fakultät, wo wir uns treffen wollten, und dann ging ich echt sauer nach Hause. Ich wünschte ihn zur Hölle, und als ich dann am nächsten Morgen erfuhr, daß – Oh, mein Gott!« Wieder strömten die Tränen.

Draußen wurden die letzten Essenswägelchen über den Flur geschoben, und etwas weiter hörte man Stimmen, nachdem jemand die Tür des Kreißsaals geöffnet hatte. George hob das Kinn und lauschte, dann faßte sie nach Cherrys Arm.

»Cherry, wir sollten verschwinden. Hier können wir nicht ungestört reden. Haben Sie schon zu Mittag gegessen?«

Cherry schüttelte den Kopf.

»Dann lassen Sie uns in die Kantine gehen. Kommen Sie!«

Das Mädchen stand gehorsam auf, doch plötzlich fiel George noch etwas ein: »Äh, Cherry, was haben Sie eigentlich hier gemacht? Da hinten am Aktenschrank?«

»Was?« Cherry blickte sich kurz um. »Oh, war wegen dieser Akte hier.« Sie zog einen ledergebundenen Ordner aus dem Aktenschrank. Eigentlich wollte ich nur, ich meine ...« Sie biß sich auf die Lippen. »'s klingt vielleicht ein bißchen blöd, aber er war nicht besonders ordentlich, wissen Sie? Und ich dachte, ich kann noch was für ihn tun und etwas aufräumen. Er hatte 'ne Menge Unterlagen von anderen Stationen in seinem Büro rumfliegen, und ich wollte sie einfach unbemerkt zurückbringen, damit ihm niemand im nachhinein was ankreiden kann. Die Leute haben sich nämlich immer aufgeregt, weil er sie nicht zurückgegeben hat.« Cherry schaute sie traurig an. »Ich möchte nicht, daß sich die Leute noch mehr die Mäuler über ihn zerreißen. Die Unterlagen von der Pädiatrie hab' ich schon zurückgebracht. Für hier war's nur diese eine Akte.« Sie wandte sich erneut dem Schrank zu. »Ich stell' sie schnell an ihren Platz.«

»Darf ich mal sehen?« fragte George und streckte die Hand aus. Cherry hielt die Akte fest.

»Warum denn? Ich meine, Sie sind doch nicht – von welcher Abteilung sind Sie eigentlich? Von der Entbindung? Ich möchte nämlich nicht, daß man Harry in Schwierigkeiten –«

George schüttelte den Kopf. »Keine Angst, Cherry. Ich bin die Pathologin hier im Haus. Ich will rausfinden, was genau Harry geschehen ist, schon vergessen? Und vielleicht steht in dieser Akte etwas, das uns dabei hilft. Schließlich war das hier auch nicht seine Station, stimmt's? Er war Assistenzarzt in der Pädiatrie, was wollte er dann mit Papieren von der Entbindungsstation in seinem Büro?«

»Er war oft hier«, erklärte Cherry. »Hat er mir erzählt. Das war für ihn das Schönste an seiner Arbeit – wenn er die Neugeborenen untersuchen konnte, sich vergewissern, ob ihnen auch nichts fehlte. Es hat ihn echt mitgenommen, wenn mit den Babys was nicht in Ordnung war. Ich hab' ihm oft gesagt, daß er viel zu weich ist – nicht wie die anderen Ärzte hier im Haus.«

Cherry schaute auf den Ordner, doch sie zögerte immer noch. Der Lärm im Flur schwoll an, und George spürte, wie wichtig ihr die Sache war – sie mußte diese Akte unbedingt einsehen. Doch sie sagte nichts, zog die Augenbrauen hoch und sah Cherry an, und nach ein, zwei Sekunden, die ihr wie eine Ewigkeit erschienen, gab Cherry nach und reichte sie ihr.

»Sehr gut«, sagte George so beiläufig wie möglich. »Jetzt aber los. Kommen Sie!« Sie klemmte den Ordner unter den Arm und schob Cherry durch die Tür.

Ein paar Meter weiter unterhielt sich Schwester Lichfield, im grünen OP-Kittel, mit den diensthabenden Hebammen. Sie blickte auf, als George aus dem Schwesternzimmer trat, und George hob abwehrend die Hände. »Lassen Sie sich nicht stören, Schwester, ich bin bald zurück. Hatte nur 'n kleines Problem zu klären!« rief sie und eilte in Richtung Ausgang davon, wobei sie hoffte, die Schwester hatte nicht bemerkt, daß sie nicht allein war, sie würde dann bestimmt den Grund für Cherrys Anwesenheit wissen wollen. Cherry müßte ihr von der Akte erzählen, und Schwester Lichfield würde sie ihr abnehmen, und George wollte doch nur ... dann kam sie zur Vernunft. Was war nur in sie gefahren? Sie brauchte Schwester Lichfield doch nur zu sagen, daß sie etwas nachprüfen müsse, und versprechen, die Akte zurückzubringen. Aber wenn ...

Warum war sie nur so besorgt? Wahrscheinlich hatte sie mit ihren Verdächtigungen den Bogen überspannt – sofort begannen die Vermutungen wieder in ihrem Kopf zu rotieren wie der sprichwörtliche

Hamster im Laufrad. Vielleicht hatte Schwester Lichfield selbst die Notiz an die Obduktionsformblätter für den kleinen Popodopoulos geheftet. Vielleicht war sie irgendwie in die Geschichte verstrickt. Vielleicht –

Der Gedanke war so aberwitzig, daß sie in Lachen ausbrach. Cherry, die ihr gerade eine der Glastüren aufhielt, schaute sich fragend um. George unterdrückte es augenblicklich, tat, als habe jemand hinter ihnen gelacht, dann führte sie das Mädchen zur Kantine und sorgte für den längst überfälligen Lunch.

Es war schon nach zwei, als Cherry lustlos ihren Teller Suppe ausgelöffelt hatte. Mehr wolle sie nicht, sagte sie und hatte die meiste Zeit ohnehin nur von Harry gesprochen. Es war nur allzu deutlich, wie nötig sie es hatte: Die Worte sprudelten wie ein entfesselter Sturzbach über ihre Lippen. George lauschte und nickte und schwieg, während die junge Frau in lebhaften Farben ihre alten Träume ausmalte: Daß sie Harry heiraten wollte, um ihrem erbärmlichen Dasein im sozialen Wohnungsbau in Rotherhithe zu entfliehen, wo sie bei den Eltern wohnte, die kaum etwas anderes taten, als vor dem Fernseher zu hokken und sich dabei über die verdammten krakeelenden Nigger in der Nachbarwohnung zu beschweren. Sie erzählte auch von ihrer Schwester, die – obschon erst Ende Zwanzig –, pedantisch und kleinlich war, ihre Groschen zusammenhielt und nie etwas anderes vom Leben erwartet hatte. Natürlich war auch sie nicht bereit gewesen, Cherrys Ambitionen zu akzeptieren – daß sie die Beziehung zu Harry befürwortet hatte, lag einzig und allein an seiner aussichtsreichen

Zukunft als gutbezahlter Arzt, aber sie hatte es abgelehnt, ihn kennenzulernen, ›weil er ja nun mal 'n Farbiger ist, verstehst du‹, gab Cherry niedergeschlagen Worte der Schwester wider. Und nun war sie wieder allein, und sie vermochte nicht genau zu sagen, worum sie heftiger trauerte – um Harry oder den Verlust ihrer Träume.

Schließlich sah sie auf ihre Uhr und schnappte nach Luft, erschrocken darüber, wie spät es schon war. Wenn sie das Diktat nicht bis fünf getippt hätte, würde Dr. Arundel ganz schönen Terror machen. Sie sprang auf und blickte dann noch einmal mit Tränen in den Augen zu George.

»Sie sind unheimlich nett zu mir gewesen«, sagte Cherry. »Vielen, vielen Dank.«

Schuldbewußt dachte George, daß sie seit einer halben Stunde fast darum gebetet hatte, Cherry möge sie allein lassen, damit sie den Inhalt des braunen Ordners, der neben ihr auf der Bank lag und völlig harmlos aussah, für George aber offenbar voller Versprechungen steckte, endlich studieren konnte. Und nun bedankte sich Cherry bei ihr!

»Ist schon in Ordnung, Cherry«, sagte George etwas unbeholfen. »Wenn Ihnen wieder mal zum Reden zumute ist, rufen Sie mich in der Pathologie an, und wenn ich nicht selbst am Apparat bin, hinterlassen Sie einfach 'ne kurze Nachricht – die finden mich schon. Und bis dahin möchte ich Ihnen versichern, daß ich Ihren Verlust aufrichtig bedauere.« Anschließend bot sie Cherry die Hand zu der Beileidsgeste, die man ihr in ihrer Kindheit beigebracht hatte.

Cherry straffte die hängenden Schultern und schien tatsächlich ein klein wenig zu wachsen. »Ich danke Ihnen!« sagte sie mit beträchtlicher Würde.

»Ich danke Ihnen sehr«, wiederholte sie, machte auf dem Absatz kehrt und verschwand. George schaute ihr nach; erneut meldete sich ihr schlechtes Gewissen. Warum sind wir nur so blind für die Bedürfnisse unserer Mitmenschen? dachte sie. Cherry hat doch nur ein wenig Anteilnahme gebraucht, und alles, was mich interessiert, ist dieses Rätsel und die Jagd auf den Täter. Ich sollte mich wirklich schämen.

Doch dann gewann ihr gesunder Menschenverstand wieder die Oberhand: Sie konnte sich nicht um jeden Menschen kümmern, der vom Tod betroffen war, selbst wenn es sich um einen gewaltsamen handelte. Dies würde ihre eigenen Gefühle ständig verletzen, was keinem guttun, sie selbst sogar für ihren Beruf untauglich machen würde. Sie sollte sich jetzt lieber mal mit der Akte befassen.

Sie sah auf ihre Uhr, biß in das Sandwich, das sie kaum angerührt hatte, und griff nach der Akte.

Das Deckblatt war mit »Chowdary, Angela« versehen. George runzelte die Stirn und breitete die Unterlagen vor sich auf dem klebrigen Resopaltisch aus.

Es waren Routinesachen: Angela war in der sechsten Schwangerschaftswoche von der Fertilitätsklinik überwiesen worden. Nach einer kurzen Zusammenfassung der dort erfolgten Vorbehandlung mit Fruchtbarkeitshormonen wurde die ermüdende Prozedur der IVF beschrieben: die Berechnung der Termine für die Entnahme der Ei- und Samenzellen, die erfolgreiche Fertilisation *in vitro* mit zwei Ova sowie deren Reimplantation. Ein Fötus war von ihrem Körper absorbiert worden aber der zweite hatte sich prächtig entwickelt.

Angelas Schwangerschaft war gesund und völlig normal verlaufen. Es folgten die Ergebnisse der ersten Untersuchung des Babys durch den Kinderarzt und schließlich der Vermerk, das es gestorben war.

Aber die Akte enthielt noch mehr Unterlagen. In der Tasche des Rückendeckels steckte ein halbes Dutzend loser Blätter. Sie waren etwas zerknittert, als habe man sie erst weggeworfen und anschließend wieder aus dem Papierkorb geholt. George strich sie glatt und schaute sie genau an.

Es war der reine Unsinn – Zeile um Zeile wild durcheinandergeworfener Buchstaben und Symbole, die keinen Sinn ergaben. Sie schloß für einen Moment die Augen und dachte: ›Verdammt! Noch so ein Code!‹ ehe sie erneut ungläubig auf die Blätter starrte.

Sie erinnerte sich an den Aufruhr nach dem Fall Oxford – monatelang hatte das ganze Haus wie ein Bienenkorb gesummt. Jede Einzelheit war wieder und wieder durchgekaut worden. Daß es einen Code gegeben hatte, mußte bis zu jedem Angestellten durchgedrungen sein. Warum sollte nicht jemand im Old East die Idee aufgegriffen haben, um ein Geheimnis zu bewahren und dennoch Aufzeichnungen zu machen?

OK OHRRFR
YPG (CPLG OFR$
£HL$CA , (LOFS y23$GP" "HS
YF¼ y1KOK6,

Sieht unmöglich aus, stellte sie betrübt fest und schob die Blätter in den Ordner zurück. Blickte erneut auf die Uhr. Halb drei. In einer halben Stunde sollte sie mit der Autopsie beginnen. Vielleicht war

Prudence Jennings jetzt auf der Kinderstation anzutreffen? Gerade noch genug Zeit! Sie mußte einfach wissen, was sich in jener Nacht, in der der kleine Oberländer eingeliefert worden war, zugetragen hatte. Stand Prudences Abwesenheit in irgendeinem Zusammenhang mit dem tragischen Schicksal des Kindes? Oder mit dem von Harry? Aber das war ja lächerlich! Sie klammerte sich an jeden Faden, der in diesem großen Gewirr greifbar war – sie mußte endlich aufhören, derart absurde Schlußfolgerungen zu ziehen. Entschlossen stand sie auf und ging wieder zur Kinderstation.

Dieses Mal hatte sie Glück. Prudence Jennings saß am Empfang hinter einem riesigen Papierberg und schrieb eifrig. Sonst war niemand zu sehen; offenbar war jeder auf der Station mit den Vorbereitungen für Visite beschäftigt. Prudence blickte noch nicht einmal auf, als sich George neben ihr auf den Schreibtisch setzte.

»Ich muß mit Ihnen reden«, fiel George mit der Tür ins Haus. »Über ein Kind, das sogenannte Oberlander-Baby.«

Prudence ließ sich nicht stören. »Tut mir leid, aber ich habe jetzt absolut keine Zeit. Kydd kommt in einer Minute zur Visite, und ich bin schon schrecklich im Hintertreffen. Ein andermal ...«

»Nein«, sagte George, erstaunt über ihre eigene Hartnäckigkeit. »Ich suche Sie schon seit 'ner Ewigkeit, aber Sie sind unauffindbar – weder in der Klinik noch sonstwo – und ich muß Ihnen nur eine einzige Frage stellen. Sie haben die Station Harry Rajabani überlassen, als Sie Bereitschaftsdienst hatten und Miss Kydd nicht hier war. Warum? Es liegt mir fern, Ihre Arbeitsmoral zu beurteilen; ich muß nur wissen, ob Ihre Abwesenheit irgend etwas mit dem kleinen Oberlander zu tun hat.«

Nun hob Prudence den Kopf. Sie war blaß, und ihr rotes Haar wirkte ungepflegt und stumpf. Rote Ränder lagen um ihre Augen – nicht, weil sie geweint hätte wie Cherry, sondern weil sie erschöpft und, wie George fand, krank aussah. »Sind Sie OK?« fragte sie daher besorgt.

»Nein, bin ich nicht!« gab Prudence energisch zurück. »Ich stecke bis über beide Ohren in der Arbeit und kann mir keine Unterbrechung leisten.«

»Tja, das ist bereits aber geschehen«, meinte George. »Nun kommen Sie – sagen Sie's mir schon.« Und setzte sich aufrecht hin. Manchmal, dachte sie, mußte man im Umgang mit jüngeren Kräften ein bißchen Autorität zeigen, wenn man Chef einer Fachabteilung war.

»Ach Gott!« seufzte Prudence und wurde plötzlich noch blasser. George beugte sich zu ihr hinunter. Die junge Frau sah schrecklich aus. Instinktiv streckte George ihre Hand aus, um Prudences Kopf zu halten, der auf den Tisch zu fallen drohte.

»Hören Sie, es tut mir leid, wenn –«

Prudence hatte die Augen geschlossen und beide Hände zu Fäusten fest geballt. »Jetzt seien Sie mal still, ja? Ich bin wirklich am Ende und ich kann nicht –« Sie öffnete die Augen und starrte George an. »Oh, Gott, ich schätze, Sie werden mich nicht in Ruhe lassen, bis ich's Ihnen sage. Wenn Sie es irgend jemand verraten, muß ich –« Sie holte tief Luft. »Ich war schwanger.«

»Was?« George starrte sie entsetzt an.

»Schwanger, ja verdammt! Ich wollte es ja auch behalten. Ich war sehr glücklich. Und dann hab' ich in der Nacht Blutungen bekommen und – und – ach scheiß drauf! Ich bin also nach Haus. OK? Ich wollte keine Hilfe von hier – Kydd hat mir bei meiner Einstellung gesagt, sie verlange optimalen Einsatz, und wenn ich mich nicht genau daran halten würde, könnte ich auch keine Zeugnisse von ihr erwarten. Es war – es ist ein sehr wichtiger Job für mich. Wenn ich's hier nicht schaffe, kann ich vielleicht nur noch in irgendeiner kleinen unbedeutenden Klinik unterkommen. Ich hab's nicht gewagt, sie wissen zu lassen, daß es mir nicht gut geht. Verstehen Sie? Und in dieser Nacht –«

»Oh, je!« stieß George aus. »Es tut mir ja so leid. Sie hatten eine Fehlgeburt!«

Prudence fixierte sie schweigend; George überlegte kurz.

»Aber hören Sie, Kydd hin oder her, Sie hätten sich doch sicher an jemand anders wenden können? Irgend jemand hier hätte Ihnen doch geholfen. Wie kommt's denn, daß Ihr Mann« – sie warf einen Blick auf Prudences linke Hand, die keinen Ring trug, und verbesserte sich – »Ihr Freund nicht darauf bestand? In so einem Zustand allein zu bleiben ... Wie weit waren Sie denn?«

»Ich habe keinen Freund«, erklärte Prudence. »OK? Er hat mich verlassen, als ich schwanger wurde. Noch ein Grund mehr, keinesfalls meinen Job hier zu verlieren oder mein Zeugnis aufs Spiel zu setzen. Ich muß Geld verdienen – und hier fehlen mir nur noch zwei Monate. Hätte ich's noch ein bißchen länger verbergen können, wäre mir nichts passiert. Ich wußte das. Aber dann hatte ich die Fehlgeburt. In der zwanzigsten Woche. Oh, Gott.« Und sie senkte den Kopf, und George glaubte einen Moment lang, sie werde gleich weinen. Aber Prudences Augen blieben trocken – sie hatten sich nur etwas gerötet.

»Deshalb haben Sie mich hier nicht angetroffen. Ich versuche, es zu schaffen, so gut ich kann. Wahrscheinlich hab' ich noch ein paar Reste ... Ich brauche eine Ausschabung, aber ich hab' Bedenken, mich krank zu melden. In ein oder zwei Wochen ist sie wieder weg, und dann kann ich –«

»Das«, sagte George verärgert, »ist, verdammt noch mal, das Verrückteste, was ich je gehört habe. Sie können doch in diesem Zustand nicht weiterarbeiten! Sie brauchen ärztliche Versorgung!«

»Wenn Sie irgend jemandem etwas darüber erzählen, werde ich – werde ich aufhören, mir Mühe zu geben, das kann ich Ihnen schriftlich geben. Wenn Sie sich da einmischen, schmeiß' ich den ganzen Kram hin, das versprech' ich Ihnen!«

»Und ob ich mich einmischen werde«, entgegnete George. »Damit das ein Ende hat. Und machen Sie sich keine Sorgen wegen Dr. Kydd – auch wenn sie noch so streng ist, mir kann sie keine Angst einjagen! Kommen Sie!« Sie rutschte von der Tischkante und zog Prudence auf die Beine. »Wir gehen jetzt sofort zur Unfallstation. Darüber brauchen wir gar nicht mehr zu diskutieren.«

19

Das sind Sachen, wie man sie von jungen Schwestern erwartet«, kommentierte Hattie. »Nicht von einer Ärztin! Aber im medizinischen Sinne ist es wohl eine Depression – und deshalb denkt sie nicht logisch.«

»Als ob ich das nicht wüßte!« meinte George. »Selbstmordgefährdet wirkt sie auch. Brauchst sie ja nur anzusehen. Übrigens, das muß doch nicht wie 'n Lauffeuer rundgehn, hmm? Davor hatte sie nämlich Angst.«

»Wofür hältst du mich, George?« sagte Hattie entrüstet. »Spiel bloß nicht die Neunmalkluge!«

»Autsch!« machte George. »Tut mir leid. Wie können wir denn dem Klatsch vorbeugen?«

»Oh, Didier wird sie hier behandeln, nicht einer der Assistenten der Unfallstation. Der ist schwer in Ordnung – verrät niemals etwas. Wenn sie eingewiesen werden muß und 'ne Ausschabung braucht, was ich ganz stark annehme, können wir sie ins Bezirkskrankenhaus von Rotherhithe verlegen. Da kennt sie niemand, und sie wird einfach nur Miss Jennings sein. Hör mal, und was Dr. Kydd betrifft ...«

»Ah, ja.« George setzte ihre Kaffeetasse ab und stand auf. »Ich muß jetzt zurück, hab 'ne Autopsie, mit der ich schon vor zehn Minuten hätte anfangen sollen. Sag Prudence, um Dr. Kydd kümmere ich mich schon. Sie soll sich keine Sorgen machen – das tu' ich schon zur Genüge.«

Während der Autopsie, die zum Glück keine besonderen Probleme bereitete, dachte George an Prudence und deren Ängste. Es durfte nicht allzu schwer sein, Dr. Kydd davon zu überzeugen, daß auch ihre junge Ärztin ein Recht darauf hatte, krank zu sein; doch es ärgerte George, daß die Ursache dafür alle weiteren Ermittlungen in dieser Richtung vereitelte. Es ging nicht darum – hielt sie sich vor Augen, während sie Organe wog und maß und die Ergebnisse auf Band diktierte – ob Prudence in irgendeiner Weise in den Tod des Kindes verwickelt war. Sie hatte nur gehofft, gleichzeitig mehr über den kleinen Oberlander zu erfahren, wenn sie herausfand, wo sich Prudence in jener Nacht, als seine Eltern mit ihm verschwunden waren, aufgehalten hatte. Und das war nicht der Fall.

Man könnte verrückt werden, dachte George, als sie nach der Dusche die Station Barrie aufsuchte. Ein Mord – nein, zwei Morde waren geschehen, und die Übeltäter schienen wie vom Erdboden verschluckt zu sein. Und zwei weitere Leute hatten es unter Angabe eines falschen Namens und einer fingierten Adresse, des ältesten Tricks der Welt, ebenfalls geschafft, spurlos zu verschwinden. Aber es mußte doch eine Möglichkeit geben, sie ausfindig zu machen und herauszubekommen, wie das Kind gestorben war. Und warum.

Erst kurz vor ihrem Ziel überlegte sie, was sie Dr. Kydd über ihre abwesende Assistentin sagen sollte. Dann beschloß sie, sich einfach nach den Reaktionen der Chefärztin zu richten.

Wie sich zeigte, war Dr. Kydd direkt umgänglich.

Sie saß hinter dem Schreibtisch der Stationsschwester in der Spielzone direkt hinter der Tür, hatte den Kopf über einige Berichte gebeugt und ließ sich von den Kindern, die sich inmitten des Raumes lautstark mit Spielzeug und Kissen bewarfen, überhaupt nicht stören. Schwester Collinson konnte George nirgends entdecken, aber Philip Goss war auf seinem Posten. Er erwiderte ihr Lächeln, als sie sich behutsam einen Weg durch die kleinen hüpfenden Gestalten bahnte, die sich um ihn scharten.

»Oh, Sie sind das?« Dr. Kydd blickte auf und nickte George kurz zu. »Und was führt Sie hierher? Wir haben doch keine Epidemie zu befürchten, von der wir nichts ahnen?«

»Oh, ich beschäftige mich auch noch mit anderen Dingen als mit ansteckenden Krankheiten!« erwiderte George ein wenig gekränkt, während sie fieberhaft nachdachte: Epidemien? Das war vielleicht gar keine schlechte Idee. »Ich werde eben von Zeit zu Zeit zu Konsultationen gerufen.«

»OK, OK. Es ist nur, weil ich hier praktisch alles allein machen muß, und ich weiß genau, daß ich nicht um eine Konsultation gebeten habe – und ich glaube kaum, daß Prior dazu in der Lage wäre, ohne mich vorher zu fragen. Bringt mich noch zur Verzweiflung, der Kerl. Zeigt noch nicht mal für fünf Pfennig Initiative. Also, was kann ich für Sie tun?«

»Es geht um Dr. Jennings«, begann George so beiläufig wie möglich und lehnte sich dabei gegen den Schreibtisch. »Es ist meine Schuld, daß sie heute mittag bei der Visite nicht hier war.«

Susan Kydd runzelte die Stirn. »Wie kommen Sie denn darauf? Collinson sagte mir, sie hätte sich krank gemeldet.«

»Genau«, bestätigte George. »Diese Nachricht habe ich der Schwester für Sie durchgegeben. Die Sache ist – Prue hat erbrochen. Sie wollte unbedingt auf Station bleiben, aber ich hab' sie zufällig im Waschraum der Kantine getroffen und rausgekriegt, daß sie auch noch Diarrhoe hat. Nicht gerade günstig, wenn man auf 'ner Kinderstation arbeitet, das werden Sie zugeben.«

»Auf jeden Fall«, meinte Susan Kydd. »Verdammt unangenehm, wenn sich so was hier ausbreitet.«

»Das hab' ich ihr auch gesagt, obwohl sie ein Riesentheater veranstaltete, wollte ihren Posten nicht verlassen und schwor, sich in punkto Hygiene vorzusehen. Aber dann hab' ich, fürchte ich, den Chefarzt raushängen lassen.« Sie grinste Susan entwaffnend an. »Hab' ihr zu verstehen gegeben, daß ich sie nach allen Regeln der Kunst fertigmachen würde, wenn sie nicht sofort mit ins Labor kommt und mich ein paar Proben für Tests entnehmen läßt. Zur Zeit grassiert eine ansteckende Magen-Darm-Grippe in unserem Bezirk« – im Geiste kreuzte sie die Finger und hoffte, Susan würde nicht erfahren, daß sie sich einer dreisten Lüge bedient hatte – »und ich wollte kein Risiko eingehen. Also hab ich sie jetzt isoliert, bis auf den Kulturen was gewachsen ist.«

»Hmm«, machte Dr. Kydd. »Tja, da kann ich jetzt nichts mehr dran ändern, nicht wahr? Jennings auch nicht, die Arme. Ich wußte, daß es etwas Wichtiges sein mußte – sie ist sehr tüchtig, eine, die ihren Job ernst nimmt. Nicht wie dieser schreckliche Prior.« Sie schüttelte den Kopf. »Mir ist schleierhaft, wo die heutzutage ihre Medizinstudenten auftreiben – die Leute, die man mir in letzter Zeit schickte, sind einfach unfähig. Wir könnten wirklich ein paar mehr Leute wie Prue gebrauchen.«

»Das sollten Sie ihr mal sagen«, schlug George vor. »Es würde sie bestimmt freuen. Sie glaubt, Sie seien so wütend, daß – äh – also, sie hat Angst, Sie wären ...«

»Macht sich Sorgen wegen ihrem Zeugnis, richtig?« Susan Kydd schaute plötzlich so wissend drein, daß sich ihre Miene geradezu aufhellte. »Nun, das muß sie nicht. Nicht, daß ich es ihr sagen würde, und Sie sollten es bitte auch nicht tun. Man muß sie bei der Stange halten, diese jungen Leute. Wenn man sie zu sehr lobt, werden sie nur faul. So, und ich kann jetzt nicht länger hier rumsitzen und plaudern, ich hab' nämlich zu tun.« Und erhob sich, fegte ihre Notizen vom Tisch und verschwand nach einem kurzangebundenen Nicken Richtung Innere Station.

Hinter ihr lachte Philip Goss leise auf. »Was für eine Frau!« meinte er. »Sie muß aus Eisen sein. Was täten wir nur ohne sie?«

»Hmm«, machte George, die mit einem Pfleger nicht über eine Arztkollegin klatschen wollte, auch wenn ihr der junge Mann sympathisch war. »Und wie stehen die Dinge hier? Haben Sie viel zu tun?«

»Hält sich in Grenzen«, erwiderte er. »Ein paar Schnupfennasen und Hustenhälse – all die rauchenden Mütter sind keine große Hilfe im Winter – aber es könnte schlimmer sein. Wir haben sogar noch Betten frei.«

»Gut«, sagte George auf dem Weg zur Tür. »Besser, als sich zu überarbeiten.«

»Sie werden uns die Betten streichen, denke ich«, sagte Philip bitter und nahm ein kleines Mädchen auf den Arm, bevor es stolpern und sich den Kopf an einem mit Holzklötzen beladenen Lastwagen stoßen konnte. »Jetzt, wo wir ein Trust sind, scheinen sie mehr Betten zu streichen, um Geld zu sparen, anstatt für eine vernünftige Anzahl zu sorgen, damit wir Leben retten können.«

George hielt vor der Tür an. »Gefällt Ihnen die neue Regelung nicht?«

»Ist der Papst katholisch?«

»Sie wurde ja eben erst eingeführt, diese Regelung. Vielleicht erweist sie sich auf lange Sicht als ganz nützlich. Selbstverwaltung könnte weniger Verschwendung, bessere Versorgung bedeuten.«

»Das sollte sie, aber zur Zeit versuchen die ja bloß, an allen Ecken und Enden zu kürzen. Sie stellen die unfähigsten Leute ein, bezahlen immer weniger und wundern sich anschließend, daß alles den Bach runtergeht.« Er schüttelte mutlos den Kopf. »Sie sollten mal darüber nachdenken. Wenn man eine erstklassige Versorgung bieten will, muß man sich auch um erstklassiges Personal bemühen. Da kann man eben nicht jeden dahergelaufenen Taugenichts auf die Patienten loslassen, stimmt's? Aber genau das tut dieser Trust – Hoppla, hör sofort auf, du kleiner Frechdachs!« Und weg war er, schlitterte fast über den Boden, um ein besonders wildes Kind davon abzuhalten, ein weniger aktives zu Brei zu schlagen.

George kehrte in Gedanken versunken ins Labor zurück. Sie hatte sich im Old East nie für eine Seite engagiert. Während ihrer ersten Monate hier war über den Antrag, der die Zugehörigkeit zum NHS-Trust sichern sollte, viel geredet worden. Als Amerikanerin hatte sie – auch wenn sie schon zehn Jahre im Lande lebte und arbeitete – immer das Gefühl gehabt, sie sollte sich nicht einmischen, obschon sie das

NHS-System, die staatliche Gesundheitsfürsorge, immer sehr bewundert hatte. Es war, verglichen mit den Krankenhäusern in den Staaten, ein großzügiges, patientenorientiertes System, denn dort besaß die Rechnungsabteilung den gleichen Stellenwert und vermutlich einen größeren Einfluß als die lebenserhaltenden und -rettenden medizinischen Abteilungen. Mittlerweile führten die notwendigen Kürzungen, die die neuen NHS-Regelungen der Klinikleitung vorschrieben, jedoch in allen Bereichen zu Umwälzungen, so daß sie die Unruhe, die alle Mitarbeiter erfaßt hatte, nicht länger ignorieren konnte. Da sie als selbständige Pathologin die Hälfte ihres Gehalts vom Gerichtsmedizinischen Institut bezog – ein Umstand, der sie dem Ärztlichen Direktor lieb und teuer machte und ebenso dem Finanzrat empfahl – war ihr eigener Job sicher.

Aber wenn junge Pfleger wie Philip Goss die Veränderungen als derart gravierend empfanden, war das schon eine ernste Sache. Vielleicht, dachte sie, während sie ihre Schritte beschleunigte, um der bitteren Dezemberkälte zu entkommen, sollte ich mal mit jemandem darüber reden. Zum Beispiel mit dem Professor, ihn über die allgemeine Stimmung hier informieren – es kann nicht gut sein fürs Haus, wenn motivierte Pfleger den Mut verlieren.

In ihrem Büro brannte Licht. Sie wußte sofort, warum.

»Wieder mal beim Schwänzen, Gus?« fragte sie, als sie durch die Tür trat. Er kippelte wie üblich auf ihrem Stuhl – hatte die Füße auf dem Tisch, die Arme verschränkt – und grinste sie fröhlich an.

»Na klar. Macht ja kein' Spaß, der Boß zu sein, wenn man nich' ab und zu mal blaumachen kann.«

Er schwang die Füße vom Tisch und erhob sich. »Hier ist dein Sessel, schön vorgewärmt. Ich nehm' den hier.« Er holte den Besucherstuhl aus der Ecke, warf alle Unterlagen, die darauf lagen, auf den Boden und ließ sich mit einem zufriedenen Seufzer fallen. »Außerdem hab' ich diesmal nicht geschwänzt. Ich hab' nachgedacht.«

»Paß nur auf«, sagte sie und blätterte die Nachrichten durch, die Sheila ihr auf dem Schreibtisch hinterlassen hatte. Nichts war besonders eilig, und dankbar schob sie es in den ›Nicht so dringend-Clip‹. »Du könntest dir glatt einen persönlichen Gefallen –«

»Ich liebe es, wenn du meine Sprache sprichst. Das zeigt, daß ich dir nicht völlig egal bin.« Er beugte sich vor und sah ihr ins Gesicht. »Heh, guck mich doch mal an! Ich sag' dir süße Nichtigkeiten!«

George blickte auf und mußte lachen. »Und ich hab's nicht gemerkt! OK, ich bin ganz Ohr. Du hast also tatsächlich nachgedacht! Und worüber, wenn ich fragen darf?«

»Über dich«, war die prompte Antwort. »Und mich. Auf einer einsamen Insel im tiefblauen Meer, wo dir die Rumkugeln sanft auf der Zunge zergehen und der Himmel von einem so samtigen Blau ist, daß –«

»Hört sich an wie'n Einbruch in ein Modegeschäft«, kommentierte sie. »Fang noch mal neu an! Worüber hast du nachgedacht?«

»Warum geb' ich mir nur die Mühe? Es ist, als ob man 'ner Betonmauer Gedichte vorsagt. Die Frau hat keine Seele, das is' ihr Problem. OK, ich sag's dir: Ich bin mattgesetzt, das ist es.«

»Mattgesetzt?« Sie sah ihn mit hochgezogenen

Brauen an und lehnte sich bequem zurück. »Jetzt sprichst du *meine* Sprache!«

»Na schön. Dann noch mal auf englisch: Verbockt. Gestoppt. Verhindert. In mei'm verdammten Schritt gefangen.« Er schaute sie trübsinnig an. »Ich hätt' nie geglaubt, daß die Sache so verfahren ist. Keine Neuigkeiten über den kleinen Oberlander. Als hätte niemand was gesehen, als wäre keinem Menschen aufgefallen, daß irgendwo ein Baby fehlt – du verstehst, was ich meine. Dann das Auto, mit dem man Harry Rabajani überfahren hat. Meinst du, wir wären auch nur einen Schritt weiter gekommen? Keine einzige verdammte Spur! Es gibt keine Werkstatt und keine Garage auf dieser Seite der Themse, die wir nicht überprüft hätten – auf der anderen Seite übrigens auch nicht. Wir hätten die Räder und Stoßstangen von jedem einzelnen Vehikel in diesem Land auf Spuren checken müssen, und das wär' ja wohl kaum möglich. Dann die Sache mit den Kliniken – erinnerst du dich? Ich sagte, wir lassen in all diesen Häusern nach einer Mutter suchen, die HIV-positiv ist – so viele dieser Häuser gibt's ja zum Glück nicht, zumindest solche, die bekannt sind. Wir haben alle nur erdenklichen Nachforschungen angestellt, und nix ist dabei rumgekommen. Also, wie ich schon sagte, schachmatt. Völlig den Bach runter. Und was jetzt?«

Sie erkannte eine Art ironischer Betrübtheit in seinem Blick, aber sie ließ sich täuschen. Ihm war wirklich miserabel zumute.

»Ist nicht deine Schuld, Gus«, tröstete sie. »Auch nicht die deiner Leute. Ich bin sicher, ihr habt alles versucht. Ich bin genauso schachmatt wie du. Wegen Prudence, weißt du noch? Ich wollte doch rausfinden, warum sie die Station verlassen hatte – in jener

Nacht, in der die sogenannten Oberlanders das Baby unter Harrys Nase wegstahlen.«

Gus' Miene hellte sich hoffnungsvoll auf, aber George schüttelte den Kopf. »Hab's dir ja gesagt, ich bin genauso schachmatt wie du. Sie hatte einen – persönlichen Grund für ihr so plötzliches Verschwinden. Es stimmt, ich hab's nachgeprüft, und es geht ihr überhaupt nicht darum, etwas zu vertuschen. Laß uns einfach sagen, sie ist krank. Und es gibt nichts, was sie mit dem Tod des kleinen Oberlanders verbindet.«

»Nichts also«, brummte er.

Langsam breitete sich ein Grinsen über ihr ganzes Gesicht aus. »Nicht ganz nichts, nicht *ganz* .«

»Du weißt etwas.« Es klang vorwurfsvoll. »Du wolltest es vor mir geheimhalten, aber jetzt hast du's dir anders überlegt.«

»Woher weißt du das?« Sie war ehrlich verblüfft.

Er zwinkerte ihr zu. »Hab' ich dir schon mal gesagt. Ich mag kluge Frauen. Und warum? Weil ich selber so 'n kluges Kerlchen bin. Und irgendwie hast du so ausgesehen ... Na ja« – er wurde wieder ernst – »Wenn du's mir wirklich erzählen wolltest, hättest du's längst getan. Du kannst es nämlich normalerweise nicht abwarten, bis du dran bist.«

»Vielleicht sollte ich's dir gar nicht sagen.«

»Sei nicht so blöde«, sagte er liebenswürdig. »Wenn du einmal angefangen hast, mußt du's auch zu Ende bringen. Es würd' dich rasend machen, wenn du's nicht sofort los wirst, das wissen wir doch beide!«

George seufzte, wühlte in den Papieren auf ihrem Schreibtisch – gab es im Old East einen ähnlich chaotischen Arbeitsplatz – und fand die Akte Chowdary.

»OK. Es war nicht ganz umsonst! Ich wollte es eigentlich allein versuchen, aber – na schön.« Nachdem sie ihm von ihrer Begegnung mit Cherry Lucas berichtet hatte, zog sie die zerknitterten Blätter aus dem Rückendeckel der Akte und schob sie ihm zu.

Gus beugte sich darüber wie die Katze über die gefangene Maus und schnurrte fast vor Zufriedenheit. »Ein Code. Oh, ich liebe Codes! Die haben irgendwie Klasse, weißt du? Da kann man wirklich mal zeigen, was man auf dem Kasten hat.«

»Ist trotzdem verrückt, nicht? Ich meine, daß es wieder so einen Code gibt, wie im Fall Oxford.«

Gus schüttelte den Kopf. »So verrückt ist das gar nicht. Die Leute lieben Codes. Schau dir mal im Februar die Valentinsgrüße in der Zeitung an. Und erst die Hieroglyphen meiner Jungs. Ich muß ihnen tatsächlich erst beibringen, so zu schreiben, daß es auch ein Außenstehender lesen kann – zum Beispiel, wenn so 'n Notizbuch vor Gericht als Beweisstück gebraucht wird. Also, dann wollen wir uns diesen Code doch mal näher betrachten: OHRRFR YPG ... Mensch, das ist ja 'ne ganz neue Masche!«

»Was denn?«

»Normalerweise werden Buchstaben und Zahlen gemischt, aber eine Klammer hab' ich noch nie gesehn! Hmm. CPLG OFR$. Mensch, sogar noch ein Dollarzeichen! OFR$ £HL$CA. Also auch noch Pfund Sterling., (LOFS y23$GP" "HS. Das ist ja dämlich, Kommas, Anführungszeichen und was nicht noch alles.« Er seufzte. »Wie viele Zeilen sind es denn?« Er zählte. »Mein Gott. Um den zu knacken, braucht man ja mehr als einen Computer.«

»Das kann ich dir flüstern. Ich hab's endlos lange versucht, mußte aber aufgeben.«

»Laß mich den Kram mitnehmen. Dann kann ich meine Jungs dransetzen, und du –«

»Nein! Ich will's probieren. Schließlich gibt's Methoden zur Dechiffrierung – ich hab' schon mal von Büchern gehört. Glaub' ich jedenfalls. Diese Blätter bleiben hier!«

»Solln wir uns die Arbeit nicht teilen?« bot er galant an. »Den Mist kopieren? Du behältst die Originale, ich krieg' die Kopien. Ist das nicht 'n fairer Handel?«

George dachte kurz nach. »Meinetwegen. Ich werde sie morgen kopieren.« Sie streckte die Hand aus, und er gab ihr, wenn auch widerwillig, die Blätter zurück. »Ich verspreche, sie dir so schnell wie möglich zu schicken.«

»Bring sie doch selbst. Dann kann ich dich wiedersehen«, schlug er vor und grinste furchtbar anzüglich. »Ich seh' dich gern.«

»Dazu hast du am Weihnachtstag reichlich Gelegenheit«, erwiderte George und wurde zu ihrer eigenen Überraschung ein bißchen rot. »Es war nett, daß du alles den beiden alten Damen überlassen hast. Sie sind rumgeflattert wie –«

»Ein Paar kopflose Hühner, ich kann's mir vorstellen. Aber ich hab' ihnen gar nichts überlassen. Ich war auch nicht nett, ich war bloß verdammt vernünftig. Das ist nämlich die netteste Weihnachtseinladung, die ich je bekommen hab'.« Er strahlte. »Ich hab' mich schon seit Jahren nicht mehr besonders auf Weihnachten gefreut. Normalerweise verbringe ich die Feiertage allein oder bin im Dienst und –«

»Du nimmst mich auf den Arm!« Sie schaute ihn mißtrauisch an. »Du willst doch bloß Mitleid schinden!«

»Nein, das will ich nicht! Wenn, dann würd' ich dir 'ne bessere Geschichte auftischen. Es stimmt – ich bin zu Weihnachten allein seit – na ja, ist ja egal.« Er sah nun grimmig aus und würdigte sie keines Blickes, während er etwas umständlich in seinen Mantel fuhr. »Jedenfalls freue ich mich auf Weihnachten mit euch dreien. Das wird bombig. Ich hab' mich heute um Kopf und Kragen gekauft – und du kannst nix dagegen sagen, weil's fürs Fest ist. Ganz irre Sachen.«

Er stand nun an der Tür, die Hand auf dem Knauf. »Eines würde ich noch gern wissen.«

»Und das wäre?«

»Du sagst, Prue ist aus der Sache raus, weil sie krank ist. War sie denn in jener Nacht schon krank?«

»Ja.«

»Und die Geschichte ist wasserdicht – unmöglich, daß sie gelogen hat?«

»Keine Chance.«

»Na schön. Aber das bedeutet nicht, daß sie nicht doch irgendwie in die Sache verwickelt ist, richtig? Sie war diejenige, die das Kind als erste gesehen hat. Sie war diejenige, die erkannt hat, daß mit der Altersangabe etwas nicht stimmte.«

»Also?«

»Also könnte sie ganz geschickt etwas vertuscht haben. Wäre nicht das erste Mal, daß die Leute es auf diese Art probieren. Und auch nicht das letzte Mal.«

George schüttelte nachdrücklich den Kopf – dennoch begann der Zweifel in ihr zu nagen. »Ich bin sicher, sie hat nichts damit zu tun.«

»Tja, wenn du es sagst. Aber denk drüber nach. Laß mich den guten alten Oliver Cromwell zitieren, wenn ich das nicht schon –«

»Hast du!« rief sie schnell, aber nicht schnell genug.

»›Ich beschwöre dich‹«, intonierte er. »›beim Herze Jesu Christi, denke daran, daß – du – dich – irren – könntest.‹«

Dann war er verschwunden.

20

Am Abend vor Weihnachten, war das ganze Krankenhaus mit Kugeln und Rauschgold und Sprühflitter dekoriert. Auch Sheila und Jerry hatten im Labor einen Baum aufgestellt und festlich geschmückt; sie hielten schon eine Flasche Sherry und Schokoladen-Diätkekse bereit, obwohl noch jede Menge Arbeit anlag. George hütete sich, ihre Bedenken wegen der Krümel auf den Objektträgern anzumelden – sie mußte sich einfach darauf verlassen, daß nichts passierte. Es war im allgemeinen kein Fehler, wenn sie ihrem Personal ein wenig Vertrauen schenkte.

In der Leichenhalle hatte Danny – ohne einen Gedanken darauf zu verschwenden, daß sein Eifer vielleicht ein wenig fehl am Platze war – rotes und grünes Lametta durch die Griffe der Kühlzellen geschlungen, in denen die Leichen lagerten. George mußte ihm deswegen Vorhaltungen machen. Natürlich war er daraufhin eingeschnappt; seine Miene hellte sich aber wieder auf, als sie ihm erlaubte, ein paar Ilexzweige im Sektionsraum aufzuhängen. Diesen Raum betrat niemand außer den Angestellten des Krankenhauses und der Polizei, während in der Leichenhalle immer die Möglichkeit bestand, daß Angehörige zu einer Identifizierung kamen.

Nachdem sie dieses Problem geklärt und die Morgenpost durchgesehen hatte, die zum Glück vorwiegend aus Weihnachtskarten (die meisten leider von Leuten, denen sie keine Karte geschickt hatte) bestand, konnte sich George wichtigeren Dingen zuwenden.

Zunächst erkundigte sie sich nach Prudence Jennings.

»Man hat sie in Rotherhithe als ganz normale Patientin aufgenommen«, beruhigte Hattie Clements sie. »Keiner ahnt, daß sie 'ne Ärztin vom Old East ist. Sie brauchte eine Ausschabung und wird heute abend vielleicht schon wieder entlassen. Anschließend fährt sie zu ihren Eltern, also schätze ich mal, daß sie gut versorgt ist. Fröhliche Weihnachten übrigens, George! Hast du was Nettes vor? Also, wir haben am Boxing Day ein paar Leute eingeladen – Sam und ich würden uns freuen, wenn du auch kommst.«

»Ich werd's versuchen«, versprach George, »aber meine Ma und so eine Art Tante sind zu Besuch.«

»Bring sie doch mit!« schlug Hattie spontan vor. »Die Kinder würden dich sehr gern sehn, und sie lieben alte Damen. Bring mit, wen du willst.« George wiederholte ihr Versprechen und widmete sich dann der Akte Chowdary, die sie nicht länger behalten konnte

Am besten wäre es, sie bat Cherry, sie zurückzubringen, denn Cherry hatte, im Gegensatz zu ihr, zumindest eine gewisse Berechtigung, die Unterlagen der Entbindung einzusehen. Sie nahm die Akte und steckte kurz den Kopf ins Labor (wobei sie das Radio ignorierte, aus dem Weihnachtslieder dröhnten), sagte ihren Leuten, sie könnten sie bei Bedarf anpiepsen, und machte sich auf den Weg zur Fertilitätsklinik.

Auf der Entbindungsstation schien sich die vorweihnachtliche Dekorationswut am heftigsten ausgetobt zu haben: Nicht weniger als drei Krippen waren im Korridor aufgestellt, überall hingen Baumkugeln, Lametta und Glöckchen, und neben dem Haupteingang prangte ein riesiger Weihnachtsbaum. Die Duftmischung aus Desinfektionsmitteln und Muttermilch und Tannennadeln war seltsam, aber nicht unangenehm, und zum ersten Mal spürte George ein bißchen Vorfreude auf das Fest. Vielleicht würde es morgen mit Ma und Bridget und Gus sogar eine richtige Feier geben. In den letzten Tagen während der knapp bemessenen Mittagspausen Geschenke zu besorgen war hektisch genug gewesen; heute nachmittag mußte sie diese noch einpacken, nach Hause schaffen und unter den kleinen Baum legen, den Bridget und Vanny heute abend schmükken wollten. Als George die Tür zur Fertilitätsklinik aufstieß, fühlte sie sich beschwingt, wie lange nicht mehr.

Ihre Hochstimmung hielt jedoch nicht vor: Sie fand Cherry zusammengesunken vor ihrem Schreibtisch in dem winzigen Kabuff, das neben Julia Arundels Zimmer lag und hochtrabend als ›Sekretariat‹ bezeichnet wurde. Julia konnte sie nirgends entdekken –, im schmalen Flur warteten einige verzweifelt aussehende Leute offenbar darauf, ins Sprechzimmer am Ende des Korridors gerufen zu werden. Am Schreibtisch davor saß eine gelangweilte Schwester und blätterte in irgendwelchen Akten, aber sie nahm keine Notiz von George.

»Wieder mal so schlimm, Cherry?« fragte sie das Mädchen, das mit geröteten Augen zu ihr aufschaute.

»Weihnachten«, sagte Cherry nur. »'s wär ja gar

nicht so schlimm, wenn nicht Weihnachten wär'. Wir wollten am Boxing Day ins Theater. *Cats*. Ich hab' mich so darauf gefreut!«

»Es wird leichter«, tröstete George und berührte sie sanft an der Schulter. »Nicht sofort, aber mit der Zeit. Es hilft, wenn man an was anderes denkt.«

»Ich versuch's ja!« beteuerte Cherry und richtete sich auf. »Es is' aber nich' einfach – grade hier. Wir haben kaum was zu tun, laufen sozusagen nur mit halber Kraft, verstehn Sie? Das Komitee sagt, sie müssen auf der Entbindung kürzen, und weil wir nun mal dazugehören, kriegen wir natürlich den ersten Tritt.« Es war klar, daß sie Julia Arundel zitierte. Sogar ihre Stimme gewann an Schärfe, wie die ihrer Chefin. »Es ist einfach schrecklich, daß so viele unglückliche Menschen nun noch länger warten müssen, weil die Finanzverwalter die Dinge nicht regeln können. Sie nehmen Unfruchtbarkeit nicht ernst genug, das ist das Problem.«

»Also sind Sie nicht ausgelastet.«

Cherry nickte. »Genau. Tja, vielleicht sollte ich mal wieder was stricken. Das hilft immer. Ich könnt' auch echt 'nen neuen Pullover gebrauchen.«

»Das hört sich gut an«, meinte George. »Sie können sich ja noch ein Paar passende Stulpen dazu stricken – solche, wie Sie gerade anhaben, und machen Sie den Pullover so lang und so weit, daß Sie ihn ohne Hosen oder Rock darunter tragen können, wie früher die Troubadoure.«

Cherrys Miene hellte sich auf. »Ja – ja, das wär' super! Und richtig bunt – vielleicht.«

»Wie wär's, wenn Sie sich diese handgesponnene Wolle in Regenbogenfarben besorgen, die auf dem Markt von Covent Garden verkauft wird«, fragte

George und bemerkte, wie Cherrys Augen von Begeisterungsfunken leuchteten. »Ich hab' mal so einen geschenkt bekommen, ist schon ewig her; der war auch handgestrickt.«

Sie verwahrte ihn immer noch unten in einer Kommodenschublade. Ein prächtiges Stück – Vanny hatte ihn gestrickt.

»Oh, das ist 'ne Superidee!« rief Cherry und lächelte zum ersten Mal, seit sie sich kennengelernt hatten. Spontan beugte sich George vor und nahm sie in die Arme.

»Sie sind ein tapferes Mädchen, Cherry. So, jetzt hören Sie mal zu ...« Sie löste sich von dem Mädchen, das vor Dankbarkeit ganz rot geworden war. »Ich habe hier die Akte Chowdary. Man sollte sie besser zurückgeben, nicht?«

»Oh, ja, danke!« sagte Cherry. »Ich war schon richtig nervös. Wenn jemand nach dem Ding gefragt hätte und rausgekommen wär', daß Harry sie hatte, dann – also, das wär' einfach furchtbar gewesen. Ich werd' sie zurückstellen, ja?«

George reichte ihr die Akte. »Ja, bitte. Aber Cherry ...« Sie zögerte. »Diese zerknitterten Blätter, die Sie gefunden haben, wissen Sie noch? Mit den seltsamen Zeichen. Sie gehören ja gar nicht zur Akte, also hab' ich sie behalten. Ich glaube nicht, daß es damit Probleme geben wird.«

»Oh, deswegen mach' ich mir keinen Kopf«, meinte Cherry. »Ich hab' sie bloß in die Akte gestopft, weil sie darunterlagen, verstehn Sie? Ich dachte nur, vielleicht –« Sie hielt inne. »Da waren noch 'n paar andere Sachen.«

»Was denn?« George war ganz Ohr.

»Na ja – so 'ne Art Notizbuch. Nicht viel drin. Bloß

'n paar Daten. Ach ja, und noch was ganz Komisches ...« Sie durchsuchte ihre Schreibtischschublade und förderte ein kleines Notizbuch zutage. Es hatte einen roten marmorierten Einband und war voller Eselsohren. George fand, es hatte starke Ähnlichkeit mit ihrem Schönschriftheft in der Grundschule.

»Ich wußte nicht, was ich damit anstellen sollte, konnte nicht beurteilen, ob es wichtig ist.«

George öffnete das Notizbuch. Auf der ersten Seite waren, wie Cherry erklärt hatte, irgendwelche Daten aufgelistet: 14. Jul., 27. Okt., 1. Dez. Es folgte eine Hieroglyphe, die George eingehend betrachtete. Die Handschrift war sehr undeutlich, die Buchstaben groß, aber krakelig. Sie trat näher ans Licht, um besser sehen zu können.

»Er hatte 'ne furchtbare Handschrift«, bemerkte Cherry, in zärtlichen Erinnerungen verloren. »Als ob er üben würde, wie man 'n typischer Arzt wird, der Rezepte schreibt, über die sich alle kaputtlachen, hab' ich ihm immer wieder gesagt. Soll ich's mal versuchen? Ich kann sie vielleicht lesen.«

George reichte ihr das Notizbuch. »Ach! Das wollt' ich schon mal entziffern. Sind hauptsächlich Großbuchstaben, nicht? Ich glaub', es heißt ›B an P bez Au DO 2‹. Aber ich hab' keine Ahnung, was das bedeuten soll.«

George blickte stirnrunzelnd auf die Zeile, dann hob sie das Kinn und starrte, ohne etwas zu sehen, auf die Wand, an der ein einsamer Kalender schief auf dem schmutziggelben Untergrund hing. »›B an P bez Au DO 2‹«, sagte sie laut vor sich hin. »›B an P bez Au DO 2‹. Könnte 'ne Botschaft sein. Es ist bestimmt sehr wichtig, und doch ...« Sie schaute angestrengt auf den Kalender, nicht um die Daten nachzuprüfen, sondern um sich zu konzentrieren. Und da geschah es.

Es war ihr noch nicht oft passiert, aber sie hatte jedesmal die Fähigkeit ihres Gehirns bewundert, die Verbindung der Synapsen, die das Wunder ermöglicht hatten. Zweimal war es während einer Prüfung geschehen: Nachdem ihr eine Schlußfolgerung, zur Untermauerung einer Antwort nicht eingefallen war, hatte irgend etwas, irgendein unwichtiges Wort auf der Seite oder ein Gegenstand im Raum, in dem sie sich voller Verzweiflung umgeschaut hatte, ihrem Geist den nötigen Anstoß gegeben – und es war ihr gelungen, die gespeicherten Informationen abzurufen und die richtige Antwort zu geben.

Dieses Mal war es genauso: Der Kalender an der Wand inspirierte sie. Saubere Siebenerreihen – Zahlen von Eins bis Einunddreißig. Jede Spalte überschrieben mit Buchstaben – Mo, Di, Mi, Do, Fr, Sa, So. Wieder blickte sie in das Notizbuch und wußte sofort, wofür die Buchstaben standen. »Irgendwas an Pathologie bez. Autopsie am Donnerstag, dem 2. Dezember«, verkündete sie. »Er hat diese Notiz geschrieben –«

»Was?« fragte Cherry.

»An das Formular für die Autopsie des kleinen Popodopoulos war eine Notiz geheftet. ›Das ist der dritte Kindstod, den wir seit dem Sommer auf der Entbindung haben. ??? Besteht da eine Verbindung???.‹ Ich bin rumgelaufen wie 'ne Blöde, um rauszukriegen, wer diese Notiz geschrieben hat, aber keiner wollte etwas davon wissen. Jetzt glaube ich, daß es Harry war. ›B‹ heißt ›Benachrichtigung‹ oder vielleicht ›Bescheid‹ – beides paßt. ›Benachrichtigung an Pathologie bez. Autopsie am Donnerstag, dem 2. Dezember‹. Bescheid an Pathologie ... Und das Datum stimmt genau. Das war der Morgen, an dem der kleine Popodopoulos tot aufgefunden wurde.« Sie hatte fast vergessen, daß Cherry zuhörte. »Und diese Daten ... beziehen sich auf die anderen Fälle. Das Lennon-Baby starb am 14. Juli, die kleine Chowdary am 27. Oktober und das Kind der Popodopoulos' am 1. Dezember. Das müssen sie gewesen sein – ich muß sie noch mal überprüfen, aber ich bin mir ziemlich sicher.«

Sie wandte sich zur Tür, drehte sich aber noch einmal um und sah Cherry nervös an. »Ähm. Das ist alles so – ich meine, ich habe Harry nicht gekannt, Cherry, aber ich glaube, jemand war hinter ihm her. Er muß einer Sache auf die Spur gekommen sein, die ein anderer unbedingt geheimhalten wollte. Und ich denke, wir sollten unser Wissen ebenfalls geheimhalten. Was meinen Sie?«

Langsam zogen sich Cherrys sanftgeschwungene Brauen zusammen, ihre Augen verengten sich. »Wollen Sie damit sagen, Harry wurde *umgebracht*? Und der Mörder will jeden umbringen, der sonst noch Bescheid weiß?« stieß sie hervor.

George schüttelte den Kopf und sprach so besänftigend, wie sie konnte: »Oh, nein! So tragisch ist es gewiß nicht. Aber ich glaube, hier ist etwas passiert, dem man nachgehen sollte, und das wird leichter, wenn niemand davon weiß. Vielleicht brauche ich diese Aufzeichnungen doch noch ein paar Tage länger. Darf ich sie wieder mitnehmen? Ich bring' sie auch so bald wie möglich zurück.«

Cherry blickte zweifelnd drein, aber George war nicht gewillt, so schnell aufzugeben. Sie griff nach der Akte und klemmte sie wieder unter den Arm.

»Ich bring' sie so bald wie möglich zurück«, wiederholte sie. »Und kann ich in der Zwischenzeit darauf bauen, daß Sie niemandem etwas verraten? Ich meine, über das Notizbuch und die Aufzeichnungen darin und –«

»Ich werde schweigen wie ein Grab!« Es klang fast wie eine Verkündigung. Nun leuchteten Cherrys Augen vor Eifer – offenbar hatte Georges Entschlossenheit, die Unterlagen zu behalten, sie mächtig beeindruckt. »Niemand kriegt auch nur ein Sterbenswörtchen aus mir raus.«

»So dramatisch brauchen wir nicht zu sein, Cherry. Reden Sie einfach nicht darüber!«

»Reden Sie nicht worüber?« Unvermittelt war Julia Arundel hinter ihr aufgetaucht. George drehte sich um und lächelte sie freundlich an.

»Ach, es geht um die Weihnachtsparty drüben auf der Kinderstation«, log sie, ohne rot zu werden. »Ich möcht' gern mitmachen und war schon auf der Entbindung, um zu sehn, ob ich was für mein Kostüm finde. Damit die Kinder ihre Freude haben, verstehen Sie? Aber die konnten mir nicht helfen und meinten, ich soll Cherry mal fragen. Dachten, sie hätte vielleicht was Passendes. War aber leider nicht der Fall.« Sie schaute Cherry an, und ihr Lächeln wurde noch breiter. »Tja, so ist das eben. Muß ich es halt woanders versuchen. Aber es ist natürlich ein Geheimnis. Ich will nicht, daß jemand vorher davon weiß – dann wär's ja keine Überraschung mehr. Ihnen sag' ich's trotzdem – ich will mich als Freiheitsstatue verkleiden.«

»Na, dann viel Spaß!« sagte Julia und starrte George an, als sei sie nicht ganz bei Trost. »Ich kümmere mich ja nicht um solche Sachen, aber ich wünsch' Ihnen viel Spaß. Cherry, könnte ich bitte die Akten von gestern abend haben? Vielleicht schaffe ich es ja noch, Ihnen die Arztbriefe an die Ärzte bis zum Mittagessen zu diktieren.«

»Oh, sicher, Dr. Arundel«, sagte Cherry bereitwillig. Sie nahm ihren Stenoblock und verließ eilig das Sekretariat. »Sofort.«

Bevor sie hinter Julia im angrenzenden Büro verschwand, warf sie einen Blick über die Schulter und zwinkerte George zu. George atmete tief durch. Sie hatte zwar keine Veranlassung, wegen Julia Arundel beunruhigt zu sein, aber je weniger über die heikle Geschichte bekannt war, um so besser konnte sie an deren Lösung arbeiten.

Nachdem sich die Tür hinter den beiden geschlossen hatte, suchte sie in der Akte die Adresse der Chowdarys. Fünfundsiebzig Caspar Street, Bermondsey. Praktisch um die Ecke. Sie biß sie sich auf die Lippen und überlegte, doch dann eilte sie entschlossen zur Pathologie, um ihren Mantel zu holen. Im Laufschritt sah sie auf die Uhr.

Das Haus erzählte eine Menge über die Chowdarys. George stand davor und musterte die Umgebung. Die Hände hatte sie tief in den Manteltaschen vergraben, und ihr Piepser in der einen Hand fühlte sich warm und sicher an; man konnte sie jederzeit erreichen, wenn es nötig war. Sie hatte nur über die Tower Bridge laufen müssen, denn es war schier unmöglich gewesen, ein Taxi zu bekommen. Sie verdrängte ihre Schuldgefühle, weil sie ihren Arbeitsplatz ohne triftigen Grund verlassen hatte, und konzentrierte sich wieder auf ihr Vorhaben.

Die ganze Straße war auf äußersten Schick getrimmt. Man hatte die kleinen, über hundert Jahre alten Arbeiterhäuser, deren ursprüngliche Bewohner längst ausgezogen waren, mit schweren Eingangstüren aus Eiche, Messingtürklopfern und Kutscherlampen versehen und zu vermutlich exorbitanten Preisen verkauft. In den Fenstern – ihre Rahmen in Pastelltönen hatten reichlich Farbe abbekommen – prangten schneeweiße Tüllgardinen. Vor den Türen parkten teure Autos: drei BMWs sowie einige Mercedes zählte George auf den ersten Blick.

Durch die hölzernen Blumenkästen voller edler Pflanzen vor den Fenstern wirkte Nummer fünfundsiebzig noch wohlhabender als die benachbarten Domizile und entsprach eindeutig dem Heim von Menschen, die von sich selbst behaupten, Geschmack zu haben. George zog beklommen an der Türglocke, die mit einem altmodischen Klingeln irgendwo im Haus ihre Anwesenheit verkündete. Vielleicht wollten die Chowdarys nach dem schweren Schicksalsschlag mit niemandem aus dem Krankenhaus reden.

Der Mann, der ihr die Tür öffnete, war breit und stämmig gebaut und hatte einen säuberlich gestutzten Schnurrbart über den schmalen Lippen. Sein Haar war bis zum Oberkopf einer Glatze gewichen, wuchs jedoch an den Seiten voll und dunkel. Er trug einen Kaschmirpullover über einem Seidenhemd, gutgeschnittene Hosen und Lederschuhe, die bequem und teuer aussahen. Im Haus roch es nach teurem Whisky und Zigarren sowie erlesenen Speisen. Hinter ihm konnte George edle Seidentapeten, dicke Teppiche und helle Möbel ausmachen.

»Kann ich Ihnen helfen?« Seine Stimme war leise und angenehm und das, was die Engländer normalerweise kultiviert nennen – er hörte sich wie ein, für Kanal Drei, typischer Sprecher an.

»Möglicherweise war es ein Fehler, Sie aufzusuchen, Mr. Chowdary«, begann George. »Sie sind doch Mr. Chowdary? Es ist – ich bin Dr. George Barnabas. Vom Old East.«

Er starrte sie ausdruckslos an. »Ich bin Viv Chowdary. Was ist der Grund Ihres Besuches?«

»Ich –« Sie schnappte nach Luft, wütend auf sich selbst. Warum hatte sie nicht vorher überlegt, was sie sagen sollte. Es war einfach verrückt gewesen, hierherzukommen. Sie fing an, wild drauflos zu improvisieren. »Ich habe über den Verlust nachgedacht, den Sie erlitten haben, und er schien mir – also, es ist gerade zu Weihnachten sehr hart, nicht wahr?«

Er schaute sie einige Sekunden lang schweigend an, so daß sie befürchtete, er werde ihr die Tür vor der Nase zuschlagen. Doch dann wurde sein Blick sanfter. »Das ist nett von Ihnen. Meine Frau ist leider nicht da – sie besucht ihre Mutter – aber ich freue mich, Sie kennenzulernen. Treten Sie doch ein.«

Das Zimmer, in das er sie führte, war noch teurer eingerichtet, als George erwartet hatte. Der Teppich war weich, die wuchtigen Sofas mußten sehr bequem sein, die Wände waren voller Bücherregale, und die Ziergegenstände zeugten von erlesenem Geschmack. Viv Chowdary bot ihr etwas zu trinken an und schien beinahe beschämt, als sie nur Tonic Water haben wollte. Dann ließ er sich in einem tiefen Ledersessel neben dem Kamin nieder, in dem echt aussehende Gasflammen in einem künstlichen Holzstapel loderten. Er neigte den Kopf fragend zur Seite. »Nun. Was wollten Sie mir sagen?«

»Daß es mir leid tut, daß Ihr Baby gestorben ist.«

Sie mußte nicht mehr improvisieren – es war ihr ernst. Dieser überaus gepflegte Raum wurde so unverkennbar von Erwachsenen genutzt, daß George gut nachvollziehen konnte, wie sehr sich die beiden ein Baby gewünscht hatten, um diese etwas kühle Atmosphäre aufzulockern.

»Sie sind in der Tat sehr freundlich«, sagte er mit großer Würde. »Ich danke Ihnen. Und ich bin sicher, meine Frau wird derselben Meinung sein, wenn sie erfährt, daß Sie sich hierher bemüht haben.«

George saß da und starrte ihn lange an. Sie hatte keine Ahnung, was sie als nächstes sagen sollte, und als die Worte aus ihrem Mund kamen, war sie selbst etwas überrascht.

»Es wäre vielleicht nicht so schlimm, wenn Sie ein Bild von Ihrem Kind hätten«, sagte sie. »Ich wünschte nur, es wäre gemacht worden.«

Er deutete ein Lächeln an, indem er die außergewöhnlich roten Lippen unter dem schmalen Schnurrbart leicht verzog. »Ach, das. Vielleicht sollte ich es Ihnen ja nicht mitteilen – sind Sie eine Kollegin von Dr. Arundel?«

»Oh, nein. Nun, selbstverständlich sind wir im gleichen Haus tätig, aber in verschiedenen Abteilungen. Ich bin die – ich bin im Labor beschäftigt.« (Ich hoffe, er bringt mich nicht in Verbindung mit Autopsien, dachte sie. Wäre schrecklich für ihn.) »Ich sehe sie also nicht besonders häufig. Ich weiß nur, daß sie gern Bilder von – von den Babys hat, die durch ihre und die Hilfe ihrer Mitarbeiter zur Welt gekommen sind, und, na ja, bei Ihrem Baby war das natürlich nicht möglich.«

Er erhob sich und schritt quer durch das Zimmer zu einem Schreibtisch, einer modernen Nachbildung eines viktorianischen Sekretärs. Er griff in eine der kleinen Schubladen und kam mit einem Umschlag zurück.

»Ich habe selbst ein Foto gemacht«, erklärte er. »Ich war bei der Geburt dabei, und als sie unser Baby auf die Waage legten, hab' ich es fotografiert. Es ist das einzige, was uns von ihr geblieben ist.«

Er öffnete den Umschlag und reichte George ein kleines Foto. Sie nahm es fast ehrfürchtig entgegen und schaute es an. Die Beine des Babys waren verschwommen, bestimmt hatte es gestrampelt. Doch ansonsten war es scharf: Die Kleine hatte eine regelrechte Kappe aus kurzen, schwarzen Haaren, dunkle Augen blickten George heiter entgegen. Hände und Arme waren mit Käseschmiere bedeckt, dieser fettigen, gelblichen Substanz, die die Haut des Babys *in utero* schützt; im Gesicht konnte George einige winzige Blutspuren erkennen, und auf ihrem Oberkörper meinte sie ein langes rötliches Mal auszumachen. George betrachtete es eingehend, dann sagte sie: »Sie war wunderschön. Wirklich wunderschön.«

»Ich weiß«, sagte Viv Chowdary. »Das macht es ja so schwer für uns. Sie sieht so – normal aus. Außer diesem kleinen Mal, aber das, so sagte man mir, wäre mit der Zeit verblaßt.«

»Mal?« fragte George.

»Auf der Brust. Da, sehen Sie? Ich hab' es dem Arzt gegenüber erwähnt – wie hieß er doch gleich? Wie eine Pariser Metrostation. Ach ja, jetzt fällt es mir wieder ein – St Cloud. Dr. St Cloud. Ich wollte wissen, ob sie sich bei der Geburt verletzt hat, ob das Mal verschwindet. Und er sagte, ach, das ist ein vaskulärer Nävus, der verblaßt, bevor sie zwei ist, vielleicht sogar noch früher. Aber er hatte ja keine Chance zu verblassen, nicht wahr?«

Er nahm das Foto wieder an sich und blickte es eine Weile an, bevor er es in den Umschlag zurückgleiten ließ. »Aber sie war wunderschön«, sagte er leise und legte den Umschlag wieder ins Fach.

»Mr. Chowdary«, begann George und bemühte sich um einen neutralen Tonfall. »Warum haben Sie Dr. Arundel keinen Abzug von dem Foto für ihre Galerie der erfolgreichen Geburten gegeben. Es tut ihr sehr leid, daß sie kein Bild von Ihrem Baby hat.«

»Aber dies war keine erfolgreiche Geburt, oder?« Viv Chowdary war die Vernunft in Person. »Mein Baby ist gestorben.«

»Ja, es ist gestorben.« George stand auf. »Und ich spreche Ihnen mein tiefstes Beileid aus.« Sie hielt ihm ihre Hand hin, er ergriff sie und schüttelte sie, wobei er höflich den Kopf senkte. Dann brachte er sie zur Tür.

»Ich hoffe – ich hoffe, es wird Ihnen möglich sein, ein weiteres Baby zu bekommen, Mr. Chowdary«, brachte George hervor, als sie die Haustür erreichten. Draußen sah es öde und kalt aus, Regen lag in der Luft. »Dr. Arundel meint, Sie könnten es ein zweites Mal versuchen.«

»Wer kann das schon wissen? Es liegt in Gottes Hand. Aber Angela und ich denken darüber nach. Ich danke Ihnen noch einmal.« Er schob sie sanft, aber nachdrücklich durch die Tür und schloß sie hinter ihr. George blieb stehen und blickte die Straße entlang, auf die kleinen Kutscherlampen aus Messing und die Fenster, in denen Lichterketten blinkten. Ihre Gedanken überschlugen sich.

Im Autopsiebericht des Chowdary-Babys war kein

vaskulärer Nävus auf der Brust erwähnt. Einem fähigen Pathologen hätte er doch auffallen müssen!

»Ich muß ihn fragen«, sagte sie laut zur Straße. Denn wenn er *so etwas* übersehen hat, was mochte ihm sonst noch entgangen sein? Vielleicht hat man dem Kind etwas angetan, von dem wir nichts wissen? Vielleicht wurde auch dieses Kind – wie der kleine Oberlander – umgebracht? Harry mußte so etwas vermutet haben.

Ein Wagen bog um die Ecke und hielt vor dem ersten Haus, und ein Bote sprang heraus. Er ließ die Tür angelehnt, und die voll aufgedrehte Musik aus dem Autoradio durchbrach die Stille. »›Die Kühe muhen‹«, schmetterten unsichtbare Sänger. »›Das Kind erwacht ...‹«

George schlug den Kragen hoch, bis er ihre Ohren verhüllte, und eilte Richtung Norden, zur Tower Bridge und zum Old East. Weihnachten und tote Babys – das paßte einfach nicht zusammen.

21

Sie erwachte am Weihnachtsmorgen vom Duft des Truthahnbratens und lag noch eine Weile unter ihrem Duvet – ließ die Erinnerungen wie Nebel von der See vorüberziehen. Weihnachten in ihrer Kindheit war jedes Jahr gleich: Mutter stand mitten in der Nacht auf – zumindest kam es der kleinen George so vor – tappte nach unten in die Küche und heizte den Ofen vor. »Denn«, pflegte sie Oscar zu erklären, der sich immer lautstark beschwerte, »der Truthahn wird erst richtig zart, wenn man ihn lange und langsam brät – sonst würde er dir doch nicht schmecken.« George hatte an jedem Weihnachtsmorgen jener lang vergangenen Zeit dem Gezänk ihrer Eltern gelauscht und Truthahnbraten gerochen – oder war es Thanksgiving gewesen? Plötzlich konnte sie sich nicht mehr erinnern und wollte es auch nicht; dieses Weihnachten wird bestimmt ganz anders, sagte sie sich, warf die Bettdecke zurück und trabte ins Badezimmer. Es war nicht besonders gemütlich, auf der Couch zu nächtigen, aber allmählich gewöhnte sie sich daran.

Nachdem sie sich angezogen hatte – neue, grell schwarz und weiß gestreifte Leggings, die sie noch größer wirken ließen, obwohl sie flache Ballerinas dazu trug, und ein dickes knallrotes Sweatshirt, das ihr besonders gut stand –, hatte Bridget das Bettzeug weggeräumt und Georges Schlafstätte wieder in das Wohnzimmermöbel verwandelt. Sie hatte auch den

Gaskamin angezündet und eine große scharlachrote Poinsettie im Topf auf den Couchtisch gestellt. Die lebhaften Farben vertrieben den trüben Nebel des Dezembermorgens.

»Fröhliche Weihnachten, Honey«, sagte Bridget und gab George ein Küßchen auf die Wange. Ihre Haut fühlte sich weich und trocken an. »Heute sollst du mal so richtig ausspannen. Vanny und ich kümmern uns um alles. In der Küche sind wir schon fast fertig, also setz dich jetzt hin und laß uns machen.«

Sie streckte die Hand nach dem Plattenspieler aus, betätigte einen Schalter, und im nächsten Moment erfüllte Lalos ›Symphonie Espagnole‹ den Raum. George spürte ein Brennen hinter den Augenlidern. Sie hatten sich soviel Mühe gegeben, hatten sogar ihre Lieblingsmusik aufgelegt; aus einem plötzlichen Impuls heraus nahm sie Bridget in den Arm.

»Auch dir fröhliche Weihnachten, Liebes«, sagte sie. »Und wenn ihr glaubt, ich laß euch alleine in meiner Küche werkeln, habt ihr euch geschnitten. Los komm!« Und sie führte Bridget in die Küche – den Arm um ihre Schulter gelegt.

Vanny stand am Herd und rührte in einem Topf. George trat auf sie zu und küßte sie auf den Nacken, der vor Hitze und Anstrengung rot angelaufen war.

»Fröhliche Weihnachten, Ma. Es riecht wie früher zu Hause, das ist ja toll!«

»Es wird auch so toll«, erklärte Vanny heiter. »Wenn du mir aus 'm Weg bleibst und mich hier brasseln läßt. Bridget, gib George ihren Kaffee und ihren Saft und 'n paar Kekse, und dann hilf mir mal mit den Kartoffeln. Gus wird bald eintreffen, und dann will ich umgezogen sein.«

George versuchte sich durchzusetzen, hatte aber keinen Erfolg. Vanny und Bridget waren unerbittlich; sie lehnten jede Hilfe ab, und letztendlich mußte George nachgeben, denn sie regten sich nur unnötig auf. Sie setzte sich aufs Sofa, neben sich einen Stapel noch nicht gelesener Fachzeitschriften, und versicherte den beiden, daß sie nicht arbeiten, sondern nur ein bißchen lesen wolle.

Wie in einem Kaleidoskop vermischten sich Düfte und Wärme des Morgens, bis George ihre Augen nicht mehr offenhalten konnte. Am Vorabend waren sie alle spät ins Bett gekommen, weil sie noch den Baum geschmückt hatten (der nun als Erfolg ihrer Bemühungen stolz in der dunkelsten Ecke des Zimmers prangte), und die letzten Wochen waren überaus anstrengend gewesen. Nun, da George sich entspannte, geschah das Unvermeidliche: Sie fiel in leichten Schlummer.

Plötzlich fuhr sie hoch, mit den Armen wild um sich schlagend. Gus hatte sich über sie gebeugt und rieb sich mit betrübter Miene die rechte Wange.

»Heh«, machte er. »Ich wollte doch bloß mal sehn, ob du tatsächlich schläfst. Das war wirklich nich' nötig!«

»Was?« fragte George, benommen.

»Mich so zu vermöbeln, daß es bis nächste Weihnachten reicht«, grinste er. »Ach übrigens, fröhliche Weihnachten für dieses Jahr.«

Er erschien ihr unheimlich fremd. Statt des vertrauten zerknautschten Anzugs samt Krawatte und Mantel trug er nun gutgeschnittene schwarze Hosen und einen scharlachroten Kaschmirpullover über dem reinweißen Hemd, das am Hals offenstand. Sein Haar war sorgfältig gekämmt, lockte sich aber schon wieder, so daß er einem verwegenen und viel zu erfahrenen Engel mittleren Alters glich.

»Fröhliche Weihnachten«, erwiderte George und blinzelte. »Hab' dich gar nicht klingeln hören.«

»Das konntest du auch nicht. Deine Ma und Bridget haben mich vom Fenster aus gesehn und mir gar keine Zeit dazu gelassen. Bridget war schon an der Tür, als ich die Treppe hochkam.« Er strahlte sie an. »Wir sind uns sehr ähnlich, was? Ich hab's dir ja immer gesagt, obwohl du's nich' glauben wolltest.«

»Wie meinst du das?«

»Paßt zusammen«, sagte er zufrieden und klopfte sich auf den scharlachroten Bauch. »Rot und Weiß und Schwarz. Trifft sich gut!«

Bridget brachte ein Tablett mit vier von Georges besten Punschbechern, in denen eine rosarote Flüssigkeit dampfte. Sie machte ein Riesengetue, bestand darauf, daß sich beide bedienten, und rief dann die rotangelaufene, verschwitzte Vanny aus der Küche.

»Auf Weihnachten und andere fröhliche Stunden!« prostete Bridget allen zu, bevor sie einen großen Schluck nahm. »Ziert euch nicht so, wir haben noch mehr.«

Es war ein starker, würziger Drink, und George mußte husten. Bridget strahlte.

»Das ist das richtige Gesöff, was? Trinkt aus, ich hol' euch noch einen.« Sie drängte Vanny aus dem Wohnzimmer.

»Mein Gott!« sagte Gus und nippte zaghaft an seinem Becher, dessen zerbrechlichen Henkel er vorsichtig zwischen den kräftigen Fingern hielt. »Das ist ja tödlich.« Mit erhobener Stimme fragte er: »Was ist denn bloß da drin, Bridget?«

»Hausrezept!« sang Bridget voller Stolz aus der Küche. »Etwas Rotwein, ein Schuß Brandy und so weiter!«

»Und so weiter!« rief Gus zurück und schüttelte ungläubig den Kopf. »Der halbe Schnapsladen, wenn du mich fragst.« Er ließ sich auf dem lederbezogenen Fußschemel zu Georges Füßen nieder. Sie hatte sich in einer Sofaecke zusammengerollt. »Na, wie geht's denn, George? Hast du noch alles erledigt, bevor die schrecklichen Ferien anfingen?«

»Nicht ganz«, gab sie zu. »Ich konnte mich nicht mehr um unsere Sache kümmern.« Sie schnitt eine Grimasse. »Alles andere hab ich inzwischen aber geschafft, also kann ich mich mit etwas Glück nächste Woche darum ...«

Er zog die Brauen hoch. »Du mußt dir nicht so 'n Arbeitspensum aufladen, weißt du. Nicht bei mir. Wir kommen ganz gut klar. Wenn du keine –«

George geriet in Zorn. »Willst du mich etwa ausschließen? Das werde ich nicht –«

Gus seufzte voll gespielter Ungeduld. »Laß mich doch ausreden, um Himmels willen! Ich wollte sagen – wenn du andere Sachen zu erledigen hast, warten wir, bis du damit fertig bist. Dann können wir uns zusammen diesen Code vornehmen.«

»Oh!« machte George ein wenig beschämt und spürte, wie sie rot wurde. Sie schob es auf den heißen Punsch, von dem sie immerzu kleine Schlucke nehmen mußte, denn wenn er auch sehr stark war, schmeckte er doch vorzüglich. »Tut mir leid.«

»Das ist ein Schritt in die richtige Richtung«, stellte er fest und beugte sich vor.

In der Küche schwatzte Bridget, und Vanny sang mit hoher Stimme »... ich geh' mit den lumpigen Zigeunern, oh«, im Kamin zischten die Gasflammen. Sein Gesicht ist ganz schön groß, dachte George verträumt. Ich kann ihm direkt in die Augen schauen. Sie haben seltsame bernsteingelbe Flecken. Ich glaube, dieser Punsch setzt mir doch ganz schön zu – mein Puls geht wenigstens zehn Schläge schneller. Wie konnte sie nur so objektiv bleiben, obwohl ihr so seltsam zumute war?

Gus grinste sie an. »Ich hätt' mir etwas Mistel ins Haar stecken sollen, aber zum Teufel damit«, sagte er leise, zog ihren Kopf näher zu sich heran und küßte sie.

Sie erkannte sich selbst nicht wieder. Immerhin war sie eine erwachsene Frau, die ihre Erfahrungen gemacht hatte – wenn auch nicht in letzter Zeit, da ihre Beziehung zu Ian Felgate in die Brüche gegangen war, bevor sie im Old East angefangen hatte. Sie war überzeugt gewesen, nicht der Typ Frau zu sein, den ein einfacher Kuß aus der Fassung bringt. Doch genau das geschah ihr – und sie tauchte atemlos und reichlich verwirrt wieder an die Oberfläche.

»Wer braucht schon Misteln?« fragte Gus mit noch sanfterer Stimme und küßte sie wieder. Zu ihrem Erstaunen war es genauso aufregend wie das erste Mal – und schließlich hörte sie auf zu denken. Sie legte ihre Arme um ihn, und erwiderte seinen Kuß mit aller Leidenschaft, derer sie fähig war.

Mehr aus Zufall als aus weiser Überlegung hatten sie sich voneinander gelöst, als Bridget erneut das Zimmer betrat, diesmal mit einem Teller hausgemachter Cracker sowie Truthahnpastete. Geflissentlich übersah sie, daß George hochrote Wangen bekommen hatte und Gus sich wie ein zufriedener Kater gebärdete.

»Haltet euch etwas zurück«, mahnte sie. »Vanny bringt mich um, wenn ihr nachher keinen Hunger mehr auf ihren Truthahn und die Füllung habt. Dauert nicht mehr lange. Sollen wir die Geschenke vor dem Essen auspacken oder nachher?«

»Äh – ist mir gleich.« George bemühte sich, ihre Befangenheit zu verbergen. »Wie ihr wollt.«

Gus schaute zu der beachtlichen Anzahl Päckchen unter dem Baum und schmunzelte. »Nach dem Essen. Es gibt nichts Aufregenderes, als wenn die Leute auf das, was sie sich am meisten wünschen, warten müssen.« Er grinste George anzüglich an, und sie prustete vor Lachen. Bridget strahlte und nickte.

»Das sag' ich auch immer. OK. Das große Fressen kann in 'ner Viertelstunde beginnen!«

Zu Bridgets und Vannys großer Erheiterung wurde das ausgiebige Festmahl durch Knallbonbons unterbrochen.

»Wir kennen das nur von Kindergeburtstagen«, vertraute Bridget Gus an. »Es ist wirklich nett, daß Sie welche mitgebracht haben. Noch dazu hübsche!«

»Ich liebe diesen ganzen Weihnachtskitsch«, schwärmte Gus. »Je mehr Lametta und Schnickschnack, desto besser. Heh, hört euch das mal an!« Er hatte den Zettel aus seinem Knallbonbon entfaltet und ähnelte mit seiner rosa und blauen Papierkrone mehr denn je einem beschwipsten Engel. »Verrat mir doch mal einer, was das bedeuten soll! Konfuzius sagt ›Mann, der Küsse stiehlt, nicht Dieb sein, wenn Dame ihm hilft, sich zu bedienen‹.«

George warf ihm einen mörderischen Blick zu und erklärte, es klinge eher nach einem Spruch, wie man ihn auf den Zetteln in chinesischem Krabbenbrot finde, und nicht nach der Weisheit aus einem Weihnachts-Knallbonbon – eine schwache Retourkutsche, aber etwas Besseres wollte ihr nicht einfallen. Zum Glück hatten Vanny und Bridget genug von dem Champagner getrunken, den Gus mitgebracht hatte, um nichts zu merken und das Geplänkel der beiden jungen Leute für außerordentlich lustig zu halten – sie lachten lauthals und drängten dann die beiden, sich noch einmal die Teller vollzuladen.

Der Rest des Nachmittags verlief ebenso fröhlich wie das Essen. Der gemeinsame Abwasch artete in ein lärmendes Durcheinander aus. Anschließend holten sie die Päckchen unter dem Baum hervor und bewunderten den Geschmack des jeweiligen Gebers. Gus hatte für George einen schweren Bildband über die Geschichte Londons eingepackt; er war in rotes Leder geschlagen, auf dem, in goldenen Lettern, Georges Name stand. Ein prächtiges Geschenk, das sie vor Verlegenheit erröten ließ, weil sie nun ihr eigenes für ihn so nichtssagend fand. Es war ein Paar Lederhandschuhe, doch er nahm sie mit Freuden entgegen. Und dann versanken sie in der Schläfrigkeit des Nachmittags, während im Hintergrund leise der Fernseher lief und die alten Damen nach all den Anstrengungen ein kleines Nikkerchen machten. George und Gus unterhielten sich gedämpft.

Wenn sie später an diesen Nachmittag dachte, erschien er ihr stets als der Wendepunkt ihrer Beziehung zu Gus. Sie hatten auf dem falschen Fuß begonnen, damals, als sie einander kurz nach ihrer Einstellung im Old East bei gemeinsamen Ermittlungen im Fall Oxford zum ersten Mal begegnet waren. Eine Verwechslung der Identität hatte dazu geführt, daß sie ihm nur noch kampflustig gegenübertreten konnte. Bei ihrer Zusammenarbeit in mehreren Fällen hatten sie in den folgenden Monaten zwar eine Art Freundschaft aufgebaut, aber an diesem Nachmittag – an diesem Nachmittag war es ganz anders.

Mittlerweile stellte George nun fest, sind wir wahre Freunde, Freunde, die beieinander sitzen können und sich wohlfühlen, ohne daß sie die ganze Zeit reden müssen; Freunde, die Gedanken des anderen aufgriffen und im Gespräch sofort verstanden, was der andere meinte. Es war sehr angenehm und tröstlich und gleichzeitig aufregend, denn ihre Freundschaft enthielt auch, wie beide sehr wohl wußten, ein Versprechen für etwas anderes. Für sehr viel mehr.

Der Winterhimmel verdunkelte sich zu einem tiefen Blau. Das Zimmer wurde nur noch von den züngelnden Flammen im Kamin und den tanzenden Schemen des Bildschirms erhellt. Plötzlich schlug Vanny die Augen auf, starre George erstaunt an, sang mit hoher, leiser Stimme: »Und ich geh' mit den lumpigen Zigeunern, oh!« und nickte sofort wieder ein. George und Gus mußten kichern – begriffen jedoch gleich darauf, daß Vannys Verhalten gar nicht so seltsam war, wie sie zuerst geglaubt hatten: Das Fernsehen brachte gerade eine Rückschau auf die letzten zehn Jahre, und in dem Moment, in dem Vanny aufgewacht war, hatte es Szenen von Kindern in Bukarest – besonders Zigeunerkinder – gezeigt, die unter dem Verlust ihrer Eltern und großen Entbehrungen litten.

»... diese Kinder«, sagte der unsichtbare Sprecher, »zahlen den schrecklichen Preis für die Ambitionen des Diktators Ceaucescu. In Waisenhäuser gepfercht und überwiegend aus Zigeunerfamilien stammend, schaukeln diese Kinder unentwegt hin und her. Sie versuchen, sich damit ein wenig Wärme und Geborgenheit zu verschaffen, die sie sonst in den schützenden Armen der Eltern fänden. Ihre einzige Hoffnung besteht darin, daß Menschen aus der westlichen Welt – hauptsächlich aus Amerika – sie dort herausholen und adoptieren.«

»Das hat sie an das Lied erinnert«, murmelte Gus leise, aber George schüttelte den Kopf.

»Sie singt es, seit sie es damals im Player's gehört hat«, flüsterte sie, um Vanny nicht erneut zu wecken. Bridget zu stören war so gut wie ausgeschlossen – die schnarchte munter vor sich hin. »Das war bloß wieder einmal –«

Sie brach abrupt ab, starrte ihn nur an. Die Idee, die ihr soeben durch den Kopf geschossen war, erschien ihr einfach zu verrückt – sie hatte bestimmt zuviel gegessen und getrunken und war jetzt hundemüde. Sie phantasierte, sie malte sich ein Drama aus. Und doch –

Gus hatte schon den Mund aufgemacht, aber George hob abwehrend die Hände und wandte ihre Aufmerksamkeit erneut dem Bildschirm zu. Trotz der geringen Lautstärke mußte sie sich nur wenig anstrengen, um den Kommentar zu den letzten Bildern von Straßenkämpfen in Rumänien zu verstehen. Es folgte eine Reportage über den Golfkrieg, und wieder verdrängte sie die verrückte Idee, die sich in ihrem Hirn festgesetzt hatte. Sie war einfach zu verrückt, man durfte noch nicht mal darüber nachdenken.

Gus musterte sie neugierig. Dann sagte er leise: »Du hattest gerade die leise Ahnung eines Verdachts.«

»Hmmm?«

»Was war's denn bloß? Willst du's mir nicht sagen?«

George reagierte gar nicht. Gus wurde ein wenig lauter: »Darf ich wissen, worum es sich handelt?«

Nun sah sie ihn endlich an, und ihr abwesender Ausdruck verschwand. Ihr Blick wurde schärfer. »Äh – was denn wissen?«

»Du hattest doch eben eine spontane Idee, oder? Ist über dein Gesicht gewandert wie 'n Kind über 'n Feld mit frischem Schnee. Die Fußabdrücke waren deutlich zu erkennen, Lady. Also sag's mir schon, ja?«

Sie starrte ihn an und biß sich auf die Lippen. Er beobachtete sie schweigend, die Stirn in Falten gelegt. Einen Moment lang wollte sie ihm alles erzählen, auf die Vertrautheit des Nachmittags bauen, ihm wirklich nahe sein. Doch dann besann sie sich – was war, wenn sie sich irrte? Was, wenn es eine verrückte Idee war, aus einem Verstand geboren, der heute nachmittag allzu reichlich mit Punsch und Champagner versorgt worden war? Sie konnte es nicht ertragen, sich Gus gegenüber ins Unrecht zu setzen. Während sie mit sich kämpfte, zog sie sich innerlich von ihm zurück; in seinen Augen erlosch die Wärme, als er es ihr ansah.

»Nichts – es gibt nichts zu sagen«, erklärte sie lahm.

»Verdammte Lügnerin.« Es klang nett und leichthin gesagt, aber sie ließ sich nicht täuschen. Sie hatte seine Gefühle verletzt. Impulsiv beugte sie sich vor und berührte seine Schulter.

»Ja, du hattest recht. Ich hatte plötzlich so eine komische Idee. Aber sie ist so – na ja, flüchtig. Völlig blödsinnig wahrscheinlich. Ich sollte lieber noch mal drüber nachdenken, bevor ich einen Narren aus mir mache.«

Ruckartig blickte er zu ihr hoch. Sein Gesicht war ihrem fast so nahe wie bei einem Kuß. »Du bist 'n reichlich dummes Ding, weißt du das? Nichts, was du tust, könnte dich in meinen Augen zum Narren machen. Sind wir nicht Freunde – richtige Freunde, die alles miteinander teilen.«

»Doch ...«, begann George gedehnt, aber irgend etwas verschloß ihr den Mund. Sie wollte ihm antworten, war sich aber gleichzeitig ihrer tiefverwurzelten Sturheit bewußt, einer Eigenart, die immer dann besonders stark hervortrat, wenn man Druck auf sie ausübte. »Ich will es ja mit dir teilen. Aber laß mich vorher ein paar Sachen nachprüfen. Ich weiß, bei dir hab' ich's nicht nötig, Gus, aber laß mich um Himmels willen so sein, wie ich bin, bitte! Versuch nicht, mich zu ändern. Ich bin nun mal bockig, OK? Ich brauche Fakten, ehe ich anfange zu – also, ich muß mir einfach sicher sein«, schloß sie schwach und grinste entschuldigend. »Ich hab' gelernt, auf mich selbst zu hören, denn in der Vergangenheit hab' ich einfach zu oft 'nen Schuß in den Ofen abgefeuert und – wie waren deine Worte gleich? – wirklich heilige Scheiße gebaut. Gib mir nur ein oder zwei Tage Zeit, mehr will ich nicht. Sobald feststeht, daß ich auch nur zur Hälfte recht hatte, erzähl' ich's dir, das verspreche ich. Aber wenn ich einen Narren aus mir mache, muß ich's dir wenigstens nicht beichten. In Ordnung?«

Er schaute sie lange an; schließlich nickte er. »Wenn du es so haben willst, Süße. Tu es auf deine Art! Ich will nicht, daß du alles so machst, wie ich es sage – so einer bin ich nicht, glaub mir! Das wirst du schon noch merken. Ich hab' nur gern, wenn man mir vertraut, wenn meine Freunde keine Geheimnisse vor mir haben, verstehst du? Ich bin nicht neugierig. Ich will bloß – teilen.«

»Ich weiß«, erwiderte George. »Und ich verspreche, daß du als erster erfährst, wenn ich was rausgefunden habe. Nimm es bitte nicht persönlich – daß ich es auf meine Art tun muß, meine ich.«

»Nein«, gab er zur Antwort und wandte sich wieder der Mattscheibe zu, auf der soeben ein Schönheitswettbewerb präsentiert wurde. Zehn Jahre hektischer Weltgeschichte hatte man in eine halbe Stunde gepackt. »Nein. Ich nehm's nicht persönlich.«

Aber sie wußte, daß er es doch tat.

22

Nach Weihnachten herrscht in den meisten Krankenhäusern eine bedrückende Atmosphäre. Die Dekoration, die sich vor Heiligabend hübsch und verlockend ausnimmt, wirkt nach dem Boxing Day glanzlos und billig; die allgemeine Unordnung sowie die Vorbereitungen für die zahlreich zu erwartenden Neuaufnahmen strapazieren die Nerven des Personals – besonders die der Stationsschwestern – in nicht geringem Maße, so daß einige harsche Worte fallen, bevor die Routine wieder einkehrt.

Das war diese Weihnachten nicht anders, und George fand ein heilloses Durcheinander vor, als sie nach den Feiertagen das Labor betrat. Jerry hatte sich krankgemeldet – »Wieder mal völlig verkatert, er kommt erst davon runter, wenn die Sylvestersauferei ansteht, damit er auch im neuen Jahr die erste Woche blaumachen kann« – war Sheilas säuerlicher Kommentar, bevor sie sich anschickte, das Lametta und sonstigem Flitterkram zu beseitigen und die übrigen Mitarbeiter dabei in den Wahnsinn zu treiben. Es gab niemanden, der sich in der Woche vor dem 25. Dezember mehr nach Weihnachten sehnte als Sheila, und niemanden, der hinterher so rasch wie möglich sämtliche Spuren des Festes beseitigen mußte.

George zog sich in ihr Büro zurück, dankbar dafür, daß – entgegen ihren Erwartungen – keine Leichen angeliefert wurden, nachdem sich die Menschen tagelang überschäumender Festeslaune hingegeben hatten. Sie nahm sich die Unterlagen für die Jahresstatistik der Krankenhausverwaltung vor. Es waren zwar nicht allzu viele, aber ehe sie die Papiere geordnet und Endsummen verglichen hatte, war es Mittag.

George meinte, damit ihr Arbeitspensum für das Old East erfüllt zu haben und sich wieder den beiden Todesfällen, in denen Gus ermittelte, widmen zu können. Sie holte die Akte Chowdary aus ihrer Schreibtischschublade. Sie würde sie bald zurückgeben müssen, denn früher oder später dürfte man sie im Sekretariat vermissen. Cherry, das wußte sie, konnte ihr die Akte auch nicht lange überlassen, denn sie war zu sehr um Harrys posthumen Ruf besorgt. Jetzt war die letzte Gelegenheit, sich Klarheit zu verschaffen.

Aufmerksam studierte sie den Autopsiebericht, den ihr Vertreter geschrieben hatte. Selbstverständlich hätte sie ihn etwas anders verfaßt, aber konnte ein Vertreter jemals ihren Anforderungen gerecht werden? Doch sie mußte zugeben: Er hatte sehr umsichtig gearbeitet und auch den Details gebührende Beachtung geschenkt.

Aber ein vaskulärer Naevus war trotz der äußerst genauen Beschreibung der Hautoberfläche nicht erwähnt. Das konnte er doch nicht vergessen haben! Ein solcher Naevus war nur eine winzige Blessur, die in der Regel verblaßte, bevor das Kind sein drittes Lebensjahr erreicht hatte – aber sie war da gewesen, und er konnte sie nicht übersehen haben! Ob er sich daran erinnerte? George mußte ihn fragen. Wo arbeitete er jetzt? Wo wohnte er? Sie blickte auf die letzte Seite des Berichts: Keine Adresse. Ein häufiger

Name: James Browne. Ihn ausfindig zu machen dürfte sehr zeitaufwendig sein. Konnte sie den Beweis auf anderem Wege erbringen?

Ganz spontan entschied sie, was zu tun sei. Sie eilte ins Labor, übergab Sheila das ganze Material, das zur Einspeisung in den Computer fertig war, und wich eventuellen Fragen aus, indem sie sich umgehend auf den Weg zur Fertilitätsklinik machte. Bitte laß Cherry heute morgen arbeiten, betete sie vor sich hin. Ich darf nicht noch mehr Zeit verschwenden. Je früher ich Gus von meiner Idee erzählen kann, desto besser. Ich will nicht, daß er mich für kühl und distanziert hält, wenn ich genau das Gegenteil fühle. Aber damit sollte sie sich im Moment nicht weiter befassen – also verdrängte sie den Gedanken, auch wenn es ihr nicht leicht fiel.

Zum Glück für Georges Seelenfrieden war Cherry in ihrem Büro. Sie saß wie ein Häuflein Elend auf ihrem Drehstuhl, kaute an einem Bleistift und starrte auf den schäbigen, fast abgelaufenen Kalender an der Wand.

Sie grüßte George lahm, doch als George die Akte vor sie auf den Schreibtisch legte, hellte sich ihre Miene auf.

»Oh, ich bin ja so froh«, sagte sie. »Grad' eben hab' ich mich nämlich gefragt, wann Sie das Ding wohl wiederbringen. Ich meine, klar, Sie haben's versprochen, aber Sie wissen ja, wie das so läuft. Die meisten vergessen's doch. Ich muß sie wirklich wieder in der Entbindung abliefern. Wenn ich's nicht tu', kommen die an und beschweren sich, daß Harry so unordentlich war, und das möcht' ich nicht.«

»Ich ja auch nicht«, beruhigte George sie. »Ich hab' jetzt auch alles, was ich brauche. Vielen Dank.« Sie zögerte. »Wird's denn schwer sein, die Akte an ihren Platz zurückzustellen, ohne daß jemand was merkt?«

»Mmmm? Nein, eigentlich nicht.« Cherry blickte auf ihre Uhr. »Ich mach' es, wenn ich sicher bin, daß keiner im Büro ist. Jetzt zum Beispiel. Ist ja Mittagszeit.«

»Gut«, meinte George aufgeräumt. »Dann bringen wir sie zusammen zurück, ja? Ach, und Cherry, könnten Sie mir noch einen Gefallen tun?«

Cherry schaute zweifelnd drein, und George tätschelte ihr ermutigend den Arm. »Ist schon in Ordnung. Ich will nichts Außergewöhnliches. Sie würden mir nur helfen, viel Zeit zu sparen. Ich könnte das, was ich wissen will, auch im Sekretariat erfragen, aber Sie wissen ja, wie schnell die dort arbeiten. Ich brauch' bloß die Adresse einer Patientin, der auch ein Baby gestorben ist. Wie bei dieser Frau.« Sie tippte auf die Akte.

»Oh, na ja, das könnt' ich vielleicht schon«, meinte Cherry zögernd. »Aber nur, wenn keiner da ist. Sonst muß ich doch erklären, warum ich gekommen bin und kann nich' mal die Akte zurückstellen. Aber jetzt könnt's klappen, wie ich schon sagte – Mittagszeit. Wollen Sie hier warten? Sagen Sie mir, welche Adresse es ist, und ich beeil' mich.«

»Ich begleite Sie. So kann ich Ihnen die Leute vom Leibe halten, wenn's nötig wird«, grinste George. »Außerdem ist es zu zweit immer leichter.«

Cherry schien dankbar für ihre Gesellschaft. George fand, sie sollte um der Höflichkeit willen etwas sagen. »Diese zerknitterten Blätter, die Sie in Harrys Büro unter der Akte gefunden haben, die sind schon seltsam, nicht?« fragte sie daher auf ihrem Weg zur Entbindungsstation.

»Seltsam?«

»Na ja, es sind ja bloß Zahlenreihen mit Buchstaben dazwischen.«

Cherry zuckte mit den Schultern. »Dieser ganze Medizinkram sieht doch so aus«, meinte sie. »Ich dachte, es wär' bloß irgendwas *Medizinisches*. Stimmt das etwa nicht?« Sie warf George einen forschenden Blick zu, der George wieder daran erinnerte, wie scharfsinnig dieses Mädchen sein konnte.

»Ich glaube nicht«, erwiderte sie. »Es sieht nicht so aus wie irgend etwas Medizinisches, das mir je untergekommen ist.«

»Oh!« Cherry runzelte die Stirn. »Das ist ja komisch. Und ich war mir so sicher. Auf jeden Fall hab' ich so was schon mal irgendwo hier gesehen.«

»Was?« George blieb aprupt stehen und faßte nach Cherrys Arm. »Ist das Ihr Ernst? Solche Blätter?«

Angestrengt dachte Cherry nach. »Ja. Es war in ...«

»Sagen Sie's mir!« befahl George. »Sofort! Wo? Wann? Bei wem? Und –«

Cherry, von Georges Heftigkeit erschreckt, schüttelte nur den Kopf. »Ich weiß es nicht.«

»Sie wissen es nicht? Wie meinen Sie das – Sie wissen es nicht?«

Cherry ging weiter, und George sah sich gezwungen, ihr zu folgen. »Wie ich schon sagte, ich kann mich nicht erinnern, selbst wenn ich sie förmlich vor mir sehe. Standen immer so 'n paar Zeilen drauf. Wie auf den Blättern unter der Akte.« Sie rieb sich die Augen. »Aber ich kann mich beim besten Willen nicht erinnern, wo das gewesen ist.«

Wieder brachte George Cherry zum Stehen; sie hielt die junge Frau am Ellenbogen fest. Sie hatten den kleinen Verbindungskorridor vor der Entbindungsstation erreicht – niemand war zu sehen.

»Hören Sie, Cherry«, drängte George. »Es gibt eine Möglichkeit, sich zu erinnern, und es ist sehr wichtig, daß Sie es jetzt versuchen. Schauen Sie auf die Wand vor Ihnen und schließen Sie die Augen.«

Cherry starrte sie offenen Mundes an. George schüttelte ungeduldig den Kopf. »Glauben Sie mir, es funktioniert, wenn Sie's nur wollen. Ich hab' das schon oft gemacht. Schauen Sie einfach nur auf die Wand. So. Jetzt schließen Sie die Augen und blicken auf die Blätter – in Ihrer Erinnerung. Sehen Sie sie? Können Sie das?«

Cherry holte tief Luft, kniff die Augen zusammen und konzentrierte sich. Dann sagte sie langsam: »Ja, irgendwie schon. Ein paar. Alle zerknittert.«

»Gut«, spornte George sie an. Ihr Puls hämmerte vor Aufregung. »Sehr gut. Jetzt sammeln Sie sich und breiten sozusagen Ihren Geist aus. Da sind die Blätter. Worin oder wo sind sie? Auf einem Tisch? In einem Ablagekorb? Schauen Sie gut hin, und sagen Sie mir, was Sie sehen.«

Das Mädchen hielt stirnrunzelnd die Augen geschlossen. »Ich kann nicht – oh! Also doch. Ein Korb. Da ist so 'ne Art Korbgeflecht neben den Blättern.«

Sie öffnete die Augen wieder, und George schrie sie fast an, sie solle sie wieder schließen. Cherry schien gekränkt, gehorchte aber sofort.

»Tut mir leid, Cherry. Ich wollte nicht so garstig sein. Ich muß es einfach nur wissen. Schauen Sie wieder hin. Sagen Sie mir, was Sie sehen.«

Cherry konzentrierte sich erneut, und George stand still da, die Zungenspitze zwischen die Zähne geschoben. Plötzlich waren Schritte zu hören. Cherrys Augenlider klappten auf, und George fuhr herum.

Didier St Cloud schlenderte leise pfeifend den Korridor der Entbindungsstation entlang. Er grinste, als er die beiden sah, und rief fröhlich: »Nettes Treffen vom Frauen-Club, was? Man muß sich echt verstecken, wenn man in diesem Haus 'n bißchen Ruhe haben will!«

George hätte ihn ohrfeigen können, so wütend war sie über die Unterbrechung. Sie funkelte ihn an. »Nichts dergleichen!« schnappte sie. »Ich hab' Cherry nur gerade nach etwas gefragt.«

Didier hob die Brauen. »Entschuldigung, Entschuldigung, ich wollt' nicht stören! Ich geh' auch oft mit Leuten hierhin, wenn ich in Ruhe reden will. Ist so ungefähr der einzige Platz auf der Entbindung, wo einem niemand in die Quere kommt.« Er starrte sie neugierig an. »Kein Grund, gleich so sauer zu werden!«

George entspannte sich und ließ ihre Schultern fallen. »'tschuldigung«, murmelte sie. »Ich wollte mich nicht so aufregen. Es war nur, daß Cherry sich gerade an etwas erinnerte, das ich unbedingt wissen muß, und ich glaub', sie hätte es fast noch erwischt.« Sie wandte sich hoffnungsvoll an Cherry. »Es sei denn, daß es Ihnen schon vorher wieder eingefallen ist.«

Cherry schüttelte den Kopf. »Tut mir leid, Dr. Barnabas, aber nun ist es weg«, meinte sie ein wenig traurig. »Es war, wie ich schon sagte, bloß, daß ich gesehen hab', wie –«

»Na, das macht jetzt auch nichts«, unterbrach George sie hastig, als ihr bewußt wurde, wie interessiert Didier lauschte. »Ist jetzt nicht so wichtig, und wir müssen weiter. Bis dann, Didier.« Sie legte so beiläufig wie möglich eine Hand an Cherrys Ellenbogen und schob sie vorwärts. Nach wenigen Sekunden waren sie im Hauptkorridor der Station und hatten Didier hinter den Schwingtüren zurückgelassen. George seufzte vor Erleichterung.

»Sehen wir den Tatsachen ins Gesicht, Cherry. Wir können nicht wissen, wer in die Sache verwickelt ist, nicht wahr? Je weniger wir darüber sprechen, um so besser. Wir versuchen es später noch einmal mit dem Erinnern. Jetzt schauen wir erst mal nach, ob jemand im Büro ist. Wenn nicht – es ist die Adresse der Familie Popodopoulos. Können Sie die für mich herausfinden?«

»Wann war die Frau hier?« fragte Cherry routiniert.

»Es stand in dem kleinen roten Notizbuch«, erwiderte George, schloß die Augen und rief sich die Daten auf der ersten Seite ins Gedächtnis. »Es war am 1. Dezember, am Tag, als das Baby starb. Also wurde sie eingewiesen am –«

»Das krieg' ich ganz schnell mit dem Computer raus!« unterbrach Cherry und hastete, mit George im Schlepptau, an Grüppchen schwatzender Mütter vorbei, zum Büro.

Dort war niemand. Cherry stürzte durch die Tür und stellte die Akte Chowdary blitzschnell an ihren Platz zurück. Während George die Tür im Auge behielt warf sich Cerry in einen Stuhl hinter dem etwas ramponierten Computer am anderen Ende des Raumes und begann, in die Tasten zu hämmern.

»Wie schreibt man das?« erkundigte sie sich. »Popo – wie?« George buchstabierte den Namen, während Cherry tippte und prüfend auf den Bildschirm schaute. »Ist praktisch um die Ecke. Eins fünf drei fünf Lansdowne House, im Shadwell Estate.«

»Fünfzehn fünfunddreißig«, wiederholte George, um es sich einzuprägen. »Lansdowne House.«

»Genau«, meinte Cherry. »Brauchen Sie sonst noch was?«

»Was ist mit der Telefonnummer?« fragte George hoffnungsvoll. Wieder drückte Cherry auf die Tasten, dann schüttelte sie den Kopf.

»Ist hier nicht aufgeführt. Vielleicht im Telefonbuch.«

»Ich gehe hin.« George sprach mehr mit sich selbst als mit Cherry. »Ich geh' einfach hin und sag' gar nicht erst Bescheid. Die Sache ist es wert, auch wenn ich unter Umständen niemanden antreffe.«

»Da müssen Sie sich wahrscheinlich ganz schön anstrengen«, meinte die hilfreiche Cherry. »Wenn dieser Wohnblock so ist wie die meisten hier in der Gegend, werden die Aufzüge außer Betrieb sein, und Sie dürfen Treppen steigen. Fünfzehn Stockwerke hoch.«

Zu Georges Erleichterung war Cherry zu pessimistisch gewesen: Die Aufzüge funktionierten. Doch sie mußte sich eingestehen, daß es vielleicht angenehmer gewesen wäre, das Treppenhaus zu benutzen, auch wenn die Popodopoulos in einem der obersten Stockwerke wohnten. Die Aufzugkabine stank nach kalter Asche, Katzen- und Menschenurin, und der Boden war mit Abfällen bedeckt. An den Wänden prangten ein paar besonders obszöne, aber äußerst idiotische Graffiti. Sogar die Klingelknöpfe waren klebrig. Ihr Mut sank, als sie sich ausmalte, was sie erwarten mochte.

Ein unglaublich hübscher Junge von vielleicht sieben Jahren mit wilden schwarzen Locken und ebenso schwarzen Augen öffnete die Tür. Er grinste, als sie nach Mrs. Popodopoulos fragte, und ging wieder in die Wohnung, wobei er die Tür offen ließ, was George als Aufforderung zum Eintreten verstand. Der enge Flur war dunkelrot tapeziert, an den Wänden hingen so viele Bilder, daß man kaum noch die Tapete darunter sah. Er führte in einen großen Wohnraum, der, so wirkte er auf George, mit polierten Schrankwänden und dick gepolsterten Sitzmöbeln völlig zugestellt war. Die Menschen darin wirkten nicht weniger gutgepolstert, und der Essensgeruch war so stark, daß sie ihn wie einen Schlag in die Magengrube empfand.

Am Tisch saßen fünf Frauen, alle ebenso hübsch und dunkel wie der Junge, der an die Tür gekommen war, und alle wandten George fragende Gesichter zu. Der Junge hockte sich neben ein anderes Kind vor den Fernseher und drehte den Ton auf. Eine der Frauen, offenbar seine Mutter – die Ähnlichkeit der beiden war verblüffend – beugte sich vor und stellte den Fernseher wieder leiser, ohne George auch nur einen Moment aus den Augen zu lassen. Der Junge murrte, gab sich dann aber zufrieden.

»Ja?« sagte Mrs. Popodopoulos. »Was kann ich für Sie tun?«

George schoß direkt aufs Ziel los, wie bei den Chowdarys. Warum sollte es nicht noch einmal klappen?

»Ich bin die Pathologin am Old East«, begann sie. »Dr. Barnabas. Ich bin – ich – es hat mich sehr mitgenommen, als Ihr Baby starb, Mrs. Popodopoulos«, stammelte sie. »Ich möchte Ihnen mein Beileid aussprechen.«

Plötzlich klang der Fernseher unheimlich laut. Keine der fünf Frauen sagte etwas; alle starrten vor sich auf den Tisch.

George schnappte nach Luft. Mrs. Popodopoulos' Augen schienen sie zu durchbohren. Sie wollte sich abwenden, wollte diesem Blick entgehen, der – was ausdrückte? Schmerz wäre zu simpel. Es war ein Verlust, der George mit Mitleid und großer Trauer erfüllte. Aber sie sah der schönen Frau, die dort mit gefalteten Händen am Tisch mit der roten Plüschdecke saß, unverwandt in die Augen.

»Ich danke Ihnen«, sagte Mrs. Popodopoulos endlich. »Ich weiß Ihr Mitgefühl zu schätzen.« Sie neigte würdevoll den Kopf, und die anderen Frauen regten sich wieder. Eine legte Mrs. Popodopoulos die Hand auf die Schulter, eine andere begann sanft zu murmeln – es hörte sich fast wie Gurren an.

»Ich will aber mehr tun als das«, erklärte George, nun mutiger geworden. »Ich will herausfinden, warum Ihr Baby gestorben ist.«

»Mein Sohn starb am Krippentod«, antwortete Mrs. Popodopoulos.

»Wer hat Ihnen das gesagt?«

»Ann Powell.«

»Ann Powell?«

»Meine Hebamme.«

»Ach so.« George schüttelte den Kopf. »Ich bestreite ja gar nicht, daß man ihr das gesagt hat. Es war die einzige Diagnose, die ich stellen konnte. Es war meine – es gehört zu meinen Aufgaben ...« Sie wurde immer leiser, denn sie wußte, daß die Frauen sie bereits verstanden hatten. Eine schrak ein wenig zurück, schaute sie fassungslos an. George versuchte, sich selbst mit diesen weit aufgerissenen dunklen Augen zu sehen: Eine Frau, die tote Babys aufschneidet, die derart abscheuliche Dinge tut, was ist das nur für eine Frau? Sie löste sich von dem anklagenden Blick und schaute wieder Helen Popodopoulos an.

»Mir gefällt diese Diagnose aber nicht«, fuhr sie fort. »Es ist – sie reicht nicht.«

Helen starrte sie an und schien erst jetzt gewahr zu werden, daß George immer noch in der Tür stand. Sie erhob sich so energisch, daß sie die anderen förmlich mitriß.

»Ich muß mich schämen. Ich habe Ihnen keinen Stuhl, keine Erfrischung angeboten. Legen Sie bitte ab. Es ist ja so warm hier. Und nehmen Sie doch Platz – hier auf dem Sofa. Möchten Sie vielleicht einen Kaffee? Und ein bißchen Baklava oder ...«

Während sie eifrig schwatzte, nahm sie George den Mantel ab, wofür diese ihr sehr verbunden war, denn sie fand die Temperatur tatsächlich viel zu hoch. Eine Frau eilte in die Küche und kam wenig später mit einer kleinen Tasse zurück, gefüllt mit starkem, sehr heißem und duftendem Kaffee, sowie einem Tablett voll honigtriefender Baklava. George geriet in Versuchung, lehnte dann aber doch ab. Es wäre nicht richtig, über so eine Angelegenheit mit vollem Mund zu reden. Der Kaffee schmeckte vorzüglich, und sie nippte dankbar daran.

»Sie glauben also, daß es noch etwas gab, was ich über meinen kleinen Sohn wissen sollte?« fragte Helen Popodopoulos, nachdem sie sich neben George gesetzt hatte.

»Ich weiß es ehrlich gesagt nicht.« George stellte

die Tasse auf dem kleinen Tisch neben der Armlehne des Sofas ab. »Ich will Sie nicht belügen, ich kann Ihnen im Moment einfach nicht mehr sagen. Ich folge einer – ich habe einfach den Verdacht, daß nicht alles so ist, wie man mich – wie man uns glauben machen wollte. Mrs. Popo –«

»Nennen Sie mich Helen«, erwiderte die Frau. Sie streckte ihre Hand aus, und George ergriff sie. »Sie sind eine gute Frau. Ich weiß es zu schätzen, daß Sie mich aufgesucht haben. Es war ein schrecklicher Verlust. Ich habe schon zwei Söhne, aber dieser war ebenso kostbar, ebenso –« Sie schluckte hart, in ihren Augen glitzerten Tränen. Aber sie ließ ihnen keinen Lauf.

»Ich bin sicher, daß er das war. Und ich bete darum, daß wir eines Tages – nun, wer weiß. Aber ich muß Sie eines fragen, Mrs. – Helen, haben Sie ein Foto Ihres verstorbenen Sohnes? Ich meine, eines, das vor seinem Tod aufgenommen wurde?«

Erneut breitete sich diese unangenehme Stille im Raum aus, nur vom Lärm der Kindersendung unterbrochen. Die kleinen Inder schienen das Gespräch der Erwachsenen überhaupt nicht wahrzunehmen, worüber George sehr froh war.

»Mein Mann war sehr verstört. Sehr. Ein Mann und seine Söhne – Sie verstehen«, antwortete Helen nach einer Weile.

»Ein Mann und seine Kinder? Selbstverständlich verstehe ich das«, sagte George. Einer trauernden Frau gegenüber hätte sie diese Unterscheidung nicht treffen dürfen, aber sie konnte nun einmal nicht anders. Helen sah sie forschend an, und für einen Moment kräuselten sich ihre Lippen zu einem Lächeln.

»Ja, Sie sind natürlich keine Zypriotin. Sie verstehen unsere Anschauungen nicht. Lassen Sie es mich so ausdrücken: Nachdem unser Sohn gestorben war, konnte er den Gedanken nicht ertragen – das Foto eines toten Babys war ein Sakrileg für ihn.«

George spürte, wie sich ihre Brust zusammenzog, als ihre Hoffnung sank; sie schnappte nach Luft und schloß kurz die Augen, um ihrer Enttäuschung Herr zu werden. Helen schaute sie mit eigenartiger Miene an.

»Das heißt aber nicht, daß es keines gibt«, fuhr sie sanft fort. »Ich bin Zypriotin, und die Frauen meines Landes haben ihre eigenen Mittel und ihre eigenen Freunde.«

Sie warf einen kurzen Blick über die Schulter auf eine der Frauen am Tisch. »Arianna hat ein Foto für mich gemacht. Ich wollte es so, und damals war Kostakis nicht dagegen. Er selbst hat keine Kamera, aber Arianna. Und immerhin ist sie ja meine Kusine.«

Georges Mund war trocken vor Aufregung. »Darf ich es sehen?«

»Gern«, erwiderte Helen. »Ich verlasse mich jedoch darauf, daß Sie Kostakis gegenüber kein Wort davon erwähnen, sollten Sie jemals mit ihm sprechen.«

»Natürlich nicht«, sagte George. »Wenn Sie es wünschen.«

»Es ist mein Wunsch«, betonte Helen Popodopoulos ernst und nickte der Frau am Tisch zu. Arianna kramte in ihrer Lederhandtasche nach einem kleinen unbeschrifteten Umschlag und brachte ihn George.

Mit zitternden Fingern zog George das Bild aus dem Umschlag.

»Ich hab' es kurz nach seiner Geburt aufgenommen«, erklärte Arianna. Ihre Stimme klang heiser. »Ich war ja so aufgeregt. So ein hübscher Junge und so – na, Sie sehen's ja selbst. Aber als er tot war, wollte Kostakis das Foto verbrennen. Er wollte es nie mehr anschauen, nie mehr an den Jungen erinnert werden, der starb, bevor er zu leben begann.« Sie blickte zu den drei schweigenden Frauen am Tisch. »Wir brachten es nicht übers Herz – also behielten wir das Bild.«

George drehte das Foto um und schaute es an. Die Trockenheit in ihrem Mund nahm zu, und ihre Kehle war wie zugeschnürt. Denn nun wußte sie, was passiert war. – Nicht wie oder warum, aber, und daran hatte sie nicht den geringsten Zweifel, sie wußte, was mit diesen Babys geschehen war.

23

»Ich weiß, was passiert ist«, sagte George.

Am anderen Ende der Leitung entstand langes Schweigen, dann erkundigte sich Gus nachdenklich: »War das diese verrückte Idee, die du Weihnachten hattest? Diese Ahnung?«

»Du hast es erfaßt«, erwiderte sie und war plötzlich in Hochstimmung. Endlich konnte sie ihm erzählen, was in ihr vorging, mußte es nicht länger verbergen. »Ich wollte sie nur erst nachprüfen.«

»Das war unnötig«, entgegnete er. »Glaub mir, du hättest darauf vertrauen können, daß ich nicht – na ja, wie dem auch sei. Versprich mir nur eins.«

»Kommt drauf an, was.« Sie lachte.

»Spiel bei mir nicht die Kokette, Süße! Das ist nicht dein Stil. Versprich mir nur, daß du in Zukunft keine Geheimnisse mehr vor mir hast. Wir sind doch ein Team, oder? Sag mir einfach alles, was immer dir auch einfällt.«

George zögerte. »Ich verspreche, daß ich es *versuchen* werde. Reicht dir das?«

Wieder schwieg er. Sie erschrak. Hatte sie ihn verärgert? Seine Gefühle verletzt? Plötzlich hielt sie es für wichtig, dies um alles in der Welt zu vermeiden. Und doch mußte sie sich selbst treu bleiben und durfte sich nicht von dem abbringen lassen, was sie ihrer Meinung nach tun mußte. Mit angehaltenem Atem wartete sie auf seine Antwort. Und beruhigte sich wieder, als er sagte: »OK, Süße. Ich geb' mich damit zufrieden. Hab' doch keine andere Wahl, oder? Na schön, dann laß uns mal weitermachen. Raus damit! Du sagtest, du *weißt*, was passiert ist. Um was geht's denn?«

»Um die Babys. Um diese sogenannten Krippentode.«

»Hmm«, machte er. »Hast du denn Beweise?«

Sie blickte auf das Foto, das vor ihr auf dem Schreibtisch lag. »Ich glaube schon«, erwiderte sie. »Wenn du mich vor Gericht zitiertest und einen Eid darauf schwören ließest, würde ich es tun.«

»Klingt gut«, meinte er. »Bin schon unterwegs.«

»Soll ich es dir nicht jetzt gleich sagen?« fragte sie erstaunt. An seiner Stelle hätte sie es nicht ausgehalten, nicht sofort alles zu erfahren.

»Ich möchte lieber den Beweis anschauen und gleichzeitig deine Erklärung hören«, erklärte er. »Außerdem ist mir jede Entschuldigung recht, wenn ich dich sehen kann ... Bin in 'ner Viertelstunde da.«

Das Besetztzeichen tutete in ihren Ohren. Langsam hängte sie ein, wobei sie erneut das Foto betrachtete. Sie sollte es nicht zu oft anschauen. Das könnte ihre Erinnerung beeinträchtigen. Sie schloß die Augen und beschwor das Bild des kleinen Popodopoulos herauf. Es dauerte zu ihrer Bestürzung ein oder zwei Sekunden, aber dann sah sie alles deutlich vor sich: den Seziertisch und aus dem Augenwinkel Danny, der Organproben für die Waage präparierte. Sie hörte den Regen auf das Dach trommeln. Bis jetzt hatte sie vergessen, daß das Wetter an jenem Morgen schlecht gewesen war. Erleichtert öffnete sie die Augen. Es gab keinen Zweifel – sie konnte es vor Gericht beschwören, wenn es nötig war.

Sheila steckte den Kopf durch die Tür, um sich zu verabschieden. Sie hatte ihre Ich-bin-so-furchtbar-erschöpft-Miene aufgesetzt und schaffte es sogar, blaß und verhärmt auszusehen. Was war sie nur für eine Schauspielerin!

»Ich mach' diese Gewebeproben morgen fertig«, erklärte sie. »Und die Leute vom Regionallabor lassen Ihnen ausrichten, daß die Zahlen von den Zervixabstrichen vom letzten Jahr unterwegs sind. Sie entschuldigen sich, daß sie's nicht früher schaffen konnten.«

»Danke, Sheila«, erwiderte George. »Tut mir leid, daß Sie im Moment soviel um die Ohren haben. Ich sitz' allerdings auch nicht rum und dreh' Däumchen.«

»Nein«, gab Sheila schroff zurück. »Da bin ich sicher.« Sie verschwand, und George blieb sehr ärgerlich, aber auch leicht verschämt zurück. Zweifellos bürdete sie Sheila eine Menge Arbeit auf, während sie unterwegs war und Ermittlungen anstellte, die eigentlich nicht zu ihrem Job gehörten. Aber warum sollte sie es nicht tun? Auch das war Arbeit, und wenigstens betrog sie das Krankenhaus nicht wie einige ihrer Kollegen, die innerhalb ihrer Arbeitszeit auf dem Golfplatz anzutreffen waren. Sofort meldeten sich erneut Schuldgefühle, weil sie ihren Kollegen niederschmetternde Dinge unterstellte – es war nicht einfach, mit einem Gewissen, wenn man in einem Krankenhaus beschäftigt war.

Nachdem George Kaffee gekocht hatte, setzte sie sich an ihren Schreibtisch. Das Foto schob sie sorgfältig in den Umschlag zurück. Sie wollte Gus ein wenig hinhalten, erkannte dann aber, wie lächerlich das wäre: Da er das Kind nie gesehen hatte, war es ihm egal. Sie holte das Foto wieder aus dem Umschlag und lehnte es gegen ihr Telefon.

Endlich stürmte Gus mit einem Luftzug durch die Tür und brachte den Geruch des feuchtkalten Dezembertages mit. George beobachtete zufrieden, wie er seinen alten Mantel von sich warf und seine Krawatte lockerte, bevor er in einer schäbigen Plastiktasche wühlte und mit schwungvoller Geste einen weißen Karton hervorzog.

»Grodzinski's« verkündete er beglückt. »Die beste Pâtisserie im East End. Ist der Kaffee fertig? Braves Mädchen. Hier – der Strudel.«

Er öffnete den Karton und legte Kuchenstücke auf die beiden Pappteller, die er ebenfalls mitgebracht hatte. George lachte, als er ihr einen Teller samt Plastikgabel hinschob.

»Du hast wohl ständig Angst, zu verhungern«, bemerkte sie. »Wann immer ich dich sehe, hast du irgendwas zu essen dabei. Unseren Kühlschrank hast du auch vollgestopft. Bridget hat's mir gezeigt. Das wäre doch nicht nötig gewesen.«

»Sei ruhig und lang zu«, befahl er liebenswürdig. »Natürlich war es nötig. Ein Mensch, der seinen Magen vernachlässigt, vernachlässigt das Leben. Wie Dr. Johnson bereits sagte.«

»Ich glaube kaum, daß das seine Worte waren.« George probierte den Strudel; er schmeckte vorzüglich, und sie nahm eine zweite Gabel voll, während Gus ihr eine Tasse Kaffee reichte.

»Verstehst du, was ich meine? Wenn das Fressen stimmt, stimmt auch der Rest. Und jetzt erzähl mir mal alles. Kannst ruhig mit vollem Mund reden, das stört mich überhaupt nicht.«

Er fing mit seinem Strudel erst an, nachdem sie fertig war und ihren Teller in den Papierkorb geworfen hatte.

»Kann ich nicht. Jetzt hör zu: Ich hab' heute nachmittag Mrs. Popodopoulos besucht.«

»Mrs. wie? Sollte ich die kennen?«

»Mensch! Du hast vielleicht ein Gedächtnis. Ihr Baby war das dritte, das gestorben ist. Das Baby, das ich obduziert habe. Die anderen konnte ich ja nicht untersuchen, weil ich krank war, falls dir das entfallen sein sollte.«

»Hab' dich ja noch gar nicht gefragt.« Er wirkte zerknirscht. »Was macht deine Verletzung?«

»Wie bitte? Oh.« Sie schaute auf ihre linke Hand. »Gut. Hab' sie glatt vergessen, also denk' ich, daß sie wieder in Ordnung ist. Hörst du mir überhaupt zu?«

Er hatte seinen Kuchen verzehrt und sah sie nun mit gewollt sentimentaler Miene an. »Ich würd' lieber auf dem Boden neben deinem Sofa sitzen, während deine Ma und Bridget vor sich hin dösen«, witzelte er. »Das is' um Längen besser als reden.«

»Unterbrich mich nicht!«

»OK, OK, ich bin ganz Ohr. Du warst also bei der Frau, deren Baby gestorben ist. Warum?«

George verzog ein wenig das Gesicht. »Du magst es für verrückt halten, denn es hat zum Teil mit unserem Besuch im Player's Theatre zu tun und zum Teil mit dem Fernsehprogramm an Weihnachten.«

»Du hast in die Glotze geguckt?« fragte er vorwurfsvoll. »Und ich dachte, du hättest nur Augen für mich gehabt.«

»Verdammt, jetzt rede ich. Auf jeden Fall kannst du dich erinnern. Ma wachte plötzlich auf und sang eine Zeile von diesem gottverdammten Zigeunerlied, das sie im ›Players‹ gehört hatte, gerade als ein

Bericht über Kinder in rumänischen Waisenhäusern lief.«

»Ja.« Gus war nun ganz aufmerksam geworden und machte keine Witze mehr. Er blickte sie forschend an, was sie etwas irritierte, doch sie fuhr trotzdem fort.

»Aber es war nicht nur das. Ich muß gestehen, daß ich auch die Chowdarys aufgesucht habe. Angela war nicht da, aber er – Viv – und er zeigte mir ein Foto von seinem Baby. Er selbst hatte es kurz nach der Geburt aufgenommen, nicht nach dessen Tod. Es war zwar ein bißchen verschwommen, aber ich meinte darauf einen vaskulären Nävus – eine Art Muttermal – zu erkennen. Er sieht ein bißchen wie eine Erdbeere aus, und das Kind hatte so ein Ding auf der Brust. Viv Chowdary war es auch aufgefallen, aber der Arzt hätte ihn beruhigt – wie auch immer – es geht darum, daß im Autopsiebericht kein solcher Nävus erwähnt wird. Und mein Vertreter muß, seiner Arbeitsweise nach zu urteilen, ein ziemlich fähiger Mann sein.«

»Natürlich nicht so gut wie du.«

»Ist dein Vertreter so gut wie du?« forderte sie ihn heraus.

»Natürlich nicht. Weiter. Was geschah dann?«

»Dann hab' ich mich, wie gesagt, an unseren Abend im Player's Theatre erinnert.«

»Was hat denn das Players mit dem Eierpreis oder der aktuellen Verbrechensrate zu tun? Abgesehen von diesem Lied?«

»Genau um dieses Lied geht's doch: Weil Ma es dauernd gesungen hat. Weißt du noch, du erklärtest Ma, es handle von Kindern, die Zigeuner gestohlen haben. Und Ma behauptete, du würdest es mit einem anderen verwechseln – jedenfalls haben wir drüber geredet, und das hat mir den Floh ins Ohr gesetzt. Als Ma mitten in diesem Fernsehbericht aufwachte, hab' ich plötzlich begriffen, was mit den Babys passiert ist.«

»Aha? Und warum konntest du's mir nicht sagen?«

»Fang bitte nicht schon wieder damit an. Ich war – na ja, vielleicht dumm. Es erschien mir reichlich melodramatisch. Darum war ich heute nachmittag bei Mrs. Popodopoulos. Ich wollte Gewißheit haben.« Sie griff nach dem Foto und reichte es ihm. »Die Sache ist – das Baby auf dem Bild ist *nicht* das Baby, das ich obduziert habe.«

Sein Blick wanderte vom Foto zu George und wieder zurück. »Du bist dir sicher.« Sein Ton war schneidend. Es war eine Feststellung, doch sie antwortete wie auf eine Frage.

»Ja, ich bin mir sicher. Ich weiß, daß ich den Bericht noch einmal durchgesehen habe – die Autopsie war ja erst vor kurzem, obwohl es mir vorkommt, als seien seitdem Jahre vergangen. Ich hab' eine Unstimmigkeit festgestellt, aber nicht weiter darauf geachtet. Das Baby war nach der Geburt gemessen worden, und ich hab' es natürlich auch gemessen – das heißt, ich hab' das Baby gemessen, das ich obduzieren mußte. Und die Ergebnisse waren unterschiedlich. Ich dachte, es hänge mit dem veränderten Muskeltonus nach dem Tod zusammen – eine durchaus logische Schlußfolgerung –, aber ich hab' mich eben geirrt. Es war eindeutig ein anderes Baby.«

»Ich habe vollstes Vertrauen zu deinem Gedächtnis«, erklärte er. »Obwohl ich nicht weiß, ob der Statsanwalt es auch hätte.« Er schaute auf. »Aber wir sind ja noch lange nicht vor Gericht. Die einzigen Verbrechen, die uns vorliegen, sind die an dem kleinen Oberlander und an Harry Rajabani. Bisher hat doch keiner angedeutet, daß an diesen Krippentoden irgendwas faul ist, oder?«

»Nein, aber man könnte eine Verbindung zu den Morden herstellen.«

»Möglich.« Er schwieg eine Weile. »Aber hör mal, wenn deine Vermutung stimmt und die Babys, die hier gestorben sind, gar nicht in diesem Krankenhaus geboren wurden, woher kamen sie dann? Und warum wurde das gemacht? Und wie? Ich meine, es ist nicht besonders wahrscheinlich, daß irgendwo tote Babys rumliegen, die man mit lebenden vertauschen kann.« Er schüttelte den Kopf. »Ich versuche wirklich, mir eine Verbindung zu unseren beiden Fällen vorzustellen. Die Sache ist seltsam und muß untersucht werden, das bestreite ich ja gar nicht, aber was hat sie mit den Morden an Harry und dem kleinen Oberlander zu tun?«

»Ich hab' zwar keine Beweise«, antwortete George. »Aber eine Theorie – und sie ist das einzige, was einen Sinn ergibt.«

»Und?«

»Es ist ein Adoptionsbetrug.«

»Was?« Er spitzte beinahe die Ohren wie ein Terrier. »Erzähl mal.«

»Leute, die keine Kinder bekommen, drehen fast durch vor Verzweiflung. Vergiß nicht, was Angela und Viv Chowdary auf sich genommen haben, weil sie sich ein Baby wünschten. Nun, wenn sie kein eigenes haben können, ist Adoption die naheliegendste Möglichkeit. Und ich weiß noch, daß es eine irre Nachfrage nach Babys aus Rumänien gab, nachdem die Zustände dort bekannt geworden waren. Ich kann mich noch gut an die Fernsehberichte erinnern.«

»Ja«, sagte er langsam. »Ja. Du könntest recht haben. Aber was haben die Adoptiveltern davon, wenn lebende Babys durch tote ersetzt werden? Nenn mich blöd, wenn du willst, aber ich kapier's nicht.«

»Ich hab' ja auch Zweifel, ob ich's verstehe«, bekannte sie freimütig. »Ich glaube, diese Leute bringen todkranke, zum Streben verurteilte Babys aus Rumänien hierher, tauschen sie gegen Babys, die sie von unserer Entbindungsstation entführen, und übergeben diese den Adoptiveltern.« Unwillkürlich fröstelte sie. »Es ist das Grausamste, was man sich nur denken kann. Das bedeutet ja – wenn meine Befürchtung zutrifft –, daß diese drei Babys irgendwo glücklich und gesund leben, während ihren leiblichen Eltern das Herz bricht. Na ja, jedenfalls zweien von ihnen. Bei den ersten –«

»Den ersten?«

»Die Mutter ist verschwunden. Offenbar eine Drogenabhängige ohne festen Wohnsitz, die vom Tod ihres Babys nicht im geringsten betroffen war – diesen Eindruck hatte zumindest Schwester Lichfield.«

»Schwester –?«

»Auf der Entbindung. Eine herzensgute Seele, vielleicht ein bißchen altmodisch. Und falls ich mich nicht irre, muß jemand auf dieser Station bei dem Betrug mitmischen. Ich glaube aber nicht, daß sie es ist. Sie ist ... es paßt einfach nicht zu ihr. Sprich mal mit ihr, dann weißt du, was ich meine.«

»Aufgrund welcher Verdachtsmomente sollte ich das wohl tun? Das sind doch alles nur Mutmaßungen, George, Liebes. Nichts als Mutmaßungen.«

»Ich brauche Beweise, was?« Sie schnitt eine wütende Grimasse. »Bei der Obduktion fand ich keinen Hinweis darauf, daß es nicht das Baby war, das es zu sein schien. Ein Neugeborenes mit einem Nabelstumpf, an dem noch ein Stück Nabelschnur hängt – obwohl, wenn ich genau überlege ...« Sie runzelte die Stirn. »Der Stumpf könnte etwas mehr angetrocknet gewesen sein, als das vierundzwanzig Stunden nach der Geburt der Fall sein dürfte.« Ungeduldig schüttelte sie den Kopf. »Aber diesbezüglich möchte und kann ich mich nicht festlegen. Ich halte es für unmöglich, daß irgend jemand in der Lage ist, das Alter eines Babys in der ersten Lebenswoche exakt zu bestimmen ... Was mich wirklich deprimiert, ist, daß ich ausgerechnet von dem kleinen Popodopoulos – wenn er es war – kein Foto gemacht hab'. Zum einen war ich eben erst aus dem Krankenurlaub zurück, und zum anderen hab' ich zum Thema Krippentod schon jede Menge anderer Fotos, sollte ich das seit Jahren geplante Buch tatsächlich jemals schreiben. Und mein Vertreter sollte natürlich auch keine Aufnahmen machen. Der einzige Beweis, den wir haben, ist folglich meine Erinnerung.«

»Das weiß ich nicht so genau«, entgegnete Gus. »Gibt es denn keine anderen Leute, die das Baby lebend gesehen haben? Wer hat die Frau entbunden?«

»Keine Ahnung. Das müßte ich auf der Station nachprüfen. Aber was für einen Sinn hätte es denn, nach solchen Leuten zu suchen? Was wir brauchen, sind Leute, die das Baby sowohl lebendig als auch tote gesehen haben.«

»Genau das meine ich«, erklärte er geduldig. »Vielleicht hat derjenige, der bei der Geburt dabei war, auch die Leiche gesehen, bevor sie in die Pathologie gebracht wurde, und dabei ein paar Unterschiede festgestellt. Obwohl, wenn man's recht bedenkt« – er blickte zweifelnd auf das Foto – »ich frag' mich ohnehin, wie man sie bloß auseinanderhalten kann, selbst die eigenen Mütter – die sehen doch alle ziemlich gleich aus, jedenfalls die Babys, die ich gesehn habe.«

»Was nicht viele gewesen sein dürften«, meinte George bissig. »Da gibt's nämlich Riesenunterschiede. Ich hab' schon welche mit rotem, welche mit blondem Haar oder wie dieses hier mit einem dicken schwarzen Schopf gesehen, viele sind kahl. Einige haben eine ganz faltige Haut, andere total glatte und –«

»OK, OK!« Er schüttelte den Kopf. »Glaubst du, daß die Tatsache, daß dieses Baby einen dichten schwarzen Schopf hatte, irgendwie von Bedeutung ist?«

»Hmmm?«

»Ich meine, hatten all die Babys, die gestorben sind – von denen wir annehmen, daß sie gestorben sind – dunkles Haar? Wurden sie deshalb vertauscht? Weil sie Ähnlichkeit mit den rumänischen Babys hatten? Es könnte so sein – wenn deine Theorie stimmt.«

»Natürlich! Natürlich, das muß es sein! Das Bild wird immer klarer, findest du nicht?«

Wieder schüttelte er den Kopf. »Ich weiß, wie es ist, wenn man ein so großes Teil des Puzzles einfügen kann, aber die Geschichte ist immer noch voller Löcher, George. Wir haben lediglich einen Verdacht, was das Motiv betrifft. Erst mal müssen wir das beweisen, dann können wir über die Methode nachdenken. Wenn diese Leute Babys aus Rumänien einschmuggeln, müssen wir wissen, welche Transitwege sie benutzen und warum die Babys sterben. *Wenn* es so ist. Sie könnten ja auch aus anderen Ländern kommen – zum Beispiel aus Brasilien? Ich hab' mal gehört, da gäb's einen regelrechten Schwarzmarkt für Babys.«

»Davon bin ich felsenfest überzeugt«, sagte George. »Du nicht?«

»Nein. Ich nicht. Ich muß Beweise haben, wie du weißt. Aber es ist 'ne nette Theorie, Süße, alle Achtung. Paß auf, morgen red' ich mit den Leuten auf der Entbindung –«

»Warte mal«, unterbrach ihn George. »Würde das nicht zuviel Aufsehen erregen?«

»Häh?«

»Wenn du anfängst, bei denen rumzuschnüffeln, dann wird derjenige, der vielleicht damit zu tun hat, ziemlich nervös werden und sich zurückziehn. Und du kriegst nie mehr was raus.«

»Ich schätze schon.« Er musterte sie von der Seite und grinste. »Du meldest dich als Freiwillige, was?«

»Na klar, warum nicht? Mich kennen sie ja flüchtig. Ich kann auch einen plausiblen Grund angeben, warum ich ihnen Fragen stelle. Natürlich werde ich vorsichtig sein. Ich meine, irgendeiner von denen ist in die Sache verwickelt – es muß doch jemand sein, der Zugang zu den Babys hat, nicht wahr?«

»Genau das mußt du rausfinden. Auch andere Leute könnten an die Babys rankommen.«

»Das ist nicht sehr wahrscheinlich – aber wie du sagst, ich muß es rausfinden.«

»Hast du denn irgend 'ne Vorstellung, wer's sein könnte?«

»Kaum –«, begann sie, doch dann ließ ein Gedanke sie innehalten. Gus hakte sofort nach.

»Spuck's aus!« befahl er. »Du hast da wieder den gewissen Blick. Und du hast versprochen, mir *alles* zu sagen.«

George verzog das Gesicht. »Ich denke an Didier. Er ist 'n netter Kerl, freundlich und so weiter, aber irgendwas – ich meine, er ist einfach *immer* dort anzutreffen. Jedesmal, wenn ich auf der Entbindung bin, taucht er plötzlich auf.« Sie überlegte einen Moment und sagte dann widerwillig: »Obwohl das ziemlich verrückt ist. Ich meine, immerhin ist er der Stationsarzt. Wo sollte er sich denn sonst aufhalten? Ich muß wirklich einiges nachprüfen, das merk' ich schon. Da wären noch Schwester Lichfield und das gesamte Personal ... Es könnte jeder von einem Dutzend oder mehr Leuten sein. Und dann die vielen Hebammen und andere Leute, die dort rumschwirren ...«

»Dann kapierst du endlich mal, wie schwer die Arbeit eines Ermittlers ist«, grinste er anzüglich. »Bis jetzt hast du ja nur die Kür absolviert – Codes und so 'n Kram – bist du damit übrigens weitergekommen? Meine Jungs stecken irgendwie fest.«

George berichtete ihm von ihrem Gespräch mit Cherry. »Also kann ich doch einen kleinen Erfolg vermelden«, schloß sie. »Wenn sie ähnliche Blätter irgendwo gesehen hat, wird uns das weiterhelfen – natürlich nur, wenn sie sich daran erinnert, wo das gewesen ist. Wir sollten uns allerdings nicht zu viele Hoffnungen machen. Sie ist ein kluges Mädchen, aber nicht besonders ... ich spreche sie jedenfalls noch mal darauf an.«

»Tu das!« bekräftigte Gus. »Jetzt laß uns was anderes machen.«

»Was anderes?«

»Mm-mmh.«

»Also über den kleinen Oberlander und über Harry und –«

»Was mir vorschwebt, hat überhaupt nichts mit irgendwelchen Nachforschungen zu tun. Meine Jungs kümmern sich bereits um die Autos, die Harry überfahrn haben könnten, un' kämmen Geburtsregister nach dem kleinen Oberlander durch, obwohl ich ja nich' viel davon erwarte, aber bis sie ihren Job erledigt haben, können *wir* nich' mehr viel unternehmen. Heut abend nicht mehr.« Er grinste anzüglich. »Aber ich könnt mir 'nen schönen Abend vorstellen, während wir auf ihre Berichte warten: Ich zeig' dir meine tolle Wohnung in den Docklands.«

George starrte ihn an, dann brach sie in Gelächter aus. »Den Teufel werd' ich tun. Ich hab' andere Sachen zu erledigen, falls du dich erinnerst.«

»Was zum Beispiel?«

»Zum Beispiel mich um Bridget und Ma kümmern. Ich hab' Gäste, schon vergessen?«

»OK«, meinte er strahlend. »Kein Problem. Ich komme mit und helf' dir. Die beten mich an, die beiden.« Er klang sehr zufrieden – geradezu selbstgefällig. »Sie werden vor Freude aus dem Häuschen sein, meinst du nicht? Und dann werden wir sie überzeugen, daß sie früh ins Bett müssen, weil sie müde alte Damen sind, und wir beide können endlich mal in Ruhe knutschen. Mann, was hab' ich für gute Ideen! Na los – auf geht's!«

24

Der nächste Morgen war feuchtkalt und düster. George hatte die Hände tief in die Taschen ihres dicken Mantels geschoben und das Kinn im Kragen vergraben. Jedesmal, wenn sie ihre Nasenspitze aus dem dicken Wollstoff herausstreckte, atmete sie Nebelschwaden aus, und in ihrem Haar glitzerten Wassertropfen. Mit gesenktem Kopf eilten Menschen an ihr vorüber und stürzten sich in Busse und Autos. Doch George hätte diesen Spaziergang zur Arbeit um nichts in der Welt missen mögen. Sie war so glücklich wie schon lange nicht mehr und lachte beim Gedanken an den Vorabend leise in sich hinein: Daß ein Abend mit ›Knutschen‹, wie Gus es ausgedrückt hatte, eine derart heilende Wirkung auf sie hatte!

Doch so war es. Gus hatte darauf bestanden, sie nach Hause zu begleiten (und sie konnte nicht behaupten, daß sie sich allzusehr gewehrt hätte). Die alten Damen waren natürlich hingerissen gewesen, ihn wiederzusehen; hatten ein großes Getue veranstaltet und ihn zum Abendessen nebst reichlichem Umtrunk eingeladen. Sie waren, wie Gus vorausgesagt hatte, kurz nach halb zehn zu Bett gegangen, und Gus und George hatten noch gemütlich auf dem Sofa vor dem Kamin gesessen.

George fing an zu pfeifen, während sie die Stunden mit ihm Revue passieren ließ. Sie zischte durch die Zähne – wieder mußte sie lächeln, denn ihr wurde bewußt, daß sie sich wie Vanny verhielt, die auch immer gepfiffen hatte, wenn sie ganz besonders zufrieden gewesen war: Wenn sie im Herbst Marmelade eingekocht oder ihre geliebten Pflanzen im Hause versorgt hatte.

Bei dem Gedanken an Vanny wurde ihr ein wenig traurig zumute; seit Weihnachten hatte sie noch nicht mal Anzeichen von Vergeßlichkeit gezeigt, und George war immer zuversichtlicher geworden – vielleicht hatte Bridget doch nur zuviel Lärm um nichts gemacht. Vanny war nie anders gewesen, wenn auch etwas weniger gebrechlich. Aber heute morgen, noch bevor Georges Wecker geläutet hatte, war sie ins Wohnzimmer gekommen und hatte in ihrem weißen Nachthemd fast heimatlos und sehr ängstlich gewirkt.

Als George beinahe panisch die Lampe anknipste, weil sie ihre Anwesenheit gespürt hatte, sah Vanny sie etwa eine halbe Minute, die George in ihrem halbwachen Zustand endlos erschien, starren Blickes an. Dann ließ sie sich auf das Sofa plumpsen und tat einen tiefen zitternden Atemzug.

»Du bist es, George, nicht wahr?«

»Ja, natürlich, Ma! Wer sollte es denn sonst sein?«

»Ich weiß nicht«, gestand Vanny freimütig. »Ich wachte auf, guckte mir die fremde Frau an, die da liegt, und ich kam nicht mehr drauf – nicht wer sie ist oder wer ich selbst bin oder irgendwas. Aber wenn du da bist, ist wohl alles in Ordnung, schätz' ich.«

»Ma!« George setzte sich kerzengerade auf und schaute ihre Mutter forschend an. »Was soll das, die Frau, die da liegt? Das ist doch Bridget.«

Vannys Miene hellte sich sofort auf: Ihre Stirn glättete sich, die Mundwinkel hoben sich, als hätte sie ein Licht am Ende des Tunnels gesehen. »Bridget? Ach, George, natürlich! Die liebe alte Bridget. Und wir sind in London, stimmt's? Natürlich, jetzt weiß ich's wieder. Ich bin zu Besuch bei meiner Tochter mit meiner guten Freundin Bridget als Begleitung, und ich bin eine dumme alte Frau, die jetzt wieder ins Bett geht. Es ist wirklich ein schönes weiches Bett. Schlaf schön, George, Liebling. Gute Nacht.« Damit tastete sie sich ins Schlafzimmer zurück, und George starrte ihr mit einem Gefühl von Übelkeit nach.

Nachdem sie sich gewaschen und angezogen hatte, ging es ihr jedoch schon wieder besser. Das war etwas ganz Normales, redete sie sich ein. Morgendliche Desorientierung – wer ist noch nicht in ungewohnter Umgebung aufgewacht und hat sich im Halbschlaf nicht erinnern können, wo er sich befand? George selber war es schon passiert, und niemand hatte auch nur angedeutet, sie leide an Alzheimer ...

Aber bei mir hat es nur einen Moment gedauert, sagte sie zu ihrem Spiegelbild. Ma war ziemlich lange weggetreten. Ich mußte ihr erst erklären, wer Bridget ist – und das kann nicht mehr ganz normal sein.

Doch später, als sie in der Küche Saft und Kaffee und eine Toastschnitte zu sich nahm, vergaß sie ihre Sorgen; Vanny und Bridget erschienen in ihren Morgenmänteln und schauten ein bißchen kläglich drein.

»Oh, George«, sagte Bridget mit brüchiger Stimme. »Das hat ja letzte Nacht einen Riesenspaß gemacht, mit dir und Gus und so, aber laß bloß nicht mehr zu, daß ich vor dem Schlafengehen soviel Wein trinke. Hast du schon gesehen, daß da drei leere Flaschen auf der Spüle stehn? Und wir haben sie zu viert geköpft. Ich kann nicht glauben, daß du so frisch und munter bist, während deine Ma und ich so durchhängen, daß wir uns schämen müssen.«

»Tja, ich hab' ja auch nicht so viel getrunken wie ihr beiden und Gus«, entgegnete George leichthin. »Ich muß jetzt los. Ich wünsch' euch einen schönen Tag. Was habt ihr denn heute vor?«

»Galerien«, stöhnte Bridget. »Wenn wir's schaffen. Mach dir bloß keine Gedanken um uns, Honey. 'n Pott Kaffee, wir sind wieder fit. Geh du mal in dein Krankenhaus, ich kümmere mich um alles.«

»Bye, Ma.« Und George beugte sich vor, um die weiche Wange der Mutter zu küssen, die verrunzelt und duftend war wie ein Winterapfel. »Geht's dir jetzt besser? Nicht mehr so durcheinander?«

»Hmmm?« meinte Vanny und blinzelte zu ihr hoch. »Was willst du denn damit sagen, Liebes?«

»Bist du nicht mehr so durcheinander wie heute morgen, als du aufgewacht bist?« fragte George.

Vanny schaute sie ungläubig an. »Aufgewacht bin? Na klar bin ich aufgewacht! Ich bin doch hier, oder? Ja, ich bin aufgewacht. Auf Wiedersehn, Liebes. Einen schönen Tag.« Sie hatte George die Wange zum Kuß hingehalten, bevor sie an Bridgets Seite getrabt war, um ihr beim Orangenauspressen mit Georges Spezial-Saftpresse behilflich zu sein.

Nein, redete sich George ein, als sie die Tower Bridge überquerte und den scharfen Wind von der Themsemündung her auf der rechten Wange spürte: Ich mach' mir einfach zu viele Sorgen. Sie hatte bloß einen Traum und ist blind umhergetapst – und hat gestern abend zuviel Wein getrunken. Nicht mehr und nicht weniger – es hat nichts mit einer Krankheit zu tun.

Aber sie glaubte sich selbst nicht. Nicht ganz.

Sie hatte jedweden Gedanken an Vanny verdrängt, als sie über die Garland Street auf den Haupteingang des Old East zulief. Meistens ging sie über die High Road, um den Hinterausgang der Pathologie zu nehmen, aber heute wollte sie in der Pförtnerloge der medizinischen Fakultät einige Unterlagen abholen. Etwa hundert Meter vor der Pforte hielt sie plötzlich an.

Obwohl es erst Viertel vor neun war, drängte sich eine große Menschenmenge auf der Straße. Viele Autofahrer versuchten, zur High Road durchzukommen, indem sie hupten, doch sie wurden beschimpft und verhöhnt – sogar die Besatzung von Krankenwagen. George war derart mit sich selbst beschäftigt gewesen, daß sie dem Tumult keine Aufmerksamkeit geschenkt hatte. Zudem war es in diesem Teil Londons immer laut – der Verkehr, die Marktschreier und heulende Kinder. Aber dieser Tumult mußte von anderer, unangenehmer Art sein.

Es war nun vollends Tag geworden, auch wenn nach wie vor Nebelschwaden über den Himmel zogen, und George konnte die Spruchbänder und Transparente, die über den Köpfen der Leute flatterten, mühelos lesen.

»GLEICHES RECHT FÜR ALLE!« stand in geschwungenen roten Großbuchstaben auf einer schwarzen Tafel, »KEINE SONDERBEHANDLUNG FÜR EINWANDERER«, ein anderes Transparent schrie: »BETTEN FÜR DIE BÜRGER, STATT BLUTBANKEN FÜR EINWANDERER!« Andere wurden noch deutlicher: »KEINE BEVORZUGUNG MEHR FÜR DIE SCHWARZEN!« und »SCHICKT SIE IN DIE HEIMATLÄNDER!« kämpften ebenso um Beachtung wie »KA-

NAKEN NACH HAUSE!« und »ENGLAND DEN ENGLÄNDERN!«

George stand stocksteif da und schaute sich um. Sie erkannte einige Angestellte des Old East, die sich miteinander unterhielten und dann achselzukkend entfernten. George schnappte vor Wut nach Luft. Sie hatten Angst, diese verdammten Streikposten zu durchbrechen und ließen Arbeit Arbeit sein – was es für den reibungslosen Ablauf im Krankenhaus bedeutete, wenn die meisten so dachten, war ihnen völlig gleichgültig. Sie wollte hinter den Leuten herrennen und ihnen ihre Feigheit vorwerfen, aber sie wußte, daß es keinen Sinn hatte. Besser, sie fand heraus, warum die Zahl der Protestierenden, ein lustloses Häufchen, das seit Monaten vor dem Hauptportal herumgelungert war, derart zugenommen hatte – und das ausgerechnet an diesem frostigen Morgen.

George bahnte sich einen Weg durch die Menge, ohne darauf zu achten, wen sie anrempelte. Einige Männer – es waren hauptsächlich Männer – beschimpften sie, und einer packte sie am Arm. Sie funkelte ihn so wütend an, zeigte ihm buchstäblich die Zähne, so daß er sie losließ und zurücktrat. Doch er hatte sein Überlegenheitsgefühl sofort wiedergewonnen und schrie ihr nach, daß sie eine Streikbrecherin sei, eine beschissene Zicke, die mit Ausländern sympathisierte. Dann spuckte er, und sie fühlte den Klumpen auf ihrem Ärmel landen; fast wäre ihr übel geworden. Aber sie schob sich unverdrossen vorwärts. Erleichtert stellte sie fest, daß vor dem Hauptportal – es war geschlossen – einige uniformierte Polizisten standen. »Heh, ich bin's, Dr. Barnabas!« rief sie und hoffte, sie würden sie ins Krankenhaus schleusen; aber die Beamten konnten sie in dem Gesinge und Gejohle nicht hören, so daß sie sich aus eigener Kraft durchkämpfen mußte.

Plötzlich spürte sie, daß etwas von der Seite ihren Kopf traf. Sie taumelte, beide Arme hochgeworfen, die Hände in den warmen Handschuhen zu Fäusten geballt. Blindlings schlug sie zu und spürte, wie ihre rechte Faust gegen etwas Weiches stieß. Dann brach die Hölle los. Erneut versetzte ihr jemand einen Schlag, diesmal härter; sie registrierte, daß ihr schwindlig wurde, obwohl sie bereits um ihr Gleichgewicht kämpfte; aber die Menschen ringsum schienen sie nicht aufzufangen, sondern Platz zu machen, damit sie fallen konnte. Und das hätte sie auch getan, wenn nicht eine kräftige Hand ihren Arm umklammert und sie wieder in die Senkrechte gezogen hätte.

»Was glaubst du eigentlich, was du da machst, du blöde Gans?« brummte er ihr ins Ohr, und sie hob den Kopf und blinzelte. Es war Gus. Sie holte tief Luft, warf sich in seine Arme und klammerte sich an ihn.

Nachdem Gus sie aus dem Tumult gezerrt und in der Garland Street etwas Ordnung geschafft hatte, lieferte er sie in der Notaufnahme ab und eilte zum Portal zurück, um den Uniformierten dabei zu helfen, »den Karren aus dem Dreck zu ziehen«, wie er sich etwas grimmig ausdrückte. George protestierte – sie wollte ihn begleiten und das weitere Geschehen mit eigenen Augen verfolgen.

Doch sie sollte mindestens eine halbe Stunde im Ruheraum bleiben und anschließend nach Hause gehen. Schließlich war Hattie bereit, ihr zu erklären, warum sich aus diesem wochenlangen trübseligen Streik ein derartiger Aufstand entwickelt hatte.

Auf der Station war kaum etwas los – ein Umstand, den George zunächst rätselhaft fand, den Hattie ihr aber alsbald erläuterte.

»Von den Streikenden ist keiner verletzt, und außer dir haben sie auch keinen angerührt. Krankenwagen und Verletzte zu Fuß kommen natürlich nicht durch und fahren eben das nächste Krankenhaus an. Deshalb kann ich mich jetzt ganz dir widmen.«

»Ich hab' dir doch schon gesagt, daß ich nicht verhätschelt werden muß«, erklärte George und schwang sich von der Liege, auf die man sie genötigt hatte: Nun saß sie mit baumelnden Beinen auf deren Kante. »Ich könnt' allerdings was von deinem mörderischen Kaffee vertragen!«

»Hmmm«, machte Hattie. »Jetzt noch so 'n Nervengift ... ja, ist ja gut, schon gut!« fügte sie hastig hinzu, nachdem sie George's erneuten Unmut bemerkt hatte. »Aber nur ein Täßchen. Der Kaffee ist heute morgen so schwarz, daß der Löffel drin steht. Ich hol' dir welchen.«

»Tust du nicht!« gab George energisch zurück. »Ich trink' ihn bei dir im Büro wie ein zivilisiertes Wesen. Los, sei kein Unmensch! Sie auch, Adam.«

»Wenn die Schwester es gestattet«, sagte Adam ernst und blickte Hattie mit großen Augen an. »Ich möchte nicht – äh ...«

»Ist das nicht großartig?« meinte Hattie, ohne sich irgendeiner Neckerei bewußt zu sein. »Hab' ich's doch glatt geschafft, daß er sich benimmt wie ein junger Assistent in der guten alten Zeit, bevor's mit all diesen Reformen losging und dem Quatsch, daß man sich beim Vornamen anredet ... Also, kommen Sie schon, Adam. Sie müssen jetzt nicht gar so förmlich sein! Später können wir's ja wieder so halten. Also – nehmen Sie Ihr Gift nun schwarz oder mit Milch?«

Kurz darauf saßen sie gemütlich in Hatties kleinem vollgestopften Büro, und nach einem Schluck von dem bitteren Gebräu ging es George gleich besser.

»Und jetzt erzähl mal!« befahl sie. »Was zum Teufel ist da draußen los?«

Hattie seufzte. »Es geht um die neue Station für diese Sichelzellenanämie«, begann sie. »Hast du noch nichts davon gehört?«

»Ich weiß nicht genau ... Ach ja, jetzt erinnere ich mich – diese Wohltätigkeitsgeschichte.«

»Du hast es erfaßt – diese Wohltätigkeitsgeschichte. Einer der hier ansässigen Ärzte konnte hunderttausend Mäuse bei der afrokaribischen Gemeinde lockermachen, um damit eine Station für die Behandlung und Erforschung von Sichelzellenanämie einzurichten. Ich muß dir ja nicht erst sagen, wie wichtig das für diese Leute ist – weshalb es schon 'ne noble Geste von Dr. Choopani war, daß er den Fonds ins Leben gerufen hat.«

»Warum?« wollte Adam wissen.

»Weil er doch aus Indien kommt, nicht aus Afrika«, erklärte Hattie in ätzendem Ton. »Also ist er persönlich von dem Risiko gar nicht betroffen. Oder?«

»Aber er muß doch jede Menge Schwarzer als Patienten haben.«

»Brauchst du mir nicht zu erzählen!« schnaubte Hattie. »Er forscht schon seit Jahren an dieser Krankheit rum. Und ich sorge dafür, daß jeder Patient, der hier mit akuten Beschwerden eingeliefert wird, von Dr. Choopani erfährt. Und so sind alle Fälle aus der

Gegend nach und nach auf seiner Liste gelandet. Die anderen Hausärzte schicken ihre Patienten auch zu ihm. Das tut ihnen nicht weh, und ihm paßt es gut in den Kram.«

»Und was hat das alles mit dem Aufstand da draußen zu tun?« erkundigte sich George. »Willst du mir etwa weismachen, daß –«

»Ich will dir nur erklären, warum die hiesigen Weißen in Kriegslaune sind. Sie wissen ja erst seit gestern abend aus unserm Bezirks-Käseblatt, daß die neue Station von Jeremy Malti eröffnet wird – von diesem Fußballspieler, kapierst du jetzt? Ich glaub', er ist Nigerianer – und jetzt schäumen sie vor Wut, weil der NHS ethnische Minderheiten bevorzugt behandelt. Für meine Begriffe durchaus verständlich, wenn er alle anderen mehr schlecht als recht versorgt – die halbe Geriatrie zum Beispiel mußte aus Geldmangel geschlossen werden. Das kommt den Leuten natürlich sinnlos vor.«

»Aber du sagtest doch, die Station würde durch einen Spendenaufruf finanziert?« hakte George nach.

»So ist es auch. Nur bring das denen mal bei. Weil die Station hier eröffnet wird, sieht es für sie so aus, als unterliege auch sie dem NHS.«

»Ja, warum hat ihnen das denn keiner erklärt? Wenn sie die Tatsachen erst mal kennen, werden sie –«

»Oh, George, dafür, daß du so klug bist, kannst du manchmal reichlich begriffsstutzig sein!« unterbrach Hattie sie ärgerlich. »Natürlich hat man das versucht. Der Professor selbst war draußen und hat zu ihnen gesprochen – oder es zumindest versucht, nach seiner Rückkehr von der BBC,wo er die Station in *Today* vorgestellt hat –, aber die veranstalteten einen derartigen Aufstand, daß er gezwungen war, die Polizei zu rufen. Und der Oberste Verwaltungsleiter – Matthew Herne – hat's später auch versucht, doch den ha'm sie bloß ausgelacht. Sie wollen's ja gar nicht wissen! Es sind auch nicht nur die Einheimischen hier, weißt du – es sind diese berufsmäßigen Krawallmacher: Leute, die damit ihre ureigenen Ziele erreichen wollen.«

»Wer?« wollte George wissen. »Wer sollte denn eine Station, in der Kindern, die die Hölle durchmachen, geholfen wird, dazu mißbrauchen, einen Krawall anzuzetteln?«

»Politische Splittergruppen«, antwortete Hattie, und als George ihre Frage wiederholte, zuckte sie nur die Achseln. »Das ist ein rauhes Pflaster hier, George. In diesem Teil Londons triffst du auf alle möglichen Demagogen, die die Leute aufhetzen: die Nationale Front, die Neonazis. Würd' mich gar nicht überraschen, wenn sich letztendlich rausstellt, daß die dahinterstecken.«

Und wieder geschah es. George hatte keinen einzigen Gedanken an tote Babys oder die beiden Morde verschwendet, als sich plötzlich ein weiteres Teil bewegte und sich nahtlos in das Puzzle einfügte.

»Erzähl mir doch noch mal, wie die Station eingerichtet, wie sie finanziert wurde!« drängte sie. Hattie starrte sie nur an.

»Was?«

»Ich sagte – ich muß es einfach wissen. Es könnte etwas mit – ach Hattie, wenn ich verspreche, es dir später zu erklären, könntest du dann einfach meine Fragen beantworten?« bettelte George. Hattie hob die Brauen, erstaunt über ihre Hartnäckigkeit, dann nickte sie.

»Na schön, wenn du's versprichst. Von Anfang an?« Sie zog die mittlere Schublade ihres Schreibtisches auf, in der ein heilloses Durcheinander herrschte – Papiere und Notizbücher und sonstiger Kram, wie es für gewöhnlich in Frauenhandtaschen vorzufinden ist. Hattie wühlte darin herum, nicht weniger verlegen, als Frauen mit solchen Handtaschen es zu tun pflegen. »Ich will dieses verdammte Chaos immer mal aufräumen, aber ich komm' einfach nicht dazu – Ah! Da ist es ja. Sieh mal, das ist sein erstes Poster. Hat er im Wartezimmer aufgehängt und mich gebeten, die Leute darauf hinzuweisen. Das war – warte mal – irgendwann im letzten Sommer.«

»Wer hat es aufgehängt?«

»Dr. Choopani.«

Das Schwarzweiß-Poster, voller Flecken und Knitterfalten, weil es so lange in Hatties Schublade gelegen hatte, war ein unbeholfenes Machwerk: Eine Frau beugte sich besorgt über ein kleines farbiges Kind, das sich vor Schmerz zusammenkrümmte. Im Hintergrund sah ein junges schwarzes Liebespaar einander sehnsüchtig in die Augen. Der Text lautete folgendermaßen:

Geht Sie das etwas an? Wenn Sie von Afrikanern abstammen, MUSS es Sie angehen. Sichelzellenanämie und Sichelzellen-BEHANDLUNG können SIE und IHRE KINDER betreffen. Wir müssen HEILUNG für diese schreckliche Krankheit finden, aber Heilung kostet Geld. HELFEN SIE UNS, das Geld aufzubringen, das wir für die FORSCHUNG brauchen. Wir leisten BERATUNG, BETREUUNG und SAGEN IHNEN GERN VORAUS, wie hoch die

Wahrscheinlichkeit ist, daß Ihr Kind mit dem Krankheitsrisiko zur Welt kommt. Wir stellen HILFE bereit, wenn Ihr Kind akut erkrankt. Dies sind unsere LEISTUNGEN. Rufen Sie jetzt diese Nummer an. Und bitte SPENDEN SIE GROSSZÜGIG!

»Zuerst fand ich es nicht besonders gelungen – ganz und gar nicht, um ehrlich zu sein«, erklärte Hattie. »'n bißchen mißverständlich – vor allem die Passage über die genetische Beratung; außerdem war mir die Gestaltung zu unprofessionell. Aber er wußte es besser als ich; er meinte, das würde die Leute nur mißtrauisch machen, und sein Poster sei genau richtig. Und das war's auch! Hunderttausend! Wer hätte das gedacht? Und später überredete er Matthew Herne und den Professor, ihm die Räume über der Apotheke zu 'ner niedrigen Miete zu überlassen, und schon hatte er die ganze Geschichte ins Rollen gebracht! Oder fast. Sein Personal fängt nächste Woche an, hat er mir gesagt, und der erste Patient ist in vierzehn Tagen bestellt.«

»Hat er denn überhaupt 'nen Pathologen?« fragte George, momentan von ihrer ursprünglichen Absicht abgelenkt. »Davon hab' ich nämlich nichts gehört!«

»Ich glaub' kaum, daß irgendeiner gedacht hat, er würde überhaupt so weit kommen, und deshalb hat's auch nicht viel Gerede gegeben. Aber jetzt schaut er oft hier vorbei und berichtet mir die Neuigkeiten. Ich bin bestimmt die einzige, die ein bißchen Interesse an der Sache gezeigt hat, doch wen wundert's – schließlich kriegen wir hier ja die Kinder mit den Anfällen eingeliefert. Jedenfalls wollte er sämtliche Spezialisten einstellen – ich schätze, das schließt auch 'nen Pathologen mit ein.«

»Hmmm«, war alles, was George dazu einfiel, dann betrachtete sie erneut das Poster. »Ich überlege.«

»Du überlegst was?«

»Weißt du noch, daß er überfallen wurde? Eines Abends vor Gus' Restaurant – einem Fish und Chips-Schuppen. Sie haben ihn doch verarztet, Adam.« Sie blickte den jungen Arzt an, der schweigend seinen Kaffee schlürfte. »Erinnern Sie sich nicht mehr?«

»Wie bitte?« Adam sah blinzelnd zu ihr auf, dann nickte er. »Das war doch der Typ, dem Sie den Kopf gewaschen haben«, antwortete er. »Sie waren großartig. Er hat sich wie ein richtiger – na ja, jedenfalls war er kein einfacher Charakter.«

»Das war Dr. Choopani!« informierte ihn George.

»Oh!« entfuhr es Adam, bevor er sich wieder seinem Kaffee widmete.

Hattie schaute George neugierig an. »Man hat ihn zusammengeschlagen? Das ist mir neu!«

»Du hattest frei. Und ich gehe davon aus, daß du die Namen aller Leute checkst, die hier behandelt werden, wenn du außer Dienst bist.«

»Nur, wenn es sich nicht vermeiden läßt. Warum hat man ihn zusammengeschlagen?«

»Rassisten waren's, glaubt er. Das hab' ich auch zuerst gedacht, aber dann – es stimmt, er ist wirklich ein schwieriger Charakter.«

Hattie prustete vor Lachen. »Schwierig! Mach mal halblang! Er kommt an wie der arroganteste Scheißkerl, der je auf dieser Erde gewandelt ist. Und das ist schade, denn eigentlich ist er richtig nett; man muß ihn halt näher kennen. Es ist bloß seine Art. Ich schätze, er ist so erzogen worden.«

»Ja.« George hing immer noch ihren Gedanken

nach. War ihr Einfall logisch? Aber warum denn nicht? Es wäre doch absurd zu glauben, daß alle Beschäftigten im Krankenhaus sich nur vom gesunden Menschenverstand leiten ließen. War es nicht möglich, daß ... Ja, entschied sie, es war sehr gut möglich. Sie hob das Kinn und schaute Hattie flehentlich an.

»Hattie, Liebes, es ist wichtig, ungeheuer *wichtig*, daß ich jetzt mit Gus rede, bevor sich die Menge draußen in alle Winde zerstreut hat. Er wird mit den Leuten fertig, das weiß ich, und –«

»Hört, hört!« rief Hattie mit fragend erhobenen Augenbrauen. »Vernehme ich da etwa die Stimme einer Bewunderin? Die Sir Galahad mit dem Helm eines Bullen sieht? Die –«

»Hattie, sei still. Hör nur zu! Ich muß wirklich mit ihm reden. Wir arbeiten in einem verzwickten Fall zusammen, und ich glaube, mir ist jetzt klar, wie wir ihn lösen können. Bitte, Hattie. Du hast mir doch schon mal geholfen, damals bei der Oxford-Sache; ich meine, du und Sam. Jetzt sei ein Engel und tu es ein zweites Mal!«

Hattie blickte zweifelnd drein. Sie hatte ihre Rolle im Fall Oxford überaus gern gespielt – es war ein Riesenspaß gewesen, vor allen anderen im Haus über den Stand der Ermittlungen Bescheid zu wissen. Könnte es nochmal so sein?

»Geht es um Harry Rajabani?« fragte sie.

»Du hast es erfaßt«, erwiderte George. »Ich muß unbedingt mit Gus darüber reden.«

Hattie beugte sich vor und sah sie forschend an, fühlte ihren Puls und schürzte die Lippen. »Bist du sicher, daß du nicht doch bewußtlos warst?« fragte sie. »Wenn du nämlich eine Kopfverletzung hast, und sei sie noch so unbedeutend, dann –«

»Ich bin doch nicht blöd, Hattie! Das würd' ich dir natürlich sagen. Glaub mir, ich hab' keine. Und jetzt halt mich um Himmels willen nicht länger hier fest!«

»Tja, dann muß ich dich wohl ziehen lassen. Du würdest mich ja sonst noch in den Wahnsinn treiben«, stimmte Hattie schließlich zu. Sie blickte George nach, die flink aus dem Büro verschwand. Dann wandte sich Hattie an Adam. »Zeit, daß Sie wieder an die Arbeit gehen«, mahnte sie streng. »Höchste Zeit.«

»Ja, Schwester«, sagte Adam, nun wieder ganz ernst und willfährig. Er grinste sie an und eilte davon. Hattie blieb nachdenklich sitzen; ihr war etwas eingefallen, das sie George und ihrem Gus erzählen sollte. Tja, vielleicht später. Wenn sie Zeit hatte.

25

George eilte quer über den Hof zur Krankenwageneinfahrt und mußte sich ihren Weg durch das neugierige Personal bahnen, das unter allen möglichen Vorwänden seinen Arbeitsplatz verlassen hatte, um das Geschehen aus nächster Nähe zu verfolgen. Noch bevor sie den Haupteingang erreichte, hatte sie alle Gegenargumente abgetan und war von ihrer Idee restlos überzeugt. Sie mußte Gus so schnell wie möglich mitteilen, daß Harry Rajabanis Mörder aller Wahrscheinlichkeit nach unter den Demonstranten zu finden war. Und wenn er jeden einzelnen von ihnen verhaften und verhören mußte, dann sollte es eben so sein – George war nun sicher, zu wissen, wie und warum Harry zu Tode gekommen war.

Erneut benutzte sie ihr Gedächtnis, um sich beide Männer nebeneinander vorzustellen. Harry, dessen Äußeres dem klassischen Schönheitsideal schlechthin entsprach: Ein großer Mund unter einer stolzen Adlernase, dichte gebogene Wimpern, die seine glänzenden Augen noch leuchtender erscheinen ließen; daneben Dr. Choopani mit einem ähnlichen Patrizierprofil, auf seine Art nicht weniger attraktiv, wenn auch um einiges älter ...

Plötzlich begann sie zu zweifeln; verborgen stand sie in einem Winkel des Hofes nahe der Krankenwageneinfahrt und versuchte, Gus inmitten der Menge zu entdecken. Dr. Choopani dürfte gut und gern fünfunddreißig Jahre älter sein als Harry. Sein Haupthaar hatte sich zwar noch nicht allzusehr gelichtet, war aber im Vergleich zu Harrys dichten Lokken grau und dünn. Doch sie gewann ihre Sicherheit schnell wieder, denn sie fand, daß ihre Vorahnung durchaus Sinn machte: Behaupteten nicht die meisten Rassisten, in ihrem Haß auf dunkle Haut, daß alle Farbigen gleich aussehen? Vielleicht machte es dieses Vorurteil einigen unmöglich, deren individuelle Unterschiede wahrzunehmen; und wie konnte man von solchen Leuten im Falle von Harry Rajabani und Dr. Choopani genau das Gegenteil erwarten? Unbewußt, während sie die Richtigkeit ihrer Schlußfolgerung überprüfte, straffte George die Schultern: Harry war von einem oder mehreren dieser Kerle, die jetzt gegen die neue Station demonstrierten, umgebracht worden, weil sie ihn mit Dr. Choopani verwechselt hatten. Die Beleuchtung im Pub war nicht besonders gut; an jenem Abend hatte Hochbetrieb geherrscht, und natürlich waren die Leute angetrunken gewesen, was sich in nicht unerheblichem Maße auf ihre Reaktionen ausgewirkt haben dürfte – von ihrem Intellekt ganz zu schweigen (was auch immer man bei ihnen als solchen bezeichnen konnte, dachte sie überheblich). Irgendeiner hatte Harry für den Mann gehalten, dem es gelungen war, von den Afrokariben Spendengelder in Höhe von hunderttausend Pfund zu erhalten, und zwar für den Aufbau einer Station, die sich mit einer Krankheit befaßte, die nur ausschließlich Schwarze befiel; und in ihrem Haß auf solche Menschen hatten sie sich zusammengerottet, um den Mann zu töten, der es sich zur Aufgabe gemacht hatte, denen das Leben zu retten.

Es mußte einfach wahr sein, redete sie sich ein, und je schneller Gus davon erfuhr, desto besser. Die Lösung des Falles war nun in greifbare Nähe gerückt, zumindest, was den Mord an Rajabani anbetraf. Ungeduldig schob sie sich vorwärts. Die Leute wichen nur widerwillig aus, doch schließlich fand sie sich in der vordersten Reihe wieder. Vor Aufregung wurde ihr der Mund trocken.

Mittlerweile drängten sich noch mehr Menschen vor dem Haupteingang – offensichtlich Passanten sowie weitere berufsmäßige Krawallmacher, die ebenfalls Fahnen mit rassistischen Sprüchen schwenkten. Auch Leute vom Fernsehen waren eingetroffen; eine Crew hatte auf dem Bürgersteig gegenüber eine Kamera aufgebaut, um den harten Kern der Demonstranten, der am lautesten schrie, aufzunehmen.

George gab alsbald auf, ihre Schlachtrufe verstehen zu wollen, und hielt weiter nach Gus Ausschau. Plötzlich begriff sie, daß es gar keinen Grund gab, für seine Anwesenheit – dies hier lag im Zuständigkeitsbereich der Streifenpolizei, nicht der Kripo. Doch er war heute morgen – warum auch immer – hier aufgetaucht und mußte sich folglich nach wie vor in der Nähe befinden. Kein Polizist, der Erfahrung mit solchen Situationen hatte, würde seine Kollegen im Stich lassen – Gus am allerwenigsten. Außerdem wäre er bestimmt nicht weggegangen, ohne sich in der Notaufnahme ein weiteres Mal nach mir zu erkundigen. Dieser Gedanke stimmte sie froh. Inmitten des Tumults mußte sie plötzlich lächeln.

Als Georges Blick auf Professor Hunnisett fiel, der sich gegen die Wand der Krankenwageneinfahrt gedrückt hatte, wurde ihr Lächeln noch breiter. Logischerweise hielt er es für seine Pflicht, anwesend zu sein, wollte aber offenbar um keinen Preis gesehen werden. Sein Auftritt heute morgen mußte ihm noch in den Knochen stecken, denn er klammerte sich geradezu an der alten Mauer fest – kalkweiß und verängstigt wie ein kleines Kind.

Matthew Herne dagegen stand an der Spitze der Krankenhausgruppe, schrie aus voller Lunge gegen die Menge an, wobei sein Gesicht vor Anstrengung und Wut purpurrot anlief und seine ermahnenden Rufe im allgemeinen Lärm untergingen. In diesem Moment stieg er in Georges Achtung um einige Punkte. Mochte sich dieser Mann in Belangen des Krankenhauses hin und wieder noch so ungeschickt, wenn nicht sogar hinderlich anstellen, feige war er nicht. Seine Zivilcourage mußte man einfach bewundern!

Die Reihe der Polizisten, die sich zwischen Krankenhauspersonal und Demonstranten aufgebaut hatte, schien leicht zu schwanken, fing sich aber wieder, und zu ihrer großen Erleichterung erblickte sie nun Gus, der sich unter dem Arm eines Konstablers durchzwängte und auf der Seite des Krankenhauses wieder auftauchte. Sie brüllte seinen Namen.

Wie er sie in dem Lärm gehört hatte, lag jenseits ihrer Vorstellungskraft, doch er hob das Kinn wie ein Hund, der Witterung aufnimmt, blickte suchend in die Runde, runzelte die Stirn und kam auf sie zu. Seine Miene verfinsterte sich, während er sie am Arm faßte.

»Was zum Teufel machst du denn hier?« Nie hatte sein Akzent rauher geklungen; erstaunt blinzelte sie ihn an. Es handelte sich keineswegs um eine seiner üblichen scherzhaften Ermahnungen. »Mach, daß du fortkomms', zurück auf die Unfall – was ha'm sich die Blödmänner nur dabei gedacht, dich rauszulassen –«

»Heh, heh, nun mal langsam!« protestierte George. »Hattie hat mir erlaubt, dich zu suchen. Mir geht's gut. Ist nicht mehr als 'n Kratzer und 'n bißchen Schwindel, also reg dich ab, Alter! Ich muß dir unbedingt erzählen, was – ich weiß, warum man Harry umgebracht hat.«

Ärgerlich befreite sie sich aus seinem Griff.

»Du hörst mir jetzt sofort zu! Ich hab' dir gerade gesagt, daß ich weiß, wie das mit Harry war! – alles ist nur passiert, weil Choopani hunderttausend Pfund bekommen hat, um eine neue Station für Sichelzellenanämie einzurichten.«

»Sichelzellen – was?« Immerhin war nun seine Wut verflogen.

»Das ist eine spezielle Erbkrankheit, die hauptsächlich Menschen afrikanischer Abstammung befällt. Ihre Erforschung und Heilung ist sehr aufwendig.« Sie sprach so schnell sie konnte, denn der Protest des Pöbels schien immer noch stärker zu werden. »Er will mit dieser neuen Station das Leben von Farbigen retten – und diese Typen da draußen sind Rassisten und natürlich strikt dagegen. Sie verwechselten Harry mit Choopani – deshalb mußte Harry sterben! Der Angriff auf Choopani vor deinem Restaurant hatte auch mit dieser Sache zu tun – das muß der Grund sein, Gus. Es ist die einzige Erklärung, die einen Sinn ergibt.«

Gus blieb keine Zeit für eine Erwiderung. Unvermittelt erhob sich ein schriller Schrei, er wirbelte herum und drängte sich durch die Reihe der uniformierten Rücken, die ihn von der Menge trennten. George heftete sich an seine Fersen.

Irgendwo weiter vorne war ein Faustkampf im Gange. Manche Leute wichen zurück, um den Kämpfenden mehr Raum zu lassen, worauf andere die Lücken schlossen, um sie zu begaffen.

George spürte, wie ihr Adrenalinspiegel anstieg, spürte die Mischung aus Furcht und Aufregung bis in die Fingerspitzen, während die gelehrte Stimme in ihrem Hinterkopf über die Wirkungen kaum wahrnehmbarer Pheromone auf menschliches Verhalten und ihre Rolle in der Steuerung des ›Kampf/Fluchtmechanismus‹ dozierte. Doch sie ignorierte sie und schob sich ins Zentrum des Geschehens.

Ein großes Schild aus Holz, auf dem der antirassistische Slogan: »Tod allen Faschisten!« zu lesen war, schaukelte über der Menge hin und her, zitterte, bevor es auf ein paar Köpfe krachte. Wut- und Schmerzensschreie brandeten auf, und noch mehr Menschen stürzten sich in den Kampf. Fausthiebe wurden ausgeteilt; George sah Stöcke und andere Waffen (unter anderem einen blitzenden Schlagring an einer kräftigen Faust), und der Lärm steigerte sich zu einem ohrenbetäubenden Tosen.

Gus brüllte einem älteren Polizisten, der direkt hinter George mit den anderen zusammen die Absperrung zwischen dem Krankenhaus und der aufgebrachten Menge zu halten versuchte, etwas zu und gab ihm hektische Handzeichen. Dieser schrie etwas zurück, und gleich darauf geriet die Mauer der Polizisten ins Wanken, dehnte sich und brach schließlich auseinander; im selben Moment trafen – scheinbar aus dem Nichts – Polizisten mit Schilden und Helmen ein, und innerhalb von Sekunden herrschte das reinste Chaos.

George sollte nie genau erfahren, was dann geschah; sie nahm dreschende Fäuste wahr und tretende Beine, die sie ab und an trafen, doch sie fühlte keinen Schmerz (obgleich ihre Blutergüsse sie später eines Besseren belehrten), eher ein ungeheures Hochgefühl. Sie ließ sich von der Wut und dem Haß mitreißen und schlug blindlings zu. Es war eine Art verrücktes Spiel, und sie empfand kaum Furcht, als sei es tatsächlich ein Spiel – ja, es machte ihr sogar Spaß, bei dem sie die Sorge um das Wohlergehen ihrer Mitmenschen, die das berufliche Gewissen ihr abverlangte, völlig vergaß.

Plötzlich stand ein vermummter Mann neben ihr. Sie hob den Kopf und blickte zu ihm auf. Seine großen blauen Augen, die haßerfüllt durch die schwarzen Augenlöcher der Mütze starrten, versetzten sie in Panik. Sie zögerte nur kurz, doch ehe sie ihn beiseite schieben konnte, hatte er ihren Arm ergriffen und gegen ihren Rücken gepreßt. Als der Schmerz im Handrücken, den sie nun doch wahrnahm, schier unerträglich wurde, schrie sie auf. Mit einer Schnelligkeit, die ihr der reine Instinkt verlieh, biß sie ihn in die Hand. Der vermummte Mann ließ ihren Arm augenblicklich los, brüllte etwas Unverständliches und wollte sich von neuem auf sie stürzen, doch da war Gus schon zur Stelle: Er packte den Mann von hinten und hielt ihn fest, so sehr er sich auch zu wehren versuchte. Im nächsten Moment sprang – woher vermochte sie nicht zu sagen – ein zweiter Mann auf sie zu. Er war gut gekleidet und groß. George schätzte ihn auf etwa dreißig Jahre; sein heißer Atem streifte ihre Wange. Der Mann hob eine Hand, in der er einen langen, schweren Stock hielt, und ließ ihn mit einem schrecklichen Krachen auf den Kopf des Vermummten niedersausen. Der Schlag war wohlbemessen:

Das Opfer sackte, offensichtlich bewußtlos in Gus' Armen zusammen, worauf der andere, beinah erschrocken zurückwich.

»Er ist ein Faschistenschwein!« keuchte er. Sein Akzent war so kultiviert, als sei er einem Bildungsprogramm aus den fünfziger Jahren entsprungen. Er schaute von George zu Gus. »Ich dachte, er wollte Sie angreifen.«

»Wollte er ja auch!« schrie George – wenngleich der Lärm allmählich abebbte. »Vielen Dank für Ihre Mühe.«

»Das hätten Sie nicht tun müssen!« schnauzte Gus ihn an. »Ich bin Polizist; er wäre mir nicht mehr entwischt, und –«

»Polizei?« fragte der Lange und schüttelte den Kopf. »Tut mir wirklich leid! Das konnte ich ja nicht wissen, oder? Ich weiß nur, daß dieser Kerl hier derjenige ist, der die verdammten Faschisten zusammengetrommelt hat und für die ganze Gewalt verantwortlich ist; ich wollte nichts weiter, als ihn festnageln – und natürlich Ihnen helfen«, fügte er an George gewandt hastig hinzu. Er blickte sich hektisch um. Der Kampf schien nun beendet, die Polizei hatte alles unter Kontrolle. Einige Leute flüchteten, andere wurden festgenommen und in Arrestwagen verfrachtet, der Boden war mit zerrissenen Transparenten und Fahnen übersät. »Ich denke, ich werde mich jetzt auch auf die Socken machen, wenn Sie nichts dagegen haben. Sie können mir aber ruhig glauben, daß dieser Mann hier der Anführer ist.«

»Heh!« rief Gus, als der Lange sich eilig entfernte. »Wagen Sie's ja nicht! Sie sind verhaftet wegen –«

»Ein andermal, trotzdem vielen Dank!« rief der Lange über die Schulter zurück. »Ich muß jetzt zur

Arbeit. Lassen Sie ihn bloß nicht laufen! Er macht nur Ärger!« Und verschwand mit einer Ruhe, die von langjähriger Praxis zeugte, in der Menschenmenge am Ende der Straße.

Gus fluchte lauthals, hielt aber immer noch den Vermummten fest, was ihn daran hinderte, den Flüchtenden zu verfolgen. George ergriff den anderen Arm des Mannes und half Gus, ihn zu stützen.

»Ich wünsch' ihm viel Glück«, meinte sie. »Wenn er recht hat und das hier der Rädelsführer ist, hat er dir einen großen Gefallen erwiesen – und verdient es nicht, dafür verknackt zu werden. So, und jetzt will ich ihn mal näher betrachten.«

Der Mann bewegte nun unsicher Kopf und Arme und schien etwas sicherer auf den Beinen zu stehen. Gus rief nach einem anderen Polizisten, der eilig herbeirannte, während George vorsichtig die Mütze vom Kinn her aufrollte und langsam über das Gesicht zog.

Sie schnappte erschrocken nach Luft. Die glasigen Augen, die sie durch ein leichtes, von dem Schlag verursachten Blutgerinnsel anstarrten, waren die von Philip Goss, dem Pfleger auf der Kinderstation.

26

In der Notaufnahme war von der morgendlichen Ruhe, die George beim Kaffee mit Hattie und Adam Parotsky so angenehm empfunden hatte, nichts mehr zu spüren. Sintflutartig füllten sich die Gänge mit Tragbahren, auf denen Menschen mit blutig geschlagenen Köpfen und Gliedern lagen, während sich das überforderte Personal bemühte, ein wenig Ordnung in das Chaos zu bringen.

Grimmig und schweigend führte Gus Philip Goss in die Wartezone und übergab ihn einem der uniformierten Konstabler – mit der strikten Order, ihn nicht aus den Augen zu lassen, auch wenn das Klinikpersonal auf die Idee kommen sollte, ihn von dem Verdächtigen zu trennen. Wenn es Probleme gebe, sei er in Rufweite. Dann wandte er sich wütend an George.

»Also, Dr. B., was soll ich bloß mit dir anfangen? Dich *einmal* in Teufels Küche zu bringen reicht dir wohl nicht! Nein, verdammt noch mal, du mußt ein zweites Mal riskieren, daß man dich zu Brei schlägt!«

»Oh, Gus, spiel doch nicht die Mutterglucke!« sagte George ungeduldig. »Was ich dir –«

»Mutterglucke!« wiederholte Gus schwer gekränkt. »Weil ich mir Sorgen um dich mache und dich in Sicherheit wissen will, bin ich gleich 'ne Mutterglucke? Das ist ja wohl die –«

»Gus, halt mal die Klappe, ja? Und hör mir zu! Dieser Typ – er heißt Philip Goss, ich kenn' ihn.«

»Dieser Hooligan? Den *kennst* du?«

»Ich hab' versucht, dir's draußen zu erklären, aber du hast mich ja nicht zu Wort kommen lassen! Also, wirst du jetzt ruhig sein und *zuhören*, damit ich's dir endlich erklären kann? Philip Goss ist einer der Pfleger auf der Kinderstation! Ein netter Typ – oder zumindest hab' ich das gedacht. Kommt super mit den Kindern klar und hat Harry getröstet an dem Tag, als Dave Ritchard ihn beschimpfte. Ich kann mir nicht vorstellen, daß der Mann, der ihn bewußtlos schlug, die Wahrheit gesagt hat – aber er schien seiner Sache so sicher, nicht wahr? Und wenn es stimmt, ergibt es einfach keinen Sinn, obwohl Goss einmal erwähnt hat, daß ...« Sie überlegte angestrengt, schüttelte dann aber den Kopf. »Ist weg. Jedenfalls hat er einmal etwas gesagt, das für meine Begriffe ein bißchen hinterhältig klang. Es wird mir schon wieder einfallen. Wir können aber woanders ansetzen: Ich glaube, er ist schwul. Sein Freund ist Alan Prior, der neue Assistenzarzt auf der Kinderstation. Ich hab' sie mal zusammen gesehen. Wenn du mich fragst – also, ich halte es durchaus für möglich, daß der sich auch irgendwo hier rumdrückt. Ich meine, wenn Prior bei dieser Demo dabei war, wäre es vielleicht ganz nützlich, mal mit ihm über Philip zu reden. Denn man sollte diesem Fremden nicht einfach glauben, diesem Vermummten, der Philip vermöbelt und ihn als den Anführer dieser Rassisten bezeichnet hat.«

»Da hast du verdammt recht, das sollte man tatsächlich nicht.« Gus hörte sich sehr trübsinnig an, während er seinen Blick durch das überfüllte Wartezimmer schweifen ließ. »Beweise brauche ich. Jetzt – wo wir eine so vielversprechende Spur haben, dürfte es nicht mehr allzu schwer sein, sie zu fassen. Ich hab' schon immer vermutet, daß diese ganze Rassisten-Szene irgendwie organisiert sein muß. Ein paar dieser Angriffe waren einfach nicht – zufällig genug, verstehst du?«

»Würde mich nicht überraschen«, sagte George. »Hör mal, ich sprech' einfach mit ihm, ja? Ich leih' mir einen weißen Kittel, einen von der Station hier. Dann such' ich Prior. Ich hab' ihn schon mal getroffen, also kennt er mich. Vielleicht kann ich ja was aus ihm rauskriegen.«

»Nein!« Noch bevor Gus eine weitere Ermahnung vom Stapel lassen konnte, eilte der Chef der Streifenpolizei mit besorgter, wichtigtuerischer Miene auf ihn zu. »Scheiße!« fluchte Gus halblaut und ordnete seine Gesichtszüge zu einem halbherzigen Ausdruck des Willkommens. »Wollen Sie zu mir, Bannen?«

»Das möchte ich meinen.« Chief Inspector Edward Bannen schaute Gus mißtrauisch an. »Mich würde interessieren, was Sie heute morgen hier verloren hatten. Wir sind vom Krankenhaus alarmiert worden, uns um die gespannte Situation zu kümmern. Ich glaube nicht, daß die Kriminalpolizei irgend etwas mit Vorfällen zu schaffen hat, die die öffentliche Ordnung gefährden und –«

»Hörn Sie mal, Edward, alter Kumpel, das is' so –« Gus legte dem Mann einen Arm um die Schultern und führte ihn, nach einem vielsagenden Brauenzukken in Georges Richtung, ein wenig beiseite. George sah ihnen nach und grinste. Armer Gus, dachte sie, er hat die Sache doch völlig unter Kontrolle – glaubt er. Dann machte sie sich auf die Suche nach einem weißen Kittel und nach Alan Prior.

Der saß in einer der Kabinen, die Bagatellverletzungen vorbehalten sind, hatte den Kopf in die Hände gestützt und wartete auf jemanden, der seine kleine Schnittwunde an seiner Stirn nähte. Hoffnungsvoll hob er den Kopf, als George um den Vorhang spähte, und schaute sie mit weit aufgerissenen, flehenden Augen an.

»Denken Sie bitte auch an die kosmetische Wirkung?« bat er. »Ich bin nicht eitel, aber Narben können so –«

»Ich bin nicht gekommen, um Sie zu verarzten«, erklärte George und beugte sich über ihn, um die Wunde zu begutachten. »Sie könnten auch einfach ein Schmetterlingspflaster drüberkleben, dann wird eben die Narbe etwas größer. Wenn Ihnen jemand angeboten hat, den Schnitt zu nähen, dann geht es nur um das optische Ergebnis.«

»*Ich* hab' darum gebeten.« Vorsichtig tastete er die Haut neben der verletzten Stelle ab. »Ich kenne Sie doch von irgend woher, stimmt's? Sagen Sie, ist der Schnitt sehr lang? Haben Sie zufällig einen Spiegel dabei?«

»Tut mir leid, nein«, erwiderte George. »Und übrigens kennen wir uns tatsächlich. Ich bin George Barnabas von der Pathologie. Wir sind uns einmal bei Philip Goss auf der Kinderstation begegnet.«

»Äh – ja.« Er ließ die Hand wieder in den Schoß sinken und musterte sie durch halbgeschlossene Lider. »Tja – äh – wenigstens glaub' ich, mich zu erinnern.«

»Macht nichts, wenn Sie sich nicht erinnern. Dafür tu' ich's.« Sie sah ihn nachdenklich an. Vielleicht war es am besten, direkt mit der Tür ins Haus zu fallen. Jeden Moment konnte jemand auftauchen, um den Mann zu verarzten, dann hatte sie die Gelegenheit verpaßt. Gus war immer noch wütend auf sie. Sobald er Bannen abgeschüttelt hatte, würde er sie suchen und womöglich in die Notaufnahme zurückbringen. Sie durfte keine Zeit mehr verlieren.

»Philip Goss – ist er nicht ein wichtiger Mensch in Ihrem Leben?« fragte sie geradeheraus, ohne Prior aus den Augen zu lassen.

Er blinzelte, doch er hielt ihrem Blick stand. »Ach ja?« sagte er bloß.

»Nun tun Sie nicht so! Sie brauchen sich vor mir bestimmt nicht zu schämen. Mittlerweile ist es legal, also können Sie offen darüber sprechen. Er ist doch Ihr Freund, oder nicht?«

»Selbst wenn, geht es Sie nichts an.«

»War es seine Idee, daß Sie nach draußen kommen und mitmischen? Hat er Sie nicht gewarnt, daß es gefährlich werden könnte?«

Plötzlich lief Prior rot an. »Einen Dreck hat er! Ich hab' ja noch nie behauptet, etwas andres als ein erbärmlicher Feigling zu sein. Ich bin nicht für Zank und Schlägereien. Ich geh' nicht auf Schwulendemos, und ich wär' auch hier nicht dabei gewesen, wenn er mir nicht versichert hätte, daß es ganz friedlich ablaufen würde. Er sagte mir, er hätte das Ganze richtig gut durchorganisiert, es gebe keine Gegner – und wie er sich da geschnitten hat! Er wurde fuchsteufelswild, als diese Kommunisten anrückten.«

»Kommunisten?« murmelte George. »Was für ein altmodisches Wort!«

»Ach, Sie wissen doch, was ich meine!« höhnte Prior. »Diese sogenannten Antirassisten. Diese Idioten – wenn sie wie ich in Südafrika aufgewachsen wär'n, wüßten sie's besser. Aber Philip hatte mir versprochen, es könnte gar nichts passieren, und ich dachte, mit diesen verdammten Wollmützen würde wohl alles klargehn. Keiner könnte uns erkennen, und wir wären – eben – *sicher*. Aber der Schnitt ist sogar durch dieses dicke Ding gegangen! Sehn Sie sich das mal an!«

Er hielt George eine schwarze Wollmütze hin. Sie war das genaue Gegenstück zu der, die Goss getragen hatte, und George schnappte nach Luft. Sie bewies nicht unbedingt, daß Goss den ganzen Aufruhr initiiert hatte – und für Harrys Tod verantwortlich war –, aber sie bestätigte immerhin, daß er darin verwickelt war. »Irgendein Typ hat mich mit der Stange von so 'nem verdammten Transparent geschlagen – und nun sehn Sie sich das bloß an!« fuhr Prior weinerlich fort und tastete erneut nach seiner Wunde. »Hat mir glatt den Kopf gespalten!«

»Das kann vorkommen«, belehrte ihn George, nicht sonderlich mitfühlend. »Man braucht nicht immer ein Messer dazu.«

»Ehrlich, ich könnte Philip umbringen! Er hatte kein Recht, mich da reinzuziehen. Ich bin Arzt, nicht so 'n verdammter Politischer. Er mag's ja ganz aufregend finden, aber ich will nichts damit zu tun haben.«

»Er ist also ein Politischer?« fragte George so beiläufig wie möglich und lehnte sich an die Wand, die Hände tief in die Taschen des Kittels geschoben, um ihre Aufregung nicht zu verraten. »Welche Richtung vertritt er denn?«

»Ach, das weiß ich doch nicht!« gab Prior ärgerlich zurück. »Er mischt ständig irgendwo mit. Ich kann nicht mal sagen, auf welcher Seite er steht, wenn Sie's genau wissen wollen. Er mag es, beide Parteien gegen einander auszuspielen – Pläne zu schmieden, um seinen Willen zu bekommen.«

»Ja«, sagte George leise. »Ja, natürlich! Das war's! Genau das hat er einmal zu mir gesagt.« Sie konnte sich nun so deutlich darauf besinnen, als stünde Goss leibhaftig vor ihr und wiederhole die Worte, auf ihre Feststellung, er sei ganz schön durchtrieben und möge es, seinen Willen zu bekommen: »Will das nicht jeder? Ist auch nicht schwer, wissen Sie. Ein kleiner Kniff hier, ein Wort da – schon erstaunlich, was man damit erreichen kann.« Sie hatte nur einen Scherz gemacht, war damit aber der Wahrheit nähergekommen, als sie dachte.

»Er hat's Ihnen also erzählt, was? Und warum quetschen Sie dann mich aus?« Prior hörte sich immer kläglicher an. »Wie lange dauert das denn noch? Ich will raus hier und endlich mal 'n bißchen Ruhe haben. Bin völlig durcheinander. Das ist das letzte Mal, daß ich hier den Vertreter gespielt habe.«

»Die Notaufnahme ist total überfordert«, erklärte George. »Da draußen sind jede Menge Verwundete. Philip ist auch dabei.«

Abrupt blickte er auf. »Was?«

»Er hat sich auch am Kopf verletzt, ist allerdings auch noch ein oder zwei Minuten bewußtlos gewesen.«

»Meine Güte!« Prior wirkte zu Tode erschrocken. »Jetzt sagen Sie mir nicht, daß er 'nen Schädelbruch davongetragen hat!«

»Keine Ahnung. Es könnte schon sein. Ich nehme an, daß er noch geröntgt wird. Entschuldigen Sie, ich wollte Sie nicht beunruhigen.«

Sekundenlang tat er ihr wirklich leid. Obgleich sie einigermaßen sicher wußte, daß Goss der Mann war, der Harry getötet hatte, regte sich ihr berufsmäßiges Mitgefühl mit Kranken und Verletzten, wenn auch der Verletzte in diesem Fall Goss' Liebhaber war. Aber Prior schüttelte nur den Kopf und zuckte dabei vor Schmerzen leicht zusammen.

»Beunruhigt bin ich eigentlich nicht. Ich meine, nicht wegen Philip Goss. Ich hab' nur allmählich genug von ihm. Wenn er unbedingt seine Nase in solche Sachen stecken will, bis sie blutet, ist das seine Sache. Wenn er zu dumm ist, sich aus gefährlichen Situationen rauszuhalten, die einen Schädelbruch einbringen können, muß er das mit sich selber vereinbaren.« Er fröstelte. »Ich' hab immer einen Heidenrespekt vor Hirnverletzungen gehabt. Mußte mir zu viele ansehen. Als ich in Groote Schur arbeitete und die Polizei uns ständig welche von diesen Kaffern schickte, nachdem sie – was soll's! Nein, was ich einfach nicht verkrafte, ist die Tatsache, daß er mich angelogen hat! Erzählt mir, es wär' null Risiko, 'n Riesenspaß, nicht mehr, und erwartet dann von mir, daß ich – also, das reicht schon fast, um –« An diesem Punkt gingen ihm offenbar die Worte aus. George wollte sich nicht anmerken lassen, wie sehr er sie anwiderte. Aber so ganz gelang es ihr nicht.

»Machen Sie sich denn keine Sorgen um ihn?« Sie bemühte sich um einen lockeren Tonfall. »Ich hatte den Eindruck, Sie seien äußerst eng befreundet.«

»Jetzt nicht mehr«, erwiderte Prior aus tiefstem Herzen. »Und wenn Sie ihn treffen, können Sie ihm das gern ausrichten! Ach, endlich!« Eine Schwester kam mit einem Wundversorgungstablett in die Kabine. »Ich dachte schon, ich muß hier ewig sitzen bleiben!«

»Wir tun, was wir können, um alle so schnell wie möglich zu versorgen. Wir sind überbelegt«, erklärte die Schwester. Dann sah sie George an. »Sind Sie wieder in Ordnung, Dr. Barnabas? Sie waren auch verletzt, oder?«

»Mir geht's gut«, sagte George hastig. »Bin schon wieder in Ordnung. Danke, Dr. Prior.« Und sie entfloh.

Draußen in der Wartezone konnte sie Gus nicht entdecken; bestimmt hatte Bannen ihn irgendwo hingeschleppt. George zögerte, was sollte sie als nächstes tun? Goss suchen und befragen? Das dürfte etwas schwierig sein. Der Mann wurde nicht nur ununterbrochen von einem Polizisten bewacht, er hatte möglicherweise eine schwere Kopfverletzung erlitten und brauchte spezielle Pflege. Und der erste Leitsatz, den sie in Neurologie gelernt hatte, war der berühmte Ausspruch des Hippokrates gewesen: »Keine Kopfverletzung ist so geringfügig, daß sie ignoriert werden kann, aber auch nicht so schwerwiegend, daß man um das Leben des Patienten fürchten sollte« – oder so ähnlich. Einen Mann in dieser Lage zu befragen dürfte wohl kaum die Aufgabe eines gewissenhaften Arztes sein. Aber wenn sie zur Zeit Kriminalermittlerin war ... George schnitt eine Grimasse über ihren inneren Konflikt und schaute sich im Raum um.

Plötzlich erstarrte sie. Jenseits der vollbesetzten Stuhlreihen – nachdem sich die Nachricht über die Ausschreitungen beim Old East verbreitet hatte, waren Angehörige und Freunde von Patienten nun in Scharen eingetroffen – erblickte sie die gutgekleidete, hochaufgerichtete Gestalt von Dr. Choopani. Spontan eilte sie auf ihn zu.

Choopani begrüßte sie so höflich und ruhig, als treffe man sich auf einer Teeparty in Pfarrers Garten.

»Guten Morgen, Dr. Barnabas. Ich hoffe, Sie sind wohlauf.«

»Es geht schon«, erwiderte sie und berührte den Bluterguß auf ihrer Wange, der ein wenig schmerzte. Es gab auch andere Teile ihrer Anatomie, die weh taten, aber sie zog es vor, nicht daran zu denken. »Was machen Sie denn hier?«

Er hob erstaunt die Brauen. »Wo sonst sollte ich sein?« entgegnete er. »Heute wird meine neue Station eröffnet, haben Sie nicht gehört? Dies ist ein wichtiger Tag für uns alle!«

George neigte den Kopf und wies auf die überfüllte Wartezone hinter ihnen. »Ich hab' schon davon gehört«, meinte sie absichtlich ironisch. »Wie all die anderen Leute hier.«

»Diese kleine Meinungsverschiedenheit ...« Er tat sie mit einer Handbewegung ab. »Sie werden es schon überleben. Ich habe in der Vergangenheit alle Angriffe gegen meine Person überlebt und gedenke dies auch in Zukunft zu tun. Wie ich Ihnen bereits bei unserer letzten Begegnung sagte – als Sie so freundlich zu mir waren – diese Leute sind Abschaum und nicht wert, daß man sich mit ihnen beschäftigt.«

»Oh, da liegen Sie aber falsch, Dr. Choopani«, entgegnete George sanft. »Nicht, weil diese Leute nämlich kein Abschaum sind – darüber würde ich mit Ihnen nicht streiten, obwohl es schrecklich ist, Menschen als solchen zu bezeichnen, auch wenn sie Aufruhr anzetteln –, sondern weil man sich sehr wohl mit ihnen beschäftigen muß. Was sagen Sie, wenn ich Ihnen erzähle, daß bereits ein Mann sterben mußte, weil man ihn für Sie gehalten hat?«

Choopani starrte sie einen Moment ernst und unbewegt an. Dann seufzte er schwer. »Meine liebe Dr.

Barnabas, glauben Sie mir, ich weiß, daß diese Leute gefährlich sind. Warum Sie so sicher sind, daß jemand getötet wurde, weil man ihn für mich hielt, entzieht sich meiner Kenntnis, aber selbst wenn Sie recht haben sollten – obwohl ich gestehen muß, daß es für mich reichlich dramatisch klingt –, selbst wenn Sie recht haben sollten, ändert das nichts an meiner Meinung. Diese Leute sind unserer Beachtung nicht wert, auch wenn sie noch so gefährlich sind! Wir müssen allenfalls auf der Hut sein und uns vor ihnen schützen. Aber unsere kostbare Zeit verschwenden, indem wir uns Sorgen um sie machen? Ich müßte mich ja schämen! Ach, da kommt Schwester Clements, die treue Seele! Sie entschuldigen mich – Schwester Clements ist meine Stütze für die neue Station. Wir haben noch einiges zu besprechen. Ich hoffe, Ihre Zeit erlaubt es, sich unsere Arbeit einmal anzusehen. Es ist nur ein kleiner Anfang, aber dabei wird es nicht bleiben!« Und er neigte höflich den Kopf und begab sich zur anderen Seite der Wartezone, wo sich Hattie angeregt mit einem Mann unterhielt. George stellte erfreut fest, daß es Gus war.

Was anschließend geschah, war überraschend, nicht weil es so abrupt geschah, sondern weil George es geradezu verlangsamt erlebte, als werde ein Film in Zeitlupe abgespult.

Während Dr. Choopani würdevoll durch die Wartehalle schritt und mit kaum verhohlener Verachtung über die Beine der Leute stieg (was diese ihm gewaltig übelnahmen – einige warfen ihm böse Blicke zu, andere murmelten erbost vor sich hin), wurde der Vorhang einer der Kabinen auf der anderen Seite aufgerissen, und eine leere Bahre hinein- und, als Dr. Choopani bereits den halben Raum durchquert hatte, mit einem Patienten wieder hinausgeschoben. Eine junge Schwester an deren Kopfende hielt einen Beutel mit Salzlösung hoch, von der ein Infusionsschlauch zum rechten Arm des Verletzten führte. Sein Kopf war so dicht verbunden, daß man sein Gesicht kaum erkennen konnte, aber die Anwesenheit des jungen Polizisten, der in einigem Abstand folgte, ließ nur eine Möglichkeit zu.

Langsam und etwas ruckartig rollte die Bahre vorwärts, denn der junge Mann am Fußende, den George für einen Neuling in dem Job hielt, hatte noch nicht genug Übung, um das schwerfällige Ding elegant von der Stelle zu bewegen. Dr. Choopani schritt gravitätisch weiter, wie ein Dampfer, den die kleineren Schiffe in seinem Kielwasser nicht im geringsten stören, und trat in dem Moment, indem diese gedreht wurde und mit dem Fußende in Richtung der Türen wies, durch die man zur Röntgenstelle und den Stationen gelangte, an die Längsseite der Bahre.

Ohne bewußt darüber nachzudenken, glaubte George, daß der Mann Goss sein müsse, den man nun zu weiteren Untersuchungen brachte und damit einer Befragung ihrerseits entzog. Sie wollte eben auf Gus zugehen und wandte sich in die Richtung, die Dr. Choopani eingeschlagen hatte, als sich die Gestalt auf der Bahre plötzlich, langsam und doch kraftvoll, mit scheinbar einer Art angeborener Eleganz, aufrichtete.

»Du Scheißkerl!« Die Stimme klang kreischend und doch gequält. George fuhr zusammen. Sie hastete gehetzt weiter, ohne sich um die Leute zu kümmern, gegen die sie prallte.

»Du Scheißkerl!« schrie der Mann auf der Bahre erneut, und diesmal konnte George deutlich sehen, daß es sich, wie sie vermutet hatte, um Goss handelte.

Er blickte wild um sich und funkelte die Schwester neben der Bahre wütend an; sie war ebenso unerfahren wie der Mann, der die Bahre schob, und der Polizist – alle drei schienen vor Überraschung wie gelähmt. Goss schaute auf seinen Arm, sah die Kanüle und versuchte, sie herauszureißen; als das nichts fruchtete, zog er an dem Schlauch. Die Schwester erschrak und ließ den Beutel fallen; Goss ergriff ihn mit beiden Händen und warf ihn mit aller Kraft Dr. Choopani an den Kopf. Der Beutel zerplatzte. Choopani verzog keine Miene, während die Salzlösung von seinem Gesicht tropfte, sondern starrte Goss nur mit kalter Beherrschung an.

»Du und deine Scheiß-Schwarzen mit ihrem Geld, wolln bloß ihr beschissenes Leben retten; sterben is' noch zu gut für die, du stinkender lausiger Bastard –«

Es war unglaublich. George verharrte ebenso reglos wie die junge Schwester neben der Bahre und jeder andere in der Wartezone, während Goss tobte und vor Wut schäumte.

Wieder meldete sich Georges Berufsethik und hielt ihr einen Vortrag über Persönlichkeitsveränderungen und Kontrollverlust als Folge von Kopfverletzungen. Goss hatte jegliche Beherrschung über sich selbst verloren; all seine Pläne und Kniffe und Intrigen waren nutzlos geworden. Er konnte nur noch seine Wut und seinen Haß in einer endlosen Flut verletzender und brutaler Worte herauslassen. George schauderte und hielt sich die Ohren zu, um sie nicht zu hören.

Schließlich stürzte Hattie auf die Bahre zu, um die

junge Schwester von ihrer schweren Aufgabe zu erlösen. Gus und der junge Polizist standen ihr bei; mehrere Schwestern und einige Notärzte tauchten auf, um die Leute in der Wartezone zu beruhigen. George lief an Hatties Seite. Goss' Atem ging stoßweise, seine weit offenen Augen starren blicklos an die Decke, seine Lippen bildeten immer noch Worte, doch nun waren sie nicht mehr zu vernehmen.

»Oh, Gott!« keuchte Hattie, als George ihr half, die Gurte festzuzurren, die Hattie unter den Seiten der Bahre hervorzog, um Goss ruhigzustellen. »Oh, Gott! Der ist ja wie diese Priester, die anfangen zu fluchen, wenn sie aus der Narkose aufwachen. – Danke, George, das dürfte halten. Schwester Patterson, würden Sie ihn bitte übernehmen? Warnen Sie die auf der Station, daß sie sich vor ihm in acht nehmen müssen, aber er muß jetzt aufs Zimmer. Die Röntgenaufnahmen werden dort gemacht. Neurologie Drei, genau. So schnell es geht.«

Hattie schaute der Bahre nach, während sich in der Wartezone wieder das übliche dumpfe Stimmengemurmel ausbreitete. Irgend jemand führte den nach wie vor schweigenden Dr. Choopani beiseite. »Oh, George, es tut mir so leid!« beteuerte Hattie und wandte ihr ein bedrücktes Gesicht zu. »Heute morgen, du warst gerade durch die Tür, fiel mir ein, was Goss mir einmal gesagt hatte: Dr. Choopani würde seiner Meinung nach Ärger mit den hiesigen Weißen bekommen und sollte besser die Finger von dieser neuen Station lassen. Damals fand ich es komisch, sowas von einem Krankenpfleger zu hören – besonders von einem wie Goss, der sich ständig um andere kümmert und in der Gewerkschaft ist und andauernd den Moralapostel spielt. Ich dachte noch, so reden doch bloß die Typen, die die Schwarzen hassen, aber er schien mir doch immer der Vorkämpfer für gleiches Recht für alle zu sein. Und ich wollte es dir noch sagen ...«

27

Ich wüßte nicht, wer es sonst sein sollte«, wiederholte George. »Er ist doch derjenige, der das beste Motiv hat, oder nicht?«

»Du bastelst dir was zurecht«, meinte Gus. »Du zählst zwei und zwei zusammen, bis du bei siebzehn bist. Erstens willst du glauben, daß Goss, weil er nun mal 'n fanatischer Rassist ist, sich vorgenommen hat, Choopani um die Ecke zu bringen, weil der 'ne Station zur Behandlung einer Krankheit aufmachen will, die nur Schwarze befällt, und zweitens willst du glauben, daß er die beiden – Choopani und Harry – verwechselt und den falschen gekillt hat. Aber das ist ein fürchterlicher Mischmasch, George. Choopani ist ungefähr Mitte Vierzig und nicht besonders nett anzuschaun. Harry Rajabani war noch keine Dreißig und ein Bild von 'nem Mann – und Goss kannte ihn von der Arbeit her!«

»Harry trug eine Rastamütze aus Wolle, als er umgebracht wurde. Darin sehen doch alle gleich aus. Goss muß ihn für Choopani gehalten haben und –«

Wieder schüttelte Gus den Kopf. »Sorry! Zu viele ›Vielleichts‹, Süße. Willst du noch 'nen Kaffee?«

George verzog das Gesicht. »Besser nicht, sonst krieg' ich die große Flatter. Du übrigens auch – du wirkst angespannt wie 'ne Harfensaite. Überhaupt trinkst du zu viel Kaffee!«

Er lehnte sich bequem im Stuhl zurück. »Oh, sie sorgt sich doch um mich!« trällerte er der Decke zu. »Sie sorgt sich um meine Gesundheit! Das ist ein gutes Zeichen. Sie liebt mich, sie liebt mich nicht, sie liebt mich –«

»Hör auf damit, Gus«, unterbrach ihn George, aber es klang zerstreut; sie saß reglos da, betrachtete ihre Hände, die auf dem Schreibtisch lagen, versuchte, nachzudenken, sich zu konzentrieren. Sie waren nach dem Aufruhr in der Notaufnahme in ihr Büro zurückgekehrt. Man hatte die Leichtverletzten weggeschickt (manche auf die Polizeiwache, wo ihre Aussagen zu Protokoll genommen und Anklage gegen die Demo erhoben wurde) und diejenigen, die es schlimmer getroffen hatte, unter ihnen auch Goss, ins Krankenhaus eingewiesen.

George seufzte und zog die Stirn kraus. »Weißt du eigentlich, wie erst sein Zustand ist? Sie nehmen an, daß er eine starke Schädelblutung erlitten hat und daher diese Symptome zeigt – zum Beispiel das Schreien und den Kontrollverlust. In ungefähr einer Stunde kommt er aus dem OP und anschließend ins Krankenzimmer.« Sie drehte das Handgelenk, um auf ihre Uhr zu schauen. »Aber wir müssen mit ihm reden. Wir müssen wissen, wo er an jenem Abend war und was er gemacht hat und –«

»Ist sie nicht großartig?« fragte Gus die Decke. »Reich ihr den kleinen Finger, und schon fliegt sie ab wie 'ne Rakete. Als nächstes will sie mein Gehalt und meinen verdammten Job dazu!«

»Heißt das, ich mische mich zu sehr in diesen Fall ein?« fragte George streitsüchtig und richtete sich kerzengerade auf.

»Genau.«

»Oh.« Einen Moment lang war sie baff, fing sich aber schnell wieder. »Tja, das ist aber wirklich schade, Kumpel. Sehr schade sogar. Denn ich bin dabei und werd' auch dabei bleiben, ob's dir paßt oder nicht.«

»Aber es paßt mir ja!« grinste er. »Ich wollte dich nur darauf hinweisen, daß das Verhören von Verdächtigen normalerweise die Aufgabe von Polizisten ist. Ich schnibbele keine Leichen auf, du sprichst nicht mit Verdächtigen. So tritt man sich nicht auf die Füße.«

»Bisher war ich durchaus erfolgreich in diesem Job!« erinnerte George. »Hätte ich nicht mit Prue gesprochen, wäre ich Goss nicht begegnet und Harry hätte ich auch nicht –«

»Ja, ja, du bist die Beste auf der ganzen Welt.« Er beugte sich über den Tisch und drückte ihr einen lauten schmatzenden Kuß auf. »Was sollte ich nur ohne dich anfangen?«

»Möcht' ich gar nicht wissen«, erwiderte sie überrascht. »Und was jetzt?«

Gus seufzte und stand auf. »Ich muß dich jetzt verlassen, meine Liebe, mein Leben. Meine Güte, ist es wahr? Demnächst singe ich dir noch was vor. Mal sehen, was auf der Wache läuft. Ich hab' alle verfügbaren Männer auf die Suche nach Adoptionsvermittlungen und vermißten Babys abgestellt – Gott allein weiß, ob das was bringt. Das ist so, als ob man nach 'ner Nadel im Heuhaufen oder nach 'ner menschenfreundlichen Pathologin sucht. Und dann darf ich mich auch noch mit dem neuen Kram herumschlagen: Muß mir Informationen über Goss beschaffen, seine Kumpels ausfindig machen, Fragen stellen – falls du nichts dagegen hast, natürlich!«

George mußte lachen. »Ich sag' dir was – unterhalt dich mal mit Alan Prior.«

»Mit wem?«

»Er ist Arzt hier im Haus, hatte wohl 'ne Art Affäre mit Philip Goss. Ich schätze, es ist vorbei: Prior war nicht gerade begeistert, daß Goss' Demo seine männliche Eitelkeit angekratzt hat, und er war auch nur mit von der Partie, um seinem Freund einen Gefallen zu tun, obwohl er wahrscheinlich dessen rassistische Ansichten teilt. Er ist nämlich ein stockkonservativer Südafrikaner. Ich glaub', du wirst 'ne Menge von ihm erfahren.« Sie berichtete ihm von ihrem Gespräch mit Alan Prior auf der Unfallstation. Gus hörte aufmerksam zu.

»Gut gemacht, du treue Gehilfin«, lobte er. »Ich werd' mit ihm und noch mit 'n paar anderen reden, wo ich schon mal hier bin. Wenn Goss wirklich den Aufstand rund ums Krankenhaus organisiert hat, wird's bestimmt jemanden geben, der mir darüber was erzählen kann, es gibt immer einen. Was nun dich betrifft ...«

»Wie bitte? Ich weiß schon, was ich jetzt tun werde.«

»Genau das bereitet mir ja solche Kopfschmerzen.« Unvermittelt war er ernst geworden. »Vermeid jedes unnötige Risiko, George! Denk mal dran, was dir beim letzten Mal passiert ist, als du dich so weit vorgewagt hast. Ich will nicht, daß du wieder so verrückte Ideen verfolgst.«

»Hab' ich auch nicht!« beruhigte sie ihn. »Dazu ist mir meine Haut zu lieb. Ich bin nicht lebensmüde, das kannst du mir glauben.«

»Bist du doch, du Dummkopf!« widersprach er. Dann kam er um den Tisch herum und küßte sie wieder, diesmal länger. »Mmmm. Wie ich schon sagte, du bist wie ein milder ausgereifter Camembert. Ich könnte dich glatt auf Toast ohne das kleinste Klümpchen Butter verschlingen. Paß auf dich auf, George, ja? Wenn du irgend jemanden im Verdacht hast, gib mir Bescheid, und ich werde –«

»Ja«, sagte sie nur und löste sich von ihm, ein wenig verwirrt. Lächerlich, sich in meinem Alter von einem Kuß derart aus der Fassung bringen zu lassen! Sie schüttelte den Kopf und straffte ihre Schultern. »Ich geb' dir Bescheid, Gus. Und jetzt raus mit dir – ich hab' noch einiges zu erledigen.«

»Laß dich noch mal auf der Unfallstation durchchecken«, bat er. »Mir gefällt dieser blaue Fleck gar nicht.« Er strich leicht über ihre Wange. Es gefiel ihr.

»Ein Klacks, gegen die anderen!« sagte sie leichthin. »Ich hab' vorhin auf der Toilette nachgeschaut. Der auf dem Po könnt' glatt als Verkehrsschild durchgehn.«

»Würd' gern einen Blick darauf werfen.« Er grinste besonders anzüglich. »Laß es mich doch mal versuchen.«

»Ein andermal ...« Sie schob ihn sanft Richtung Tür. »Ich ruf' dich an.«

»Nein, das tust du nicht«, sagte er, während er den Mantel überstreifte. »Ich komm' heut abend zu dir – ich vermisse die alten Damen einfach zu sehr, wenn ich sie nicht jeden Tag sehe.« Er schnippte mit Daumen und Zeigefinger gegen seinen unsichtbaren Hutrand und verschwand.

George verzichtete aufs Mittagessen und ließ sich von Jerry ein Joghurt und einen Apfel aus der Kantine holen. Sie aß bei der Arbeit, hielt den Kopf über den Tisch gebeugt und bemühte sich, weder an Gus noch an den Fall zu denken. Letzteres war einfach – doch Gus' Bild nicht vor ihrem inneren Auge auftauchen zu lassen erwies sich als äußerst schwierig.

Der Duft seines Aftershaves, der nach wie vor auf ihren Wangen haftete; dieser Duft erregte sie so sehr, daß sie fast erschrak. Natürlich hatte sie schon Männer gehabt – es war einer ihrer größten Fehler, daß sie sich von attraktiven Männern fast gegen ihren Willen angezogen fühlte. Man konnte nicht behaupten, daß es ihr an Erfahrung mangelte. Doch Gus war einfach *anders*: witzig und ernst in einem Atemzug, clever und spontan und voller Energie. Sie starrte auf einen Obduktionsbericht, ohne ihn wirklich zu sehen, während sie überlegte, was Gus von den Männern, die sie vorher gekannt hatte, so sehr unterschied. Natürlich lag es auch an ganz eindeutigen Charaktermerkmalen, an Sprache, Gewohnheiten, Geschmack, aber in erster Linie an seiner Art, mit ihr umzugehen. Er hatte keinen der üblichen Tricks auf Lager, um sie ins Bett zu bekommen. Tatsächlich war es bisher bei vereinzelten Küssen geblieben – zärtlich und amüsant und sehr angenehm, wenn auch – für ihr Empfinden nicht ganz befriedigend – doch sie trugen dazu bei, daß sie sich noch mehr in ihn verliebte. Er lehrte sie die Freuden des Wartens, der Sehnsucht. Mittlerweile war sie so verrückt nach ihm, daß sie demnächst selbst die Initiative ergreifen würde, wenn er ihr nicht zuvor kam.

Sie schüttelte den Kopf über sich selbst und versuchte wieder, sich auf ihre Arbeit zu konzentrieren. Diesmal klappte es; um drei Uhr streckte sie sich, blickte auf die Uhr und hielt es für angebracht, einen kleinen Streifzug durchs Haus zu unternehmen.

»Ich muß mal kurz weg, Sheila. Heute war so viel los, und ich will sehen, ob es was Neues gibt. Ich bin bestimmt früh genug zurück, so daß Sie zur üblichen Zeit Feierabend machen können, OK?« Und weg war sie. Sheila starrte ihr ärgerlich nach, denn sie hatte genau das gleiche vorgehabt.

George entschied, zuerst die neue Station von Dr. Choopani aufzusuchen. Die Beschilderung war bescheiden, aber schließlich entdeckte sie eine Hinweistafel –vermutlich war sie am Morgen bei der Eröffnungsfeier von dem Fußballstar enthüllt worden – am Fuß der etwas versteckten Treppe, die zu den Räumen über der Apotheke führte, welche Professor Hunnisett zur Verfügung gestellt hatte.

»Zum Gedenken an die Eröffnung der Ersten Station Choopani zur Bekämpfung der Sichelzellenanämie ...«, las George und mußte es sich verkneifen, laut herauszuplatzen. Es war typisch Choopani, daß er die Station voller Selbstvertrauen als »Erste« bezeichnet und ihr auch noch seinen Namen verliehen hatte. Doch während sie die Tür aufstieß, schalt sie sich selbst für ihre ›typisch britische‹ Haltung. Ich bin wohl schon zu lange hier! Ein Mann, der sich ein Bein ausgerissen hat, um solch ein Projekt zu verwirklichen, darf es doch wohl nach sich selbst benennen? Zu Hause in den Staaten würde kein Mensch etwas dabei finden, warum sollte es hier jemand tun?

Ein penetranter Geruch nach frischer Farbe hing in der Luft und brachte sie zum Niesen. Aus einer Tür blickte ihr eine jamaikanische Krankenschwester mit einem runden Puppengesicht entgegen. »Kann ich was für Sie tun?«

»Hi«, grüßte George. »Ich bin Dr. Barnabas, Pathologin hier im Haus. Ich hatte heute morgen keine Zeit, also dachte ich, ich schau' jetzt mal rein. Ist das in Ordnung?«

»Hab' nichts dagegen«, erwiderte die Schwester. »Zeig' Ihnen gern alles hier – oder möchten Sie lieber, daß Dr. Choopani Sie rumführt?«

»Ist er denn immer noch da?« George war erstaunt. Sie hatte angenommen, er sei längst gegangen.

Das Mädchen grinste. »Na klar! Is' doch seine Station hier, oder nich'?« Sie sprach mit noch breiterem Cockney-Akzent als Gus, und George merkte, daß sie ihr sympathisch war.

»Ich dachte, das hier sei nur für Patienten«, murmelte sie. »Er selbst wird Ihnen bestimmt nichts anderes sagen.«

»Woll'n wir wetten?« fragte die Schwester und öffnete eine Schwingtür am Ende des Korridors. »Fragen Sie ihn doch selber. Er is' im Büro, un' ich hab' hier noch zu tun.«

Dr. Choopani saß an einem riesigen Schreibtisch aus edlem Holz. Sein Ledersessel war so neu, daß er glänzte wie poliert, ein zweiter stand ihm gegenüber; an den Wänden hingen Fotografien: Viele zeigten Dr. Choopani bei wichtigen offiziellen Anlässen mit einflußreichen Persönlichkeiten des öffentlichen Lebens.

Er blickte zu George auf, ohne im geringsten überrascht zu wirken. »Guten Tag, Dr. Barnabas. Sehr erfreut, daß Sie die Zeit erübrigen konnten, uns zu besuchen.«

»Noch keine Patienten da?« George trat durch die Tür und schaute sich neugierig um. »Das ist ja wirklich üppig hier!«

»Nein, wir haben erst ab morgen offiziell geöffnet – dann trifft auch der erste Patient ein . Und dieses Büro habe ich aus eigener Tasche bezahlt, denn ich lege Wert auf eine gepflegte Umgebung. Das Geld stammt nicht aus dem Fonds.«

»Das wollte ich auch nicht andeuten«, beeilte sich George klarzustellen. »Ich –«

»Ob Sie es andeuten wollten oder nicht, spielt keine Rolle.« Er erhob sich und kam um den Tisch herum. »Jetzt werde ich Ihnen unsere Räumlichkeiten zeigen.«

Dabei begann er, George einen umfangreichen Einblick in die Sichelzellenanämie zu geben: Wie sie vererbt wurde, wie sich eine Familienbehandlung auswirkte, wie schlimm ein akuter Anfall war, und viele andere Einzelheiten dieser Art, die George seit langem bekannt waren. Ihren Einwand, sie sei keine Schwesternschülerin im ersten Jahr, ignorierte er und setzte seinen gelehrten Vortrag unbeirrt fort. Er war zwar unerträglich gönnerhaft, aber zweifellos redlich darum bemüht, seine Ziele zu erreichen. Dieser Mann war wirklich das, was er zu sein vorgab, dachte George insgeheim, während sie ihm von Zimmer zu Zimmer folgte und ihre uneingeschränkte Bewunderung für Sprechzimmercouchen, Mikroskope, Schaubilder und andere Austattungsgegenstände einer normalen Krankenhausstation zu Ausdruck brachte. Choopani verstellte sich überhaupt nicht, und das machte es so schwer, ihn zu mögen – er unternahm keinerlei Anstrengung, sich als anziehender bescheidener Mensch zu präsentieren. Ebensowenig verbarg er, wie sehr er von seinem Erfolg angetan war – wozu er alles Recht der Welt besaß. Daß diese Überheblichkeit jeden, der in irgendeiner Weise mit ihm zu tun hatte, in den Wahnsinn trieb, kümmerte ihn nicht im geringsten. Dennoch, dachte George, hat er wirklich Erstaunliches geleistet und wird mit seiner Station viel Gutes bewirken und vielen Menschen helfen. Nachdem sie ihm endlich entkommen war, stand für sie fest, daß es wahrscheinlich sinnlos wäre, mit ihm über den Tod von Harry Rajabani oder den kleinen Oberlander zu reden. Wenn er etwas wußte, hätte er es ihr bestimmt mitgeteilt – es widersprach seinen Prinzipien, etwas zu verbergen.

Am Fuß der Treppe hielt sie kurz an. Abenddämmerung umhüllte sie. Es mochte ja sein, daß die Tage wieder länger wurden, nun, da es auf Neujahr zuging, aber davon nahm sie nichts wahr –, nur Dunkelheit und Kälte, die sie zittern ließen. George zog ihren dünnen weißen Kittel enger um sich, als könne er ihr Wärme spenden.

Sie stand noch da, unschlüssig, was sie als nächstes tun sollte, als jemand aus der Tür zur Apotheke direkt neben der Treppe kam und in sie hineinrannte. George trat einen Schritt zurück und entschuldigte sich hastig, als sei es ihre Schuld gewesen; doch nachdem ihr klar war, daß der andere nicht aufgepaßt hatte, protestierte sie mit einem heiseren Schrei.

»Oh, das tut mir aber leid!« sagte eine atemlose Stimme. »Ich hab' Sie nicht gesehn – ach, Dr. Barnabas, Sie sind das!«

George schaute genauer hin, erkannte das Gesicht und mußte lachen. »Cherry! Und ich dachte, jemand ist hinter mir her und will mir die Krümel aus der Tasche klauen. Nicht gerade eine fette Beute! Was machen Sie denn hier?«

»Ich mußte für Dr. Arundel etwas besorgen. Wie geht's Ihnen, Dr. Barnabas? Hatten Sie ein schönes Fest?«

»Ja, es war ganz nett«, antwortete George absichtlich gleichgültig, denn sie erinnerte sich, daß Cherry dem Feiertag mit Schrecken entgegengesehen hatte. »War es bei Ihnen so schlimm, wie Sie befürchtet hatten?«

»Noch schlimmer«, erklärte Cherry lakonisch und schlug den Weg zum Roten Block ein. George, die kein bestimmtes Ziel hatte, schloß sich ihr an. Immerhin suchte sie nach Neuigkeiten – und wenn sie es jetzt so recht überlegte, gab es durchaus etwas, worüber sie mit Cherry reden wollte.

»Tja, nun haben wir's ja hinter uns, oder wenigstens fast«, begann sie so heiter wie möglich. »Jetzt müssen wir nur noch Silvester überstehen, dann können wir uns auf den Sommer freuen.«

»Ja«, sagte Cherry ohne große Begeisterung.

»Und ich hoffe auch, daß wir diesen Fall schnell lösen können. Wär' doch toll, wenn wir's vor Neujahr schaffen, was?«

Cherry blickte sie über die Schulter hinweg an. Die Beleuchtung im Hof zeigte George, wie dunkel die Schatten unter den Augen des Mädchens waren. Cherry bot ein Bild tiefer Trauer.

»Das sind doch nur noch ein paar Tage«, erwiderte sie niedergeschlagen. »Das können Sie gar nicht schaffen.«

»Man weiß ja nie«, meinte George unbeirrt. »Heute morgen auf der Demo – haben Sie davon gehört?«

»Natürlich, wie alle hier. Das war 'ne echt scheußliche Geschichte, was?«

»Ja – aber wir sind auch auf 'ne heiße Spur gestoßen, wer Harrys Mörder sein könnte.«

Cherry schüttelte nur apathisch den Kopf. »Soll ich mich deswegen besser fühlen?«

George war ein wenig erstaunt. »Tun Sie's denn nicht?«

Wieder schüttelte Cherry, diesmal etwas entschlossener, den Kopf. »Für mich macht's nicht so viel Unterschied.« Sie schnippte mit den Fingern. »Warum auch?«

»Ich weiß es nicht genau ...«, antwortete George und dachte eine Weile nach. »Vielleicht, weil die Gerechtigkeit, wissen Sie, und –«

»Rache.« Cherry klang zynisch. »Und was soll das Harry noch nutzen? Mir is' es völlig egal, wer Harry umgebracht hat. Reicht schon, daß es so ist. Wenn man jetzt die Täter schnappt und *sie* dann umbringt, ändert das auch nichts mehr, oder?«

»Mörder werden nicht mehr getötet, Cherry. Aber wir müssen sie festnehmen.«

»Warum?«

»Damit sie's nicht wieder tun!«

»Schätze schon.«

»Und um rauszufinden, wie sie's taten und weshalb und –«

»Das hört sich ja an wie 'n Kreuzworträtsel!« meinte Cherry und hielt George die Tür zum Roten Block auf. »Aber was hab' ich davon? Das gibt mir mein' Harry auch nich' zurück.«

»Cherry«, begann George ernst. »Ich glaube, Sie brauchen Hilfe.«

»Was?«

»Sie sind deprimiert. Das ist ganz natürlich. Aber Sie können sich helfen lassen. Wenn Sie mit jemandem drüber reden, mit einem Therapeuten zum Beispiel –«

»Ich brauch' keinen Therapeuten!« erklärte Cherry verächtlich. »Ich krieg' ja diese Frau auf *unserer* Station mit, wie die die Leute anmeckert. 'ne Therapie bringt auch nix, wenn man unbedingt 'n Baby haben will. Und bei mir nützt sie nix, weil ich meinen Harry wiederhaben will.« Tränen traten ihr in die Augen und liefen über ihre Wangen. Sie verzog nicht das Gesicht, zeigte keinen Schmerz. Sie ließ sie einfach fließen.

George starrte sie verdutzt an und tat dann das einzige, was sie tun konnte: Sie nahm die junge Frau in die Arme und wartete, bis diese sich etwas gefaßt hatte. Schließlich straffte Cherry den Rücken, nickte George zu, tupfte sich das Gesicht ab und setzte den Weg zu ihrer Station fort, als sei nichts geschehen. George folgte ihr. Hatte sie eine andere Wahl?

28

Zuweilen waren einem die Umstände doch gnädig gestimmt, sollte George später denken: Dieser trübe Dezembernachmittag auf der Entbindungsstation bestätigte es. Als sie mit Cherry durch die Schwingtür trat, plärrte der Fernseher – die BBC zeigte einen Krimiklassiker – alle Mütter, die sich noch auf der Station befanden (obwohl man wahrhaft heroische Versuche angestellt hatte, zu Weihnachten möglichst viele Patienten zu entlassen), hatte man in ihren Betten oder Stühlen in eine Ecke des Aufenthaltsraumes geschoben. Einige hielten ihre Babys auf dem Schoß, andere stillten – ein freundlicher Anblick, dachte George. Das Personal, das sich ebenfalls eingefunden hatte, teilte die letzten Weihnachtsplätzchen mit ihnen; im Raum hing der süßliche Geruch nach Sherry, den sie aus Plastikbechern schlürften.

Demnach lag keine werdende Mutter in den Wehen. Die Tür des Kreißsaals stand offen, die Lichter waren ausgeschaltet – ein seltenes Ereignis. Und keine der Hochschwangeren unter den faszinierten Zuschauern des James Bond-Films sah aus, als wolle sie im nächsten Augenblick gebären. Alle waren entspannt, zufrieden, und niemand schien sie bemerkt zu haben.

»Schön für die Schwestern«, meinte Cherry, als sie über den Korridor zur Fertilitätsklinik gingen. »Ist doch mal was anderes, als dauernd rumrasen zu müssen.« In Höhe des Schwesternbüros drehte Cherry automatisch den Kopf und spähte durch die Tür. »Sogar die Stationsschwester hängt vor der Glotze –«

Im nächsten Moment stoppte sie so abrupt, daß George fast über sie gestolpert wäre.

»Verdammt!« rief Cherry und blickte geradeaus ins Leere.

»Was ist denn los?« George mußte die Stimme heben, um die Pistolenschüsse und die dramatische Musik aus dem lautgestellten Apparat zu übertönen. Ob es an dem Film lag oder an Cherrys seltsamem Verhalten oder sogar an einer Art Vorahnung, vermochte George nicht zu beurteilen – jedenfalls sträubten sich ihre Nackenhaare.

»Es ist diese Sache, wo Sie mich gegen die Wand starren ließen«, erklärte Cherry.

»Gegen die Wand – ach so!« George nickte, als es ihr wieder einfiel. »Ich wollte Ihnen eine Gedächtnisstütze geben.« Sie wurde nun aufmerksam. »Was ist passiert, Cherry? Woran haben Sie eben gedacht?«

»An ein Korbgeflecht.« Cherry nickte heftig. »Ich hab' doch gesagt, ich könnte ein Korbgeflecht vor mir sehn und diese zerknüllten Blätter mit diesen komischen Zeichen und Buchstaben – wo Sie meinten, es wär' ein Code.«

»Ja – und?« drängte George aufgeregt.

»Ich hab' ihn grad gesehen.«

»Wen?«

»Diesen Korb.«

»Wo?«

»Hier drin. Im Schwesternbüro.«

Beide verharrten sekundenlang reglos und schauten sich an. Dann machte Cherry langsam kehrt und eilte zurück, George folgte ihr bis zum Schwesternbüro. Erneut spähte Cherry durch die Tür.

Hinter ihnen auf der anderen Seite des Korridors war der sanfte schottische Akzent Sean Connerys zu hören, der sich an eine seiner üppigen Heldinnen heranmachte und offensichtlich alle Zuschauerinnen in seinen Bann schlug. Jedenfalls hatte keine von ihnen Notiz genommen.

»Sehen Sie es?« flüsterte Cherry. »Da drüben.« Und sie deutete mit dem Kinn auf den etwas ramponierten Tisch an der gegenüberlegenden Wand des Büros.

George sah jede Meng Papiere, sowie eine ziemlich mitgenommene Olympia-Schreibmaschine neben einigen, zu einem Turm aufgebauten Ablagekörben aus Metall. In den oberen lagen sehr viele Blätter, wie sie durch deren Maschengeflecht gut erkennen konnte.

»Haben Sie es gesehen?«, wiederholte Cherry. »Ein Korbgeflecht.«

George blinzelte; nun hatte sie verstanden, denn für Cherry bestand ein solches nicht, wie George nach ihrem letzten Gespräch angenommen hatte, aus Bambus oder Weide, sondern aus Draht. »Natürlich!« rief sie und wandte sich aufgeregt an Cherry.

Cherry warf einen Blick über die Schulter, da sie befürchtete, Georges lauter Ausruf sei bis zu den Fernsehzuschauerinnen vorgedrungen. Doch niemand war auf sie aufmerksam geworden.

»Ich sollte wirklich nicht da reingehn. Die Schwester wird fuchsteufelswild.«

»Aber ich bin doch da, und ich werde sagen, daß Sie nichts Verbotenes getan haben«, versicherte

George ihr mit gedämpfter Stimme. »Kommen Sie.« Sanft schob sie Cherry vorwärts.

Im Büro konnten sie von den anderen nicht gesehen werden. Sie beruhigten sich ein wenig. Cherry hastete zum Tisch und durchwühlte den obersten Ablagekorb.

»Haben Sie genau das gesehen, als Sie sich an das Korbgeflecht erinnerten?« erkundigte sich George. »Akkurat sortierte Papiere – wie diese hier?«

Cherry hielt mitten in der Bewegung inne. Sie dachte eine Weile nach und ließ die Unterlagen fallen.

»Nein«, erwiderte sie zögernd. »Solche hab' ich nicht gesehen. Sie waren irgendwie – zerknittert. Ach, Scheiße! Könnte ich mich doch bloß erinnern!«

»Sie müssen es noch einmal versuchen«, riet George. »Setzen Sie sich.«

Gehorsam ließ sich Cherry auf den Stuhl an der Schreibmaschine fallen.

»Schließen Sie die Augen!« kommandierte George. Cherry tat es.

»Konzentrieren Sie sich auf Ihre Erinnerung. Lassen Sie sie aufsteigen, und schauen Sie genau hin.«

Cherry schloß die Augen und strengte sich unverkennbar an. Im Raum herrschte angespannte Stille, bis sie tief seufzte und die Augen wieder aufmachte.

»Hat keinen Zweck«, jammerte sie. »Es ist weg. Alles, was ich sehe, sind die Körbe, wie sie jetzt hier stehen –« sie deutete mit dem Kopf »– und die ganzen Papiere geordnet. Aber beim letzten Mal waren sie irgendwie anders.«

Sie biß sich auf die Lippen, seufzte und wippte ungehalten mit dem Bürostuhl. »Ich wünschte, ich könnte mich erinnern! Zu blöd ist das!« Sie saß mit dem

Rücken zu George und starrte vor sich hin. George trat neben sie und berührte leicht ihre Schulter.

»Daran kann man nichts ändern, Cherry. War ja auch nur ein Versuch. Ist nicht weiter schlimm.« George war es sehr wichtig, der unglücklichen jungen Frau zu versichern, daß sie keinen Fehler gemacht hatte. Ihre Trauer um Harry war schon genug; man durfte ihr nicht noch mehr aufbürden.

Doch Cherry war abgelenkt; verdrossen trommelte sie auf die Tastatur. Sie wirkte immer noch sehr betrübt, und erneut bemühte sie sich, sie aufzumuntern.

»Es ist schon in Ordnung, Cherry, wirklich. Ich bin sicher, wir können das auch auf anderem Wege rauskriegen. Denken Sie gar nicht mehr darüber nach! Außerdem sollten wir allmählich verschwinden. Der Film kann ja nicht ewig dauern.«

Cherry drehte inzwischen an einem der Bedienungsknöpfe rechts an der Schreibmaschine und ließ einen Markierungsbalken auf und ab wandern. Wie ein aufgeregtes Kind schien sie sich durch die Wiederholung der gleichen Bewegung zu beruhigen. George legte ihre Hand auf die unruhigen Finger und brachte sie zum Stillstand.

»Nun, los, Cherry«, drängte sie behutsam. »Stellen Sie das Ding wieder ein, wie es war, damit keiner merkt, daß wir hier waren. Und dann hauen wir ab.«

»Was?« fragte Cherry zerstreut und schaute auf ihre Hand, als sei ihr eben erst aufgefallen, daß sie die ganze Zeit an der Maschine herumgespielt hatte. »Was ist das denn?«

»Ich sagte, stellen Sie dieses Markierungsdings so ein, wie es vorher war, damit wir endlich hier fortkommen.«

»Wie es vorher war ...«, wiederholte Cherry und starrte die Maschine gebannt an. Und dann begannen ihre Schultern zu zucken. George seufzte leise und beugte sich über das Mädchen, um es wieder einmal zu trösten, bevor es in Tränen ausbrechen konnte.

Aber Cherry weinte nicht – sie lachte. George schaute sie ein wenig überrascht und gleichzeitig ärgerlich an. »Cherry, um Himmels willen, lassen Sie das jetzt. Wir müssen weg!«

»Aber jetzt weiß ich's!« triumphierte Cherry und wandte George ein Gesicht zu, das wie von innen erleuchtet schien. Sie sah völlig verändert aus – lebhaft und fröhlich und sehr, sehr hübsch. George schnappte nach Luft, denn nun war ihr klar, was Harry Rajabani an dem Mädchen gefesselt hatte.

»Was meinen Sie damit?« fragte sie und straffte ihren Rücken. Die Hoffnung war zurückgekehrt. »Wissen Sie jetzt, wo Sie diese Blätter gesehen haben?«

»Die können Sie vergessen, die brauch' ich gar nicht!« Cherry grinste vergnügt. »Ich kann Ihnen jetzt ganz genau sagen, wie dieser Code, oder wie immer man so was nennt, funktioniert! Es ist nämlich gar keiner, jedenfalls kein richtiger, aber ich kapier' jetzt, wie er als Code benutzt werden kann.«

George runzelte verständnislos die Stirn. »Worüber reden Sie denn bloß, Cherry?«

»Ich zeig's Ihnen –« Cherry zog ein Blatt Papier aus der halboffenen Schublade und spannte es – doch plötzlich hielt sie inne und warf einen argwöhnischen Blick zur Tür.

»Hier klappt das nicht. Die hören doch das Tippen, und dann – warten Sie 'ne Sekunde. Ich mach' das schon.« Und zu Georges Verblüffung sprang sie auf und rannte leichtfüßig aus dem Büro, wie ein Kind, das man zum Eisholen geschickt hatte.

George eilte ihr nach und sah, wie sie vor dem Aufenthaltsraum stehenblieb und tief Luft holte, bevor sie geradewegs auf Schwester Lichfield zusteuerte und dieser was ins Ohr flüsterte. Die Schwester drehte sich daraufhin zu George um, verzog unwillig das Gesicht und nickte schließlich.

»Na schön«, meinte sie. »Wenn Sie sie so schnell wie möglich wiederbringen.«

»Oh, Sie können sich darauf verlassen«, erwiderte Cherry, lächelte die Schwester freundlich an und entfernte sich rasch.

Schwester Lichfield nickte George zu. »Freut mich, Ihnen helfen zu können, Doktor.« Dann wandte sie ihre Aufmerksamkeit erneut der Mattscheibe zu, auf der eine wilde Verfolgungsjagd für ungetrübtes Vergnügen der Zuschauerinnen sorgte. Niemand schenkte der kleinen Szene auch nur die geringste Beachtung.

»Danke sehr«, sagte George mechanisch zu Schwester Lichfields Rücken und folgte Cherry, die bereits aus dem Büro kam. Sie hielt die schwere Schreibmaschine mit beiden Armen umklammert und murmelte George zu: »Gehn Sie vor und halten Sie mir die Türen auf. Ich werd's schon schaffen. Ich brauch' das Ding ja auch nur ... aber nun beeilen Sie sich doch! Es ist verdammt schwer.«

In dem kleinen Kabuff, das sich hochtrabend Sekretariat nannte, ließ Cherry – ihr Gesicht war vor Anstengung hochrot – die Maschine beinahe auf den Schreibtisch fallen, bis George endlich die Tastatur des Textverarbeitungsgerätes und den Monitor beiseite geschoben hatte. Cherry atmete vor Erleichterung auf. »Verdammt, das ist aber ein Brocken!« meinte sie.

»Warum um alles in der Welt mußten Sie ihn dann hierherschleppen?« wollte George wissen. »Was soll das denn für einen – ach, was 'ne blöde Frage. Sie wollen natürlich darauf schreiben!«

»Na klar! Ich sagte der Schwester, daß meine Maschine kaputt wäre und Sie 'nen dringenden Bericht für Dr. Arundel hätten. Und daß wegen Weihnachten keine einzige Sekretärin im Haus ist, und da meinte sie, es wär' schon in Ordnung. Wir sollten sie aber danach gleich zurückbringen«

Sie suchte nach dem Kabel, steckte es ein und schaltete die Maschine an.

»Also!« sagte sie und setzte sich schwungvoll auf den Drehstuhl. »Schauen Sie mir einfach zu!«

Sie spannte ein Blatt in die Maschine und deutete auf den Knopf, an dem sie zuvor gedreht hatte. »Und jetzt geben Sie genau acht, ja, Dr. Barnabas?«

In einem Sichtfenster, links von dem Balken, sah George die Buchstaben PS und darunter die Zahlen 15, 12 und 10.

Cherry brachte den Balken neben die beiden Buchstaben. »Sie bedeuten Proportionalschrift. Hat offenbar damit zu tun, daß alle Buchstaben gleich groß sind. Ich mußte mich nicht näher damit befassen, weil nie jemand einen Text in dieser Schrift haben wollte. Außerdem braucht man dazu 'n spezielles Typenrad. Aber schaun Sie mal, was sich tut, wenn ich diese Schriftart benutze.«.

Cherry schrieb absichtlich langsam, so daß George jeden Buchstaben beim Antippen genau erkennen konnte – und fast sofort begriff sie, daß es der englische Beispielsatz war, in dem jeder Buchstabe des Alphabets vorkam: ›The quick brown fox jumps over the lazy white dog.‹

Aber er erschien nicht auf dem Blatt. Gebannt verfolgte George, wie in kunterbunter Reihe Buchstaben und Symbole auftauchten:

ACH >@L, (¼GF£R UF. E@“]S F[HG ACH OPZ& £CLAH YF

»Meine Güte!« rief sie verblüfft aus.

Cherry lehnte sich im Stuhl zurück und breitete die Hände aus, als wolle sie ihren Erfolg unterstreichen. »Sehen Sie? Das kann einem mit diesen Maschinen passieren. Früher hatte ich auch so ein Ding – ehe mir Dr. Arundel das Textverarbeitungsgerät besorgte; mehr als einmal hab' ich aus Versehen die Markierung angeschlagen. Es ist einfach schlimm, wenn man bei so einer Schreibmaschine oder einem Computer die falsche Taste erwischt. Da kann man gräßliche Fehler machen.«

»Zum Beispiel Blutzuckerergebnisse einem falschen Patientennamen zuordnen«, sagte George gedankenversonnen.

»Was?«

»Ach, deswegen hatten wir vor 'ner Weile Probleme mit der Diabetesklinik – es war ein Computerfehler.«

»Tja, da sehn Sie's.« Cherry wirkte äußerst zufrieden. »Genau wie hier, was? Nur, daß es natürlich ein Tipp- und kein Computerfehler ist. Wie oft war ich früher der Verzweiflung nahe. Hab' 'ne Seite – oder 'nen Teil von 'ner Seite – getippt und, weil ich damals noch nicht so fit war, mehr auf die Tastatur als auf das Papier geguckt, verstehen Sie? Stinksauer war ich jedes Mal! Hab' die Seiten rausgerissen und zusammengeknüllt und in den Papierkorb geschmissen und wieder von vorne angefangen. Und ich denke, deshalb hab' ich mich auch erinnert – weil ich an meine zerknüllten Seiten in einem Korb denken mußte.«

Sie stellte die Markierung wieder auf 12 ein und schrieb erneut: »The quick brown fox jumps over the lazy white dog«, und diesmal war der Beispielsatz auf dem Papier zu lesen.

»Das hat irgend jemand entdeckt und sich zunutze gemacht«, sagte George überzeugt. »Ihm ist der gleiche Fehler unterlaufen und klargeworden, welchen Vorteil er bringt. So konnte er schreiben, was er wollte, weil es ja geheimblieb. Und er hat es nie für möglich gehalten, daß man dahinterkommen würde.«

»Genau das mein' ich!« Cherry triumphierte. »Na, hab' ich das nicht gut hingekriegt?«

George beugte sich zu ihr und drückte sie liebevoll an sich, und nach anfänglicher Verlegenheit erwiderte Cherry die zärtliche Geste.

»Sie hatten recht, wissen Sie«, sagte Cherry, nachdem sie sich aus der Umarmung gelöst hatte. Sie verzog leicht das Gesicht. »Es hilft wirklich.«

»Wie bitte?«

»Das Kreuzworträtsel lösen. Ich hab' doch zuerst behauptet, es würd' mich gar nicht interessieren, wer Harry getötet hat. Daß es nur 'ne Art Rache wär', wenn man rausfindet, wer's war und so. Aber das ist es nicht allein, oder?«

»Ich glaube nicht«, erwiderte George. »Nein. Ganz bestimmt nicht. Es ändert zwar nichts an dem, was geschehen ist, aber es hilft einem tatsächlich. Deshalb mag ich ja auch meinen Job. Ich muß einfach die Wahrheit wissen. Ungewißheit kann ich nicht ertragen. Wenigstens –« Sie hielt inne und überlegte, dann fuhr sie etwas beschämt: »Um ehrlich zu sein, ich liebe Rätsel. Solange ich sie lösen kann. Mir gefällt es, die Schnüre zu entwirren. Am liebsten würde ich einen Teller Spaghetti so ordnen, daß jede Nudel akkurat neben der anderen liegt. Es verschafft mir echte Befriedigung, den Dingen auf den Grund zu gehen. Manchmal vergesse ich dabei allerdings, was dies für die unmittelbar Betroffenen bedeutet. Jemanden wie Sie zum Beispiel. Es tut mir leid, wenn –«

»Sie müssen sich doch nicht entschuldigen!« protestierte Cherry. »Ich hab's Ihnen doch gesagt – bei dieser Raterei war ich so gut drauf wie schon lange nicht mehr. Vielen Dank, daß Sie mir geholfen haben, Dr. Barnabas – Sie waren so furchtbar nett zu mir. Ich bin Ihnen wirklich sehr, sehr dankbar.«

»Keine Ursache«, sagte George rauh. Sie war so verlegen, als habe sie sich die britische Zurückhaltung schon vollends zu eigen gemacht. »Überhaupt keine Ursache. Hören Sie, Cherry, ich muß Sie noch um einen kleinen Gefallen bitten. Würden Sie ein paar dieser verrückten Zeilen für mich tippen? Am besten lassen Sie jeweils extra Platz frei, bevor Sie die richtigen Buchstaben darunterschreiben, OK? Dann nehm' ich mir dieses Kauderwelsch vor und müßte es eigentlich bald entziffert haben.«

»Klar«, meinte Cherry, die nun ihrerseits ein wenig verlegen wirkte. Froh, etwas Praktisches tun zu können, machte sie sich an die Arbeit. Ein paar Minuten später hatte George ein Blatt vor sich liegen, auf dem mehrere Male untereinander stand:

ACH >@L,(¼GF£R UF. E@“]S F[HG ACH OPZ&
£CLAH YFK
THE QUICK BROWN FOX JUMPS OVER THE
LAZY WHITE DOG.

»Schaun Sie ans Ende der Seite«, riet Cherry. »Da hab' ich's anders geschrieben. Könnte Ihnen die Aufgabe erleichtern.«

George mußte lächeln. »Darauf hätte ich selber kommen können«, gab sie zu und blickte anerkennend auf die beiden Reihen.

P¼ ,YHUCLE(O“RF]>GSA@[£.&ZK y–,1340562
A B C D E F G H I J K L M N O P Q R S T U V W X Y Z.
1234567890

»Die Abstände verschieben sich, darauf müssen Sie achten«, warnte Cherry. »Aber Sie werden es schon hinkriegen. Soll ich Ihnen helfen?«

George biß sich auf die Lippen und zog nachdenklich die Stirn kraus. »Ich weiß es nicht genau«, bekannte sie freimütig. »Ach, zum Teufel, das klingt ja schrecklich, was? Aber es geht um Mord und –«

Cherry schaute sie verwundert an, und George legte ihr beruhigend eine Hand auf die Schulter. »Ist schon in Ordnung, Cherry. Niemand glaubt auch nur einen Moment, daß Sie sich in irgend etwas einmischen, das Sie nichts angeht, wenn Sie daran denken. Es ist nur – es ist eben Sache der *Polizei,* wissen Sie? Ich würde mich über jede Unterstützung freuen, um ehrlich zu sein, aber ich kann Sie nicht –«

»Ach!« machte Cherry. »Ich hab' gar nicht gewußt, daß Sie zur Polizei gehören!«

George blickte sie lange an, dann schnitt sie eine

Grimasse. »Autsch. Nun ja, nicht direkt, würde ich sagen. Nicht zur Polizei. Aber ich gehöre zur Ermittlungsmaschinerie. Für mich ist es normal, an den Nachforschungen der Polizei teilzunehmen. Ich wollte damit nicht sagen, daß Sie in irgendeiner Weise –«

»Ist schon gut«, meinte Cherry. Ihre Begeisterung, nachdem sie den Code geknackt hatte, verflog allmählich, und die junge Frau erschlaffte erneut, gleich einer Pflanze, der man Licht und Wasser versagt. »Hat ja sowieso keinen Zweck mehr.«

»Aber natürlich hat es das«, widersprach George leise. »Kommen Sie. Wir müssen dieses Ungetüm zurückbringen. Diesmal trage ich es.« Cherry schwieg lange, dann sah sie zu ihr auf, nickte und erhob sich schwerfällig. Wieder wirkte sie unendlich deprimiert, aber immerhin, dachte George, während sie die schwere Maschine mit beiden Armen packte, hat sie das Gefühl, gebraucht zu werden, ein klein wenig aufgeheitert. Vielleicht bin ich ja zu vorsichtig – sie erwog kurz, Cherry anzubieten, sie könne ihr doch behilflich sein – aber dann stand sie zu ihrer Entscheidung: Jede Information, die sie – wenn auch nur zufällig – erhielt, war, vor allen anderen, für Gus bestimmt! Das sagte ihr der Instinkt, und George vertraute auf ihren Instinkt. Es war schon seltsam, sinnierte sie, die Hintergründe eines Mordes zu untersuchen und sich dabei genau so viele Gedanken um das Opfer wie um die Hinterbliebenen zu machen.

29

George ging über die Wapping High Street zur Polizeiwache. Am ›Golden Palace‹, wo Lee Ho Chin, der regelmäßig die Kardiologie im Old East aufsuchen mußte, besondere Angebote für das Personal des Krankenhauses bereithielt, machte sie halt. Sie fand, daß sie nun an der Reihe war, Gus etwas zu essen mitzubringen; es war höchste Zeit, ihm zu demonstrieren, daß er nicht der einzige war, der sich um den ›inneren Menschen‹ – sei es Mann oder Frau – kümmerte. Amüsiert schürzte sie die Lippen, als sie sich der Phrase entsann – der Chairman im Player's Theatre hatte sie benutzt, um die Pause und damit die Möglichkeit zur Erfrischung besagter innerer Bewohner anzukündigen. Vor Georges geistigem Auge erschien die lächerliche Vision einer verkleinerten Ausgabe ihrer selbst, die irgendwo tief unten in ihrem Bauch saß und hoffnungsvoll nach oben schaute. Anschließend stellte sie sich einen winzigen Gus vor, der vor Hunger geradezu trübsinnig wurde ... Als sie den sanften Lichtschein sah, der aus den fleckigen Fenstern von Lee Ho Chin's Restaurant fiel, beschleunigte sie ihre Schritte.

Während George auf ihre Bestellung wartete, redete Lee wie immer freundlich, aber nahezu unverständlich auf sie ein. Sie verließ den Laden mit einer kleinen Einkaufstüte voller Aluminiumbehälter und einer heißen, in eine Serviette gewickelten Frühlingsrolle, die Lee ihr noch rasch in die Hand gedrückt hatte. (»Damit dir warm, wenn du laufen«, hatte er insistiert. »Gute Glück für gute Dame.«) Sie verzehrte sie auf dem Weg durch die eiskalten Straßen. In manchen Schaufenstern standen Weihnachtsbäume, die ihr ebenso ärmlich erschienen wie die Bäume im Krankenhaus, aber ihr Anblick stimmte sie jetzt nicht traurig. Gleich würde sie bei Gus sein, und diese Aussicht versetzte sie in Hochstimmung.

Er war allein in dem Großraumbüro unaufgeräumter Schreibtische, ramponierter Wandkarten und verstreuter Aktenordner, in dem sich sonst die anderen Mitarbeiter der Zivilfahndung tummelten. George blieb kurz an der Tür stehen und versuchte, ihre Gefühle für ihn zu ergründen. Das war schwierig. Er sah herrlich zerzaust aus – die Ärmel über seine kräftigen behaarten Unterarme hochgekrempelt, das Haar ungekämmt – und wirkte dennoch stark und verläßlich. George stieß einen Seufzer aus. Denk lieber nicht zuviel über ihn nach, ermahnte sie sich. Freu dich über seine Gesellschft und warte alles Weitere einfach ab.

»Frühlingsrollen«, verkündete sie, als sie auf seinen Schreibtisch zumarschierte. »Und Hühner Chop Suey und Krabbenklößchen. Ach ja, und noch 'n paar Nudeln und Krabbenbrot.«

»Wie, keine süßsaure Soße?« erkundigte er sich, ohne den Kopf zu heben. »Keine Wan Tans? Was soll denn das für 'n Fraß sein? Hätt'n wir uns doch besser lieber was aus der Leman Street kommen lassen sollen. Vielleicht 'n schönes Stück Schellfisch, hmm? Aber 's wird schon gehn.« Er schob die Papiere zur Seite und streckte sich. »Gibt's Bier dazu oder Tee?«

»Bier, du undankbarer Schnösel!« empörte sich

George und leerte den Inhalt der Tüte auf den Tisch. »Du verdienst es ja gar nicht! Wenn du mir was zu essen bringst, zeig' ich dann nicht anständigerweise meine Dankbarkeit? Zeig' ich dir nicht, wie sehr mich deine Umsicht erfreut? Muß ich –«

»Nein, tust du nicht«, unterbrach er sie. »Und deshalb tu' ich's auch nicht. Hör mal, was ist das denn? Keine Stäbchen? Na ja, halb so wild – das ha'm wir gleich.« Er wühlte in einer Schublade seines Schreibtisches und fand schließlich vier Eßstäbchen. »Da! Wußte doch, daß ich noch welche hatte.« Er wischte sie am Hemdsärmel ab und reichte George ein Paar. »Absolut hygienisch jetzt. Heh, das schaut ja doch ganz gut aus. Ich verzeih' dir, daß die Wan Tans und die Soße fehlen. Das hier reicht mir voll und ganz.«

»Wo sind denn deine Leute abgeblieben?« fragte George, während er begann, die heißen Nudeln gierig in sich hineinzuschaufeln. »Alle auf Spurensuche?«

»Hab' sie nach Haus geschickt«, erklärte er und nahm sich ein weiteres Stäbchenvoll. »Natürlich erreichbar, wenn's Probleme gibt, aber warum sollte ich sie noch länger hier rumhängen lassen? Wir haben einen Uniformierten auf Wache, der mit allem genausogut fertig wird. Und was meine Jungs betrifft – wir ha'm schließlich Weihnachten, oder? Nächste Woche dürfen sie sich wieder den Arsch aufreißen, aber es zahlt sich schon aus, wenn ich bis Neujahr nett zu den armen Scheißern bin.«

George lächelte ihn an und sagte höhnisch: »Das glaubst du doch wohl selber nicht! Du bist bloß ein Softi und verdirbst deine Jungs, weil du – na ja, eben so 'n richtiger Softi bist!«

Er sah aus, als würde er tatsächlich gleich rot.

»Aber überhaupt nicht. So spät können sie kaum noch etwas an unsern Fällen drehn, und wie durch 'n gottverdammtes Wunder liegt im Moment auch nix andres an. Ich werd' die Jungs, die sich um die Adoptionen kümmern, morgen schon wieder in die Tretmühle stecken, darauf kannst du Gift nehmen, und außerdem ist da noch die Sache mit dem verdammten Auto zu klären.«

»Aha«, meinte sie und legte die Stäbchen hin. »Vielleicht hab' ich ja eine Antwort auf die Adoptionsgeschichte.« Sie kräuselte die Lippen und blickte ihn mit hochgezogenen Brauen an – ein Bild der Unschuld.

»Was hast du da gesagt?« Gus prustete, weil er ein besonders heißes Krabbenbällchen erwischt hatte. »Du hast *was* rausgekriegt?«

»Ich hab' eine Liste mit Namen und Adressen von Leuten, die uns vielleicht die eine oder andere Antwort geben können«, antwortete George. »Ich hab' den Code geknackt, weißt du.« Sie strahlte ihn an und wandte sich wieder ihrem Essen zu, um mit beachtlichem Geschick ein Stäbchenvoll Bohnensprossen und Hühnchen aufzupicken.

»Jetzt hör aber auf damit!« Er war ganz aufgeregt. »Raus mit den Neuigkeiten! Sitz nicht einfach da und schlag dir den Bauch voll!«

Anmutig neigte George den Kopf zur Seite. »Ich pflege nicht mit vollem Mund zu sprechen«, erklärte sie würdevoll. »Erst sagst du mir, was du von Goss erfahren hast, und dann sag' ich dir, was ich weiß.«

»Den Teufel werd' ich tun! Du sagst mir jetzt sofort, was du –«

»Ich hab' zuerst gefragt.« Sie häufte sich noch etwas Chop Suey auf die Stäbchen. Er starrte sie an, das Gesicht schmerzlich verzogen. Dann warf er die Hände in die Höhe und sagte: »Zur Hölle damit! Dann eß ich eben auch.«

Schweigend und gierig leerten sie die kleinen Behälter. Gus legte die Stäbchen endgültig hin und streckte sein Kinn vor. »Also. Dann schieß los.«

»Aber ich bin doch noch nicht fertig«, sagte sie sanft. »Im Gegensatz zu dir. Also fang du an, lieber Gus.«

»Wir werden uns mal ernsthaft unterhalten müssen, du und ich«, warnte er. »Wenn wir hier darum streiten, wer die Hosen anhat, dann laß dir eins versichern, ich kann ebensogut austeilen wie einstecken.«

»Goss«, wiederholte George, während sie spielerisch mit den Stäbchen das letzte Pilzstückchen über den kleinen quadratischen Teller jagte. »Was hatte er denn zu sagen? Konnte er überhaupt sprechen?«

Gus gab auf. »Er hat geredet. Ziemlich viel sogar.« Er schlug sein Notizbuch auf. »Einiges davon kann man gar nicht wiederholen. Der Mensch hat vielleicht eine dreckige Sprache am Leib. Wir können ihn jederzeit wegen Anstiftens rassistischer Aufstände verknacken. Zum Beispiel das hier: ›Wenn ich fürs NHS 'n paar weiße Köpfe einschlagen und mit Kommunisten ins Bett gehn muß, dann tu' ich das. Ich zeig' denen mal, was passiert, wenn sie nicht aufhören, diese ganzen Schwarzen einzustellen, die unser Krankenhaus plattmachen. Wenn sie erst mal mitkriegen, daß diese Schwarzen Aufstände anzetteln, werden sie wohl so klug sein, sich nicht mehr so viele ins Haus holen. Also, ja, ich provozier' 'nen Aufstand, wann immer ich kann. Mit den Schwarzen hat's schon paar Mal geklappt, hab' ihnen erzählt, daß die Weißen hinter ihnen her sind. Das zieht immer – und der Professor macht sich vor Angst in die Hosen.‹ Netter Bursche, das. Und das war nur 'n Bruchteil von dem, was er von sich gegeben hat.«

George war die Lust zu lachen gründlich vergangen. Sie legte die Stäbchen hin und starrte Gus an. »Das ist ja gräßlich.«

»Ja, nich' wahr! Klar ist es gräßlich. Aber genau das hat der Kerl mit 'n paar anderen zusammen gemacht. Ich hab' einige Namen und Adressen – der Aufwand war nicht umsonst, das kannst du mir glauben. Sie sind *agents provocateurs* – tun so, als seien sie auf der Seite der Schwarzen, während sie gleichzeitig die Gegenseite aufhetzen. Natürlich waren sie in letzter Zeit besonders aktiv – wegen Choopani und seinem Fonds.«

»Und dem Mord an Harry«, ergänzte George mit glänzenden Augen. »Was ist damit?«

Gus schüttelte den Kopf, klappte sein Notizbuch zu und schnappte das Gummiband um den Deckel. »Kein Erfolg, George. Tut mir leid. Goss und seine fiesen Kollegen waren an dem Abend auf 'nem Treffen. Meine Jungs haben alle verhört. Sie ha'm Alibis bis zu ihren gottverdammten Nasenspitzen, diese miesen Typen. Es is' die reinste Sackgasse.«

George schaute auf ihre Hände. »Verdammte Scheiße!« fluchte sie unterdrückt.

»Ja. Mir wär' nichts lieber, als wenn ihn einer von diesen Dreckskerlen auf dem Gewissen hätte. Aber es war eben nicht Goss oder sein Schätzchen Prior – das ist erst ein nettes Früchtchen. Südafrika sollte ihn so schnell wie möglich wiederkriegen – und auch kein anderer aus dieser feinen Gesellschaft britischer Patrioten. Wir müssen also noch mal von vorn anfangen, wenn du nicht ...« Plötzlich strahlte er. »Jetzt bist du dran. Was hast du denn Schönes für mich?«

»Ein paar Leckerbissen«, verkündete George aufgeräumt. »Nennt ihr das nicht so?«

Die Ellenbogen inmitten der Reste des Abendessens, das Kinn in die Hände gestützt, erzählte sie ihm, wie es ihr gelungen war, mit Cherrys Hilfe das Rätsel zu lösen. Gus hörte schweigend zu und ließ sie nicht aus den Augen.

»Nun denn«, fuhr sie fort und lehnte sich zurück, um die Hände in die Taschen der sackartigen Jacke zu schieben, die sie über die Jeans und das alte Hemd gezogen hatte. »Im Labor hab' ich mich sofort darangemacht, die Zeichen und Symbole zu entschlüsseln. Hat' 'ne Ewigkeit gebraucht.« Sie schnitt eine Grimasse. »Eigentlich erstaunlich, wie langsam ich zuerst vorankam. Aber mit der Zeit wurde ich immer schneller – klar, allmählich wußte ich ja auch, was Sache ist.«

»Und dürfte ich jetzt auch mal 'nen Blick auf diese Sache werfen?« fragte Gus. »Oder willst du mich noch länger hinhalten? Ich hätt' nie für möglich gehalten, daß du so grausam sein kannst, George.«

Aus unerklärlichen Gründen wurde sie plötzlich rot. Gus stieß ein leises, kehliges Lachen aus, als er es bemerkte.

»Aha! Da hab' ich einen wunden Punkt getroffen! Um so besser. Ich liebe es, den wunden Punkt zu treffen. OK, Süße, krieg' ich jetzt die Liste?«

George schob ihm den Inhalt ihrer rechten Jackentasche zu – ein paar gefaltete Blätter. Er nahm sie mit einer drolligen Neigung des Kopfes entgegen, strich sie auf dem Tisch glatt und beugte sich darüber. George sah das Licht in seinem krausen dunklen

Haar spielen und wollte schon die Hand ausstrekken, um es zu berühren ... Statt dessen stand sie auf und ging um den Tisch herum an seine Seite.

»Für meine Begriffe«, begann sie, »handelt es sich um –«

»Also, lesen kann ich selber«, unterbrach er, völlig konzentriert. »Name, Adresse, Haarfarbe, Gewicht, geb. – geboren am. Die letzten Zeilen sind eindeutig die Beschreibung eines Babys, nicht? Sind das jetzt die Namen der Leute, die Babys adoptiert haben? Oder sind das ihre eigenen Kinder?«

»Du bist noch nicht am Ende der Liste, Gus«, mahnte George und griff nach dem oberen Blatt, um es neben das untere zu legen. »Schau dir das mal an!«

SEITE EINS

1. Chester
17 Tyndall Close
Hatfield
kahl
Gewicht 4.600 g
geb. 3.4.92

2. Flaherty
Market House
Bishop's Stortford
kurzes, dunkles Haar
Gewicht 5.010 g
geb. 7.7.92

3. Dickenson
47 Lybrand Street
Blackheath
kahl
Gewicht 4.750 g
geb. 27.4.93

4. Cranmer
9 Oxford Terrace
Wapping
kurzes, rotes Haar
Gewicht 4.075 g
geb. 10.6.93

5. Irwin
11 Fife Street
Kensington
langes, schwarzes Haar
Gewicht 5.000 g
geb. 17.8.93

6. Braham
179 Applecroft Avenue
Denham
kurzes, schwarzes Haar
Gewicht 4.800 g
geb. 23.6.93

SEITE ZWEI

7. Lennon
langes, dunkles Haar
Gewicht 3.105 g
geb. 14.7.93

8. Chowdary
kurzes, dunkles Haar
Gewicht 4.200 g
geb. 27.10.93

9. Popodopoulos
langes, dunkles Haar
Gewicht 5.075 g
geb. 1.12.93

»Siehst du?« sagte George leise. »Die ersten sechs sind Leute, die entweder eigene Babys hatten oder welche zur Adoption bekamen. Bei den letzten drei wissen wir aber genau, daß ihnen die Babys genommen wurden.«

Gus runzelte die Stirn. »Da bin ich mir nicht so sicher«, entgegnete er. »Vielleicht hatten diese anderen sechs ja Babys, die gestorben sind.«

»Genau das mein' ich ja, Gus. Für mich steht fest, daß die letzten drei Babys nicht tot sind. Ich glaube, man hat sie entführt, um sie den Leuten zu geben, die ein Kind adoptieren wollten. Sie wurden gestohlen, wie in diesem alten Zigeunerlied.«

Gus schüttelte den Kopf. »Das ergibt doch keinen Sinn, George. Warum sollte man denn beide auf eine Liste setzen? Ich meine Leute, die ein Kind adoptieren, und solche, die zwar ein Kind bekommen, dieses aber wieder verlieren – oder was auch immer.«

George dachte eine Weile nach; dann kehrte sie langsam zu ihrem Stuhl auf der anderen Seite des Schreibtisches zurück.

»Du hast recht«, sagte sie mit tonloser Stimme. »Das ergibt wirklich keinen Sinn! Verdammt! Und ich war so zuversichtlich – ich hätte es besser wissen müssen. Obwohl – wenn wir herausfinden, daß diese anderen sechs auch ihre Babys verloren haben ...«

»Ja, dann könnten wir wirklich nach dem Wie und dem Warum suchen. Aber bevor wir nicht wissen, warum diese Leute zusammen auf einer Liste stehen, können wir uns keine vorschnellen Urteile erlauben.«

Er blickte auf und fixierte sie mit hochgezogenen Brauen. »Wer hat diese Liste übrigens geschrieben? Hast du einen Verdacht?«

George biß sich auf die Lippen. »Nein«, gab sie widerwillig zu. »Schließlich enthält sie nicht den kleinsten Hinweis, oder? Alles, was wir wissen, ist, daß Harry im Besitz des Originals war – das ich entschlüsselt habe.« Sie deutete auf die Blätter.

»Dann können wir nach unserem aktuellen Wissensstand wohl annehmen, daß es auch Harry war, der die Listen erstellt hat«, fügte Gus aufgeräumt hinzu. »Diese kleine Cherry hat sie doch bei seinen Unterlagen gefunden, oder?«

»Genau. Aber ...«

»Aber was?«

»Harry konnte nicht tippen«, erklärte George. »Cherry ist sich hundertprozentig sicher. Er stellte sich mit allem, was mit Technik zu tun hatte, so ungeschickt an wie ein – wie ein – also, er kam mit 'ner Schreibmaschine einfach nicht zurecht.«

»Ach, jetzt übertreib nicht!« Gus schaute zweifelnd drein. »Jeder kann doch mit so 'ner Kiste umgehn. Da sind die Buchstaben – du mußt sie bloß anschlagen.«

»Die Liste ist aber fehlerfrei«, sagte George langsam. »Cherry meint, wer immer sie getippt hat, muß genau gewußt haben, was er tat, weil man ja bei der Benutzung des PS-Modus die Buchstaben nicht auf dem Papier sehen kann, sondern nur die Symbole. Da können einem schon mal Fehler unterlaufen. Aber ich hab', wie gesagt, keinen einzigen entdeckt.« Sie hielt kurz inne. »Harry hat diese Liste nicht geschrieben, auf keinen Fall. Ich glaube eher, er hat sie gefunden und herausbekommen, wer der Verfasser ist und ihn das wissen lassen. Vielleicht mußte er deshalb sterben.«

Gus grinste hämisch. »Heh, du hast ja schnell 'nen Ersatz für den jungen Goss gefunden!«

George schnitt eine Grimasse. »Tja, so ist das nun mal! Goss kann es nicht gewesen sein, also muß ich von vorn anfangen. Und je mehr ich darüber nachdenke, desto sicherer bin ich, daß Harry von jemandem umgebracht wurde, weil er etwas aufgedeckt hatte, das dieser jemand um nichts in der Welt preisgeben wollte. Das Motiv ist kalter Kaffee, ich weiß, aber das ergibt doch endlich einen Sinn, oder?«

Gus schwieg eine Weile, dann nickte er. »Du könntest recht haben. Aber ich brauche Beweise. All diese –«

»Ja, das hatten wir schon. All diese ›Vielleichts‹«, stimmte George zu. »Ich muß es mir jedes Mal anhören.«

»Dann solltest du allmählich lernen«, dozierte er, verdarb aber die Wirkung, indem er angesichts ihrer Miene in Lachen ausbrach. »Ach, jetzt guck doch nicht so, Süße! Du hast doch hervorragende Arbeit geleistet! Mir wäre es in einem Monat voller Feiertage nicht gelungen, diesen Code zu knacken. Du hast uns 'ne Menge neuer Spuren verschafft. Und du gehörst so sehr zur Mannschaft, daß wir ohne dich glatt aufgeschmissen wären.«

»Ach, scheiß drauf!« jammerte sie. »Da komm' ich mir ja wie der letzte Idiot vor! Ich war es doch gar nicht die, Cherry hat's rausgekriegt!«

»Ohne dich hätte sie sich aber nie dahintergeklemmt!« konterte Gus, erhob sich und kam um den Tisch herum. »Du bist aber diejenige gewesen, die alle Hebel in Bewegung gesetzt und so lange genervt hat, bis was geschah. Ich möchte, daß du weißt, wie sehr ich das schätze.«

Mühsam brachte George ein Grinsen zustande. »OK, ich hab's kapiert.« Er war ihr jetzt ganz nahe, und plötzlich wurde ihr sehr seltsam zumute. Sie begann zu zittern wie ein Schulmädchen und spürte, daß ihr heiß wurde. Ein herrliches Gefühl. Er schien es nicht zu merken, denn er neigte lediglich den Kopf, küßte sie auf die Wange und drückte ihr leicht die Schulter. Dann setzte er sich wieder hinter seinen Schreibtisch.

»OK«, nahm er den Faden wieder auf. »Was nun? Ich werd' dir sagen, was nun. Morgen schick' ich meine Jungs zu jedem, der auf dieser Liste erfaßt ist. Mal sehn, ob sie irgendwelche Gemeinsamkeiten haben. Die wohnen sind ja ganz schön verstreut – nur ein Ehepaar hier in der Gegend, die anderen in Denham und Blackheath und Kensington und Bishop's

Stortford ...« Stirnrunzelnd fuhr er fort: »Eines möcht' ich aber jetzt schon behaupten: betucht sind sie alle. Das sind Nobeladressen. Ich kann das Geld förmlich riechen.«

»Das könnte durchaus sein. Ein Baby auf dem Wege der Adoption zu kaufen kostet bestimmt 'ne Kleinigkeit.«

»Denkst du immer noch daran? Wir waren doch beide der Auffassung, daß –«

»Ja«, gab George zu. »Ich weiß. Wir haben uns darauf geeinigt, daß es sich bei den Leuten nicht um Adoptionswillige handeln kann – wegen der letzten drei Namen, die aufgeführt sind. Aber ich glaube nach wie vor, daß es doch was mit Adoption zu tun hat. Meinst du nicht auch?«

»Ich weiß nicht«, sagte Gus nach längerem Überlegen. »Ehrlich, ich weiß es wirklich nicht. Es ist eine faszinierende Theorie, aber wir tappen noch zu sehr im Dunklen, um den Napf für die Katze schon aufzustellen, findest du nicht auch? Nicht den Schatten eines Beweises. Nur eine Theorie.«

»Aber eine verdammt gute!« schnappte George.

»Das bestreite ich ja gar nicht. Wie gesagt, ich bin schon sehr geneigt, daran zu glauben, daß du recht haben könntest. Aber mit einem ›könnte‹ haben wir vor Gericht schlechte Karten. Da muß ich Fakten präsentieren – nackte, grausige Fakten. Bin wohl von ihnen abhängig, könnte man sagen.« Und wieder grinste er auf seine typische anzügliche Weise, wenn es auch diesmal etwas verhalten wirkte.

George seufzte tief. »Tja, viel mehr können wir nicht tun, schätze ich.« Sie bemühte sich um einen beiläufigen Tonfall, war sich aber nicht sicher, ob ihr dies auch gelang. »Und ich sollte mich jetzt besser auf den Heimweg machen. Ma und Bridget werden sich schon fragen, wo ich stecke.«

»Schön«, sagte er und war bereits aufgestanden. »Den ganzen Kram hier kann ich auch morgen früh erledigen. Nach dir, bitte.«

»Oh?« George gab sich überrascht. »Kommst du mit?«

»Jetzt tu doch nicht so naiv, Süße – hab' ich dir nicht schon vorhin gesagt, daß ich deine beiden alten Damen zu sehr vermisse, wenn ich sie nicht ab und zu mal sehe. Außerdem haben wir wichtigere Dinge zu tun.« Er gab ihr einen Klaps aufs Hinterteil, als sie ebenfalls aufstand, und griff, nachdem er das Jackett übergestreift hatte, nach ihren beiden Mänteln. Danach knipste er die Schreibtischlampe aus.

»Denk bloß«, klang seine Stimme zärtlich und nekkend aus der Dunkelheit. »Ich könnte dich hier auf der Stelle vernaschen, und keiner würd's erfahren.«

»Ich schon«, gab sie zurück und hoffte, daß sie sich scherzhaft anhörte.

»Dafür werd' ich schon sorgen. Aber nicht hier, Süße. Wir gehen zu dir. Dort riecht's bestimmt nicht nach Desinfektionsmitteln oder dem Zeug, womit man den Kakerlaken zu Leibe rückt.« Und er legte ihr den Arm um die Schultern und führte sie hinaus.

George wehrte sich nicht. Nun wußte sie, zu ihrer nicht geringen Beschämung, daß sie, eine selbstbewußte, starke Frau, ihm an jeden Ort folgen würde, wenn er es wünschte.

30

Und ob es klappen könnte«, beharrte George. »Genauso wie beim letzten Mal. Dem Mörder von Richard Oxford wären wir auch nie auf die Spur gekommen, wenn ich es nicht versucht hätte, richtig? Du warst damals furchtbar wütend, weil du nichts von meinem Plan wußtest, und es war wohl tatsächlich gefährlich. Aber das ist es diesmal nicht. Warum auch? Man würde ja nicht mal wissen, daß ich es bin. Du verstehst schon. Außerdem erzähl ich's dir ja.«

Gus schwieg. Er saß zusammengekauert auf dem Kaminvorleger, die Arme um die Knie geschlungen, und starrte in die Flammen.

»Man könnte fast meinen«, begann er nach einer Weile fast träumerisch, »daß es so 'ne Art Muster für die Flammen gibt, wo es doch kein richtiges Feuer ist. Aber es sieht verdammt echt aus.«

»Es ist ja auch echt, du Blödmann!« schnappte sie. »Es sind Gasflammen, weiter nichts. Und benimm dich nicht wie ein – wie ein – Willst du vielleicht mal bei der Sache bleiben? Laß es mich doch versuchen? Es wird bestimmt klappen.«

»Und ich hab' gedacht, es klappt heute abend mit uns beiden und wir würden uns auf der Couch da 'n bißchen näherkommen!« klagte er. »Und was ist das Ende vom Lied? Erst stürzen sich deine alten Damen auf mich und schnattern stundenlang, und dann, wenn wir endlich allein sind und der gemütliche Teil des Abends beginnen könnte, dann, hol's der Teufel, fängst du wieder mit diesen Detektivspielchen an! Ich hab' was Besseres für dich zum Raten, als wer denn nun der böse Täter war.«

»Oh, Gus, bitte! Das ist nicht gerade der richtige Einstieg für – du bist zu voreingenommen«, korrigierte sie sich hastig und schüttelte den Kopf – mehr über sich selbst als über ihn. Als sie nach Hause gefahren waren, hatte sie die Aussicht, eine oder zwei Stunden mit ihm auf dem Kaminvorleger zu verbringen, ungeheuer verlockend gefunden, aber bis Bridget und Vanny endlich mit ihren Malzmilchgläsern (sie hatten seit ihrer Ankunft in London eine Vorliebe für Betthupferl entwickelt) im Schlafzimmer verschwunden waren, hatte sich ihre Aufregung gelegt und einer nervösen Irritation Platz gemacht. Es war, als sei man schrecklich hungrig, müsse aber so lange auf die Mahlzeit warten, daß zum Zeitpunkt des Servierens jeglicher Appetit vergangen war. Das Thema Morde hatte George nicht nur angeschnitten, um sich zu entspannen, sondern auch in der Hoffnung, dadurch das prickelnde Gefühl der Vorfreude, das sie auf dem Heimweg empfunden hatte, wiederzugewinnen. Doch während sie redete, verselbständigte sich die Idee, die sie zur Lösung des Rätsels aufgegriffen hatte, dehnte sich aus und beschäftigte George so intensiv, daß nach und nach jedwede Lust unweigerlich erloschen war.

»Und ich hab' gedacht, ich allein würde als Einstieg genügen«, gab Gus ruhig zurück. »Daß du – nicht so eine blöde Gans wärst, bei der man erst noch Süßholz raspeln muß.«

»Bin ich auch nicht!« Sie verzweifelte beinahe. »Aber ich muß einen klaren Kopf bekommen. Und wenn Ma und Bridget hier sind und es so spät geworden ist, da –«

»Verdirbt's dir die Laune?« Er blickte sie forschend an.

»Mh-mh.«

»Dein hübsches Feuerchen hat auch keine Lust mehr«, meinte er. Streckte die Hand aus und drehte den Hahn an der Seite zu. Die Flammen seufzten und erstarben, das Zimmer wurde ein wenig dunkler.

George schwieg kurz, dann seufzte auch sie. »Ich schätze schon. Ist das sehr schlimm für dich?«

»Natürlich!« Er schaute sie treuherzig an, machte sich über die eigene Enttäuschung lustig. »Ich war tatsächlich auf 'ne kleine Nummer aus. Aber da haben wir's mal wieder. Du bist wirklich überkritisch, so richtig Frau.« Wieder einer seiner anzüglichen Blicke, die ihr allmählich vertraut wurden. »Ich muß mich einfach selber davon überzeugen, daß es deinen weiblichen Charme in meinen Chauvi-Augen erhöht.«

»Gus, würdest du dich bitte –«

»Auf Ermittlungsfragen konzentrieren«, fuhr er aufgeräumt fort, erhob sich und strich seine Hose glatt, bevor er sich zu ihr aufs Sofa setzte. »Sollte ich vielleicht tun. Ist ja sowieso die einzige Konzentration, die du heut' für mich übrig hast. OK. Du willst also eine Anzeige für adoptionswillige Eltern aufgeben.«

»Ja.«

»Weil du glaubst, daß sich die Leute von der Liste melden?«

»Genau.«

»Und dich zum Mörder führen.«

»Du sagst es.«

»Klingt für mich, als wollte man über Beachy Head zum Marble Arch.« Er betrachtete sie mit zur Seite geneigtem Kopf, während er sprach.

»Wie bitte?«

»Ein Riesenschlenker um alle Häuser herum, statt den kürzesten Weg zu nehmen.«

»Weißt du etwa was über 'ne Direktroute?« fragte sie scharf.

»Klar. Sagte ich doch schon, als du mir die Liste gezeigt hast: Ich könnte meine Jungs losschicken. Die Adressen haben wir ja, also wär' das kein Problem. Dann können wir sie *fragen*.«

»Aber damit haben wir diese Oberlanders noch lange nicht«, entgegnete George. »Und genau die wollen wir doch. Sie sind zwar nicht aufgelistet – aber das sind die beiden, die am meisten wissen! Nun könnte es ja sein, daß eines der angegebenen Paare diese mysteriösen Oberlanders sind – wir haben ja von Anfang an gedacht, daß es ein falscher Name ist. Sie werden doch nur mißtrauisch, wenn man sie befragt. Ich will aber, daß sie Kontakt mit uns aufnehmen und dabei wieder ihren falschen Namen benutzen. Verstehst du das nicht?«

Er sah sie eine Weile nachdenklich an. »Und angenommen, dieser Oberlander hat sein eigenes – oder ihr eigenes Kind ermordet. Warum sollte er – oder sie – sich dann noch bei dir melden?«

»Es ist einen Versuch wert!« antwortete George mit einem Anflug ihres früheren Eigensinns. »Und außerdem ist es endlich ein Anfang, stimmt's?«

»Wahrscheinlich schon. Was Besseres fällt mir jetzt auch nicht ein.«

»Also dann?« George triumphierte.

»Die Tatsache, daß ich im Moment keine bessere

hab', bedeutet aber nicht, daß deine Idee besonders gut ist. Du brauchst nicht immer ein Metermaß, um zu wissen, daß etwas nicht paßt.«

»Ach, was bist du heute abend klug und weise!« George war verstimmt. »Ein richtiger kleiner Polonius! Was kann es denn schon schaden, Gus? Es muß nicht unbedingt funktionieren, das will ich dir zugestehen, aber es kostet doch bloß 'n paar Scheine. Ich zahl' die Anzeigen übrigens selbst, falls es das ist, was dir Kopfzerbrechen bereitet, obwohl ich angenommen hatte, daß der Polizeietat –«

»Sag nicht solche Sachen in meiner Gegenwart!« Er hörte sich an wie ein schockiertes viktorianisches Fräulein. »›Etat‹ klingt mir *sehr* schmutzig in den Ohren! Außerdem geht's nicht nur darum. Ich hab' den Eindruck, daß ...« Er zuckte die Achseln. »Aber ich glaube, irgendwie hast du recht. Schaden kann es nichts.«

»Und nützen könnte es viel.«

»Oder – warte mal. Es könnte auch den Mörder warnen, daß wir hinter ihm oder ihr her sind.« Zum ersten Mal an diesem Abend wirkte er echt interessiert. »Also – ist das nun gut oder schlecht? Laß mich mal überlegen. Ich weiß es nicht«, gab er nach einer Weile zu. »Ich weiß es wirklich nicht.«

»Mir ist schleierhaft, wieso du deswegen beunruhigt bist. Ich werde doch nicht mit meinem eigenen Namen unterschreiben! Na, wie hört sich das an?« Sie sprang auf, eilte zu ihrem kleinen Schreibtisch und begann etwas auf einen Zettel zu kritzeln. Gus beobachtete sie; er schien glücklich und zufrieden zu sein, wenn er nur ihren geneigten Kopf betrachten konnte – trotz seiner Beschwerden über den ursprünglichen Verlauf des Abends. George spürte es deutlich, selbst wenn sie sich auf ihren Text konzentrierte. Seine Aufmerksamkeit gefiel ihr sehr.

»Bitte schön«, sagte sie schließlich und schob ihm den Zettel hin. »Lies am besten laut vor.«

»Kinderlos? Haben Sie verwaisten oder ausgesetzten Kindern ein gutes Heim zu bieten? Wir unterstützen Eltern, die ein Kind aus Übersee suchen. Zuschriften unter Chiffre Nr. Soundso.«

»Das klingt ja reichlich geheimnisvoll«, bemerkte Gus, als er ihr den Zettel zurückgab. »Ich meine nur – du könntest Schwierigkeiten kriegen.«

»Warum denn das?«

»Es gibt Gesetze gegen Menschenhandel im Vereinigten Königreich«, erklärte er. »Gegen den Handel mit Babys. Die Leute bei den Zeitungen werden so eine Anzeige vielleicht für ungesetzlich halten und nicht annehmen.«

»Aber Geld wird doch mit keinem Wort erwähnt!« protestierte George. »Es ist doch nur ein Angebot zur Unterstützung von Menschen, die Kindern ein Zuhause geben wollen. Daran kann doch nichts Illegales sein. Laß es mich doch versuchen, Gus!«

Er blickte auf seine Uhr; dann stand er auf. »OK, Süße. Wie ich schon sagte, ich finde auch, daß es nicht schaden kann. Und an welche Blätter hast du gedacht?«

»Darum kümmere ich mich morgen«, erwiderte sie. Nun, da sie etwas Positives tun konnte, fühlte sie sich wieder besser. Plötzlich erschien es ihr unheimlich wichtig, den Fall voranzutreiben. »Ich nehme doch an, daß es – wie für alle möglichen Zielgruppen – spezielle Zeitschriften für Adoptionswillige gibt. Was hältst du von den Lokalblättern für die Bezirke, in denen die Leute wohnen.«

Darauf nickte Gus zustimmend. »Das ist mal ein vernünftiger Gedanke. Vergiß diese Zeitschriften. Ich könnte mir vorstellen, daß es Monate dauert, bis die Anzeige erscheint. Und sorg dafür, daß sie's groß aufziehen. Sonst fällt's ja keinem auf. Und jetzt mußt du mir noch was versprechen.«

Er war schon an der Tür, die in den kleinen Korridor führte, und streifte den Mantel über.

»Das kommt darauf an.«

»Fahr nicht allein zu den Leuten, wenn du einen Hinweis auf eine heiße Spur bekommst.«

Sie überlegte einen Moment. »Das ist nur recht und billig. Ehrenwort – ich geb' dir Bescheid, wenn ich jemanden aufgespürt habe.«

»Vergiß es ja nicht!« Er blieb noch kurz stehen und schaute sie an. Schließlich seufzte er schwer. »O je, die Leiden des Liebenden! Wann, oh wann, läßt sich meine Liebste erweichen? Nacht, Süße. Wir sehn uns.« Leise zog er die Wohnungstür zu, um die alten Damen nicht zu stören, die im Schlafzimmer der Ruhe pflegten. George mußte lachen, doch dann spürte sie dummerweise einen Stich des Bedauerns und ein leichtes Wiederaufflammen der Sehnsucht. Verdammt noch mal, wann würde sie endlich ihre Hormone in den Griff kriegen?

Die Lokalzeitungen von Hatfield (und damit auch in Bishop's Stortford), Hertfordshire, Blackheath, Kensington und Denham sowie das Blättchen, das in Wapping herausgegeben wurde, hatten das Inserat ohne Weiteres angenommen. George freute sich über die reibungslose Abwicklung. Gus' Zweifel über die Rechtmäßigkeit solcher Adoptionsangebote hatten sie doch alarmiert; aber anscheinend war die finanzielle Situation aller Zeitungsverlage nicht besonders rosig, so daß sich keiner wirklich für den Inhalt der Annoncen interessierte.

Sämtliche Blätter erschienen wöchentlich und an verschiedenen Tagen, und George machte sich auf langes Warten gefaßt, da die Interessenten ihre Briefe an die Zeitungen richteten. Selbst wenn ihr jede einzelne versichert hatte, Zuschriften auf Chiffreanzeigen würden ohne Verzögerung weitergeleitet, vermochte George ihre Ungeduld kaum noch zu bezähmen, als die folgende Woche kein Ende nehmen wollte. Sie räumte jeden Winkel ihres Büros auf, kümmerte sich um alle im Labor anfallenden Arbeiten, trieb ihr Personal fast in den Wahnsinn, indem sie zu einem Großreinemachen vor Neujahr drängte, und war im großen und ganzen derart unzufrieden, daß sie nicht einmal Lust hatte, irgendwo Silvester zu feiern, und früh zu Bett ging. Als sie um elf Uhr die Decke hochzog und das Licht ausknipste, redete sie sich trübsinnig ein, daß es Ihr nunmehr egal war, wie schnell die Zeit verging.

Sogar ihr Privatleben war zur Zeit orientierungslos. Vanny und Bridget, die in zwei Wochen wieder nach Buffalo zurückflogen, waren fürchterlich beschäftigt, denn sie wollten noch möglichst viele Sehenswürdigkeiten Londons besichtigen. »Nicht zuletzt deshalb, weil ich nicht genau weiß, ob wir noch mal nach Europa reisen können«, vertraute Bridget George an. »Deiner Ma geht's besser, als ich dachte, aber sie hat nach wie vor noch diese kleinen Gedächtnislücken, falls es dir nicht aufgefallen sein sollte.«

George war es aufgefallen, obgleich sie es lieber

verdrängt hätte. Immer häufiger starrte ihre Mutter sie verständnislos an, nachdem George etwas ganz Alltägliches gesagt hatte, und dann mußte sie anfangen zu erklären; immer häufiger fand Vanny in der winzigen Wohnung den Weg ins Bad nicht und war völlig verwirrt; und oft verlor sie sich mitten im Gespräch in einer inneren Welt und schien es nicht zu registrieren. Aber sie kam trotzdem ganz gut zurecht, wie Bridget nicht müde wurde zu betonen, und alles in allem verlebten sie wunderbare Tage.

»Sie hat es bestimmt nicht für möglich gehalten, wie toll es in Europa ist«, sagte Bridget. »Sie dachte nur daran, daß sie dich wiedersehen würde, aber jetzt, wo sie schon mal da ist, muß sie sich unbedingt alles anschauen. Amsterdam und –«

»Amsterdam?« fragte George verblüfft.

»Wir hatten uns ein langes Wochenende vorgestellt. Du bist doch einverstanden? Wir wollten ins Rijksmuseum und in die Van Gogh-Ausstellung. Tulpen gibt's ja wohl keine im Januar, aber wir könnten durch die Grachten fahren und das Anne Frank-Haus besuchen und so weiter. Wenn du nicht willst, daß wir fahren, Honey, mußt du's nur sagen.«

»Natürlich will ich, daß ihr fahrt!« rief George. »Das klingt ja super!« Sie half ihnen bei den Vorbereitungen, lieh sich erneut Hatties Wagen und brachte sie zum Flughafen. Nach ihrer Rückkehr war sie jedoch keineswegs dankbar für die Ruhe, wie sie es erwartet hatte, sondern vermißte die beiden und die Unordnung, die sie in ihre stille Wohnung gebracht hatten. Sie fühlte sich schrecklich einsam ohne Vanny und Bridget.

Gus ließ auch nichts von sich hören, und das war

am schlimmsten. Er hatte sie an dem Tag nach dem Abend bei ihr zu Hause angerufen und ihr von dem schweren Raubüberfall berichtet, der ihn – trotz viel versprechender Spuren – unabkömmlich mache, und ihr versichert, daß einige seiner Jungs die Ermittlungen im Fall Oberlander und Rajabani übernehmen würden.

»*Aber ich selber* kann die nächsten Tage wohl nicht viel Zeit für dich erübrigen, o ich armer Tor! Aber wenn es irgendwas Wichtiges gibt, rufst du mich an, und zwar gleich, versprochen? Wenn du Zuschriften auf diese Anzeige kriegst –«

»Dann ruf' ich dich an!« beendete sie ungeduldig. »Spiel nicht schon wieder die Mutterglucke!«

»Ich hätte es dir nie erlauben sollen«, bemerkte er. »Es ist doch gar nicht nötig. Wir haben schon genug mit den Namen und Adressen dieser Liste zu tun. Ich schätze, du hast die Anzeigen schon aufgegeben?«

»Selbstverständlich.«

»Ich hätte mir ja denken können, daß du keine Zeit verlierst. Also – sei vorsichtig. Und vergiß nicht, was du versprochen hast. Und keine Dummheiten!«

»Ich vergeß es schon nicht«, erwiderte sie. »Fang du mal deine Räuber. Goodbye.« Sie legte beinahe widerwillig auf. Keine Chance, sich mit ihm zu treffen, während Ma und Bridget unterwegs waren – was für eine verschwendete Gelegenheit. Und sie ärgerte sich dermaßen über ihre eigenen verkorksten Gefühle an jenem Abend, daß sie sich vornahm, die ganze Woche überhaupt nicht mehr an ihn zu denken.

Was ihr natürlich nicht gelang.

Ihre Berechnungen waren richtig; am dritten Tag

nach Erscheinen der ersten beiden Anzeigen – einer in Denham und der anderen in Blackheath – übergab ihr der murrende Briefträger zwei dicke Umschläge; da diese zu dick waren, um durch den Briefschlitz zu passen, hatte er schellen und warten müssen, bis George an die Tür gekommen war. Das Blatt aus Denham hatte siebzehn, das aus Blackheath dreiundzwanzig Antworten geschickt. Von einem Oberlander oder jemand anderem ihrer Liste war keine darunter.

Zwei Tage später traf der nächste Packen Briefe ein: sechzehn aus Kensington, zweiunddreißig aus Hatfield und Bishop's Stortford und – was sie im ersten Moment sehr verwunderte – fünfzehn aus Wapping. Sie war davon ausgegangen, in diesem armen Stadtteil könnten sich nur wenige Menschen eine Adoption leisten (auch wenn in ihrer Anzeige nichts über Kosten gestanden hatte, war den Leuten, wie George deren Zuschriften entnahm, allerdings sehr wohl bewußt, daß eine Menge Geld den Besitzer wechseln mußte, ehe sie das Ziel ihrer Hoffnungen erreichten). Doch dann erinnerte sie sich an die Besserverdienenden, die die Docklands fast flächendeckend kolonisiert hatten, und ihre Überraschung legte sich wieder.

Die Briefe waren sehr bewegend, viele von ihnen ausdrucksvoll und beredt. Während George einen nach dem anderen las, sank ihr Mut, und sie empfand nur noch tiefe Trauer. Der verzweifelte Wunsch nach Kindern, von dem all diese Menschen besessen waren, brachte auch eine Saite in ihr selbst zum Klingen. Doch eine Frau in den Dreißigern sollte sich nicht mit solchen Dingen beschäftigen, wenn sie nicht plant, in nächster Zeit schwanger zu werden. Und das hab' ich ja wohl nicht vor, oder? Schnell verdrängte sie diese Gedanken und konzentrierte sich wieder auf die Zuschriften. Auch diesmal schien keine von den Oberlanders oder von einem der aufgelisteten Paare dabei zu sein.

Sie machte sich Vorwürfe. Hatten diese Leute vielleicht schon erfolgreich Babys adoptiert? Falls sie weitere Kinder wollten, hätten sie demnach ihre eigenen Kontaktadressen und würden die in Georges Inserat angebotene Dienstleistung gewiß nicht benötigen. Was war der Erfolg ihrer Bemühungen? Sie hatte, erkannte George schuldbewußt, bei vielen Menschen erneut Hoffnungen auf eine Familie geweckt, die sie niemals erfüllen konnte. Mit zunehmendem Ärger setzte sie die Lektüre fort. Am liebsten hätte sie sich bei jedem einzelnen von ihnen für den Schmerz, den sie verursacht hatte, sofort entschuldigt.

Bis sie auf ein Schreiben stieß, das mit ›David Hillman‹ unterzeichnet war. Es stammte aus dem Bündel Briefe aus Kensington, und George begann es ohne große Zuversicht zu lesen. Die wenigen Zeilen in der nicht besonders ausgefeilten Handschrift verrieten kaum etwas über die Persönlichkeit des Absenders, der in der Sloane Street wohnte. Ziemlich wohlhabend, dachte George. Ihr Sinn für die Nuancen der verschiedenen Gesellschaftsschichten sowie deren wirtschaftliche Verhältnisse war nicht allzu ausgeprägt, aber sie lebte lange genug in diesem Land, um zu wissen, daß jeder, dessen Adresse ›Sloane ‹ enthielt, ein Mensch mit hoher Selbstachtung war, den vermutlich auch sein Umfeld als solchen betrachtete.

Der wichtige Teil des Briefes wäre ihr beim ersten Lesen fast entgangen. Nach der üblichen nichtssagenden Einleitung: »Wir sind interessiert an ihrer

Anzeige von letzter Woche in der hiesigen Zeitung ...«, ging es folgendermaßen weiter: »Unsere Motive für eine baldmögliche Adoption werden, so hoffen wir, bei Ihrer Organisation besondere Berücksichtigung finden. Wir haben schon einmal ein Kind adoptiert – wie wir glaubten, mit Erfolg – doch zu unserem tiefen Bedauern gedieh das Baby nicht. Meine Frau ist, wie Sie verstehen werden, in einem schrecklichen Zustand. Ich weiß, daß kein Baby ein anderes ersetzen kann, aber wenn Sie uns vorrangig behandelten, weil wir schon so viel Schmerz erlitten haben, würde ich mich für Ihre Bemühungen erkenntlich zeigen. Die Unterbringung des Kindes bereitet keine Probleme; wir sind mit Spielzeug und Kleidung für einen kleinen Jungen bestens ausgestattet ...«

George schaute auf den letzten Absatz. Von allen kam diese der Geschichte der Oberlanders am nächsten. Einige Paare berichteten von mehreren Versuchen, mittels IVF und anderer Formen künstlicher Befruchtung eine Schwangerschaft herbeizuführen; sie stünden schon seit Jahren auf den Wartelisten offizieller Adoptionsvermittlungen; aus anderen Zuschriften las George die blanke Verzweiflung von Leuten, die die Zeit verstreichen sahen – in der Gewißheit, daß sie früher oder später zu alt waren, um Kinder zu adoptieren ... Nur Mr. Hillman sprach von einer vollzogenen Adoption. Aber das Baby sei nicht gediehen, teilte er ihr mit. Eine seltsame Ausdrucksweise, stellte George fest; die meisten Laien hätten geschrieben, das Kind sei entschlafen oder verschieden oder hätten einen anderen Euphemismus verwendet; andere wiederum hätten diese verschleiernden Wendungen möglicherweise abstoßend gefunden und geradeheraus gesagt, daß es gestorben war. Merkwürdig dachte George: Es war eine Aussage, die Ärzte über ein Kind machten, das nicht richtig wuchs und aus unbekanntem Grunde kränkelte. Und doch war dieser Mann kein Arzt. Warum hatte sich ein Geschäftsmann ausgerechnet für diese Formulierung entschieden? Und er betonte, über alles zu verfügen, was ein kleiner Junge brauche – also mußte das Kind ein Junge gewesen sein ...

Erneut geschah es. Sie saß reglos da und starrte auf den Brief, sie blinzelte und starrte abermals darauf – dann hob sie den Kopf und lachte laut. Die Zahnräder ihres Geistes, dieses verrückte Gehirn, das mit den entlegensten Teilchen spielte, um sie anschließend, wie in einem Puzzle, an ihre vorbestimmten Plätze wieder einzufügen, hatte erneut das Wunder vollbracht.

»Hillman«, sagte sie laut. »Das bedeutet doch ›der Mann von der Hochebene‹. Auf deutsch also ›Oberlander‹?«

31

Am nächsten Tag versuchte George vergeblich, Kontakt mit Gus aufzunehmen. Beim ersten Anruf auf dem Revier erfuhr sie, daß er unterwegs war, worauf sie die Bitte um Rückruf hinterließ. Bei den zwei weiteren im Abstand von jeweils einer Stunde versicherte man ihr, die Nachricht sei weitergeleitet worden, und mehr könne man nicht tun. Sie meinte, Belustigung in der Stimme wahrzunehmen, errötete vor Zorn und knallte den Hörer auf die Gabel. Unter Gus' Privatnummer forderte sie seine Stimme auf dem Anrufbeantworter schließlich freundlich auf, eine Nachricht zu hinterlassen. Wieder knallte sie den Hörer auf; die Tatsache, daß sie Gus nicht erreichen konnte, erschien ihr nun fast wie eine persönliche Beleidigung.

Stumm saß sie da und betrachtete grimmig das verrußte Fenster ihres Büros, während sie ihre nächsten Schritte überlegte. Sie hatte ihm versprochen, nicht allein loszuziehen, nichts vor ihm zu verheimlichen. Nun – korrigierte sie sich – eigentlich hatte sie sich nur bereit erklärt, dies zu versuchen. Und war sie nicht ehrlich darum bemüht gewesen? Sie hatte verdammt noch mal die Möglichkeiten ausgeschöpft. Endlich besaß sie einen Hinweis auf den Mann, nach dem sie die ganze Zeit gefahndet hatten, und nur, weil Gus nicht greifbar war, sollte sie diesen Mann nicht aufsuchen? Was mochte er nicht alles anstellen in der Zwischenzeit – flüchten, vielleicht noch ein Baby umbringen, wer wollte das voraussagen? Die Erkenntnis, daß dies Unsinn war, unterdrückte sie. (Hillman alias Oberlander – davon war sie überzeugt – konnte gar keine derartigen Absichten hegen, sonst hätte er wohl kaum auf die Anzeige geantwortet.)

George sprang auf. Was auch immer sie mit Gus vereinbart hatte, sie würde nicht untätig hier herumhocken wie ein artiger Hund, der auf sein Herrchen wartet. Sie würde sich auf den Weg zu den Hillmans machen. Schaden konnte es nichts, und wenn sie Gus irgendwann, nachdem sie den Fall bereits gelöst hatte, wiedersah, konnte er schlecht dagegen protestieren.

Ihre Stimmung war so gut wie lange nicht mehr, als sie Sheila Instruktionen für die Zeit ihrer Abwesenheit gab. Die gewaltigen Anstrengungen während der letzten Tage hatten sich durchaus als erfolgreich erwiesen: Das Büro war aufgeräumt, und es gab keinen Grund, warum sie nicht ihrer Ermittlertätigkeit nachgehen sollte. Sie sagte etwas in diesem Sinne zu Sheila, die schniefte und widerwillig versprach, die Stellung zu halten und George im Notfall anzupiepsen. Man konnte ihr genau ansehen, wie sehr sie hoffte, ein solcher möge eintreten, aber George, die die Eigenheiten ihrer Mitarbeiter allzugut kannte, lächelte ihr nur freundlich zu und verschwand.

Sie fuhr mit der U-Bahn in den Londoner Westen und nahm in Shadwell den Zug bis nach Whitechapel. Zufrieden saß sie anschließend in der District Line, während diese durch staubige Tunnel schaukelte, und träumte von Gus' Bewunderung und Lob und Dankbarkeit für ihren erfolgreichen Einsatz. Es wäre wundervoll, wenn der Fall Rajabani mit dem der Hillman-Oberlanders zu tun hätte, dachte sie und schämte sich sofort. Harrys Tod war eine Tragödie gewesen – sie hatte kein Recht, diese zu einem Teil ihres Puzzles herabzuwürdigen, das sie mit Eifer löste – selbst wenn sie daran immer mehr zweifelte.

Sloane Square lief über vor Menschen: Freundlich erleuchtete Schaufenster sowie Lichterketten aus der Vorweihnachtszeit erhellten den trüben Januartag, und Georges Stimmung hob sich noch ein wenig mehr. Sie war viel zu selten in anderen Stadtteilen Londons, fand sie. Ich sollte öfter ins Theater und in Konzerte gehen, einen Einkaufsbummel in diesen schicken Straßen machen, sollte mehr für mein Wohlbefinden tun. Doch eigentlich gefiel es ihr in Shadwell durchaus gut.

Auf der Suche nach Manderly Mansions, der Adresse der Hillmans in der Sloane Street, erinnerte sie sich, wie bedrückt sie die erste Zeit in London gewesen war. Sie hatte Inverness verlassen, um den Job im Old East anzunehmen – war das erst ein Jahr her? Unglaublich! Die Umgebung war ihr über die Maßen schäbig erschienen, das Krankenhaus selbst heruntergekommen. Mittlerweile fühlte sie sich zugehörig, ja, sie *liebte* ihren Stadtteil geradezu und hatte keine Ressentiments mehr. Inwieweit Gus dafür verantwortlich war, konnte sie allerdings nicht genau beurteilen.

George schaute auf den Brief in ihrer Hand und widmete ihre Aufmerksamkeit erneut der Angelegenheit, die sie hierher geführt hatte. Nicht immer an dich selbst denken – sei ein richtiger Ermittler, schalt sie sich selbst. Denke wie ein Ermittler!

Welche Art Geschäft mochte Hillman betreiben,

wenn er in einem derart exklusiven Wohnblock lebte? war ihre erste Ermittlerfrage, als sie an der Fassade von Manderly Mansions emporblickte. Er sah wirklich teuer aus: Die blankpolierten Fenster waren von kräftigem Efeu umwuchert, Namensschilder aus Messing glänzten im trüben Tageslicht, auf der Vordertreppe sah sie einen uniformierten Pförtner.

Er musterte sie mißtrauisch, als sie sich nach Mr. Hillman erkundigte, und teilte ihr dann mit, daß er sie erst einlassen dürfe, nachdem er bei Mr. Hillman angerufen und sich vergewissert habe, ob dieser im Hause sei.

»Wissen Sie das denn nicht, wenn Sie die ganze Zeit hier stehen? Sie müssen doch gesehen haben, ob er rausgegangen ist«, meinte George. Der Pförtner warf ihr einen strafenden Blick zu. »Meine Aufgabe ist es, bei den Herrschaften nachzufragen, ob ein Besuch genehm ist«, erklärte er gewichtig. »Es ist nicht meine Aufgabe, Entscheidungen zu treffen.«

»Aha«, murmelte George. »Dann sind wir also schon soweit wie in New York, was die Sicherheit betrifft, was? Was für ein anregender Gedanke an diesem tristen Tag.«

»Das liegt nicht in meinem Ermessen, *Madam*!« entgegnete der Pförtner betont rücksichtslos und verschwand im Gebäude. George folgte ihm auf den Fersen. Seine Arroganz amüsierte sie. »Wer Sie sind, will sie wissen«, sagte der Mann mit einer Hand über der Hörmuschel.

George überlegte kurz: »Sagen Sie ihm – ihr? den Hillmans, daß ich wegen der Anzeige hier bin.«

Der Pförtner gab es weiter, lauschte, nickte und hängte ein.

»Der Aufzug ist dort drüben«, murrte er, unternahm jedoch keinerlei Anstrengung, ihr den Weg zu zeigen. Sie fand ihn trotzdem und fuhr in die dritte Etage, in der dem Schild zufolge – wie in jeder anderen – eine einzige Wohnung untergebracht war. Die Kabine roch nach Bienenwachspolitur und Blumen, der Boden und die Wände waren mit einem hochflorigen Teppich ausgekleidet. Hier stinkt's förmlich nach Geld, dachte sie aufgeregt.

Die Tür zu Nr. 32 stand offen, als sie den Aufzug verließ. Eine Frau mittleren Alters in einem blaugestreiften Nylonoverall wartete auf der Schwelle und sah George mit ausdrucksloser Miene entgegen.

»Guten Morgen«, sagte sie immerhin, als sich George näherte.

»Äh – Mrs. Hillman?« riet George.

»Wie heißen Sie?« wollte die Frau wissen.

»Mein Name ist Dr. George Barnabas. Ich bin wegen der Anzeige hier, die letzte Woche im –«

Hinter der Frau im Overall war plötzlich ein Rascheln zu vernehmen, bevor eine hohe Stimme rief: »Frau Doktor – oh! Es ist schon gut, Olive! Keine Sorge, alles ist in Ordnung.«

Die Frau im Overall schaute wieder George an, doch diesmal lag leise Verachtung in ihrem Blick. George beobachtete, wie sie rückwärts in die Wohnung zurückging, um den Platz an der Tür einer sehr mageren Frau zu überlassen. Diese trug ein dunkelgrünes Kleid, das selbst Georges ungeübtes Auge als teuer erkannte.

»Ich werde David sofort Bescheid geben«, sagte die Frau atemlos, während sie George in das riesige Wohnzimmer bat. »Sofort. Sie sind Ärztin? Ach, ich bin ja so froh! Es ist so wunderbar, daß Sie die Zeit erübrigen konnten, selbst zu kommen – David hat mir nichts gesagt – bitte nehmen Sie doch Platz, ich ruf' ihn nur eben an. Olive! Bringen Sie uns bitte Kaffee, und so weiter, ja? Sitzen Sie auch bequem? Ich werde jetzt gleich ...«

Sie hastete zu einem vergoldeten und weiß emaillierten Telefon, das aus der Epoche Louis Quinze stammen dürfte (wenn die Franzosen jener Zeit schon einen Graham Alexander Bell gehabt hätten). George ließ sich vorsichtig in eines der Sofas sinken. Es war so dick gepolstert, daß sie meinte, auf einen Schoß zu gleiten.

Sie schaute sich im Raum um, zuerst belustigt und dann verblüfft, denn sämtliche Einrichtungsgegenstände – sie mußten ein Vermögen gekostet haben – wirkten übertrieben. Die Vorhänge waren aus dem gleichen blauen Samt wie die Bezüge der Sofas und der vier Sessel. Bei den vergoldeten Tischchen und dem Boulle-Sekretär an einer der Wände konnte es sich nur um kostbare Antiquitäten handeln. Die gesamte Bodenfläche war von einem schweren, reich gemusterten Chinateppich bedeckt.

Diese Tatsache oder vielmehr ihre Verwunderung darüber führte unweigerlich zu der Frage, was diese gutsituierten Menschen dazu bewegt hatte, ein NHS-Krankenhaus in einer derart schäbigen Gegend wie Shadwell aufzusuchen? Wenn diese Frau die weibliche Hälfte der Oberlanders war, wie George vermutete (das würde sie von Prudence Jennings, falls diese die Frau erkannte, oder von ihr selbst erfahren), warum um alles in der Welt war sie mit ihrem kranken Kind nicht als Privatpatientin zu ihrem eigenen Arzt oder in das nächstgelegene NHS-Krankenhaus gegangen?

Die Frau hatte ihr Telefonat beendet, neben George Platz genommen und sah sie nun aus großen dunklen Augen an. Sie mochte ungefähr vierzig sein, vielleicht auch etwas jünger, sie hatte eines jener schmalen Gesichter, deren Alter sich nur schwer schätzen ließ. George betrachtete die vor Nervosität verkrampften Hände der Frau und stellte fest, wie dünn und zerbrechlich sie waren. Litt die Frau an Anorexie? George hielt es für durchaus möglich. Ihr grünes Kleid war so geschnitten, daß es ihren Körper sanft umwallte und damit vielleicht die Folgen dieser Krankheit verbarg.

»David sagte, ich sollte nicht darüber reden, bevor er hier ist. Es dauert nicht lange, sein Büro befindet sich in unserer Straße. Aber ich muß doch schließlich ein paar Fragen stellen, oder? Zum Beispiel – sind Sie von derselben Gruppe? Hat *sie* Sie geschickt? Und wenn nicht, was können *Sie* für uns tun? Wir haben es nämlich so lange, so furchtbar lange versucht, und jeder meinte, die Regierung hätte durchgegriffen, und es gebe keine Hoffnung mehr, und wir können ja nicht selber fahren, weil David kein Visa bekommt, und er will mich nicht allein fahren lassen, er ist immer unheimlich besorgt um mich, und ich glaube auch gar nicht, daß ich könnte –«

George bemühte sich, ihre Verwirrung zu verbergen. »Welche Gruppe?« fragte sie vorsichtig. »Wohin wollten Sie fahren? Ich weiß nicht genau, ob –«

»Arbeiten Sie denn nicht mit diesen Ländern zusammen? Mit Rumänien und Bosnien und so? Das hat man uns doch gesagt. Oder stehen Sie in Kontakt mit Brasilien? Ich hab' schon davon gehört; anfangs war ich etwas skeptisch, aber David sagte mir, sie wären so süß, mit dunklen Haaren und dunklen Augen wie wir – und seitdem macht es mir gar nichts mehr aus.«

»Vielleicht sollten wir doch auf Ihren Mann warten, Mrs. Hillman«, schlug George vor. Sie war nicht sicher, ob sie nicht einen wichtigen Informationsfluß abschnitt, aber sie wußte nicht, wie sie sich dieser seltsamen Frau gegenüber verhalten sollte. Mrs. Hillman wirkte tatsächlich etwas verwirrt; Schweißperlen traten nun auf ihre Stirn und Oberlippe, obwohl das Wohnzimmer nur mäßig geheizt war. »Es ist doch einfacher, wenn man nicht alles zweimal erklären muß, finden Sie nicht auch?«

»Oh, ja, genau das hat David auch gemeint, aber Sie wissen ja, wie das ist ... Möchten Sie vielleicht einen Kaffee? Diese Törtchen schmecken auch lecker, ich hab' sie gestern gebacken. Ich liebe Küchenarbeit, auch wenn Olive ärgerlich wird, weil ich ihr ständig im Weg bin, aber sie begreift auch, daß es schwer ist, etwas zu tun, wenn man – wenn man nicht viel – oh, Gott!« Ihre Augen füllten sich mit Tränen, und sie rieb sich mit beiden Händen übers Gesicht, wobei sie den Lidschatten ein wenig verwischte. Sie sah schrecklich unglücklich und sehr verletzlich aus, und einen Moment lang fühlte sich George versucht, sie tröstend in die Arme zu nehmen.

Als ein Schlüssel ins Türschloß gesteckt wurde, atmeten beide auf. George entspannte sich, während die Frau aufsprang, um den Ankömmling zu begrüßen, und beschloß, sich von deren Hektik nicht anstecken zu lassen. Das würde nicht leicht sein, denn sie hatte außerhalb des Krankenhauses noch nie einen Menschen in einem vergleichbaren Zustand erlebt.

Die beiden kamen herein; Mrs. Hillman hielt sich schutzsuchend am Arm ihres Mannes fest. An ihm war alles rund: Gesicht, Augen, Figur, sogar die Brille. Er hatte erstaunlich schwarzes Haar und strahlte Sauberkeit und Beherrschung und das Wissen um seinen eigenen Wert aus.

»Wenn ich meine Frau recht verstehe, sind Sie Ärztin?« fragte er beim Händeschütteln. »Sind Sie jemand vom – ich meine, woher kommen Sie?«

»Ich bin Dr. Barnabas«, antwortete George. »Vom Old East Hospital. In Shadwell.«

Es wurde so still, daß sogar die Verkehrsgeräusche gedämpft ins Zimmer drangen. Mr. Hillman stand stocksteif da und starrte George an, noch immer hielt er die Hand seiner Frau; diese wurde blaß, als Georges Blick sie streifte.

»Old East«, sagte David Hillman mit unsicherer Stimme. »In Shadwell. Ich weiß nicht, ob mir das bekannt ist.«

»Oh, ganz bestimmt sogar!« entgegnete George. »Sie können dieses Krankenhaus doch nicht so schnell vergessen haben, Mr. Oberlander.«

Die Frau warf den Kopf in den Nacken und stieß einen schrecklichen Laut aus; es war ein tiefer Mißton der Verzweiflung. Instinktiv machte George eine Bewegung auf die Frau zu, wollte ihr irgendwie helfen; während der Mann sie an beiden Armen faßte und zum Sofa schleifte. In diesem Moment tauchte die Frau im Overall in der Türschwelle auf. Selbst jetzt strahlte sie Gleichgültigkeit aus.

»Ist schon gut, Darling, bitte, es ist gut«, murmelte Hillman und hob die Beine seiner Frau auf das Sofa. »Sylvia, Liebes, bitte! Es bringt doch nichts. Bitte, Darling, Sylvie, Liebes, bitte wein doch nicht so!«

Doch die magere Frau war nicht zu beruhigen; Hillman tupfte ihr die überquellenden Augen ab.

Nach einer Weile, als die Frau offenbar zu erschöpft war, um noch weinen zu können, wurden die erstickten Schuchzer endlich leiser.

»Kümmern Sie sich um sie, Olive«, sagte David Hillman kurz darauf. »Ich muß mit – mit dieser Ärztin sprechen. Bleiben Sie bei Sylvie. Es dauert nicht lange.«

Er erhob sich und schaute George an. Das Licht der Lampe, die Olive hinter dem Sofa angeknipst hatte, spiegelte sich in seinen Brillengläsern und ließ die Iris dahinter verschwinden, so daß er fremd und unheimlich wirkte. Was war das nur für ein Haus? Wollte dieser Mann ihr etwas antun?

Sekundenlang war George starr vor Angst, doch ihr gesunder Menschenverstand sagte ihr, daß David Hillman, etwas kleiner als sie selbst, und aufgrund seiner Statur gewiß nicht besonders schnell sein konnte. Eine körperliche Bedrohung bestand nicht, beruhigte sie sich und brachte daher ein höfliches Nicken zustande, als er sagte: »Darf ich Sie bitten, mich in mein Arbeitszimmer zu begleiten? Dort können wir in Ruhe reden.« Bevor sie durch eine Tür auf der anderen Seite des Raumes trat, drehte sich George noch einmal um.

Olive kniete neben dem Sofa und strich Sylvia Hillman sanft über die Stirn, sah aber verdrießlich und ein bißchen verärgert aus. Plötzlich blickte sie auf, schaute George direkt in die Augen und zog die Brauen hoch, als wolle sie sagen »Leute gibt's!« Die Botschaft war vertraulich, nur für George bestimmt. Wie seltsam, dachte George und folgte dem rundlichen Mann in sein Zimmer.

Er ließ sich hinter seinem Schreibtisch nieder – er verschanzte sich regelrecht. George spürte, daß er vor ihr ebensoviel Angst hatte wie sie vor ihm, wodurch ihre eigene endgültig besiegt war. Sie lächelte ihm freundlich zu, nachdem er ihr einen Stuhl angeboten hatte, setzte sich und war sogleich entspannt.

»Was für ein schönes Zimmer«, sagte sie höflich, »Leder ist ja so anheimelnd, nicht wahr?« Der Raum war damit vollgestopft: hochlehnige Sessel, ein Sofa, die Schreibauflage, die Griffe der Brieföffner und der Federhalter – kurzum, George meinte, sich in einem Schaufenster in der Tottenham Court Road umzusehen.

Hillman ignorierte ihre Feststellung. »Was ist der Grund Ihres Besuches?« wollte er wissen.

»Das habe ich Ihrer Frau bereits gesagt. Ist Ihnen nicht bekannt, daß sie mich angerufen hat? Es ging um die Anzeige, die ich in die Zeitung gesetzt habe. Über Babys zur Adoption.«

Er zögerte einen Moment, dann schien er sich aufzuraffen. »Warum haben Sie mich – wie haben Sie mich eben genannt? Ist es, weil ... Na schön, warum also?«

»Ach, nun tun Sie doch nicht so! Sie wissen ganz genau, daß ich Sie Oberlander genannt habe. Und Ihrer Frau war der Name auch geläufig, habe ich recht? Es tut mir leid, wenn ich sie derart aufgeregt habe. Das war nicht meine Intention, glauben Sie mir. Aber ich muß herausfinden, was passiert ist. Der Tod des Babys war –«

»*Was*?« Er war nun so starr, als sei er aus Holz geschnitzt. George fixierte ihn mit erhobenen Brauen, und versuchte, jede seiner noch so kleinen Regungen einzuschätzen. Doch sein rundes Gesicht verbarg seine Emotionen gut, zeigte nichts außer einer Art Verblüffung.

»Der Tod des Babys«, wiederholte sie. »Wir – die Polizei und ich – haben in dem Fall ermittelt. Ich bin Pathologin am Old East, Mr. Oberlander – Hillman. Wer Sie auch sind. Ich habe die Autopsie durchgeführt und ...«

Nun hatten sich seine Züge schmerzlich verzogen, Tränen waren ihm in die Augen gestiegen. George sah entsetzt zu, wie sie an seinen weichen Wangen herabliefen. Hinter sich im Wohnzimmer hörte sie nach wie vor das Schluchzen seiner Frau. Was um alles in der Welt hatte man diesen beiden Menschen angetan, daß sie dermaßen die Beherrschung verloren?

32

Der Himmel vor den Fenstern zur Sloane Street wandelte sich von Grau zu Dunkelgrau, dann zu einem tiefen Indigoblau, das sich schließlich in Schwärze auflöste und Olive dazu bewegte, ein paar Lampen mehr anzuschalten, nachdem sie frischen Kaffee gebracht hatte. Sylvia schluchzte nach wie vor leise vor sich hin – ihr schmaler Körper schien einen unerschöpflichen Tränenvorrat bereitzuhalten.

David saß neben ihr auf dem Sofa und hielt ihre Hand. George lauschte ihrer Geschichte und fühlte, wie ihr Bauch sich vor Mitleid anspannte. Menschen sollten nicht so besessen sein, so *hungrig*, dachte George voller Mitgefühl. Sie versuchte, sich an die Stelle der Hillmans zu versetzen, ihr dringendes Bedürfnis nachzuvollziehen, doch sie schaffte es nicht, obschon auch George im Laufe der letzten Jahre oft gedacht hatte, daß die Zeit verstrich und ihre Chance, Kinder zu haben, immer kleiner wurde. Sie hielt den Wunsch nach Kindern für durchaus normal – aber sich geradezu nach ihnen zu verzehren, sie als einzigen Lebensinhalt zu betrachten, wie diese beiden es seit Jahren taten, vermochte sie nicht zu begreifen. Er war zu einer Art Obsession geworden, zu einer krankhaften Besessenheit. Und irgend jemand hatte damit eine Menge Geld verdient. George verspürte auch eine gehörige Portion Wut, während sie einem schmerzlichen Satz nach dem anderen lauschte.

»Wir hatten uns alles so einfach vorgestellt. Na ja, das tut man ja immer, nicht wahr?« David Hillman blickte seine Frau an. »Zwei Jahrzehnte sind es nun. Man kann es kaum glauben, was? Ich war fünfundzwanzig und meine kleine Sylvie zwanzig, als wir heirateten. In den ersten zwei oder drei Jahren waren wir auch gar nicht daran interessiert. Wir nahmen sogar etwas, damit wir nicht – weißt du noch, Sylv?«

Sie hob das Kinn und schaute ihn an. Die Tränen liefen ihr übers Gesicht, während sie sich um ein Lächeln bemühte; es war ein herzzerreißender Anblick, und George wandte sich schnell wieder David zu.

»Aber dann wurde es besser. Ich verdiente 'n paar Pfund, wir zogen in dieses Haus, und plötzlich war alles, wie es sein sollte: der Park und viel Platz, frische Luft – und wir wollten auch eine richtige Familie sein. Wenn wir erstmal drei Kinder haben, ziehen wir in ein großes Haus auf dem Land ...«

Seine Stimme versagte, und er sah auf die Hand seiner Frau, die er zärtlich in seiner hielt. Dann tätschelte er sie und fuhr fort. Es war nicht einfach für ihn.

»Wir haben so viele Spezialisten zu Rate gezogen – alles Spitzenleute. Hier und in Amerika. Wir haben alles versucht. Ich kann Ihnen nicht sagen, wieviel wir dafür ausgegeben haben. Wir haben alles versucht. Keiner konnte herausfinden, was mit uns nicht stimmte. Sie sagten, an mir liege es nicht, an Sylvie auch nicht, aber trotzdem wurde sie einfach nicht schwanger.«

»Wenn ich wenigstens mal eine Fehlgeburt gehabt

hätte, dann wäre es nicht ganz so schlimm gewesen!« warf Sylvia so unerwartet ein, daß George erschrokken zusammenfuhr. »Ich meine, das hätte doch bewiesen, daß es möglich war, meinen Sie nicht auch? Aber nicht einmal das war mir vergönnt«, fügte sie tränenerstickt hinzu.

»Anfangs haben wir ja nicht mal an Adoption gedacht. Wir wollten unsere eigenen Kinder, Nachkommen, die uns ähnlich sehen. Wir haben Fotos von unseren Großeltern, ja sogar von unseren Urgroßeltern, und es ist schon toll, gewisse Merkmale wiederzuerkennen, und wir glaubten ... Aber nach einer Weile war das nicht mehr so wichtig. Wir wollten nur ein eigenes Baby, für das wir sorgen konnten ...«

»Wir haben's mit Spendern versucht«, fuhr Sylvia mit belegter Stimme fort. »David hielt nicht besonders viel davon, aber er war bereit, um meinetwillen –« Sie hielt unvermittelt inne, schüttelte den Kopf und begann erneut zu weinen.

»Mittlerweilewar mir alles egal. Und wenn sie mir gesagt hätten, schneid dir den Finger ab, wir lassen daraus ein Baby wachsen – ich hätt's getan.« David klang nur noch erschöpft – als erlebe er ein zweites Mal die langen schweren Jahre. »Aber auch das hat letztendlich nicht geklappt. Sie sagten uns, sie könnten uns nicht helfen, wir sollten es lieber ganz vergessen und uns mit Neffen und Nichten und Patenkindern zufriedengeben.« Plötzlich wurde er rot und setzte sich kerzengerade auf. »Diese Mistkerle wußten es ja so viel besser als wir! Als hätte uns das irgend etwas genützt! Wenn man Kinder im eigenen Heim will – und nicht die eines anderen für einen Nachmittag ausleihen! Diese verdammten Klugscheißer!«

Beide schwiegen eine Weile – George ebenso; sie würde keinen Druck mehr ausüben.

Sylvia brach das Schweigen. »Dann traf ich diese Frau auf einer Wohltätigkeitsveranstaltung. Sie berichtete mir von einer Frau, die ein Kind aus Rumänien adoptiert hatte. Da wurden keine Fragen gestellt, und es sei ein wunderschönes Kind, sagte sie. Also hab' ich mir die Geschichte mal etwas genauer angehört – und erst mal für mich behalten.«

»Wir hatten eine Reise unternommen – eine, die wir uns gönnen wollten, wenn unsere Kinder einmal erwachsen wären«, fuhr David fort. »Eine Weltreise, verstehen Sie? Sind in den besten Hotels abgestiegen, haben eine Unmenge gesehen. Vier Wochen waren wir unterwegs, aber für Sylvie hat sich nichts geändert, das wußte ich. Wir sagten uns zwar immer wieder, daß wir von jetzt an für uns leben und nicht mehr an Kinder denken wollten, aber ich mir war klar, daß sie sich nicht damit abfinden konnte.«

»Er ist wunderbar, nicht wahr?« meinte Sylvia und blickte George um Bestätigung heischend an. »Ist er nicht der beste Ehemann, den eine Frau haben kann?«

»Ja«, antwortete George und lächelte. Es war ehrlich gemeint.

»Als ich von der Möglichkeit erfuhr, ein Baby aus Rumänien zu bekommen, gab ich natürlich meine Zustimmung, obwohl Sylvie meinte, es werde teuer.«

»Ich habe mir Gewissensbisse gemacht«, erklärte Sylvia. »Hinterher. Dieses – sein Geschäft läuft in letzter Zeit nicht besonders gut. Er erzählt es mir zwar nicht, aber ich weiß es.«

Erneut wurde David rot. »Ich habe dich nie mit geschäftlichen Dingen belastet«, sagte er rauh. »Und das werde ich auch in Zukunft nicht tun. Wenn du Geld ausgeben willst, dann gib es aus – es ist deines so gut wie meines.«

»Ich weiß«, erwiderte Sylvia. »Wenn du genug davon hast. Aber wir sind knapper bei Kasse als früher, das kannst du nicht leugnen, und jetzt brauchte ich auf einen Schlag zwanzigtausend Pfund, um –«

»Zwanzig – was?« George meinte sich verhört zu haben.

»So viel erschien mir das gar nicht. Ich dachte ... nun, um nach so vielen Jahren unser eigenes Kind zu haben, wären tausend pro Jahr nicht zuviel ... und außerdem glaubte ich, damit seien die Forderungen erledigt. Waren sie aber nicht, wie denn auch?«

»Was ist passiert?« wagte George zu fragen, denn nun schwiegen beide und starrten zu Boden, verloren in ihren Erinnerungen.

»Hmmm?« David riß sich zusammen. »Ach ja. Nun, es nahm einfach kein Ende. Die Frau rief ständig an und vertröstete uns auf die nächste Woche, immer wieder. Ich dachte – um die Wahrheit zu gestehen – man hätte uns reingelegt, aber was sollten wir machen? Der Scheck war eingelöst. Es war ein Überbringerscheck, deshalb konnte ich den Adressat nicht rausfinden. Ich konnte überhaupt nichts tun.«

Plötzlich schien er sich selbst zur Ordnung zu rufen; ihm wurde bewußt, wieviel Information er preisgab, und er schaute George forschend an, die runden Augen hinter den Brillengläsern wie Eiskristalle. »Hören Sie – wir erzählen Ihnen das alles, aber wer sagt uns, daß Sie nicht derselben Organisation angehören? Daß Sie auch nichts wissen und jetzt irgendeinen Trick planen? Wir haben ja nur Ihr Wort.«

»Ich habe Ihnen doch den Brief gezeigt, den Sie mir schrieben«, erklärte George. »Und meine Kreditkarten – und andere Papiere. Mehr Identitätsnachweise habe ich leider nicht bei mir. Bitte glauben Sie mir doch. Ich bin nur als Polizeipathologin an der Sache interessiert. Bitte fahren Sie fort. Dann können wir vielleicht – nun ja, vielleicht diese gräßlichen Leute aufspüren und mit ihnen verhandeln. Vielleicht bekommen Sie sogar etwas Geld zurück. Obwohl ich das natürlich nicht versprechen kann«, fügte sie hastig hinzu. Im gleichen Moment fielen ihr Gus' Ermahnungen wegen unhaltbarer Versprechen ein.

»Geld zurück?« fragte David. Dann lachte er, es klang wie ein freudloses Bellen. »Das möcht' ich mal erleben.«

Erneut entstand eine Pause. Dann fragte George sanft, aber nachdrücklich: »Und was geschah dann?«

David schaute sie an, nach wie vor mißtrauisch, hatte aber offensichtlich einen Entschluß gefaßt. Er hob beide Hände in einer hilflosen Geste. »Dann rief sie eines Tages an und sagte, es sei da.«

Sylvia richtete sich auf. Sie hatte David ihre Hand entzogen und preßte sie gegen ihre Wange, während sie George anstarrte.

»Hier?« fragte George.

»In London«, erklärte Sylvia. »Und es war schon so spät! Es muß ungefähr halb zehn gewesen sein. David war noch im Büro.«

»Wir steckten bis zum Hals in einem MBO«, sagte David, als sei damit alles erklärt.

»Einem was?« George verstand nichts mehr.

»Einem Management Buy-Out, einer Verschlankung der Geschäftsführung. Hat auch gut geklappt.

Wir sind jetzt besser dran, auch wenn wir noch nicht wieder flüssig sind. Aber die Sache war es wert, denn jetzt steht die Firma wieder sicher da, wofür man in diesen Zeiten schon dankbar sein muß. Aber es waren ein paar schwere Tage, das können Sie mir glauben.« Er schüttelte den Kopf. »Ein paar schwere Tage. Ich befürchtete schon, ich krieg' es nie mehr hin.«

»Und ich konnte ihn doch nicht bei der Arbeit stören. Er hatte es gesagt, und ich wußte ja, wann es wirklich wichtig war, und Olive hatte sich schon auf den Heimweg gemacht; deshalb nahm ich« – sie blühte geradezu auf, als sie sich der Aufregung entsann – »nahm ich meinen Mantel und rief mir ein Taxi. Ich konnte es kaum erwarten, dachte immer nur, wie wird es wohl aussehen? Ich wußte ja noch nicht einmal, ob es ein Junge oder ein Mädchen sein würde! Ich glaube nicht, daß mir eine Fahrt jemals so lange vorgekommen ist. Es war gar nicht so viel Verkehr, aber trotzdem ...« Sie schüttelte den Kopf, in ihre Erinnerungen verloren. »Ich hab' dem Fahrer einen Fünfer als Trinkgeld gegeben – aus lauter Freude, daß wir endlich da waren. Er muß mich für verrückt gehalten haben. Ich rannte also rein in die riesige Halle und konnte sie zuerst natürlich nicht finden ...«

»Was finden?« fragte George – behutsam, weil sie den Bann nicht brechen wollte, in dem die Frau gefangen schien: Mit weit aufgerissenen Augen verfolgte sie ihre Schritte in der Vergangenheit.

»Die richtige Damentoilette!« antwortete Sylvia ungeduldig. »Sie sagte ›Auf der Damentoilette‹, aber dort gibt es ja so viele! Woher sollte ich wissen, welche die richtige war? Aber schließlich hab' ich doch die richtige gefunden – und da wartete sie schon auf mich.«

»Wo?« fragte George noch einmal. Sie wollte die Geschichte nicht unterbrechen, brauchte aber genauere Einzelheiten. »In irgendeinem Gebäude?«

»Auf der Damentoilette!« beharrte Sylvia und warf George einen gereizten Blick zu. »Auf der – ach so! Jetzt verstehe ich, was Sie meinen. In Heathrow. Auf dem Flughafen.«

»Aha!« Nun war George alles klar. Natürlich – der Flughafen. Sie hatte recht gehabt: Es handelte sich um Adoptionsbetrug, und die Babys wurden illegal ins Land gebracht. Aus Rumänien? Das hatte man Sylvia zumindest erzählt. Aber wer konnte das beweisen? Doch die Geschichte mit dem Schmuggel stimmte – und dies war der Beweis, den Gus haben wollte. George hätte sich zu ihrer Scharfsinnigkeit gratulieren mögen, aber irgendwie schaffte sie es, ihre Aufregung zu bezähmen.

»Und was geschah dann?« fragte sie so ruhig sie konnte.

»Sie brauchte mehr Geld. Ich sollte es in einen Umschlag stecken – das hatte sie mir am Telefon gesagt. Also öffnete ich den Safe.«

David sah George verstohlen von der Seite an. »In der Regel verwahre ich ein wenig Bargeld im Haus«, murmelte er.

»Ich hab' gemacht, was sie am Telefon verlangt hatte, mußte der Frau auf der Toilette also nur noch den Umschlag aushändigen, und sie streckte mir dieses Bündel hin, und ich nahm es und schaute ...« Nun zitterte Sylvia, sie hatte die Augen weit aufgerissen, ihre Pupillen waren riesengroß. »Ich schaute es an, und es war so – ich wußte noch nicht, daß es ein Junge war. Ich setzte mich einfach aufs Klo und wickelte ihn aus – er hatte so gräßliche Lumpen an, einfach furchtbar – und schaute ihn an und dachte: David wird sich freuen, es ist ein Junge.«

Nun begann ihr Gesicht zu zucken. »Er war allerdings so furchtbar dünn, und er sah irgendwie nicht gesund aus und – so *dünn*. Er weinte nicht und schrie auch nicht, er lag einfach nur da, mit halboffenen Augen. Also wickelte ich ihn ein und brachte ihn im Taxi nach Hause, und als David es am nächsten Tag erfuhr, war alles gut.« Sie warf ihm einen Blick zu, der vor Dankbarkeit überfloß. »Es fand es sogar in Ordnung, daß ich ihr noch mehr Geld gegeben hatte ... und dann fuhren wir zu Harrods und kauften die halbe Babyabteilung. Ach, es war der schönste Tag in meinem Leben! Und wir umsorgten ihn, und ich gab ihm die Flasche, obwohl es immer ewig dauerte, denn er konnte kaum trinken. Aber ich dachte, das käme daher, weil man ihn gestillt hatte und er die Flasche nicht gewöhnt war –«

»Woher wußten Sie das?« warf George ein, und Sylvia starrte sie an, jäh aus ihrer Erinnerung gerissen.

»Wie? Ach, die Frau auf der Damentoilette hatte es mir gesagt. Er sei acht Monate alt und immer gestillt worden – und ich solle ihm adaptierte Nahrung geben, keine Kuhmilch.«

»War sie also keine Engländerin?«

»Was? O doch, ich meine, sie redete wie – natürlich war sie Engländerin.«

»Wie sah sie aus?«

Sylvia zog die Stirn kraus. »Ich weiß es nicht genau. Gewöhnlich, nicht besonders groß – und auch nicht dick. Einfach gewöhnlich.«

»Welche Farbe hatten ihre Augen? Ihre Haare?«

Sylvia schüttelte nur den Kopf. »Die hab' ich nicht gesehen – sie trug eine Wollkappe«, antwortete sie. »Und eine Brille. Also, sie war getönt, wissen Sie? Die obere Hälfte dunkler.« Sie zuckte mit den Schultern. »Warum sollte ich sie mir überhaupt genau anschauen, sie interessierte mich doch gar nicht. Nur das Baby, verstehn Sie? Ich hatte nur Augen für das Baby.«

»Ja«, sagte George. »Ich verstehe. Was geschah dann?«

»Also, wir haben alles versucht. Ich liebte ihn so sehr! Von Anfang an. Es heißt ja, daß man sich sofort in die Kleinen verliebt, und genau das ist mir passiert! Aber er war so dünn und still und so ... Er weinte nach wie vor so gut wie nie – wenn, dann war es so süß. Wie das Miauen eines Kätzchens.« Sie lächelte zärtlich in der Erinnerung daran, und George spürte, wie ein kalter Schauer über ihren Rücken lief: Babys, deren Weinen wie das Miauen kleiner Katzen klang, ging es gar nicht gut. Diese arme Frau hatte ein schwerkrankes Kind gepflegt und war sich dessen noch nicht einmal bewußt gewesen.

»Ich hab' ihn Theodore genannt«, fuhr Sylvia unerwartet fort. »Das Geschenk Gottes – Theodore.«

»Teddy«, sagte George.

Erneut lächelte Sylvia zärtlich. Ihre Tränen waren versiegt und hatten nur Flecken auf den Wangen zurückgelassen. Offenbar erleichterte es sie, über das Baby reden zu können. »So hat David ihn genannt – unseren kleinen Teddy.«

»Es ging ihm nicht gut. Ich sah das und machte mir Sorgen. Ich sagte Sylvia, wir sollten ihn zum Arzt bringen, aber sie wollte nicht.«

»Es war zu früh«, sagte Sylvia, plötzlich aufgebracht. »Zu früh, verstehst du das nicht? Ich befürchtete, sie könnten nachfragen, woher wir ihn hatten – also, ich war einfach ängstlich. Wir sollten noch ein paar Wochen warten, fand ich, und dann einen guten Arzt suchen und alle erforderlichen Untersuchungen machen lassen – aber ich hatte Angst, man würde ihn uns wegnehmen, wenn rauskam, was wir getan hatten. Es ist ja wohl gegen das Gesetz, ein Baby zu kaufen, nicht wahr? Und wir haben dreißigtausend für ihn bezahlt.« Sie fing Georges Blick auf und schaute beschämt drein. »Ja – soviel hab' ich dann noch aus unserem Safe genommen. Aber das war es doch wert, nicht wahr, David?« Flehend sah sie zu ihm auf.

Er tätschelte ihre Hand, schaute sie aber nicht an. »Ich wurde immer nervöser. Ich dachte, sie merkt einfach nicht, in welchem Zustand er ist. Ich muß ihn unbedingt zum Arzt bringen. Zum Glück meldete sich die Frau dann wieder.«

George fuhr auf. »Welche Frau?«

»Die die ganze Sache managt – die uns ständig angerufen hatte. – Ihre Telefonnummer durfte keiner haben, es war eine äußerst zwielichtige Angelegenheit. Nachdem wir das Baby bekommen hatten, befürchtete ich schon, sie riefe nie wieder an, und war reichlich beunruhigt, das kann ich Ihnen versichern! Ich wußte nicht, wie ich unsere Lage einschätzen sollte – wir hatten weder seine Geburtsurkunde noch sonstige Papiere. So ein fürchterliches Durcheinander! Sylvia war glücklich, mehr als je zuvor, aber ich kam fast um vor Sorge.« Erneut tätschelte er Sylvias Hand, denn sie weinte wieder, aber er sah sie nicht an. »Ich schrieb ihr – dieser Frau – einen Brief, und ich bat Sylvias Freundin, die ihr seinerzeit unseren Namen gegeben hatte, ihn zu überbringen, aber ich konnte ja nicht sicher sein, daß sie ihn auch wirklich bekam.«

»Aber dann rief die Frau doch wieder an«, drängte George sanft, denn er schien abermals in Gedanken versunken.

»Hmmm?« Er blinzelte. »Ja. Ich teilte ihr mit, daß ich mit ihm zum Arzt gehen würde, aber sie meinte, das dürfe ich auf keinen Fall tun, man werde ihn uns wegnehmen. Ich sagte, aber er ist doch krank, er sieht schlecht aus. Er gedeihe bloß nicht richtig, gab sie mir zu verstehen, und wir sollten ihn ins Krankenhaus bringen. Ins Old East, riet sie uns. Beschrieb mir sogar den Weg. Ich wußte nicht, daß es sich um das Royal Eastern handelte, bis wir dort eintrafen. Jedenfalls sollten wir uns auf der Station von Dr. Kydd melden und einen falschen Namen und eine falsche Adresse angeben, damit man uns Teddy nicht wegnimmt. Das taten wir auch, und diese Ärztin – eine Rothaarige – und sehr jung –«

»Ja«, sagte George. »Sie ist eine sehr gute Ärztin.«

»Ach ja? Nun, mir erschien sie nicht besonders kompetent, das kann ich Ihnen sagen. Selbstverständlich hatte ich nach Dr. Kydd verlangt, aber die junge Ärztin erklärte, Dr. Kydd sei nicht da und sie habe die Verantwortung. Ich war so froh, daß Teddy nun endlich zum Arzt kam, daß ich mir sagte, besser sie als keiner, und dann – dann –«

»Ja?« fragte George ganz leise.

»Dann sagte sie, wir müßten ihn dalassen, er sei sehr krank und müsse gründlich durchgecheckt werden. Ich wollte es nicht, aber dann dachte ich, nun ja, wenn es wirklich so schlimm um ihn steht –

und außerdem hatte uns die Frau das Old East ja empfohlen, also ...« Wieder tätschelte er seiner Frau die Hand. »Sylvia war entsetzt, aber die Ärztin bestand darauf, daß sie ihn für ein paar Untersuchungen im Krankenhaus behalten müsse. Also stimmten wir zu. Aber in den nächsten Stunden konnte ich es einfach nicht ertragen«, gab er unumwunden zu. »Sylvia wurde fast verrückt. Ich mußte mit ihr zurückfahren. Und diesmal war ein anderer Arzt da, ein Inder, und der sagte auch, daß wir Teddy dalassen müßten, aber ich konnte es einfach nicht.« Traurig schüttelte er den Kopf. »Tja, da haben wir ihn eben mitgenommen.«

»Ich redete mir ein: Er wird schon wieder gesund, ich schere mich nicht darum, was die sagen. Was wissen die denn schon, diese blutjungen Ärzte?« Sylvia klang sehr aufgebracht. »Ich wußte, ich konnte Teddy gesund pflegen. Das wäre mir bestimmt gelungen, wenn sie mich nur gelassen hätten.« Erneut begann sie zu weinen.

»Und was geschah dann?« George fühlte, wie banal sich ihre stereotype Frage anhörte, doch David merkte es offensichtlich gar nicht.

»Wir brachten ihn heim.« Unruhig rutschte er auf dem Sofa herum. Zweifellos wurde die Erinnerung nun auch für ihn schmerzlicher. »Und die Frau rief wieder an. Fragte, warum wir ihn mitgenommen hätten, und ich sagte ihr – empört, wie Sie sich denken können –, ich sagte ihr, daß ich mit den beiden jungen Ärzten nicht zufrieden gewesen sei und Teddy so schnell wie möglich einem Spezialisten vorstellen würde – auch auf die Gefahr hin, unangenehme Fragen beantworten zu müssen. Daraufhin erbot sie sich, uns zu helfen.«

George sah ihn entgeistert an. »Sie hat *was* gemacht?«

»Ich konnte es auch kaum fassen«, meinte David grimmig. »Und trotzdem wurde mir ein bißchen wohler zumute. Sie nannte mir eine Adresse in – Sekunde.« Er zog einen Zettel aus seiner Brieftasche. »Hier – in der Harley Street. Sie wollte dort warten und einen Arzt mit uns aufsuchen. Also fuhren wir in die Harly Street und – und –«

»Ja?« fragte George behutsam. »Und?« drängte sie den Mann, der vor den eigenen Worten zurückzuschrecken schien

»Es war eine Art Klinik. Kein Privathaus wie die meisten dieser Praxen auf der Harley Street. Wir trafen uns im Korridor, und sie versprach, Teddy zu dem Spezialisten zu bringen. Sie habe die Geburtsurkunde und alle erforderlichen Papiere, versicherte sie uns, und würde sie uns später geben, wir sollten nur dort auf sie warten. Sie sagte, der Doktor würde mißtrauisch, wenn er uns sehe, aber ihre Agentur kenne er. Wir waren einverstanden. Irgendwie machte ihre Erklärung Sinn. Sie ging mit Teddy die Treppe hinauf. Und kam nie mehr herunter.«

Sylvia wiegte sich nun weinend hin und her. George streckte den Arm aus und berührte sanft ihre Hand. Sie war heiß und trocken.

»Sie kam nicht wieder?«

David nickte. »Eine halbe Stunde später ging ich ihr nach und schaute mich in dem Gebäude um. Babyspezialisten gab es keinen – nur diese Alternativ-Ärzte, Akupunkteure und so was. Einen zweiten Ausgang habe ich entdeckt, aber der nutzte uns auch nichts mehr!«

»Und was taten Sie dann?« drängte ihn George erneut, und plötzlich wurde David wütend.

»Was ich dann tat? Zum Teufel man hatte uns reingelegt, verraten und verkauft – ich konnte überhaupt nichts *tun!* Wir wußten nur, dieses Baby war bei uns, wir hatten es versorgt und geliebt – und nun war es verschwunden.«

Er schlug die Hände vors Gesicht und fing erneut an zu weinen. Seite an Seite saßen sie da, wie zwei Puppen in einer Schweizer Spieluhr. Sie wirkten lächerlich, dennoch begannen Georges Augen vor Mitleid zu brennen.

»Und dann tauchen Sie hier auf und sagen uns, daß er tot ist. Als ich Ihre Anzeige las, dachte ich: Vielleicht sind es ja die gleichen Leute, und ich kann Teddy wiederbekommen. Ich will ein Baby!« Sylvia schrie es fast. Sie war wie erstarrt, auf ihren Wangen brannten rote Flecken. »Ich las Ihre Anzeige und meldete mich; hoffte, Sie würden mir eine zweite Chance geben. Ich tat, als sei ich David und glaubte, noch mal von vorn anfangen zu können, und als ich ihm sagte, was ich getan hatte, war er so – so *gütig*. Und dann kommen Sie, und ich denke, vielleicht wird es diesmal gut – doch dann sagen Sie uns, daß er tot ist ... Das ist so grausam. Wie kann das Leben nur so grausam sein? Was habe ich getan, um so bestraft zu werden?«

»Oh, Sylvia!« sagte David Hillman. Er drehte sich zu ihr hin und nahm sie in die Arme. »Du kannst doch nichts dafür – das sag' ich dir doch immer wieder.« Er blickte über Sylvias Kopf hinweg George an. »Wenn ich erkannt hätte, wie krank er war, hätte ich ihn sofort zu einem Arzt gebracht. Der Gedanke, ihm eine Behandlung vorenthalten zu haben, bloß weil ich befürchtete, erwischt zu werden, ist unerträglich – und ich werde mir das nie verzeihen!«

George sprach, ohne zu überlegen. Sie wollte nur noch helfen, sie wollte ihm die unerträglichen Selbstvorwürfe nehmen. Er hatte ein Recht zu erfahren, wie das Kind gestorben war. So erzählte sie, was sie wußte – und erst, als sie sein schmerzverzerrtes Gesicht sah, begriff sie, daß sie es nur noch schlimmer gemacht hatte.

»Aber es war doch nicht Ihre Schuld! Er wurde ermordet, verstehen Sie? Erstickt. Von jemandem, den wir noch nicht finden konnten. Es war nicht Ihre Schuld ...«

33

Unter diesen Umständen sei dir verziehen«, sagte Gus. Sie saßen in Georges Büro, wo sie ihn nach ihrer Rückkehr aus der Sloane Street vorgefunden hatte – atemlos und unheimlich erleichtert, alles sogleich von der Seele reden zu können, daß sie sich gar nicht gefragt hatte, warum er hier aufgetaucht war.

»Zu gütig«, sagte sie säuerlich. »Ist das der Dank dafür, daß ich soviel rausgefunden hab'?«

»Wir waren uns einig gewesen, daß du nicht –«

»Wie oft muß ich es dir denn noch erklären! Hätte ich dich irgendwo erwischt, wäre ich nicht allein losgezogen, aber auf dem Revier hieß es, du seist in Sachen Raubmord unterwegs und – übrigens, was machst du eigentlich hier?«

»Pause«, erwiderte er lakonisch. »Die Beute ist aus meinem Zuständigkeitsbereich verschwunden – jetzt sind Kollegen aus 'nem anderen Revier am Zug. Ich bin draußen. Aber wenn ich deswegen nicht abkömmlich war, als du anriefst, hättest du trotzdem Wort halten können. Schließlich bin ich nicht der einzige Beamte in London. Bloß weil ich mich um diese verdammte Chose kümmern mußte – drei Wagenladungen von dem besten Malzwhisky, der je in Schottland destilliert wurde, weg – vom Erdboden verschluckt, wie die Fee aus dem Märchenland. Meine Güte! – brauchtest du nicht mit gezogenem Säbel loszustürmen. Roop wäre bestimmt sofort eingesprungen.«

»Ach ja?« schoß George voller Sarkasmus zurück. »Und kannst du dir vorstellen, wie dein kostbarer Rupert den Leuten die Story aus der Nase zieht?« Sie verfiel in einen imitierten strengen und zugleich nasalen Tonfall: »Ich bin Detective Sergeant Dudley, und nun erzählen Sie mir bitte genau, was passiert ist. Und keine Ausflüchte!« Ihre Stimme wurde wieder normal. »Ich bitte dich, Gus! Er hätte sie zu Tode geängstigt und nichts von ihnen erfahren.«

Gus grinste sie breit und gewinnend an. »Na schön. Er wär' hineingewalzt wie 'n Nilpferd, das muß ich zugeben. OK. Hast du prima hingekriegt, Mädel. Echt Klasse!«

»Danke«, sagte sie, nun etwas verlegen. »Was wir jetzt also tun müssen, ist, diese Frau aufzuspüren. Die hinter der ganzen Sache steckt und das Geld entgegennahm.«

»Du hast nicht zufällig daran gedacht, dir den Namen von Sylvia Hillmans Freundin geben zu lassen? Der Frau, die den Kontakt zwischen beiden herstellte?«

George biß sich verärgert auf die Lippen. »Verdammt, wir haben darüber gesprochen, aber dann –«

»Hab ich's doch geahnt.« Gus war sichtlich guter Laune, es amüsierte ihn, sie bei einer Unterlassung ertappt zu haben. »Keine Sorge. Eine meiner Polizistinnen wird morgen bei den Hillmans vorbeischauen und die Aussagen schriftlich aufnehmen. Sie wird das erledigen. Das dauert nicht mehr lange.«

»Du denkst also, daß diese – Leute von der Agentur, oder was für eine Organisation das ist – das Baby auf dem Gewissen haben?«

»Wer sonst?«

»Und was ist mit Harry?«

»Das ist nach wie vor ein Rätsel. Aber auch darauf werden wir Antworten bekommen, glaube ich, wenn wir erst mal wissen, wer der Drahtzieher dieses Adoptionsschwindels ist. Ich schätze, daß Harry herausfand, was da ablief, und es den Betreffenden wissen ließ. Deshalb mußte er sterben.«

»Es muß also demnach von hier sein«, folgerte George. Es war eine Feststellung, keine Frage, und Gus verstand es auch als solche.

»Es muß jemand von hier sein. Ich sehe die Sache so – und sag mir, wenn du anderer Auffassung bist: Irgend jemand hier im Haus betreibt einen Handel mit Babys, die er aus dem Ausland einschmuggelt.«

»Ja, daran habe ich auch gedacht. Es gibt eine große –«

»Sei mal still«, forderte er sie liebenswürdig auf. »Ich will das erst mal auf die Reihe bringen, dann kannst du deinen Senf dazugeben, ja? Irgend jemand hier betreibt sein Schwindelgeschäft, Harry Rajabani deckt es auf, setzt ihn unter Druck und wird ermordet. Die Mörderin stellt fest, daß eines der Babys krank ist – es war schon bei der Ankunft krank, nicht wahr? – und findet, es sollte besser untersucht werden. Ihr ist klar: landet dieses Baby in einem Krankenhaus und wird AIDS diagnostiziert – womit sie rechnet –, muß sie Fragen beantworten, zum Beispiel nach der Herkunft des Kindes. Darauf legt sie begreiflicherweise keinen Wert. Man könnte ja herausfinden, daß das Kind aus einem Land stammt, in dem viele Kinder AIDS haben.«

»Aus Rumänien«, sagte George.

»Genau. OK, sie rechnet also damit, daß dieses

Kind AIDS hat – warum sie es dann trotzdem den Adoptiveltern übergeben hat, ist mir allerdings schleierhaft, aber damit können wir uns später befassen. Jedenfalls bemächtigt sie sich des Kindes, indem sie den Eltern verspricht, es zu einem guten Arzt zu bringen, tötet es und wiegt sich nun in Sicherheit.«

»Bleiben aber noch verdammt viele Unklarheiten, Gus. Erstens, wie du schon sagtest – warum übergibt sie das Kind, obwohl sie doch weiß, daß es krank ist? Wie schafft sie es, mit ihm einzureisen. Müssen Babys nicht im Paß ihrer Eltern vermerkt sein? Du kannst dir doch nicht einfach 'n Baby untern Arm klemmen und fröhlich durch ›Immigration‹ und die ganzen Paßkontrollen marschieren. Die Leute würden dich doch nicht durchlassen. Das ist die Schwachstelle dieser Geschichte; Selbst wenn sie von mir stammt. Aber es muß um Schmuggel gehen, warum sonst sollte die Übergabe ausgerechnet am Flughafen stattfinden?« Sie zog die Stirn kraus. »Aber das ist alles so – wie kann das funktionieren?«

»Nein, da hast du recht«, bestätigte Gus. »Sogar, wenn eine Frau im Ausland ihr Kind kriegt, muß sie auf der Rückreise Papiere vorweisen – die Geburtsurkunde beispielsweise. Ich kann mir nicht vorstellen, daß die Beamten von ›Immigration‹ Babys nach Lust und Laune ins Land lassen.« Er kritzelte etwas in sein Notizbuch und legte anschließend das Gummiband darum. »Ich spreche mal mit den zuständigen Leuten auf dem Flughafen. Das ist der einfachste Weg.«

»Ich weiß!« rief George, die plötzlich eine Idee hatte. »Die Frau, die diesen ganzen Schwindel managt, ist nicht identisch mit der, die mit den Babys hierher fliegt!«

»Wie?«

»Es sind verschiedene Frauen! Überleg doch mal, es müßte doch auffallen, wenn ein und dieselbe Frau immer wieder mit Babys in Heathrow eintrifft. Man würde sie wiedererkennen. Klar, dort herrscht ständig furchtbar viel Betrieb, aber so blind sind die Beamten auch wieder nicht!«

Gus stand auf. »Wir kommen offensichtlich nicht weiter, bevor ich nicht mit den Leuten auf dem Flugplatz gesprochen hab'. Nein, dazu brauch' ich dich nicht unbedingt. Heute abend ist es mir sowieso schon zu spät. Am besten, ich fahre morgen früh als erstes dorthin. Jetzt muß ich noch den restlichen Papierkram von dem Raub erledigen.«

»Ich wollte ja gar nicht mit!« verteidigte sich George. »Außerdem muß ich morgen früh auch arbeiten – eine Obduktion an einem Mann, den sie am Fluß gefunden haben. Wieder ein Obdachloser, fürchte ich, aber trotzdem muß sie gemacht werden. Gib mir so schnell wie möglich Bescheid, ja? Ich bin sehr –«

»Ich weiß.« Gus hielt an der Tür und blickte sie fragend an. »Du bist doch meiner Meinung, daß es jemand hier vom Old East sein muß?«

»Ich wüßte nicht, was dagegen spricht, wenn du verstehst, was ich meine. Es gibt eine ganze Menge Umstände, die auf eine Verbindung hinweisen. Nimm zum Beispiel das Theater auf der Entbindungsstation. Also für mich steht fest, daß jemand die Babys von dort entführt hat, um sie an Adoptiveltern zu verkaufen – aber *warum* riskiert jemand einen Riesenaufstand, wenn alles herauskommt? Und woher hatte er die Babys, die man in den Betten fand?«

»Das waren die, die er eingeschmuggelt hatte – sie

waren tot«, erklärte Gus. »Sie hatte einen Kunden, unsere mysteriöse Frau, aber nur tote Ware. Also tauschte sie sie gegen lebende.«

»Oh, Gott«, stammelte George leise. »Wie schrecklich!.«

»Ja.« Beide schwiegen eine Weile und versuchten, sich einen Menschen vorzustellen, der dazu fähig war. Schließlich begann Gus zu frösteln. »Gräßlich, wirklich! Hör mal, du hast morgen zu tun.«

»Sagte ich doch eben. 'ne Obduktion.«

»Danach, meine ich. Du hast doch mal gesagt, du könntest mit den Leuten auf der Entbindungsstation reden, erinnerst du dich? Dann schnüffle doch mal ein bißchen für mich rum. Du weißt schon – wer, was und wo.«

»Jungejunge«, machte George. »Bin ich jetzt echt bei den Bullen?«

»Als ob dir das nicht klar wäre.« Er schnippte gegen seinen unsichtbaren Hutrand. »Ich fahr' nach Heathrow. Zeig, was du kannst, ja? Morgen sprechen wir uns wieder.«

Während der Autopsie am nächsten Morgen, bei der es sich glücklicherweise um eine Routineangelegenheit handelte – George stellte schnell fest, daß der Mann an einem Schlaganfall gestorben war – dachte sie unaufhörlich über die Hillmans nach. Die beiden waren froh gewesen, sich alles von der Seele reden zu können, und George hatte erst eine Stunde später entkommen können – der besessene Schmerz der Hillmans war ihr unheimlich nahe gegangen.

Offenbar hatte sich der Horizont beider – der Sylvias in noch erschreckenderem Maße – im Laufe der

Jahre auf die Hoffnung, Eltern zu werden, beschränkt. Je mehr sie von Sylvias Gefühlen erfahren hatte, um so klarer war ihr geworden, wie schwer die Schuld auf David Hillman lasten mußte. Er machte sich nicht nur dafür verantwortlich, daß er seiner Frau das Eine vorenthielt, was sie sich am meisten wünschte; er fühlte sich auch schuldig, weil er nicht zu leiden vermochte wie sie – denn er hatte schon ein Kind: Sein Geschäft, in das er auch um der Bedrängnis zu entgehen, all seine Energie steckte. Er vergrub sich in den Fällen seiner Klienten, verdiente Unmengen für Sylvia und sich selbst, was ihnen ein Leben auf großem Fuß ermöglichte, doch jedes weitere Pfund ließ seine Schuld nur noch schwerer wiegen. Es war eine schreckliche Falle, und George empfand tiefes Mitleid mit ihm.

Die beiden hatten ihr erzählt, daß die Idee zu dem Namen Oberlander von ihm stammte: »John Smith wäre ja zu offensichtlich gewesen, finden Sie nicht? Und außerdem hatte ich vor langer Zeit tatsächlich einen Freund, der so hieß. Es bereitete uns immer einen Heidenspaß, Namen zu übersetzen – zum Beispiel wäre Signor Casanova ein Mr. Newhouse, und Joe Green Guiseppe Verdi.«

Auch von Sylvias Freundin, die sie mit der angeblichen Adoptionsvermittlung in Kontakt gebracht hatte, war die Rede gewesen, und George hatte sich vorgenommen, deren Name und Adresse zu erfragen, aber als die passende Gelegenheit zur Flucht gekommen war, hatte sie es schlicht und ergreifend vergessen. Ein guter Grund für Gus, sich überlegen zu fühlen; doch vielleicht brauchte er das, erkannte sie, während sie den Bericht über den alten Mann zu Ende diktierte.

Nachdem sie sich geduscht und umgezogen hatte, ging sie in ihr Büro und ließ sich von Sheila ein Sandwich zum Mittagessen aus der Kantine holen. Anschließend überlegte sie, unter welchem Vorwand sie die Entbindungsstation aufsuchen konnte. Sie sollte für Gus die näheren Umstände herausfinden – vielleicht auch die Beweggründe. Das war ihre eigene Idee, und sie dachte eine Weile darüber nach.

Nachdem *sie* (War es logisch, nur Frauen zu verdächtigen?), den Hillmans dreißigtausend für Teddy abgeknöpft hatte, lag das Motiv auf der Hand. Babys zum Verkauf ins Land zu schmuggeln lohnte sich. (Wie zum Teufel ging der Schmuggel vonstatten? Babys waren nun mal keine Armbanduhren oder Drogen, die man im Gepäck verstecken oder als etwas anderes ausgeben konnte.) Wenn besagter Schmuggler auch nur einen Interessenten pro Monat hatte, verdiente er damit dreihundertsechzigtausend Pfund – mehr als eine Drittelmillion – im Jahr, und die Chancen standen gut, daß die Zahl der Adoptionswilligen das Dutzend überschritt. George entsann sich der chiffrierten Liste. Sie hatte neun Namen umfaßt, und selbst wenn man in Betracht zog, daß drei der aufgeführten Paare ihre Babys eventuell verloren hatten, belegte sie doch eindeutig, welch lukratives Unternehmen dieser Adoptionsschwindel war. Und die Leitung handelte mit Bedacht: Vermutlich wurden Haarfarbe und andere körperliche Merkmale genau angegeben, damit die Babys so gut wie möglich zu den potentiellen Adoptiveltern paßten. Angesichts dieser gewaltigen Summen erübrigte sich jeder weitere Gedanke an das Motiv.

Zu klären blieben die Fragen nach dem ›Wer‹, ›Was‹ und ›Wie‹; die Gus gestellt hatte und George unbedingt beantworten wollte. Die Tatsache, daß sie es geschafft hatte, die Hillman-Oberlanders aufzuspüren, war ihr ein wenig zu Kopf gestiegen, das konnte sie nicht leugnen. Sie empfand es als ungemein befriedigend, etwas fertiggebracht zu haben, was Gus und seinem ganzen Polizeiapparat nicht gelungen war. George brüstete sich ein bißchen mit ihrem Erfolg.

Aber das half ihr nicht weiter. Es war an der Zeit, mal scharf nachzudenken. Sie nahm einen Kugelschreiber sowie einen großen Bogen Papier, den sie in Spalten unterteilte. Schon einmal hatte sie sich dieser Methode bedient. Sie würde auch jetzt funktionieren.

Diesmal brauchte sie drei Blätter, ehe sie die fünf Spalten mit Überschriften versehen hatte. Zweifelnd betrachtete sie die Kategorien, die sie ausgewählt hatte Die erste lautete »PERSON«, die zweite »SCHREIBMASCHINE«, die nächste »BABYS« und die vierte »LUMPEN UND BUDDEL«.

Sie hielt unschlüssig inne. Da ihr nichts anderes einfallen wollte, schrieb sie »VERSCH.« über die letzte Spalte und kaute auf ihrem Stift herum, bevor sie – zunächst zögernd und dann immer schneller – Namen notierte.

Doch sie begriff schnell, daß die Lösung nicht am Schreibtisch zu finden war. Sie mußte die Leute von der Entbindung befragen, was ihr sehr widerstrebte, denn sie hatte dort nichts verloren. Es war in Ordnung, die Polizei bei ihren Ermittlungen zu unterstützen, aber vom Personal des Old East, immerhin Kollegen, dabei beobachtet zu werden, dürfte unweigerlich dazu führen, daß sie sich bei allen unbeliebt machte und kein Bein mehr auf den Boden bekam.

So mußte sie einen triftigen Grund für ihren Besuch dort finden.

Jerry war es, der George letztendlich inspirierte. Während sie nach wie vor ratlos auf ihrem Stift herumkaute, steckte er den Kopf durch die Tür. »Dr. B.«, verkündete er. »Ich muß mich leider krank melden.« Fröhlich strahlte er sie an.

»Krank?« George runzelte die Stirn. »Was ist es denn diesmal?« Jerry war sehr einfallsreich, wenn es sich um Entschuldigungen für seine Ausfallzeiten handelte, und sie hatte es in dem Jahr, seit sie seine Vorgesetzte war, gelernt, ihn mit seinen eigenen Waffen zu schlagen.

»Diesmal ist es wirklich ernst«, erklärte er aufgeräumt und trat ins Zimmer. »Hier!?« Er streckte seine rechte Hand vor. Der Daumen war deutlich angeschwollen, das konnte George selbst aus einiger Entfernung sehen. »Ich hab' 'ne schöne althergebrachte Paronychie erwischt! 'nen richtigen, ehrlichen Nagelumlauf. Eitert ganz schön, und ich dachte, ich prüf' mal nach, woher die Entzündung kommt.« Er grinste. »Hab' mir grad die Ergebnisse angeschaut. Es ist Streptococcus viridans. Echt übel! Ich glaube, diesmal müssen Sie wirklich auf mich verzichten.«

»Den Teufel werd' ich tun!« sagte George mit Nachdruck. »Lassen Sie sich auf der NFA einen Verband anlegen und kommen Sie sofort zurück. Ich hab' 'ne Menge Arbeit für Sie – Sie können die Histologieergebnisse übertragen. Ja, ich weiß, Sie können den Papierkram nicht leiden, aber das ist eben Pech, mein Lieber! Ihre Stunden müssen Sie jetzt schon hier absitzen. Woanders kann ich Sie nämlich nicht gebrauchen, aber für 'nen Urlaub sind Sie leider nicht krank genug! Aber danke, Jerry, Sie haben mich auf eine tolle Idee gebracht.« Sie sprang auf und griff nach einem Klemmbrett, auf das sie das Blatt mit ihren Notizen heftete. »Und nun fort mit Ihnen!«

»Ist ja gut«, meinte Jerry schicksalsergeben. »Ich dachte, es wär' schon nicht schlecht, wenn ich's mal auf die gute alte Petrischale leg', um zu sehn, was da wächst. Hab' ja auch nicht erwartet, daß es Sie beeindruckt. War mir trotzdem 'n Vergnügen, Ihnen geholfen zu haben.« Und er hielt ihr die Tür auf, als sie schwungvoll das Büro durchquerte.

»Oh, das haben Sie tatsächlich, Jerry!« versicherte sie ihm gutgelaunt.

34

Nun, es könnte kritisch werden, Schwester«, sagte George. »Mit Strep viridans ist nicht zu spaßen.«

Schwester Lichfield blickte sie skeptisch an. »Strep viridans? Auf meiner Station? Das glaub' ich nicht!«

»Ich hoffe, daß Sie recht behalten, ehrlich«, sagte George und lächelte die Schwester an; sie gab sich Mühe, wie der Inbegriff der Hoffnung auszusehen. »Aber uns allen zuliebe – eine kleine Untersuchung tut doch niemandem weh, oder?«

»Nun ja, wenn Sie darauf bestehen.« Die Schwester grollte innerlich. »Obwohl es mir kaum nützlich erscheint, nachzuprüfen, wo die Leute in den letzten –«

»Oh, Sie wissen doch, wie die Entstehung einer Infektion untersucht wird«, erwiderte George leichthin. »Wir müssen in den unwahrscheinlichsten Ekken nachgucken und den wahrscheinlichsten Ursachen auf den Grund gehen. Darf ich dann vielleicht bei Ihnen anfangen? Können Sie mir sagen, ob Sie an diesen Tagen gearbeitet haben?«

George reichte der Schwester das Klemmbrett. Sie hatte im Aufzug mehrere Daten aufgelistet – sowohl x-beliebige als auch die relevanten: die Todestage der Babys; den Tag, an dem man Harry Rajabani umgebracht hatte; den Tag, an dem die Hillmans mit Teddy auf die Kinderstation gekommen waren, sowie jenen, an dem sie ihn wieder abgeholt hatten (nicht zu vergessen den Tag, an dem sie in die Harley Street gefahren waren, wo sie ihn zum letzten Mal gesehen hatten). George war überzeugt, daß Leute, die an den letzten vier Tagen Dienst gehabt hatten, nicht in die Sache verwickelt sein konnten – diese zu überprüfen war die einfachste Möglichkeit, um die Unverdächtigen auszuschließen.

Schwester Lichfield starrte auf die Liste, murmelte etwas vor sich hin und ging zur Tür, an deren Knauf ihre Tasche hing. »Ich schau' mal nach«, erklärte sie. »Aber ehrlich gesagt, weiß ich nicht, wie Ihnen das helfen sollte.«

»Honey, ich weiß es ja auch nicht genau«, George versuchte, möglichst gleichgültig zu klingen. »Aber die Behörde hat mich nun mal angewiesen, diese Untersuchung durchzuführen.« Bitte, sie darf sich nicht nach der Behörde erkundigen, betete sie im stillen. Dann müßte ich irgendeinen Schwachkopf erfinden, der angeblich etwas über die Feststellung des Infektionsherdes von sich gegeben hat. Aber ihre Befürchtung war unbegründet. Schwester Lichfield stellte keine Fragen – die Arbeit der Gesundheitsämter war für die meisten Krankenhausmitarbeiter so etwas wie böhmische Dörfer – und kam, ein kleines Notizbuch durchblätternd, zu George zurück.

»Da ist es. Nun zählen Sie mir die Daten mal auf.«

George tat es, und die Schwester bestätigte, daß sie tatsächlich an allen genannten Tagen Dienst gehabt hatte. »Logisch«, fuhr sie ein wenig verschnupft fort. »Es ist ja niemand da außer mir, der letztendlich die Verantwortung übernimmt. Vor Monaten hab' ich eine Stellvertreterin beantragt, aber meinen Sie, die von der Pflegedienstleitung hören mir überhaupt zu? Ums Verrecken nicht – ja, ich bin ja schon unterwegs!« Ein aufdringlicher Summton ertönte im Korridor, und sie eilte hinaus. George füllte die Spalten ihrer Liste aus.

Schwester Lichfield hatte also Gelegenheit gehabt, die drei Babys zu vertauschen, aber sie war nicht auf der Kinderstation gewesen, als die Hillmans ihren Teddy gebracht hatten, und natürlich auch nicht im ›Lumpen und Buddel‹. Der bloße Gedanke an Schwester Lichfield in diesem Pub verleitete George zu einem sarkastischen Grinsen. Schwester Lichfield würde den Laden abscheulich finden und dort nicht weniger auffallen als ein weißer Elefant. An eine Frau wie Schwester Lichfield hätten sich die Gäste des ›Lumpen und Buddel‹ gewiß erinnert.

Kurz darauf betrat Didier St Cloud das Schwesternzimmer. Er trug seinen grünen OP-Kittel und wirkte reichlich abgespannt. George ignorierte den Geruch nach Geburtsschweiß und Kreissaal und lieferte ihm, während er sich nach dem Kaffeetablett umsah, dieselbe Geschichte wie der Schwester. Er schluckte sie genauso leicht – sogar noch leichter als die Schwester – und George seufzte insgeheim: Sie hielt es für schlimm genug, daß eine erfahrene Stationsschwester über die Maßnahmen der Gesundheitsbehörde kaum informiert war – dies auch bei einem Arzt feststellen zu müssen, brachte sie fast dazu, sich für ihren eigenen Berufsstand zu schämen.

»Ich wette den Rolls des Professors gegen meinen klapprigen Mini, daß ich an dem Tag Dienst hatte«, sagte er kummervoll. »Ich bin doch meistens im Dienst.« Damit zog er ein kleines Buch aus seiner Tasche.

Aber bei ihm war die Sache nicht so klar, erkannte

George, nachdem sie eine Weile mit ihm gesprochen hatte. Im Dienst zu sein setzte in seinem Fall nicht unbedingt die Anwesenheit auf der Entbindungsstation voraus. Nicht selten wurde er in die Notaufnahme gerufen.

»Sie machen sich keine Begriffe, wie oft die da unten 'ne Beurteilung von 'nem Geburtshelfer anfordern. Da werden jede Menge schwangere Mädchen eingeliefert, die völlig bedröhnt sind oder 'nen Unfall hatten. Ich pendle ständig zwischen den Stationen hin und her wie so 'n verrücktes Jojo. Sogar auf die Kinderstation muß ich manchmal, jetzt fällt's mir ein, wenn sie meinen Rat wegen eines Babys brauchen – aber das ist ja nicht Ihr Problem, oder? Ich meine, es geht ja nur darum, daß diese Bakterien möglicherweise hier auf der Entbindung rumschwirren, nicht wahr? Ich schätze, Sie woll'n uns jetzt alle piesacken?«

»Ja«, erwiderte George. Ihr sank der Mut. Didier glaubte ihr doch nicht so ganz. Jetzt blieb ihr nichts anderes übrig, als von allen Nasen- und Halsabstriche zu nehmen, um ihre Geschichte zu untermauern. Eine Menge unnötiger Arbeit. Es schadete zwar nichts, sich ab und zu einen Überblick über die vorherrschenden Mikroorganismen einer Station zu verschaffen, aber im Moment hätte sie auf die dafür nötigen Vorbereitungen liebend gern verzichtet. »Noch sammle ich nur Daten, um herauszufinden, wer für einen Abstrich in Frage kommt.«

»Och, zig Leute«, bemerkte Didier und trank seinen Kaffee aus. »Gott, was bin ich müde! Kann aber trotztdem nicht nach Hause. Wir haben 'ne überfällige Zwillingsgeburt. Ja, dann müssen Sie wirklich 'ne Masse Abstriche machen, was? Nicht bloß von den

Chefärzten und von mir und all den Assistenzärzten und natürlich allen Stations- und sonstigen Schwestern, auch von den Putzfrauen und Hilfskräften und den Physios und so weiter und so fort. Da haben Sie sich aber was vorgenommen.

»Nicht unbedingt«, entgegnete George. Dann improvisierte sie: »Die Behörde ist nicht an jeder einzelnen Person interessiert, die diese Station betritt. Es geht ihr nur um die Festangestellten, wissen Sie?«

»Echt? Ich hab' gedacht, man kann so 'ne fiese Bakterie hierlassen, auch wenn man nur einmal dagewesen ist. Aber auch selbst wenn man die gelegentlichen Besucher ausspart, sind es immer noch genug Leute«, folgerte Didier. »Ich meine, allein in diesem Büro gehn so viele Leute ein und aus, Sie würden staunen!«

»Dann erzählen Sie doch mal!« schlug George vor. Sie lehnte sich im Stuhl zurück und versuchte, nicht zu eifrig zu wirken. »Es würde mir unheimlich helfen, wenn ich eine Vorstellung hätte, wie viele das hier täglich sind.«

»Na ja, alle, die mit meiner Station zu tun haben, und das sind 'zig Leute. Phlebotomisten zum Beispiel. Oder auch Ihre Mitarbeiter, um Blutproben zu nehmen, stimmt's? Und, wie ich schon sagte, Physios und so weiter. Aber es kommen auch welche von anderen Stationen –«

»Von welchen?«

»Zum Beispiel von der Kinderstation. Alle Babys werden von einem Kinderarzt durchgecheckt, wie Sie wissen. Solche, die Anlaß zur Sorge geben, sogar mehrmals. Wir sehen die Kinderärzte so oft wie unsere eigenen Kollegen. Hin und wieder sogar Hausärzte, aber ich glaube nicht, daß Sie sich um die kümmern müssen. Die würden ja von anderer Stelle untersucht, nicht?« Er blickte sie wissend an, und sie vertraute darauf, daß er ihre Verwirrung nicht bemerkte – er war erheblich smarter, als sie gedacht hatte.

»Hmmm? Ach ja. Die Kinderstation.« Sie kritzelte etwas Bedeutungsloses auf ihr Klemmbrett und hielt plötzlich inne. Die Kinderstation – die Chefärztin der Kinderstation flog oft nach Rumänien. George schnappte nach Luft. Warum war ihr das nicht schon früher eingefallen? Konnte Susan Kydd die Person sein, nach der sie suchte?

»Schaut Dr. Kydd mal nach den Babys?« erkundigte sie sich so beiläufig wie möglich.

»Hmmm? Aber sicher! Alle Ärzte, und nicht nur die – gelegentlich auch Schwestern, wenn sie Babys holen oder zurückbringen, die aufgrund Ihres Zustandes auf die Kinderstation verlegt werden müssen. Sie müssen wissen, daß wir alles tun, um Mutter und Kind nicht zu trennen. Das hat Fay Buckland entschieden, und niemand – nicht einmal Susan Kydd – wird unserer geschätzten Chefin widersprechen!«

»Demnach«, schloß George, die sich alle Mühe gab, sachlich zu bleiben, »halten sich auch Leute von der Kinderstation hier auf. Wer noch?«

Er zog die Stirn kraus. »Lassen Sie mich überlegen. Gestern nacht war einer der Kardiologen hier. Wir entbanden eine junge Frau mit schwerer Mitralstenose, die uns ernsthafte Schwierigkeiten bereitete. Ach ja, und natürlich – wegen unserer Diabetikerinnen. Radiologen sind oft hier und, richtig, seit etwa einem halben Jahr arbeiten wir intensiv mit den Onkologen zusammen. Sie kümmern sich um einige Patientinnen mit Leukämie, die in den letzten Monaten erhebliche Fortschritte gemacht haben. Die Forschung kommt ganz nett voran.« Er stand auf und ging zur Tür. »Sie sehen also – Sie müssen 'ne Menge Leute berücksichtigen, nicht wahr? Wenn diese Untersuchung wirklich *so* nötig ist.« Er grinste sie listig an und verschwand. George blieb verwirrt zurück. Sie versuchte, ihre Gedanken zu ordnen.

Hatte er sie nur ärgern wollen? Wußte er ganz genau, daß eine Untersuchung *vor* dem möglichen Ausbruch der Infektion völliger Blödsinn war? Hatte er die Wahrheit gesagt, insoweit sein Alibi gesichert war? Hatte er nicht die geringste Befürchtung, erwischt zu werden, so daß ihre Fragen ihn absolut nicht beunruhigten? Es war schwer, sich Didier St Cloud in der Rolle eines Verbrechers vorzustellen; schwerer, als Susan Kydd. Die stand nun an erster Stelle von Georges Liste, aber das hielt sie nicht davon ab, andere als Verdächtige in Erwägung zu ziehen, und einer davon hieß Didier, wenngleich sie kaum glauben konnte, daß sie sich in ihm getäuscht hatte. Er schien von seiner Arbeit begeistert zu sein, war stets – sie hatte es mehrmals beobachtet – freundlich zu den Müttern und ihren Babys.

Aber Philip Goss hat dich auch reingelegt, ermahnte sie sich. Du hieltest ihn für einen gewissenhaften Krankenpfleger, und bedenk, was er in Wirklichkeit ist: Ein Faschist, der die Leute für seine eigenen rassistischen Ziele manipuliert, der Streit anzettelt und Menschen dazu bringt, gegeneinander zu kämpfen ... Aber widerspricht dies seinen beruflichen Qualitäten? Vor den Kindern spielte er auf keinen Fall Theater. Sie vertrauten ihm, fühlten sich wohl bei ihm. Didier macht seinen Patienten auch nichts vor – und trotzdem könnte er der Mann sein, den wir suchen.

Wenn es nicht doch eine Frau ist ... Gibt es noch einen weiteren Hinweis, der diese Aussage der Hillmans untermauerte? Erneut zog George die Stirn kraus und versuchte, es zu durchdenken. Der Wirt im ›Lumpen und Buddel‹ war ziemlich sicher gewesen, daß Harry mit einem jungen Mann gesprochen hatte. Warum ließ sie sich nicht davon abbringen, daß man nach einer Frau Ausschau halten mußte? Außerdem konnte es sich genausogut um zwei handeln. Vielleicht um einen Mann und eine Frau.

George blickte wieder auf ihr Klemmbrett und seufzte. Den oder die Schuldigen aufgrund der Tatsache ermitteln zu wollen, ob sie die Gelegenheit gehabt hatten, diese oder jene Handlung auszuführen, war blanker Unsinn. Und auf dieser Station herrschte der reinste Durchgangsverkehr – Hinz und Kunz marschierten hier aus und ein. Außerdem hatte sie nur das Personal einkalkuliert. Was war mit den Patientinnen? Nicht zu vergessen deren Angehörige und Besucher, die jederzeit zwischen neun Uhr morgens und acht Uhr abends in Scharen auftauchten. Soweit George informiert war, gab es auf der ganzen Station keine verschlossenen Türen. Warum sollte der Täter nicht von draußen gekommen sein? Man konnte also problemlos ins Säuglingszimmer sowie ins Büro vordringen, um die Liste zu tippen.

Entschlossen stand sie auf. Sie hatte keine andere Wahl, als Gus ihr Scheitern einzugestehen. Sie mußten einen anderen Weg finden, um sich Klarheit zu verschaffen. George klemmte sich das Brett unter den Arm und verzog das Gesicht, als ihr Piepser in der Tasche losging. Das war jetzt das letzte, was sie gebrauchen konnte – irgendein Notfall in der eigenen Abteilung. Darauf hatte sie gerade Lust. Sie knipste den Piepser aus und hob den Telefonhörer ab.

»Oh, Dr. Barnabas!« flötete das Mädchen von der Telefonzentrale. »Ich wußte, daß es schon recht ist, wenn ich Sie anpiepse – sie meinte zwar lieber nicht, aber ich hab's trotzdem gemacht. Sie wartet in der Leitung.«

»Wer wartet in der Leitung?« schnappte George, verärgert über die Selbstgefälligkeit des Mädchens.

»Ihre Mutter, Dr. Barnabas«, erwiderte das Mädchen, und Georges Magen krampfte sich zusammen. Oh, Gott, der Notfall war bei ihr zu Hause – Ma ging es nicht gut. Wie sehr sie die alten Damen während der letzten Tage vernachlässigt hatte, wurde ihr erst jetzt bewußt. Sie hatte sie ja kaum gesehen, war am frühen Morgen ins Krankenhaus gerauscht und spät zurückgekommen und immer sehr wortkarg gewesen, bis die beiden den Wink verstanden hatten und früh zu Bett gegangen waren. Und jetzt ... Sie schluckte hart, während sie verbunden wurde und schließlich Vanny unsicher sagen hörte: »Hallo? Hallo?«

»Ma, ist alles in Ordnung mit dir?«

»George? Ach, ich hab' ihr gesagt, sie soll dich nicht stören. Honey, es tut mir ja so leid.«

»Ma, was ist los?« Ihre Stimme klang schrill, und George konnte spüren, wie Vanny am anderen Ende vor dem Hörer zurückzuckte.

»Aber, George, nichts ist los, gar nichts! Ich fühle mich ausgezeichnet, wirklich. Mach dir bitte keine Sorgen um mich.«

»Ich mach' mir keine Sorgen. Aber – ich meine, du hast mich noch nie hier angerufen. Das muß doch –«

»Ja, das hab' ich Bridget auch gesagt! Es sei nicht recht, dich im Krankenhaus zu stören, aber sie sagte, es sei unsere letzte Chance und du hättest es auch gewollt, also – jetzt tut's mir leid.«

George holte tief Luft. Ihr war fast schwindelig vor Erleichterung. Nun war klar: Ihrer Mutter ging es gut. sie mußte nicht länger beunruhigt sein; entschlossen ließ sie die Schultern sinken und zwang sich, gleichmäßig zu atmen.

»Jetzt erklär' mir das mal, Ma«, sagte sie so sachlich wie möglich. »Welche letzte Chance?«

»Tja, es ist leider nur noch heute möglich, Honey.« antwortete Vanny geradezu zerknirscht. »Morgen müssen wir ja schon packen. Anders ist es nicht zu schaffen, und deshalb hab' ich Bridget gesagt, ich will mich nicht hetzen lassen. Ich würde lieber stundenlang rumsitzen und gar nichts tun, als mich hetzen zu lassen. Also –«

»Packen?« fragte George verständnislos und wirbelte herum, um auf den Kalender über dem Schreibtisch zu schauen. »Ach du meine Güte, Ma, den wievielten haben wir denn heute? Oh, nein! Ich hatte – sieh mal, Ma, es tut mir so leid. Ich hab' nicht mitgekriegt, wie schnell ihr schon wieder abreisen müßt. Ich komme heute abend früher nach Hause, und dann werden wir – Ma?«

Am anderen Ende konnte sie Bridgets Protest hören, dann die Antwort ihrer Mutter, und schließlich ein Knacken, als der Hörer weitergegeben wurde.

»Deine Ma will mal wieder nicht auf den Punkt kommen, aber ich hab' nicht so viel Angst vor dir,« erklärte Bridget aufgeräumt. »George, du hast uns versprochen, diesen letzten Tag mit uns zu verbringen, weißt du noch? Wir wollten uns dafür die Tate

Gallery aufheben. Und ich sagte zu Vanny, sie sollte dich fragen, wann du kommst, und jetzt redet sie um den heißen Brei herum. Also frag' ich dich. Wann müssen wir fertig sein? Treffen wir uns hier oder vor der Galerie?«

George hatte es natürlich vollkommen vergessen. Es war eines jener vagen Versprechen gewesen, die man ab und an gibt, und jetzt konnte sie sich auch an die Unterhaltung ein paar Tage nach Weihnachten erinnern. Damals schien die Abreise der alten Damen noch weit entfernt – nun stand sie kurz bevor. Sie blickte auf die Uhr und verlegte rasch einige Termine.

»Ich hatte es nicht wirklich vergessen«, log sie. »Ich meine, es war mir gerade im Moment entfallen, aber ich hab' hier nur noch ein paar Kleinigkeiten zu erledigen, dann mach' ich mich auf den Weg, so daß wir uns noch alles ansehen können, was du willst. Und entschuldige, daß ihr mich suchen mußtet.«

»Das ist doch in Ordnung, Honey!« sagte Bridget heiter. »Wir wissen doch, was für eine schwere Arbeit du hast, immer Leben retten und so.« Das Telefon knackte, und George hängte ein, wobei sie sich einen Moment lang fragte, ob Bridget sie verulken wollte. Immerhin wußte sie ganz genau, daß Georges Arbeit absolut nichts mit Leben retten zu tun hatte.

Dann rief sie Gus an (sie wußte schon, daß er nicht da sein würde) und hinterließ eine Nachricht, daß sie so schnell wie möglich mit ihm sprechen müsse. Der junge Konstabler, der sie entgegennahm, zeigte kein bißchen Überraschung, was sie zur Abwechslung als sehr angenehm empfand. Manchmal argwöhnte sie, daß ihre Anrufe für Gus bei seinen Kollegen ungetrübte Heiterkeit auslösten. Hechelten die dort etwa ihre Beziehung durch? Sie hielt es für möglich, wenn nicht sogar für wahrscheinlich. Die Vorstellung behagte ihr ganz und gar nicht.

Entgegen ihrer Gewohnheit erklärte sie Sheila von ihrem Telefonat mit Vanny und Bridget, worauf Sheila freundlich nickte und sich von ihrer besten Seite zeigte.

»Geht schon in Ordnung, Dr. B., ich halt' die Stellung. Ich werd' keinem Menschen auch nur ein Sterbenswörtchen verraten, das müssen Sie nicht glauben. Nicht mal unser Personal wird erfahren, wo Sie sind. Nur Sie und ich. Sie haben nicht jeden Tag die Gelegenheit, mit Ihrer Mum was zu unternehmen, stimmt's?« Sie seufzte ergreifend. »Ich will ja nicht pessimistisch sein, aber schließlich ist sie 'ne alte Dame. Und denken Sie mal, wie schlecht Sie sich fühlen würden, wenn Sie's heute nicht schafften und sie nach Hause fliegt und dann ETWAS PASSIERT.« Sheila war unter Georges Bekannten der einzige Mensch, der gewissermaßen in Großbuchstaben sprechen konnte. »Denn man los, Dr. B. Überlassen Sie alles mir.«

Das tat George – und um halb vier stiegen alle drei, George, Vanny und Bridget die Stufen zur Tate Gallery hinauf, wo Vanny für George das letzte fehlende Teil des Puzzles finden sollte.

35

Meine Füße bringen mich noch um!« jammerte Bridget. Sie hatte einen Schuh ausgezogen und rieb sich mit betrübter Miene über die Zehen.

George, die neben ihr auf der langen Bank saß, grinste mitfühlend und lehnte sich zurück. Es kam ihr vor, als seien sie stundenlang durch die Säle gestreift. Vanny war unermüdlich. Sie trabte glücklich zwischen Bildern und Skulpturen hin und her, las die Titel, vertiefte sich in ihren Katalog, um erneut die ausgestellten Stücke zu studieren. George hatte vergessen, wie sehr ihre Mutter die Malerei liebte; sie hatte die langen Nachmittage ihrer Kindheit vergessen, die sie, zusammengekauert mit einem Buch in der Hand, auf der Bank irgendeiner Gemäldegalerie verbracht hatte, während ihre Mutter wie an diesem Nachmittag aufgeregt und glücklich durch die Säle gewandert war.

»Ich hoffe, daß es dir trotzdem gefällt«, sagte George zu Bridget. »Es wäre ja schade, wenn du deinen letzten Tag hier mit etwas verbringst, das dir überhaupt nicht gefällt –«

»Ach, Liebes, nun versteh mich nicht falsch! Ich liebe Bilder – diese Impressionisten sind einfach Klasse! Meine Füße haben nur nicht mehr das Durchhaltevermögen meiner Augen. Ich weiß nicht, wo Vanny das nur hernimmt –«

Sie blickte quer durch den Saal zu Vanny, die gerade drei Gemälde aus viktorianischer Zeit von Augustus Egg betrachtete. »Schau sie dir nur an! Wie ist denn bloß der Titel dieser Bildgruppe? ›Vergangenheit und Gegenwart‹, nicht wahr?« Sie schlug in ihrem eigenen Katalog nach. »Ja, genau. Jetzt sieh mal – was kann diese arme Frau nur getan haben, um ein derart furchtbares Schicksal erleiden zu müssen? Und warum bedeutet es Vanny so viel?« Sie schüttelte zärtlich den Kopf, während sie Vanny beobachtete, die gerade zu ihnen zurückkam.

»Ich finde es faszinierend, wie diese Maler auf einem kleinen Stück Leinwand eine ganze Welt festhalten können«, schwärmte diese, als sie neben ihnen stand. »Seine Malerei ist in sich so – so perfekt! Schaut euch doch nur die Tapete und die Tischdecke dort an.« Sie machte eine vage Handbewegung zu den Bildern von Augustus Egg. »Aber es steckt noch mehr dahinter.«

»Was denn, Ma?« fragte George ein wenig schläfrig. Es war schwer, sich in den großen lichterfüllten Hallen auf die kleinen versteckten Details zu konzentrieren, aber sie gab sich alle Mühe. In ein oder zwei Tagen hatte sie keine Möglichkeit mehr, mit ihrer Mutter über irgend etwas zu reden.

»Oh, es zeigt, wie die Leute wirklich gelebt haben!« erwiderte Vanny eifrig. Nun glich sie wieder mehr der Vanny, an die George sich noch gut erinnerte und die sie seit deren Ankunft in London kaum zu Gesicht bekommen hatte. »Wie es in den Städten aussah, womit sich die Leute beschäftigten und wo sie arbeiteten. Da gibt es dieses wunderbare Bild ›Arbeit‹, auf dem so vieles zu sehen ist, daß man sich in die damalige Zeit zurückversetzt fühlt. Es ist leider nicht hier. Vielleicht haben sie's in einer anderen Galerie. Aber von dem gleichen Maler – Ford Madox Brown heißt er – stammt auch mein Lieblingsbild. Schau mal!« Sie zog George am Arm. »Es hängt da drüben. Ich habe es immer geliebt, und ich wollte es unbedingt sehen – und die Bilder von Richard Dadd. Sie hängen dort hinten.«

»Richard wer?« fragte Bridget, zog ihre Schuhe an und erhob sich. »Ist das jemand Besonderes?«

»Er wurde verrückt und erschlug seinen Pa mit einer Axt«, bemerkte Vanny sachlich über die Schulter, während sie die beiden in einen anderen Saal führte. »Und er hat Feen gemalt, wie keiner davor und danach. Schaut euch nur mal ›Des Zauberfällers Meisterstreich‹ an, dann wißt ihr, wie gut er war. Das Bild hängt in 'nem anderen Raum. Ich zeig's euch gleich. Aber hier das gefällt mir noch besser. Es ist einfach umwerfend. Bitte sehr!«

Sie war vor einem kleinen Gemälde stehengeblieben, das nahezu unscheinbar in einer Ecke hing. Es war oval, mit einem schlichten Rahmen versehen und ungefähr dreißig Zentimeter hoch und breit. Es zeigte einen Mann und eine Frau aus viktorianischer Zeit, die Seite an Seite vor einem Schiff saßen – ein paar Seile deuteten die Reling an – und den Betrachter ernst anblickten. Die beiden waren jung und gut gekleidet – die Frau trug eine große Haube und ein großes Umschlagtuch aus dickem Stoff, der Mann Hut und Überzieher, den er gegen die Kälte bis zum Hals zugeknöpft hatte. Mit einem großen Schirm schützten sie sich vor dem heftigen Wind. Hinter ihnen waren andere Passagiere zu erkennen, sie rauchten und lachten. Rauhe See und weiße Klippen bildeten den Hintergrund. Die Stimmung des Bildes war über die Maßen traurig.

»Da!« rief Vanny zufrieden und fast mit Besitzermiene aus. »Seht ihr, was ich meine?«

»Nicht ganz«, sagte Bridget nach einem Moment des Schweigens in ihrer üblichen Freimütigkeit. »Jetzt sag's schon, Vanny. Was soll ich in dem Bild sehen? Sie kommen mir vor wie ein nettes junges Paar, das ist alles. Was hab' ich denn jetzt wieder verpaßt?«

»Na, die Geburt Amerikas, was denn sonst!« erklärte Vanny nachdrücklich. »Jedenfalls einen Teil davon. Das Bild heißt ›Ein letzter Blick auf England‹. Schau dir diese beiden genau an! Sie müssen auswandern, ihre Heimat verlassen, nicht wahr? In England herrscht große Armut – zu dieser Zeit, es war um 1850, sind unglaublich viele Leute ausgewandert. Nun, auch diese beiden haben sich entschlossen, in ihrer Heimat alles aufzugeben und ihr Glück in der Neuen Welt zu suchen. Aber sie sind voller Angst. Besonders er fühlt sich schlecht, weil er meint, daß er unrecht an ihr gehandelt hat, an seiner kleinen Frau – er hat's nicht geschafft, für sie zu sorgen, und nun muß er sie von all ihren Freunden losreißen, von allem, was ihr lieb und teuer ist! Das setzt ihm wirklich zu! Ihm ist klar, daß die Überfahrt nicht leicht wird. Und auch die Mitreisenden gefallen ihm nicht besonders – all diese lauten Menschen da im Hintergrund, seht ihr? Er weiß, daß sie nicht zu seiner Klasse gehören. Auch mit den Lebensmitteln wird es schwierig – seht ihr die Kohlköpfe, die sie da an die Reling gebunden haben? Frische Nahrung an Bord war ein großes Problem. Bei der Ankunft in New York werden sie noch sehr viel trauriger sein als jetzt, diese beiden.« Sie schüttelte mitleidig den Kopf. »Und dann das Allertraurigste – habt ihr euch ihre Hände angeschaut?«

Bridget blickte angestrengt auf das Bild, George ebenso. Der Mann hielt die behandschuhte Linke der Frau schützend in seiner eigenen Hand. Die Kälte hatte seine bloßen Hände blau anlaufen lassen, aber wenigstens hatte die Frau es warm. George sagte: »Du hast recht, Ma. Es erzählt wirklich eine Geschichte. Ich frage mich, warum er keine Handschuhe hat? Können sie sich vielleicht keine leisten?«

»Ach das – schon möglich.« Vanny tat fehlende Handschuhe mit einer ungeduldigen Geste ab. »Nein, ich meine ihre andere Hand. Seht ihr das nicht?«

Die andere Hand der Frau war zwischen den Falten ihres schweren Umhangs kaum auszumachen. George runzelte die Stirn. »An der anderen Hand trägt sie gar keinen Handschuh. Vielleicht steckt er ja in der Tasche oder –«

Aber es war Bridget, die herausfand, worauf Vanny sie hatte hinweisen wollen, und Vanny schnurrte vor Zufriedenheit, als sie es sagte.

»Nein, schau mal! Da ist ja eine Babyhand!«

George beugte sich näher und entdeckte sie auch – vier sehr viel kleinere Finger, die hinter der gefalteten Frauenhand hervorlugten.

»Ach, das ist ja süß!« rief Bridget aus. »Sie hält ihr Baby dort verborgen. Unter dem Umhang, damit es nicht friert. Oh, diese armen Leutchen! Wie lange werden sie auf See sein?«

»Drei oder vier Wochen, schätze ich«, antwortete Vanny. »Vielleicht noch länger. Die Takelage im Hintergrund zeigt ganz klar, daß es ein Segelschiff ist, stimmt's? Kein schnelles Dampfschiff. Ich weiß nicht genau, wann der erste Dampfer Einwanderer mit hinübernahm, aber zu jener Zeit mußten sich arme

Leute noch auf die Winde verlassen. Es konnte furchtbar lange dauern, und wenn man dann noch ein Baby dabei hatte, das seekrank wurde oder womöglich Schlimmeres –«

»Da hätten sie mehr als 'n bißchen Valium gebraucht, um es ruhigzuhalten«, kicherte Bridget. »Ich bete ja inständig, daß morgen keine Babys im Flugzeug sind. Ich hab' gar keinen Nachschub mehr –«

»Oh, mein Gott!« sagte George laut. »Oh, du guter Gott!«

Die beiden alten Damen wandten sich um und starrten sie erstaunt an. George hätte über die komische Wirkung der gleichzeitigen Bewegung gelacht, wäre sie nicht so aufgeregt gewesen.

»Was ist los, Honey?« wollte Vanny wissen. »Geht's dir nicht gut?«

»Was? Oh, Ma, mir geht's gut, keine Sorge! Du hast bloß das Rätsel gelöst, das mir die ganzen letzten Wochen im Kopf herumgeschwirrt ist! Natürlich – so haben sie's gemacht! Und sie zu erwischen sollte auch nicht allzu schwer sein, jetzt, wo wir wissen, wonach wir suchen müssen!«

»Nein, Liebes«, sagte Vanny friedfertig und warf Bridget einen raschen Blick zu. »Wenn du es sagst ... Ähm, wir wär's mit 'ner Tasse Tee? Ich glaube, wir sind doch alle ein bißchen müde.«

»Sie sagten mir, daß du beim Abendessen bist«, erklärte George, setzte sich neben ihn und stibitzte ein Pommes Frites von seinem Teller. »Manche Leute haben's echt gut!«

»Das ist meine erste anständige Mahlzeit seit Tagen«, brummte Gus. »Kitty! Besorg der Frau Doktor auch was zu essen, ja?« Kitty winkte George von der anderen Seite des Raumes zu und grinste. »Na, was ist denn jetzt so dringend? Ich hab' deine Nachricht gekriegt und versucht, dich anzurufen, aber du warst natürlich nicht da. Hast du was rausgefunden, hmmm? Hat jemand auf der Entbindungsstation alles gestanden?«

»Nein.« Sie ließ sich nicht ködern. »Den Weg hätte ich mir sparen können – dort gehen zu viele Leute ein und aus. Es gibt kaum eine Abteilung, die nicht irgendwie mit der Entbindung zu tun hat. Da könnte man genausogut von jedem ein Alibi verlangen, der im Laufe der nächsten Woche *hier* reinspaziert.«

»Soso«, nickte er. »Hatte ich eigentlich befürchtet. Tja, dann müssen wir uns noch mehr reinknien, was? Wir fahnden nach der Freundin, die den Kontakt zwischen Sylvia undt diesen Adoptionsbetrügern hergestellt hat. Außerdem ist jetzt dieser Raub aufgeklärt. Sie haben die Kerle in Manchester gefaßt – glatt und sauber. Den Papierkram hab' ich schon erledigt. Morgen kann ich alle Leute von dem Fall abziehen und auf diese Mordsache ansetzen, und dann wär's doch gelacht, wenn wir diese verdammte Nuß nicht bald knacken.«

»Vielleicht schneller, als du denkst«, sagte George mit einstudierter Lässigkeit. »Ich weiß nämlich, wie's gemacht wurde.«

»Ist das dein Ernst?« Gus starrte sie dankbar und erfreut an, aber sie lächelte nur und lehnte sich im Stuhl zurück, als Kitty einen Teller mit Scholle und Pommes Frites vor sie stellte.

»Danke, Kitty. Das sieht ja lecker aus. Hätten Sie noch ein Glas Wasser, bitte? Danke schön.«

Kitty schien nur zu gern am Tisch stehenbleiben

und schwatzen zu wollen, aber Gus blickte sie so finster an, daß sie eine Grimasse schnitt und sich entfernte. »Was soll das nun heißen?« verlangte Gus zu wissen.

»Ich hab' rausgefunden, wie diese Leute arbeiten.« Sie beugte sich vor, unfähig, ihren Triumph länger zu verbergen. »Die ganze Geschichte spielt sich förmlich vor meinen Augen ab. Laß mich erzählen, mal schauen, ob du nicht auch meiner Meinung bist. Und unterbrich mich nicht!«

Sie spießte ein paar Pommes Frites auf. Gus schob seinen Teller zur Seite und stützte das Kinn auf die Hände, um ihr zuzuhören.

»OK, ich bin jemand – ich weiß nicht genau, was für ein Jemand,« begann sie mit vollem Mund. »Ich bin also jemand, der Leute kennt, die Babys haben wollen. Noch kann ich nicht sagen, wie diese Verbindung zustande kam, aber ich habe da einen starken Verdacht. Laß uns jetzt einfach nur behaupten, daß ich dieser Jemand bin.

Gut. Mir wird klar, daß man 'ne Menge Geld verdienen kann, wenn man diesen Leuten ihren Kinderwunsch erfüllt. Und dann fällt mir ein, daß es in einem bestimmten Land eine ganze Menge elternloser Babys gibt. Weiße Babys, auch wenn manche von ihnen dunkle Haare und dunkle Augen haben, da sie von Zigeunern abstammen, aber die Art Babys, die meine potentiellen Kunden wollen. Nur – wie soll ich sie aus diesem Land, das natürlich Rumänien ist, rausbringen? Du erinnerst dich doch noch an all die Berichte vor ein paar Jahren über Waisenkinder aus Rumänien – wie soll ich sie bloß nach Großbritannien schaffen?«

»Es wäre doch –« George unterbrach ihn sofort.

»Nein, kein Wort, ehe ich fertig bin. Als dieser Jemand weiß ich, daß man nicht einfach dort hinfahren, sich ein Baby aussuchen und zu den Beamten auf dem Flughafen sagen kann: ›Ach, ich wollte diese Babys nur eben nach England mitnehmen!‹ Dafür braucht man schließlich Papiere und Pässe.

Tja, und weil es keine Möglichkeit gibt, sie in meinen Paß eintragen zu lassen – jedenfalls nicht jedes Baby, und ich hab vor, 'ne ganze Menge einzufliegen – muß ich sie eben schmuggeln. Aber wie? Man kann sie nun mal schlecht in Koffer packen oder im Frachtraum verstecken. Babys atmen und strampeln und schreien. Man kann sie auch nicht im Handgepäck mitnehmen, weil auch das durch die Sicherheitstore muß und von Röntgenstrahlen durchleuchtet wird. Das geht also auch nicht.

Und deshalb ...« Triumphierend hielt sie inne. »Deshalb transportiere ich sie so, wie Mütter ihre Babys tragen, bevor sie geboren werden.«

Gus mußte lachen. »'ne umgekehrte Geburt, was?«

»Verdammt nah dran. Seit undenklichen Zeiten – um mal dieses Klischee zu benutzen – haben Mütter sich ihre Babys auf den Leib gebunden. Schau dir das mal an.«

Sie griff in die Tasche und zog die Postkarte heraus, die sie als Souvenir aus der Tate Gallery mitgebracht hatte. »Kennst du das?«

Gus betrachtete die Reproduktion von ›Ein letzter Blick auf England‹ aufmerksam. »Ja, allerdings –war in einem Schulbuch. Unser Geschichtslehrer war ganz heiß auf dieses Bild.«

»Dann kennst du auch den Hintergrund?«

»Emigranten um 1850«, antwortete er. »Da war doch noch etwas ...« Er blickte genauer hin; sein Lächeln wurde noch breiter. »Natürlich – das Baby. Er hat immer von dem Baby gesprochen.« Seine Stimme erstarb, er starrte vor sich hin ... Dann schaute er zu ihr auf. »Natürlich! Das ist die einzige Möglichkeit. Warum haben wir nur nicht früher daran gedacht?«

»Es war Vanny, die mich darauf brachte. Und Bridget hat den letzten Hinweis gegeben«, erwiderte sie und erzählte von den Stunden in der Tate Gallery. Gus lachte.

»Das sind meine beiden alten Ladys! Übermorgen fliegen sie, was? Wirklich schade! Du wirst sie vermissen.« Seine Augen glitzerten. »Ich nicht so sehr, denn ich kann ja in deine Wohnung kommen, um den Ort zu sehen, an dem sie waren – bin eben sentimental.«

»Grins noch mal so anzüglich, und ich hau' dir eine runter!« warnte George liebenswürdig. »Also, Gus, was sollen wir tun? Den Flughafen überwachen? Nach Frauen in unförmigen Kleidern Ausschau halten? Denn ich kann mir nicht vorstellen, daß diese Sache aufhört, du etwa? Warum auch? Wenn man damit gutes Geld machen kann?«

»Mir war natürlich schon klar, daß der Flughafen wichtig ist. Ein paar von meinen Männern drücken sich dort rum, aber jetzt können wir vielleicht etwas gründlicher suchen – wir müssen ja beweisen, daß diese Kinder aus Rumänien stammen.«

»Das können wir doch«, wandte George ein. »Denk doch an den kleinen Oberlander.«

»Ja«, nickte er. »AIDS. Das gibt's aber auch in anderen Ländern.«

»Aber in Rumänien ist es unter Babys besonders verbreitet. Unter Waisenkindern – oder besser gesagt, unter Kindern in Waisenhäusern. Natürlich leben manche der Eltern noch. Aber ich glaube doch, daß kein Zweifel besteht, daß diese Babys aus Rumänien eingeschmuggelt –«

»Also werden wir Flüge aus Rumänien überwachen.«

»Nicht nur, es müssen ja keine Direktflüge sein.«

»Das ist mir schon klar. Lehre du mich meine Arbeit! OK, wir überwachen also den Flughafen, und wenn wir den erwischen, der die Babys einschmuggelt –«

»Dann sollte es nicht schwer fallen, den zu finden, der die Fäden in der Hand hält«, beendete George stolz den Satz. »Ich halte es allerdings für ausgeschlossen, daß es derselbe ist, der auch die ganze Hin- und Herreiserei besorgt.«

»Aber ich verdächtige ihn oder sie des Mordes an Harry Rajabani«, sagte Gus. »Das ist ja wohl klar.«

»Weil Harry aufgedeckt hatte, was da lief?« George zog die Stirn kraus; dann hellte sich ihre Miene auf. »Ich wollte gerade sagen, wie ... aber natürlich! Ich weiß jetzt, wer es war – zumindest glaube ich es.«

»Wer Harry umgebracht hat?«

»Wahrscheinlich. Auf jeden Fall die Person, die hinter der ganzen Sache steckt«, erwiderte George. »Es kann einfach niemand anders gewesen sein. Einen Moment lang habe ich an Susan Kydd gedacht – die Chefärztin auf der Pädiatrie. Sie fliegt oft nach Rumänien ... aber dann habe ich begriffen, wer es gewesen sein *mußte*!«

»Ist das ein Privatgespräch, oder kann man dran teilnehmen?« fragte Gus gequält.

»Unterbrich mich nicht!« George saß kerzengerade da und starrte ihn mit leuchtenden Augen an. Sie war so aufgeregt, daß sie die Worte kaum herausbrachte. »Sie hat mir selbst gesagt, wie sehr sie diese kinderlosen Paare bemitleidet. Sie würde alles für sie tun – und außerdem braucht sie unbedingt Geld, und zwar dringend. Um ihre Abteilung aufzurüsten, sich vom Krankenhaus unabhängig zu machen. Mir erscheint alles sehr logisch.«

»Schön für dich«, meinte Gus beißend. »Laß hören, wenn du fertig bist, damit ich es auch logisch finden kann.«

»Julia Arundel«, sagte George. »Sie muß es gewesen sein! Sie kannte als einzige die Namen der Leute, die eine Adoption in Betracht zogen. Sie wußte, wer Geld hatte. Keiner konnte darüber besser Bescheid wissen als sie.«

»Um Himmels willen, du dummes Lieschen, wer *ist* sie?« bellte Gus, und an den angrenzenden Tischen drehten sich ein paar Leute um und kicherten. »Sie ist die Mutter der Katze!« rief ihnen Kitty von der Theke zu und fing ebenfalls an zu kichern.

George senkte die Stimme und beugte sich vor. »Julia Arundel. Die Chefin der Fertilitätsklinik. Es paßt alles perfekt, Gus. Sie verspricht den Leuten die Babys, importiert sie allerdings erst, nachdem sie das Geld kassiert hat – wie von den Hillmans. Sie findet jemanden, der die Kinder in Schal oder Jacke gewikkelt einschmuggelt, mit Medikamenten betäubt, so daß sie nicht aufwachen – Bridget hat auf Valium getippt. Eines Tages kommt ein Baby tot an, sie gerät in Panik – und da fällt ihr ein, daß die Entbindungsstation ja wenige Meter entfernt ist. Sie schnappt sich das tote Baby, vertauscht es mit einem lebenden und übergibt dieses den Adoptiveltern.«

George hob das Kinn und fuhr leise fort. »Und Gus, wenn ich recht habe, müssen diese Eltern doch ihre Babys zurückbekommen, nicht wahr? Obwohl Gott allein weiß, was das für die Leute, die sie adoptiert haben, bedeuten mag.« Sie schloß kurz die Augen – ihre Aufregung war verflogen. Eine scheußliche Geschichte! Aber sie irrte sich nicht, davon war sie überzeugt. Hastig sprach sie weiter.

»Das macht sie dreimal – sogar bei ihren eigenen Patientinnen, sie muß also ein ganz schönes Miststück sein, was? Und Harry, der oft in der Fertilitätsklinik rumhängt wegen seiner Freundin Cherry, kriegt es raus. Schöpft jedenfalls Verdacht und macht sich Notizen und codiert sie – mit der Schreibmaschine auf der Entbindung, wo er sich ohnehin oft aufhält, um die Neugeborenen zu untersuchen. Alles paßt. Unter Umständen ist er ja auf die Idee gekommen, weil er versehentlich die Markierung an der Schreibmaschine verschoben hat. Die Leute machen ja immer so viele Fehler mit Tastaturen – in meiner Abteilung gab's deswegen auch schon mal Probleme, weil so ein Versehen zu einem Computerfehler und letztendlich zu einem Riesenärger wegen ein paar Blutzuckerpräparaten für die Diabetesklinik führte. Jedenfalls holt sich Harry seine Informationen, und Julia Arundel erkennt, daß er ihr Spiel durchschaut hat. Vielleicht hat er es ihr ja ins Gesicht gesagt? Wer weiß? Und sie bringt ihn um – überfährt ihn mit dem Wagen. Welchen Wagen sie dazu benutzte und wo er jetzt steht, wissen wir nicht, aber wenn du mal gezielt danach fahndest, wirst du vielleicht eine Überraschung erleben.«

»Ich kümmer' mich drum, weiter«, sagte er kurz angebunden.

»Sie zieht sich unauffällige Klamotten an: eine Wollmütze, Jeans, Turnschuhe – damit die Leute im

›Lumpen und Buddel‹ sie für 'n Kerl halten.« George runzelte nachdenklich die Stirn. »Ja, genau so muß es gewesen sein. Sie dachten, es sei ein Mann, aber in Wirklichkeit war es Julia Arundel. Und dann erhält sie diese furchtbare Nachricht von einem ihrer Kunden. Das Baby, das sie ihm verkaufte, ist krank – sehr krank. Sie weiß, sie muß es selbst sehen, also arrangiert sie, daß das Kind ins Old East gebracht wird. Wollte sie das Baby schon in jener Nacht entführen und loswerden? Jedenfalls schafft sie es aus irgendeinem Grund nicht, dort zu sein. Aber später, als sie die beiden unter einem Vorwand in die Harley Street bestellt, kriegt sie das Baby in die Finger und tötet es, weil sie befürchtet, daß es untersucht und die Ursache seiner Krankheit festgestellt wird. Das hört sich doch alles plausibel an, oder? Mein Gott, sie muß ja eine unglaublich harte Frau sein – kannst du dir vorstellen, wie man derart –«

»Wir haben aber keine Beweise«, entgegnete Gus. »Die Idee ist verführerisch, aber da gibt's immer noch diese Dr. Kydd – und die Idee ist auch auf deinem Mist gewachsen. Aber diese letzte Theorie klingt gut.« Er blickte sie herausfordernd an. »OK, Dr. Barnabas. Was nun?«

»Wie meinst du das?«

»Du hast mir doch offensichtlich die Arbeit aus den Händen genommen. Also sag mir, was wir als nächstes tun.«

George wurde rot. »Stell dich nicht so blöd an, Gus Hathaway! Wenn die Theorie den Test besteht, weißt du verdammt gut, was als nächstes passiert.«

Er überlegte eine Weile, dann nickte er. »Sie besteht den Test«, gab er zu. »OK. Hab' jetzt gar keine Zeit, sauer auf dich zu sein, weil du so verdammt clever bist. Gut gemacht! Du bist so ein richtiger Schlauberger, heißt das nicht so? Dank' dir für deine Hilfe.« Er grinste sie ein wenig schief an. »Du bist genau die Richtige für das Selbstbewußtsein eines Mannes, aber daran kann man nichts ändern! Ich werd's schon verkraften. Also, wir besorgen uns ein Foto von Julia Arundel und zeigen es den Hillmans. Wir überwachen die Flüge aus Bukarest. Wir sehen im Register von Swansea nach, ob ein Fahrzeug auf den Namen Arundel eingetragen ist, und wenn ja, suchen wir es nach Spuren ab – obwohl sie nach so langer Zeit höchstwahrscheinlich beseitigt oder verwischt sind. Und dann – dann checken wir mal, was uns an handfesten Beweisen vorliegt, denn bis jetzt sind es alles nur Vermutungen, oder? Tolle Vermutungen, aber nicht der Schatten eines Beweises.« Aber er wirkte bereits erheblich zufriedener, während er das sagte.

36

»Ich versuche im Herbst zu kommen, Ma«, versprach George. »Dann kann ich mir ein paar Wochen Urlaub nehmen und eine Zeitlang bleiben. Es ist wirklich nicht mehr lange bis dahin, wirst schon sehen.«

»Natürlich nicht«, pflichtete Vanny bei. Aber es war deutlich anzumerken, daß sie nicht daran glaubte.

Bridget war taktvoll zu einem Streifzug durch die Läden aufgebrochen und hatte die beiden allein gelassen, so daß sie noch eine letzte Tasse Kaffee miteinander trinken konnten. George saß ihrer Mutter gegenüber und schaute sie an, als sollte sie sie nie mehr wiedersehen. Es war absurd, redete sie sich ein, so melancholisch zu sein; die Situation war doch nicht neu, für keine von beiden. George hatte die Staaten vor zehn Jahren verlassen und war seitdem ein paar Mal hinübergeflogen (anders war daran nur, daß Mutter sie das erste Mal in England besucht hatte), doch bei keinem Abschied vorher hatte sie das Gefühl des Verlustes so stark empfunden. Sie studierte das Gesicht ihrer Mutter, die feinen Linien um die Augen, den kaum wahrnehmbaren blassen Rand um die Iris, die papiertrockene Haut der Wangen, und verspürte ein kindliches Bedürfnis zu weinen, aber sie verdrängte es, indem sie den Betrieb im Café beobachtete, die gehetzten Menschen mit ihren Kofferbergen, und der Stimme aus dem Lautsprecher lauschte, die Nachrichten für säumige Passagiere und Besonderheiten zu den Flügen durchgab.

»Mach dir bloß keine Sorgen um mich, George«, sagte Vanny unvermittelt, streckte die Hand aus und berührte die Wange ihrer Tochter. »Ich weiß, daß ich manchmal 'n bißchen seltsam war, und ich weiß auch, daß Bridget glaubt, ich sei krank. Ich dachte das auch. Aber zum Teufel damit! Man muß positiv denken, stimmt's? Und das tu' ich jetzt. Vielleicht bau' ich hier und da ein bißchen ab, aber so ist es nun mal im Alter. Schau mal wieder in *Hamlet* rein, wenn du Zeit hast – erster Akt, zweite Szene, Zeile zweiundsiebzig bis dreiundsiebzig, wenn ich mich recht erinnere. Wo Gertrude zu ihrem Sohn spricht.«

Vanny kicherte zufrieden – sie hörte sich dabei so sehr wie früher an, daß George sich für einen Moment in ihre Kindheit zurückversetzt fühlte. »Weißt du noch, wie ich dich dazu brachte, bestimmte Bücher zu lesen, indem ich dir Stellen daraus zitierte und dir nicht sagte, wo sie zu finden waren, so daß du selber nachgucken mußtest? Jetzt hab' ich's schon wieder getan. Aber wie gesagt, Honey, sorg dich nicht! Ich komme nur etwas durcheinander, wenn Sachen neu für mich sind, das ist alles.« Erneut berührte sie leicht Georges Wange und blickte über die Schulter zu Bridget, die gerade mit einer großen prallgefüllten Einkaufstüte an ihren Tisch trat.

»Ich weiß, ich bin dumm, ich hätte warten sollen, bis wir im Duty Free-Shop sind, aber ihr kennt mich ja, – Einkaufen ist nun mal meine schwache Seite!«

rief sie. »Heh, ihr beiden, ich mag euch ja nicht drängen, aber wir sollten allmählich in die Abflughalle. Meinst du nicht auch, George?«

»Ja«, sagte George nur. Sie erhob sich und half Vanny auf die Beine. Sie schien so gebrechlich und trotz ihrer munteren Rede so sehr auf Hilfe angewiesen, daß es George weh tat.

»Ich trag' die Taschen«, verkündete Bridget, ehe sie sich einen Weg durch die Menschenmenge zur Paßkontrolle und Abflughalle bahnten. Während George auf ihrer Seite der Absperrung stand und den beiden nachsah, dehnte sich der Schmerz in ihrer Brust aus und wurde zu einem Gefühl von Dumpfheit und Schwere ... Doch dann, kurz bevor sie verschwanden, drehte Vanny sich noch einmal um, steckte sich die Daumen in die Ohren und wackelte mit den Fingern, wie sie es immer getan hatte wenn George, als sie noch sehr klein gewesen war, befürchtet hatte, irgendwo alleingelassen zu werden, zum Beispiel auf einer Kinderparty, wenn alle anderen Mädchen schönere Kleider getragen hatten, oder auf einem Karussell. George lachte lauthals und machte dieselbe Geste. Vanny hatte recht; sie mußte sich keine Sorgen machen.

George holte tief Atem und überlegte, was sie nun tun sollte. Seit sie, nach ihrer Heimkehr am Vorabend die Nachricht auf dem Anrufbeantworter abgehört hatte, war sie besorgt. Natürlich hatte sie Gus davon erzählt, und er war auch sehr interessiert gewesen, hatte aber keinen zwingenden Grund gesehen, seine Anordnungen zu ändern.

»Wiederhol noch mal den genauen Wortlaut«, drängte er, als sie anfing, ihm Vorhaltungen zu machen. Daraufhin spielte sie ihm das Band vor, und hörte selbst aufmerksam zu – wie schon einige Male zuvor.

»Oh! Sie sind nicht da!« hatte die atemlose Stimme gesagt. Sylvia Hillman. »Ach du meine Güte, Sie sind nicht da. Ich weiß nicht, ob – ach je.« Dann waren Atemzüge zu hören; und dann hatte sie wieder angefangen zu sprechen, hastig und offenbar im Zustand hellster Aufregung.

»Wir fahren in einer halben Stunde nach Florida. David meinte, es würde mich ablenken von – nicht, als ob das wirklich ginge, aber –. Also, wir verreisen, und deshalb muß ich doch eine Nachricht hinterlassen, nicht wahr? Und ich weiß nicht, was ich – oh, Gott, was soll ich bloß – also, es ist so, ich hab' einen Anruf gekriegt. Meine Freundin Mary, sie ist die liebste – ich meine, sie versteht mich wirklich und sorgt sich um mich und versucht, mir zu helfen; also Mary hat gehört, daß eine andere Frau, der sie auch davon erzählt hat – so wie ich meine, von dieser Frau, die Babys besorgen kann – nun, sie sagte, diese andere kriegt in den nächsten Tagen ein Baby, und sie dachte – Mary dachte –, daß ich es wissen sollte, weil ich vielleicht mit ihr Kontakt aufnehmen wollte, um ihr zu erzählen, was mir passiert ist, und vielleicht diese Frau finden und sie fragen, wie das mit Teddy geschehen konnte und –. Aber David war dagegen. Er kann es nicht mehr ertragen. Ich sollte überhaupt nicht mehr daran denken, sagte er. Und vielleicht gibt es ja in Florida Babys wegen dieser ganzen Haitianer und Puertoricaner und – und ja, ich hab' versprochen, ich würde Ihnen nichts erzählen, aber jetzt tu' ich's doch, weil wenn Sie herausfinden, wer sie ist, können Sie sie fragen, was mit Teddy passiert ist. Oh! und rufen Sie mich nicht an, bitte, sonst wird

David –. Oh! Nein, Liebling, ich hab' nicht telefoniert, nur die Zeitansage angerufen.« Hier wurde der Hörer abrupt aufgelegt.

»Ist ja wohl kaum 'ne klare Mitteilung, wie?« bemerkte Gus. George mußte sich beherrschen, um ihn nicht anzubrüllen.

»Klar! Natürlich nicht! Diese Frau ist fast von Sinnen vor Schmerz und Sehnsucht und – ich hab's dir doch erzählt, Gus.«

»Oh, ich weiß das. Tja, da du damals mit ihr gesprochen hast, kannst du mir ja auch erklären, was sie jetzt gemeint hat.«

»Sie meint, daß dieselbe Frau, die ihnen Teddy gab – und nahm – jetzt mit einem anderen Paar den gleichen Handel abgeschlossen und ihm versprochen hat, daß es in den nächsten Tagen ein Baby bekommt. Was bedeutet, daß jeden Moment ein Baby eintreffen kann –«

»Das ist eine verteufelte Vermutung«, unterbrach er sie. »Wie kannst du sicher sein, daß es dieselbe Frau ist?«

»Sylvia Hillman hat es doch bestätigt. Und frag mich nicht, woher ich weiß, daß es Sylvia Hillman ist, denn eines weiß ich ganz bestimmt: Es ist ihre Stimme.«

»Das hab' ich auch nie bezweifelt«, lenkte Gus ein. »Ich frage nur, warum du so überzeugt bist, daß die andere Frau, von der sie da spricht, ihr Baby von derselben Quelle erhalten wird.«

»Das bin ich ja gar nicht! Ich halte es für sehr wahrscheinlich. Und ich meine, du solltest in den nächsten Tagen Flüge aus Rumänien überwachen lassen, weil es durchaus sein könnte, daß eine Frau mit 'nem Baby unter dem Pullover dabei ist.«

»Aber das tun wir doch schon«, betonte er mit freundlicher Sachlichkeit. »Wir überwachen die Flüge von Bukarest am Terminal Zwei.«

»Und die aus den anderen Städten? Frankfurt und Wien und –«

»Alle«, erklärte er geduldig. »Aber unser besonderes Augenmerk richten wir auf Bukarest. Das ist doch logisch, nicht? Also brauchst du dir keine Sorgen zu machen. Wir passen auf. Es hilft natürlich, wenn man erfährt, daß die Chancen groß sind. Ich schätze, wir könnten jemanden nach Florida schikken, um mit den Hillmans zu reden.«

»Oh, nein, tu das nicht! Sie haben schon genug durchgestanden. Du hast doch gehört, was sie sagte. Sie will nicht, daß David – ihr Mann – erfährt, daß sie mich angerufen hat. Ich möchte ihr das Leben nicht noch schwerer machen.«

»Na schön. Außerdem glaub' ich auch nicht, daß es nötig ist. Wir tun schon alles, was in unserer Macht liegt. Überlaß die Sache uns, George! Ich verspreche dir, wir stehen treu und fest wie die sprichwörtliche Wacht.«

Damit hatte sie sich zufriedengeben müssen. Im Abschiedstrubel mit Bridget und Vanny war es leicht gewesen, alles zu vergessen, doch nun konnte sie es nicht länger verdrängen. Was würde passieren? Würden sie das Baby und den Kurier erwischen oder durch die Maschen schlüpfen lassen? Würden sie –

Sie begriff, wie albern sie sich anstellte. Sie konnte nicht mehr tun. Gus war über Sylvias Nachricht informiert; der Rest lag bei ihm. Und nun stand sie mitten in der Menschenmenge in Terminal Drei und wußte nichts mit sich anzufangen. Sie hatte sich den ganzen Tag freigenommen, und jetzt war es erst halb zwölf; womit sollte sie den Nachmittag zubringen? Gus hatte ihr deutlich zu verstehen gegeben, daß der Fall für sie abgeschlossen war; gestern hatte er sich den ganzen Tag mit den Haken und Ösen der Ermittlung, wie er es nannte, herumgeschlagen: hatte Nachforschungen wegen Julia Arundels Auto angestellt und die Bewachung des Flughafens gesichert. George hatte ihm noch nicht mitteilen können, daß sie nun völlig überzeugt war, daß ein Baby heute oder morgen eintreffen müsse, oder vielmehr letztendlich vergessen, ihn anzurufen, nachdem die beiden alten Damen aufgestanden waren. Sie hatten in fieberhafter Eile ausgepackt, was sie am Tage zuvor eingepackt hatten, alles neu geordnet und die ganze Prozedur wiederholt.

Aber nun saßen sie sicher in der Wartehalle für den Flug über New York nach Buffalo, und sie konnte nichts mehr für sie tun. Liebe Ma, sagte sie im stillen. Liebe Ma. Es geht dir doch gut, nicht wahr. Wirklich?

George machte einen Umweg und suchte einen renommierten Buchladen auf – in der Hoffnung er habe Shakespeares Werke vorrätig. Doch die junge Frau hinter der Ladentheke starrte sie nur offenen Mundes an, als sie danach fragte, und zeigte auf die reißerischen Krimis und blutrünstigen Horrorromane, die die Regale zierten.

»Wir haben nur ganz normale Bücher«, sagte sie. »Tut mir leid!« George stieß einen Seufzer aus und verließ das Geschäft. Sie mußte sich gedulden, bis sie heimkam, um Vannys Botschaft nachzulesen.

Sie hatte das Flughafengebäude beinahe durchquert, um zur U-Bahnstation zu gehen – sie waren zwar mit dem Taxi gekommen, aber für ihren einsamen Rückweg hielt sie solche Extravaganzen für übertrieben –, als sie jäh stoppte. »Transfer zu Terminals Eins, Zwei und Vier«, las sie auf einem Schild, das die entsprechenden Richtungen angab. George biß sich auf die Lippen und dachte einen Moment nach, dann schlug sie entschlossen den Weg zu Terminal Zwei ein. Wenigstens war sie jetzt beschäftigt.

»Tun Sie mir einen Gefallen«, sagte Rupert Dudley. »Ich hab' schon genug am Hals ohne Sie. Wenn es Ihnen nichts ausmacht, daß ich das sage.«

»Es ist Ihnen doch völlig egal, ob es mir was ausmacht oder nicht!« herrschte George ihn an. »Außerdem erwarte ich gar nicht, daß meine Anwesenheit Sie vor Freude platzen läßt. Ich frage nur, ob ich helfen kann. Ich kenne die Leute vom Krankenhaus vom Sehen verdammt viel besser als Sie. Wenn der Kurier einer von ihnen ist, kann ich ihn identifizieren –«

»Das ist Sache der Polizei«, erklärte Dudley. »Ich brauch' keinen Pathologen, trotzdem danke. Wenn dies der Fall sein sollte, werde ich mich in der angemessenen Weise mit Ihnen in Verbindung setzen.«

»Wenn Gus hier wäre –«, begann George, dann hielt sie sich zurück. Zu spät erkannte sie, wie dumm es war, ihn auch nur zu erwähnen. Sie hatte recht. Dudley funkelte sie wütend an, dann wandte er sich brüsk ab und sprach mit einem seiner Männer, ohne sie weiter zu beachten.

George kochte innerlich, aber sie konnte nichts tun. Es war schon schwierig genug gewesen, die Ermittlungsbeamten ausfindig zu machen sowie den Zollbeamten, der an der Wand nahe dem Eingang zum Büro lehnte, von wo aus man den gesamten Zollbereich gut überblicken konnte, zu überzeugen, daß sie einen guten Grund hatte, mit den Polizisten zu sprechen. Er war erst bereit gewesen, sie passieren zu lassen, nadem sie Rupert, der plötzlich hinter ihm aufgetaucht war, zugerufen hatte: »Heh, Roop! Sagen Sie diesem Typen hier, daß Sie mich erwarten, ja?« und das mit einer unverschämten Vertraulichkeit, über die sie jetzt noch erstaunt war. Dudley hatte sie nur angestarrt, so überrascht war er gewesen, was der Zollbeamte als Zustimmung gewertet hatte.

Als sie nun den Zollbereich wieder verließ, schaute er sie von der Seite an. Sie wurde rot vor Verlegenheit und tauchte blitzschnell in der Menge auf der anderen Seite der Barriere unter. Plötzlich hielt sie an.

Zum Teufel, sie würde sich nicht unterkriegen lassen. Rupert Dudley legte auf ihre Unterstützung keinen Wert. So ein gottverdammtes Pech aber auch! Dann würde sie eben hier draußen bleiben und aufpassen. Selbst wenn die Polizisten die Überbringerin in der Menge entdeckten – angenommen natürlich, sie traf mit dem Flug aus Bukarest ein –, konnten sie die Frau doch nicht einfach hier im Zoll festnehmen? Das konnten sie sehr wohl, berichtigte sich George, aber sie würden es nicht tun. Es ging ja nicht um den Überbringer, sondern um die Frau, die hinter der ganzen Sache steckte und sie hier treffen wollte. Oder ihn – es war auch möglich, erinnerte sich George, daß ein Mann als Kurier fungierte. Oder nicht? Konnte ein Mann, der ein Baby auf den

Körper gebunden hatte, eine lange Reise machen und unerkannt durchkommen? Sie fand es unwahrscheinlich, ohne genau sagen zu können, warum. OK, ob Mann oder Frau, sogar ein Rupert Dudley würde doch nicht mit gezogener Waffe losstürmen, um jemanden zu verhaften, bevor dieser nicht mit der geheimnisvollen Person im Hintergrund Kontakt aufgenommen hatte? Also würde sie hier ausharren ...

Am schwersten fiel es ihr, die Zeit zu überbrücken. George holte sich ein paar Zeitungen und versuchte, sich auf den Inhalt zu konzentrieren, aber es war nicht gerade einfach, im Stehen zu lesen, wenn man dauernd angerempelt wurde. Slbstverständlich hätte sie sich bis zur avisierten Ankunftszeit – halb vier, laut Information – in ein Café setzen können, aber sie befürchtete, die Maschine zu verpassen. Die meisten Leute mußten hinter anderen anstehen und über deren Köpfe spähen, um ihre Angehörigen oder Bekannte aus dem Zoll treten zu sehen – George war nicht bereit, ihren Platz mit guter Sicht in der ersten Reihe aufzugeben.

Sie blickte zum x-ten Mal auf die Uhr. Der tägliche Flug aus Bukarest stand ganz unten auf der Anzeigetafel, und mit Ehrfurcht las sie die Namen der Städte: Wien und Moskau, Frankfurt und Sofia, Budapest und Istanbul und Athen. Es war wie in den Märchen ihrer Kindheit, die von Goldenen Straßen nach Samarkand erzählten – doch der Glanz verging, während Bukarest auf der Tafel höher und höher kletterte. Eine Maschine nach der anderen landete pünktlich; aufgeregte Fluggäste eilten in die Empfangshalle und wurden von ebenso aufgeregten Wartenden begrüßt.

Aus Langeweile versuchte George vorauszusagen, wen die Menschen vor der Barriere abholen wollten – und irrte bei allen. Das junge Paar, das aussah, als komme es aus den Flitterwochen und werde von dem wohlhabend wirkenden älteren Paar ein paar Meter von George entfernt erwartet, wurde lautstark von drei kleinen Kindern unter der Obhut eines Au pair-Mädchens in Empfang genommen. Das Paar mittleren Alters seinerseits winkte aufgeregt einem dünnen Mädchen mit rasiertem Schädel, schrillstem Make-up und dem kürzesten, knappsten Rock der diesjährigen Saison. Ein äußerst nachlässig gekleidetes Paar mit mehreren braunen Kartons im Gepäckwagen wurde von einem Chauffeur in maßgeschneideter Uniform begrüßt, und eine Gruppe von Leuten, die einen derart bäuerlichen Eindruck machten, daß sie schon die schiere Größe des Terminals Zwei aus der Fassung hätte bringen müssen, marschierten zielstrebig Richtung Ausgang. Verzagt unterbrach George ihre Prognosen. Würde sie die Passagiere des Fluges aus Bukarest ebenso falsch beurteilen? Sie beschloß, die Übung ganz fallen zu lassen, auch wenn sie die Aussicht auf lange Stunden ohne irgendeine Beschäftigung erschreckend fand. Erst als der Zeiger der Uhr fast die Drei erreicht hatte, begann sie wieder aufzuleben. Die letzten dreißig Minuten würde sie auch noch rumkriegen.

Erneut sagte sie sich, wie absurd ihre Mutmaßungen wären! Was auch immer Sylvia Hillman behauptet hatte – warum um alles in der Welt sollte der Kurier aus Bukarest ausgerechnet in dieser Maschine sitzen? Würde sich Julia Arundel nach all dem Wirbel, der veranstaltet worden war, nicht eine Weile zurückziehen?

Oder vielleicht doch nicht? Sie wußte ja nicht, daß sie als Verbrecherin entlarvt war, konnte vielmehr annehmen, selbst davongekommen zu sein. Sie hatte drei Babys vertauscht, eines getötet, ja sogar Harry umgebracht, ohne jemals persönlich in Erscheinung getreten zu sein. Sie muß sich einfach in Sicherheit wiegen, dachte George, hatte nicht den geringsten Anlaß, ihre Geschäfte einzustellen. Sie durfte nicht länger zweifeln – Sylvia hat recht gehabt.

Um zwanzig nach drei war im Lautsprecher der Information ein Hüsteln, gefolgt von einem Knakken zu vernehmen, und danach verkündete eine Stimme, die Ankunft des Fluges aus Bukarest verschiebe sich auf vier Uhr. George fluchte. Ihre Füße waren kalt und schmerzten vom stundenlangen Stehen – ebenso ihr Rücken. Außerdem war sie ziemlich hungrig – hatte nicht mal an den Lunch gedacht –, und zu allem Überfluß meldete sich auch ihre Blase. Noch eine halbe Stunde! Das war doch zu schaffen, oder? Ja, selbstverständlich schaffte sie das.

Fünf Minuten vor vier knackte es wieder im Lautsprecher. Die aktuelle Nachricht lautete, die Maschine sei erst um vier Uhr fünfzehn zu erwarten. Als George daraufhin wütend mit den Füßen stampfte, auch um sich etwas zu wärmen, erkannte sie, daß sie dem Drang ihrer Blase demnächst nachgeben mußten.

Sie versuchte es mit sämtlichen Tricks, die ihr einfielen: Sie spannte die Beckenbodenmuskeln an, straffte den Rücken und nahm die Schultern zurück, um ihren Bauchraum zu vergrößern und dem arg beanspruchten Organ mehr Platz zu schaffen, biß sich auf die Zunge und dachte an Musik – das war die beste Ablenkung, die sie kannte. Zunächst funktionierte es – der Drang ließ nach. Doch kurz darauf begann jemand im Hintergrund zu pfeifen, und der schrille Laut fuhr ihr in den Bauch. Wieder zog sich ihre Blase zusammen, und nun wußte George, daß jedes weitere Hinhaltemanöver zwecklos war.

»Bitte«, sagte sie zu der Frau, die sich neben ihr gegen die Absperrung lehnte. »Ich muß auf die Toilette, aber wenn ich jetzt hier weggehe und meine Freundin in der Zwischenzeit eintrifft und mich nicht findet, wird sie sich Sorgen machen. Halten Sie den Platz für mich frei, bis ich zurück bin? Ich wäre Ihnen sehr verbunden.«

Die Frau schaute sie mit großen erschrockenen Augen an. »Wie bittäh?« fragte sie.

»O Gott!« entfuhr es George; sie wandte sich an den Mann auf der anderen Seite. Er nickte ihr aufmunternd zu. Sie lächelte dankbar und machte sich auf den Weg. Nun, da sie sich bewegte, war der Drang leichter zu beherrschen. Nachdem sie die dichtgedrängte Menge hinter sich gelassen hatte, konnte sie sogar laufen, wobei sie den Schilderwald nach dem Symbol für die nächstgelegene Damentoilette absuchte.

Endlich fand sie eine und stürzte durch die Tür. Alle Kabinen waren besetzt, zwei Frauen warteten im Vorraum.

»O Gott!« seufzte George. »Ich platze gleich. Darf ich vielleicht vor?« Beide Frauen blickten sie an, eine wütend, die andere mitfühlend.

»Natürlich«, sagte die Freundliche. Im nächsten Moment wurde eine Tür geöffnet. George stieß ein atemloses ›Danke!‹ hervor und verschwand in der Kabine.

Die Erleichterung war ungeheuer. Sie saß mit gesenktem Kopf da und genoß die Befreiung, während sie nach Luft rang. Schließlich verlangsamte sich ihr Puls, und sie fühlte sich in der Lage, ihre Warteposition wieder einzunehmen.

Als sie den Reißverschluß ihrer Hose hochzog und die Jacke zurecht rückte, wurde sie auf Stimmen aus einer Kabine weiter hinten aufmerksam.

Trotz der Geräusche aus den umliegenden Kabinen konnte George zwei Stimmen ausmachen, die sich im Flüsterton unterhielten. Ihre Worte verstand sie nicht, aber zweifellos handelte es sich um eine sehr heftige Diskussion, an der, entgegen ihrer ersten Vermutung, kein Kind beteiligt war.

George rannte zum Waschbecken und drehte den Hahn auf. Der Spiegel darüber zeigte ihr alles, was hinter ihrem Rücken passierte, und sie ließ ihn nicht aus den Augen, während sie ihre Hände wusch. Einerseits fand sie es höchst unwahrscheinlich, daß die Frau, nach der sie und die Polizei Ausschau hielten, einen anderen Flug genommen hatte und sich nun hier auf der Toilette aufhielt; andererseits wuchs Georges Überzeugung, daß genau dies geschehen war. Diese beiden Stimmen hatten sich zu drängend, ihr Tonfall zu konspirativ angehört, als daß sie daran zweifeln konnte.

Um sie herum erneuerten Frauen ihr Make-up. Eine der Kabinen war immer noch geschlossen; obgleich George diesem Umstand zunehmende Bedeutung beimaß, wurde ihr gleichzeitig bewußt, daß sie die Ankunft der Maschine aus Bukarest verpassen könnte, wenn sie sich über das, was hier vorging, im Irrtum befand.

Ihre Hände waren vom häufigen Waschen und Trocknen bereits krebsrot, als sich endlich etwas tat.

Fasziniert verfolgte George, wie sich die Tür der fraglichen Kabine gerade so weit öffnete, daß jemand hindurchschlüpfen konnte. Es war eine dicke, nicht besonders große junge Frau, die ihr Haar mit einem Schal zurückgebunden hatte. George verrenkte sich den Hals, um besser sehen zu können. Die junge Frau hielt kurz vor der Tür der Kabine, die nun wieder zugeschwenkt war, und knöpfte sich bedächtig ihre wattierte und plumpe Patchworkjacke zu. Sie hatte den Kopf gesenkt, so daß man ihr Gesicht nicht gut erkennen konnte, aber George hatte den Eindruck, daß es, im Gegensatz zu ihrem Körperbau, hager sein mußte. Ihre Beine waren in der dicken und weitgeschnittenen Hose nicht auszumachen.

Langsam schlenderte die junge Frau zum Ausgang. George blieb angespannt stehen, unsicher, wie sie sich verhalten sollte. Sie war sicher, daß es sich bei der jungen Frau um den Kurier handelte – Kleidung, Stil, alles an ihr war genauso, wie sich George einen solchen Kurier vorstellte. Die Tatsache, daß sie nicht mit dem Direktflug von Bukarest eingetroffen war, hielt George für zweitrangig; gewiß gab es andere Möglichkeiten, London von Rumänien aus zu erreichen.

Aber wenn ich ihr jetzt folge, wird die Frau – wer sie auch immer sein mag –, die sie dort in der Kabine allein gelassen hat, verschwinden, überlegte George während sie sich eifrig kämmte, ohne es zu merken, denn sie gab immer noch vor, sich zurechtzumachen.

Die junge Frau hob das Kinn, und George wandte ihren Blick ab, beobachtete sie aus den Augenwinkeln – möglichst unauffällig, ohne sie direkt anzuschauen –, dann starrte sie sie an, und in ihren Adern begann das Blut zu hämmern. Die junge Frau starrte sie gleichfalls an. Furcht lag in ihren Augen. Georges Vermutung war richtig gewesen: Sie hatte ein schmales Gesicht mit kantigen Zügen, das keinesfalls zu der fülligen Figur gehören konnte, die ihre Kleidung unvoreingenommenen Beobachtern suggerierte. Ohne weiter nachzudenken, drehte George sich herum und schritt auf sie zu.

Danach ging alles sehr schnell. Die junge Frau sprang zur Seite, als sich George ihr näherte. Doch als sie zum Lauf ansetzte, um die Flucht zu ergreifen, betrat eine Mutter mit vier kleinen Kindern im Schlepptau den Waschraum. Die junge Frau mußte ihnen ausweichen, und in diesem Augenblick verließ eine andere Frau die Kabine, aus der sie selbst kurz zuvor gekommen war. Sie war blaß und ungeschminkt. Ihre Kleidung, ein schlichter marineblauer Mantel und ein runder Hut, den sie so tief in die Stirn gedrückt hatte, daß man kein Haar sah, wirkte wie eine Uniform. Die schlichte Tasche, die über ihrer rechten Schulter hing, sowie die große rechteckige Einkaufstasche in ihrer linken Hand verstärkten diesen Eindruck. George schaute von ihr zu der jungen Frau in der Patchworkjacke und traf ihre Entscheidung. Blitzschnell stürzte sie sich auf die Frau mit dem Hut – diesen Moment nutzte die andere, stieß die Mutter mit den vier Kindern zur Seite und floh durch den Ausgang.

George hielt die Frau mit dem Hut fest.

»Schwester!« rief sie. »Schwester Collinson! *Sie* hätte ich am allerwenigsten hier erwartet! Dürfte ich wohl mal einen Blick in Ihre Tasche werfen?«

37

Ich glaube nicht, daß ich jemals etwas Lustigeres gesehen habe«, sagte Gus.

»Wenn es dich erwischt hätte, würdest du jetzt aus dem letzten Loch pfeifen«, entgegnete George und zuckte zusammen, als sie den rechten Arm bewegte. Die Stelle, an der das älteste der vier Kinder sie gebissen hatte, tat nach wie vor höllisch weh. Zwar war die Haut noch intakt, aber der Bluterguß, den George davongetragen hatte, war nicht zu verachten. »Dieses Kind hatte Kiefer wie ein Rottweiler.«

»Ja, das ist wirklich schlimm. Und doch, wenn diese Kinder nicht gewesen wären ...«

»Wenn *ich* nicht gewesen wäre, hättet ihr sie auf keinen Fall geschnappt«, widersprach George. »Red nicht immer von diesen gräßlichen Kindern.«

»Früher oder später hätten wir sie geschnappt!« beharrte Gus. »Inzwischen sind uns noch drei ihrer Kuriere ins Netz gegangen.« Er lächelte etwas grimmig. »Die jungen Frauen waren ganz schön überrascht, als sie ein paar meiner Beamtinnen auf dem Klo trafen.«

»Schon gut«, lenkte George ein. »Vielleicht. Es ist bloß so, daß ich –«

Er beugte sich vor und berührte sanft ihren verletzten Arm. »Du hast ja recht, George. Ich weiß ja, daß du den Fall geknackt hast. Und alle anderen wissen das auch. Ich versprech's dir.«

»Ach, Gott«, meinte sie. »Das klingt, als ob ich ...« Sie hielt inne.

»Als ob du ehrgeizig wärst? Darauf kannst du deinen süßen Du-weißt-schon-was wetten.« Er lachte. »Obwohl, mir geht's nicht anders. Wenn ich soviel Schwein gehabt hätte, im richtigen Moment am richtigen Ort zu sein, dann wär' ich jetzt auch so zufrieden mit mir.«

»Es war nicht *nur* pures Glück«, betonte George. »Schließlich hatte ich mir vorher alles genau überlegt.«

»Wem willst du was vormachen, Sweetheart? Du hast auf den Flug aus Bukarest gewartet, genau wie wir. Als ich in Heathrow eintraf, sagte Rupert mir, du wärst eben noch dagewesen, und das stimmte – hab' dich ja selbst noch gesehn! Aber dann dachte ich, warum soll ich ihr den Spaß verderben? Und dann warst du plötzlich verschwunden.«

»Ich wär' bald geplatzt, ich mußte dringend verschwinden.«

»Ich kenn' das.« Er war voller Mitgefühl. »Und immer kommt es zum falschen Zeitpunkt. Nur bei dir war es der richtige.«

»Ich muß ja zugeben, daß es ein absolut verrückter Zufall war. Ich warte auf dieses Flugzeug und versuch' mir einzureden, daß der Kurier an Bord sein wird. Und dann rase ich zur Toilette, und es stellt sich heraus, daß der Kurier genau dort ist! Jetzt sag mir mal – ist das nicht reichlich unwahrscheinlich?«

»Nicht unbedingt. Im wirklichen Leben passieren Dinge dieser Art öfter, als man für möglich hält. Lies mal Arthur Koestler, wenn du mir nicht glaubst. Er bezeichnet es als ›Synchronizität‹.«

»Ehrlich?« Sie kramte vergeblich in ihrem Gedächtnis nach dem genannten Namen.

»Glaub mir, du mußt auf die Natur vertrauen, denn das ist doch nichts anderes als ein Naturphänomen.« Wieder lachte er – es hörte sich wie ein tiefes zufriedenes Brummen an. »Wärst du nicht dem Ruf der Natur gefolgt, hättest du sie verpaßt. Die Natur hat's also gerichtet.«

»Na ja«, räumte George ein. »Irgendwie schon.« Sie streckte sich. »Wie auch immer, ich hatte recht, oder etwa nicht?«

»Womit? Mit Julia Arundel? Mit der armen Dr. Arundel, die so unschuldig ist wie 'n Dingsbums und nicht wissen will, was hinter ihrem Rücken gelaufen ist?«

George besaß den Anstand zu erröten. »Na schön, in ihr hab' ich mich getäuscht, auch in Susan Kydd. Nein, ich hatte von der Vorgehensweise gesprochen.«

»Ja.« Er ging zum Tisch hinüber, sah, daß kein Kaffee mehr da war, und bedeutete einem der Polizisten draußen, er möge ihm welchen holen. »Das stimmt allerdings. Gute Arbeit.«

George plusterte sich auf. »Ich bin wirklich sehr stolz auf mich. Es war eine plötzliche Eingebung.«

»Eigentlich war es aber meine liebe alte Dame, die dahintergekommen ist«, entgegnete er, als Michael Urquhart den Kaffee brachte. »Dank' dir, Mike. Mach die Tür von außen zu, ja? Das haben wir alles Vanny zu verdanken.«

»Soll ich denn gar nichts dazu beigetragen haben?« fragte George ein wenig kläglich. »Ich meine, wer hat denn Schwester Collinson gefaßt?«

»Deine Blase«, erwiderte er knapp, und sie schnitt ihm eine Grimasse.

Eine Weile tranken sie schweigend Kaffee, dann stellte sie mit lautem Klappern die Tasse ab. »Und was passiert jetzt?«

»Wir haben die Aussage der Collinson als Ausgangsbasis. Es war nicht besonders schwer, alles aus ihr rauszukriegen. Ich glaube wirklich, daß sie überzeugt war, selbst nie erwischt zu werden. Sie hatte sich nicht zurechtgelegt, was sie sagen würde, wenn es einmal soweit kommen sollte, noch nicht mal das fadenscheinigste Alibi. Wir haben uns 'nen Durchsuchungsbefehl für ihre Wohnung besorgt und dort sämtliche Beweismittel sichergestellt. Sie hat peinlich genau Buch geführt. Wie Harry Rajabani je in den Besitz dieser Liste gelangt ist, wird mir immer ein Rätsel bleiben.«

»Hat sie denn gar nichts von ihrer sogenannten Buchführung im Krankenhaus geschrieben?« fragte George.

»Aber ja. Das mußte sie doch. Jedesmal, wenn sie sich ein Baby auf der Entbindungsstation anschauen mußte, huschte sie schnell noch ins Büro der Fertilitätsklinik – wenn Cherry nicht da war – und suchte sich Namen und Adressen von Patienten heraus. Dann mußte sie nur noch den Kontakt mit den Leuten aufnehmen, und schon war ihre Kundenliste komplett.«

»Hmm«, machte George. »Ja, ein Exemplar davon haben wir ja auch gefunden, nicht wahr? Ein paar Namen, die sie im Büro von der Fertilität gefunden und dann chiffriert mit der Schreibmaschine auf der Entbindungsstation getippt hatte.«

»Genau.«

»Ich muß etwas beichten«, gestand George. Sie wußte nicht genau, warum, aber sie spürte, daß sie es

Cherry schuldig war. »Ich wollte nicht, daß Cherry mir beim Dechiffrieren half. Dann hätte sie sofort gemerkt, daß es eine Liste ihrer Patienten war – oder zumindest einiger – sie umfaßte nämlich auch Beschreibungen, denn die Babys sollten zu ihren Adoptiveltern passe. Sie kennt sie doch alle, oder? Aber ich dachte ...« Sie zuckte die Achseln. »Es ist dumm, ich weiß, aber es war Sache der Polizei, deshalb hab' ich sie da rausgehalten.«

Gus brüllte vor Lachen. »Für dich ist es OK, für sie aber verboten? Manchmal bist du wirklich eine arrogante Nudel, George! Jetzt guck mich nicht so an! Es war schon in Ordnung, vorsichtig zu sein – ich fand's grad nur so witzig.«

»Hätt' ich mir ja denken können!« beschwerte sich George.

»Ich verzeihe dir.« Er war bester Laune. »Wir haben ja die Collinson, und das zählt. Die glaubt doch tatsächlich, der Menschheit einen Gefallen erwiesen zu haben, das muß man sich mal reintun! Schlimm für sie war nur, daß sie Babys vertauschen mußte – das, so gibt sie zu, sei hart für die Eltern gewesen, aber die würden's schon überstehen. Sie könnten ja wieder ein neues Kind kriegen. Sie ist so – ach, ich weiß nicht – eine Fliege hat mehr Verständnis für die Gefühle anderer Frauen als sie. Wie sie überhaupt Krankenschwester werden konnte, ist mir ohnehin schleierhaft.«

»Ich hätte es merken sollen«, sagte George. »Daß ihr der Job kaum etwas bedeutete, war mir schon länger aufgefallen. Sie hatte nicht nur rassistische Ansichten – sagte viel Häßliches über Dr. Choopani –, sondern erledigte hinterm Schreibtisch verschanzt ihren Papierkram und kümmerte sich nur um die

Kinder, wenn es sich nicht vermeiden ließ. Ganz anders als dieser verdammte Goss. Er mag ein Faschistenschwein sein, aber mit den Kindern hat er sich zehnmal mehr und liebevoller befaßt als sie. Ist doch seltsam, nicht?«

»Seltsam? Verrückt ist das!« meinte Gus. »Goss hat vor, in seinem Beruf zu bleiben – kaum zu glauben, was? Und wir können nicht viel dagegen tun. Können ihn zwar wegen Verstoßes gegen das Gesetz zur Rassendiskriminierung verklagen, aber so weit ich das begriffen habe, wird er deswegen nicht aus der Pflegerschaft, oder wie das heißt, ausgeschlossen, und kann wahrscheinlich weiterarbeiten. Das macht mir wirklich Sorgen.«

»Das macht dir Sorgen?« fragte George mitfühlend. »Was denkst du, wie es den Leuten vom Krankenhaus geht? Wir versuchen, uns vorzumachen, daß wir ja alle Menschen mit hehren Prinzipien sind, und dann stellt sich heraus, daß einer von uns ein Wesen mit absolut niedrigen Instinkten ist: gierig, selbstsüchtig, durch und durch verdorben. Wie Goss. Nur, daß er sich mit seiner Art Bosheit durchschlägt in dieser Welt, während die Collinson ...« Sie schüttelte den Kopf. »Sie hat's nur aus Geldgier getan.«

»Ein teuflisches Motiv«, pflichtete er ihr bei. »Sie hat mir erzählt, daß sie schon mehr als 'ne Million damit verdient hat. Und ich bin nicht mal sicher, ob das Gericht ihr das Geld wieder abnehmen kann, selbst falls man – ich meine, wenn – sie verurteilt und in den Bau steckt. Die Ausgaben für ihr Geschäft waren ja gering: Die Flugkarten für die Mädchen, die darauf brannten, den Osten zu verlassen – und sie kommen von überall her, nicht nur aus Rumänien. Die eine, die du fast gekascht hättest, war übrigens

Ungarin. Deshalb ist sie auch früher gelandet als erwartet, nämlich mit der Maschine aus Budapest. Ihnen mußte die Collinson nur eine lächerliche Prämie bezahlen und Au Pair-Jobs in Familien besorgen, die sich nicht beschwerten, wenn sie nur eine billige Haushaltshilfe bekamen. Für die Mädchen war der Westen das Paradies – jedes andere ist besser als ihr Heimatland, wie's scheint. – Die Unfruchtbaren konnten sich ihre Babys kaufen, und die Collinson ist, wie ich schon sagte, der Meinung, sie hätte der Menschheit einen großen Dienst erwiesen.«

»Ein toller Dienst, wenn man ein Baby und einen Mann tötet!« kommentierte George. »Sie widert mich an, weißt du das?«

»Du überraschst mich.« Er wirkte ehrlich verblüfft. »Du schnippelst Leichen auf und wühlst in Gedärmen rum, daß den meisten Leuten ganz komisch wird – sogar ich muß noch aufpassen, daß mir beim Zugucken nicht blümerant wird – aber wenn man dich mit ganz normaler menschlicher Gier und Selbstsucht konfrontiert, widert dich das an. Äußerst merkwürdig!«

»Das ist überhaupt nicht merkwürdig!« protestierte George. »Körper sind nicht häßlich und selbstsüchtig und – menschliche Körper sind *schön*. Wunderschön gebaut, genial angelegt, alles harmoniert miteinander. Es ist das menschliche Gehirn, das ...« Sie fröstelte leicht. »Ich glaube, ich sollte einen Auffrischungskurs in forensischer Psychologie besuchen. Vielleicht komme ich dann besser mit all dem klar.«

»Das fehlte gerade noch!« stöhnte er. »Himmelherrgott! Ich mal' mir gerade aus, wie du Hirne zerlegst. Das wär' die Hölle!«

»Tatsächlich? Dann kann ich mich wohl nicht davor drücken.« Sie schwiegen eine Weile, ehe George von neuem begann: »Wie hat sie denn Harry umgebracht? Ich meine, mit welchem Wagen?«

»Ich schäme mich deswegen, aber ich darf's dir nicht verheimlichen. Es war ihr *eigener* Wagen. Er hat die ganze Zeit über auf dem Parkplatz des Krankenhauses gestanden. Ich bin Roop ganz schön auf's Dach gestiegen. Ich hätt' nicht für möglich gehalten, daß er nicht von selber daran denken würde, auf dem Parkplatz nachzuschauen – er hat nicht *geglaubt,* daß eine Verbindung zum Krankenhaus bestehen könnte, stell dir das mal vor! Er kann manchmal so verdammt blöde sein – aber das bleibt unter uns. Es wär' nicht gut, wenn er spitzkriegte, daß ich ihn bei dir angeschwärzt habe.«

Sie fühlte sich geschmeichelt. »Mir kannst du vertrauen.«

»Ich weiß. Auf jeden Fall hat er ihr Auto nicht entdeckt, und nach dem Wetter der letzten Wochen stehen die Chancen schlecht, daß wir noch Spuren sicherstellen können. Gott sei Dank sind wir nicht darauf angewiesen – sie hat ja bereitwillig ausgepackt.«

»Wie hat sie ihn denn dort hingelotst? In den Pub, meine ich.«

Gus schüttelte den Kopf. »Es war Harry selbst – es war sein Vorschlag gewesen, sich dort mit ihr zu treffen. Er hatte schon geahnt, daß da etwas im Busch war – manche Leute, die auf der Kinderstation nach Patricia Collinson verlangten, kamen ihm wohl nicht ganz koscher vor. Er muß irgendwie an die Liste rangekommen sein, die sie ja getippt hatte, nicht er. Und nachdem es ihm gelungen war, den Code zu knakken, wollte er mit ihr darüber reden. Er wählte den Ort aus. Sie zog diese Klamotten an, die den Wirt zu der Annahme verleiteten, sie sei ein Kerl – noch nicht mal, um jemanden hinters Licht zu führen. Sondern nur, um auszusehen wie alle andern, hat sie zumindest behauptet. Sie brachte ihn aus der Situation heraus um, ohne zu überlegen oder zu planen. Er hatte ihr arg zugesetzt, gesagt, daß er alles wisse, aber sie wollte den Babyhandel nicht stoppen. Sie hat ihn mit dem Wagenheber eins über den Schädel gezogen, den sie immer für den Notfall – das muß man sich auf der Zunge zergehen lassen: Notfall! – auf dem Vordersitz liegen hat. Anschließend ist sie ins Auto gestiegen und einfach drauflos gefahren. Der arme Kerl. Der dumme Kerl ...«

»Und dann hat sie zurückgestzt und den Wagen abgestellt – und das war's?« George konnte es nicht fassen.

»So ungefähr.«

»Meine Güte!«

»Das kannst du laut sagen. Dieser verdammte Roop! Sich nicht mal auf dem Parkplatz vom Krankenhaus umzusehen ...«

»Was ist mit dem Baby, das sie getötet hat?« George hielt es für angebracht, das Thema zu wechseln; es erschien ihr sinnlos, sich weiter darüber aufzuregen. Die Collinson hätte doch nur aussagen müssen, das Fahrzeug sei unverschlossen gewesen, eine leichte Beute für jeden Dieb. »Sie war doch sehr unvorsichtig, nicht? Die Plastiktüte nicht zu entfernen! Es hätte ausgesehen wie ein Krippentod, auch wenn das Kind auf dem leeren Grundstück gefunden wurde.«

»Sie hat doch nichts richtig durchdacht, war von Anfang an sehr nachlässig. Bestellt die Hillmans in die Pädiatrie, damit sie Teddy untersuchen kann, und ist zum vereinbarten Zeitpunkt verschwunden. Wär' völlig gefahrlos für sie gewesen – die Hillmans hatten sie ja nie gesehen, nur mit ihr telefoniert. Prudence Jennings sieht das Kind und nimmt es kurzentschlossen an sich. Hätte sie die Chose richtig geplant, wär' kein Arzt in die Nähe von Teddy gekommen. Sie hätte ihn in der Klinik behalten, heimlich umgebracht – wieder mal ein Krippentod – und wäre fein heraus gewesen. Den Hillmans hätte sie ein neues Baby verschafft, sagt sie. Als wären Babys wie – wie Kühlschränke oder Waschmaschinen – Sachen, die man einfach umtauschen kann, wenn sie den Qualitätsansprüchen nicht genügen.« Er verzog das Gesicht. »Da kann einem wirklich schlecht werden.«

»Ich bin froh, daß du auch dieser Meinung bist.« George hörte sich etwas ironisch an. »Denn eine Frau, die ein Baby umbringen kann und samt der verwendeten Plastiktüte auf den Müll wirft, muß eine gräßliche Schlange sein.«

»Ja, du hast recht. Aber dieses eine Mal war sie schlauer – und zwar in ihrem eigenen Interesse. Sie ließ die Tüte an Ort und Stelle, weil sie nicht riskieren wollte, sich durch Mund oder Nase des Kindes mit AIDS anzustecken. Kann man es glauben? Aber ich stimme dir voll und ganz zu, sie ist wirklich 'ne gräßliche Schlange. Und so durchschaubar. Mit Julia Arundel hätten wir bestimmt mehr Schwierigkeiten gehabt, was?«

George biß sich auf die Lippen. »Wahrscheinlich. Keine Ärztin, die sich so für ihre Patientinnen einsetzt, wäre im Stande ... Na schön, ich habe mich geirrt, OK? Brauchst es mir nicht immer wieder unter die Nase zu reiben.«

»Tu' ich das?«

»Und ob!«

»Oh.«

Wieder entstand ein Schweigen, dann sagte George: »Hat man die Popodopoulos oder die Chowdarys schon informiert?«

»Noch nicht. Wir müssen erst mal die Babys finden. Und es den Adoptiveltern beibringen. Es wird furchtbar sein für die armen Teufel.« Er überlegte. »Ich frag' mich, ob man ihnen nicht das Baby geben könnte, das gestern mit dem Flieger aus Budapest eintraf? Soweit ich's mitgekriegt habe, kümmert sich Dr. Kydd darum; es geht ihm wohl gut. Ungefähr zwei Wochen alt und nach den bisherigen Ergebnissen nicht HIV-positiv. Alle liegen natürlich noch nicht vor. Und wenn nicht dieses Baby, dann ein anderes, es kommen noch genug, schätze ich. Interpol tut alles in ihrer Macht Stehende, um den Handel zu stoppen, aber so schnell wird das vermutlich nicht klappen. Und ich glaube nicht, daß die Behörden die Babys zurückschicken. Also warum sollte man sie nicht den Leuten anbieten, die die Collinson betrogen hat. Die armen Schweine mußten schon genug durchmachen! Wenn sie die Babys liebgewonnen haben, wird es ihnen schwer fallen, sie wieder wegzugeben, aber –«

»Aber ein neues Kätzchen könnte helfen«, beendete George seinen Satz, worauf Gus unbehaglich dreinschaute.

»Ich hatte befürchtet, es könnte so rüberkommen. Jedenfalls haben wir sowieso keinen Einfluß darauf. Für solche Fälle sind die Sozialbehörden zuständig. Ich bin heilfroh, daß mir das erspart bleibt.«

»Ich auch.«

»Hmmm«, machte er. »Übrigens, woran sind die Babys eigentlich gestorben? Die man gegen die kleine Chowdary, den Lennon und den Popodopoulos ausgetauscht hat?«

Nun schaute George unbehaglich drein. »Es war Valium. Normalerweise natürlich keine Killerdroge. Du würdest an dem Zeug erst sterben, wenn eine Lastwagenladung voll auf dich fällt. Aber es waren nun mal zarte Babys, und die hohen Dosen, die man ihnen verabreicht hatte, damit sie während der langen Reise nicht strampelten oder weinten und so ihr Versteck verrieten, haben sie derart geschwächt, daß sie – daß sie einfach zu atmen aufhörten. Insofern war es eine Art Krippentod. Aber ich hätte bei der Obduktion eine Valiumgabe feststellen müssen.« Sie grübelte. »Es ist nur so, daß man eben nicht danach sucht. Und außerdem weiß ich auch gar nicht genau, ob sie tatsächlich noch nachweisbar gewesen wäre.«

»Das letzte, worüber du dir jetzt den Kopf zerbrechen solltest, ist, ob du etwas übersehen hast«, tröstete Gus. »Es ist wie bei dem Fall Oxford, Süße, wenn du nicht gedrängt und genervt hättest, wären wir nie zu einer Lösung gekommen. Es ist dein Fall, nicht der der Polizei, und du hast gute Arbeit geleistet.«

»Jau, Gus«, brachte sie in nachgeäfftem Cockney hervor. Er schnippte mit den Fingern gegen seinen unsichtbaren Hutrand und bemühte sich um den breitesten Brooklyn-Akzent, dessen er fähig war: »Schon in Or'nung, Babe.«

Viel, viel später am Abend, als sie umschlungen vor

den flackernden Flammen ihres Gaskamins lagen, murmelte George schläfrig: »Gus?«

»Hmmm?«

»Ich nehme an, daß du nicht besonders häufig Shakespeare zitierst?«

»Frag mich doch.«

»*Hamlet,* erster Akt, zweite Szene. Zeile zweiundsiebzig bis dreiundsiebzig.«

»Hmm. Was soll damit sein.«

»Ma meinte, sie würden mir helfen, weniger besorgt um sie zu sein. Eigentlich wollte ich die Stelle nachschlagen, als ich nach Hause kam, aber ...«

Er lachte leise. Sie spürte auf ihrer Wange, wie die nackte Haut seiner Brust vibrierte. »Das ist alles meine Schuld, oh, ich garstiger Verführer. Ha ha, kaum auf dem Sofa, schon hab' ich sie rumgekriegt! Popeye ist gegen mich 'n Waisenkind!«

»Sofa?« fragte George, und nun war sie an der Reihe zu kichern. »Allzu lang haben wir es nicht in Anspruch genommen.«

»Willst du dich beschweren?«

»Nein, ich liebe Kaminvorleger. Also weißt du kein bißchen von *Hamlet?*«

»Wer hat das behauptet?«

»Dann sag mir doch die Stelle auf.«

Er überlegte kurz und sagte dann leise: »›Du weißt, 's ist allgemein: Was lebt, muß sterben, und Ewiges nach der Zeitlichkeit erwerben‹.«

Sie schwieg eine ganze Weile und sagte dann nur: »Oh.«

Er schlang die Arme noch fester um sie. »Es ist schon gut, George. Ich bin ja da. Und ich will bleiben.«

Sie holte tief Atemluft und entspannte sich wieder.

»Soll ich dir was verraten, Gus, das hab' ich mir schon gedacht. Und ich bin sehr froh darüber. Ich glaube, Ma wird es auch sein.« Und sie seufzte zufrieden, schloß ihre Augen vor den flackernden Flammen und schlief ein.

Dr. George Barnabas erregt sofort Aufsehen, als sie ihre neue Stelle am Royal Eastern Hospital in London antritt. Nicht zuletzt mit ihrem Namen, denn alle Mitarbeiter hatten einen männlichen Mitarbeiter erwartet. Die neue Pathologin, die gleichermaßen für das Krankenhaus wie für die Polizei arbeiten soll, macht schnell klar, daß sie sich von niemandem ins Handwerk pfuschen läßt.

Entsprechend gründlich führt sie auch ihre erste Autopsie durch: Bei dem Toten handelt es sich um Richard Oxford, einem angesehenen Schriftsteller, der offenbar einem Herzinfarkt erlegen ist. Doch George weigert sich, diese Theorie vorschnell abzusegnen. Als sie nach zeitraubenden Laboruntersuchungen eindeutige Indizien eines unnatürlichen Todes nachweisen kann, sieht sie sich auch schon mit einer zweiten Leiche konfrontiert ...

ISBN 3-404-14177-6

BASTEI LÜBBE

Ein kurzer Augenblick verändert ein ganzes Leben. Ein fataler Augenblick, in dem der erfolgreiche Wallstreet-Anwalt Ben Bradford die Beherrschung verliert und seinen Rivalen, den Geliebten seiner Frau, tötet. Ein Augenblick des Entsetzens ... und dann des eiskalten Kalküls: Ben beschließt, die Identität des Toten anzunehmen. Ein neues Leben beginnt, ein Leben stets auf der Flucht in immer neue Rollen.

In einem der spannendsten und anrührendsten Romane der letzten Jahre inszeniert Douglas Kennedy mit großem Einfühlungsvermögen das Drama eines Mannes mit geraubter Identität, „...als hätte Patricia Highsmith eine Art *Pferdeflüsterer* geschrieben, eine düstere Fabel und ein unwiderstehlicher Thriller zugleich."

(Mail On Sunday)

„Man jagt durch das Buch und hofft, es werde nie enden."

(New York Times)

ISBN 3-404-14278-0

BASTEI LÜBBE

Drei ominöse Todesfälle, die scheinbar in keinem Zusammenhang miteinander stehen: 1994 wird in Berlin ein politischer Aktivist auf offener Straße erschossen; in Asunción kommt ein Schmuggler bei einer Verfolgungsjagd ums Leben, während ein reicher Geschäftsmann in der paraguayischen Hauptstadt Selbstmord begeht. Als der Journalist Rudi Hernandez vor Ort den vermeintlichen Suizid unter die Lupe nimmt, stößt er auf eine Gruppe deutscher Immigranten, die einen perfiden Plan verfolgt. Dieses Unternehmen könnte die politische Landkarte Europas verändern und das wiedervereinigte Deutschland um sechzig Jahre zurückwerfen ...

Nach OPERATION SCHNEEWOLF hat Glenn Meade mit UNTERNEHMEN BRANDENBURG einen Thriller geschaffen, ›den Alfred Hitchcock sofort verfilmt hätte, ohne ein einziges Detail zu ändern‹.
THE SUNDAY TELEGRAPH

ISBN 3-404-14190-3

BASTEI LÜBBE

»Thomas Giffords bestes Buch.« (DAILY NEWS)

1940: Hitlers Armeen überrennen Europa und Nordafrika. Der britische Premierminister Winston Churchill setzt alles auf eine Karte. Er startet ein geheimes Kommandounternehmen und erteilt den möglicherweise kriegsentscheidenden Auftrag, den deutschen Generalfeldmarschall Erwin Rommel zu töten.
Max Hood, Mitarbeiter des britischen Nachrichtendienstes, soll die gefährliche Mission leiten. Unterstützung erfährt er vor allem von seinem langjährigen Freund Rodger Godwin, einem amerikanischen Journalisten, für den der Auftrag die Story des Lebens bedeutet. Zwischen den beiden steht Priscilla DewBrittain – Hoods Frau und Godwins Geliebte. Für die drei wird das Unternehmen zu einer Tour de force ...

Thomas Gifford, Autor der Weltbestseller ASSASSINI und GOMORRHA, legt mit PROTECTOR einen Thriller vor, der Maßstäbe setzt.

ISBN 3-404-14249-7

BASTEI LÜBBE

Neuer Lesestoff für alle MARTHA GRIMES Freunde!

Der verkrümmte Leichnam einer Siam-Katze und die des dazugehörigen Besitzers. Das ist Meredith Mitchells erster Eindruck von dem kleinen Städtchen Westerfield, wo sie eigentlich nur an der Hochzeit ihrer Nichte teilnehmen wollte; nun aber wird sie in einen komplizierten Mordfall verwickelt und beginnt auf eigene Faust zu ermitteln – sehr zum Mißfallen von Inspektor Markby, einem geschiedenen Mann mittleren Alters, der sich nicht nur beruflich für Meredith interessiert.

MORD IST ALLER LASTER ANFANG ist der Auftakt einer Reihe von Kriminalromanen im klassisch englischen Stil um das liebenswert-exzentrische Detektivpaar Meredith Mitchell und Alan Markby.

ISBN 3-404-12966-0

BASTEI
LÜBBE